BASTEI
LÜBBE
TASCHENBUCH

Weiterer Titel der Autorin:

Das helle Licht der Sehnsucht
Wenn tausend Sterne fallen
Wo das Glück zu Hause ist
Im zarten Glanz der Morgenröte
Der Wind trägt dein Lächeln
Wo die Hoffnung blüht
In der Ferne ein Lied
Bis dein Herz mich findet
Durch stürmische Zeiten

Über die Autorin:

Lesley Pearse wurde in Rochester, Kent, geboren und lebt mit ihrer Familie in Bristol. Ihre Romane belegen in England regelmäßig die ersten Plätze der Bestsellerlisten. Neben dem Schreiben engagiert sie sich intensiv für die Bedürfnisse von Frauen und Kindern und ist Präsidentin für den Bereich Bath und West Wiltshire des Britischen Kinderschutzbundes.

Lesley Pearse

Mein Herz war nie fort

Roman

Aus dem Englischen von
Michaela Link

BASTEI
LÜBBE
TASCHENBUCH

BASTEI LÜBBE TASCHENBUCH
Band 27050

Vollständige Taschenbuchausgabe

Bastei Lübbe Taschenbuch in der Bastei Lübbe GmbH & Co. KG

Published by Arrangement with Lesley Pearse
Titel der Originalausgabe: »Hope«
Originalverlag: Michael Joseph, Penguin Books
Dieses Werk wurde vermittelt durch die
Literarische Agentur Thomas Schlück GmbH, 30827 Garbsen
Für die deutschsprachige Ausgabe:

Titelbild: © GalaxyPhoto/Shutterstock; Magdalena Bujak/Shutterstock
Umschlaggestaltung: HildenDesign, München
Satz: hanseatenSatz-bremen, Bremen
Gesetzt aus der Stempel Garamond
Druck und Verarbeitung: GGP Media GmbH, Pößneck
Printed in Germany, März 2011
ISBN 978-3-404-27050-7

Allen meinen Freunden und Nachbarn in Compton Dando gewidmet. Ihr habt dafür gesorgt, dass ich mich bei euch zu Hause fühle und glücklich bin.

Ich hoffe, ihr werdet eure Freude an meinem vollkommen frei erfundenen Roman haben und seht mir die Freiheiten, die ich mir in Bezug auf die wirkliche Geschichte unseres Dorfes genommen habe, als auch alle Fehler oder Versäumnisse nach.

Kapitel 1

Somerset, 1832

»Von Schreien ist noch kein Baby auf die Welt gekommen!«, fuhr Bridie gereizt auf und drückte ihrer Herrin das Seil, das am Kopfende des Bettes festgeknotet war, mit Gewalt in die Hände. »Ziehen Sie einfach daran und beißen Sie die Zähne zusammen.«

Als sich die Tür hinter ihr öffnete, warf sie kurz einen Blick über die Schulter; Nell, das Stubenmädchen, kam mit einer Schale heißen Wassers herein. »Das wurde aber auch Zeit! Ich dachte schon, du wärst weggelaufen«, blaffte sie.

Nell war nicht gekränkt von den scharfen Worten der alten Bridie; sie verstand deren Angst. Bridie war keine Hebamme, und einzig das blanke Entsetzen angesichts des Gedankens, Lady Harvey könne öffentlich in Schande gestürzt werden, hatte sie dazu veranlasst, das Kind selbst zu holen. Jetzt sah man ihr jedes einzelne ihrer sechzig Jahre an: Das eisengraue Haar lugte unter ihrer gestärkten Haube hervor, das rundliche Gesicht wirkte im Licht der Kerzen abgespannt und gelblich, und die blauen Augen, in denen normalerweise Erheiterung funkelte, waren stumm von Anstrengung und Sorge.

»Vielleicht sollten wir den Arzt holen«, platzte Nell heraus, als sie die dunkelroten, geweiteten Adern sah, die Lady Harvey im Gesicht und am Hals hervortraten. »Es dauert gewiss zu lange, und sie hat solche Schmerzen.«

Bridie funkelte sie an, was Nell als Fingerzeig nahm, dass sie ihre Meinung für sich behalten sollte. Sie nahm den Lappen aus der Kaltwasserschüssel, wrang ihn aus und wischte ihrer Herrin die Stirn ab. Sie hoffte nur, dass Bridie wusste, was sie tat, denn wenn Ihre Ladyschaft starb, würden sie beide in ernsten Schwierigkeiten stecken.

Die abgestandene Luft im Raum roch unangenehm, und es war trotz des fast erloschenen Feuers heiß wie in einem Ofen. Die schweren Vorhänge um das Bett herum und die auf Hochglanz polierten, dunklen Möbel verstärkten die erdrückende Atmosphäre noch. Nell hatte die ersten Strahlen der Morgendämmerung am Himmel aufscheinen sehen, als sie das heiße Wasser aus der Küche geholt hatte, und sie war so müde, dass sie an Ort und Stelle hätte umfallen mögen.

Im vergangenen Jahr hatte sie bei der Geburt ihres kleinen Bruders geholfen, aber das war etwas ganz anderes gewesen. Mutter war noch wenige Minuten vor ihrer Niederkunft herumgelaufen, dann hatte sie sich niedergelegt und einen leisen Schrei ausgestoßen, und im nächsten Moment war das Baby da gewesen; es hatte glatt wie ein neugeborenes Ferkelchen seinen Weg auf die Welt zurückgelegt. Und bis zum heutigen Abend war Nell davon ausgegangen, dass alle Frauen ihre Babys auf diese Weise bekamen.

Aber Lady Harvey hatte um sechs Uhr am vergangenen Abend angefangen, wie besinnungslos zu schreien, und es war während der Nacht immer schlimmer und schlimmer geworden. Ihr hübsches weißes Nachthemd war durchweicht von Schweiß, und ihr gewölbter Bauch darunter wirkte im flatternden Kerzenlicht seltsam anstößig.

Wenn es das war, was eine Frau davon hatte, wenn sie mit einem Mann zusammen war, würde sie lieber als Jungfrau sterben, dachte Nell.

»Lass mich sterben und das Baby mit mir!«, kreischte Lady Harvey. »Gott, hast du mich nicht schon genug gestraft für meine Verderbtheit?«

»Pressen Sie das Baby heraus, oder Sie werden wirklich sterben«, brüllte Bridie zurück und versetzte ihrer Herrin einen scharfen Schlag auf den nackten Schenkel. »Kommen Sie, pressen Sie das kleine Ding heraus, verdammt!«

Was es auch war, der Schlag oder die Androhung des Todes – Lady Harveys Schreie verwandelten sich in eine Art Brüllen, wie es eine kalbende Kuh auch nicht besser hätte ausstoßen können, und plötzlich presste sie mit echter Entschlossenheit.

Etwa zwanzig Minuten später weiteten Nells Augen sich, als endlich der Kopf des Babys zum Vorschein kam. Das Haar darauf war zigeunerschwarz und bildete einen scharfen Gegensatz zu den lilienweißen Schenkeln ihrer Herrin.

»Da ist es! Es kommt.« Bridies Stimme war plötzlich nüchtern von Erleichterung. »Lassen Sie es kommen, hören Sie auf zu pressen.«

Alle Erschöpfung vergessend, sah Nell verzaubert zu, wie das Baby in Bridies knotige alte Hände glitt. Der Bauch, der noch Sekunden zuvor so straff und geschwollen gewesen war wie ein reifer Kürbis, sackte plötzlich in sich zusammen, und Ihre Ladyschaft stieß einen sanften Seufzer der Erleichterung aus; endlich war ihr Martyrium vorüber.

Bridie legte den Säugling ganz bewusst nicht zu seiner Mutter und stellte nicht einmal fest, dass es ein Mädchen war. Nell fing den Blick der älteren Frau auf und sah die Furcht darin, und mit einem Mal erloschen die Freude und das Staunen, die sie selbst angesichts des Wunders eines neuen Lebens empfunden hatte.

Diesem Baby war es nicht bestimmt zu leben. Bridie würde ihm keinen Klaps auf sein kleines Hinterteil geben oder in seinen winzigen Mund atmen, um ihm zu helfen. Es war ihm bestimmt zu sterben.

»Ist es jetzt wirklich vorüber?«, fragte Lady Harvey, deren Stimme kaum mehr war als ein heiseres Flüstern.

»Ja, es ist vorüber, Mylady«, sagte Bridie, während sie mit schnellen Griffen die Nabelschnur verknotete und durchtrennte. »Jetzt kommt nur noch die Nachgeburt, dann werden Sie schlafen und alles vergessen können.«

Nell blickte auf das reglose Baby, das stumm auf dem Bett lag. Ihre jüngeren Geschwister waren bei ihrer Geburt allesamt hässlich und rot gewesen und hatten kahle Köpfe gehabt. Sie hatten ihren Ärger über ihr jähes Erscheinen in einer schroffen, neuen Welt lautstark kundgetan. Aber dieses Kind war hübsch, mit dunklem Haar und einem Mund wie einer kleinen Rosenknospe. Vielleicht lag es daran, dachte Nell, dass es sein Schicksal war, direkt in den Himmel zu gehen.

»Ist es gestorben?«, murmelte Lady Harvey schläfrig. Die aufgeplatzten Äderchen waren bereits verblasst, doch sie sah immer noch bleich und ausgezehrt aus. Ihr langes, goldenes Haar, das Bridies ganzer Stolz war, hing ihr verfilzt und stumpf vom Scheitel. Nell konnte kaum glauben, dass dies die junge Frau war, die sie stets für ihre heitere Eleganz und Schönheit bewundert hatte.

Bridie warf nur einen flüchtigen Blick auf den Säugling, während sie den Bauch ihrer Herrin massierte. »Ja, Mylady, ich fürchte, so ist es«, erwiderte sie mit brüchiger Stimme. »Aber vielleicht ist es gut so.«

»Darf ich es kurz sehen?«, fragte Lady Harvey.

Bridie nickte Nell zu, die nach einem Flanelltuch griff, es um das Baby wickelte und das Kind hochhob.

Lady Harvey strich mit dem Finger über die Wange des Säuglings, dann wandte sie den Kopf ab, als ihr die Tränen kamen. »Gottes Wille«, flüsterte sie. »Aber ich bin dankbar für seine Barmherzigkeit.«

Bridie schob Nell zur Tür hinüber. »Bring es in die Vorratskammer, dann geh zu Bett«, sagte sie leise. »Ich werde mich später darum kümmern, wenn ich hier fertig bin.«

Mit dem winzigen, leblosen Baby in den Armen ging Nell eilig den Flur entlang zur Hintertreppe. In Briargate Hall war es so still wie in einer Krypta. Alle anderen Dienstboten waren vor drei Wochen in das Londoner Haus geschickt worden, um es für Sir William Harveys Rückkehr aus Amerika herzurichten. Er war fast zwei Jahre fort gewesen, und dies war natürlich der Grund, warum Bridie nicht versucht hatte, das Baby zu retten. Wenn sie wusste, wer sein Vater war, so verriet sie es nicht. Sie hatte die geheime Schwangerschaft ihrer Herrin gehütet, als wäre es ihre eigene gewesen. Selbst nachdem sie Nell in die Verschwörung hatte einweihen müssen, weil sie mit der Entbindung nicht allein fertig geworden war, hatte sie ihr nur erzählt, dass Ihre Ladyschaft ein unerwünschtes Kind erwarte.

Es war Ende April, und erst gestern hatten sich endlich nach einem langen, bitterkalten Winter die ersten Zeichen des nahenden Frühlings gezeigt. Es würde wiederum ein schöner, warmer Tag werden, denn die Sonne sandte ihre Strahlen bereits durch das Ostfenster an der Hintertreppe.

In dem großen Spiegel neben dem Fenster konnte Nell sich selbst sehen. Das Bild erschreckte sie, allerdings weniger deshalb, weil ihre Schürze schmutzig war, ihre Haube schief saß und ihr einige Haarsträhnen über die Schultern fielen, sondern weil die Ereignisse der Nacht sie plötzlich hatten altern lassen. Noch vor vierundzwanzig Stunden hatte sie ausgesehen wie jedes andere sechzehn Jahre alte Dienstmädchen: adrett und züchtig in ihrer gestärkten Uniform, die Wangen gerötet von der Arbeit und ein Leuchten in den dunklen Augen, weil Baines, der Butler, nicht da war, um sie ständig zu tadeln. Ihre Gedanken waren bei Ned Travers gewesen, der gesagt hatte, dass er sich am Nachmittag in Lord's Wood mit ihr treffen wolle. Er würde bald Soldat werden, und alle Mädchen aus dem Dorf wollten seine Liebste sein. Nell war sich nicht ganz sicher, ob sie das auch wollte, aber es tat gut zu denken, dass er sie begehrte.

Nell war nicht mit Schönheit gesegnet, und das wusste sie. Wie alle ihre Brüder und Schwestern schlug sie nach ihrem Vater. Sie waren klein und stämmig, mit glattem, schwarzem Haar und dunkelbraunen Augen. Ned hatte gesagt, sie habe einen Teint wie Sahne, aber das waren wahrscheinlich nur schöne Worte gewesen. Ihr Mund war zu klein, ihre Nase ein wenig zu groß und ihre Augenbrauen zu buschig.

Sie war nicht dazu gekommen, sich mit Ned zu treffen, daher würde sie nie erfahren, ob er sie um ihrer selbst willen mochte oder weil er glaubte, ein reizloses Mädchen wie sie sei eine leichte Beute. Bridie hatte die Bombe am Vormittag platzen lassen und unmissverständlich deutlich gemacht, dass Nell das Haus unter keinen Umständen zu verlassen habe.

Bis zu diesem Zeitpunkt hatte Nell wie alle anderen Dienstboten geglaubt, ihre Herrin habe sich nur deshalb so lange in ihrem Zimmer aufgehalten, weil sie sich bei einem Sturz vom Pferd verletzt hatte. Rose, eins der anderen Hausmädchen, hatte gesagt, das sei »seltsam«, da Lady Harvey nach ihrem letzten Sturz vom Pferd binnen zwei Tagen mit einem Gehstock umhergehumpelt war.

Aber Nell hatte in dieser langen Phase der Bettruhe keinen Grund zum Argwohn gesehen. Im Laufe ihrer vier Dienstjahre war ihr aufgefallen, dass vornehme Damen dazu neigten, an eigenartigen Gebrechen zu leiden, die gewöhnliche Menschen nicht befielen.

Ihrer Meinung nach war das Problem ihrer Herrin Melancholie, hervorgerufen durch die langen, bitterkalten Winter, die sie ohne ihren Gemahl hatte verbringen müssen. Wann immer Nell mit einem Tablett hinaufgeschickt worden war, hatte Lady Harvey entweder noch im Bett gelegen oder, in eine Decke gehüllt, am Fenster gesessen. Sie war so schön wie eh und je gewesen, aber auch gedämpft und sehr bleich. Nell hatte oft gedacht, Bridie solle energischer mit ihr sein und sie dazu zwingen, jeden Tag einen kurzen Spaziergang zu unternehmen.

Kurz bevor Baines mit dem Rest des Haushalts in der Kutsche nach London aufgebrochen war, hatte er Nell verschiedene Anweisungen gegeben. Sie sollte kochen und allerlei andere Arbeiten verrichten, bis Lady Harvey sich imstande sah, mit Bridie nach London zu fahren. Anschließend sollte sie sich allein um das Haus kümmern, während der Gärtner und der Stallbursche sich des Grundstücks annahmen.

Nell war nicht enttäuscht, weil sie nicht nach London mitgenommen werden sollte. Bridie meinte, dort gebe es immer viel mehr Arbeit, da es ein erheblich größeres Haus sei und die Harveys häufig Gäste empfingen. Außerdem sagte sie, dass das Londoner Personal auf die Diener vom Land herabsah und man das Gefühl hatte, in einem Irrenhaus zu arbeiten.

Tatsächlich würden es für Nell die reinsten Ferien sein, allein in Briargate zu bleiben, denn sie würde buchstäblich nichts zu tun haben. Sie würde jeden Nachmittag nach Hause gehen und ihre Mutter und ihre jüngeren Geschwister sehen können, und sie würde nach Herzenslust auf dem Grundstück spazieren gehen können.

Als Bridie ihr am vergangenen Tag erzählt hatte, was der Herrin wirklich fehlte, war es ein ungeheuerer Schock gewesen. »Ihr ist ein Fehler unterlaufen«, hatte Bridie sich ausgedrückt, als glaubte sie, Nell wüsste nicht, wie Babys entstanden.

Sie hatte Nell einen Sovereign versprochen, sofern sie niemals ein Wort von dem verraten würde, was sie in den nächsten Stunden zu sehen und zu hören bekam. Außerdem hatte Bridie unumwunden ihrer Hoffnung Ausdruck verliehen, das Baby werde nicht überleben.

Gestern war Nell diese Hoffnung nicht so furchtbar erschienen. Bridie dachte nur praktisch, so wie der Stallbursche es tat, wenn er Kätzchen ertränkte, die in der Scheune zur Welt gekommen waren. Jeder wusste, dass Damen ohnehin eine Amme für ihre Babys einstellten und nur sehr wenig Zeit für ihre Kinder hatten, bis diese fast erwachsen waren.

Aber als bei Lady Harvey die Wehen eingesetzt hatten, war sie nicht anders gewesen als jede andere Frau, die Nell kannte. Sie schwitzte, sie weinte, sie stieß sogar üble Flüche aus, wie die schlampige Bardame im Gasthaus es tat. Trotz all des feinen Leinens, der kostbaren Spitze, der silbernen Haarbürsten und des Schmucks musste sie dieses Baby genauso herauspressen wie die Frau eines Kesselflickers auf dem Feld. Und geradeso wie die gewöhnlichste Bettlerin um ein totes Baby trauern würde, würde auch Lady Harvey es betrauern, das wusste Nell.

Sie blickte auf das Bündel in ihren Armen hinab, und Tränen traten ihr in die Augen. Ihre Familie besaß nichts; zehn Kinder waren in einem winzigen Cottage mit einem lecken Dach groß geworden, und dennoch hatten sie jedes neue Baby voller Glück begrüßt. Dieses Kind war nie geküsst worden, und es würde nicht einmal einen Namen oder ein richtiges Begräbnis bekommen.

Die Last, dass sie die Geburt hatte beobachten müssen, wog schwer. Nell wusste nicht, wie sie nach all dem mit Lady Harvey reden sollte oder ob sie jemals würde vergessen können. Möglicherweise würden Bridie und sie ja für ihren Anteil an dieser Sache verflucht werden!

Jeder wusste, dass ein Fluch auf Sir John Popham lastete. Er war ein Vorfahr der Pophams, die noch immer in Hunstrete House lebten, dem Briargate nächstgelegenen Herrenhaus auf der anderen Seite von Lord's Wood. Sir John war der Richter in der Verhandlung gegen William Darrell aus Litllecote gewesen, dem man zur Last gelegt hatte, ein neugeborenes Baby ermordet zu haben, indem er es ins Feuer warf. Darrell hatte die Pophams mit einem Fluch belegt, weil der Richter im Gegenzug für seinen Freispruch Litllecote und damit auch Hunstrete genommen hatte, das zum Besitz von Litllecote gehörte. Der Fluch besagte, dass die Familie Popham niemals einen männlichen Erben hervorbringen würde. Sie hatten entweder gar keine Kinder bekommen oder nur Mädchen.

Vermutlich hatte Darrell das Baby ermordet, weil er nicht sein Vater gewesen war, überlegte Nell. Bridie und sie hatten das Kind Ihrer Ladyschaft nicht ermordet, aber vielleicht war es praktisch das Gleiche, wenn man nicht versuchte, einem Neugeborenen zu helfen, seinen ersten Atemzug zu tun?

Wenn irgendjemand das herausfand, konnte man sie hängen!

Nells Herz begann zu rasen, und ihr Magen krampfte sich zusammen. Hatte Bridie die Absicht, den Leichnam des Säuglings draußen im Garten zu vergraben? Wie wollte sie das anstellen, ohne dass der alte Jacob, der Gärtner, es beobachtete? Während sie die Hintertreppe hinunterging, wurde sie von einer schwachen Bewegung an ihrer Brust überrascht. Sie stolperte und hätte das kleine Bündel um ein Haar fallen lassen, bevor sie sich wieder fasste. Furchtsam zog sie das Flanelltuch ein wenig zurück, und zu ihrem maßlosen Erstaunen sah sie das Zucken einer winzigen Hand, und das Baby öffnete den Mund zu einem Gähnen.

Einen Moment lang konnte sie das Kind nur anstarren, fest davon überzeugt, dass sie sich die Regung eingebildet hatte, aber die Hand bewegte sich abermals, diesmal kräftiger. »Es ist ein Wunder!«, rief Nell laut aus, und ihre Stimme hallte im Treppenhaus wider. Jeder wusste, dass neugeborene Babys schrien, um aller Welt kundzutun, dass sie gesund und munter waren. Sie hatte noch nie von einem Kind gehört, das still geblieben wäre, außer wenn es zu schwach war, um zu überleben.

Es sei denn, man hatte es mit einem Feenkind zu tun.

Nells ganze schulische Bildung belief sich auf wenig mehr als einige Unterrichtsstunden im Lesen und Schreiben bei Hochwürden Gosling, als sie zwischen sechs und acht Jahre alt gewesen war. Doch Aberglauben hatte sie von Geburt an gelernt, von ihren eigenen Eltern und von vielen der alten Leute im Dorf.

Es hieß, Feenkinder kämen in diese Welt, um Glück zu bringen. Erkennen konnte man sie an ihrem unerwarteten Erscheinen, ihrem außerordentlichen Aussehen und ihrem sanften Wesen. Joan Stott aus dem Dorf war unfruchtbar gewesen, und dann hatte sie mit weit über vierzig Jahren endlich ein kleines Mädchen zur Welt gebracht, das aussah wie ein Engel. Joan und Amos Stott hatten ihrem Land nur mit knapper Not ein hinreichendes Einkommen abringen können, und niemand hatte erwartet, dass ihre Tochter überleben würde, aber sie hatte überlebt. Und die Stotts hatten sie kaum in ihre Wiege gelegt, als ihre Hennen auch schon zu legen begannen, ihr Getreide besser wuchs und selbst ihre alte Sau einen Wurf von zwölf prächtigen Ferkeln hervorbrachte. Das Kind war jetzt sechs Jahre alt und immer noch so schön wie ein Morgen im Mai, und die Stotts waren auf dem Weg, beinahe wohlhabend zu werden.

Aber ob Lady Harveys Baby ein Wunder war oder ein Feenkind – Nell wusste, dass Bridie keineswegs glücklich darüber sein würde, dass es lebte. Bridie war seit ihrem vierzehnten Jahr in Dienst bei den Dorvilles, Lady Harveys Familie. Im Laufe der Zeit war sie von der Spülmagd zur Amme der Kinder der Dorvilles aufgestiegen, und als Anne, die Jüngste, vor acht Jahren Sir William Harvey geheiratet hatte, war Bridie ihr als Zofe nach Briargate gefolgt.

Bridies ganzes Leben drehte sich um die Herrin, die auf die Welt zu bringen sie mitgeholfen hatte, und sie würde nicht zulassen, dass irgendetwas oder irgendjemand ihre Schande offensichtlich machte.

Doch das Baby war vielleicht ein Feenkind, und diese Möglichkeit hielt Nell davon ab, Bridies Gefühle oder Wünsche in Betracht zu ziehen; sie musste ihren eigenen Instinkten folgen. Also eilte sie die Treppe hinunter in die Küche, griff nach dem Umhang, den sie über einem Stuhl hatte liegen lassen, und hüllte das Baby wärmer ein. Dann vertrieb sie die Katze vom Sessel der Köchin in der Ecke, legte den Säugling auf das Kissen und lief hinaus, um an der Pumpe den Kessel zu füllen.

Als Nell fast eine Stunde später Bridies schwere, langsame Schritte auf der Treppe hörte, war es heller Tag, und warmes Sonnenlicht fiel durch das Gitterfenster an der Spüle. Das Baby war jetzt gewaschen und in ein sauberes Flanelltuch gehüllt und lag tief schlafend in einem Leinenkorb neben dem Herd.

Als Nell es aus dem besudelten Tuch herausgenommen hatte, hatte die Kleine die Augen geöffnet, als erstaunte sie ein solches Tun. Und als Nell sie gewaschen hatte, hatte sie entrüstet gejammert. Aber sobald sie frisch gewickelt war, war sie wieder eingeschlafen.

»Ich dachte, ich hätte dich ins Bett geschickt?«, bemerkte Bridie schroff, als sie in die Küche kam, einen Eimer Schmutzwasser in der einen Hand, eine abgedeckte Schüssel in der anderen und mehrere Bündel blutbefleckter Leinenwäsche unter jedem Arm.

Sie wirkte völlig erschöpft. Ihre Schürze war schmutzig, ihre Schultern waren gebeugt, und das Gehen strengte sie so sehr an, dass sie keuchte.

»Das Baby lebt«, sagte Nell und deutete auf den Korb.

Bridie erbleichte und ließ ihre Lasten fallen; Wasser spritzte auf den Boden. »Oh, Jesus, Maria, Mutter Gottes!«, rief sie aus, bekreuzigte sich und blickte furchtsam auf den Korb.

»Es ist sehr niedlich«, meinte Nell ängstlich. Obwohl sie ein gewisses Mitgefühl mit Bridie und ihrer Herrin empfand, weil sie wusste, wie viel Scherereien ein lebendes Baby ihnen beiden bereiten würde, konnte sie nichts anderes als Freude darüber empfinden, zum Überleben des Kindes beigetragen zu haben. Andererseits wusste sie auch, dass Mädchen wie sie dafür entlassen werden konnten, wenn sie ihren Platz vergaßen, und Bridie würde ihr wahrscheinlich genau das zum Vorwurf machen.

Die alte Frau schluchzte gequält auf und schlug bestürzt die Hände vors Gesicht. »O mein Gott!«, jammerte sie. »Was soll ich nur tun?«

Nell ging instinktiv auf die ältere Frau zu und legte die Arme um sie, geradeso wie sie es in einer ähnlichen Situation mit ihrer eigenen Mutter getan hätte. Bridie war immer freundlich zu ihr gewesen, von ihrem ersten Tag in Briargate an. Damals war Nell eine verängstigte Zwölfjährige gewesen, die keine echte Vorstellung davon gehabt hatte, was es bedeutete, ihre eigene Familie zu verlassen und in Stellung zu gehen. Es war Bridies Vorschlag gewesen, dass Nell in der Küche verschwendet sei und zum Stubenmädchen ausgebildet werden solle; sie hatte gegen den Protest der Köchin und Mrs Coles gekämpft, der Haushälterin, und Nell gedeckt, als sie ein Zierstück zerbrochen und Essensreste mit nach Hause geschmuggelt hatte, weil ihr Vater mit einer üblen Grippe im Bett gelegen und nicht hatte arbeiten können.

Während ihrer vier Jahre auf Briargate war diese Frau Nells Trösterin, Lehrerin und Vertraute gewesen. Dank ihr konnte Nell ihrer Familie helfen; sie hatte gutes Essen, anständige Kleider und Zukunftsaussichten. Sie wusste nicht, ob es irgendeine Möglichkeit gab, wie sie Bridie aus dieser Klemme helfen konnte, aber wenn es eine gab, würde sie sie finden.

»Reg dich nicht auf, Bridie«, bat Nell beschwichtigend. »Wir sind jetzt beide müde, aber wenn wir die Köpfe zusammenstecken, werden wir uns schon etwas ausdenken. Ich werde dir einen Tee kochen, und dann gehst du zu Bett. Ich werde das Leinen einweichen und horchen, falls die Herrin etwas will.«

Bridie löste sich aus Nells Armen und wischte sich mit dem Saum ihrer Schürze die Augen ab. In ihren blauen Augen schwammen immer noch Tränen, aber Nell konnte sehen, dass sie um Fassung rang. »Du bist ein gutes Mädchen«, sagte sie mit zitternder Stimme. »Aber du bist diejenige, die zu Bett gehen sollte. Ich werde noch ein Weilchen mit meinem Tee hier sitzen bleiben und dann wieder nach oben gehen. Ich kann in dem Sessel im Zimmer der Herrin dösen.«

»Soll ich die Kleine mitnehmen?«, fragte Nell.

Bridie schüttelte den Kopf. »Hier wird sie es wärmer haben. Geh jetzt zu Bett.«

Doch die Gedanken an das Baby hielten Nell wach. Es würde bald gefüttert werden müssen, und wenn Bridie oben in Lady Harveys Schlafzimmer war, würde sie es nicht weinen hören. Es gab noch so viele Dinge, um die man sich kümmern musste – Kohle für den Herd musste hereingeholt, Wäsche gewaschen und etwas Nahrhaftes für Lady Harvey gekocht werden. Sie konnte nicht einfach hellwach in ihrem Bett liegen und alles Bridie überlassen.

Nell stand auf, wusch sich und zog das alte graue Kleid an, das man ihr für die schmutzigen Arbeiten gegeben hatte. Dann nahm sie ihre Stiefel in die Hand und stahl sich leise, um die Herrin nicht zu stören, von ihrem Dachbodenzimmer aus die Treppe hinunter.

Es verstrich kaum ein Tag, an dem Nell sich nicht glücklich schätzte, in Briargate Hall leben zu dürfen. Es war ein helles Haus, erst vor vierzig Jahren erbaut von Sir Roland Harvey, Williams Vater, und auf halbem Wege zwischen den Städten Bath und Bristol gelegen. Nell war in keiner der beiden Städte je gewesen; sie kannte nur das Dorf Compton Dando, in dem sie geboren worden war, und die umliegenden Dörfer. Bisher war sie nicht weiter gekommen als bis nach Keynsham, etwa sechs Kilometer von Compton Dando entfernt.

Man erzählte sich, der Hafen von Bristol sei das reinste Wunder und man könne prächtige, große Segelschiffe dort sehen, die zu den entlegensten Enden der Welt segelten. Aber Nell verspürte nicht das Verlangen, dort hinzugehen; vor einem Jahr waren in der Hafenstadt Hunderte von Menschen an Cholera gestorben, und erst vor fünf Monaten, im Oktober, hatte es drei Tage lang schreckliche Unruhen gegeben. Dutzende von Menschen waren getötet, noch viel mehr schwer verletzt und viele Gebäude zerstört und verbrannt worden. Man hatte vier Menschen für ihren Anteil an den Unruhen gehängt und Dutzende weitere ins Gefängnis geworfen oder deportiert. Für Nell klang es so, als wäre Bristol ein sehr gefährlicher Ort.

Mr Baines, der so ziemlich alles wusste, meinte, die Ursache der Unruhen sei die Korruptheit des Regierungssystems. Er sagte, die Tories würden die Menschen bei Wahlen bestechen und einschüchtern, sodass die Reformparteien keine Chance hätten. Es erfüllte ihn mit einigem Stolz, dass die Bewohner Bristols mutig genug waren, ihre Stimme zu erheben, und er behauptete, dass er sich ihnen angeschlossen hätte, wäre er noch ein junger Mann gewesen.

Nell hatte gehört, dass Bath, die zweite nahe gelegene Stadt, ganz anders sei als Bristol, denn dort gingen die Herrschaften hin, um besonderes Wasser zu trinken und es sich ganz wie in alten Zeiten wohl ergehen zu lassen. Baines sagte, die Stadt sei sehr schön, mit breiten Straßen, prächtigen Häusern und Läden, die so voll von Luxusgütern seien, dass einem bei ihrem Anblick die Augen aus dem Kopf fielen.

»Ach was«, behauptete die Köchin, wenn die Rede auf diese Stadt kam, »Bath ist ein Bienenkorb der Verkommenheit, mit den

Straßen voller Taschendiebe, und das besondere Wasser schmeckt so abscheulich, dass es ein Wunder ist, dass es die Menschen nicht umbringt!«

Wenn dies also die beiden nächstgelegenen Städte waren, glaubte Nell nicht, dass ein Mädchen wie sie viel davon zu erwarten hätte.

Baines bemerkte gern, der alte Sir Roland Harvey sei ein großer Reisender gewesen und der Entwurf Briargates beeinflusst von Vorbildern, die er in Italien gesehen hatte, und von den Herrenhäusern der Plantagen in der Karibik. Er habe den schwarzen und weißen Marmor für den Boden der Halle aus Italien mitgebracht, zusammen mit den Marmorstatuen, die jetzt im Garten standen, und statt das Haus aus dem ortsüblichen Naturstein zu bauen, hatte er Backstein verwendet und einen rosa-cremefarbenen Verputz. Die Vorderseite des Hauses beherrschte ein ausgesprochen prächtiger Säulengang mit großen Säulen, und die Ziegel auf dem Dach waren nicht rot, sondern grün.

Lange, schmale Fenster reichten fast bis zum Boden und ließen den ganzen Tag über den Sonnenschein herein; die eleganten Fensterläden waren eigens für Sir Roland entworfen worden, ebenso wie die marmornen Kamine. Nell gefielen besonders die geschnitzten Trauben und Vögel auf den Endpfosten der Treppe; es erschien ihr unvorstellbar, dass ein Mann nur mit einem Meißel etwas so Zartes zu schaffen vermochte. Mit den blitzenden Kronleuchtern, den dicken Teppichen und den Möbeln, die so glänzend poliert waren, dass sie ihr eigenes Gesicht darin sehen konnte, hatte Nell das Gefühl, in einem Palast zu leben.

Als sie seinerzeit ihren Dienst in Briargate angetreten hatte, hatte sie kaum einen Kamin fegen können, ohne die Gemälde an den Wänden zu betrachten. Wo sie auch hingesehen hatte, hatte sie wundersame Dinge entdeckt.

Bridie teilte ihre Begeisterung jedoch nicht. »Das Haus ist mit nur acht Schlafzimmern nicht annähernd so groß und prächtig wie das in London«, erklärte sie. »Allerdings ist der alte Sir Roland ein kluger Kopf gewesen, denn er hat das Haus bewusst so entworfen, dass es möglichst wenig Arbeit macht. Vielleicht hat er ja gewusst, dass der Sklavenhandel verboten werden und er keine Diener mehr finden würde, die unentgeltlich hier arbeiteten«, fügte sie spitz hinzu.

Nell fand, dass es ungeheuer viele Dienstboten gab für nur zwei Personen: einen Butler, eine Haushälterin, eine Köchin, vier Hausmädchen, Gärtner und Stallburschen und verschiedene andere, die kamen, wenn sie benötigt wurden. Aber Bridie meinte, das sei nicht viel Personal. »Es ist nur der günstigen Anlage des Hauses zu verdanken, dass wir so mühelos zurechtkommen«, betonte sie immer wieder.

Die Haupträume waren zwar sehr geräumig, aber nicht so groß, dass man sie nicht entsprechend beheizen konnte. Das Esszimmer lag in der Nähe der Küche, sodass das Essen heiß auf den Tisch kam. In der Küche gab es sogar eine Vorrichtung, die es ermöglichte, große Eimer mit heißem Wasser zum Baden und Waschen mit einem Seilzug ins Obergeschoss zu befördern.

Als Nell in den Flur einbog, der in die Küche führte, hörte sie das Baby weinen und beobachtete zu ihrem Entsetzen, wie Bridie sich mit einem Kissen in den Händen über den Korb beugte.

Es gab keinen Zweifel daran, was sie vorhatte, denn sie weinte und murmelte Worte, die für Nell wie eine Entschuldigung oder gar ein Gebet klangen.

»Nein, Bridie!«, rief Nell und rannte auf die ältere Frau zu. »Das darfst du nicht – es ist etwas Böses, und die Kleine ist ein Feenkind.«

Bridie fuhr herum. Ihr altes Gesicht war gefurcht von Schuldgefühlen. »Aber es ist die einzige Möglichkeit, Nell. Wenn sie überlebt, bedeutet das das Ende für Mylady; man wird sie aus Briargate verstoßen.«

»Du darfst kein Baby töten«, beharrte Nell und schob sich zwischen Bridie und die provisorische Wiege. »Es ist nicht recht, und das weißt du.«

Ein oder zwei Sekunden lang glaubte Nell, Bridie werde sie

schlagen und ihren Plan in die Tat umsetzen, denn die Zeichen der Verzweiflung auf den Zügen der älteren Frau waren unverkennbar. Aber stattdessen sackte Bridie plötzlich in sich zusammen, ließ sich auf einen Stuhl sinken und schlug die Hände vors Gesicht. »Der Himmel weiß, dass ich dem Baby nichts antun will, doch was bleibt mir denn anderes übrig?«, fragte sie flehentlich.

»Ich weiß es nicht«, antwortete Nell und legte ihr eine Hand auf die Schulter. »Aber es ist auf keinen Fall recht, es zu töten. Es ist nicht seine Schuld, dass es geboren wurde, und wie ich schon sagte, es ist ein Feenkind. Sieh sie dir doch nur an!«

Die Kleine hatte jetzt die Augen geöffnet und hörte zu weinen auf, beinahe als wüsste sie, dass die Gefahr erst einmal gebannt war. Ihre Augen waren nicht von dem gewöhnlichen Blau eines Säuglings, sondern dunkel wie die Nacht, und das Kind blickte zu Nell auf, als wollte es ihr für seine Rettung danken.

»Vielleicht sollten wir sie zur Kirche bringen und dort liegen lassen?«, schlug Bridie verzweifelt vor. »Pastor Gosling wird sicher einen Platz für sie finden.«

Nell schüttelte den Kopf. Sie wusste, dass Säuglinge, die man in der Kirche aussetzte, ins Arbeitshaus kamen, und nur wenige von ihnen lebten länger als einige Wochen. Sie riss das Baby an sich und wiegte es schützend in den Armen. »Du weißt, was das bedeutet«, rief sie Bridie ins Gedächtnis, und als der süße Duft des neugeborenen Kindes zu ihr aufstieg, begann sie ebenfalls zu weinen.

Einige Minuten lang sagte keine der beiden Frauen etwas. Bridie blieb schluchzend sitzen, und Nell ging mit dem Kind in den Armen in der Küche auf und ab.

Es erfüllte sie mit Zorn, dass Lady Harvey jetzt friedlich schlief, während Bridie und sie irgendwie eine Lösung für ein Problem finden mussten, das sie nicht verursacht hatten. Lady Harvey war in großem Wohlstand aufgewachsen und von Jugend an verhätschelt worden; sie hatte stets nur die feinsten Kleider getragen und war von Gouvernanten erzogen worden, bis sie mit achtzehn Jahren einen Mann geheiratet hatte, der, und darin waren sich alle einig gewesen, die beste Partie in ganz Südwest-England gewesen war.

Nell konnte sich daran erinnern, wie sie als kleines Mädchen mit den anderen Dorfkindern auf dem Kirchhof von St. Mary the Virgin gestanden und dem Paar Rosenblätter zugeworfen hatte. Keine Königin hätte schöner sein können als Lady Harvey an diesem Tag. Das goldene Haar war ihr über die Schultern geflossen, und sie hatte ein weißes Kleid mit einer vier Meter langen Schleppe getragen, das gewiss mehr gekostet hatte, als Nells Vater in seinem ganzen Leben würde verdienen können. Und Sir William war nicht nur wohlhabend, er sah auch gut aus, war schlank und hochgewachsen, mit welligem blonden Haar und leuchtend blauen Augen. Alle sagten, es sei eine Liebesheirat gewesen, und als Nell einige Jahre später in Briargate in Stellung gegangen war, hatte sie die beiden lachend wie zwei Turteltauben durch den Garten laufen sehen.

Warum also teilte Lady Harvey ihr Bett mit einem anderen Mann? Warum sollte sie nicht die Verantwortung für ihre eigene Sünde tragen, geradeso wie man es von Nell und sogar von Bridie erwarten würde, wenn sie vom Weg abirrten?

Doch noch während ihr diese Gedanken durch den Kopf gingen, wusste sie, dass sie es genauso wenig wie Bridie würde ertragen können, Lady Harvey in Schande zu sehen. Sie mochte verwöhnt sein, aber sie war auch überaus liebenswert und großzügig. Nell konnte nicht zählen, wie oft ihre Herrin ihr einen Schilling in die Hand gedrückt hatte, den sie mit nach Hause hatte nehmen können. Sie hatte ihr alte Kleider gegeben und ihr erlaubt, kleine Hemden und Hosen für ihre Geschwister zu nähen, während sie eigentlich hätte arbeiten sollen. Sie hatte sie niemals geschlagen und nicht einmal gemurrt, wenn sie unbeholfen gewesen war; erst am vergangenen Morgen hatte sie sowohl Nell als auch Bridie für ihre Ergebenheit gedankt und versprochen, sich immer um sie zu kümmern.

In Wahrheit war Lady Harvey in vieler Hinsicht wie ein Kind. Sie war so voller Lebenslust, aber sie war auch unschuldig. Wer immer dieser Mann war, er musste sie mit süßen Worten betört haben, als sie sich einsam gefühlt hatte. Seit der Herr fortgegangen war, hatte niemand aus ihrer Familie sie besucht, und sie hatte keine echten eigenen Freunde hier in Somerset, nur Sir Williams Freunde. Nell hatte sie weinen sehen, als ihr Gatte nach Amerika aufgebrochen war; sie hatte mit ihm gehen wollen, aber er hatte es nicht zugelassen. Wie Nells Mutter so oft sagte: »Man muss eine Meile in den Stiefeln eines anderen gegangen sein, um zu wissen, wie es für ihn ist.«

Der Gedanke an ihre Mutter brachte Nell auf eine Idee. »Ich könnte das Baby mit nach Hause nehmen, zu meiner Mutter«, stieß sie hervor. »Sie wird genug Milch übrig haben, um die Kleine mitzuversorgen.«

»Sie hat schon zu viele eigene Kinder«, erwiderte Bridie, der die Tränen über die Wangen rollten. »Außerdem sind die beiden Babys im Alter zu nah aneinander. Wie sollte sie erklären, wann sie noch ein Kind bekommen hat?«

Nell sah im Geiste das überfüllte Cottage vor sich und ihre Mutter, die bereits so müde von zu vielen Kindern war, und doch wusste sie, dass sie nicht würde Nein sagen können, sobald sie dieses hier in den Armen hielt. »Die Leute zählen nicht, wie viele sie hat«, erklärte sie wahrheitsgemäß. »Sie haben sich daran gewöhnt, dass sie ständig einen Säugling im Arm hat, und werden es gar nicht bemerken.«

»Aber dein Vater?«

Nell lächelte schwach. Der einzige echte Fehler ihres Vaters war der, dass er in jeder Hinsicht zu großzügig war: mit seiner Arbeit, mit seiner Zeit, mit seiner Zuneigung. Wenn er Geld hatte, war er auch damit großzügig. »Wenn euer Vater nicht so wäre, wie er ist, würden wir ein anderes Leben führen«, sagte ihre Mutter oft. »Wenn er nur die Stunden arbeiten würde, für die er bezahlt wird, wenn er mich nicht so sehr lieben und das wenige Geld, das er besitzt, einmal sparen würde, würden wir nicht in einem heruntergekommenen Cottage mit so vielen Kindern leben.« Aber Nell glaubte nicht, dass ihre Mutter ihn anders würde haben wollen.

»Vater mag Babys«, antwortete sie nun. »›Eins mehr oder weniger macht keinen Unterschied‹, wird er sagen.«

Bridie trocknete sich mit ihrer Schürze die Tränen, aber ihre Augen waren noch immer voller Furcht.

»Du kannst darauf vertrauen, dass sie nicht reden werden«, erklärte Nell mit Nachdruck, denn sie wusste, dass es das war, was Bridie Sorgen bereitete. »Nicht einmal die Größeren werden die Wahrheit erfahren. Wenn ich sie heute Nacht zu Mutter bringe, nachdem die anderen ins Bett gegangen sind, werden sie glauben, es sei zur Welt gekommen, während sie schliefen.«

Bridie sah sie zweifelnd an.

»Mutter bekommt sie immer sehr schnell«, beharrte Nell. »Als unser Henry im vergangenen Jahr geboren wurde, haben sie es erst bemerkt, als sie ihn weinen hörten. Ich war bei ihr, daher weiß ich Bescheid, und ihr Bauch ist von so vielen Kindern so dick, dass meine Geschwister praktisch jeden Tag damit rechnen, dass ein weiteres Baby dazukommt.«

»Aber es ist ein Geheimnis, das für immer gewahrt bleiben muss«, rief Bridie ihr ins Gedächtnis.

Nell nickte; das war ihr nur allzu bewusst.

»Die Herrin hat tatsächlich vor einer Weile gesagt, sie wolle das Kind in Pflege geben, falls es überlebt«, bemerkte Bridie leise. »Sie hat mich gebeten, Erkundigungen einzuziehen, und ich habe mit einer Frau in Brislington darüber gesprochen. Die Frau gefiel mir nicht, sie hatte ein hartes Gesicht, und die Kinder, die sie in Verwahrung hatte, sahen kränklich und schmutzig aus. Zumindest wissen wir, dass deine Mutter sich gut um die Kleine kümmern wird.«

Bridie verfiel in Schweigen, während sie offenkundig abwog, was sie über Meg und Silas Renton wusste, und sich fragte, ob sie vertrauenswürdig waren. Nell sagte nichts mehr, denn ihr war klar, dass ihre Familie hier in der Gegend hohes Ansehen genoss. Das war auch der einzige Grund, warum sie selbst die Stellung in Briargate bekommen hatte.

»Wie sollen wir sie nennen?«, meinte die ältere Frau schließlich, während sie Nell das Baby aus den Armen nahm. Diesmal sah sie die Kleine beinahe zärtlich an. »Es wäre nicht recht, ihr keinen Namen zu geben.«

Joan Stotts Feenkind hieß Faith, und Nell kam sofort der Gedanke, dass ein weiteres Feenkind im Dorf einen ähnlichen Namen tragen sollte. »Hope«, sagte sie, ohne zu zögern.

Bridie spitzte die Lippen, als gefiele ihr der Name nicht, aber als sie noch einmal auf den schlafenden Säugling in ihren Armen hinunterblickte, breitete sich ein Lächeln auf ihren Zügen aus. »Ja, Nell, das ist ein guter Name. Ich hoffe, deine Mutter wird das arme kleine Würmchen zu lieben lernen, und ich hoffe auch, dass ich vergessen kann, welche Sünde ich um ein Haar begangen hätte. Sie hat nicht die geringste Ähnlichkeit mit unserer Herrin, daher hast du vielleicht recht, und sie ist ein Feenkind.«

An diesem Abend hielt Nell am Rand von Lord's Wood inne, dem Wald, der die Grenze zwischen dem Besitz von Briargate Hall und dem Land der Hunstretes markierte. Sie trug das Baby in einem Schal unter ihrem Umhang. Schließlich stellte sie ihren Korb auf den Boden und drehte sich um, um noch einmal zum Haus hinüberzuschauen, denn es war Vollmond, und sie konnte es so deutlich sehen wie am helllichten Tag.

Der Mondschein überzog die Marmorsäulen und -statuen der Hausfront mit einem seidigen Glanz, und Nell rann eine einzelne Träne über die Wange. Sie empfand es als Unrecht, dass das schlafende Baby in ihren Armen mit seiner Mutter auch sein Geburtsrecht verlor.

»Ich werde für dich Lebewohl sagen«, flüsterte sie. »Es tut mir leid, dass du nicht in dem hübschen Kinderzimmer wirst aufwachsen können und keine Seidengewänder und Diener bekommst, die dir aufwarten. Aber ich schätze, in unserem Cottage wirst du mehr Liebe erfahren.«

Das Gefühl, um zehn Jahre gealtert zu sein, war keineswegs gewichen. Nell war erschöpft, ahnte jedoch, dass nicht einmal der Schlaf das sorglose junge Mädchen zurückbringen würde, das sie noch vor einigen Tagen gewesen war. Sie hatte Lady Harvey am Nachmittag jämmerlich weinen hören, und plötzlich war sie nicht mehr eine schöne, wohlhabende Frau, der die Welt zu Füßen lag, sondern nur eine arme Seele, die um ein verlorenes Kind trauerte.

Hope hatte etwa zur gleichen Zeit zu weinen begonnen, und Nell hatte nicht mehr tun können, als ihr Zuckerwasser in den winzigen Mund zu löffeln, damit sie bis später durchhielt. Bridie hatte den größten Teil des Nachmittags darauf verwandt, in der Truhe in Sir Williams altem Kinderzimmer nach Babynachthemden, Häubchen und Jacken zu suchen. Es hatte sie deprimiert, die feineren, schön bestickten Kleidungsstücke beiseitelegen zu müssen und nur die schlichten Dinge zu nehmen, denn es würde im Dorf für Erstaunen sorgen, wenn die kleine Hope allzu prächtig gekleidet war.

Doch die Windeln, die Decke und die anderen Dinge, die jetzt im Korb lagen, übertrafen bei Weitem alles, was Nell und ihre Geschwister je gekannt hatten. Hope würde an derselben Brust trinken wie sie alle, sie würde wie sie Tage des Hungers kennenlernen und herausfinden, dass bei den Dorfbewohnern die Arbeit schon in sehr früher Jugend anfing. Aber würde sie sich auch etwas von ihren beiden leiblichen Eltern bewahren? Nicht nur ihr Aussehen, ihre Figur und ihre Größe, sondern ein angeborenes Wissen, dass sie nicht wirklich der Dienstbotenklasse angehörte?

Nell seufzte und nahm den Korb wieder auf. Es führte zu nichts, über diese Dinge nachzudenken, und sie musste sich sorgfältig einen Weg durch den Wald bahnen, damit sie in der Dunkelheit nicht stolperte.

Compton Dando lag im bewaldeten Tal des Flusses Chew. Für ein kleines Dorf von etwas weniger als vierhundert Seelen war es ein sehr belebter Ort; es gab ein Gasthaus, eine Bäckerei, die Kirche, eine Schmiede, eine Zimmermannswerkstatt und eine Mühle. Tagsüber schallte der teuflische Lärm von den Kupfermühlen in Publow und Woolard, den beiden nächsten Dörfern am Fluss, bis ins Dorf herauf, und in dem ganzen Gebiet verstreut befanden sich mehrere kleine Kohlenbergwerke. Obwohl nicht wenige Dorfbewohner in den Mühlen oder Bergwerken arbeiteten, verdienten sich doch die meisten wie Nells Vater ihren bescheidenen Lebensunterhalt als Farmarbeiter, und wie Silas Renton besserten sie ihren niedrigen Lohn auf, indem sie schmale, eigene Streifen Landes bebauten, Hühner hielten und häufig auch zwei, drei Schweine oder eine Kuh.

Als Nell aus dem Wald heraus war, lag noch das Gemeindeland vor ihr. Glücklicherweise musste sie danach nicht noch an der Kirche vorbei, denn das Cottage ihrer Eltern lag an der ihr jetzt zugewandten Seite des Dorfes. Sonst hätte sie vielleicht auch jemand entdecken können, der ins »Crown Inn« wollte.

In der großen Eiche neben dem Cottage schrie eine Eule, aber dies und das Gurgeln des Flusses weiter unterhalb waren die einzigen Geräusche.

»Nell!«, rief Meg Renton, als sie durch die Tür trat. »Was führt dich so spät noch hierher?«

Das winzige Cottage wurde nur von einer einzigen Kerze erhellt, und das Feuer war nicht mehr als ein dumpfes, rotes Glühen. Ein Fremder, der hereinkam, hätte angenommen, Meg sei ganz allein im Haus, aber tatsächlich war es voller schlafender Menschen. Nells Vater lag mit Henry, dem jüngsten Kind, in dem Bett im hinteren Teil des Raumes. Die anderen acht Kinder schliefen auf dem Heuboden darüber, den man über eine steile Leiter erreichte.

Als Nell auf Briargate ihren Dienst angetreten hatte, hatte sie sich nur schwer an den Umstand gewöhnen können, dass sie nicht mehr mit der Sonne zu Bett gehen konnte, wie sie es von zu Hause gewohnt war. Die vornehmen Herrschaften blieben länger auf, aber andererseits konnten sie sich auch Dutzende von Kerzen und Öllampen leisten, und sie brauchten nicht im ersten Morgengrauen aufzustehen.

Und doch war ihre Mutter nie mit dem Rest der Familie zu Bett gegangen, obwohl sie härter arbeitete als alle anderen. Stattdessen saß sie noch ein oder zwei Stunden mit einer Kerze am Feuer. Sie sagte, dies sei die einzige Zeit, in der sie ein wenig Ruhe und Frieden hatte.

Als Nell im Kerzenlicht das ausgelaugte Gesicht ihrer Mutter sah, durchzuckte sie ein Stich der Reue; immerhin wollte sie ihr noch weitere Arbeit aufbürden. Meg war vierunddreißig, und zehn Kinder sowie eine Totgeburt hatten ihr die Vitalität und die Kraft geraubt, mit der sie Nell aus ihrer frühen Kindheit in Erinnerung geblieben war. Ihr Haar war noch immer voll und dunkel, aber ihr einst schlanker Körper war dicker geworden, und ihr Gesicht wurde langsam faltig, die Wangen wirkten eingefallen. Ihr Nachthemd war eins von Bridies abgelegten Kleidungsstücken, ein vielfach geflicktes Flanellhemd, das an manchen Stellen so dünn war, dass man fürchten musste, es werde bei der nächsten Wäsche endgültig auseinanderfallen.

»Ich habe dir ein Baby gebracht«, sagte Nell schlicht, außerstande, sich eine weniger schroffe Art und Weise einfallen zu lassen, wie sie Hope vorstellen konnte. Sie nahm ihren Umhang ab und knotete den Schal auf, in dem das Baby lag. »Ich wusste, du würdest es nicht gern sehen, wenn man es in die Kirche legt oder ins Arbeitshaus bringt, und das waren die einzigen Möglichkeiten.«

Als sie Hope herausnahm, regte die Kleine sich und begann, an ihrer Faust zu nuckeln. So kurz wie möglich erklärte Nell, wie sie zu dem Säugling gekommen war und dass das Kind gefüttert werden musste oder sterben würde.

Meg knöpfte schweigend ihr Nachthemd auf, nahm Hope auf den Arm und legte sie kommentarlos an die Brust. Das Baby brauchte einige Sekunden, um die Brustwarze zu finden, und erst als es zu saugen begonnen hatte, sagte Meg ihre Meinung.

»Deine Herrin sollte sich schämen«, erklärte sie mit leiser Stimme. »Es ist unrecht, von ihrer Zofe zu erwarten, dass sie die Verantwortung für ihre Verderbtheit übernimmt.«

Nell, die fürchtete, ihr Vater würde aufwachen, zog sich einen Hocker heran und gab ihrer Mutter im Flüsterton eine ausführlichere Erklärung, wobei sie auch erwähnte, dass Lady Harvey glaubte, ihr Kind sei gestorben. »Sie ist eine gute Frau, das weißt du, Mutter«, beendete sie ihren Bericht. »Bridie und ich konnten nicht zulassen, dass sie in Schande gerät, nicht wahr?«

»Hätte sie auch nur einen einzigen Gedanken auf dich verwendet, wenn es dir so ergangen wäre?«, fragte Meg mit bebenden Lippen. »Nein, sie hätte dich hinausgeworfen!«

Nell zuckte die Schultern. »Nach dem, was ich heute miterlebt habe, werde ich nicht zulassen, dass ein Mann mir das antut«, antwortete sie.

Ein schwaches Lächeln trat in Megs Züge. »Sieh nur zu, dass du das nicht vergisst, wenn du einen Liebsten findest!«, erwiderte sie spitz. »Aber sie ist eine verheiratete Frau! Und sie ist gebildet – was hat sie sich dabei nur gedacht?«

»Vielleicht hat er sie gezwungen«, meinte Nell.

Meg warf den Kopf hoch. »Wer würde es wagen, sie zu zwingen?«

Darauf wusste Nell keine Antwort. Sie mochte nicht glauben, dass Lady Harvey sich einem anderen Mann als ihrem Gatten hingab, aber ebenso wenig mochte sie sich vorstellen, dass dieses winzige Baby das Ergebnis von Gewalt war.

»Wirst du sie nehmen, Mutter?«, fragte sie und holte den Sovereign, den Bridie ihr gegeben hatte, aus der Tasche.

»Ich habe schon zu viele Kinder«, entgegnete Meg, doch sie betrachtete Hope bereits mit der gleichen Zärtlichkeit wie zuvor jedes ihrer eigenen Babys. »Wir haben keinen Platz; es wird von Woche zu Woche schwieriger, sie alle sattzubekommen. Wenn ich sie nehme, wird Lady Harvey in ein oder zwei Wochen ihre Partys und Bälle besuchen, ohne an irgendjemand anderen zu denken als an sich selbst, und ich werde noch ein Kind ernähren müssen.«

Nell nickte, denn ihre Mutter hatte recht. Bis Nell nach Briargate gegangen war, hatte sie keine Ahnung davon gehabt, wie die vornehmen Herrschaften lebten. Sie waren einfach nur Leute in prächtigen Kleidern gewesen, die in den vorderen Bänken der Kirche saßen und vor denen ihr Vater den Hut zog, wenn sie auf ihren eleganten Pferden vorbeiritten. Als Pastor Gosling ihr die Position im großen Haus vermittelt hatte, war sie so aufgeregt gewesen, dass ihr die Nachteile dieses Arrangements keinen Moment lang in den Sinn gekommen waren: dass sie ihre Familie vermissen würde oder dass die Arbeit als Dienstbotin hundert Mal härter sein würde als die Pflichten, die sie zu Hause gehabt hatte.

Tatsächlich hatte sie sich während ihres ersten Jahres in Briargate jede Nacht in den Schlaf geweint, denn tagsüber hatte sie keine einzige freie Minute gehabt. Als Spülmädchen fielen ihr die gröbsten Arbeiten zu; sie schrubbte Töpfe und Fußböden, entzündete Feuer und musste jedem gehorchen, der ihr eine Arbeit zuwies. Zu Hause hatte es neben der Arbeit Liebe, Gelächter und Geplauder gegeben. Ihre Mutter nahm Anteil, wenn ihr Rücken schmerzte, sie sich in den Finger geschnitten hatte oder einfach nur müde war. Abends nahm ihr Vater sie auf den Schoß und sagte ihr, dass sie hübsch und klug sei. In Briargate bekam sie nichts von all dem.

Irgendwann lernte sie, damit fertig zu werden. Langsam stieg sie die Leiter hinauf und wurde Stubenmädchen. Jetzt standen nur noch Baines, Mrs Cole, Bridie und die Köchin über ihr; sie brauchte keine groben Arbeiten mehr zu verrichten und hatte sogar freie Zeit, um bei einer Tasse Tee mit der Köchin oder Bridie zu plaudern.

Aber die schönsten Zeiten waren ihr wöchentlicher freier Nachmittag und der eine Sonntag im Monat, an dem sie nach dem Morgengottesdienst in der Kirche nach Hause ging. Ihre Familie mochte arm sein, doch jeder, der dazugehörte, besaß Stolz, Würde und ein großes Herz.

»Ich werde mein Bestes tun, dafür zu sorgen, dass du keine Not mit ihr hast.« Sie hielt ihrer Mutter abermals den Sovereign hin. »Das habe ich für meine Hilfe bekommen, und Bridie wird dir noch mehr zukommen lassen. Ich werde dafür sorgen, dass sie James und Ruth ebenfalls in Briargate unterbringt. Das wird helfen.«

Silas, Nells Vater, hielt sich für einen glücklichen Menschen. Wenn er einige Gläser Apfelwein getrunken hatte, neigte er dazu, damit zu prahlen, dass er die beste Frau habe, die ein Mann sich wünschen könne, zehn zufriedene, gesunde Kinder und dass sein Cottage das hübscheste in ganz Somerset sei.

Es blieb jedoch eine weitere Tatsache: Trotz all der harten Arbeit, die Silas verrichtete, lebten sie von der Hand in den Mund, und in Zeiten, da er keine Stellung fand, litten sie oft Hunger. Matthew, der mit seinen fünfzehn Jahren der älteste von Nells Brüdern war, arbeitete ebenfalls als Knecht, daher brachte er regelmäßig Geld nach Hause. Aber James und Ruth, die vierzehn, beziehungsweise dreizehn Jahre alt waren, hatten noch immer keine dauerhafte Anstellung gefunden. Nach ihnen kamen Alice, Toby, Prudence, Violet und Joe, die zwischen neun und zweieinhalb Jahre alt waren, und zu guter Letzt der kleine Henry, der soeben seinen ersten Geburtstag gefeiert hatte.

»Ich hatte damit gerechnet, dass ich Ruth würde zu Hause behalten können, damit sie mir bei den Kleinen hilft, aber Alice kommt auch sehr gut mit ihnen zurecht«, sagte Meg erschöpft. »Oh, Nell, du bist immer so ein braves Mädchen gewesen! Es ist nicht recht, dass man dich in eine solche Lage gebracht hat.«

Nell dachte darüber nach, wie selbstlos ihre Mutter war. Wenn sie sich bereitfand, das Baby zu nehmen, würde sie die Kleine lieben und für sie sorgen wie für all ihre eigenen Kinder, und in ein oder zwei Wochen würde sie fast vergessen haben, dass sie dieses hier nicht zur Welt gebracht hatte, davon war Nell überzeugt. Aber deswegen war es keineswegs recht, die Güte ihrer Mutter auszunutzen.

»Nicht ich bin diejenige, die damit fertig werden muss«, sagte sie. »Du bist es, Mutter. Wenn du willst, kannst du mich bitten, sie wegzubringen. Ich verlange sehr viel von dir, doch wenn du einverstanden bist, werde ich alles in meiner Macht Stehende tun, um es dir leichter zu machen. Das verspreche ich dir.«

Meg streckte die Hand aus und streichelte wortlos die Wange ihrer Tochter. Die kleine Hope hatte anscheinend genug getrunken, denn sie stieß einen zufriedenen Seufzer aus und ließ die geschwollene Brustwarze los. Meg legte sie sich auf den Schoß und strich mit dem Finger liebevoll über ihr Kinn, während sie sie betrachtete. »Sie ist ein hübsches kleines Ding«, meinte sie schließlich. »Ich bezweifle, dass sie mir und deinem Vater große Sorgen bereiten wird. Also, geh du jetzt ins Bett, Nell, du siehst ziemlich mitgenommen aus. Sie ist jetzt mein Kind.«

Kapitel 2

1838

»Nur weil ich ein Mädchen bin und kleiner als du, heißt das noch lange nicht, dass ich nicht genauso auf Bäume klettern könnte wie du!«

Die laute, entrüstete Erklärung, die von der anderen Seite des Waldes kam, entlockte Nell ein Lächeln. Mit ihren sechs Jahren stand Hope im Dorf in dem Ruf, ein Engel zu sein, aber tatsächlich konnte sie ein kleiner Teufel sein, insbesondere wenn es darum ging, den Jungen zu beweisen, dass sie ebenso tollkühn war wie sie.

Nell war an ihrem freien Nachmittag auf dem Weg nach Hause, und sie vermutete, dass ihre jüngsten Brüder, Joe und Henry, Hopes scharfe Zunge zu spüren bekamen.

»Es liegt nicht daran, dass wir glauben, du könntest nicht auf den Baum klettern. Es ist wegen deines Kleides. Du wirst es zerreißen, und dann wird die Hölle los sein.«

Nell lachte leise über Joes diplomatische Bemerkung; er fand fast immer einen Weg, seine temperamentvolle Schwester abzulenken.

»Dann werde ich es ausziehen«, schrie Hope. »Henry! Mach die Knöpfe auf!«

»Hope!«, rief Nell rasch, denn Henry, der unter Hopes Pantoffel stand, würde genau das tun, und das galt es zu verhindern.

Nell stellte sich Hopes entsetzte Miene vor, als sie die Stimme ihrer älteren Schwester aus dem Wald hörte, und sie musste laut auflachen. Wenn sie die Kinder erreichte, das wusste sie, würde Hope so anmutig wie eine Herzogin dasitzen, die Augen weit aufgerissen und voller geheuchelter Unschuld.

Sie war das hübscheste kleine Mädchen, das Nell je gesehen hatte. Ihr Haar war so dunkel und glänzend wie schwarzer Marmor und überdies leicht gewellt. Ihre Augen waren wie dunkle Teiche und umringt von unglaublich langen Wimpern, und ihre Haut war vollkommen glatt und rein.

Alle in der Familie hatten dunkle Haare und dunkle Augen: Die Leute im Dorf beschrieben einen Menschen häufig als »so dunkel wie ein Renton«. Das Aussehen der echten Rentons war jedoch eher gewöhnlich; ihre Haut war fahl und ihr Haar strohig. Sie waren wahrhaftig nichts Besonderes.

Aber nach Hope drehten die Leute sich um. Ihr Lächeln war betörend, und sie strahlte einen Frohsinn und eine Begeisterung aus, die selbst die ärmsten Menschen zum Lachen brachten. Sie wollte mit jedem reden; mit vier Jahren hatte sie am Tor gestanden und einen jeden begrüßt, der vorbeigekommen war. Selbst Pastor Gosling, der normalerweise so hochmütig war, blieb immer stehen, um mit ihr zu sprechen.

Meg und Silas hatten niemals auch nur für einen Moment bedauert, sie genommen zu haben. Sie war ein umgängliches, genügsames Baby gewesen, das den ganzen Tag über gelächelt und vor sich hin gebrabbelt hatte, und fast von ihrer ersten Woche im Haus der Rentons an schien das Glück der Familie sich tatsächlich zu wenden.

Geradeso wie Nell geglaubt hatte, sie sei ein Feenkind, nahmen es auch viele andere an. Sie sahen, dass das Dach der Rentons kurz nach ihrer Geburt auf wundersame Weise neu gedeckt wurde und Ruth als Wäschemagd und James als zweiter Stallbursche nach Briargate kamen. Meg und Silas konnten niemandem, nicht einmal ihren älteren Kindern, erzählen, dass ihr Glück auf Bridies Einfluss zurückzuführen war, und so dachten die Menschen in Ermangelung einer anderen Erklärung, eine Art Magie müsse dahinterstecken.

Nells Glaube an Feen oder Magie hatte sich mit der Zeit abgeschwächt. Aber andererseits waren die letzten sechs Jahre sehr ereignisreich gewesen, und ihr eigener Horizont war nicht länger auf das Dorf beschränkt. Sie hatte inzwischen Bath, Bristol und London besucht und war in Häusern gewesen, die vier Mal so groß waren wie Briargate, außerdem las sie, angeleitet von Mr Baines, fast jeden Tag die Zeitung.

Auch war Nells uneingeschränktes Vertrauen in ihren Herrn und ihre Herrin deutlich erschüttert, seit Bridie zwei Jahre nach Hopes Geburt an einer Lungenentzündung gestorben war. Bridie hatte sich erkältet, als sie auf der langen Heimfahrt von London nach Somerset im Regen neben dem Kutscher gesessen hatte. Niemand hatte es gewagt, offen eine Bemerkung darüber zu machen, dass es keineswegs galant von Sir William und einem seiner jungen männlichen Freunde gewesen war, bei ihren Damen in der Kutsche zu sitzen, während eine ältliche Magd den Elementen hatte trotzen müssen. Nell hatte diese Gefühllosigkeit zutiefst schockiert. Sie hatte ihr klargemacht, dass die vornehmen Herrschaften keine echte Zuneigung zu ihren Dienstboten hegten; sie betrachteten sie als bloße Packpferde, die man arbeiten ließ, bis sie umfielen, um sie dann zu ersetzen.

Nach Hopes Geburt waren Nell und Bridie einander sehr nahegekommen, und die ältere Frau hatte sie viele Dinge gelehrt, die es ihr ermöglicht hatten, mehr zu werden als nur ein Stubenmädchen. Dank Bridie wusste Nell, wie man Haare nach der neuesten Mode frisierte und geschickt mit Nadel und Faden umging, und sie hatte die Fähigkeiten erworben, die eine gute Haushälterin brauchte. Außerdem hatte Bridie ihr beigebracht, wie sie mit einer Herrin fertig wurde, die sich in allen Dingen auf Dienstboten verließ und ihren wahren Wert doch nur selten anerkannte.

Bridies Tod hatte Nell hart getroffen, und sie hatte geweint, als Lady Harvey ihr mitgeteilt hatte, dass Bridie ihr all ihre Ersparnisse hinterlassen hatte, fast zwanzig Pfund. »Du bist Bridie wie eine Tochter ans Herz gewachsen«, erklärte Lady Harvey. »Das hat sie mir noch anvertraut.«

Nell vermutete, dass Bridie das Wort »Tochter« benutzt hatte, um ihr die verborgene Botschaft zukommen zu lassen, dass das

Geld für Hopes weitere Versorgung bestimmt sei und dass sie von Nell erwarte, ihr Geheimnis für immer zu hüten.

Lady Harvey hatte nicht ein einziges Mal über die Geburt gesprochen, zumindest nicht Nell gegenüber, aber die tiefe Traurigkeit, die sie während der ersten zwei Jahre verströmt hatte, hatte verraten, dass sie häufig daran dachte. Wenn ihr Mann zu Hause war, riss sie sich zusammen, aber sobald er Briargate wieder verließ, um in London seinen Geschäften nachzugehen, versank sie abermals in Trauer.

Nell hatte erwartet, ihre Herrin würde nach Bridies Tod sehr niedergeschlagen sein – schließlich war die ältere Frau ihr Leben lang bei ihr gewesen. Aber überraschenderweise reagierte sie keineswegs so, wie Nell es vermutet hatte, und kurz nach der Beerdigung fragte sie Nell, ob sie ihre persönliche Zofe werden wolle.

Dies war die einzige Gelegenheit gewesen, bei der Lady Harvey jemals zu erkennen gegeben hatte, dass sie sich an Nells Rolle bei den Ereignissen in jener Nacht vor zwei Jahren erinnerte. Und selbst damals hatte sie nicht direkt davon gesprochen.

»Du bist die Einzige, die den Platz meiner lieben Bridie einnehmen kann«, sagte sie und drückte Nells Hand. »Du hast bewiesen, dass du ebenso ergeben bist, wie sie es war, und dies ist meine einzige Möglichkeit, dir meine Wertschätzung zu zeigen.«

Da Bridies Tod in Nell einen gewissen Zynismus geweckt hatte, was ihre Herrin betraf, war ihr erster Gedanke der, dass es hier lediglich um Eigennutz ging und nicht um eine Belohnung. Aber es war ein Schritt nach oben auf der Leiter, und in ihrem ersten Jahr als Zofe kam sie viel in der Welt herum.

Als die Kutsche bei ihrer ersten Reise nach London durch die Stadt rollte, sah Nell mit eigenen Augen, wie viel schlimmer die Armut dort war als daheim in Somerset. Horden zerlumpter, barfüßiger Kinder, deren Gesichter verkniffen waren von Hunger und Kälte, drängten sich in den schmutzigen Straßen. Sie sah Prostituierte, die mit fast entblößten Brüsten an Straßenecken standen, und erriet ihr Gewerbe. Viele Menschen, sowohl Männer als auch

Frauen, lagen betrunken in den Eingängen heruntergekommener Hütten.

Dann brachte Lady Harvey 1835 Rufus zur Welt, den lang ersehnten Sohn und Erben.

Nell war bei der Geburt nicht zugegen; diesmal kümmerten sich eine erfahrene Hebamme und ein Arzt aus Bath um ihre Herrin. Rufus war klein, aber robust, mit kräftigen Lungen und so blond, blauäugig und hellhäutig wie beide Elternteile.

Es wurde keine Amme eingestellt – Lady Harvey stillte ihn selbst, und das Glück der Herrschaft färbte auf den ganzen Haushalt ab. Auch Nell freute sich für sie, konnte aber gleichzeitig nicht umhin, über den Unterschied zwischen Hopes Leben und dem ihres jüngeren Halbbruders nachzudenken. Doch als Lady Harvey Ruth, Nells jüngere Schwester, bat, Rufus' Kindermädchen zu werden, verspürte sie eine Art selbstgefälliger Befriedigung darüber, dass zumindest beide Kinder von der Familie Renton großgezogen wurden.

Während der ersten vier Jahre von Hopes Leben hatte das Glück auf Nells Familie herabgelächelt. Dank milder Winter, guter Ernten und der Tatsache, dass die älteren Kinder und ihr Vater Arbeit hatten, war es eine Zeit relativen Wohlstands. Es gab keine weiteren Babys mehr, und Meg sagte oft, sie glaube, nun zu alt zu sein, um Kinder zu bekommen. Obwohl das Cottage noch enger wirkte, wenn alle zu Besuch zu Hause waren, war es doch erfüllt von Lachen und Freude.

Aber die glücklichen Zeiten fanden ein abruptes Ende, als Prudence und Violet im Alter von nur neun, beziehungsweise acht Jahren an Scharlach starben. Pastor Gosling meinte, sie sollten ihrem Schöpfer auf Knien dafür danken, dass Joe, Henry und Hope verschont geblieben waren, denn normalerweise raffte die Krankheit die jüngsten Kinder dahin. Doch zumindest Nell war davon überzeugt, dass die anderen Kinder deshalb gerettet worden waren, weil ihre Mutter die beiden kranken Mädchen im Nebengebäude isoliert hatte, bevor die jüngeren sich hatten anstecken können.

Es geschah nur allzu häufig, dass Kinder starben – eins von drei Babys starb vor seinem ersten Geburtstag –, aber das machte es ihrer Familie nicht leichter, sich mit dem Verlust von Prudence und Violet abzufinden. Ihr Tod lag jetzt zwei Jahre zurück, doch sie trauerten noch immer um die Mädchen, und wenn Nell unerwartet nach Hause kam, traf sie ihre Mutter häufig weinend an. Hope mit ihrem liebevollen Wesen half ihnen jedoch allen. »Ohne sie hätte ich es nicht ertragen können«, sagte Meg oft.

Wie Nell vorausgesehen hatte, hatte niemals jemand Verdacht geschöpft, Hope könne keine echte Renton sein. Selbst die älteren Kinder hatten sie einfach als ihre Schwester akzeptiert, denn wie alle anderen Babys war sie ohne großes Trara in der Familie erschienen. Silas zwinkerte Nell manchmal zu, wenn eine überschwängliche Nachbarin bemerkte, wie sehr Hope ihm doch ähnele, aber ihre Eltern sprachen niemals darüber, wie sie zu ihnen gekommen war, nicht einmal dann, wenn sie allein waren.

Trotzdem machte Nell sich immer noch Sorgen. Was, wenn die Leute Hopes Anmut, die Reinheit ihrer Haut, ihre schlanken Glieder und ihre zarten Gesichtszüge bemerkten, wenn sie älter würde? Sie befürchtete, dass man dann vielleicht auch ihre wahre Herkunft würde erraten können.

»Wir wollten dir entgegengehen«, erklärte Hope mit honigsüßer Stimme, als ihre ältere Schwester aus dem Wald trat. Geradeso, wie Nell erwartet hatte, saß sie schicklich da und knüpfte eine Gänseblümchenkette, als hätte sie es niemals in Erwägung gezogen, ihre Kleider auszuziehen, um auf einen Baum zu klettern.

»Dann gebt mir einen Kuss!«, sagte Nell mit einem Lächeln, während sie ihren Korb auf den Boden stellte und die Arme ausbreitete, damit sie alle drei Kinder gleichzeitig umfassen konnte.

Joe und Henry sahen mit ihren wilden schwarzen Haaren, den

schmutzigen Gesichtern und den nackten Füßen aus wie zwei magere Gassenjungen. Abgesehen davon, dass Joe einige Zentimeter größer war als Henry, ähnelten sie einander wie Zwillinge, und sie hatten das typische Aussehen der Renton-Männer geerbt, mit leicht abstehenden Ohren und übergroßer Nase. Aber selbst wenn keiner von ihnen später einmal als gut aussehend gelten würde, besaßen sie ein warmes, liebevolles Wesen und reagierten voller Begeisterung auf Nells Umarmungen und Küsse.

Während die Kinder schreiend um sie herumtollten, ging Nell über den Dorfanger. Es war ein schöner Tag, ungewöhnlich warm für Mai; der Wiesenkerbel stand so hoch, dass er Hope überragte, und die Luft war erfüllt vom Duft der Weißdornblüten. Nell freute sich darauf, für einige Stunden mit ihrer Mutter zusammen zu sein und zu hören, wie es Alice und Toby ging.

Alice war kurz nach Prudences und Violets Tod in einem großen Haus in Bath in Stellung gegangen. Pastor Gosling hatte es arrangiert, und sechs Monate später war Toby als zweiter Lakai ebenfalls dem Haushalt beigetreten. Jetzt, da nur noch drei Kinder übrig waren, wirkte das kleine Cottage beinahe zu groß, und obwohl ihre Mutter behauptete, es gefalle ihr so, spürte Nell, dass das nicht ganz der Wahrheit entsprach.

Meg arbeitete bei Nells Ankunft im Gemüsebeet, doch sie warf die Hacke sofort beiseite und eilte ihrer Tochter entgegen, um sie zu umarmen.

»Das Unkraut kann warten«, meinte sie lachend, als Nell sich erbot, ihr zu helfen. »Die Quecke kommt jeden Tag wieder, aber du nicht.«

Ihr Haar war nach dem Tod der beiden Mädchen grau geworden und ihr Gesicht faltig, doch in vieler Hinsicht wirkte sie jünger und gesünder als zur Zeit von Henrys Geburt. »Mein Körper hat sich endlich von den Schwangerschaften erholt«, sagte Meg gern, und es stimmte, sie hatte ihre schlanke Figur wiedergewonnen. Aber Nell vermutete den Grund eher woanders: Ihre Mutter aß nun besser, sie schlief mehr und hatte endlich ein wenig Zeit für sich. Sie war es zufrieden, sich um ihr Gemüse und die Hühner zu kümmern und die Kuh zu melken, die Nell mit einem Teil des von Bridie ererbten Geldes gekauft hatte.

Sie setzten sich auf die grob geschnitzte Bank neben der Hintertür, und Nell nahm die Johannisbeerbrötchen, die die Köchin ihr mitgegeben hatte, aus dem Korb und reichte sie herum.

Die drei Kinder setzten sich vor Nell und Meg auf den Boden, und ihre dunklen Augen leuchteten auf beim Anblick der großen, mit Puderzucker bestäubten Brötchen. Matt und James hatten sich als kleine Jungen im Charakter sehr voneinander unterschieden, aber sie waren unzertrennlich, und dasselbe galt für Joe und Henry.

Joe hatte während seiner Unterrichtsstunden bei Pastor Gosling stets aufgepasst und konnte sehr gut lesen und schreiben, aber Henry war ein Träumer. Wenn man ihn hinausschickte, damit er die Hühner in ihren Pferch jagte, vergaß er höchstwahrscheinlich, was ihm aufgetragen worden war, und schlenderte davon, um Kaninchen oder Füchse zu beobachten. Er fand mehr Vergnügen daran, ein Tier auf seiner Schiefertafel zu zeichnen, als Worte zu schreiben oder Rechenaufgaben zu lösen. Joe war verlässlicher, gewissenhafter und eindeutig der Kopf des Duos, aber er war körperlich nicht so stark und auch nicht so tollkühn wie Henry.

»Sieht das Tal heute nicht umwerfend aus?«, rief Nell. Der Mai war ihr Lieblingsmonat, weder zu heiß noch zu kalt, und sie liebte die Frühlingsblumen und Blüten. Außerdem war dies die Zeit, da der Ausblick aus dem Cottage am schönsten war.

Das Land der Rentons fiel zum Fluss hin stark ab. Hie und da stand ein Weißdornbusch in voller Blüte, und die überaus zahlreichen, zwischen den Gräsern sprießenden Butterblumen gaben der Wiese ein eher gelbes als grünes Gepräge. Die Blüten an den Apfel- und Birnbäumen verblassten jetzt, und die Primeln waren bereits verblüht, aber unter den Bäumen am Flussufer und des Waldes auf der anderen Seite des Flusses erstreckte sich ein Meer von blauen Hasenglöckchen.

Nell liebte die Gärten in Briargate, aber diesen liebte sie noch mehr. Hier konnte sie glauben, dass das Leben etwas Gutes für sie bereithielt, während sie in Briargate stets daran erinnert wurde, dass sie nur eine Dienstbotin war.

»Ich habe vorgestern eine Forelle gefangen«, prahlte Joe. »Sie war so groß.« Er hielt die Hände etwa vierzig Zentimeter auseinander.

»Aber ich hab sie mit eigenen Händen gefangen. Du hast sie nur in den Sack gesteckt«, rief Henry entrüstet.

Meg sah Nell mit hochgezogenen Augenbrauen an. »Sie war wohl kaum halb so groß. Und die beiden sind zu spät zum Abendessen gekommen und waren über und über mit Schlamm verkrustet.«

Angesichts dieses Mangels an Anerkennung liefen die Jungen zum Fluss hinunter, um festzustellen, ob sie noch eine Forelle fangen konnten. Aber Hope blieb zurück, denn sie wollte alles hören, was Nell aus Briargate zu erzählen hatte.

Hope war nie in dem großen Haus gewesen, doch sie sah Sir William und Lady Harvey sonntags in der Kirche, und da drei ihrer Geschwister dort arbeiteten, hatte sie genug über Briargate gehört, um sich für alles zu interessieren, was dort vorging.

Da Nell während ihrer ersten Wochen in Briargate vom Lebensstil der vornehmen Herrschaften vollkommen überwältigt gewesen war, wollte sie, dass Hope besser vorbereitet war, wenn für sie die Zeit kam, irgendwo in Stellung zu gehen. Also erzählte sie, wie Ruby, das Stubenmädchen für das Obergeschoss, mit einem vollen Eimer Schmutzwasser auf der Hintertreppe ausgerutscht war und dass die Köchin vergessen hatte, Zucker in die Rhabarbertorte zu geben, als Lady Harvey Gäste geladen hatte.

Dann beschrieb Nell Lady Harveys neues Ballkleid aus roséfarbener Seide, das der Schneider am vergangenen Tag aus London geschickt hatte. »Auf dem Mieder und der Schleppe sind Hunderte winziger Zuchtperlen aufgenäht«, schwärmte sie.

»Wenn ich eine Dame bin, werde ich wunderschöne Kleider haben«, sagte Hope, dann stand sie auf und zupfte am Saum ihres abgetragenen Baumwollkleides, als stünde sie im Begriff, in einen Ballsaal zu rauschen.

»Dann werden wir einen reichen Ehemann für dich finden müssen«, erwiderte Nell voller Zuneigung. Wenn ihre anderen Schwestern sich Dinge wünschten, von denen sie wusste, dass sie sie niemals bekommen würden, setzte sie ihnen stets rasch einen Dämpfer auf. Aber aus irgendeinem Grund konnte sie sich Hope gegenüber nicht genauso verhalten. Die Kleine hatte etwas an sich – die Kühnheit in ihren Augen, die stolze Haltung des Kopfes –, das die Möglichkeit ahnen ließ, dass sie vielleicht doch den Weg dorthin zurückfinden würde, wo sie hingehörte.

»Vielleicht könnte ich Master Rufus heiraten«, kicherte Hope. »Dann könnte ich auf Briargate leben.«

»Sei nicht töricht, Kind«, erwiderte Meg scharf. »Es gibt für dich nur eine Art, nach Briargate zu kommen: Du müsstest wie Nell dort arbeiten.«

Obwohl Nell verstand, warum ihre Mutter diese spezielle Idee im Keim ersticken musste, hatte sie dennoch Mitleid mit Hope, als sie deren enttäuschten Gesichtsausdruck bemerkte. Hope war im Gegensatz zu ihren Geschwistern nicht in Unwissenheit der Welt jenseits dieses Dorfes groß geworden. Sie wusste nicht nur über Briargate Bescheid, sie war auch einmal mit ihrem Vater auf dem Karren nach Bristol gefahren. Wochenlang hatte sie von nichts anderem gesprochen als von den Schiffen, den überfüllten Straßen, den prächtigen Kutschen und den Läden voller Dinge, die sie noch nie zuvor gesehen hatte. Konnte es da überraschen, dass sie verstiegene Vorstellungen hatte?

»Wie wär's, wenn du mich später zusammen mit Joe und Henry nach Briargate zurückbegleiten würdest?«, schlug Nell impulsiv vor. »Ich habe der Köchin schon so viel von dir erzählt, und sie würde dich gern einmal kennenlernen. Außerdem könntest du auch Ruth und James besuchen.«

Hope klatschte begeistert in die Hände. Meg warf Nell einen missbilligenden Blick zu.

»Es ist besser für sie, wenn sie lernt, dass ihr Platz dort nur in der Küche sein kann«, erklärte Nell, während Hope Hals über Kopf die Wiese hinunterrannte, um den Jungen Bescheid zu geben.

Meg seufzte, äußerte sich aber nicht dazu. Es hätte nicht ihrem Wesen entsprochen.

Mrs Cole hatte Briargate kurz nach Rufus' Geburt verlassen, und Lady Harvey war zu dem Schluss gekommen, keine neue Haushälterin zu benötigen. Als Nell Bridies Position als Zofe Lady Harveys eingenommen hatte, war sie damit nach Baines und der Köchin an die dritte Stelle in der Hierarchie der Dienstboten getreten. Es gab jetzt nicht mehr so viel Personal – wenn jemand fortging, wurde er nicht notwendigerweise ersetzt –, was bedeutete, dass sie alle einige zusätzliche Pflichten übernommen hatten. Rose, die als Hausmädchen zuvor für das Obergeschoss zuständig gewesen war, war ins Erdgeschoss beordert worden, und Ruby, die bisherige Küchenmagd, hatte Roses alte Stellung übernommen. Die Köchin bekam eine neue Küchenmagd namens Ginny, und die gröbsten Arbeiten fielen jetzt Ada zu, die nicht im Haus lebte, sondern jeden Morgen aus Woolard heraufkam. Außerdem waren da noch Ruth als Kindermädchen und James, der inzwischen einzige Stallbursche, da John Biggins in den Ruhestand getreten war, sowie der neue Gärtner, Albert Scott, und sein Gehilfe Willy. Mehr Personal gab es nicht.

Es bereitete Nell eine gewisse Freude zu wissen, dass sie von allen die einfachste und angenehmste Arbeit hatte. Lady Harvey war nicht anspruchsvoll, und Nell brauchte sie nur anzukleiden und sich um ihr Haar und ihre Garderobe zu kümmern. Wenn die Herrin Besuche machte, zum Einkaufen nach Bath fuhr oder auch nur eine Kutschfahrt unternahm, begleitete Nell sie. Wenn Besucher nach Briargate kamen, füllte Nell ihre Zeit damit aus, Kleider zu flicken oder zu plätten, aber wenn keine derartigen Arbeiten anfielen, gehörte ihre Zeit ihr selbst. Meistens hatte sie das Gefühl, sich überaus glücklich schätzen zu können.

Doch als sie später am Nachmittag, die Kinder im Schlepptau, nach Briargate zurückging, war sie in nachdenklicher Stimmung. Dieses Gefühl, in der Nacht von Hopes Geburt um zehn Jahre gealtert zu sein, hatte sich niemals wirklich gelegt. Es war, als hätte dieses Ereignis ihr ihre Jugend geraubt und sie zu vorsichtig und ängstlich gemacht.

Sie war jetzt zweiundzwanzig, und fast alle Mädchen im Dorf, mit denen sie aufgewachsen war, waren verheiratet und hatten Kinder. Würde ihr dieses Glück jemals zuteilwerden?

Es war das, was sie sich mehr wünschte als alles andere. Wenn sie abends einschlief, stellte sie sich meistens ihre Hochzeit vor und das Cottage, in dem sie leben würde, und sie suchte sogar Namen für ihre Kinder aus. Aber vielleicht hatte sie ihre Blüte ja bereits überschritten?

Dieser Gedanke machte ihr Angst, denn sie wollte nicht so enden wie Bridie: als eine alte Frau, die ganz und gar für die Familie lebte, der sie diente.

Nell hatte durchaus Bewunderer. Sie wusste, dass Baines eine Schwäche für sie hatte. Aber er war Anfang fünfzig, und ihr Herz schlug niemals schneller, wenn sie ihn sah. Dann war da noch Seth O'Reilly, der aus dem Lebensmittelladen in Pensford die Ware anlieferte; er verlor derart die Fassung, wann immer er sie sah, dass er kaum noch einen zusammenhängenden Satz bilden konnte. Aber er wirkte ein wenig schwach, und sie konnte sich nicht vorstellen, dass er in der Lage war, Holz zu hacken oder eine Kuh zu melken. Außerdem hinkte er. Sie wollte einen Mann wie ihren Vater, einen glücklichen, umgänglichen Mann, der sich nach einem langen Arbeitstag bei Kälte oder Regen nicht beklagte. Einen Mann, der sich auf jede Arbeit verstand, der nicht leichtsinnig mit Geld umging, der nicht zu viel trank und überdies eine gewisse Leidenschaft besaß.

Nell dachte, dass Albert Scott, der neue Gärtner, vielleicht ein solcher Mann war. Er war im März nach Briargate gekommen, kurz nach dem Tod Jacobs, des alten Gärtners, der seit der Erbauung des Hauses auf Briargate gelebt hatte.

Seit Alberts Erscheinen hatte Nell erheblich mehr Zeit darauf verwandt, ihn durch die Fenster zu beobachten, als es schicklich gewesen wäre. Er war sehr gut aussehend, über einen Meter achtzig groß, mit schwarzem, gewelltem Haar, einem dichten, dunklen Bart und starken, sehr braunen Händen, und sie schätzte ihn auf etwa fünfundzwanzig.

Traurigerweise bekam sie als Lady Harveys Zofe keine Gelegenheit, mit Gärtnern oder Stallburschen zu verkehren, da diese ihre Zimmer über dem Stall hatten und ihre Mahlzeiten nach den anderen Dienstboten einnahmen. Das war der andere Grund, warum sie die Kinder heute mitgenommen hatte, denn wenn sie die Pferde in den Ställen sehen wollten, würde sie vielleicht Gelegenheit bekommen, mit Albert zu sprechen.

Die Kinder rannten voraus durch den Wald, die Jungen balancierten wie kleine Bergziegen laut kreischend über umgestürzte Bäume, während Hope für die Köchin Hasenglöckchen pflückte. Nell beobachtete sie voller Zuneigung und rief sich ins Gedächtnis, welch ein Glück es war, dass ihre Familie so nahe lebte. Die Köchin hatte ihre Familie verlassen, als sie zwölf gewesen war, und sie hatte seit über zwanzig Jahren keinen Kontakt mehr zu ihren Verwandten.

Die spätnachmittägliche Sonne war noch immer sehr warm, als sie aus dem Wald kamen und über die Koppel zu dem Drehkreuz an den Ställen gingen.

»Ob die Köchin wohl Hasenglöckchen mag?«, fragte Hope aufgeregt. Sie sah aus, als würde sie jeden Augenblick platzen, denn endlich konnte sie das Haus besuchen, von dem sie so viel gehört hatte. »Wird sie sie in ein Marmeladenglas stellen?«

»Ganz bestimmt«, sagte Nell, erheitert über die Aufregung des Mädchens. »Aber du wirst nicht lange bleiben können, weil sie das

Essen für heute Abend vorbereiten muss. Und ich muss nach oben gehen und mich um Lady Harveys Bad kümmern; heute Abend werden Gäste erwartet.«

»Wird James mir erlauben, Merlin zu sehen?«, wollte Henry wissen.

Merlin war der neue Hengst des Herrn, und James redete ständig von ihm.

»Ganz bestimmt«, antwortete Nell. »Du kannst dir auch Duchess und Buttercup anschauen, ihr Fohlen, und dann sind da noch die Kutschpferde.«

Die Köchin war entzückt, die Kinder zu sehen, denn sie hatte ebenso viel über sie gehört, wie es umgekehrt der Fall gewesen war. Jedes Kind bekam von ihr ein Glas ihrer selbst eingekochten Limonade und ein Stück Apfeltorte.

Dann kam Ruth in ihrer blau-weiß gestreiften Kindermädchentracht zu ihnen in die Küche. Sie war jetzt neunzehn und eine etwas dünnere und größere Version ihrer Schwester Nell. Als sie ihre Geschwister sah, stieß sie einen Entzückensschrei aus und brachte die Jungen in Verlegenheit, indem sie sie vor der Köchin umarmte und küsste.

»Ich werde morgen an meinem freien Nachmittag zu Hause sein«, erklärte sie ihnen. »Aber ich muss jetzt gehen, denn es ist fast Zeit für Master Rufus' Tee. Doch denkt unbedingt daran, James noch zu besuchen, bevor ihr aufbrecht.«

Sir William war mit Merlin ausgeritten, aber James zeigte ihnen Duchess und Buttercup auf ihrer Koppel und erlaubte ihnen, den Kutschpferden einige Möhren zu fressen zu geben. Zu Nells Enttäuschung konnte sie Albert nirgends entdecken. »Arbeitet er noch im Garten?«, fragte sie James. »Ich dachte, er könnte Hope ein wenig herumführen.«

James grinste. Er war jetzt zwanzig, in seiner Zeit auf Briargate noch einen halben Kopf größer geworden, und die harte Arbeit hatte seine Muskeln gestählt. Er erfreute sich großer Beliebtheit bei den Dienstmädchen, denn obwohl er kein besonders gut aussehender Bursche war mit seinem glatt herunterhängenden, dunklen Haar und der Renton'schen großen Nase, war er doch ein netter junger Mann, witzig und warmherzig. »Du hast also gehofft, ihm hier zu begegnen!«, sagte er anzüglich.

Nell errötete. Sie versuchte nicht, es zu leugnen, denn James kannte sie zu gut.

»Er ist vor dem Haus und jätet im Rosenbeet Unkraut. Geh mit Hope dorthin!« Er grinste wissend. »Die Jungen können hier bei mir bleiben.«

»Dort kann ich nicht hingehen«, entgegnete Nell entsetzt. Es gab eine Art ungeschriebenes Gesetz, nach dem die Dienstboten vor dem Haus nichts zu suchen hatten. Es hätte ihr nichts ausgemacht, Hope die Gärten hinterm Haus zu zeigen, aber die vorderen Gärten waren etwas anderes, denn dort konnte sie von jedem gesehen werden, der gerade aus einem der Fenster schaute.

»Sei nicht dumm, natürlich kannst du nach vorn gehen«, lachte James. »Hope wird sich die Statuen anschauen wollen. Und Albert wird dich sehen wollen.«

Solchermaßen erkühnt, griff Nell nach Hopes Hand und ging durch das Tor des Stallhofs auf die vordere Seite des Hauses. Abgesehen von dem großen runden Rosenbeet inmitten der mit Kieseln bedeckten Auffahrt, wuchsen vorn am Haus weitere Rosen, von denen sich einige im Hochsommer die Mauern hinaufrankten, und dort war Albert mit dem Unkrautjäten beschäftigt.

Er hatte den braunen Kittel, den er für gewöhnlich trug, ausgezogen und seine Hemdsärmel hochgekrempelt, und der Anblick seiner muskulösen bloßen Unterarme und der engen Kniebundhosen aus Maulwurfsfell über seinen Hüften weckte in Nell plötzlich eine gehörige Schüchternheit.

Sie wusste aus vergangenen Jahren, dass die Rosen in einigen Wochen aufsehenerregend sein würden, aber bisher blühten sie noch nicht. Hätten sie bereits geblüht, hätte sie Hope daran riechen lassen können, doch ohne einen echten Vorwand für ihre Anwesenheit hier fühlte sie sich verletzlich und ziemlich töricht.

Aber Hope lief direkt zu Albert hinüber, bevor Nell sie daran hindern konnte.

»Warum sind hier denn gar keine Blüten?«, fragte sie ihn.

»In einem Monat werden welche hier sein«, erwiderte Albert, dann schaute er zu Nell hinüber und lächelte. »Rosen haben gern das ganze Beet für sich, musst du wissen. Sie halten nicht viel von Wettbewerb.«

Nell nahm ihren Mut in beide Hände und ging auf ihn zu. Als sie vor ihm stand, wollte Hope wissen, warum die Rosen keinen Wettbewerb schätzten, und sagte dass sie Gärten möge, in denen überall Blumen verschiedenster Art blühten.

»Da geht es mir genauso wie dir«, sagte Albert. »Aber das ist nicht mein Garten, also muss ich tun, was dem Herrn gefällt.«

Nell entschuldigte sich errötend für ihre Schwester.

»Sie macht mir keine Mühe«, versicherte Albert fröhlich. »Bring sie noch einmal her, wenn alle Rosen in voller Blüte stehen. Ich wette, dass es ihr gefallen wird.«

Hope war sehr angetan von den Marmorstatuen in dem großen runden Rosenbeet, und Nell errötete abermals, als sie fragte, warum die Damen keine Kleider trügen. Albert kicherte und antwortete, seiner Meinung nach läge das daran, dass ein Bildhauer leichter nackte Menschen aus dem Stein hauen könne als solche, die in Kleider gehüllt waren.

Sie waren noch etwa fünf, sechs Schritte von der Veranda und dem Vordereingang entfernt, als Nell hörte, wie die Tür geöffnet wurde und Lady Harvey sich von jemandem verabschiedete.

Da sie nicht im Gespräch mit dem Gärtner gesehen werden wollte, erklärte Nell Hope, es sei Zeit für sie zurückzukehren. Aber Hope beachtete ihre Worte nicht und hüpfte in Richtung Eingang davon; sie erreichte ihn gerade in dem Moment, als ein Herr unter dem Säulengang hervortrat.

»Hope!«, rief Nell. Aber zu ihrem Entsetzen blieb das Kind einfach dort stehen. Die Hände hinterm Rücken verschränkt, schenkte sie dem Mann ein bezauberndes Lächeln.

Er war vielleicht dreißig, hochgewachsen und schlank, und er trug ein dunkelgrünes Reitjackett, braune Reithosen und lange Reitstiefel. Um den Hals hatte er sich verwegen ein gelbgrünes Halstuch geschlungen. Er blickte auf Hope hinab und lächelte. »Hallo! Wer bist denn du?«

»Hope Renton«, erwiderte sie, ohne zu zögern. »Ich bin hergekommen, um mir die Rosen anzusehen, aber es sind keine Blüten da.«

Nell eilte zu ihr hinüber und griff nach Hopes Hand. Lady Harvey war hineingegangen und schloss eben die Tür hinter sich. »Es tut mir leid, Sir«, erklärte sie.

»Es ist nicht nötig, sich für ein höfliches Kind zu entschuldigen.« Seine Stimme war tief, und es schwang ein Unterton von Erheiterung darin mit, als lachte er über ihre Verlegenheit.

Nell blickte in sein freundliches Gesicht und erbleichte. Er hatte die gleichen fast schwarzen Augen wie Hope, und auch sein dunkles Haar war wie das ihrer Ziehschwester. Diese Erkenntnis schockierte sie dermaßen, dass sie ihn nur mit offenem Mund anstarren konnte.

»Sie müssen eine Schwester des jungen Stallburschen sein, der mein Pferd übernommen hat«, bemerkte er mit einem unbefangenen Lächeln. »Sie sehen einander sehr ähnlich.«

Nell riss sich sofort zusammen. »Ja, Sir, das ist James. Ich bin Nell, Lady Harveys Zofe«, brachte sie gerade noch heraus. »Ich werde James sagen, dass er Ihnen Ihr Pferd bringen soll.«

Dann lief Nell davon, Hope fest an der Hand.

Nachdem sie James aufgetragen hatte, dem Gentleman sein Pferd zu bringen, verabschiedete Nell sich von den Kindern und schärfte ihnen ein, auf direktem Wege nach Hause zu gehen. Sie blieb am Drehkreuz neben der Koppel stehen und winkte ihnen noch eine

Weile nach, weil sie es nicht wagte, ins Haus zurückzukehren, solange sie noch so aufgewühlt war.

Sie hatte sich nie gestattet, über Hopes Vater nachzugrübeln, geradeso, wie sie nicht nach Zeichen der Ähnlichkeiten zwischen ihrer Herrin und dem Kind suchte. Sie hatte vor langer Zeit beschlossen, dass es besser war, niemals über solche Dinge nachzudenken.

Es kamen viele männliche Besucher nach Briargate; einige wurden von ihren Ehefrauen, Schwestern oder Müttern begleitet, und andere kamen allein, wenn sie Freunde von Sir William waren. Aber Nell hatte niemals jemanden gesehen, der auch nur die geringste Ähnlichkeit mit Hope hatte, und sie hatte auch nicht damit gerechnet. Schließlich würde ein Mann, der ihrer Herrin das angetan hatte, in diesem Hause wohl kaum willkommen sein.

Doch die verstohlene Art und Weise, wie Lady Harvey diesen Herrn hinausgeleitet hatte, war beinahe ein Beweis für eine Intrige, denn warum hatte sie Rose nicht gerufen? Und weshalb empfing sie überhaupt Herrenbesuch, während ihr Gatte nicht zu Hause war?

Was war, wenn der Mann sich selbst in Hope wiedererkannt hatte? Wenn Nell die Ähnlichkeit auffiel, konnte sie doch gewiss auch anderen auffallen.

Ein Weilchen später ging Nell ins Kinderzimmer hinauf, um Ruth zu besuchen, und in ihrer Verwirrung hatte sie nicht daran gedacht, dass sich Ihre Ladyschaft zu dieser Tageszeit oft im Kinderzimmer aufhielt.

»Ruth hat mir gerade erzählt, dass deine jüngeren Geschwister dich heute Nachmittag begleitet haben«, sagte sie freundlich.

»Es tut mir leid, Mylady«, antwortete Nell. »Ich hätte fragen sollen, ob ich sie mitbringen darf.«

»Unsinn, dazu brauchst du meine Erlaubnis nicht.« Lady Harvey setzte sich Rufus auf den Schoß und ließ ihn auf und ab wippen. »Ich wünschte, ich hätte sie auch gesehen. Rufus hätte gewiss ebenfalls seinen Spaß an dem Besuch gehabt. Er könnte einige kleine Spielgefährten gebrauchen.«

Das Kinderzimmer war der Ort, an dem Lady Harvey stets am entspanntesten war, und sie freute sich darüber, dass Nell gelegentlich hierherkam, weil ihr, wie sie sagte, der Gedanke nie gefallen hatte, kleine Kinder von anderen Menschen abzuschirmen. Diesmal wünschte Nell, sie wäre nicht hergekommen, aber sie konnte kaum unverzüglich wieder gehen, ohne einen Verdacht zu erregen. Also bückte sie sich, um einige Bauklötze vom Boden aufzuheben.

Es erleichterte Nell, dass ihre Herrin vollkommen normal wirkte. Sie war weder nervös noch erregt, und sie trug ein schlichtes taubengraues Kleid, das für eine Mutter vollkommen passend schien – kaum die Art von Kleid, die eine Frau wählen würde, um ihren Geliebten zu empfangen. Ihr Haar war noch immer so ordentlich aufgesteckt wie am Morgen, als Nell es ihr gerichtet hatte. Also irrte sie sich vielleicht, was den Mann betraf?

»Wir würden es nicht wagen, unsere Brüder zu Rufus zu bringen«, meinte Nell, der es sehr schwerfiel, sich ihre Unruhe nicht anmerken zu lassen. »Sie sind ein wenig zu grob für einen kleinen Herrn wie ihn.«

Rufus sah mit seinen langen blonden Locken, den blauen Augen und dem üblichen langen Babykleid aus wie ein kleines Mädchen. Erst vor wenigen Tagen hatte Nell Sir William sagen hören, er fände es für seinen Sohn an der Zeit, Hosen zu tragen, doch bisher hatte Lady Harvey Ruth diesbezüglich noch keine Anweisung gegeben.

»Aber deine Schwester könnte zum Spielen herkommen«, entgegnete Lady Harvey mit einem Lächeln. »Wie alt ist sie jetzt?«

»Hope ist sechs, Ma'am«, erwiderte Nell nervös. Sie befürchtete, ihre Herrin würde später darüber nachgrübeln und es für einen seltsamen Zufall halten, dass das Kind der Rentons im selben Alter war wie dasjenige, das sie selbst verloren hatte. »Aber ziemlich altklug, und sie hört nie auf, Fragen zu stellen«, fügte sie hastig hinzu.

»Will runter, Mama«, sagte Rufus, dann kletterte er vom Schoß seiner Mutter und tapste zu Ruth hinüber.

Sowohl Nell als auch ihre Schwester himmelten Rufus an; er war ein liebenswerter kleiner Junge, und er brachte ihnen ebenso viel Zuneigung entgegen wie seiner Mutter.

»Bring Hope am Montag zum Tee mit«, erklärte Lady Harvey, bevor sie vom Sofa aufstand und ihr Kleid glatt strich. »Du kannst nach dem Mittagessen nach Hause laufen, um sie zu holen. Bis du wieder da bist, wird Rufus seinen Mittagsschlaf beendet haben. Er soll lernen, sein Spielzeug zu teilen und sich auf andere Kinder einzustellen.«

Während ihre Herrin aus dem Kinderzimmer rauschte, sah Ruth ihre ältere Schwester an und kicherte. »Unsere Hope hier! Ihre Ladyschaft hat ja keine Ahnung, worauf sie sich da einlässt.«

An diesem Abend bürstete Nell Lady Harvey gerade das Haar, als Sir William ins Schlafzimmer kam.

»Du gibst ein hübsches Bild ab«, bemerkte er, während er an der Tür lehnte. »Wer bürstet dir das Haar, Nell?«

Nell lachte leise. Der Herr hatte ganz offensichtlich zu viel getrunken, denn sein Gesicht war gerötet, und das Hemd hing ihm lose über die Hosen. Er war unleugbar der bestaussehendste Mann, der ihr je begegnet war; seine Gesichtszüge waren so perfekt wie die Marmorstatuen im Rosenbeet, sein Haar hatte die Farbe von reifem Mais, und seine Augen waren von einem tiefen Blau. Die Köchin hatte oft gesagt, er sei hübsch wie ein Mädchen, aber Nell war anderer Meinung; seine Lippen mochten eine Spur zu sinnlich sein, doch er hatte ein starkes Kinn und sehr wohlgeformte Oberschenkel, weil er so viel ritt.

Sie wusste, dass er, betrunken oder nicht, in guter Stimmung war, denn sie hatte ihn mit seiner Frau lachen hören, als sie nach dem Aufbruch ihrer Gäste die Treppe hinaufgekommen waren. »Niemand außer mir selbst, Sir«, antwortete sie.

Er stand nur schweigend da und beobachtete sie und seine Frau. Vermutlich hatte er die Absicht, in dieser Nacht mit der Herrin das Bett zu teilen, überlegte Nell. Sie war froh, Lady Harvey bereits aus ihrem Korsett und in ihr Nachthemd geholfen zu haben. Nell fand es nicht recht schicklich für einen Mann, das alles zu sehen.

»Hast du eigentlich einen Liebsten, Nell?«, wollte Sir William plötzlich wissen.

»Nein, Sir«, antwortete sie und errötete heftig.

»Aber hättest du gern einen?«, hakte er nach, während er weiter in den Raum hereinkam und sich auf das Bett setzte. »Hoffst du, eines Tages zu heiraten?«

»William!«, tadelte Lady Harvey ihn lachend. »Hör auf, die arme Nell so auszufragen!«

»Ich hoffe tatsächlich, eines Tages zu heiraten, Sir, wenn der richtige Mann des Weges kommt«, fügte Nell hinzu.

»Dann denke ich, dass ich mich nach einem passenden Ehemann für dich umschauen sollte«, erwiderte er mit einem strahlenden Lächeln, das perfekte, kleine weiße Zähne entblößte.

»Nun, such nicht allzu weit von Briargate entfernt, William«, bemerkte Lady Harvey mit einem Lachen in der Stimme. »Ich möchte nicht, dass sie mich verlässt. Aber du kannst jetzt zu Bett gehen, Nell. Mit allem anderen werde ich allein fertig.«

Nell legte die Haarbürste auf den Ankleidetisch, machte einen kleinen Knicks und wünschte den Herrschaften eine gute Nacht. Während sie den Raum verließ, drehte sie den Kopf gerade weit genug, um noch zu sehen, dass ihr Herr vom Bett aufgestanden war und seine Frau auf den Hals küsste. Das gefiel ihr und zerstreute ein wenig ihre Befürchtungen, was den Besucher vom Nachmittag betraf.

Sie hatte von James erfahren, wer der Herr war – Hauptmann Angus Pettigrew von den Königlichen Husaren, ein Vetter der Pettigrews, die etwa drei Kilometer von Briargate entfernt in Chelwood House lebten.

Natürlich konnte sie ihrem Bruder nicht erzählen, warum sie

mehr über den Herrn wissen wollte. Ebenso wenig konnte sie weitere Fragen stellen, denn James sollte ihre Sorge nicht spüren. Außerdem war sie sich nicht einmal sicher, ob sie weitere Informationen wollte. Nell wusste nur eines: Sie fühlte sich bedroht.

Aber wodurch? Sie hatte sich diese Frage schon unzählige Male gestellt und keine Antwort gefunden. Doch jetzt, da sie die Harveys zusammen gesehen hatte und ihre Herrschaft offenkundig glücklich war, dachte sie, dass der Hauptmann vielleicht zu Besuch bei seinen Verwandten war und nur der Höflichkeit halber auf Briargate vorgesprochen hatte.

Trotzdem war Nell noch immer beunruhigt wegen der Bitte ihrer Herrin, Hope zum Spielen zu Rufus zu bringen. Wenn Bridie jetzt hier gewesen wäre, hätte sie entsetzt die Hände hochgeworfen. Aber Nell konnte Lady Harveys Bitte nicht abschlagen oder sich in Ausreden flüchten. Sie konnte nur hoffen, dass der Besuch kein Erfolg wurde, dass Lady Harvey zu dem Schluss kam, Hope sei doch keine passende Gefährtin für ihren Sohn, und dass die Angelegenheit damit beendet wäre.

Doch Nells Hoffnung erfüllte sich nicht: Hopes Besuch entpuppte sich ganz und gar nicht als Fehlschlag. Am Montag regnete es, daher mussten die beiden Kleinen im Kinderzimmer bleiben. Hope war so begeistert von Rufus' Spielzeugen – Dingen, wie sie sie noch nie zuvor gesehen hatte –, dass sie nur allzu glücklich war, mit allem zu spielen, was er vorschlug. Sie baute ihm Burgen mit seinen Bauklötzen und lachte, wenn er sie umwarf. Sie ritten zusammen auf seinem Schaukelpferd, und Hope sah sich mit Rufus Bilderbücher an.

Lady Harvey gesellte sich zum Tee zu ihnen, und Hope ließ schamlos ihren Charme spielen, bewunderte das zierliche Porzellan, aß und trank weit manierlicher, als sie es für gewöhnlich tat, und tadelte Rufus sogar, als er die Krusten seines Marmeladenbrots liegen ließ.

Rufus hielt Hope offenkundig für das Beste, was ihm in seinem jungen Leben je widerfahren war, und als es Zeit wurde, Hope nach Hause zu bringen, klammerte er sich unter Tränen an sie und nahm seiner Mutter das Versprechen ab, dass sie in der nächsten Woche wiederkommen durfte. Während Nell mit Hope über die Koppel ging, sah sie im Geiste Bridie vor sich, wie sie die Faust schüttelte und sie fragte, warum sie so dumm gewesen sei, das Kind überhaupt nach Briargate gebracht zu haben.

Man erwartete von allen Angestellten in Briargate, die nicht für die Vorbereitung des Mittagessens benötigt wurden, dass sie am Sonntag in Compton Dando zur Kirche gingen. All jene, die aus den umliegenden Dörfern kamen, bekamen ebenfalls einen Sonntag im Monat frei, um nach dem Gottesdienst ihre Familien zu besuchen. James und Ruth hatten oft denselben Sonntag frei, aber da Nell an diesen Tagen als Kindermädchen für Ruth einspringen musste, ging sie immer allein nach Hause.

Drei Wochen nach Hopes erstem Besuch in Briargate hatte Nell ihren ersten freien Sonntag. Sie war es zufrieden, mit den anderen Dienstboten durch Lord's Wood zur Kirche zu gehen. Der Boden war trocken, daher würde sie sich weder ihre blank polierten Stiefel noch ihr bestes blaues Kleid schmutzig machen, und Lady Harvey hatte ihr ein Sträußchen kleiner künstlicher Rosen und ein blaues Band für ihre Haube geschenkt. Nell freute sich darauf, ihren Vater zu sehen, denn an ihrem gewohnten freien Nachmittag war er stets bei der Arbeit, und sie konnte von Glück sagen, wenn sie ihn länger als einige wenige Minuten zu Gesicht bekam, bevor sie nach Briargate zurückkehren musste. Aber mehr als alles andere freute es sie, dass Albert sich heute den anderen Dienstboten angeschlossen hatte.

Als Gärtner brauchte er sonntags überhaupt nicht zu arbeiten, und bisher hatte er immer den Gottesdienst in der Kirche in Chelwood besucht. Nell glaubte, dass er nun einmal eine andere Kirche kennenlernen wollte und seine Kollegen nur deshalb begleitete. Es konnte nicht Rose sein, die ihm gefiel; sie war eine echte alte Jungfer von über dreißig Jahren. Ruby war erst vierzehn, so mager wie ein Stock und völlig reizlos. Damit blieb nur Ruth übrig, aber soweit Nell wusste, hatte sie nie ein Wort mit Albert gewechselt. Sie fragte sich, ob sie den Mut haben würde, ihn nach dem Gottesdienst ins Cottage einzuladen. Oder würde das zu forsch wirken?

Als hätte er ihre Gedanken gelesen, blieb Albert stehen, drehte sich mit einem Lächeln zu ihr um und wartete, bis sie ihn eingeholt hatte. »Wer wird bei euch heute alles zu Hause sein?«, fragte er.

Nell fand, dass er mit seiner Tweedjacke, den dunkelgrünen Kniehosen und den adretten Strümpfen durchaus als ein Landedelmann durchgehen konnte. »Nur Hope, die beiden jüngeren Buben und Matt, mein ältester Bruder – er arbeitet auf demselben Bauernhof wie mein Vater«, antwortete Nell. »Wo lebt deine Familie?«

»In Penshurst, das ist in Kent«, sagte Albert. »Nur ein Bruder und zwei Schwestern, und sie sind alle verheiratet. Unsere Eltern sind vor einigen Jahren gestorben.«

»James hat mir erzählt, dass du früher für den Bischof von Wells gearbeitet hast. Weshalb bist du so weit von zu Hause fortgegangen, um Arbeit zu suchen?«, erkundigte sie sich.

Albert zuckte die Schultern. »Ich wusste, dass ich niemals eine bessere Chance bekommen würde als eine Arbeit in einem Palastgarten.«

»Warum bist du dann von dort fortgegangen?«

Er bedachte sie mit einem ziemlich eigenartigen Seitenblick, und sie befürchtete, dass sie zu viele Fragen stellte.

»Weil ich alt geworden wäre, bevor man mich dort zum ersten Gärtner gemacht hätte. Ich habe gehört, dass Sir William jemanden brauchte, und bin an meinem freien Tag den ganzen Weg bis hierher gelaufen, um mit ihm zu sprechen. Sobald ich das Grundstück gesehen hatte, wusste ich, dass ich hier an der richtigen Stelle wäre, und Sir William haben meine Vorschläge zur Umgestaltung gefallen.«

Alle Dienstboten hatten bemerkt, dass der Herr seit Alberts Erscheinen in Briargate viel größere Begeisterung für den Garten an den Tag legte, als es früher der Fall gewesen war. Er ging bei jedem Wetter hinaus und half Albert häufig, neue Blumenbeete anzulegen.

»Aber fühlst du dich denn nicht ein wenig einsam hier?«, hakte Nell nach. »Ich meine, Willy ist ein wenig einfältig, und James geht abends immer ins Dorf. Du musst doch in Wells viele Freunde zurückgelassen haben?«

Albert zuckte abermals die Schultern. »Ich bin kein allzu geselliger Mensch«, sagte er. »Wenn ich Leute treffen will, gehe ich in die Schenke unten in Chelwood. In Wells war es ganz ähnlich; die anderen Männer waren entweder sehr alt oder einfältig wie Willy. Mir gefällt es hier besser.«

James hatte Nell erzählt, dass Albert nicht allzu viel redete, aber er irrte sich. Er plauderte während des ganzen Wegs bis zur Kirche mit ihr und stellte Nell Dutzende von Fragen nach ihrer Familie. Er war ein wenig ernst und runzelte häufiger die Stirn, als dass er lächelte, doch Nell machte es nichts aus. Sie war einfach glücklich, dass er sich mit ihr unterhalten wollte.

Als Albert mit Nell und dem Rest ihrer Familie auf dem Heimweg nach dem Gottesdienst gemeinsam den Hügel hinaufging, lud ihr Vater ihn auf ein Glas Bier ein. Albert blieb etwa eine halbe Stunde. In dieser Zeit bewunderte er den Gemüsegarten, bevor er sich entschuldigte. Aber als er aufbrach, fragte er Nell ziemlich eindringlich, wann genau sie nach Briargate zurückkehren wolle. Offenbar beabsichtigte er, ihr entgegenzugehen, um sie durch den Wald zu begleiten.

Nell spürte, dass Albert ihren Eltern gefiel, obwohl sie nichts dergleichen sagten und nur feststellten, er sei »ein ernster junger Mann«. Doch obwohl es sie mit einiger Aufregung erfüllte, dass Albert sie ebenso zu mögen schien wie sie ihn, war ein Sonntag daheim mit ihrer Familie für den Augenblick wichtiger.

Meg hatte einen Kanincheneintopf mit Klößen zubereitet, gefolgt von eingekochten Himbeeren aus dem Garten, und es war ein fröhliches Mahl, bei dem viel gelacht und geplaudert wurde. Matt ging seit Kurzem mit Amy Merchant aus, einer Bauerntochter aus Woolard und Kindheitsfreundin von Nell, mit der zusammen sie Pastor Goslings Unterricht im Pfarrhaus besucht hatte. Meg und Silas hofften offenkundig, dass dies zu einer Heirat führen würde, nicht nur weil sie Amy mochten, sondern weil ihr Vater, ein Pächter, relativ wohlhabend war und nur Töchter hatte. Meg zog Matt damit auf, dass er seine besten Stiefel polierte, wenn er sie abends besuchen ging.

»Als ich um eure Mutter warb, bin ich mehr als fünfzehn Kilometer zu Fuß gegangen«, erzählte Silas und fügte scherzend hinzu: »Ich habe auch nur deshalb um ihre Hand angehalten, weil ich die langen Märsche bei schlechtem Wetter nicht mehr habe ertragen können.«

Matt verabschiedete sich um vier Uhr, weil er sich mit Amy treffen wollte, und die drei kleinen Kinder gingen zum Spielen an den Fluss, während Nell, Meg und Silas halb dösend unter dem Apfelbaum hinter dem Cottage zurückblieben.

Erst als Meg Hopes wöchentlichen Besuch in Briargate erwähnte, richtete Silas sich auf.

»Ich bin mir nicht sicher, ob wir zulassen sollten, dass sie regelmäßig nach Briargate geht«, sagte er. »Das kann nur mit Schwierigkeiten enden.«

»Er hat recht«, pflichtete Meg ihm nickend bei. »Ich weiß, Hope liebt die Besuche in Briargate, aber sie verdrehen ihr den Kopf. Bald wird sie denken, sie sei zu vornehm für uns. Erst neulich hat sie mich gefragt, warum wir keine hübschen Porzellantassen und Teller hätten. Briargate hier, Briargate da, heißt es ständig. Lady Harvey hat ein rosafarbenes Kleid, oder Rufus bekommt ein Pony. Wo wird das alles enden, Nell?«

»Ich habe nicht die geringste Ahnung.« Nell runzelte die Stirn. »Ich war von Anfang an nicht glücklich darüber, wie ihr wisst.

Aber wie können wir dem ein Ende setzen, ohne Master Rufus Kummer zu bereiten?«

»Wie behandelt Lady Harvey sie denn?«, fragte Silas mit einem ängstlichen Ausdruck in den dunklen Augen.

»Sie ist sehr freundlich zu ihr, sie mag sie wirklich. Jeder in Briargate mag sie.«

»Natürlich mag Lady Harvey sie, sie ist schließlich ihr eigen Fleisch und Blut, und genau dort liegt auch die Gefahr«, meinte Silas seufzend.

Ich sehe nichts Gefährliches daran, wenn jemand ein Kind mag, wollte Nell einwenden, aber dann sah sie im Geiste plötzlich Lady Harvey vor sich, wie sie mit Hope lachte und ihr übers Haar strich.

»Du meinst, sie würde Hope vielleicht am Ende *zu sehr* mögen?«

Wieder beobachtete sie, dass ihre Eltern einander ansahen. »Habt ihr Angst, sie könne uns Hope wegnehmen?«, fragte Nell ungläubig. »Das würde sie nicht tun! Sie könnte es nicht.«

»Es gibt mehr als eine Möglichkeit, jemandem ein Kind wegzunehmen«, erwiderte Meg düster. »Sie könnte Hope Flausen in den kleinen Kopf setzen, dass sie anders sei, oder sie könnte in ihr den Wunsch nach mehr wecken, als sie jemals bekommen wird. Und wer weiß – vielleicht hat Bridie Lady Harvey sogar erzählt, dass das Baby überlebt hat.«

»Nein!« Nell schüttelte den Kopf. »Das hätte Bridie niemals getan.«

»Bridie war ihrer Herrin treu ergeben«, gab Meg zurück. »Sie hat dir erlaubt, das Baby hierher zu bringen, weil sie dachte, das sei das Beste für Lady Harvey, doch später, als die Frau noch trauerte, hat sie ihr vielleicht die Wahrheit gesagt, weil sie auch das für das Beste hielt.«

»Das glaube ich nicht«, erklärte Nell nachdrücklich. »Wenn sie es erzählt hätte, hätte Lady Harvey mir Fragen über unsere Familie gestellt, und das hat sie nie getan.«

»Die vornehmen Herrschaften sind anders als wir«, bemerkte Silas verächtlich. »Sie werden schlau geboren. Außerdem braucht sie dich nichts zu fragen, Ruth erzählt ihr mehr als genug.«

Nell wollte das gerade bestreiten, doch dann wurde ihr bewusst, dass ihr Vater wahrscheinlich recht hatte, zumindest was Ruth betraf. Sie war seit Rufus' Geburt täglich mit ihm zusammen, und ihre Kenntnisse der Kinderpflege fußten auf den Erfahrungen, die sie bei der Pflege ihrer jüngeren Geschwister gesammelt hatte. Was konnte natürlicher sein, als zu sagen: »Mutter hat dies mit unserem Henry gemacht und jenes mit unserer Hope«? Und Ruth hatte keinen Grund, etwaige Nachfragen argwöhnisch zu betrachten.

»Dies kann einfach kein gutes Ende nehmen«, beharrte Silas bekümmert. »Selbst wenn Lady Harvey die Wahrheit kennt, wird sie nicht riskieren, dass ihr Geheimnis ans Tageslicht kommt, indem sie unserer Hope im Leben weiterhilft. Und wenn sie es nicht weiß und unser Mädchen ihr ans Herz wächst, wird sie ihr nur den Kopf verdrehen, wenn sie solchen Wirbel um sie macht. So oder so, Hope wird die Verliererin sein, weil sie weder Fisch noch Fleisch ist.«

Nell seufzte zustimmend. Sie und all ihre Geschwister kannten von frühester Kindheit an ihre Position im Leben. Sie alle waren hier, um jemandem zu dienen: Ihr Vater pflügte für einen der reichen Bauern Felder oder machte Heu, und die zwölfjährige Nell ging in Briargate in Stellung. Schon von Kindesbeinen an wurden sie für die Zukunft abgehärtet, indem sie Holz sammelten, Wasser vom Brunnen holten oder die Pferdeäpfel draußen auf der Gasse auflasen, um damit das Gemüse zu düngen. Zur Erntezeit musste die ganze Familie Silas auf den Feldern helfen, und seit ihrem dritten Lebensjahr verlangte man von Nell, Kartoffeln auszugraben.

Bevor sie in Stellung gegangen war, hatte sie oft Hunger gehabt und gefroren. Die geflickten Kleider, die sie getragen hatte, waren an Ruth und dann an Alice weitergegeben worden; niemand bekam jemals etwas Neues. Arme Leute wie sie konnten nur mit Mühe ihr Dasein fristen, denn wenn es in einem Jahr eine gute Ernte gab, konnte es im nächsten Jahr ganz anders aussehen. Tagelöhner wie ihr Vater konnten jederzeit entlassen werden, und sie hatten niemals Gelegenheit, etwas zu sparen, um für schlechte Zeiten vorzusorgen.

Während des ersten Monats, in dem Nell auf Briargate gearbeitet hatte, hatten ihre Hände geblutet, weil sie ständig Töpfe und Pfannen hatte schrubben müssen, und sie war am Ende eines jeden Tages so erschöpft gewesen, dass es ihr schwergefallen war, die Treppe hinaufzugehen. Aber als sie ihren ersten Lohn nach Hause gebracht und Meg sie voller Stolz und Dankbarkeit angelächelt hatte, war alle Plackerei vergessen gewesen.

Nell konnte sich nicht vorstellen, dass Hope dieses Leben akzeptieren würde. Sie war nicht ein einziges Mal hungrig zu Bett gegangen, und man hatte nie von ihr verlangt, auf Babys aufzupassen, Kleider zu flicken oder Wasser vom Brunnen zu holen. Das Leben hatte sie nicht abgehärtet wie die übrigen Kinder der Familie. Aber wenn sie nicht aus dem Holz geschnitzt war, aus dem man Dienstboten machte, was blieb ihr dann?

»Was sollen wir tun?«, fragte Nell kleinlaut.

»Ich habe keine Ahnung«, seufzte Silas. Sie wussten alle drei, dass es nicht klug war, Lady Harvey vor den Kopf zu stoßen, indem sie Hope die Besuche in dem großen Haus in Zukunft verboten.

»Vielleicht warten wir am besten ab«, meinte Meg mutlos. »Mal sehen, wie sich die Dinge entwickeln.«

Eigentlich hatte Nell die Absicht gehabt, ihnen an diesem Tag von Hauptmann Pettigrew zu erzählen. Aber sie brachte es nicht über sich, ihnen noch mehr Grund zur Sorge zu geben. Sie wusste nicht mit absoluter Bestimmtheit, dass er Hopes Vater war, und ob er es nun war oder nicht, es war wahrscheinlich das Beste, wenn sie es für sich behielt.

Kapitel 3

1840

»Wenn wir heiraten, würde der Herr uns das Pförtnerhaus überlassen«, sagte Albert, während er mit gequälter Miene seine Mütze in den Händen drehte.

Völlig erstaunt sah Nell ihn an; sie konnte kaum glauben, was sie da aus Alberts Mund hörte. Seit zwei Jahren verbrachten sie nun viel Zeit miteinander, gingen zusammen zur Kirche und unterhielten sich abends auf dem Stallhof, und so wie heute wartete Albert häufig an ihrem freien Nachmittag in Lord's Wood auf sie, um sie nach Briargate zurückzubegleiten. Aber in all dieser Zeit hatte es keine echte Werbung gegeben. Er hatte nicht einmal ihre Hand gehalten, geschweige denn sie geküsst. Sie hatte langsam geglaubt, er sähe in ihr nur eine Freundin.

»Heiraten, Albert? Du bittest mich, dich zu heiraten?«

»Das trifft es so ziemlich«, murmelte er mit gesenktem Blick. »Und? Willst du?«

Es war ein warmer Abend im Juni, und über ihnen fielen letzte Sonnenstrahlen durch den Baldachin der Blätter. Das Gurren der Turteltauben und das Plätschern eines Baches im nahen Unterholz hätten eigentlich eine wunderbar romantische Kulisse für einen Antrag abgegeben, aber Alberts Mangel an Leidenschaft oder auch nur Wärme verdarb das Ganze.

»Ich weiß nicht«, erwiderte sie. »Ich meine, du hast bisher nie etwas gesagt, das in mir den Eindruck geweckt hätte, du könntest so für mich empfinden. Es kommt so plötzlich.«

»Wir kennen einander seit zwei Jahren«, gab er zurück, als wäre sein Verhalten dadurch vollkommen verständlich. »Ich verdiene jetzt genug, um eine Frau ernähren zu können, und wir passen gut zusammen.«

Nell war durchaus der Meinung, dass sie zusammenpassten, da sie beide Briargate und den Harveys zutiefst ergeben waren. Albert verwandte große Leidenschaft auf die Pflege der Gärten. In den vergangenen zwei Jahren hatte er Steingärten und viele neue Blumenbeete angelegt, und er hatte Büsche und Bäume in solchem Übermaß angepflanzt, dass man den Anblick des Anwesens atemberaubend nennen musste. Nell gefiel diese Leidenschaft durchaus, doch sie hatte immer erwartet, dass der Mann, den sie heiraten würde, auch ein wenig Leidenschaft für sie zeigen und von Liebe sprechen würde, bevor er um ihre Hand anhielt.

»Ist es denn genug ›zusammenzupassen‹?«, fragte sie und blickte verwirrt zu ihm auf.

Es verging kein Tag, an dem ihr nicht auffiel, wie gut aussehend, stark und klug er war. Ihr gefiel sein männlicher Bart, der breite Rücken seiner Nase und die Art, wie sein Haar sich zu kleinen Korkenziehern kräuselte, wenn es nass wurde. Er wusste weit mehr über die Welt als sie. Erst vor einigen Wochen hatte er ihr erzählt, dass die Deportationen nach Australien ein Ende finden würden, und er hatte ihr viel von diesem fernen Land erzählt. Konnte ein Mann, der so viel wusste, wirklich so ahnungslos sein, was Frauen betraf? Wusste er nicht, dass eine Frau hören wollte, dass sie geliebt wurde?

»Ich denke, ja«, erwiderte er hölzern. »Ein Kanarienvogel paart sich nicht mit einer Drossel, nicht wahr? Gleich und Gleich gesellt sich gern, und du und ich, wir sind aus demselben Holz.«

»Was ist mit Liebe?«, entgegnete sie spitz. »Es gibt Hunderte von Menschen, die so sind wie wir beide. Aber es ist die Liebe zwischen zwei Menschen, die sie zu etwas ganz Besonderem füreinander macht.«

»Du bist etwas Besonderes für mich«, sagte er. »Also schätze ich, das ist es, was die Leute Liebe nennen.«

»Ich möchte einen Ehemann, der *weiß*, dass er mich liebt«, gab sie entrüstet zurück und entfernte sich einige Schritte von ihm.

Nell war sich nur allzu deutlich der Tatsache bewusst, dass die große Mehrheit der Menschen aus genau den Gründen heiratete, die Albert genannt hatte. Die Angestellten von Briargate sprachen häufig über dieses Thema, wenn sie nach dem Abendessen am Tisch in der Dienstbotenküche saßen. Die vornehmen Herrschaften heirateten meistens, um Bande zwischen zwei Familien zu stärken oder einer adeligen Familie, die finanzielle Probleme hatte, Wohlstand zu bringen. Baines, der in verschiedenen großen Häusern gearbeitet und Dutzende von ihnen besucht hatte, hatte einmal gesagt, Sir William und Lady Harvey seien eine »Liebesheirat« eingegangen. Er hatte niemals andere Adelige kennengelernt, für die dasselbe gegolten hätte. Baines war davon überzeugt, dass Dienstboten besser beraten seien, einen Gatten oder eine Gattin aus praktischen Gründen zu wählen, statt das durchzumachen, was er »Liebeskrankheit« nannte.

Aber Nell war das Kind von Eltern, die aus Liebe geheiratet hatten. Meg und Silas waren jetzt seit fünfundzwanzig Jahren ein Ehepaar, und trotz aller Not gurrten sie noch immer wie Turteltauben. Ihr Vater verspürte nicht das Bedürfnis, mit anderen Männern Bier trinken zu gehen, das hatte er Nell selbst einmal erzählt; sein liebster Platz war daheim neben dem Feuer, bei seiner Meg. Und das war es, was Nell sich ebenfalls von ihrer Ehe wünschte.

»Lauf nicht fort, Nell«, rief Albert ihr nach. »Es tut mir leid, wenn ich mich schlecht ausgedrückt habe. Wirst du mich heiraten?«

Nell blieb stehen und drehte sich zu ihm um. »Nicht, bis du mir sagen kannst, dass du mich zur Frau willst, weil du nicht ohne mich leben kannst – und es ernst meinst.«

Hope stand da und sah zu, wie ihre Mutter sich abermals an Nells Haar zu schaffen machte. Sie war es nicht gewohnt, dass einem anderen in der Familie alle Aufmerksamkeit galt, und es gefiel ihr nicht besonders.

Die Kirchenglocken begannen zu läuten.

»Es wird Zeit aufzubrechen«, sagte Silas. »Das heißt, falls Nell sich sicher ist, dass Albert der Richtige für sie ist.«

Es war September, und Nell hatte sich endlich bereitgefunden, Albert zu heiraten.

»Ich liebe dich tatsächlich«, hatte dieser eine Woche nach seinem Antrag im Wald beharrlich erklärt, »ich habe nur deshalb so lange mit diesem Eingeständnis gezögert, weil ich zu schüchtern gewesen bin.«

»Ich bin mir sicher«, sagte Nell nun entschieden zu ihren Eltern.

»Du siehst so hübsch aus wie ein Kirschbaum in Blüte«, meinte Meg, während sie ihrer Tochter eine Krone aus weißen Blumen auf den Kopf drückte. Albert hatte sie früh am Morgen aus Briargate hergebracht, während Nell noch auf dem Dachboden geschlafen hatte. Meg hatte die Krone mit ein wenig Draht, Moos und Grünpflanzen gebunden und die kleinsten der Blumen daran befestigt. Aus dem Rest hatte sie Nells Brautstrauß gefertigt.

Nell hatte ihr rosa-weißes Kleid mit ein wenig Hilfe von Rose, dem Stubenmädchen, selbst genäht. Es hatte einen tiefen Ausschnitt und Puffärmel, und der Rocksaum war mit Rüschen besetzt, außerdem besaß das Kleid eine Turnüre, wie eine echte Dame sie tragen würde. Mit einem gestärkten, spitzenbesetzten Unterrock und zierlichen Schuhen mit silbernen Schließen, Erbstücken Ihrer Ladyschaft, fand Hope, dass ihre Schwester wunderschön aussah.

»Warum habe ich keine Krone?«, fragte Hope.

»Weil Nell die Braut ist, und außerdem hast du eine Haube mit neuen Bändern«, erwiderte Meg und reichte Nell das Sträußchen. »So, Hope, mach nicht so ein Gesicht und benimm dich in der Kirche.«

Hope wusste, dass Albert bereits in der Kirche war. Sie hatte ihn vor kurzer Zeit mit Ruth und James, der sein Trauzeuge sein würde, vorbeikommen sehen. Joe und Henry waren dann ebenfalls aufgebrochen. Hope fand, dass Albert mit einem Klappenkragen komisch aussah, aber andererseits schauten sie alle in ihren besten Kleidern ungewöhnlich aus.

Die alte Gertie Ford wartete draußen auf dem Feldweg schon auf sie, als sie endlich aus dem Haus traten. Gertie lebte in dem Cottage direkt gegenüber und hatte zu kranke Beine, um mit zur Kirche zu gehen.

»Viel Glück«, rief sie und kam mit ihrem Stock herbeigehumpelt. »Du gibst eine hübsche Braut ab, Nell; sieh zu, dass dieser gut aussehende Mann, den du heiraten willst, dich gut behandelt.«

Hope fragte sich, warum die Leute immer wieder solche Dinge zu Nell sagten. Bedeutete das, dass manche Ehemänner nicht gut zu ihren Frauen waren?

Diese ganze Sache mit dem Heiraten war Hope ein wenig rätselhaft. Sie hatte ihre Mutter befragt, und Meg hatte erklärt, Menschen heirateten, weil Frauen Babys wollten, und dazu brauchten sie einen Mann. Aber Babys wuchsen doch in dem Bauch der Frauen, das wusste Hope, daher ergab das alles keinen rechten Sinn für sie.

Das Läuten der Kirchenglocke wurde lauter und lauter, während sie den Hügel hinunter ins Dorf wanderten. Nell ging am Arm ihres Vaters; Hope und ihre Mutter waren hinter ihnen. Es war niemand da, der der kleinen Gruppe zuwinkte, weil fast alle Dorfbewohner bereits in der Kirche warteten.

»Trödel nicht so, Hope«, rief Meg. »Wir werden noch zu spät kommen!«

Hope rannte zu ihrer Mutter hinüber und griff nach ihrer Hand. »Wie lange wird es dauern, bis Nell ein Baby hat?«, erkundigte sie sich.

»Das zu entscheiden liegt bei Gott«, antwortete Meg, aber sie blickte auf Hope hinab und lächelte. »Stell heute keine weiteren Fragen in dieser Art mehr.«

Während sie eigentlich hätte beten sollen, spähte Hope durch ihre Finger. Die Kirche sah sehr hübsch aus, da am Morgen einige der Frauen aus dem Dorf Blumengirlanden um die Kanzel und um das Ende jeder Bank geschlungen hatten. Aber es war seltsam, all die

Nachbarn und Freunde aus dem Dorf in den ersten Reihen sitzen zu sehen, wo für gewöhnlich die vornehmen Herrschaften saßen. Mr und Mrs Calway waren dort und die ganze Familie Nichols, außerdem die Carpenters von der Nutgroove Farm, Mr Humphreys, die Pearces, Boxes, Webbs, Wilkinses, sogar Maria Jeffries, die verrückte alte Dame, die ihre Ziege an der Leine im Dorf spazieren führte. Hope hatte ihre Mutter gefragt, wo Sir William, Lady Harvey und Rufus sitzen würden, hatte aber nur zur Antwort bekommen, dass sie an Hochzeiten der Dienstboten nicht teilnahmen. Das verstand Hope nicht. Nell kümmerte sich um Lady Harvey, und Albert verschönerte ihr den Garten. Also hätten sie doch eigentlich heute hier sein sollen, um für Nell und Albert alles schön zu machen, oder?

»Ich werde zu Rufus ganz böse sein, wenn ich das nächste Mal nach Briargate gehe«, nahm sie sich vor.

Montagnachmittags spielte sie noch immer mit ihm, es sei denn, das Wetter war schlecht. Manchmal wurde sie seiner müde, denn obwohl er jetzt fünf war, war er immer noch so ein Baby. Das lag wohl an der Tatsache, dass er keine Geschwister hatte wie sie, und er hatte niemals allein irgendetwas unternommen oder war allein irgendwohin gegangen, wie sie es seit ihrem fünften Lebensjahr tat. Aber ärgerlich war es dennoch. Trotzdem sah sie sich gern all seine Bücher an, und es freute sie, sie ihm vorlesen zu können. Außerdem zeichnete und malte sie gern mit ihm, oder sie spielten im Garten Verstecken.

Doch vor allem liebte sie ihre Besuche in Briargate. Allein wenn sie die breite Treppe zum Kinderzimmer hinaufging, hatte sie das Gefühl, ein besonderer Gast zu sein. Es war eine solche Freude, all diese schönen Bilder zu sehen, das polierte Holz und die samtenen Vorhänge zu berühren und in eine Welt einzutreten, die so anders war als die, aus der sie kam.

Nell, James und Ruth empfanden bestimmt nicht genauso, vermutete Hope, aber vielleicht lag das daran, dass sie Dienstboten waren. Ihre Geschwister beeilten sich immer, sie in die Küche zu bringen, als wollten sie sie daran erinnern, wo sie hingehörte. Aber andererseits gefiel Hope die Küche genauso gut wie der Rest des Hauses. Dort gab es Speisen, die sie zu Hause nie bekamen, und es machte ihr Spaß zu beobachten, mit welcher Sorgfalt die Köchin Mahlzeiten zubereitete. Außerdem verließ sie die Küche kaum je einmal ohne eine Köstlichkeit, die sie mit nach Hause nehmen konnte.

Dann war da noch Lady Harvey. In Hopes Augen war sie die liebreizendste Dame im ganzen Land. Ihr goldenes Haar, die blauen Augen, die sanfte Stimme und die wunderbaren Gewänder wären allein schon genug gewesen, um Hope in dieser Ansicht zu bestärken, aber sie war außerdem so nett und machte immer einen großen Wirbel um sie.

Nell und Albert knieten jetzt vor dem Altar. Nell sah mit offenem Haar so anders aus; Mutter hatte es am vergangenen Abend für sie gewaschen und in Tücher gedreht, damit es sich wellte. Hope hatte Nells Haar noch nie so glänzend gesehen, und die kleine Krone aus Blumen war sehr hübsch. Sie beschloss, ihr Haar jeden Tag so zu tragen, wenn sie erwachsen war.

Hope drehte leicht den Kopf, um Alice und Toby in der Reihe hinter sich anzusehen, und grinste sie an. Sie war überglücklich, dass die beiden hatten kommen können, da sie sie nicht allzu oft besuchen konnten, weil es so ein weiter Weg von Bath nach Hause war. Alice hatte ihr an der Kirchentür zugeflüstert, dass sie die ganze Strecke zu Fuß zurückgelegt hatten. »Aber es hat sich gelohnt. Ich habe dir auch was mitgebracht«, hatte sie noch hinzugefügt.

Sie hoffte, dass es ein Malkasten wie der war, den Rufus besaß.

»Warum weinst du, Mutter?«, flüsterte Hope später. Sie langweilte sich, weil Pastor Gosling Albert und Nell immer wieder dieselben Fragen stellte; die Prozedur schien eine Ewigkeit zu dauern.

»Pst«, zischte Meg und legte einen Finger an die Lippen.

»Hiermit erkläre ich euch zu Mann und Frau.«

Als Pastor Gosling mit lauter, gewichtiger Stimme diese Worte sprach, erwachte Hopes Interesse aufs Neue. Sie hoffte, dass die Messe jetzt zu Ende war und sie nach Hause gehen konnten, um zu feiern.

Alle hatten sich große Sorgen gemacht, es könnte heute regnen, denn im Cottage gab es nicht genug Platz für alle. Aber es war jetzt seit drei Tagen warm und sonnig, und am vergangenen Abend hatten Silas und Matt einen langen, aus alten Türen gefertigten Tisch auf dem Feld neben dem Gemüsebeet aufgestellt, und zum Sitzen gab es Bretter, die auf Holzscheiten lagen. Nell hatte sich in Briargate einige Laken als Tischtücher geborgt, und auf die Gäste warteten ein ganzes Fass Bier und genug Pasteten, Brötchen und andere Speisen für Dutzende von Menschen. Gareth Peregrine würde auf seiner Fidel spielen, damit alle tanzen konnten.

»Du darfst die Braut nun küssen.«

Als Pastor Gosling Albert diese Anweisung gab, legte Hope die Hände über die Augen; sie konnte es nicht ertragen, wenn Männer Frauen küssten. Matt küsste Amy ständig, vor allem, wenn er glaubte, unbeobachtet zu sein, und sie fürchtete, es nicht ertragen zu können, wenn Nell und Albert ebenfalls ständig Küsse tauschen würden.

Aber sie musste dennoch durch die Finger spähen, um sich davon zu überzeugen, dass Albert es auch wirklich tat, denn sie hatte ihn noch nie zuvor Nell küssen sehen. Zu ihrer Erleichterung war es nur ein kleiner Kuss, ohne viel Aufhebens. Das war bei Matt und Amy anders.

Mabel Scrag, der die Bäckerei neben den Rentons gehörte, kam herbeigewatschelt, sobald sie die Kirche verlassen hatten. Hope mochte sie nicht; sie nannte sie immer »eine kleine Madame«, und einmal hatte sie ihr eins hinter die Ohren gegeben, weil sie

sie »Scraggy« genannt hatte. »Da haben Sie nun also das erste Ihrer Kinder verheiratet«, sagte sie zu Meg, und ihr Doppelkinn wackelte. »Ich schätze, als Nächstes wird Ihr Matt an die Reihe kommen.«

»Ja.« Meg lächelte ihren ältesten Sohn an, der wie immer so dicht neben Amy stand, als wären die beiden mit Leim aneinandergeklebt. »Aber diese Hochzeit wird dann ihre Familie bezahlen, dem Himmel sei Dank.«

»Ihre Nell hat mit Albert einen guten Fang gemacht, daran kann kein Zweifel bestehen«, fuhr Mabel fort. »Man stelle sich nur vor, dass sie das Pförtnerhaus bekommen, und Lady Harvey wird Nell behalten! Wobei das nur für eine kurze Zeit sein dürfte, zumindest wenn sie nach Ihnen kommt!«

Bei Mabels letzter Bemerkung runzelte Hope die Stirn. Die Bäckerin war nicht die Erste, die so redete. Fast alle hatten sich ähnlich geäußert. Hope wollte wissen, was das bedeutete.

Als es dunkel wurde, bekam sie ihre Antwort. Alle Erwachsenen, die noch auf dem Fest waren, waren beschwipst, einschließlich ihrer Mutter und ihres Vaters. Es war inzwischen alles aufgegessen worden, und sie hatten das Fass kippen müssen, um die letzten Tropfen herauszuschütten. Gareth Peregrine hatte aufgehört, seine Fidel zu spielen und schlief neben dem Hühnerpferch seinen Rausch aus. Selbst Joe und Henry hatten sich etwas von dem Bier einverleibt. Hope hatte es ebenfalls versucht, aber es schmeckte ihr nicht.

Ihr war aufgefallen, dass das Bier Menschen dazu trieb, Dinge zu sagen, die sie normalerweise nicht sagen würden. Matt hatte vor allen anderen verkündet, Amy zu lieben, und sie hatte gekichert, als wäre er für sie der wunderbarste Mann auf der Welt.

Den ganzen Abend über hatte es ungeheuer viele Gärtnerwitze gegeben über das Säen und über Samen, und keinen dieser Witze hatte Hope verstanden. Aber als das Paar Hand in Hand über das

Gemeindeland davonging, bemerkte irgendjemand, dass er sich frage, ob es nächsten Juni wohl eine Taufe geben werde.

»Silas brauchte nur zu niesen, und ich war in anderen Umständen«, meinte Meg und schüttelte sich vor Lachen. »Ich hoffe nur, dass Nell nicht nach mir kommt, sonst macht sie besser einen Knoten in Alberts John Thomas.«

Als die Frauen später unter sich waren, fielen noch mehr Bemerkungen in dieser Art, und Hope hörte aufmerksam zu. »Ich halte Albert ja für einen kalten Fisch«, sagte eine Frau, und mehrere andere gaben ihr recht, darunter auch ihre Mutter. Selbst Ruth meinte, sie habe bei einem Reispudding schon mehr Leidenschaft gesehen als bei Albert, und sie deutete auf Matt, der träumerisch Wange an Wange mit Amy tanzte. »*So* ist es doch wohl normal«, fügte sie hinzu.

Hope fügte diesen Informationen die Dinge hinzu, die sie über die Zucht von Bauernhoftieren gelernt hatte, und ihr wurde klar, dass dies der Grund war, warum Menschen heirateten. Und das Ergebnis waren dann Babys.

Als sie später mit ihrem Vater tanzte, der sich nur noch mit knapper Not auf den Beinen halten konnte, sagte er: »Ich hoffe wirklich, ich werde einmal nicht zu alt sein, um auf deiner Hochzeit zu tanzen, mein Liebes.«

»Ich werde nicht heiraten«, erwiderte sie entschieden. »Niemand wird mir das antun.«

Drei Monate nach Nells Hochzeit heirateten Matt und Amy. Es war in der Woche vor Weihnachten, die Trauung fand in der Kirche von Publow, dem Nachbardorf, statt. Fred Merchant, Amys Vater, hatte Matt mit offenen Armen in der Familie willkommen geheißen, denn er hatte sich immer einen Sohn gewünscht, an den er den Hof weitergeben konnte. Im Dorf glaubten alle, dass Matt für sein Leben ein gemachter Mann sei.

Wieder einmal sah Hope ihre Mutter im Gottesdienst weinen,

und ihre Eltern tranken sich einen Schwips an, doch sie hatte das Gefühl, dass sie über Matts Heirat mit Amy glücklicher waren als über Nells Heirat mit Albert. Sie hatte ihren Vater Matt niemals fragen hören, ob er sich sicher sei, während er Nell diese Frage häufig gestellt hatte. Und ihre Mutter hatte Amy unzählige Male umarmt, genauso herzlich, wie sie alle ihre eigenen Kindern umarmte.

Hope mochte Albert nicht. Er hatte eine Art, Menschen anzusehen, als verströmten sie einen üblen Geruch, und er sprach so gut wie nie.

»Er ist lediglich schüchtern. Mir gegenüber ist er weitaus redseliger«, hatte Nell ihn jedoch verteidigt.

Das mochte der Fall sein, aber Hope verstand nicht, weshalb Nell sich dann so verändert hatte. Sie kam an ihrem freien Nachmittag jetzt nie mehr nach Hause; ihre Familie bekam sie nur noch am Sonntag mit Albert in der Kirche zu Gesicht. Wann immer Hope nach dem Spielen mit Rufus aus Briargate zurückkehrte, fragte ihre Mutter sie nach Nell.

»Sieht sie gut aus? Hat sie etwas über Albert erzählt? Wann kommt sie das nächste Mal nach Hause?«

Hope konnte ihr stets nur die Wahrheit sagen: Ihre Schwester sehe genauso aus wie immer, und, nein, sie habe nicht über Albert gesprochen. »Sie hat nur bemerkt, dass sie an ihren freien Nachmittagen jetzt nicht mehr nach Hause kommen kann, da sie sich um ihren eigenen Haushalt kümmern muss.«

Ruth und James besuchten ihre Familie an ihrem freien Nachmittag immer. Ihrer Meinung nach hätte Nell jetzt, da sie verheiratet war, mehr Zeit haben müssen, da Lady Harvey sie früher am Tag gehen ließ, und wenn sie ohne Nell ausfuhr, schickte sie sie nach Hause.

»Albert ist ein Tyrann«, hatte Hope ihre Schwester Ruth einmal sagen hören, aber ihre Mutter hatte warnend einen Finger an die Lippen gelegt und sie auf diese Weise zum Schweigen gebracht.

Hope hatte Pastor Gosling gefragt, was ein Tyrann sei, und er hatte geantwortet, es sei ein Mann, der anderen seinen Willen aufzwinge.

Im Frühling des Jahres 1841 war Hope gerade auf Briargate im Kinderzimmer und spielte mit Rufus vor dem Feuer Dame, als Lady Harvey mit einer anderen Frau hereinkam.

Rufus spielte recht gut Dame, daher brauchte Hope ihn nicht gelegentlich gewinnen zu lassen, um ihn zu beschwichtigen. Er hatte die letzten beiden Spiele gewonnen, und als Lady Harvey hereinkam, war Hope ganz auf das neue Spiel konzentriert, damit sie ihn schlagen konnte.

Ruth sprang auf, wie sie es immer tat, wenn jemand das Kinderzimmer betrat, und machte sich daran, ein Puzzle wegzuräumen, das sie zuvor gelegt hatten. »Rufus!«, sagte Lady Harvey. »Ich möchte dich mit Miss Bird bekannt machen. Sie wird deine Gouvernante sein und dir Lesen und Schreiben beibringen.«

Rufus, der auf dem Kaminvorleger kniete, blickte zu der hochgewachsenen, streng dreinblickenden Dame auf, die ein graues Kleid und eine Haube trug. »Hope bringt mir Lesen und Schreiben bei«, gab er abschätzig zurück.

Hopes Lieblingsspiel war »Schule spielen«, und sie hatte es bereits geschafft, Rufus sämtliche Buchstaben des Alphabets beizubringen, und er war nun in der Lage, einfache Worte mit drei Buchstaben zu lesen.

»Sei nicht so unhöflich, Rufus, und wie oft muss ich dir noch sagen, dass ein Gentleman immer aufsteht, wenn eine Dame den Raum betritt?«

»Es tut mir leid, Mama«, erwiderte er und erhob sich widerstrebend auf die Füße.

Hope hielt es für besser, ebenfalls aufzustehen, und sie folgte Ruths Beispiel, indem sie ihr half, die Puzzleteile aufzusammeln.

Lady Harvey erklärte der Besucherin, dass Hope die jüngere

Schwester ihrer Zofe sei und ein Mal in der Woche herkomme, um mit ihrem Sohn zu spielen. Dann wandte sie sich an Rufus: »Miss Bird wird dir von nun an jeden Tag im Schulzimmer Unterricht geben.«

»Ich würde lieber wie Hope zu Pastor Gosling gehen«, antwortete Rufus.

»Pastor Gosling unterrichtet nur die Dorfkinder«, entgegnete Lady Harvey scharf und sah ihren Sohn ungehalten an. »Und Miss Bird wird dich auch in Geschichte, Geografie und Musik unterrichten. Und sie spielt Klavier.«

Hope hätte Rufus, der mürrisch die Unterlippe vorgeschoben hatte, gern ausgelacht, weil er so komisch aussah. Sie fand ihn meistens ziemlich zimperlich, obwohl das zum Teil daran lag, dass er stets einen Matrosenanzug trug und an seinen weißen Strümpfen niemals auch nur eine Spur von Schmutz war. Sie konnte verstehen, warum seine neue Lehrerin ihm nicht gefiel. Miss Bird wirkte sehr grimmig mit ihrem straff zurückgekämmten Haar und den dünnen Lippen, um die nicht der Hauch eines Lächelns spielte. Außerdem hatte sie kein Kinn; der untere Teil ihres Gesichtes verschwand in ihrem Hals.

»Wird sie Hope auch unterrichten?«, wollte Rufus wissen.

»Nein, wird sie nicht«, meinte Lady Harvey und trat vor ihn hin, um ihm die blonden Locken zu zerzausen. »Dein Vater findet, es sei an der Zeit, dass du mit Jungen zusammenkommst, daher werden Benjamin und Michael Chapel in Zukunft an zwei Nachmittagen in der Woche herkommen.«

Hope wusste von Nell, dass die Chapels in einem großen Haus in Chelwood lebten, weil sie manchmal zum Abendessen nach Briargate kamen. Sie hatte die Jungen selbst noch nie gesehen, aber Nell hatte sie als eingebildete kleine Tugendbolde beschrieben.

»Ich denke, du gehst jetzt besser nach Hause, Hope«, fuhr Lady Harvey fort. »Miss Bird soll Gelegenheit haben, sich allein mit Rufus zu unterhalten.«

Während Rufus darüber jammerte, dass sie sich mitten in einem

Spiel befänden, holte Ruth Hopes Umhang und ihre Haube und schob sie zur Tür hinüber. Sie sollte also dauerhaft und ohne ein Wort verschwinden, erkannte Hope, aber das erschien ihr ungerecht.

»Werde ich Rufus nicht mehr besuchen können?«, erkundigte sie sich an der Tür.

Lady Harvey runzelte die Stirn. »Du wirst ihn in der Kirche sehen«, antwortete sie.

Während Rufus ein unglückliches Heulen ausstieß, schlüpfte Hope eilig aus dem Raum, weil sie befürchtete, ebenfalls in Tränen auszubrechen. Obwohl sie sich mit Rufus oft langweilte, hatte sie ihn gern, und sie spielten nun schon seit langer Zeit miteinander. Doch am meisten schmerzte die Tatsache, dass James sie erst vor zwei Wochen gewarnt hatte. »Man wird dich wie eine heiße Kartoffel fallen lassen«, hatte er gesagt, »sobald Sir William zu dem Schluss kommt, dass es sich für seinen Sohn nicht länger schickt, mit einem Dorfkind zu spielen.«

Hope hatte James nicht geglaubt; tatsächlich hatte sie ihn für seine gemeine Bemerkung getreten. Aber er hatte recht behalten.

Sie lief direkt hinunter in die Küche. Die Köchin, die gerade eine Pastete ausrollte, blickte auf. Sie war eine Frau von eigenartigem Aussehen, weil sie schielte und einen kleinen Buckel hatte, doch Hope mochte sie. »Hallo, mein kleiner Liebling«, meinte die Köchin, liebevoll wie immer. »Du bist heute aber früh dran. Oder hat man dich heruntergeschickt, damit du mir etwas ausrichtest?«

Hope sprudelte hervor, was soeben vorgefallen war. »Also muss ich gehen«, beendete sie ihren hastigen Bericht. »Ich bin nicht mehr erwünscht.« Jetzt, da sie es tatsächlich ausgesprochen hatte, kamen ihr doch die Tränen, und die Köchin zog sie an ihren Busen, um sie zu trösten.

»Na, na«, murmelte sie besänftigend. »Sie müssen aus Master Rufus einen kleinen Mann machen, bevor er zur Schule fortgeht. Aber gräme dich nicht. Er wird dich vermissen, und ich bezweifle nicht, dass seine neue Gouvernante deswegen noch Ärger mit ihm bekommen wird. Vielleicht wird Lady Harvey dich ja wieder einladen.«

»Selbst wenn sie es tut, komme ich nicht zurück«, erklärte Hope stolz, während sie gegen die Tränen ankämpfte. »Wo ist Nell?«

»Sie ist schon zu Hause«, sagte sie Köchin. Sie nahm einen frisch gebackenen Keks vom Abkühlblech und reichte ihn Hope. »Sie hat ihren freien Nachmittag jetzt immer montags.«

Bei dieser Neuigkeit hätte Hope am liebsten wieder zu weinen begonnen, doch sie schluckte die Tränen herunter, verabschiedete sich von der Köchin und ging.

Der Heimweg führte durch den Zauntritt hinter den Ställen und über die Weide bis zum Wald, aber als sie den Zauntritt erreichte, änderte sie ihre Meinung und machte wieder kehrt, um um das Haus herum- und die Einfahrt hinunterzumarschieren. Zum einen würde sie auf diese Weise an Nells Cottage vorbeikommen, aber vor allem war es ein Akt des Trotzes, da sie wusste, dass man sie vom Haus aus deutlich würde sehen können. Sie würde sich nicht durch den Wald davonstehlen! Wenn sie nie wieder einen Fuß nach Briargate setzte, würde sie das Grundstück bei ihrem letzten Besuch durch den Haupteingang verlassen.

Die Einfahrt war viel länger, als sie erwartet hatte, denn sie war diesen Weg noch nie gegangen. Erst vor wenigen Wochen hatte sie ihre Eltern miteinander reden hören, als sie bereits oben auf dem Dachboden im Bett gelegen hatte. Vater hatte bemerkt, es sei höchste Zeit, dass Nell und Albert sie in ihr Heim einluden. Er verstehe ja, dass sie das Haus zuerst auf Vordermann bringen wollten, bevor sie Besucher empfingen, aber sechs Monate seien wahrhaftig lange genug, um sich einzurichten.

Das Pförtnerhaus, ein ziemlich finster wirkendes Steincottage mit Bleiglasfenstern und einem adretten weißen Lattenzaun, war lange vor Briargate erbaut worden. Zu Sir Roland Harveys Zeiten war den ganzen Tag über jemand dort gewesen, um die Tore zu öffnen und zu schließen, wenn Besucher kamen und gingen, aber von diesem Verfahren war man vor zwanzig Jahren abgerückt und hatte die Tore entfernt. Bevor Nell und Albert eingezogen waren, hatte es viele Jahre leer gestanden.

Nur eine Sekunde, nachdem Hope angeklopft hatte, öffnete Nell die Tür. Sie war offenkundig verblüfft, ihre Schwester dort stehen zu sehen. »Hope!«, stieß sie hervor. »Was um alles in der Welt führt dich hierher?«

»Mylady will mich nicht länger auf Briargate haben«, platzte sie heraus und brach prompt in Tränen aus.

»Ach, Schätzchen«, seufzte Nell, legte die Arme um sie und zog sie ins Cottage. »Komm herein und erzähl mir davon.«

Unter heftigem Schluchzen erklärte Hope, was vorgefallen war. »Jetzt werde ich hinausgeworfen, als wäre ich nichts anderes als Abfall«, beendete sie ihren Bericht.

Sie war überrascht, auch in Nells Augen Tränen zu sehen, doch die Tatsache, dass ihre Schwester die Ungerechtigkeit genauso empfand wie sie, half ihr.

»Ich hatte immer befürchtet, dass das geschehen könnte«, gestand Nell. »Unsere Eltern und ich waren von Anfang an nicht sicher, ob deine Besuche in Briargate eine gute Idee waren. Aber mit deinen neun Jahren bist du jetzt ohnehin zu groß, um mit Rufus zu spielen.« Sie goss Tee auf, reichte ihrer Schwester eine Tasse, und erst jetzt sah Hope sich genauer um.

Es war das sauberste, ordentlichste Cottage, in dem sie je gewesen war. Der Tisch war fast weiß geschrubbt, und das Gleiche galt für den gefliesten Boden. Der Herd war wie neu, als hätte Nell ihn gerade erst geschwärzt. Alles war genau an seinem Platz. Auf den beiden Sesseln am Herd lagen genau in der Mitte Kissen, und der Läufer davor sah so aus, als hätte noch nie jemand auch nur einen Fuß daraufgesetzt. Die Regale, in denen Geschirr, Töpfe und Pfannen standen, waren mit blau-weißem Papier abgesetzt. Selbst der Spüllumpen war säuberlich gefaltet. Aus dem Ofen drangen Kochgerüche, aber von der Vorbereitung der Mahlzeit war keine Spur zu sehen. Selbst die Messer, Gabel und Löffel lagen wie eine Reihe Soldaten in einer Schachtel. Und jedes einzelne davon glänzte.

»Du hast es sehr schön hier«, bemerkte Hope, doch in Wirklichkeit fand sie so viel Ordnung ein wenig bedrückend. »Wir dachten, dass bei dir vielleicht noch Chaos herrscht, weil du uns bisher nicht eingeladen hast.«

»Ich habe keine Zeit«, erwiderte Nell ein wenig zu hastig. »Außerdem ist das Cottage so klein, dass unmöglich alle gleichzeitig kommen könnten.«

Soweit Hope sehen konnte, war es größer als das Haus ihrer Familie, und Nell hatte einen richtigen Herd und eine richtige Spüle. Aber sie brannte darauf, den Rest des Cottages zu sehen, und eilte die schmale Treppe in der Ecke hinauf.

Das obere Stockwerk war kein Dachboden wie daheim; Nell hatte ein richtiges Zimmer mit einer Tür und Fenstern. Die einzigen Möbel darin waren ein eisernes Bett, ein Waschtisch mit einem Becken und einem Wasserkrug und eine Holztruhe, und die Wände waren genau wie unten weiß getüncht. Aber auch hier war alles bis ins Kleinste geordnet. In der Tagesdecke auf dem Bett war nicht eine einzige Falte, und die Vorhänge hingen glatt zu Boden. Die nackten Holzdielen schimmerten, als wären sie poliert worden. Der zweite Raum im oberen Stockwerk war vollkommen leer, dort hingen nur Vorhänge vor dem Fenster.

»Ist dieses Zimmer für dein Baby?«, fragte Hope. »Wenn du eins bekommst?«

»Falls ich eins bekomme«, antwortete Nell. »Also, was hältst du von meinem neuen Heim?«

»Es ist sehr ordentlich«, antwortete Hope, weil ihr kein echtes Kompliment einfiel.

»Albert möchte es so haben«, erklärte Nell und strich dabei über die ohnehin glatte Decke, als wäre sie nervös. »Aber du musst jetzt nach Hause gehen, Hope. Es ist ein langer Weg von hier aus, und Mutter wird sich Sorgen machen, wenn du dich verspätest.«

Einige Minuten später war Hope auf dem Heimweg, wobei sie eine Abkürzung über das Grundstück von Hunstrete House nahm, statt noch einmal an Briargate vorbeizugehen. So jung sie war, wusste sie, dass Nell sich nicht darum sorgte, dass sie sich verspäten könne. Sie, Hope, sollte nur bei Alberts Heimkehr nicht mehr im Cottage sein.

Einige Monate nach Hopes letztem Besuch in Briargate war jener Tag für sie zu dem Tag geworden, an dem sich alles für sie verändert hatte. Es lag nicht daran, dass sie nicht mehr mit Rufus spielen konnte oder dass sie Nell, Ruth und James nicht mehr so häufig sah, nein. Von nun an musste sie arbeiten.

Sie hatte natürlich schon immer einspringen und ihrem Vater auf dem Bauernhof bei der Ernte, beim Säen oder Heuen helfen müssen. Ihre älteren Geschwister hatten ebenfalls mit anpacken müssen; so war das eben bei Familien von Farmarbeitern. Aber in der Vergangenheit hatte Hope nur bei den leichtesten Aufgaben helfen müssen; sie war jeden Tag zum Unterricht bei Pastor Gosling gegangen, und der Rest der Zeit hatte ihr gehört.

Aber ihre Unterrichtsstunden hatten ein jähes Ende gefunden, ohne dass ihr jemand den Grund dafür genannt hätte. Jetzt wurde von ihr erwartet, ebenso hart zu arbeiten wie Henry und Joe. Sie musste morgens mit ihnen aus dem Haus gehen, selbst wenn es nass und kalt war. An den Tagen, an denen ihre Mutter sie zu Hause behielt, musste sie die Wäsche versorgen, das Cottage putzen und beim Kochen helfen.

»Wenn du nicht arbeitest, kannst du nicht essen«, sagte ihre Mutter scharf, als sie sich beklagte. »So ist es einfach, Hope, und je eher du das begreifst, desto glücklicher wirst du sein.«

Seit Nell und Matt geheiratet hatten und ihre Löhne nicht mehr zu Hause abgaben, war das Geld knapper – das war Hope durchaus bewusst. James und Ruth taten das immer noch, und Alice und Toby steuerten bei, was sie nur konnten. Aber keiner von ihnen verdiente sehr viel, und Alice und Toby kamen so selten nach Hause, dass Meg wochenlang auf einige wenige Schillings warten musste.

Außerdem wurden ihre Eltern alt und müde, das konnte Hope sehen. Keiner von ihnen hatte mehr so viel Kraft wie früher. Pastor Gosling hatte bemerkt, dass ihre Mutter jetzt fünfundvierzig sei und ihr Vater einige Jahre älter; lebenslange harte Arbeit und Entbehrungen hatten ihren Tribut gefordert. »Viele Mädchen, die noch weit jünger sind als neun, müssen ebenso hart arbeiten wie Erwachsene, Hope. Du solltest Gott danken, dass dir eine echte Kindheit gewährt worden ist und du meine kleine Schule vier Jahre lang hast besuchen können«, hatte er streng hinzugefügt.

Also musste sie alles klaglos ertragen, selbst wenn sie glaubte, ihr Rücken müsse brechen, nachdem sie sich den ganzen Tag über gebückt und Erdbeeren gepflückt oder volle Kartoffelsäcke über einen Acker geschleppt hatte. Und doch war es nicht nur die neue, harte Arbeit, die ihr zu schaffen machte. Was wirklich wehtat, war der Verlust ihrer Position.

»Unser Baby« hatte man sie genannt, solange sie denken konnte. Außer Joe und Henry benutzten alle in der Familie diesen Kosenamen, eine liebevolle Art einzuräumen, dass sie einen besonderen Platz einnahm. Sie alle hatten dafür gesorgt, dass ihr warm genug war und sie genug zu essen hatte. Ihre Mutter und Nell hatten anständige Kleider und Stiefel für sie besorgt, und ihr Vater und Matt hatten ihr aus Holz Puppen geschnitzt und eine Schaukel für sie in den Apfelbaum gehängt. Sie hatte schneller als die anderen lesen und schreiben gelernt, und während keiner von ihnen mehr als zwei Jahre bei Pastor Gosling gehabt hatte, war sie vier Jahre lang ins Pfarrhaus gegangen. Immer wurde sie gebeten, aus Zeitungen vorzulesen, die irgendwie ins Haus kamen, weil sie das besser konnte als alle anderen. Selbst ihre Besuche bei Rufus hatten ihr das Gefühl gegeben, auf besondere Weise ausgezeichnet zu werden, denn Henry war nur ein Jahr älter als sie.

Während der zwei Jahre, die sie nach Briargate gegangen war, hatte sie im Mittelpunkt der Aufmerksamkeit gestanden. Sie war für ihre Besuche dort ordentlich gekleidet worden, und am Anfang hatte jemand sie hinbringen und wieder abholen müssen, und alle in der Familie hatten wissen wollen, was sie dort erlebt und was Lady Harvey zu ihr gesagt hatte.

Jetzt war sie nichts Besonderes mehr. Sie musste ihren alten Kittel zur Arbeit tragen, und niemand fragte sie nach ihren Erlebnissen, weil alle wussten, wie sie ihre Zeit verbracht hatte. Doch das Schlimmste von allem war das Wissen, dass es so bleiben würde, bis sie in Stellung ging. Und dann würde es noch schlimmer werden.

»Komm und setz dich zu mir, Meg«, rief Silas, als er sah, dass seine Frau von der Tür aus nach ihm Ausschau hielt.

Es war September, ein wunderschöner Abend, und die Sonne ging gerade unter. Silas saß auf der Bank unter dem Apfelbaum, rauchte seine Pfeife und beobachtete, wie der Himmel sich langsam rötlich färbte. Am Flussufer am unteren Rand des Feldes konnte er Hasen sehen, die sich an dem Gras gütlich taten. Auf einem Zaunpfahl hockte eine Eule und hielt nach ihrem Abendessen Ausschau. Alles war geradeso, wie es sein sollte; die Hühner waren für die Nacht in ihrem Pferch, Hope, Joe und Henry schliefen bereits oben auf dem Dachboden, und sie alle hatten ein gutes Abendessen gehabt. Aber Silas konnte weder die Ruhe noch die Aussicht genießen, weil er sich Sorgen machte.

Meg kam mit einem Humpen Apfelwein in der Hand heraus. Sie reichte ihm den Wein und setzte sich neben ihn. »Morgen ist es ein Jahr her, dass unsere Nell geheiratet hat. Glaubst du, wir haben sie für immer verloren?« Silas antwortete nicht sofort, im Wesentlichen deshalb, weil es nicht das gewesen war, worüber er nachgedacht hatte. Er war auch nicht glücklich darüber, dass Nell nie mehr nach Hause kam, aber eine Frau musste sich den Wünschen ihres Mannes fügen, und wenn Albert wünschte, dass Nell ihre freie Zeit in ihrem eigenen Heim verbrachte, dann hatte er das wohl oder übel zu akzeptieren. Doch ihm war klar, dass Meg das nicht so sehen konnte.

»Ich weiß, du vermisst sie«, bemerkte er schließlich. »Aber sie hat sich für Albert entschieden, und sie haben jetzt ihr eigenes Leben. Zumindest sehen wir sie jeden Sonntag in der Kirche.«

»Vielleicht wird alles anders sein, wenn sie ein Kind bekommt«, meinte Meg hoffnungsvoll.

»Vielleicht.« Silas seufzte, weil er das nicht wirklich glaubte. »Aber es war Hope, über die ich mir den Kopf zerbrochen habe. Sie ist in letzter Zeit nicht mehr sie selbst.«

»Sie wird schon zurechtkommen und sich an die Arbeit gewöhnen, wie wir alle es mussten«, sagte Meg. »Wir hätten den Übergang vielleicht sanfter gestalten und ihren Besuchen im großen Haus schon vor einem Jahr ein Ende bereiten sollen. Doch was geschehen ist, ist geschehen. Für Leute wie uns gibt es keinen einfachen Weg, und das müssen wir sie lehren.«

Silas drehte sich zu seiner Frau um und fragte sich wie schon so oft, wie sie es schaffte, sich auf solche Weise in ihr Schicksal zu fügen. Als sie sich ineinander verliebt hatten, hatten sie geglaubt, eines Tages ihren eigenen kleinen Bauernhof zu haben, aber hier saßen sie nun sechsundzwanzig Jahre später und arbeiteten sich noch immer für einen Hungerlohn den Rücken krumm. Wenn er, Silas, zu alt zum Arbeiten war und sie die Miete nicht mehr würden bezahlen können, würden sie der Gemeinde zur Last fallen.

Aber sie konnten sich glücklich schätzen, das wusste er. Sie hatten einander, ihre Kinder waren gesund und stark, die fünf älteren hatten allesamt gute Stellungen, und zwei von ihnen waren verheiratet. Silas hoffte, für Joe und Henry eine Lehrstelle in einem guten Gewerbe finden zu können.

Hope war die Einzige, um die er sich Sorgen machte, denn sie war weder vom Blut her noch vom Wesen eine Renton.

»Sie wird sich nie dafür eignen, in Stellung zu gehen oder auf einem Bauernhof zu arbeiten«, platzte Silas heraus. »Für beides hat sie zu viel Verstand. Ich sehe manchmal, dass sie alles hinterfragt; dieser Funke in ihr wird es ihr niemals gestatten, blind zu gehorchen, wie wir es gewohnt sind. Und sie ist hübscher, als es guttut.«

»Vielleicht kann sie mit den Fähigkeiten, die sie sich bei Pastor Gosling angeeignet hat, Arbeit in einem Laden in Bristol oder in Bath finden«, sagte Meg hoffnungsvoll.

»Aber in der Stadt lauern Gefahren.«

»Es lauern überall Gefahren.« Meg strich liebevoll über seine Hand. »Wir haben sie doch den Unterschied zwischen Recht und Unrecht gelehrt und sie genauso geliebt wie unsere eigenen Kinder. Mehr können wir nicht tun.«

Während die Sonne hinter dem Hügel versank, trank Silas den Rest seines Apfelweins. »Vielleicht könnten wir zu Lady Harvey gehen«, stieß er plötzlich hervor. »Ihr sagen, dass Hope ihre Tochter ist, und sie bitten, sich für das Mädchen zu verbürgen, wenn die Zeit kommt.«

Meg sah ihn erschrocken an. »Was denkst du dir denn nur, Silas?«, rief sie aus. »Das ist einfach unmöglich! Sie würde denken, wir versuchten, sie zu erpressen. Nell, Albert, James und Ruth würden alle ihre Stellung verlieren. Und du die deine wahrscheinlich auch.«

»Das würde sie nicht tun! Nicht nach all den guten Diensten, die unsere Familie ihr geleistet hat.«

»Verlass dich lieber nicht darauf.« Meg verzog das Gesicht. »Eine Frau mit einem sündigen Geheimnis ist wie ein gefährliches Tier.«

Kapitel 4

1843

»Vater müsste doch eigentlich inzwischen zurück sein!«, bemerkte Hope. Sie blickte aus dem Fenster in den peitschenden Regen hinaus. Ihr Vater war vor drei Tagen mit einem Karren nach Bristol gefahren, um Waren von einem Schiff im Hafen abzuholen, und sie hatten ihn für diesen Abend zurückerwartet.

Ihre Mutter seufzte, denn Hope fragte jetzt schon zum wiederholten Mal. »Bei so schlechtem Wetter kann man sich nicht darauf verlassen, dass Schiffe pünktlich einlaufen«, erklärte sie. »Aber es wird ihm nicht gefallen haben, in Bristol zu bleiben; er sagt immer, die Stadt sei schmutzig und laut.«

»Und was machen Joe und Henry nur?«, wollte Hope gereizt wissen. »Sie können bei diesem Regen doch nicht arbeiten?«

Hopes Brüder waren jetzt dreizehn und zwölf. Silas' Hoffnung, sie ein Gewerbe lernen zu lassen, hatte sich nicht erfüllt, weil er das Geld für ihre Lehrlingsverträge nicht hatte aufbringen können. Pastor Gosling hatte sein Bestes getan, Stellungen als Gärtner, Stallburschen oder Lakaien für sie zu finden, doch ohne Erfolg. Daher würden sie, bis sich etwas Besseres ergab, als Tagelöhner auf Bauernhöfen arbeiten. Zurzeit waren sie bei Mr Francis aus Woolard, demselben, der Silas nach Bristol geschickt hatte.

»Die Kühe müssen bei jedem Wetter gemolken werden«, erwiderte Meg ein wenig scharf. »Aber vielleicht haben sie ja auch einige Tiere verloren und sind losgezogen, um nach ihnen zu suchen.«

Der Herbst war in diesem Jahr recht früh gekommen, mit starken Winden, Stürmen und so heftigen Regenfällen, dass der Chew über die Ufer getreten war. In Woolard und Publow standen mehrere Cottages fast zwei Meter unter Wasser. Sie hatten gehört, dass in Pensford ein Kind in die Fluten gefallen und ertrunken war. Alle hatten sich beeilt, Rinder und Schafe auf die höheren Weiden zu treiben, aber viele Tiere waren umgekommen, bevor man sie hatte erreichen können.

Bei Nacht konnte Hope den Fluss durch das Tal unter ihrem Cottage strömen hören, und obwohl sie wusste, dass sie zu hoch lagen, um Überschwemmungen fürchten zu müssen, war es dennoch beängstigend. Das schlechte Wetter hatte alle täglichen Arbeiten so sehr erschwert! Sie wurden bis auf die Haut durchnässt, wenn sie die Hühner füttern mussten, und sie trugen Schlamm ins Cottage, was noch mehr Arbeit bedeutete. Und wenn sie Holz hereinholten, war es so nass, dass es nicht brannte.

Der Gemüsegarten war verwüstet worden, und der Wind hatte Äpfel und Birnen von den Bäumen gerissen, bevor sie reif waren. Vor dem Einsetzen des Regens hatte man nur ein wenig Heu mähen können, der Rest war verdorben. Unten im Gasthaus saugten alte Männer an ihren Pfeifen und prophezeiten einen bitterkalten Winter, in dem alle den Gürtel würden enger schnallen müssen.

Hope wusste, was es bedeutete, den Gürtel enger zu schnallen, denn die letzten zwei Jahre waren für alle trostlos gewesen. Sie verspürte keinen Groll mehr, weil sie so hart arbeiten musste, insbesondere auf dem Bauernhof mit ihrem Vater, denn sie verstand es jetzt als eine Notwendigkeit. Von der Frau und den Kindern eines Landarbeiters war immer erwartet worden, dass sie ihm in den entscheidenden Wochen halfen, und obwohl die Familie dafür nicht zusätzlich bezahlt wurde, bekamen sie doch oft eine Art Belohnung dafür, wie zum Beispiel einige Legehennen, einen Sack Kartoffeln oder eine Tüte Mehl. Aber die Belohnung, wie willkommen sie auch sein mochte, war nicht so wichtig wie die Tatsache, dass sie sich damit den guten Willen des Bauern erhielten.

Für alle Landarbeiter war das Leben schwierig: Wenn sie keine Arbeit hatten, konnten sie ihre Miete nicht bezahlen, und das konnte die Verbannung aus ihrem Heim und schließlich das Arbeitshaus bedeuten. Es gab nur eine Möglichkeit sicherzustellen, dass sie ihre Arbeit behielten: Sie mussten sich als wertvoller erweisen als alle anderen. Eine Frau und mehrere Kinder, die, wenn nötig, mithelfen konnten, waren dabei sehr hilfreich.

Hope hatte schon als kleines Kind bemerkt, mit welcher Andeutung von Grauen das Wort »Arbeitshaus« oder »Armenverwaltung« stets ausgesprochen wurde. Damals hatte sie noch nicht gewusst, wo dieses Haus sich befand und was es genau war. Aber jetzt hatte sie das grimmige, graue Steingebäude in der Nähe von Keynsham gesehen und auch das Elend, das in die Gesichter der Menschen eingemeißelt war, die schließlich keine andere Wahl mehr gehabt hatten, als dort an die Tür zu klopfen.

Das Arbeitshaus war jetzt eine sehr reale Bedrohung für ihre Familie. Die Ernte im vergangenen Jahr war bereits schlecht gewesen, und die gegenwärtige Schlechtwetterperiode stellte eine potenzielle Katastrophe dar.

Nicht nur das Wintergemüse der Rentons war vernichtet worden; die meisten Bauern hatten ihr Gemüse ebenfalls verloren. Ohne Waren, die sie auf dem Markt verkaufen konnten, und ohne Heu, mit dem sie ihr Vieh durch den Winter bringen konnten, würden sie gezwungen sein, es zu verkaufen oder hungers sterben zu sehen. Und dann würden sie keine Farmarbeiter mehr benötigen.

Im letzten Winter, als der Schnee wochenlang den Boden bedeckt hatte, hatte die Familie von Rüben und Kartoffeln gelebt. Die Jungen hatten ohne jeden Erfolg Kaninchenfallen aufgestellt, und sie waren Abend um Abend hungrig zu Bett gegangen. Doch wenn es in diesem Winter wieder Schnee gab, würden sie nicht einmal mehr Gemüse haben, auf das sie zurückgreifen konnten.

»Werden wir morgen zum Hof der Merchants gehen, um zu schauen, ob das Baby schon da ist?«, fragte Hope in der Hoffnung, ihre Mutter ein wenig aufzuheitern.

Matts und Amys erstes Kind, Reuben, war im vergangenen Jahr zur Welt gekommen. Jetzt wurde jeden Tag ein zweites Baby erwartet, aber das Land um ihren Bauernhof war überschwemmt.

»Ich denke, wir müssen auf trockenes Wetter warten«, erwiderte Meg, seufzte jedoch, weil sie genauso ängstlich auf Neuigkeiten wartete wie Hope. »Amy hat ihre Mutter bei sich, also wird es ihr an nichts fehlen, und Matt würde herkommen, wenn er uns brauchte.«

»Warum hat Nell noch kein Baby?«, erkundigte sich Hope.

»Fragen, Fragen, Fragen, das ist alles, was ich von dir höre«, fuhr Meg sie an. »Der liebe Gott entscheidet, wer Babys bekommen soll und wer nicht.«

Hope verfiel in Schweigen. Sie spürte schon seit einiger Zeit, dass ihre Eltern unglücklich waren wegen Nell und Albert, denn wann immer Hope nach ihnen fragte, fiel die Antwort unausweichlich schroff aus. Die Familie war nur ein einziges Mal ins Pförtnerhaus eingeladen worden, an einem Sonntag vor etwa anderthalb Jahren. Nell hatte sich große Mühe gegeben und ihnen geröstetes Lamm mit verschiedenen Gemüsesorten und eine Apfeltorte zum Nachtisch vorgesetzt, doch die Mahlzeit war überschattet worden von Alberts kritischen Bemerkungen über die Kochkünste seiner Frau und von Nells Nervosität.

Allerdings hatten sie schon vorher den Verdacht gehabt, dass Albert ein Tyrann war. Nell kam nur selten zu Besuch nach Hause, und wenn sie sich doch einmal blicken ließ, blieb sie nie länger als eine halbe Stunde. Wenn sie sonntags neben Albert in der Kirche saß, wirkte sie oft abgehetzt und ängstlich. Albert war durchaus höflich, aber unnahbar, als wäre die Familie seiner Frau unter seiner Würde. Ruth berichtete, dass Nell nie mehr nach der Arbeit in der Dienstbotenküche blieb, um noch ein wenig zu plaudern. Selbst wenn die Schwestern miteinander allein waren, sei Nell außerstande, ein echtes Gespräch zu führen, denn sie beginne jeden einzelnen Satz mit den Worten: *»Albert sagt.«* Offenbar hatte sie die Fähigkeit verloren, eine eigene Meinung zu äußern.

Erst vor zwei Monaten hatte Hope Nell in ihrem Cottage besucht und sie freiheraus gefragt, ob sie glücklich mit Albert sei.

»Er ist ein guter Ehemann«, hatte ihre Schwester erwidert, was nicht direkt eine Antwort auf die Frage gewesen war.

Der Abend dämmerte bereits herauf, als Silas endlich nach Hause kam. Hope zündete gerade die Kerzen an, als ihr Vater in der Tür erschien. Sofort bildete sich eine Pfütze von Regenwasser um seine Füße herum.

Meg sog scharf die Luft ein, denn seine angespannte Miene verriet, dass er erschöpft war und bis auf die Knochen durchgefroren. »Du bist wieder da! Dem Himmel sei Dank«, sagte sie und eilte zu ihm hinüber, um ihm den durchweichten Sack von den Schultern zu nehmen. »Du musst sofort diese nassen Sachen ausziehen! Schür das Feuer und brüh ihm Tee auf!«, befahl sie Hope, während sie ihrem Mann die Kleider abstreifte, als wäre er ein kleines Kind.

Sobald er mit einer Decke um die Schultern am Feuer saß, einen Becher heißen Tees in der Hand und die Füße in einem Senfbad, befragte sie ihn nach seiner Reise nach Bristol.

»Die Ladung des Schiffs war noch nicht gelöscht, daher musste ich in einem Gasthaus absteigen. Es war schrecklich.«

Meg brachte ihn zu Bett, weil er so heftig zitterte, aber er hielt ihre Hand fest und versuchte, ihr von seinen Erlebnissen zu erzählen. Sein Bericht ergab nicht an allen Stellen einen Sinn, und er konnte nicht einmal ganze Sätze bilden, doch die Worte, die er benutzte, und der Abscheu in seiner Stimme zeichneten ein lebhaftes Bild.

»Zwölf oder mehr Männer in einem einzigen schmutzigen Raum. Dreckiges Stroh. Abscheuliche, brutale Typen, bis zur Besinnungslosigkeit betrunken. Gewohnheiten, bei denen sich mir der Magen umgedreht hat. Tiere benehmen sich besser.«

Meg wusch sanft sein Gesicht und seine Hände, wickelte ihn fest in Decken und redete beruhigend auf ihn ein. Aber obwohl seine Stimme inzwischen kaum mehr war als ein Krächzen, wollte er ihr unbedingt verständlich machen, was er durchlitten hatte.

Hope war zwei Mal in Bristol gewesen, beide Male tagsüber und bei gutem Wetter, doch wie aufregend sie die Stadt auch gefunden hatte, sie hatte weder die Horden von Bettlern vergessen noch den Lärm, die widerwärtigen Gerüche und das beängstigende Gedränge. Es war schwer vorstellbar, wie sie sich allein dort fühlen würde, durchgefroren und bis auf die Haut durchnässt und gezwungen, drei Tage in der Nähe des Hafens zu verweilen, ohne dass ihr jemand beistand.

Ihr Vater sprach von Schurken, die leichtgläubigen Menschen vom Land auflauerten, von zerlumpten, halb verhungerten Bettlerkindern, die ihm zugesetzt hatten, nachdem er einem von ihnen einige Pennys gegeben hatte. Er erzählte, an jeder Ecke hätten grell geschminkte Flittchen gestanden, die ihn lautstark beschimpft hatten, als er sie ignoriert hatte. Und die ganze Zeit über war da die Angst gewesen, dass einer der vielen gewalttätigen Betrunkenen einen einfachen Mann vom Land wie ihn überfallen würde, nur um der wenigen Schillinge in seiner Tasche willen oder wegen seines Karrens und des Pferdes.

Irgendjemand hatte ihn während der Nacht in seinem Quartier ausgeraubt. Am Morgen hatte ein anderer Mann versucht, mit seinen Stiefeln davonzulaufen, und er hatte mit nackten Füßen hinter ihm herrennen und mit ihm kämpfen müssen, um sie zurückzubekommen. »In diesem Moment hätte ich gern Fersengeld gegeben und wäre am liebsten nach Hause gekommen«, sagte er, »aber in diesem Fall hätte Mr Francis mir und den Jungen keine Arbeit mehr gegeben.« Also hatte er gewartet, bis er die Waren von dem Schiff hatte abholen können, frierend, nass, hungrig und fast besinnungslos vor Angst. Er erklärte, nie wieder dort hinzufahren.

Doch obwohl er seinen eigenen Worten zufolge großen Hunger hatte, brachte er nur eine halbe Schale Eintopf herunter, bevor er wieder auf das Kissen sank. Er zitterte noch immer und klagte über Schmerzen im Kopf und im Rücken, daher breitete Meg weitere Decken über ihm aus und legte ihm einen heißen Ziegelstein vor die Füße.

Ein wenig später kamen Joe und Henry zurück, beide durchnässt und niedergeschlagen, weil Mr Francis sie nicht bezahlt und ihnen nicht einmal etwas zu essen gegeben hatte.

»Wir haben die Arbeit eines Mannes getan, also sollte man uns auch den Lohn eines Mannes zahlen«, fuhr Joe hitzig auf. »Mr Francis hat den ganzen Tag über gemurrt, weil Vater noch nicht zurück war. Ich schätze, ich und Henry werden nach London gehen müssen, um Arbeit zu finden. Hier gibt es nichts für uns zu tun.«

Nach dem Abendessen legten die Jungen sich sofort ins Bett, aber Hope blieb bei ihrer Mutter, weil sie spürte, dass Meg sich Sorgen um Silas machte. Selbst im Kerzenschein konnte Hope sehen, wie schlecht es ihm ging. Er schien zu schlafen, zitterte aber immer noch heftig, und auf seiner Stirn glänzten Schweißperlen.

»Er ist ein starker Mann, und wenn er erst einmal eine Nacht lang ordentlich geschlafen hat, wird es ihm wieder besser gehen«, meinte Meg, doch ihre Stimme hatte einen hohlen Klang.

In der Nacht wachte Hope auf, weil sie hörte, wie ihre Mutter das Feuer schürte. Es war vollkommen finster, und es regnete immer noch heftig.

»Geht es Vater besser?«, flüsterte sie, während sie die Dachbodenleiter hinunterkletterte.

Meg schüttelte den Kopf. »Er wird ein oder zwei Tage lang nicht arbeiten können. Es geht ihm wirklich schlecht.«

Hope trat an das Bett in der Ecke, und obwohl das Licht der Kerze so weit nicht reichte, fand sie das Gesicht ihres Vaters ungewöhnlich ausgezehrt. »Hast du überhaupt geschlafen, Mutter?«, fragte sie.

»Ich habe mich für eine Weile zu ihm gelegt, aber es war zu heiß für mich dort drin«, seufzte Meg. »Ich konnte keine der Decken abnehmen, weil er immer noch so zittert, deshalb habe ich mich in den Sessel gesetzt.«

»Geh nach oben und leg dich in mein Bett«, bat Hope. »Ich werde über ihn wachen.«

»Weck mich, sobald es hell wird, und wende weiter die Kleider der Jungen, bis sie trocken sind. Ich möchte nicht, dass sie sich auch noch erkälten«, erwiderte Meg erschöpft. »Wenn dein Vater aufwacht, gib ihm etwas Wasser. Ich werde in der Frühe gleich zu Lissy Brierley hinuntergehen und fragen, ob sie mir eine ihrer Mixturen zubereiten kann.«

Für Hope war das die Bestätigung dafür, welche Angst ihre Mutter wirklich hatte, denn für gewöhnlich rümpfte Meg über die Tränke, die Lissy zubereitete, nur die Nase.

Während der nächsten vier Tage sah Hope zu, wie ihr Vater immer kränker und kränker wurde. Er war fiebrig und hielt sich den Kopf, weil er schmerzte, und er konnte kaum aufstehen, um sich zu erleichtern. Meg flößte ihm sowohl die Mixtur ein, die sie von Lissy bekommen hatte, als auch ihre eigenen Kräutertränke, die gegen Fieber halfen. Wenn sein Fieber zu hoch war, wusch sie ihn mit einem Schwamm, und wenn er zitterte, legte sie einen heißen Ziegelstein zu ihm ins Bett. Doch am vierten Morgen murmelte er im Fieberwahn vor sich hin.

»Soll ich Nell holen gehen?«, wollte Hope wissen.

»Nein, natürlich nicht«, fuhr ihre Mutter auf. »Es ist nicht recht, jemanden um Hilfe zu bitten, wenn man eine Krankheit im Haus hat.«

»Aber Nell sollte wissen, wie schlecht es Vater geht«, wandte Hope ein.

»Was sie nicht weiß, kann ihr nicht wehtun. Sie würde nur herbeigeeilt kommen und sich noch mehr Ärger mit Albert einhandeln.«

Erst vor einigen Wochen hatte Ruth erklärt, sie glaube, dass Albert Nell schlage, und Vater hatte angedroht, dem Mann den Hals umzudrehen, sollte sich dies als die Wahrheit entpuppen.

»Soll ich dann den Arzt holen?«, fragte Hope. Sie hatte große Angst, weil ihr Vater sie und ihre Mutter nicht zu erkennen schien.

»Wir haben kein Geld für den Arzt«, erwiderte Meg mit trostloser, besorgter Miene. »Geh du in die Bäckerei und frage nach, ob sie dort Arbeit für dich haben, und ich werde in der Zwischenzeit das Feuer schüren. Vielleicht kann er das Fieber ja ausschwitzen.«

Hope erschrak. Wie verzweifelt ihre Mutter Geld brauchen musste, wenn sie sie ausschickte, um in der Bäckerei um Arbeit zu betteln! Schließlich mochte Meg Mrs Scrag, die Frau des Bäckers, ebenso wenig wie Hope.

Mrs Scrag befragte Hope eingehend nach Silas' Krankheit – sie hatte offenkundig Angst, es könne etwas Ansteckendes sein –, dann schickte sie sie zur Arbeit hinaus, wo sie Brotformen schrubben musste. Am späten Nachmittag war Hope erschöpfter als nach einem ganzen Tag auf dem Feld. Nachdem sie die Brotformen gesäubert hatte, hatte sie in den beiden Lagerräumen die Wände und die Böden schrubben müssen. Sie hatte Eimer um Eimer Wasser aus dem Brunnen hochgezogen, den Stall ausgemistet und einen gewaltigen Stapel Schürzen gewaschen. Für all das bekam Hope einen Schilling und einen Laib Brot.

Zu Hause fing ihre Mutter sie an der Tür ab. »Komm nicht herein«, sagte sie. »Dein Vater hat jetzt einen Ausschlag; du und die Jungen, ihr müsst im Nebengebäude schlafen, bis es ihm wieder besser geht.«

»Ist es Scharlach wie bei Violet und Prudence?«, fragte Hope, der die Tränen in die Augen schossen, weil sie spürte, dass ihre Mutter Angst hatte, ihr Vater werde sterben.

»Ich wünschte, es wäre nur das; erwachsene Männer erholen sich vom Scharlach wieder«, erwiderte Meg müde. »Geh zum Arzt, Hope. Erzähl ihm, in welchem Zustand dein Vater nach seiner Rückkehr aus Bristol war, und sag ihm, dass er jetzt im Fieberwahn liege und der Ausschlag der ist, der wie Maulbeeren aussieht. Er wird wissen, was das bedeutet. Ich erwarte nicht, dass er nach deinem Vater sehen wird, aber vielleicht kann er dir eine Medizin geben, wenn du ihm diesen Schilling gibst.«

Dr. Langford lebte in Chewton, einem Weiler auf halber Strecke nach Keynsham, etwa drei Kilometer von ihrem Cottage entfernt. Hope war zu jung, um sich an die Besuche des Arztes zu erinnern, als Violet und Prudence gestorben waren, aber sie sah den rundlichen Mann mit seinem hohen Hut oft in seinem Einspänner durchs Dorf fahren. Vor einigen Jahren hatte er, wie ihre Mutter erzählt hatte, ihrem Vater einen gebrochenen Arm gerichtet, und da sie kein Geld gehabt hatten, um ihn zu bezahlen, hatten sie ihm stattdessen ein Huhn gegeben. Dies brachte Hope auf den Gedanken, er müsse ein freundlicher Mann sein. Während sie durchs Dorf und den Fairy Hill hinaufeilte, fragte sie sich, ob er wohl gütig genug sein mochte, um ihr etwas zu trinken und vielleicht auch einen Happen zu essen zu geben und sie in seinem Einspänner nach Hause zu bringen.

Diese Hoffnung zerbrach jäh, als die Dame, die ihr die Tür öffnete, sie bat, draußen zu warten.

Der Arzt kam sofort zu ihr. Er trug eine elegante rote Weste und sah ohne seinen Zylinder viel kleiner aus als sonst. Kaum hatte sie mit der Beschreibung der Krankheit ihres Vaters begonnen, als er auch schon bis auf die Veranda seines Hauses vor ihr zurückwich.

»Er war also krank, als er aus Bristol heimgekommen ist? Und das war vor vier Tagen?«

Hope nickte. »Es war schrecklich dort für ihn, weil er mit mehreren anderen Männern am Hafen in einem schmutzigen Zimmer schlafen musste. Selbst nachdem Mutter ihn zu Bett gebracht hatte, hat er noch furchtbar gezittert. Jetzt scheint er uns nicht einmal zu erkennen!«

Der Arzt sah sie erschrocken an. »Richte deiner Mutter aus, dass sie gut lüften und die Fenster offen halten muss«, erklärte er. »Sie muss versuchen, ihm Wasser und Brühe einzuflößen, und sie muss die besudelte Wäsche abkochen. Ich werde ein Medikament für ihn zusammenmischen, aber ihr Kinder müsst euch von ihm fernhalten.«

»Mutter hat mir bereits erklärt, dass wir alle im Nebengebäude bleiben müssen«, erwiderte Hope. »Dann ist es also etwas sehr Ernstes?«

Der Arzt machte ein Gesicht, als wüsste er nicht, was er antworten solle. »Dein Vater ist ein starker Mann, daher dürfen wir hoffen. Doch warte dort, Hope, ich hole dir ein Medikament für ihn.«

»Sie ist die jüngere Schwester der beiden Mädchen, die an Scharlach gestorben sind, nicht wahr?«, fragte Dr. Langfords Frau, als er ins Haus zurückkehrte. »Weißt du, was ihrem Vater fehlt?«

»Ich hoffe, ich irre mich, aber es klingt nach Typhus«, gab der Arzt mit einer Grimasse zurück, bevor er zu dem Schrank ging, in dem er seine Medikamente und Salben aufbewahrte. »Vor Kurzem ist im Arbeitshaus Typhus ausgebrochen, und im Gefängnis von Bristol grassiert die Krankheit praktisch ständig.«

Mrs Langford war sehr empfindlich, und sie schauderte. »Aber die Rentons sind keine schmutzigen Leute«, sagte sie. »Ich habe gehört, ihr Cottage soll der Inbegriff der Sauberkeit sein!«

Der Arzt seufzte. »Er wird sich in dem schrecklichen Gasthaus angesteckt haben, in dem abzusteigen er das Missgeschick hatte. Irgendjemand dort wird die Krankheit von einem Schiff oder einem Gefängnis angeschleppt haben. Und jetzt hat seine Frau sich vielleicht ebenfalls angesteckt und möglicherweise sogar die Kinder.«

»Ach, du meine Güte«, stieß Mrs Langford hervor. »Du hast sie doch nicht angefasst, oder?«

Der Arzt warf ihr einen vernichtenden Blick zu, ein wenig schockiert darüber, dass ihr erster Gedanke ihr selbst galt. Aber er konnte sie nicht für ihren Mangel an Mitgefühl tadeln, da er selbst nicht die Absicht hatte, sich in Gefahr zu bringen, indem er das Cottage der Rentons betrat.

»Natürlich nicht. Doch ich wäre dir dankbar, wenn du für das Kind einige Dinge in einen Korb packen würdest. Vielleicht eine Flasche Brandy und einige nahrhafte Lebensmittel, die ihren Appetit anregen könnten. Ich werde der Kleinen etwas Belladonna mitgeben, um Silas' Puls zu verlangsamen und die Kopfschmerzen zu lindern, aber bedauerlicherweise ist das alles, was ich tun kann.«

»Ich werde nicht weggehen«, erklärte Hope energisch und schob sich an Meg vorbei in das Cottage. »Du bist ebenfalls krank, Mutter, und ich werde mich um dich kümmern.«

Seit der Rückkehr ihres Vaters aus Bristol waren zehn Tage verstrichen, und bisher hatte sie jede Bitte ihrer Mutter befolgt. Sie hatte die Tiere versorgt, Holz gehackt, Wasser vom Brunnen heraufgezogen und jede Nacht allein im Nebengebäude geschlafen.

Joe war in Briargate und auf dem Hof der Merchants gewesen, um dem Rest der Familie Bescheid zu geben, dass ihr Vater krank sei und sie alle sich fernhalten müssten. Auf Wunsch ihrer Mutter schliefen Joe und Henry in der Scheune auf dem Hof in Woolard, statt nach Hause zu kommen.

Hope verstand nicht, warum Nell sich nicht über die Anweisungen ihrer Mutter hinweggesetzt und nach Hause gekommen war. Vielleicht hatte Lady Harvey es ihr verboten, denn sie hatte gewiss Angst davor, dass Nell die Krankheit in Briargate einschleppen und Rufus anstecken könnte. Aber es sah Nell überhaupt nicht ähnlich, nicht zumindest mit einem Päckchen Essen ans Tor zu kommen und sich zu erkundigen, ob sie irgendwie helfen könne.

Matt war da gewesen, um ihnen von der Geburt ihrer kleinen Tochter zu berichten, und er hatte Milch und Käse mitgebracht. Er hatte ihnen vom Feldweg aus zugerufen, dass sie das Fenster öffnen sollten. Warum hatte Nell nicht das Gleiche getan? Sicher hätte ihre Mutter sich darüber gefreut. Insgeheim machte Meg gewiss genau wie Hope Albert für das Fernbleiben ihrer ältesten Tochter verantwortlich.

Hope hasste es, allein im Nebengebäude zu schlafen. Es war kalt, und das Stroh, das sie in einen Sack gestopft hatte, um darauf zu schlafen, war feucht. Außerdem hatte sie Angst, denn sie hörte das zusammenhanglose Gebrabbel ihres Vaters und das Weinen ihrer Mutter.

Aber als sie am Vorabend zur Tür gegangen war, um sich etwas zu essen abzuholen, hatte sie gesehen, dass auch ihre Mutter krank war. Meg konnte sich kaum noch auf den Beinen halten. Auf ihrer Stirn standen Schweißperlen, und in ihren Augen lag ein leerer Ausdruck. Hope hatte ihre Bitte erfüllt und einen weiteren Eimer Wasser und frisches Holz geholt, bevor sie in das Nebengebäude zurückgekehrt war, aber sie hatte fast die ganze Nacht vor Furcht wach gelegen. Am Morgen hatte sie beschlossen, ihrer Mutter nicht länger zu gehorchen.

»Du bist erst elf, viel zu jung, um uns zu versorgen, und ich habe Angst, du könntest dich ebenfalls anstecken«, sagte Meg und versuchte, die Tür zu schließen, damit ihre Tochter nicht hereinkommen konnte.

»Ich bin nicht zu jung, um zu wissen, dass du ins Bett gehörst«, wandte Hope ein und schlüpfte durch die Tür, bevor Meg sie schließen konnte. »Wenn du willst, werde ich mich von euch fernhalten. Aber ich werde euch beide nicht ohne Hilfe hier allein lassen.«

Meg war zu schwach, um zu protestieren. Hope ging auf den Dachboden und schleppte einen der mit Stroh gefüllten Säcke nach unten, um für ihre Mutter ein Schlaflager vor dem Feuer aufzuschlagen. Meg ließ sich ohne ein weiteres Wort darauf niederfallen, und das bewies Hope, dass sie sich tatsächlich bei ihrem Vater angesteckt hatte.

Hope näherte sich entschlossen dem Bett ihres Vaters, prallte aber bei seinem Anblick entsetzt zurück. Der Ausschlag, von dem ihre Mutter vor sechs Tagen gesprochen hatte, hatte seinen Körper und sein Gesicht mit Flecken überzogen, in denen kleine Pusteln standen, die wie Masern aussahen. Seine Zähne und sein Gaumen waren mit einer braunen Substanz überzogen, und er atmete zu schnell, beinahe wie ein Hund, der hechelte. Außerdem zerrte er wie ein Wahnsinniger an der Bettdecke.

Er verströmte einen abscheulichen Geruch, vermutlich hatte er die

Kontrolle über seine Eingeweide verloren. Einen Moment lang wäre sie um ein Haar wieder durch die Tür hinausgelaufen, aber dann warf sie einen Blick auf ihre Mutter, die auf der Matratze vor dem Feuer lag. Wenn sie, Hope, weglief, würde Meg sich dazu zwingen, aufzustehen und ihn zu waschen. Das konnte sie nicht zulassen.

Der Gestank würgte Hope in der Kehle, und ihr Vater war so schwer! Trotzdem schaffte sie es irgendwie, ihn zu waschen und das Laken zu wechseln, und als er wieder zugedeckt war, hielt sie seinen Kopf und flößte ihm ein wenig Wasser ein.

Dann wandte sie ihre Aufmerksamkeit ihrer Mutter zu, zog ihr die Kleider aus und wusch sie vorsichtig. Sie brannte förmlich von Fieber, aber sie zitterte trotzdem, geradeso wie ihr Vater im frühen Stadium der Krankheit gezittert hatte. Hope gab ihr ebenfalls etwas Wasser zu trinken, dann hüllte sie sie fester in die Decken.

»Ich kümmere mich jetzt um Vater, du kannst also einfach schlafen«, flüsterte sie.

Es waren noch weitere schmutzige Laken zu waschen, außerdem einige Nachthemden und Unterwäsche, die in der Ecke lagen. Ihr fielen die Worte des Arztes ein, und so ging sie ins Nebengebäude, um unter dem Kessel ein Feuer zu entfachen.

Hope brauchte acht Eimer Wasser, um den Kessel zu füllen, bevor sie das Feuer entzünden konnte, aber es stellte sich heraus, dass dies kein leichtes Unterfangen war. Sie knüllte einige Papiere zusammen, zündete sie an und fügte dann nach und nach kleine, trockene Stöckchen hinzu, doch die Flamme flackerte nur und erstarb gleich darauf. Mehr als eine Stunde lang versuchte Hope es wieder und wieder und nahm jedes Mal ein wenig mehr Papier, aber das Feuer erlosch dennoch, ganz gleich, wie kräftig sie hineinblies.

Hope war den Tränen nahe. Die Laken mussten ausgekocht werden, und wenn sie das nicht schaffte, würde es keine frische Wäsche geben, wenn ihr Vater sich abermals besudelte. Der Arzt hatte eigens darauf hingewiesen, dass die Wäsche gekocht werden musste, daher war anzunehmen, dass schmutzige Laken gefährlich waren und die Krankheit vielleicht übertrugen.

In ihrer Ohnmacht schlug Hope mit dem Schüreisen gegen den Kessel, und erst da fiel ihr ein kleiner Hebel an der Seite der Feuerstelle auf. Sie schob ihn hoch, und zu ihrer Überraschung sah sie, wie sich dadurch ein Lufteinlass öffnete.

Hope versuchte abermals, das Feuer zu entzünden, und zu ihrer großen Freude begannen die Stöcke endlich zu brennen. Sie fügte immer mehr hinzu, und erst als sie absolut sicher war, dass sie es geschafft hatte, wandte sie ihre Aufmerksamkeit der Seife zu, die gerieben werden musste.

Auch das war nicht so einfach. Sie schnitt sich zwei Mal die Finger auf, bevor sie den Bogen heraushatte. Aber zu guter Letzt befand sich die Seife im Wasser, und sie konnte die Wäsche hineingeben.

Am späten Nachmittag war Hope vollkommen erschöpft. Sie war immer wieder ins Cottage gegangen, um ihren Eltern etwas zu trinken einzuflößen und ihnen das Gesicht zu waschen, dann hatte sie die Hühner gefüttert, die Eier eingesammelt und die Kuh gemolken. Während all dieser Zeit hatte sie immer wieder Holz unter den Kessel legen müssen. Es hatte ungefähr zwei Stunden gedauert, bis das Wasser zu kochen begonnen hatte, und es war erheblich schwerer, mit dem Kesselstock darin zu rühren, als sie es erwartet hatte.

Noch schwerer war es, die Wäsche aus dem Kessel herauszuholen, und sie hatte sich dabei mehrmals mit heißem Wasser bespritzt. Dann musste weiteres Wasser zum Ausspülen der Wäsche aus dem Brunnen geholt werden, und als sie damit fertig war, waren ihre Hände rot und rissig.

Zumindest war es ein schöner Tag, und der Wind war kräftig genug, um die Wäschestücke zu trocknen. Sobald die Wäsche auf der Leine hing, ließ Hope sich von ihrer Mutter Anweisungen geben, wie sie mit einem kleinen Stück Rindfleisch, das eine Nachbarin ihnen vors Tor gelegt hatte, eine Brühe zubereiten konnte.

Sie faltete gerade die trockenen, sauberen Laken zusammen, als sie wieder den abscheulichen Geruch von ihrem Vater wahrnahm, und einmal mehr musste sie ihn säubern und die Wäsche wechseln, bevor sie versuchte, ihm ein wenig von der Brühe einzuflößen.

»Du bist so ein gutes Mädchen«, sagte ihre Mutter schwach, als Hope ihr half, sich hinzusetzen und ebenfalls etwas von der Brühe zu trinken. »Geht es deinem Vater etwas besser?«

So jung sie war und ohne jedwede Erfahrung mit der Krankheit, spürte Hope doch, dass er im Sterben lag. Er hatte an diesem Tag keinen einzigen klaren Augenblick gehabt, und trotz all ihrer Bemühungen hatte er nur einige wenige Löffel von der Brühe schlucken können. Es war, als hätte der starke, gesunde Mann, den sie liebte, das Cottage bereits verlassen.

»Es geht ihm etwas besser«, log sie, denn sie wusste, dass ihre Mutter versuchen würde aufzustehen, um nach ihm zu sehen, wenn sie die Wahrheit erfuhr. »Er hat etwas Brühe getrunken, und er hat gefragt, wie es dir geht.«

Es war fast dunkel, als Hope jemanden mit einem Stock gegen das Tor schlagen hörte. Sie dachte, es sei vielleicht eine Nachbarin, denn während der letzten Tage hatte sie immer wieder kleine Gaben auf der Türschwelle vorgefunden: Pasteten, Gemüse und Töpfe mit Suppe.

Sie lief hinaus, und zu ihrer Erleichterung sah sie Nell mit einem Korb in der Hand auf dem Feldweg stehen.

»Ich wage es nicht hereinzukommen«, rief sie. »Lady Harvey würde mir niemals erlauben, nach Briargate zurückzukehren, und Albert würde mir die Hölle heiß machen. Aber ich musste nach euch sehen. Wie geht es Vater?«

Hope hätte sich am liebsten in die Arme ihrer Schwester geworfen, doch das durfte sie nicht. »Er ist übel dran, und Mutter ist jetzt auch krank«, rief sie zurück. »Ich habe Angst, Nell! Ich weiß nicht, was ich tun soll.«

Selbst in dem fahlen Licht konnte sie die gequälte Miene ihrer Schwester sehen und wusste, wie gern sie hereingekommen wäre und das Kommando übernommen hätte. Doch sosehr sie Nell brauchte, durfte sie das nicht zulassen.

»Sag mir einfach, was ich sonst noch tun kann«, rief Hope und erklärte hastig, wie es um ihre Eltern stand.

»Du tust schon alles, was du kannst«, antwortete Nell mit zitternder Stimme. »Dabei bist du selbst noch ein Kind. Ich hätte mich Albert von Anfang an widersetzen und schon vor etlichen Tagen herkommen sollen.«

In diesem Augenblick erkannte Hope, dass Nell Angst vor Albert hatte, und obwohl es zu dunkel war, um ihr Gesicht deutlich erkennen zu können, glaubte sie, blaue Flecken auf den Wangen ihrer Schwester zu entdecken.

»Wir hätten dich nicht hereingelassen«, beharrte Hope. »Aber Mutter wird froh sein, dass du heute Abend hergekommen bist. Lass den Korb einfach dort stehen. Ich schaffe das schon.«

Hope sah ihrer Schwester nach, als Nell davonging und sich dabei immer wieder umdrehte, als wäre sie hin und her gerissen zwischen der Liebe zu ihren Eltern und ihren Pflichten gegenüber ihrer Herrin und ihrem Mann.

Während Nell langsam verschwand, rannen Hope die Tränen übers Gesicht, denn sie verstand das Dilemma ihrer Schwester.

Später an diesem Abend kniete Hope sich auf den Boden und betete. »Bitte, lass sie nicht sterben!«, flehte sie. »Ich werde alles tun, ich werde mich nie wieder über irgendetwas beklagen. Mach nur, dass es ihnen wieder besser geht.«

Sobald sie am Morgen die Augen aufschlug, spürte Hope, dass etwas nicht stimmte. Sie konnte die Vögel draußen singen hören und das Geräusch des Windes in den Bäumen, doch im Cottage selbst herrschte eine eigenartige Stille.

Hope hatte auf dem Dachboden geschlafen, um ihre Eltern im Auge behalten zu können, und jetzt eilte sie so schnell die Leiter hinunter, wie ihre Beine sie trugen.

Sie ging direkt auf das Bett ihres Vaters zu, hielt jedoch plötzlich inne und schlug sich entsetzt eine Hand vor den Mund. Es war nicht nötig, ihn zu berühren, um zu wissen, dass er tot war. Anders als am vergangenen Tag zupfte er nicht mehr ohne Unterlass an den Decken. Seine Hände lagen reglos da, und sein Gesicht war bleich und ruhig.

Auf der Suche nach Trost drehte sie sich mit tränenüberströmtem Gesicht instinktiv zu ihrer Mutter um, sah jedoch sofort, dass sie von ihr keinen Trost zu erwarten hatte. Meg hatte den Maulbeerausschlag jetzt ebenfalls, und obwohl sie wach zu sein schien, stand in ihren Augen der gleiche leere Ausdruck, den Hope bei ihrem Vater gesehen hatte.

Sie hätte am liebsten geschrien und mit den Füßen gestampft, aber stattdessen stand sie nur da und weinte. Während der elf Jahre ihres Lebens war sie stets umringt gewesen von älteren Menschen, die sie unterwiesen, sie getadelt und für sie gesorgt hatten, aber jetzt war sie allein, und ihr wurde bewusst, dass ihre Kindheit ein abruptes Ende gefunden hatte.

Sie musste sich jetzt wie eine Erwachsene benehmen. Es gab niemanden, in dessen Arme sie sich weinend flüchten konnte, wie sie es in der Vergangenheit häufig wegen der nichtigsten Kleinigkeiten getan hatte. Wenn sie jemanden herbeirief, um ihr zu helfen, ging sie das Risiko ein, dass er sich ansteckte und die Krankheit weiterverbreitete. Aber sie konnte ihre Mutter ohnehin nicht allein lassen, um anderweitig Hilfe zu suchen.

Also zwang sie sich, die gewohnten frühmorgendlichen Arbeiten zu verrichten, denn es schien das Einzige zu sein, was sie tun konnte. Sie fegte den Kamin aus, brachte die Asche nach draußen und entzündete dann ein neues Feuer. Anschließend setzte sie den Kessel auf und füllte eine Schale mit Wasser, um ihrer Mutter das Gesicht zu waschen.

»Ist es schon Morgen?«, murmelte Meg. »Ich muss die Jungen wecken!«

»Sie sind nicht hier, Mutter«, erwiderte Hope, und ihre Tränen begannen erneut zu fließen, als sie begriff, dass ihre Mutter wie zuvor ihr Vater im Fieber fantasierte. »Sie sind auf dem Bauernhof bei der Arbeit. Nur ich bin hier.«

Es gelang ihr, Meg mit etwas Milch zu füttern, in die sie ein Ei eingerührt hatte, dann riss sie ein Blatt Papier von einem Notizblock.

Bitte, helfen Sie mir, schrieb sie in großen Lettern. *Mein Vater ist gestorben, und meine Mutter ist sehr krank. Ich möchte nicht, dass jemand herkommt und das Risiko eingeht, sich ebenfalls anzustecken. Aber können Sie den Arzt verständigen? Sie brauchen nur zu rufen, dann werde ich von der Tür aus mit Ihnen sprechen.*

Sie unterschrieb mit *Hope Renton.* Danach brachte sie die Notiz nach draußen und nagelte sie an den Torpfosten, sodass jeder, der vorbeiging, sie sehen musste.

Als Hope später am Morgen ihre Mutter abermals mit kühlem Wasser abrieb, hörte sie Pastor Gosling von draußen rufen.

Sie stellte die Schüssel beiseite und rannte hinaus. Der hochgewachsene, strenge Pfarrer, der ihr das Lesen und Schreiben beigebracht hatte, hatte sie immer ein wenig eingeschüchtert, aber sie war unendlich froh, ihn zu sehen, denn er wusste alles.

»Meine liebe Hope«, sagte er, dann nahm er seinen breitkrempigen schwarzen Hut ab und drückte ihn an die Brust. Der obere Teil seines Schädels war kahl, doch das weiße Haar, das an den Seiten spross, war lang, glatt und wirkte fettig. »Es tut mir sehr leid zu hören, dass dein guter Vater von uns gegangen ist. Bist du allein mit deiner Mutter?« Seine hellblauen Augen wirkten weit freundlicher als gewöhnlich, und selbst um seine dünnen Lippen lag ein sanfterer Ausdruck.

»Ja, Herr Pastor.« Sie erklärte ihm die Situation, so gut sie konnte. »Mutter hat darauf bestanden, dass die anderen fortbleiben sollten, bis es Vater besser gehen würde. Sie sagte, es sei Schiffsfieber. Sie hat mich ebenfalls ins Nebengebäude geschickt, aber seit gestern ist sie selbst krank, deshalb bin ich hereingekommen. Vater war heute Morgen tot, und Mutter geht es jetzt auch sehr schlecht. Ich habe sie gewaschen und ihr Tee und Brühe gegeben, doch ich weiß nicht, was ich wegen Vater unternehmen soll oder was ich tun kann, damit es Mutter wieder besser geht.«

Hope war fest entschlossen, nicht zu weinen, aber als sie Pastor Gosling mit ausgestreckten Armen auf sie zukommen sah, konnte sie nicht länger gegen die Tränen ankämpfen. »Sie dürfen mich nicht berühren«, warnte sie ihn schwach. Doch plötzlich hatte er sie trotz ihrer Worte an sich gezogen, und sie lehnte sich an seine knochige Brust und schluchzte.

»Du armes Kind«, meinte er mit tiefem Mitgefühl. »Wenn du den Mut hast, deine Mutter zu pflegen, dann kann ich auch den Mut haben, dich in die Arme zu nehmen. Geht es dir gut?« Er legte ihr die Hände auf die Schultern und schob sie ein wenig von sich weg, um sie zu betrachten.

»Ja, Herr Pastor«, schluchzte sie. »Mir fehlt nichts. Und ich habe mir die Hände gewaschen, nachdem ich Vater angefasst hatte, genau wie Mutter es mir aufgetragen hat. Aber die Krankheit liegt in der Luft, nicht wahr? Wir atmen sie ein.«

»Das kann ich nicht glauben, denn wenn das der Fall wäre, würde sie sich überall im Land ausbreiten, und niemand würde verschont bleiben. Die Krankheit gedeiht nur an überfüllten, unsauberen Orten wie Schiffen und Gefängnissen. Hat deine Mutter bei deinem Vater im Bett geschlafen, als er aus Bristol nach Hause kam?«

Hope nickte.

»Dann hat sie sich auf diese Weise angesteckt«, erklärte er bekümmert. »So, nun lass mich hereinkommen, damit ich nach ihr sehen kann.«

Trotz Pastor Goslings Gebeten und der Tatsache, dass Mrs Calway Hope bei Megs Pflege half, starb sie zwei Tage nach Silas. Sie hatte sich ein wenig erholt, vielleicht gerade weit genug, um zu begreifen, dass ihr Mann gestorben war, aber dann hatte sie den Kampf gegen die Krankheit wohl aufgegeben, und sie war ihrem Mann in der Nacht in den Tod gefolgt.

»Vielleicht ist es ein Segen, dass sie schnell gestorben ist, ohne die Würdelosigkeit, die Silas hat erleiden müssen«, meinte Pastor Gosling, als er am nächsten Morgen vorbeikam.

Hope musste ihm darin recht geben, denn sie wusste, wie sehr ihre Mutter es gehasst hätte, sich von jemand anderem waschen zu lassen. Aber das tröstete sie nicht über den Schmerz ihres Verlustes hinweg.

Mrs Calway wusch sowohl Meg als auch Silas und bahrte sie auf. Ihr Mann, Geoffrey, der Dorfzimmermann, brachte die Särge hinauf, und Matt und James hoben die beiden Toten hinein.

Die Särge standen auf Böcken, und Hope durchstöberte die Felder und den Wald rund um das Cottage nach wilden Blumen, um sie zu schmücken. Wie sehr sie auch von allen Seiten dafür gelobt wurde, ihre Eltern so aufopferungsvoll gepflegt zu haben, konnte sie doch das Gefühl nicht unterdrücken, dass sie ihren Tod vielleicht irgendwie hätte verhindern können.

Die Beerdigung fand an einem schönen, sonnigen Tag statt. Am Morgen war es zuerst ein wenig nebelig gewesen, aber es klarte schnell auf. Bevor ihre Geschwister eintrafen, stand Hope lange am Fluss und dachte daran, wie sehr ihr Vater diese Jahreszeit immer geliebt hatte.

»Wenn die Ernte eingeholt ist und die Felder gepflügt sind, habe ich das Gefühl, dass der Herrgott uns mit einer Zurschaustellung seiner Größe belohnt«, hatte er oft gesagt. Dann hatte er auf die Bäume in ihren herbstlichen Farben gedeutet, und seine Augen waren feucht geworden.

Viele der Bäume waren bei den jüngsten Stürmen entwurzelt worden, und andere hatten vor der Zeit ihre Blätter verloren, doch das Tal war noch immer ein Flickenteppich aus Orange, Gelb, Rot, Grün und Braun. Der Fluss, der während des ganzen Sommers halb verborgen war, wurde in all seiner funkelnden Pracht enthüllt, und Eichhörnchen huschten auf der Suche nach Haselnüssen durch die Bäume. Hope erinnerte sich an all die Male, da sie mit ihrer Mutter Brombeeren und Holunderbeeren gepflückt hatte. Meg hatte sie dann lachend hochgehalten, damit sie an die oberen Zweige heranreichte. Es war unvorstellbar, ihre Mutter nie wieder lachen zu hören und ihre Eltern niemals mehr an Sommerabenden Hand in Hand auf der Bank unter dem Apfelbaum sitzen zu sehen.

Als Matt später am Morgen die Sargdeckel festschraubte, ließ Hope den Blick über ihre Familie gleiten und wünschte, sie läge in einem dritten Sarg.

Nell, die das Gesicht an Alberts Brust vergrub, schluchzte. Amy sah blass und ängstlich aus, als fürchtete sie, dass die Krankheit noch immer im Cottage lauere und sie sie nach Hause zu ihrer neugeborenen Tochter und Reuben tragen könne. Matt kämpfte mit grimmiger Miene um Selbstbeherrschung, und Ruth und Alice klammerten sich aneinander, während James und Toby verlegen mit den Füßen schlurften und nicht wussten, was sie tun oder sagen sollten.

Joe und Henry waren stocksteif, ihre Gesichter weiß. Obwohl sie mit ihren dreizehn und zwölf Jahren noch keine Männer waren, waren sie zu alt, um zu weinen.

Hope hatte das Gefühl, nicht dazuzugehören. Die anderen zehn hatten alle ein enges Band mit einem anderen Mitglied der Familie; Matt hatte Amy, und Nell hatte Albert. Natürlich hatten sie alle die Arme um sie gelegt und ihr versprochen, sich um sie zu kümmern, doch sie fühlte sich trotzdem sehr einsam.

Die Matratze aus dem Bett ihrer Eltern war verbrannt worden, ebenso wie alle mit Stroh gefüllten Säcke vom Dachboden. Sie und Jane Calway hatten das ganze Cottage von oben bis unten mit Essig und Wasser abgeschrubbt. Jedes Stück Wäsche war gekocht worden, und sie hatten süß duftende Kräuter im Feuer verbrannt, um alle Krankheitskeime aus dem Cottage zu vertreiben, aber es würde nie wieder ein Zuhause sein.

Bisher hatte noch niemand gewagt, über morgen, die nächste Woche oder den nächsten Monat zu sprechen. Gewiss war ihnen allen klar, dass sie das Cottage würden aufgeben müssen, und dann hatten sie keinen Ort mehr, an dem sie als Familie zusammenkommen konnten. Hope konnte an Alberts Kälte erkennen, dass er wohl kaum das Pförtnerhaus als Treffpunkt für die Rentons vorschlagen würde. Matt und Amy hatten nur ein einziges Zimmer im Bauernhaus ihrer Eltern, wie hätten sie da also eine Einladung aussprechen können?

James und Ruth würden nach Briargate zurückkehren und Toby und Alice nach Bath. Joe und Henry würden wahrscheinlich bei Mr Francis bleiben. Alle waren sie zu zweit, bis auf sie, Hope.

Fast alle Bewohner des Dorfes und auch viele der Nachbarn erschienen zur Beerdigung, ein Beweis für den Respekt, den sie Silas und Meg Renton entgegengebracht hatten. Mr Francis, Mr Warren, Mr Carpenter und Mr Miles, alle Bauern, für die Silas so viele Male gearbeitet hatte, waren mit ihren Frauen zur Kirche gekommen. Frank und Dorothy Nichols hatten ihre beiden Töchter mitgebracht, außerdem waren auch Gareth Peregrine und die Boxes da, der große, rothaarige Nigel aus der Schmiede und Fred Humphreys. Alle, die Blumen in ihren Gärten hatten, hatten Sträuße von Herbstastern und Chrysanthemen mitgebracht, und Hope fand sie so viel schöner und bedeutungsvoller als die Gewächshausrosen und die Nelken, die Sir William und Lady Harvey geschickt hatten.

Nell, Ruth und Alice weinten während des ganzen Gottesdienstes. Selbst wenn Hope sie nicht hörte, spürte sie das Beben ihrer

Schultern. Ihre Augen brannten, als Pastor Gosling davon sprach, wie sehr Silas und Meg einander ergeben gewesen waren und dass die Kinder ein Beweis ihrer Liebe und Fürsorge seien. Aber sie weinte erst richtig, als der Sarg ihres Vaters in die Erde hinabgelassen wurde, neben die kleinen Gräber von Violet und Prudence, und ihre Mutter über ihm zur letzten Ruhe gebettet wurde.

Was ihre Tränen fließen ließ, war nicht die plötzliche Erkenntnis, dass ihre Eltern für immer fort waren, sondern das Wissen, dass Meg aufgegeben hatte, als sie von Silas' Tod erfahren hatte. Sie hatte lieber bei ihm auf dem Friedhof sein wollen als in ihrem Cottage, um zu sehen, wie ihre Kinder erwachsen wurden, heirateten und selbst eine Familie gründeten. Hope erschien dieses Verhalten sehr selbstsüchtig, nachdem sie sich solche Mühe gegeben hatte, ihre Mutter am Leben zu erhalten. War ihr denn nicht klar gewesen, dass ihre jüngste Tochter sie noch immer brauchte?

»Du wirst mit Albert und mir nach Hause kommen«, murmelte Nell in Hopes Haar, während sie ihre jüngere Schwester tröstend in den Armen wiegte.

Sie waren alle im Garten des Cottages, die Familie und einige Nachbarn. Es war ein Glück, dass die Sonne so warm vom Himmel schien, denn niemand schien ins Haus gehen zu wollen. Toby und Alice würden sich bald auf den langen Rückweg nach Bath machen, und Mr Francis hatte Joe und Henry ein Zimmer über seinen Ställen angeboten und einen Lohn für beide, wenn sie die Arbeit übernahmen, die ihr Vater stets verrichtet hatte.

»Albert wird mich nicht dort haben wollen«, schluchzte Hope. Die grimmigen Blicke, die er ihr nach der Beerdigung zugeworfen hatte, waren ihr nicht entgangen. Er würde niemanden haben wollen, der Unordnung in sein so ordentliches Pförtnerhaus brachte.

»Sei nicht dumm«, meinte Nell und strich ihr übers Haar. »Albert weiß so gut wie alle anderen, dass du nicht allein hierbleiben kannst. Ich habe gestern mit Lady Harvey gesprochen, und sie war damit einverstanden. Außerdem dachte sie, du könntest vielleicht der Köchin in der Küche aushelfen.«

Hope trocknete ihre Augen. Sie war nicht davon überzeugt, wirklich erwünscht zu sein, doch welche andere Möglichkeit hätte es für sie gegeben? Niemand sonst hatte sich erboten, sie aufzunehmen. Außerdem liebte sie Nell, und der Gedanke, der Köchin in Briargate zu helfen, gefiel ihr. Mit Albert würde sie sich einfach abfinden müssen.

Nell wusch die letzten Tassen und Teller, wischte den Tisch ab und setzte sich dann einen Moment lang hin, um sich auszuruhen. Albert unterhielt sich mit Mr Merchant, Matts Schwiegervater. Dabei war er noch vor einer Viertelstunde ganz erpicht darauf gewesen, nach Hause aufzubrechen.

Albert hatte keine Ahnung, wie sie sich fühlte. Die Fähigkeit, die die meisten Menschen in die Lage versetzte, die Trauer eines anderen zu verstehen, schien ihm völlig abzugehen. Lady Harvey, Baines und die Köchin hatten ihr deutlich mehr Mitgefühl entgegengebracht als Albert. Erst am Morgen hatte er gesagt: »Du wirst dich nach der Beerdigung besser fühlen.« Als könnte sie die Erinnerungen von siebenundzwanzig Jahren einfach vergessen, sobald die Erde über die Särge geschaufelt war!

Der Verlust ihrer Eltern hatte sie zutiefst erschüttert, und sie wünschte bei Gott, sie hätte Albert und Lady Harvey getrotzt und wäre in das Cottage gegangen, bevor es zu spät gewesen war. Vielleicht hätte auch sie sie nicht retten können, aber zumindest würde sie jetzt nicht von diesen schrecklichen Schuldgefühlen geplagt, weil sie nichts unternommen hatte.

Noch mehr beschämte es sie jedoch, dass sie nicht den Mut gehabt hatte, Albert vom ersten Tag ihrer Ehe an die Stirn zu bieten und darauf zu bestehen, ihre freien Nachmittage bei ihrer Familie zu verbringen. Welches Recht hatte er zu sagen, ihr Platz sei zu Hause und ihre Eltern seien nicht wichtig? In den drei Jahren ihrer Ehe hatte sie insgesamt vielleicht fünf oder sechs Stunden mit ihnen verbracht, und das meistens gemeinsam mit Albert auf dem Heimweg von der Kirche. Sie hatte die Neuigkeiten aus der Familie aus zweiter Hand durch Ruth erfahren und nicht ein einziges Mal die Gelegenheit gehabt, wirklich mit ihrer Mutter und ihrem Vater zu reden, um ihnen die Dinge zu erklären.

Aber andererseits hätte sie ihrer Mutter bei einem solchen Gespräch vielleicht offenbart, dass sie ihre Heirat mit Albert bereute und dass er sie oft schlug.

Sie spähte durch die Tür, beinahe so, als glaubte sie, er sei in der Lage, ihre Gedanken zu lesen. Alles in ihrem Leben regelte er mit strengen Gefühlen, angefangen von der Art, wie sie kochte oder wie die Möbel aufgestellt werden sollten, wie sie den Boden kehren oder die Wäsche besorgen sollte. Vielleicht hatte sie sich so sehr an seine Verbote und Gebote gewöhnt, dass sie glaubte, nicht einmal ihr Geist gehöre länger ihr.

Er war noch immer tief in das Gespräch mit Mr Merchant versunken. Das war noch etwas, das ihr an Albert auffiel: Er sprach nur mit Menschen, die erfolgreich oder von hoher Geburt waren, und die Merchants erfüllten diese Kriterien, weil sie einen eigenen Bauernhof besaßen. Einmal hatte er eine Bemerkung darüber gemacht, »wie klug« Matt gewesen sei, Amy zu heiraten! Als hätte Klugheit etwas damit zu tun gehabt! Matt war nur seinem Herzen gefolgt, nichts anderem.

Albert hingegen hatte sie nur geheiratet, weil sie Lady Harvey so nahestand, das wusste Nell nun. Er wollte nicht mit den Stallburschen über den Ställen leben, er wollte sein eigenes Haus und jemanden, den er herumkommandieren konnte. Er hatte voller Berechnung darauf spekuliert, dass die Herrin Nell nicht würde verlieren wollen und ihnen das leer stehende Pförtnerhaus überlassen würde.

Wie gut sich die Dinge für ihn entwickelt hatten! Eine Ehefrau, die ihm aufs Wort gehorchte, ein Cottage, das mit ausrangierten Möbeln des Haupthauses möbliert war, und in der Schenke in Chelwood konnte er damit angeben, sich Sir Williams besonderer Gunst zu erfreuen.

Nell fragte sich oft, was diese Männer von dem »großen Mann« halten würden, hätten sie gewusst, dass er nur dem Namen nach eine Ehe führte. Es gab keine eheliche Liebe in ihrer Beziehung: Albert schlief mit ihr im selben Bett, aber darüber hinaus spielte sich dort nichts ab. Sie spürte, dass er Frauen verachtete, denn als sie zu Beginn ihrer Ehe versucht hatte, ihn zu verführen, hatte er sie geschlagen und eine schmutzige Hure geschimpft. Nell hatte es nie wieder versucht.

Sie konnte sich beinahe mit einem Leben ohne Liebe abfinden und damit, dass sie weniger war als sein Mädchen für alles, aber sie konnte nicht akzeptieren, niemals eigene Kinder zu haben. Das war einfach zu grausam.

Als sie zur Tür hinausblickte, sah sie Hope allein unter dem Apfelbaum sitzen. Ihre Schwester betrachtete die Aussicht, als versuchte sie, sich an all die schönen Erinnerungen zu klammern, die dieses Bild wachrief. Nells Tränen begannen erneut zu fließen, denn sie liebte Hope so sehr und konnte es nicht ertragen, sie so unglücklich zu sehen. Sie verspürte das dringende Bedürfnis, sie bei sich aufzunehmen, aber sie hatte auch Angst davor. Albert wollte Hope nicht im Haus haben.

Er hatte es nicht ausgesprochen; das konnte er nicht, weil alle in Briargate, einschließlich Lady Harvey, von ihm erwarteten, dass er Hope willkommen heißen würde. Niemand, der das Mädchen kannte, würde es als Last betrachten, und man würde Albert bestenfalls für unbarmherzig und schlimmstenfalls für einen Rohling halten, wenn er sich weigerte, Hope aufzunehmen. Heute hatte er im Gespräch mit Matt und James so getan, als wäre ihm die Vorstellung, ein Kind im Haus zu haben, durchaus willkommen.

Aber Nell kannte die Wahrheit. Albert dachte stets nur an sich. Er war ein Mensch ohne Zärtlichkeit und Mitgefühl. Sein Leben sollte genauso sein wie eins seiner elenden Blumenbeete. Er schrieb vor, was einen Platz darin haben durfte und was nicht. Albert würde alles ausmerzen, das nicht genauso war, wie er es geplant hatte.

Und Hope würde nicht im Mindesten in seine Pläne passen.

Kapitel 5

1844

»Beeil dich, Hope«, flüsterte Nell. »Er wird langsam wütend.«

Hope schwieg und fuhr fort, sich gemächlich die Stiefel zu schnüren. Albert ahmte gern die vornehmen Herrschaften nach und bestand darauf, dass Nell jeden Morgen den Frühstückstisch deckte und ihm aufwartete. Außerdem erwartete er, dass Hope fix und fertig für die Arbeit gekleidet war, bevor sie sich zu ihm an den Tisch setzte.

Sie fand es lächerlich, den Tisch zu decken, wenn es nicht mehr zu essen gab als eine Scheibe Brot. Ihr Vater hatte seinen Tee stets heruntergekippt, während er sich angezogen hatte, dann hatte er sich das Brot geschnappt und es auf dem Weg zur Arbeit gegessen. Aber andererseits hatte er gern zusätzliche zehn Minuten damit verbracht, ihre Mutter im Bett zu liebkosen, und es wäre ihm nicht im Traum eingefallen, ihr zusätzliche Arbeit zu machen, indem er von ihr verlangte, um fünf Uhr morgens den Tisch zu decken.

Hope konnte ihrer Meinung nicht Ausdruck verleihen, weil Albert es an Nell ausgelassen hätte, daher stand ihr nur eine Form des Protestes offen: Sie trödelte morgens so lange herum, dass sie nicht mit ihm am Tisch zu sitzen brauchte.

Albert stand auf, und sein Stuhl kratzte über den steinernen Boden. »Also schön! Für dich gibt es nichts«, fuhr er sie an. »Nell, räum den Tisch ab. Sie muss es auf die harte Tour lernen.«

Hope unterdrückte ein Kichern. Sie wollte ohnehin kein Brot; wenn sie in das große Haus kam, gab die Köchin ihr Porridge mit Honig.

Nell hatte seinen Mantel vor das Feuer gehängt, um ihn zu wärmen, ebenfalls etwas, worauf Albert bestand. Nun riss er ihn an sich und wandte sich dann zu seiner Frau um. »Wag es nicht, ihr etwas zu geben«, befahl er und deutete mit dem Finger auf Hope. »Ich werde mir das Brot ansehen, wenn ich später zurückkomme.«

Er verschwand ohne ein Wort des Abschieds und schlug die Tür hinter sich zu. Hope kicherte.

Nell lächelte schwach, denn sie wusste von dem Porridge – sie bekam immer ebenfalls welchen. »Ich wünschte, du würdest ihn nicht so in Rage bringen. Kannst du nicht einfach tun, was er will – nur für mich?«

»Ich würde es tun, wenn er dann netter wäre«, meinte Hope mit einem sehnsüchtigen Unterton in der Stimme, bevor sie zu ihrer Schwester hinüberging und sie umarmte. »Wenn Männer so sind wie er, werde ich niemals heiraten.«

»Sie sind nicht alle so«, rief Nell ihr ins Gedächtnis. »Denk an Vater, und schau dir unseren Matt an. Aber du solltest jetzt besser gehen, sonst wirst du zu spät kommen.«

»Ich doch nicht«, erwiderte Hope grinsend. »Ich werde noch vor Albert in Briargate sein.«

Sobald sie die Cottagetür hinter sich geschlossen hatte, rannte Hope los. Albert war schon mitten auf der Einfahrt, aber sie würde ihn mühelos überholen können. Sie rannte gern, vor allem an einem frostigen Februarmorgen wie diesem, auch wenn das nicht als damenhaft erachtet wurde. Sie würde mit rosigen Wangen in Briargate ankommen, warm von innen und außen, und während ihres Laufes würde sie sogar vergessen, wie sehr sie ihren Schwager hasste.

Sie rannte an ihm vorbei, und als sie weit genug entfernt war, drehte sie sich zu ihm um und winkte ihm frech zu. Mit ein wenig Glück würde er den ganzen Tag draußen arbeiten und erbärmlich frieren. Wenn er nur lernen würde, nett zu den Menschen zu sein, würde die Köchin ihn in die Küche lassen, um sich aufzuwärmen, und sie würde ihm ebenfalls Porridge geben.

Der Tod ihrer Eltern lag erst vier Monate zurück, aber es kam ihr so vor, als wären Jahre vergangen. An manchen Tagen war die Sehnsucht nach ihnen so groß, dass Hope glaubte, daran zu sterben. Ihre Gesichter hatten sich in ihr Gedächtnis eingebrannt, sie hörte ihre Stimmen, und eigenartigerweise vermisste sie gerade die Dinge am meisten, die ihr zu Lebzeiten ihrer Eltern kaum aufgefallen waren. Die Art, wie Vater sie bei seiner Heimkehr von der Arbeit unterm Kinn gekitzelt hatte, oder die Tatsache, dass Mutter sie stets auf die Stirn geküsst hatte, wenn sie ihr das Haar gebürstet hatte. Dies waren spürbare Beweise ihrer Liebe zu ihr gewesen, denn weder ihr Vater noch ihre Mutter hatten dazu geneigt, ihre Gefühle in Worte zu fassen.

Dennoch hatten sie in der Familie stets viel geredet. Sie hatten jeden Tag wissen wollen, was all ihre Kinder erlebt hatten, niemand war je ihren Fragen entkommen.

Nell war genauso gewesen, bevor sie Albert geheiratet hatte. Wann immer sie in das Cottage gekommen war, hatte sie jede Kleinigkeit wissen wollen, die seit ihrem letzten Besuch vorgefallen war. Zu Hopes frühesten Erinnerungen zählte der Wettstreit mit Joe und Henry, wer als Erster auf ihren Schoß klettern durfte, und Nell hatte dann auf dem Boden gesessen, damit alle drei ein wenig bei ihr sein konnten. Sie war so fröhlich und voller Lebenslust gewesen, immer bereit, mit ihnen zu spielen, und dabei gleichzeitig so zärtlich und fürsorglich.

Vielleicht hätte Hope ihre Eltern nicht gar so sehr vermisst, wenn Nell noch immer diese Person gewesen wäre, aber sie war jetzt angespannt und wachsam, und in Alberts Gegenwart lachte sie kaum je einmal. Außerdem war sie ständig damit beschäftigt, zu putzen und Ordnung zu schaffen. Es gab absolut keine Gespräche zwischen Nell und Albert. Er schien es ihr sogar übel zu nehmen, wenn sie überhaupt die Stimme erhob. Nicht einmal Hope und Nell konnten sich in seiner Anwesenheit miteinander unterhalten, weil er sie dann wütend anfunkelte, und das machte Nell noch nervöser.

Albert war ein Tyrann, geradeso wie Hope schon immer geargwöhnt hatte. Er zeigte keine Liebe zu Nell; in Wahrheit behandelte er sie wie seine Dienstbotin. Er zündete niemals das Feuer für sie an oder brachte einen Eimer Wasser ins Haus, sondern beobachtete in aller Ruhe, wie sie sich abmühte, um den Badezuber aus Messing zu leeren oder Holz zu hacken. Stattdessen hielt er Ausschau nach Dingen, die nicht seinen Vorstellungen entsprachen – Schlamm auf dem Boden, der Läufer nicht schnurgerade vor dem Feuer, Staub auf dem Kaminsims –, und dann zerrte er Nell zu dem entsprechenden Ort hinüber und zeigte mit dem Finger darauf, als wäre sie ein Hund, der ins Haus gepinkelt hatte.

Einmal hatte sie vergessen, die Ehebetten zu machen, und als er spät am Abend von Briargate zurückgekommen war, hatte er sich auf sie gestürzt, sie am Ohr gepackt und nach oben geschleift, um sie auf ihren Fehler hinzuweisen. Er schien zu vergessen, dass auch sie eine Stellung hatte – Nell arbeitete manchmal sogar weit länger als er. Es hieß immer: »Was ist dies hier?« Oder: »Wie oft muss ich es dir noch sagen …?« Anscheinend war er außerstande, Lob, Dankbarkeit oder auch nur schlichte Freundlichkeit zu zeigen.

Die einzig guten Zeiten waren die, wenn er nach Chelwood in die Schenke ging. Hope und Nell kuschelten sich dann vors Feuer und sprachen über die Vergangenheit und über Dinge, die in Briargate vorgingen. Aber nicht einmal dann konnte Nell sich zur Gänze entspannen, denn sie lauschte stets mit einem Ohr auf Alberts Rückkehr, und wenn er beschwipst war, konnte er noch abscheulicher sein als sonst.

Die Sonntage waren schlicht endlos. Nell ging sehr früh in das große Haus, und Hope musste den weiten Weg zur Kirche allein mit Albert zurücklegen. Er sprach unterwegs niemals, und obwohl sie im Dorf beim Anblick all ihrer alten Freunde und Nachbarn den Verlust ihrer Eltern noch schärfer empfand, erlaubte er ihr nicht mehr als eine denkbar flüchtige Begrüßung. Wenn Lady Harvey sonntags Gäste hatte, blieb Nell auch über Mittag in Briargate, und Hope musste für Albert das Essen kochen. Nichts, was sie je tat, war richtig, obwohl sie zu einer recht guten Köchin geworden war, seit sie in der Küche aushalf.

Später saß er dann direkt vor dem Feuer, sodass sie von der Wärme der Flammen nicht mehr viel spürte, und er erlaubte ihr nicht, irgendetwas anderes zu lesen als die Bibel. Diese Stunden allein mit Albert fürchtete Hope am meisten, denn er war ein gewalttätiger Mann, wenn man seinen Unmut erregte. Er hatte sie bei mehreren Gelegenheiten geschlagen, und sie wusste, dass er auch Nell oft schlug, selbst wenn ihre Schwester sich weigerte, das einzugestehen. Wenn sie mit ihm allein war, musste Hope also ganz besonders vorsichtig sein, um ihm keinen Grund zu liefern, über sie herzufallen.

Die Arbeit in Briargate war das Einzige, was ihr das Leben erträglich machte. Dort konnte sie Albert vergessen, weil sie Ruth und James jeden Tag sah. Die Köchin, Mr Baines und die anderen Dienstboten gaben ihr das Gefühl, wieder Teil einer großen Familie zu sein. Wie in jeder Familie waren sie manchmal auch schroff und kurz angebunden zu ihr, doch in ihrem Herzen fühlte Hope sich von ihnen gemocht und angenommen, und das entschädigte sie ein wenig für Alberts unangenehmes Wesen.

Als sie noch nach Briargate gekommen war, um mit Rufus zu spielen, hatte sie sich niemals vorgestellt, dass man eines Tages von ihr erwarten würde, in der Spülküche Töpfe und Pfannen zu schrubben oder Stunden damit zuzubringen, Gemüse zu schneiden. Und manchmal verspürte sie einen gewissen Groll darüber, nun dazu gezwungen zu sein. Sie wünschte sich so sehr, sich auch außerhalb der Küche im Haus bewegen zu können, wie früher die schöne Treppe hinaufzugehen und Rufus einen Besuch im Kinderzimmer abzustatten.

Aber das war nicht erlaubt. Sie musste ihn jetzt »Master Rufus« nennen, genau wie alle anderen auch. Gelegentlich kam er in die Küche hinunter, um die Köchin zu besuchen, und von ihrem Platz in der Spülküche aus bestaunte sie seine klare, ziemlich hohe, befehlsgewohnte Stimme, denn sie erinnerte sich an ihn, als er noch wie ein Baby gelispelt hatte. Wenn sie durch die Tür spähte, fiel es ihr schwer zu glauben, dass der kleine Gentleman in dem steifen Kragen, der dunklen Jacke und den Kniehosen derselbe Junge war, der einen Matrosenanzug getragen hatte und mit dem sie sich auf dem Boden des Kinderzimmers lachend gewälzt hatte.

Natürlich sah sie ihn fast jeden Sonntag in der Kirche. Aber die Bank der Harveys war direkt vorn in der Kirche, und ihre Familie saß weit hinten, sodass sie lediglich hie und da einen Blick auf seinen blonden Schopf erhaschte. Vor dem Tod ihrer Eltern hatte Hope oft versucht, ihn auf dem Kirchhof anzusprechen, doch obwohl sein kleines Gesicht bei ihrem Anblick aufleuchtete, wusste Miss Bird, seine Gouvernante, stets zu verhindern, dass er zu ihr kam, um mit ihr zu sprechen.

»Eines solltest du besser schnell lernen: Die vornehmen Herrschaften wünschen es nicht, dass ihre Kinder mit gewöhnlichen Leuten verkehren«, hatte ihre Mutter immer gesagt, aber Hope empfand sich nicht als gewöhnlich. Sie war schließlich groß geworden mit der Geschichte, ein Feenkind zu sein, und für sie bedeutete das, dass ihr Besseres bestimmt war. Für den Augenblick tröstete sie sich mit dem Gedanken, eines Tages ihre eigene Herrin zu sein, doch für den Augenblick musste sie ihren Platz wahren und tun, was immer man ihr befahl. Das wusste sie.

Baines sagte gern, dass es für ein Mädchen wenig andere Möglichkeiten gab, als in Stellung zu gehen, aber andererseits war er seit seinem zwölften Lebensjahr Dienstbote, was wusste er also von der realen Welt? Die Köchin lächelte wissend, wann immer Hope davon sprach, eine andere Art von Arbeit verrichten zu wollen; sie schien zu denken, dass die Ehe eine weit bessere Lösung war. Aber durch die Beobachtung von Nell und Albert waren jedwede romantischen Vorstellungen über die Ehe, die Hope vielleicht einmal gehegt haben mochte, zunichtegeworden. Für sie liefen das Dasein als Dienstbotin und die Ehe auf so ziemlich das Gleiche hinaus: ein Leben in Knechtschaft. Sie wollte für sich etwas Besseres.

Am frühen Nachmittag putzte Hope in der Spülküche das Silber, als sie Rose hereinkommen hörte.

»Hauptmann Pettigrew ist wieder zu Besuch gekommen«, sagte sie der Köchin mit gewichtiger Miene. »Schon komisch, dass er immer auftaucht, wenn der Herr fort ist!«

»Rose!«, rief die Köchin. »Du solltest solche Dinge für dich behalten. Wenn Mr Baines dich hört!«

Die beiden älteren Frauen konnten Hope nicht sehen, aber sie war durchaus in Hörweite. Die Köchin hatte recht: Sie konnten wirklich hoffen, dass Baines nicht in der Nähe war. Es verging kaum eine Woche, in der er sie nicht alle daran erinnerte, nichts von dem auszuplaudern, das zur Privatsphäre ihrer Herrschaft gehörte.

Baines war hochgewachsen und stockdürr, und in seinen grau gestreiften Hosen, dem Frack und mit dem steifen Kragen, die Brille tief auf dem Ende seiner überlangen Nase, hatte er für Hope große Ähnlichkeit mit einem Reiher.

Er hatte auch die scharfen Augen, die Anmut und Geduld eines Reihers. Ihm entging nichts, kein Fleck auf einem Messer, keine Serviette, die nicht ordentlich geplättet war, und er erwartete, dass alle Dienstboten das hohe Niveau wahrten, auf das er solchen Wert legte. Aber trotzdem war er ein freundlicher, gerechter Mann und hatte eine Antwort auf jede Frage und die Lösung für jedes Problem. Die Köchin sagte immer ein wenig unflätig, er sei der erste Butler, unter dem sie je gearbeitet habe, der zu mehr taugte als zu einem Waschlappen, mit dem sich die Herrschaft den Hintern abwischte.

Von der Köchin wusste sie auch, dass Rose in ihrer ersten Zeit auf Briargate ein Auge auf Baines geworfen hatte und sehr enttäuscht gewesen war, als er nicht reagiert hatte. Als reizlose, knochige Frau von jetzt Ende dreißig wusste sie, dass es ihr bestimmt war, als alte Jungfer zu enden, und sie steckte nur allzu gern die Nase in anderer Leute Angelegenheiten, seien es die der Herrschaft oder der anderen Dienstboten.

»Der Hauptmann ist sehr charmant, das muss ich ihm lassen«, fuhr Rose fort. Die Warnung der Köchin hatte sie nicht von ihrem Thema ablenken können. »Und teuflisch gut aussehend! Nell ist ganz außer sich geraten, als sie ihn sah.«

Die Erwähnung von Nells Namen weckte Hopes ganze Aufmerksamkeit. Und obwohl sie den Kerzenständer in ihrer Hand weiterpolierte, verlangsamte sie ihre Bewegungen doch ein wenig, sodass ihr nichts entging.

»Ich würde auch wegen eines charmanten Mannes aus dem Häuschen geraten, wenn ich mit Albert verheiratet wäre«, gab die Köchin zurück und kicherte.

Hope lächelte; sie freute sich immer, wenn einer der Dienstboten zugab, Albert nicht zu mögen. In Nells Anwesenheit waren sie diskret, aber hinter ihrem Rücken stimmten sie darin überein, dass er aufgeblasen und selbstgerecht sei und ihm jegliche Spur von Humor fehle. Hope hätte mühelos ein halbes Dutzend weiterer schlechter Charakterzüge hinzufügen können, doch um Nells willen behielt sie diese Dinge für sich. Sie hatte niemals irgendjemandem, nicht einmal James und Ruth gegenüber, zugegeben, wie schlimm es war, mit ihm zu leben.

»Ich meine nicht, dass Nell ihm irgendwelche Gefühle entgegenbringt«, erklärte Rose hastig. »Es war eher so, als hätte sie den Leibhaftigen höchstpersönlich durch die Tür treten sehen. Hat sie Angst um die Herrin? Oder hat der Hauptmann ihr etwas angetan?«

»Wenn du weißt, was gut für dich ist, wirst du solche Gedanken für dich behalten«, erwiderte die Köchin scharf.

Hope brannte jetzt vor Neugier; sie musste unbedingt einen Blick auf diesen Mann werfen, der Nell aus dem Häuschen brachte.

Unglücklicherweise hatte sie keinen Vorwand, um sich im Haus herumzutreiben. Sie war ein Küchenmädchen, und die Küche war der Ort, an dem sie zu bleiben hatte.

Die Köchin gönnte sich zwischen drei und vier am Nachmittag

stets eine kleine Ruhepause. Meistens saß sie einfach in ihrem Sessel am Herd und döste ein wenig, aber an diesem Nachmittag waren ihre Beine, die ihr oft zu schaffen machten, stark angeschwollen.

»Ich werde mich in meinem Zimmer ein wenig hinlegen«, sagte sie. »Wenn ich bis vier nicht zurück bin, setz den Kessel für den Tee auf und dann komm und hol mich«, trug sie Hope auf.

Baines war im Salon mit seinen Rechnungsbüchern beschäftigt, Rose deckte im Esszimmer den Tisch fürs Abendessen, und Ruby hatte den Nachmittag frei und war ins Dorf gegangen. Hope machte sich wieder daran, Böden zu schrubben. Als sie das Schmutzwasser draußen ausgekippt hatte und in die Küche zurückkehrte, stellte sie zu ihrer Überraschung fest, dass es fast vier war und die Köchin noch nicht wieder da war.

Dies war noch nie zuvor geschehen. Die Köchin bat zwar immer, sie zu holen, doch das war niemals notwendig gewesen. Obwohl es für Hope der ersehnte Vorwand war, sich aus der Küche und weiter ins Haus wagen zu können, war sie plötzlich nervös. Sie setzte den Kessel auf, band sich eine frische Schürze um, rückte ihre Haube zurecht und ging nach einem kurzen Zögern hinaus in die Halle.

Eigentlich hätte sie die Hintertreppe auf der Ostseite des Hauses benutzen müssen, die von der Dienstbotenhalle direkt zu den Räumen auf den Dachboden führte, aber auf diese Weise würde sie nicht einmal einen flüchtigen Blick auf den Hauptmann werfen können. Wenn sie es jedoch riskierte, die Halle zu durchqueren, die Haupttreppe hinaufzugehen und an den Räumen der Herrschaft vorbeizuschlendern, würde sie in Schwierigkeiten geraten, falls jemand sie dort sah, bevor sie die Hintertreppe erreichte.

Sie hörte Lady Harveys Stimme aus dem Salon, was bedeutete, dass die Tür offen stand, daher machte sie hastig kehrt. Vielleicht war es besser, nach dem Hauptmann Ausschau zu halten, wenn er zu den Ställen hinüberging, um sein Pferd zu holen – niemand konnte sie dafür schelten, dass sie sich in den Hof wagte.

Die Hintertreppe war schäbig, schmal und steil, und in den schlichten, weiß getünchten Wänden des Treppenhauses klafften

Risse und Löcher von den vielen Malen, die Dienstboten schwere Lasten hinauf- und wieder heruntergetragen hatten. Es erschien Hope absurd, dass die Dienstboten zwar auf intime Weise mit dem Körper und den persönlichen Gewohnheiten der Herrschaft vertraut waren, aber eine andere Treppe benutzen mussten.

Hope klopfte an die Tür der Köchin. »Es ist vier Uhr«, rief sie. Als sie keine Antwort bekam, öffnete sie die Tür und spähte hinein.

Aber statt die Köchin wie erwartet in tiefem Schlaf in ihrem Bett vorzufinden, lag sie mit dem Gesicht nach unten auf dem Boden.

Hope stieß einen erschrockenen Ausruf aus, dann eilte sie zu ihr hinüber und rollte sie auf den Rücken.

Zu ihrem Entsetzen war das Gesicht der älteren Frau kreideweiß, und auf ihrer Stirn prangte ein dunkelroter Abdruck, offenkundig das Ergebnis ihres Sturzes aus dem Bett. Ihre Haut war eiskalt, und als sie noch immer nicht reagierte, dachte Hope, sie sei tot.

Sie eilte aus dem Raum und rannte, immer zwei Stufen auf einmal nehmend, die Treppe hinunter, dann lief sie direkt zu Lady Harvey in den Salon, weil sie solche Angst um die Köchin hatte.

»Es ist die Köchin, Mylady«, platzte sie heraus, während sie in den Raum stürmte. »Sie ist in ihrem Zimmer gestürzt, und ich glaube, sie ist tot.«

»Du hast nicht angeklopft!«, wies Lady Harvey sie zurecht. »Was denkst du dir nur, Hope? Es ist Baines, der sich um die Dienstboten kümmert.«

Hope hatte nicht nur ihre guten Manieren und Baines vergessen, sondern in ihrer Eile auch den Hauptmann. Er war bei ihrem Eintritt von seinem Sessel am Feuer aufgesprungen, und sie erkannte in ihm sofort den hochgewachsenen, schlanken Mann, den sie bei ihrem ersten Besuch in House Briargate vor fast sechs Jahren im Vorgarten gesehen hatte.

»Sie ist doch nur ein Kind«, sagte er mit einem Seitenblick auf Lady Harvey. »Schauen Sie nur, welche Angst sie hat!«

»Sie ist ganz kalt und steif.« Hope wandte sich an den Hauptmann, da er offenkundig mehr Mitgefühl aufbrachte als ihre Herrin. »Ich habe sie umgedreht, weil sie auf dem Gesicht lag, doch ich konnte sie nicht allein auf das Bett heben.«

»Hat sie über Unwohlsein geklagt?«, fragte Lady Harvey, die nun endlich ebenfalls aufgestanden war. Auch ihr Gesicht war kalt und steif, aber Hope begriff, dass der Grund dafür ihr Ärger über die Störung war.

»Nein, Mylady«, antwortete Hope, der jetzt die Tränen in die Augen traten. »Sie hat gesagt, ihre Beine täten weh, das ist alles, und sie wollte sich bis vier Uhr hinlegen. Sie meinte, wenn sie bis vier nicht wieder unten sei, solle ich sie holen kommen.«

»Wir müssen sofort einen Arzt rufen«, erwiderte der Hauptmann. »Doch ich verstehe ein wenig von Medizin, Mylady, daher sollte ich vielleicht nach oben gehen, um festzustellen, ob ich irgendetwas ausrichten kann, bis der Arzt eintrifft?«

»Ja, natürlich, Hauptmann Pettigrew.« Lady Harvey wandte sich erregt zu Hope um. »Geh und sag James Bescheid, dass er das Pferd satteln soll, und hol auch Nell.«

Der Hauptmann verließ den Raum, gefolgt von Lady Harvey. Hope lief zu den Ställen hinaus und erzählte James, was geschehen war, dann eilte sie wieder die Treppe hinauf, um nach Nell zu suchen.

Sie war in dem kleinen Raum neben Lady Harveys Schlafzimmer, wo sie ihre Näharbeiten verrichtete. Als die Tür geöffnet wurde, riss sie erschrocken die Augen auf.

Hope stürzte sich in ihre Arme und berichtete, was geschehen war. »Ich glaube, sie ist tot, Nell«, schluchzte sie. »Und Lady Harvey war es vollkommen gleichgültig! Sie hat gesagt, ich hätte mich an Baines wenden sollen.«

»So ist sie eben«, erwiderte Nell. »Sie meint es nicht böse, es war wahrscheinlich auch für sie ein Schock. Kehr du wieder in die Küche zurück, und ich werde nach oben gehen und sehen, was ich tun kann.«

Während Hope den Küchenboden geschrubbt hatte, war es im Haus so still wie in einer Kirche gewesen, aber als Nell zum Dachboden hinaufeilte und Hope die Treppe wieder hinunterlief, brach plötzlich Tumult aus. Baines erschien in der Halle und verlangte zu erfahren, was vorging; Rose kam aus dem Esszimmer und Rufus aus dem Schulzimmer, dicht gefolgt von der verärgerten Miss Bird, die ihm hinterherrief, sein Unterricht sei noch nicht vorüber. Ruth erschien mit verwirrter Miene hinter ihnen.

Ruth wurde noch immer als Kindermädchen bezeichnet, und sie kümmerte sich außerhalb des Unterrichts um Rufus, aber in der übrigen Zeit sprang sie ein, wo immer sie benötigt wurde. Das bedeutete, dass sie die Arbeit von Rose, Ruby und Nell übernahm, wenn diese ihren freien Nachmittag hatten. Wenn zum Abendessen Gäste erwartet wurden, half sie häufig der Köchin aus. Sie stand der Köchin näher als irgendjemand sonst, und als sie erfuhr, was geschehen war, wirkte sie erschüttert.

Alle vergaßen ihren Platz, selbst Baines, und sie standen in der großen Halle und redeten alle gleichzeitig, als der Hauptmann die Treppe wieder herunterkam.

»Zurück in die Küche mit euch«, sagte er, doch sein Tonfall war sanft und verständnisvoll. »Die Köchin ist nicht tot, aber sie ist schwer krank. Ich glaube, es ist ihr Herz.«

Er trieb sie alle zurück in die Küche und kam hinterher, um zu bemerken, dass kranke Menschen Ruhe brauchten. James wartete auf dem gesattelten Pferd auf Anweisungen, und der Hauptmann ging hinaus und trug ihm auf, zum Arzt zu reiten. Als er zurück kam, schlug er vor, dass Ruth bis zum Eintreffen des Arztes bei der Köchin bleiben und Nell zu ihrer Herrin zurückkehren solle, da sie unter Schock stand.

»Und du, Kleine«, wandte er sich an Hope, »ich denke, du solltest für alle Tee kochen. Kannst du das?«

Bis zu diesem Zeitpunkt war Baines für Hope der bewundernswerteste Mann gewesen, den sie kannte. Doch plötzlich kam ihr der Hauptmann weitaus beeindruckender vor, denn er hatte sie nicht nur gegen Lady Harvey verteidigt, sondern auch das Kommando über das ganze Haus übernommen. Sie konnte gut verstehen, warum er Nell durcheinanderbrachte, denn mit seinen großen, dunklen Augen und den scharfen Wangenknochen sah er ungeheuer gut aus. Sie fühlte sich ganz warm im Innern, weil er sie »Kleine« genannt hatte, denn ihr Vater hatte sie früher ebenfalls so genannt. Aber da war noch mehr; sie fand es wunderbar, wie er jeden Menschen, mit dem er sprach, direkt anschaute und sich ihren Namen und ihre Position im Haus merkte (und sogar ihren Charakter), als wäre in seinen Augen jeder von ihnen überaus wichtig. Noch nie zuvor war Hope einem Mann wie ihm begegnet. Sir William war ganz anders; er ging nur mit einem knappen Nicken an allen vorbei. Hope glaubte nicht, dass er überhaupt wusste, wer für ihn arbeitete, geschweige denn ihre Namen kannte.

Als der Hauptmann wieder im Salon war, sagte er, er werde dort bis zum Eintreffen des Arztes warten, falls man ihn noch benötigte. Baines räusperte sich und erteilte seine Anweisungen.

Obwohl er behauptet hatte, froh darüber zu sein, dass der Hauptmann während dieses Notfalls im Hause war, schien er ein wenig verärgert zu sein, weil ein Besucher seine Rolle übernommen hatte. Zumindest kam es Hope so vor.

»Es könnte Wochen dauern, bis es der Köchin gut genug geht, um wieder zu arbeiten«, meinte er, doch sein bekümmerter Tonfall ließ darauf schließen, dass er nicht erwartete, sie je wieder in der Küche zu sehen. »In der Zwischenzeit müssen wir für einen reibungslosen Ablauf sorgen und zusätzliche Pflichten übernehmen.«

Er teilte Roses Arbeiten als Stubenmädchen zwischen den anderen Dienerinnen auf und trug Rose auf, die Stelle der Köchin einzunehmen.

»Das kann ich nicht, Mr Baines.« Rose sah ihn entsetzt an. »Nell und Ruth können beide viel besser kochen als ich.«

Baines zuckte die Schultern. »Dann wird es eine nützliche Übung für dich sein. Hope wird dir helfen – sie mag sehr jung sein, aber die Köchin hat sie gut ausgebildet.«

Hope strahlte bei diesem Lob, doch eine Sekunde später setzte Baines ihr einen Dämpfer auf, indem er feststellte, sie müsse in der nächsten Zeit außerdem Ruby morgens beim Anzünden der Feuer helfen. Tatsächlich bedeutete das, dass Hope fast die ganze Arbeit würde verrichten müssen, denn Ruby war langsam und hatte schon mit dem Feuer im Kinderzimmer und im Schulzimmer ihre liebe Not.

»Außerdem«, so fuhr Baines fort, »werde ich Lady Harvey bitten, es in Erwägung zu ziehen, die große Abendgesellschaft in der nächsten Woche abzusagen, da Rose keine erfahrene Köchin ist.«

Baines hatte gerade erst die Küche verlassen, als Albert durch die Hintertür kam. Er war sehr schmutzig, und sein Gesicht war düster von Wut.

»Warum bist du noch hier?«, fuhr er Hope an. »Das Feuer ist ausgegangen, und es gibt kein Abendessen für mich.«

Wegen all der dramatischen Ereignisse war Hope überhaupt nicht aufgefallen, dass es schon weit nach sechs war. Sie ging immer nach Hause, nachdem sie für Master Rufus den Tee auf ein Tablett gestellt hatte, und es war ihre Aufgabe, das Feuer zu schüren, den Kessel aufzusetzen und aufzuwärmen, was immer Nell für Alberts Abendessen vorbereitet hatte, wenn er um sechs Uhr nach Hause kam.

»Es tut mir leid«, antwortete sie und begann zu erklären, was mit der Köchin geschehen war.

»Das ist nicht mein Problem«, unterbrach er sie schroff mitten im Satz. »Ein Mann, der den ganzen Tag über draußen gearbeitet hat, braucht sein Essen. Geh sofort nach Hause.«

Gerade als Hope sich ihren Umhang und die Haube holte, trat Rose in die Küche. »Nell wird heute Abend nicht nach Hause kommen«, rief sie Albert zu. »Baines denkt, sie würde hier vielleicht noch gebraucht.«

Hope sackte in sich zusammen, als sie sah, dass Alberts Miene sich bei dieser Eröffnung noch weiter verdüsterte.

Es herrschte wieder Frost, und Hope zitterte, als sie hinter Albert durch die Dunkelheit trottete. Sie hatte Angst: Soweit sie wusste, hatte Nell früher am Tag keine Gelegenheit gehabt, nach Hause zu gehen, um das Abendessen für ihn vorzubereiten, wie sie es gewöhnlich tat. Wenn auch das Feuer erloschen war, würde es eine Ewigkeit dauern, bis Hope irgendetwas kochen konnte. Das würde Albert nicht gefallen.

Im Cottage war es eiskalt, und der Herd war tatsächlich ausgegangen. Hope fegte hastig die Asche zusammen, legte trockene Zweige auf etwas Papier und zündete sie an. Sie war sehr nervös, weil Albert mit wütender Miene hinter ihr stand, und sie sprach ein stummes Gebet, dass das Feuer nicht erlöschen möge. Das Glück war auf ihrer Seite: Das Holz begann schon bald zu brennen.

»Gib mir deinen Mantel und setz dich hierhin, wo es wärmer ist«, sagte sie und blickte zu Albert auf. Normalerweise hätte sie nicht so freundlich mit ihm gesprochen, aber sie hatte Angst, er würde explodieren.

»Ich will heißen Tee und etwas in meinen Magen«, fauchte er. »Und zwar schnell.«

Hope setzte den Kessel auf und huschte hinaus, um in die Speisekammer zu schauen, die in der angebauten Spülküche untergebracht war. Dort fand sie einen halben Laib Brot, etwas Käse und die Überreste des Lammeintopfes vom vergangenen Abend. Sie stieß einen Seufzer der Erleichterung aus; jetzt würde sie nichts Neues vorbereiten müssen.

Binnen fünfzehn Minuten hatte Hope es geschafft, den Tisch zu decken; die Kartoffeln und das Wasser im Kessel kochten bereits. Sie hatte einige Kohlen in den Herd gelegt, um die Flamme zu nähren, und während sie die Teekanne wärmte, kippte sie etwas von dem heißen Wasser aus dem Kessel in eine Schale, damit Albert sich die Hände waschen konnte.

»Bitte schön«, meinte sie, nachdem sie ein wenig kaltes Wasser hinzugegossen hatte. »Bis deine Hände sauber sind, wird der Tee fertig sein.«

Während er sich wusch, stellte sie fest, dass er einen bösen Schnitt in der Innenfläche seiner Hand hatte. »Das sieht aber unangenehm aus«, bemerkte sie mitfühlend.

»Das passiert eben, wenn man als Gärtner arbeitet«, zischte er sie an, als wäre es ihre Schuld. »Meine Hände sind manchmal so steif vor Kälte, dass ich gar nicht merke, wenn ich mich schneide. Aber dann kommt Dreck in die Wunde, und eines Tages wird sich eine solche Verletzung entzünden, und was mache ich dann?«

Hope verstand nicht, warum er so wütend war. Es schien mehr dahinterzustecken als nur das kalte Cottage und die Notwendigkeit, auf sein Abendessen zu warten. »Lass mich die Wunde versorgen«, schlug sie vor. »Nell hat eine Salbe, die gut gegen so etwas hilft.«

»Ich will mein Abendessen«, brüllte er sie an. »Keine verdammte Salbe!«

Es schockierte sie, dass er in ihrer Gegenwart fluchte. Sie wandte sich angewidert ab, brühte schweigend den Tee auf und goss ihm eine Tasse ein. Hoffentlich entzündet sich seine Hand und dann sein Arm und schließlich sein ganzer Körper!, dachte sie erbost. Er war hassenswert.

Als sie die Uhr auf dem Kaminsims fünf schlagen hörte, stand Hope auf. Draußen herrschte pechschwarze Dunkelheit, und es war sehr kalt. Sie zog ihren Umhang über ihr Nachthemd und schlich auf Zehenspitzen an Alberts Zimmer vorbei.

Sobald er sein Abendessen verzehrt hatte, war er zu ihrer großen Erleichterung ins Bett gegangen, denn sie hatte vollauf damit gerechnet, er würde noch weitere Vorwände finden, an ihr herummäkeln zu können. Sobald sie aufgeräumt hatte, war sie ebenfalls ins Bett gegangen, aber sie hatte nicht schlafen können, weil sie an die Köchin hatte denken müssen und über die Frage nachgegrübelt hatte, wer an ihre Stelle treten würde, wenn sie starb.

Dank des Kohlenstaubs, den sie vor dem Schlafengehen auf das Feuer gelegt hatte, war es nicht ganz erloschen, und sie benutzte das warme Wasser im Kessel, um sich zu waschen. Sie wollte sich fertig machen und dann Albert wecken, kurz bevor sie aufbrach. Auf diese Weise brauchte sie ihn bis zum Abend nicht mehr zu sehen.

»Albert, es wird Zeit aufzustehen«, sagte sie zaghaft. »Das Feuer brennt, und das Wasser im Kessel kocht schon fast. Ich muss jetzt gehen.«

Sie konnte ihn in der Dunkelheit nicht sehen, doch er knurrte etwas Unverständliches und drehte sich um.

»Schlaf nicht wieder ein, es ist fast halb sechs«, sagte sie, lauter diesmal.

Er murmelte etwas vor sich hin, gerade genug, um zu erkennen, dass sie ihn geweckt hatte, daher drehte sie sich um und ging wieder hinunter, um ihre Stiefel anzuziehen.

Sie hatte gerade einen Stiefel geschnürt, als er in seinem langen, wollenen Untergewand an der Treppe erschien. »Du hast den Tisch nicht für mich gedeckt«, stellte er entrüstet fest, während er in die Küche hinunterkam.

»Ich habe keine Zeit für diesen Unsinn«, erwiderte sie, ohne nachzudenken. »Ich muss die Feuer …«

Bevor sie den Satz auch nur beenden konnte, schlug er sie so heftig ins Gesicht, dass sie das Gefühl hatte, es würde ihr den Kopf von den Schultern reißen.

»Diesen Unsinn!«, brüllte er wütend. »Ich versuche schon lange, euch Renton-Schweinen etwas Höflichkeit beizubringen.«

So verletzt sie war, war Hope nicht bereit, vor ihm zu Kreuze zu kriechen. »Ist es höflich, Frauen zu schlagen?«, schrie sie ihn an.

Albert stürzte sich auf sie und legte ihr beide Hände um den Hals, als wollte er sie erwürgen. Er hob sie von den Füßen und schlug ihren Kopf an die Wand. Dann ließ er sie los, und als sie zu Boden fiel, trat er ihr in den Magen.

»Du wirst mir nicht noch einmal Widerworte geben«, fauchte er sie an. »Ich hätte dich ins Arbeitshaus schicken können, aber aus reiner Herzensgüte habe ich dir erlaubt, hier zu wohnen. Dafür erwarte ich Dankbarkeit und Demut.«

Mit seinen gebleckten Zähnen, den blutunterlaufenen Augen und dem verfilzten Haar war er furchterregend, wie er so auf sie herabstarrte.

Sie war zu sehr verletzt, um auch nur weinen zu können, aber als er sich für einen Moment abwandte, wusste sie, dass sie die Chance nutzen musste. Sie stand zaghaft auf, dann rannte sie zur Tür, riss sie auf und lief hinaus.

Doch sie war erst wenige Schritte weit gekommen, als sie sich vor Schmerz zusammenkrümmen musste. Der Wind war bitterkalt, und sie hatte ihren Umhang auf dem Stuhl liegen lassen. Hope zwang sich, sich aufzurichten und weiterzugehen, aber jeder Schritt war pure Qual, und nun begann auch ihr Kopf zu pulsieren.

Als sie den Stallhof erreichte, taumelte sie wie eine Betrunkene, und ihr war so schwindelig, dass sie nicht einmal richtig sehen konnte. Aber ein Lichtstrahl, der aus dem Küchenfenster drang, gab ihr die Kraft, nicht aufzugeben und zusammenzubrechen. Es waren nur noch wenige Schritte, bis sie in Sicherheit sein würde.

Baines kleidete sich gerade an, als er Rose aufschreien hörte. Da er dachte, dass sie Mühe mit dem Herd habe, verließ er sein Zimmer in der Dienstbotenhalle in Hemdsärmeln, nur um feststellen zu müssen, dass Rose auf dem Küchenboden neben Hope kniete, die anscheinend das Bewusstsein verloren hatte.

Vermutlich ist das nur das Ergebnis von zu viel Anstrengung auf leeren Magen, dachte er; er hatte festgestellt, dass junge Mädchen zu Ohnmachten neigten, wenn sie vor dem Frühstück zu anstrengende Arbeiten verrichteten. Aber Rose hob Hopes Kopf an und schob ein Kissen darunter, und als sie die Hand zurückzog, sah er, dass sie blutverschmiert war.

Baines hatte bereits mehr als genug um die Ohren. Die Köchin war während der Nacht gestorben, und neben dem Kummer über den plötzlichen Verlust einer lieben Freundin hatte er auch noch die Sorge, wie sie zurechtkommen würden, bis die Herrin einen geziemenden Ersatz für sie gefunden hatte. Und nun dies!

Er eilte durch den Raum, um das Riechsalz zu holen, und schwenkte es unter Hopes Nase. Als sie zu sich kam, waren ihre ersten Worte eine stockende Entschuldigung. Baines drehte sie auf die Seite, um ihren Kopf zu untersuchen, denn er nahm an, sie sei auf der Einfahrt gestürzt. Dann sah er die dunkelroten Fingerabdrücke auf ihrem Hals und begriff, dass es kein Unfall gewesen war.

»Wer hat dir das angetan, Hope?«, fragte er.

Sie antwortete nicht, sondern sah ihn nur unter Tränen an.

»Erzähl es mir«, beharrte er. »War es ein Wilderer?«

Wilderer waren ein Problem. Sie hatten es für gewöhnlich auf Fasane oder Rehe auf dem Besitz der Hunstretes abgesehen, und wenn der Wildhüter ihnen auf der Spur war, liefen sie oft über das Gelände der Harveys. Aber Baines hatte noch nie gehört, dass ein Wilderer jemanden angriff, der ihn nicht bedrohte.

Hope stand noch zu sehr unter Schock, um antworten zu können, daher trug er Rose auf, eine Schüssel mit warmem Wasser und einen Lappen zu holen, damit er ihre Wunde auswaschen konnte. Sie war in der Spülküche, als Nell hereinkam.

»Hope!«, rief sie aus und erbleichte, als sie das Blut sah. »Hat Albert dir das angetan?«

Es erstaunte Baines, dass Nell unverzüglich ihren Mann verdächtigte. Zum Glück ist Rose außer Hörweite, dachte er. Aber Nell fiel neben ihrer jüngeren Schwester auf die Knie, das Gesicht voller Zorn und Entsetzen, und da war offenkundig, dass sie einen guten Grund hatte, Albert dafür verantwortlich zu machen.

Baines hatte Nell stets größte Achtung entgegengebracht. Wären da nicht seine Position gewesen und die Tatsache, dass er so viel älter war als sie, hätte er sich vielleicht versucht gefühlt einzugestehen, dass er romantische Gefühle für sie hegte. Dennoch hatte er sich für sie gefreut, als sie Albert geheiratet hatte, denn sie wünschte sich offensichtlich ein eigenes Heim und Kinder. Albert war ihm als eine gute Wahl erschienen: Er war verlässlich und fleißig, wenn auch eine Spur mürrisch.

Im Lichte von Nells Enthüllung erkannte Baines jetzt, warum sie nicht länger die lebhafte, offene Frau war, die sie vor ihrer Heirat gewesen war. Bisher hatte er geglaubt, dies sei eine Folge ihrer vermehrten Verantwortung oder vielleicht der Enttäuschung über ihre Kinderlosigkeit. Es wäre ihm niemals in den Sinn gekommen, dass Albert selbst der Grund dafür sein könne.

Als Rose zurückkam, nahm Nell ihr die Schüssel mit Wasser ab und machte sich daran, die Kopfwunde zu säubern, wobei sie leise Koseworte vor sich hin murmelte und Hope bat, ihr zu erzählen, wie dies geschehen sei. Baines beobachtete Hopes Gesicht und konnte sehen, wie sie gegen den Drang kämpfte, die Wahrheit einzugestehen. Dies war praktisch der Beweis dafür, dass es Albert gewesen war, denn die Kleine wollte ihre Schwester offensichtlich vor Schande und Verlegenheit bewahren.

Baines fühlte sich jetzt selbst ein wenig schwach, da das Gesetz nicht freundlich zu Frauen war. Väter und Ehemänner konnten weiblichen Verwandten großes Leid zufügen, ohne Strafe fürchten zu müssen. Wenn Albert dies einem jungen Mädchen antun konnte, wie würde er dann erst mit Nell verfahren, wenn sie ihn dafür zur Rechenschaft zog?

Sir William war der Mann, der sich darum kümmern sollte. Eine strenge Warnung, dass er in Zukunft ein Auge auf Nell und Hope haben würde, würde Albert wahrscheinlich zur Raison bringen. Aber Sir William war schwach. Die Köchin hatte ihn einmal als »jämmerlich« beschrieben, und obwohl Baines sie dafür getadelt hatte, hatte sie doch recht gehabt.

Sir William, der als Kind umringt gewesen war von liebevollen Frauen, die ihn verwöhnt hatten, hatte nie gelernt, ein richtiger

Mann zu sein. Er mochte charmant sein und schneidig aussehen, wenn er auf Merlin über das Gelände galoppierte, aber tatsächlich war er vollkommen verantwortungslos.

Die geschäftlichen Verpflichtungen in London und Amerika, die sein Herr als Vorwand für seine häufige Abwesenheit benutzte, existierten häufig gar nicht, das wusste Baines. Sir William hatte dort zwar Freunde, aber was sie miteinander teilten, waren Pferde, Kartenspiele und Bälle, nicht Geschäfte.

Traurigerweise würde es ihn keinen Pfifferling scheren, wenn sein Gärtner seine Frau und deren Schwester misshandelte. Solange seine Freunde die Gärten bewunderten, hatte der Mann, der dafür verantwortlich war, völlig freie Hand.

Hope löste sich aus Nells Armen und stand auf. »Es geht mir wieder gut, Nell, ich bin nur auf der eisigen Einfahrt gestürzt«, behauptete sie. »Und jetzt muss ich die Feuer anzünden.«

»Lassen Sie mich das übernehmen, Mr Baines«, bat Rose. »Hope ist noch nicht wieder ganz bei sich, und sie hat da eine schlimme Wunde. Könnte Nell nicht hier unten die notwendigen Arbeiten verrichten und bei ihr bleiben?«

Baines witterte Eigennutz; Rose hatte lediglich Angst davor, heute das Kochen übernehmen zu müssen.

»Meinetwegen, Rose«, sagte er ernst, denn es war offenkundig, dass Hope noch nicht imstande war, schwer zu arbeiten. »Kümmer du dich um die Feuer. Und sorg dafür, dass Ruby sich nicht drückt.«

Sobald sie fort war, wandte Baines sich an Nell. »Ich denke, es wäre das Beste, wenn Ruth herunterkäme. Die Köchin, Gott gebe ihrer Seele Ruhe, braucht ihre Hilfe nicht mehr, und Ruth ist eine sehr geschickte Köchin. Du kannst Master Rufus wecken und ihm sein Bad einlassen, bevor du dich um die Herrin kümmerst.«

Nell nickte, legte ihm jedoch eine Hand auf den Arm und zog ihn in die Spülküche, um ungestört mit ihm reden zu können.

»Was soll ich nur tun, Mr Baines?«, flüsterte sie. »Es war Albert, das weiß ich, auch wenn Hope es mir nicht erzählen will. Ich habe bei ihm oft Angst um mich selbst gehabt, aber ich hätte nie gedacht, dass er Hand an sie legen würde.«

»Wir werden später darüber reden«, seufzte Baines. »Neben all den gewöhnlichen täglichen Pflichten muss ich Vorbereitungen für die Beerdigung der Köchin treffen und mit Lady Harvey über einen Ersatz für sie sprechen. Hope wird bei Ruth gut aufgehoben sein.« Er legte Nell eine Hand auf die Schulter, um ihr klarzumachen, dass er sie nicht deshalb wegschickte, weil ihr Schicksal ihm gleichgültig war. »Wir müssen vorsichtig vorgehen, Nell, und die Konsequenzen gut abwägen.«

Sobald Baines gegangen war, kehrte Nell zu Hope zurück und strich ihr zärtlich das Haar aus der Stirn. »Sag mir die Wahrheit, mein kleiner Schatz. Es war Albert, nicht wahr?«

»Nein, ich habe dir doch schon erzählt, dass ich auf der Einfahrt gestürzt bin«, log Hope.

Nell schloss die Augen. »Ist es das, was du Ruth und James erzählen willst?«

Hope nickte.

Nell klebte ein Stück Mull auf die Wunde am Kopf ihrer Schwester. »Die Fingerabdrücke an deinem Hals kann ich nicht so leicht verbergen«, meinte sie anzüglich. »Doch ich bin davon überzeugt, dass dir auch dafür eine Erklärung einfällt.«

Um fünf Uhr an diesem Abend ging Nell die Einfahrt hinunter, in der Hand einen Korb mit einem Laib Brot und einer Fleischpastete, die Ruth am Nachmittag für sie zubereitet hatte. Ihr Herz hämmerte vor Angst, aber sie war noch nie in ihrem Leben entschlossener gewesen.

Hope würde die Nacht in Ruths Zimmer in House Briargate verbringen. Sie hatte halsstarrig an ihrer Geschichte von dem Sturz auf der Einfahrt festgehalten. Dies war, wie Nell wusste, ihre Art, die ältere Schwester zu schützen. Aber am Nachmittag hatte Hope sich übergeben, und Baines hatte sie unverzüglich zu Bett geschickt. Nicht einmal Hope hatte den Mut gehabt, mit ihm zu streiten.

Nell hatte mit Baines nicht mehr über Albert gesprochen, weil der Butler zu viel damit zu tun hatte, alles Notwendige für die Beerdigung der Köchin zu veranlassen. Aber sie hatte alle Möglichkeiten, die ihr offenstanden, überdacht und die Konsequenzen abgewogen.

Was sie auch tat, es würde wahrscheinlich noch größeres Elend für sie und Hope bedeuten. Vor dem Gesetz hatte sie keine Rechte; eine Frau war der Besitz ihres Mannes, und es wurde von ihr erwartet, ihm zu gehorchen. Nach dem gleichen Gesetz, so vermutete Nell, durfte Albert wahrscheinlich auch mit seiner Schwägerin tun, was er wollte, da er ihr ein Heim geboten hatte.

Es war eine große Versuchung, Lady Harvey um Hilfe zu bitten, doch diesen Gedanken hatte Nell rasch wieder beiseitegedrängt, denn wenn ihre Herrin ihre Bitte abgelehnt hätte, wäre sie vielleicht mit etwas herausgeplatzt, das sie später bedauern würde.

Hauptmann Pettigrew war während der vergangenen drei Jahre viele Male zu Besuch gewesen, immer dann, wenn der Herr fort war. Vielleicht taten sie nichts Unrechtes, aber Nell konnte ein Knistern zwischen ihnen spüren, und wenn er fortging, war Ihre Ladyschaft stets in träumerischer Stimmung und manchmal sogar ein wenig weinerlich.

Nell konnte sie verstehen, zumindest bis zu einem gewissen Grad. Im Laufe der Jahre war ihr klar geworden, dass Sir William nicht der perfekte Ehemann war, für den sie ihn einmal gehalten hatte. Er zeigte sich seiner Frau gegenüber unaufmerksam und zog die Gesellschaft seiner Freunde in London der ihren vor. Vielleicht war er schon immer so gewesen, und dies war der Grund, warum ihre Herrin überhaupt dem Charme des Hauptmanns erlegen war.

Ohne Lady Harveys Hilfe konnte Nell Albert nicht verlassen,

außerdem wollte sie weder die Arbeit verlieren, die sie liebte, noch ihre Familie. Wenn James und Matt erfuhren, dass Albert Hope geschlagen hatte, würden sie Rache üben. Aber Albert war ein intelligenter, entschlossener Mann, und er kannte das Gesetz. Er würde James und Matt verhaften lassen, sie würden im Gefängnis enden, und Hope und sie selbst würden ihm endgültig ausgeliefert sein.

Nell konnte nicht einmal hoffen, dass er sich inzwischen für sein Verhalten schämte, da er sie nicht liebte. Das wusste sie. Er liebte niemanden, nur sich selbst.

Obwohl sie keine Möglichkeit hatte, sich Alberts zu entledigen oder ihn zu bestrafen, war sie nicht gewillt, das Ganze auf sich beruhen zu lassen. Wie ihr Vater so gern gesagt hatte: *»Es gibt mehr als eine Art, eine Katze zu häuten.«* Und Nell hatte eine Art gefunden, wie sie Albert häuten konnte.

Im Cottage selbst war es kaum wärmer als draußen, und Nell tastete in der Dunkelheit nach der Kerze und den Streichhölzern, die sie stets auf dem Regal neben der Tür aufbewahrte. Sobald die Kerze brannte, stellte sie sie auf den Tisch und entzündete die Öllampe.

Der Herd war wie erwartet ausgegangen, und auf dem Brotschneidebrett auf dem Tisch lagen lediglich einige Krümel und das Brotmesser. Auf dem Boden lag eine zerbrochene Tasse, die Albert offenkundig an die Wand geschleudert hatte, und der Läufer vor dem Herd war verrutscht, aber alles andere war so, wie es sein sollte. Sie hob die Porzellansplitter auf und hielt Ausschau nach weiteren Hinweisen auf das, was sich am Morgen zugetragen hatte. Ihr Blick fiel auf einen Blutspritzer auf der weiß getünchten Wand neben der Tür.

Auf eine eigenartige Weise war sie froh, das Blut zu sehen, denn es war die Bestätigung, die sie brauchte, um den Mut aufzubringen, ihren Plan in die Tat umzusetzen. Binnen fünf Minuten hatte sie den Herd angezündet. Sie schob die Pastete zum Aufwärmen hinein, deckte den Tisch und lief dann nach oben, um das Bett zu machen und den Nachttopf zu leeren.

Kurz nach sechs Uhr hörte sie Alberts Stiefel auf der Einfahrt knirschen, und ihre Eingeweide zogen sich vor Angst zusammen. Als er hereinkam, löffelte sie gerade etwas Tee in die vorgewärmte Kanne. Er blieb einen Moment lang in der Tür stehen und kniff die Augen zusammen, überrascht, Nell dort vorzufinden, da sie für gewöhnlich viel später als er nach Hause kam.

Trotz all des Leides, das er ihr zugefügt hatte, konnte sie sein gutes Aussehen noch immer bewundern. Er war einen Meter fünfundachtzig groß und besaß eisenharte Muskeln und ein Gesicht, über das so manche Frau in Verzückung geraten wäre: große, dunkle Augen, die von langen Wimpern umrahmt wurden, eine perfekte, gerade Nase und ein wohlgeformter Mund. Selbst seine Zähne waren noch immer gut, und er bemerkte häufig, sie solle sich schämen, dass sie so viele von ihren Zähnen verloren hatte.

»Ich habe eine schöne Fleischpastete für dich zum Abendessen«, sagte sie freundlich. »Und der Tee wird gleich fertig sein.«

»Wo ist das Mädchen?«, brummte er, während er seinen Mantel neben der Tür aufhängte.

»Oben im Haus«, erwiderte sie. »Mein Vater hat meine Mutter bei seiner Heimkehr immer gefragt, wie es ihr gehe, und sie geküsst.«

Er sah sie durchdringend an; offenkundig verstand er die Ironie nicht, aber er erwiderte nichts und ging zu der Schüssel mit Wasser hinüber, die sie für ihn bereitgestellt hatte.

Sie schenkte ihm schweigend seinen Tee ein, nahm die Pastete aus dem Ofen, stellte sie auf den Tisch und schnitt ihm dann eine Scheibe Brot ab.

Jedes Geräusch wirkte unnatürlich laut, das Scharren seines Stuhls auf dem Steinboden, als er sich hinsetzte, sein erster Schluck Tee und das Knistern des Holzes im Herd. Albert war meistens schweigsam, und sie plauderte für gewöhnlich, nur um die tödliche Stille zu brechen. Aber diesmal sagte sie nichts, sondern legte lediglich ein großes Stück von der Pastete auf seinen Teller.

Als er nach dem Messer griff, um Butter auf sein Brot zu streichen, bemerkte sie, dass er zusammenzuckte.

»Was ist los mit deiner Hand?«, fragte sie.

»Eine Schnittwunde«, antwortete er schroff.

»Zeig sie mir«, bat sie und beugte sich vor, um nach seiner Hand zu greifen.

»Lass mich in Ruhe, Weib«, zischte er sie an. »Ich bin kein Kind.«

Nell hatte eigentlich warten wollen, bis er gegessen hatte, aber die Art, wie er mit ihr sprach, erzürnte sie so sehr, dass sie sich nicht länger bezähmen konnte.

»Nein, du bist kein Kind. Du bist ein großer und sehr starker Mann. Und doch hast du ein junges Mädchen beinahe erwürgt und versucht, ihr das Hirn aus dem Kopf zu schlagen.«

Er errötete und machte Anstalten, sich zu erheben, als wollte er sie ohrfeigen.

Sie packte das Brotmesser. »Setz dich«, befahl sie ihm. »Ausnahmsweise einmal wirst du mich aussprechen lassen.«

»Hör mal«, plusterte er sich auf, »ich hatte erwartet, dass die unverschämte kleine Madame sich bei dir ausheulen würde, aber ich bezweifle, dass sie die Wahrheit gesagt hat. Sie hat mich beleidigt, also habe ich sie gezüchtigt. Sie hatte es verdient.«

»Sie hat sich bei niemandem ausgeheult. Sie wollte Baines oder mir gegenüber nicht einmal zugeben, dass sie geschlagen worden war. Aber wir wussten es! Fingerabdrücke auf ihrem Hals, die Wunde an ihrem Kopf. Diese Verletzungen kann sie sich nicht bei einem Sturz auf der Einfahrt zugezogen haben.«

Er schnaubte höhnisch und stand auf, aber Nell hob warnend das Messer, und er setzte sich wieder hin. »Ich könnte dafür sorgen, dass man dich hinauswirft«, zischte sie. »Ohne ein Zeugnis. Wo wärst du dann?«

»Das könnten sie nicht tun, ohne dich auch hinauszuwerfen«, erwiderte er grinsend. »Ich bin dein Ehemann.«

»Ehemann!«, wiederholte sie höhnisch. »Wie kannst du das sein, wenn ich nach drei langen Ehejahren noch immer Jungfrau bin?«

Es erstaunte ihn offenkundig, dass sie es wagte, etwas Derartiges auszusprechen. Plötzlich wirkte er ein wenig unsicher.

»Das ist meine Trumpfkarte«, fuhr sie entschlossen fort. »Ich habe sie noch nicht ausgespielt, doch ich bin bereit, es zu tun.« Sie ließ das Messer um einige Zentimeter sinken, dann beugte sie sich vor, um den Teller näher zu ihm heranzuschieben. »Iss auf, lieber Albert, du musst bei Kräften bleiben. Ruth hat die Pastete für dich zubereitet, obwohl sie durchaus ein wenig Arsen hineingegeben haben könnte, wenn sie die Wahrheit über Hopes Verletzungen erraten hat.«

Albert sah auf seinen Teller und dann wieder zu Nell hinüber. Er zögerte; er wollte die Pastete essen, weil er Hunger hatte, doch er wagte es nicht.

»Komm schon, Albert, iss«, drängte sie. »Es gibt so viele von uns Rentons.« Sie lachte, als scherzte sie. »James in den Ställen mit einer Mistgabel! Matt, der irgendwo mit einer Sichel lauern könnte! Wie wäre es mit Joe und Henry, die deine Rosenbeete zerstören?«

»Hör zu, Frau!«, sagte er mit düsterer Miene. »Du kannst mir nicht drohen!«

»Dir drohen?«, stieß Nell hervor, als wäre ihr nichts ferner als dieser Gedanke. »Du hast doch gewiss nicht gedacht, ich würde dir drohen? Ich habe dich lediglich auf die Dinge hingewiesen, die vielleicht passieren *könnten.* Aber keins dieser Dinge ist notwendig, nicht, wenn ich meine Trumpfkarte ausspiele.«

Sie hielt inne, ein wenig zuversichtlicher jetzt. »Es wäre nicht schwierig für mich, zu Lady Harvey zu gehen und ihr zu erzählen, dass du kein richtiger Mann bist und dass du es an Hope und mir auslässt, weil du dich schämst. Denkst du, sie würde dich noch als Gärtner haben wollen, wenn sie das wüsste? Ich glaube, man kann eine Ehe annullieren lassen, wenn sie nicht vollzogen wurde.« Sie grinste ihn an, stolz darauf, sich an das richtige Wort erinnert zu haben. »Ich könnte mit Pastor Gosling darüber sprechen!«

»Ich hatte nicht die Absicht, Hope zu schlagen«, rief Albert, dessen Gesicht plötzlich bleicher war. »Verdammt, Frau, es tut mir leid.«

»Mir tut es ebenfalls leid«, entgegnete Nell grimmig. »Denn damit hast du mich dazu gezwungen, über Dinge nachzudenken, über die ich eigentlich nicht hatte nachdenken wollen.«

Er sah sie mit leerem Blick an.

»Du magst Frauen gar nicht, nicht wahr?«, fragte Nell. »Als wir geheiratet haben, dachte ich, du liebtest mich und wir würden Kinder haben. Aber du hast mich betrogen. Du wusstest, dass du mir das niemals würdest geben können.«

»Ich sorge für dich«, sagte er entrüstet.

»Du redest von Fürsorge! Du kommandierst mich herum und machst mir die Hölle heiß, wenn die Tagesdecke nicht gerade liegt oder auch nur ein kleiner Schmutzfleck auf dem Boden ist, und das nennst du Fürsorge?« Nells Stimme schwoll zu einem Kreischen an. »Du redest nicht, und du lachst nicht. Du hast keinen Funken Freude in dir. Die Ehe mit dir ist wie eine Gefängnisstrafe.«

»Ich weiß nicht, was in dich gefahren ist. Ich habe gesagt, es tut mir leid, und damit sollte das Gespräch beendet sein«, erklärte er und nahm den ersten Bissen von seiner Pastete.

»Zu Ende!«, rief sie. »Ich habe kaum angefangen, Albert Scott. Du bist unnatürlich, eine Monstrosität der Natur, dass du keine Frauen magst, und ich schwöre bei allem, was heilig ist, dass ich dich bloßstellen werde, wenn du nicht tust, was ich will.«

Endlich wirkte er erschrocken, und Nell spürte, dass sie jetzt ein wenig echte Macht hatte.

»Also, was willst du von mir?«, fragte er und wich ihrem Blick aus.

»Zunächst einmal wirst du Hope oder mich nie wieder schlagen.«

Er nickte.

»Und du wirst dich nicht länger über die Art beklagen, wie ich dieses Haus führe. Du wirst die Kohle, das Holz und das Wasser hereinholen, wie jeder anständige Ehemann es tun würde. Außerdem wirst du meine Familie hier willkommen heißen und so tun, als würdest du sie mögen.«

»Ist das alles?«

»Du glaubst, du seiest gut davongekommen, nicht wahr?« Sie lachte freudlos. »Aber du irrst dich, denn ich weiß, dass es dich viel Kraft kosten wird, nett zu mir sein zu müssen. Du wirst immer Angst haben, ich könnte dich bloßstellen und zum Gespött der Leute machen. Vielleicht wird es dich genug Kraft kosten, um mich zu verlassen. Das würde mich sehr glücklich machen. Ich habe mich ohnehin niemals als eine echte Ehefrau betrachtet.«

Zu ihrem Erstaunen schlug er sich die Hände vors Gesicht. »Ich kann nichts dafür, wie ich bin«, murmelte er, als weinte er. »Gott weiß, ich wünschte, ich wäre wie andere Männer.«

In diesem Moment wäre Nell um ein Haar weich geworden. Sie fühlte sich versucht, die Arme um ihn zu legen und ihn zu trösten. Aber wenn sie schwach wurde, das wusste sie, würde er ihre Schwäche zu seinem Vorteil missbrauchen.

Also zog sie ihm stattdessen die Hände vom Gesicht. In seinen Augen standen Tränen. »Wenn du eine Träne vergießen kannst, besteht vielleicht noch Hoffnung für dich, Albert Scott«, sagte sie energisch. »Iss dein Abendessen, und dann lass mich diese Wunde an deiner Hand versorgen.«

Kapitel 6

1845

Hope hatte ihren freien Nachmittag in Woolard bei Matt, Amy und ihren Kindern verbracht und war gerade auf dem Heimweg durch Lord's Wood, als sie hinter sich ein Knacken hörte, als wäre jemand auf einen trockenen Stock getreten.

Sie drehte sich um, konnte aber nichts sehen oder hören. Wäre es ein Tier gewesen, hätte sie ein Rascheln im Unterholz bemerkt, daher musste es wohl ein Mensch sein, der sich jetzt versteckte.

Sie hatte nicht die mindeste Angst; es war erst sechs Uhr am Abend, und im Juni wurde es vor zehn Uhr nicht dunkel. Außerdem hatten sie und ihre Brüder sich früher, als sie noch jünger gewesen waren, auch ständig an Leute herangeschlichen. Wenn sie nicht gewusst hätte, dass sowohl Joe als auch Henry an der Brücke in Woolard waren und fischten, hätte sie gedacht, es sei einer von ihnen. Aber Mr Box, der Wildhüter von House Hunstrete, hatte ihnen verboten, in den Wald zu kommen, weil er sie der Wilderei verdächtigte. Glücklicherweise hatte Box sie an jenem Tag nicht mit Fischen aus dem See erwischt, doch er hatte gedroht, sie dem Richter zu übergeben, wenn er sie noch einmal im Wald antraf.

Hope wartete ein Weilchen, und als sie keine weiteren Geräusche wahrnahm, glaubte sie, sich geirrt zu haben, und ging weiter. Aber als sie ein weiteres Knacken hörte, drehte sie sich gerade rechtzeitig um, um zu sehen, wie jemand hinter einen Baum huschte. Es konnte kein Erwachsener sein, denn dafür war sein Schritt zu leicht. Wahrscheinlich war es ein Mädchen, denn Hope hatte blondes Haar aufblitzen sehen.

Die Nichols, die am Dorfanger in der Nähe ihres Elternhauses lebten, hatten zwei blonde Töchter, und eine von ihnen, Anna, war kühn genug, um jemandem derartige Streiche zu spielen. Also beschloss Hope, den Spieß umzudrehen und sich ebenfalls hinter einem Baum zu verstecken.

Sie drückte sich den Rock ihres braunen Kleides fest an den Leib, damit er sie nicht verriet, und wartete ab. Nach etwa einer Minute hörte sie ein leises Trappeln. Das Mädchen kam auf den Baum zu, hinter dem Hope sich versteckte, und trat dann so nah heran, dass sie es atmen hören konnte. Hope musste sich ein Lachen verkneifen, weil sie sich Annas verwirrte Miene nur allzu gut vorstellen konnte. Bestimmt fragte sie sich, wie Hope es geschafft hatte zu verschwinden.

Verstohlen schlich Hope um den großen Baum herum und rief: »Hab ich dich!«

Aber zu ihrem Erstaunen war es überhaupt nicht Anna Nichols, sondern Master Rufus. Und er wirkte so verschreckt wie ein Kaninchen.

»Es tut mir leid, Master Rufus«, stammelte Hope. »Ich wusste nicht, dass Sie es waren.«

»Ach, nein? Nun, das ist gut. Ich meine, das ist doch der Sinn des Spiels, nicht wahr?«, fragte er strahlend. »Ich habe eine Ewigkeit gewartet, dass jemand vorbeikam. Ich habe mich so gefreut, als ich dich gesehen habe – ich dachte, du würdest nicht schreien, als wäre ich ein Mörder, wie Miss Bird es tun würde.«

Hope mochte die stets säuerlich dreinblickende Miss Bird überhaupt nicht, daher brachte seine Bemerkung sie zum Lachen.

Rufus war jetzt zehn und fast so groß wie Hope, aber er wirkte immer noch so lieb und unschuldig wie als Fünfjähriger. Sein blondes Haar reichte ihm fast bis auf die Schultern, und er hatte große, blaue Augen und einen weichen, vollen Mund. Er hatte Lady Harveys leicht nach oben gebogene Nase und ihre cremeweiße Haut geerbt, doch insgesamt sah er aus wie eine jüngere Kopie seines Vaters, der ebenfalls einen sehr mädchenhaften Mund und gewelltes Haar hatte, und Rufus trug seinen dunkelblauen Matrosenanzug mit der gleichen Würde, mit der sein Vater seine Reitkleidung trug.

»Sollten Sie hier draußen sein, Master Rufus?«, fragte Hope

spitz. »Ich dachte, Sie dürften das Grundstück von House Briargate nicht verlassen.«

»Nein, ich glaube, das darf ich nicht«, erwiderte er grinsend. »Aber nenn mich nicht ›Master‹. Rufus genügt. Wollen wir Verstecken spielen?«

Hope mochte im April dreizehn geworden sein, doch sie sehnte sich oft nach der Art von Spaß, die sie vor dem Tod der Eltern mit ihren Brüdern gehabt hatte. Jetzt bestand ihr Leben nur aus Arbeit.

Albert würde es nicht gutheißen, wenn sie spät nach Hause kam; er würde ihr einen seiner finsteren Blicke zuwerfen und auf die Uhr deuten. Aber sie bezweifelte, dass er schimpfen würde. Sie fragte sich oft, was Nell an dem Abend, nachdem er sie gegen die Wand geschlagen hatte, zu ihm gesagt haben mochte, denn seither benahm er sich ihnen gegenüber anders.

Er war nicht netter als früher, sondern genauso wortkarg und in sich gekehrt, aber er hatte sie nicht noch einmal geschlagen, und er kommandierte sie und Nell auch nicht mehr so herum wie früher. Es war wirklich eigenartig, denn Hope spürte, dass er ihr ihre Anwesenheit in seinem Haus nach wie vor verübelte. Er war auch Nell gegenüber nicht freundlicher, doch er zog das Wasser vom Brunnen hoch und holte Brennholz für den Herd ins Haus. Hope blieb ihm gegenüber jedoch wachsam und tat ihr Bestes, ihn in keiner Weise gegen sich aufzubringen.

Glücklicherweise war sie kaum je einmal allein mit ihm. Kurz nach der Beerdigung der Köchin war Martha Miles erschienen, die neue Köchin, und Baines hatte Hope mitgeteilt, dass sie nun eine richtige Kuchenmagd sein würde mit einem Einkommen von sechs Pfund im Jahr. Allerdings musste sie deshalb abends noch länger arbeiten. An ihrem freien Nachmittag am Mittwoch ging sie immer zu Matt und Amy hinüber, und Baines hatte es so eingerichtet, dass sie und Nell am selben Sonntag im Monat ihren freien Nachmittag bekamen.

Hope spielte eine Weile mit Rufus Verstecken, und es war ein wenig wie in alten Zeiten, nur dass es diesmal viel mehr Spaß machte, weil Rufus jetzt alt genug war, um sich richtig zu verstecken. Aber schließlich erklärte sie, gehen zu müssen, und ermahnte Rufus, ebenfalls nach Hause zurückzukehren, damit seine Mutter sich keine Sorgen um ihn machte.

Er zuckte nur die Schultern. »Vielleicht ist das ja mal eine Abwechslung für sie. Sonst macht sie sich immer bloß Sorgen um Papa«, erwiderte er.

Hope runzelte die Stirn. Vermutlich war Rufus ein wenig eifersüchtig, weil Lady Harvey seinem Vater größere Aufmerksamkeit schenkte als ihm. »Du solltest froh sein, dass die beiden glücklich miteinander sind«, tadelte sie ihn. »Es wäre viel schlimmer für dich, wenn sie einander nicht mögen würden.«

Er sah sie eigenartig an. »Glücklich miteinander? Sie sind ja kaum je einmal zusammen. Selbst wenn er zu Hause ist, ist er die meiste Zeit über fort. Er kommt nur zu den Mahlzeiten heim.«

Das war Hope nicht bewusst gewesen, doch andererseits bekam sie Sir William auch nur zu sehen, wenn er in den Stall ging, um Merlin zu holen. Sie hatte es bisher nicht von den anderen Dienstboten gehört, da Baines sehr streng war, wenn sie über die Herrschaften tratschten. Nell war der Inbegriff der Diskretion; sie erzählte Hope kaum etwas von Lady Harvey.

Ruth und sie redeten viel über Rufus, erzählten von seinen Fortschritten im Unterricht und lachten über lustige Bemerkungen des Jungen. Deshalb hatte Hope das Gefühl, ihn jetzt genauso gut zu kennen wie zu der Zeit, als sie noch miteinander gespielt hatten.

»Wo geht er denn hin?«, fragte Hope.

»Er unternimmt Ausritte oder besucht Freunde. Mama hat es nicht gern, wenn er abends nicht nach Hause kommt.«

Hope kicherte. Wahrscheinlich meinte er, dass sein Vater so heftig trank, dass er irgendwo niederfiel und seinen Rausch ausschlief. Ihr eigener Vater hatte das einige Male getan und war am nächsten Morgen, durchnässt vom Tau, auf einem Acker erwacht. »Es gefällt ihm wahrscheinlich gar nicht, wie er sich am nächsten Morgen fühlt«, entgegnete sie.

Rufus sah sie verwirrt an. »Was meinst du damit?«, wollte er wissen. Hope erklärte es ihm.

»Mein Papa endet bestimmt nicht auf einem Acker!«, erwiderte Rufus, schockiert darüber, dass Hope etwas Derartiges auch nur andeuten konnte. »Ich glaube, er fährt nach Bath. Ich habe Mama einmal fragen hören, ob er in einem Hurenhaus gewesen sei! Weißt du, was das ist?«

Hope wusste durchaus, was eine Hure war, weil Albert das Wort einige Male benutzt hatte und sie Nell nach der Bedeutung gefragt hatte.

»Es ist ein Haus voller glücklicher Frauen«, antwortete Hope, die es für besser hielt, ihm Nells Definition vorzuenthalten.

»Nun, dann kann ich Papa keinen Vorwurf daraus machen, dass er dort hingeht«, meinte Rufus schmollend, »denn Mama ist immer unglücklich.«

»Wie kann sie unglücklich sein?«, wunderte sich Hope. Ihrer Meinung nach hatte Lady Harvey das beste Leben, das man sich nur wünschen konnte.

»Sie ist es«, beharrte er mit einem Anflug von Entrüstung, weil sie ihm nicht glaubte. »Sie weint viel wegen Papa, weil er sie anscheinend nicht mag.«

Es fiel Hope schwer, das zu glauben, da man ihr immer erzählt hatte, Lady Harvey und Sir William seien eine Liebesheirat eingegangen. Aber andererseits hatten die Leute das Gleiche auch von Albert und Nell gedacht, und sie wusste aus erster Hand, wie falsch sie damit lagen.

»Alle Ehepaare streiten manchmal, hat meine Mutter mal gesagt«, meinte sie, um ihn ein wenig zu trösten. »Also mach dir keine Sorgen um deine Eltern. Außerdem wirst du ohnehin bald von zu Hause fortgehen und die Schule besuchen.«

»Ich will nicht fortgehen«, erwiderte er düster. »Ich werde es dort hassen! Das weiß ich schon jetzt. Wollen wir uns wieder hier treffen? Ich bin gern mit dir zusammen.«

Wahrscheinlich ist die Angst davor, zur Schule fortgeschickt zu werden, der eigentliche Grund für all seine Sorgen, überlegte Hope. Außerdem war er vielleicht ebenfalls einsam. »Ich kann mich nur mittwochs mit dir treffen«, antwortete sie mit einem Lächeln. »Aber das erzählst du lieber niemandem.«

Sobald Hope nach Hause kam, ging Albert in die Schenke in Chelwood, und er tadelte sie nicht einmal für ihre Verspätung, weil er im großen Haus gegessen hatte. Das kam jetzt recht häufig vor, da Martha, die neue Köchin, immer einen großen Wirbel um ihn machte.

Als sie Nell später die Einfahrt herunterkommen sah, stand Hope auf und lief ihr entgegen. Selbst aus einiger Entfernung konnte sie erkennen, dass ihre Schwester sehr müde war, und sie humpelte, als schmerzten ihr die Füße.

»Ist Albert zu Hause?«, fragte Nell, als Hope sie erreichte.

»Nein, er ist in die Schenke gegangen.«

Nell nickte, als wäre sie froh darüber. »Wie geht es Matt und seiner Familie?«

Hope gab so gut wie möglich wieder, was Amy am Nachmittag erzählt hatte. »Ich glaube, sie ist vielleicht wieder schwanger. Sie hat es nicht gesagt, aber sie hatte diesen Ausdruck in den Augen.«

»Dasselbe habe ich am Sonntag in der Kirche auch gedacht«, meinte Nell nachdenklich. »Und was ist mit Joe und Henry, hast du sie gesehen?«

Hope würde Nell nicht beunruhigen, indem sie ihr gestand, dass die beiden Jungen an der Brücke geangelt hatten, obwohl sie eigentlich um diese Zeit in der Kesselgießerei in Woolard hätten arbeiten sollen.

»Ich habe sie aus der Ferne gesehen«, antwortete sie, denn dies war zumindest die Wahrheit, und wenn Nell glaubte, sie habe von der Gießerei gesprochen, dann ersparte ihr das weitere Sorgen.

Hope goss für Nell eine Tasse Tee auf und holte eine Schüssel mit Wasser herbei, damit sie ein Fußbad nehmen konnte. Dann setzte sie sich zu ihr und erkundigte sich, wer an diesem Abend in House Briargate zu Gast gewesen sei.

»Die Warrens von der Wick Farm und die Metcalfes aus Bath«, antwortete Nell. »Lady Harvey hat ihr blaues Satinkleid getragen, und sie sah wunderhübsch aus.«

»Würdest du sagen, dass sie glücklich war?«, hakte Hope nach.

»Heute Abend schien sie es zu sein«, erwiderte Nell, während sie die Zehen im warmen Wasser bewegte und behaglich seufzte, weil sie endlich sitzen konnte. »Aber andererseits geht es ihr immer besser, wenn der Herr zu Hause ist.«

»Also ist sie immer unglücklich, wenn er fort ist?«

»Du und deine Fragen!«, kicherte Nell. »Ja, so ist es. Manchmal, wenn ich weiß, dass sie geweint hat, würde ich ihr gern anvertrauen, dass ich überglücklich wäre, wenn Albert fortgehen würde.«

Ihre Schwester musste einen harten Tag gehabt haben, erkannte Hope, denn obwohl Nell in einem unbefangenen, beinahe scherzhaften Tonfall gesprochen hatte, war diese Feststellung für ihre Verhältnisse doch ungewöhnlich indiskret.

Nell hatte niemals offen eingestanden, dass sie es bedauerte, Albert geheiratet zu haben, aber Hope konnte es jeden Tag in ihren Zügen lesen. Er mochte sie jetzt besser behandeln, doch er zeigte ihr gegenüber niemals die geringste Zuneigung, und Nell versuchte nicht einmal mehr, ihn in ein Gespräch zu verstricken. Obwohl sie nach wie vor ihre hausfraulichen Pflichten versah und putzte, wusch und flickte, lief sie tagsüber nicht mehr für eine kurze Zeit nach Hause, um sein Abendessen vorzubereiten, weil er begonnen hatte, seine Mahlzeiten im großen Haus einzunehmen. Es war, als wäre Nell seine Dienstbotin, denn Hope hatte nie irgendwelche zärtlichen Gesten zwischen ihnen beobachtet.

Als vor einigen Monaten ihre monatlichen Blutungen eingesetzt hatten, hatte Nell ihr erklärt, was das bedeutete und auch dass sie schon bald auf einen Liebsten hoffen würde. Sie hatte Hope davor gewarnt, einem Jungen oder einem Mann zu gestatten, sich Freiheiten bei ihr herauszunehmen, weil dies zu einem Baby führen konnte.

»Du bist so hübsch, dass viele Männer dich begehren werden«, hatte sie streng hinzugefügt. »Aber lass dich nicht täuschen, Hope! Ein Mann, der dich wirklich liebt, wird auf die Heirat warten.« Danach war sie für eine Weile still gewesen und hatte dann plötzlich Hopes Hand gepackt. »Aber bevor du einem Mann dein Jawort gibst, überzeug dich davon, dass *du* es bist, die er will, dein Körper, dein Geist, alles an dir. Denn manche Männer können nicht wahrhaft lieben, sie sind nur leere Hüllen und wollen ihr Gebrechen verbergen, indem sie sich eine Frau nehmen.«

In diesem Moment hatte Hope begriffen, dass Nell in Albert genau das sah, eine leere Hülle, die außerstande war zu lieben. Sie hatte außerdem den starken Verdacht, dass die beiden auch das, woraus Babys entsprangen, nicht miteinander taten, denn anderenfalls hätte Nell inzwischen ein Kind gehabt.

Ende Juni verließ Miss Bird, Rufus' Gouvernante, House Briargate für immer, um eine Stellung in Bristol anzunehmen. Ruth und Nell waren sehr froh, sie gehen zu sehen, da sie sie nie gemocht hatten, doch sie machten sich doch ein wenig Sorgen, wie Rufus seine Tage zubringen würde, bis er im September zur Schule ging.

Er hasste es, mit seiner Mutter den Nachbarn Besuche abzustatten, aber ohne einen Spielkameraden langweilte er sich zu Hause. Er ritt gern mit seinem Vater aus, doch selbst wenn Sir William zu Hause war, nahm er Rufus nur selten mit. James versuchte, gelegentlich Zeit für einen Ausritt zu finden, aber seit der zweite Stallbursche fortgegangen war, musste er sich um zu viele andere Dinge kümmern.

Hope rechtfertigte ihre wöchentlichen heimlichen Treffen mit Rufus, indem sie sich einredete, ihm so etwas zu tun zu geben, damit er nicht einsam war. Sie stattete als Erstes stets Matt und Amy einen Besuch ab, brach aber früh auf, um mehr Zeit mit Rufus verbringen zu können. Wenn er sie sah, leuchtete sein Gesicht auf. »Der Mittwoch ist mein Lieblingstag«, sagte er oft.

Manchmal brachte er ihr Geschenke mit, Karamellbonbons, reife Pfirsiche und andere Dinge, die Hope nur selten bekam. Sie gingen dann tief in den Wald hinein, oft zu dem großen Teich, der von Büschen und Schilf umringt war, und an sehr heißen Tagen zogen sie ihre Stiefel und Strümpfe aus und paddelten.

Hope fühlte sich in Rufus' Gesellschaft ebenso wohl wie bei ihrer eigenen Familie, aber er war sanfter und liebenswerter als ihre Brüder. Es machte ihm nichts aus, wenn sie nur in der Sonne sitzen und reden wollte, und er stachelte sie, anders als Joe und Henry früher, nicht zu groben Spielen an.

Obwohl Hope zuerst gedacht hatte, sie sei lediglich freundlich zu einem einsamen Jungen, freute sie sich nach ihrem zweiten Treffen genauso auf diese Begegnungen wie er. Ihr wurde klar, ebenfalls einsam gewesen zu sein, aber da sie den ganzen Tag über von Menschen umringt war, war ihr das zuvor nie aufgefallen. Nell, Ruth und alle anderen Dienstboten in House Briargate waren so viel älter als sie; sie sprachen von nichts anderem als ihrer Arbeit oder dem jüngsten Dorftratsch.

Rufus war sehr klug. Er wusste alle möglichen Dinge, von denen sie keine Ahnung hatte, und er erzählte von Indien, Afrika und Amerika. Er las Bücher über diese Länder und sprach mit ihr über die dortigen Sitten und die wilden Tiere. Rufus sagte, er wolle eines Tages Entdecker werden und Länder finden, die noch kein anderer Weißer besucht hatte. Er weckte in ihr sogar den Wunsch, ihn begleiten zu können.

Im Gegenzug berichtete Hope ihm von den Menschen, mit denen sie aufgewachsen war, und sie erzählte komische Geschichten über sie.

»Ich wünschte, ich würde komische Leute kennenlernen«, bemerkte er eines Tages mit bekümmerter Miene, nachdem sie ihm von Jack Carpenters vergeblichen Bemühungen erzählt hatte, seinen preisgekrönten Eber einzufangen, als dieser einmal entflohen war. Er hatte das Tier angebrüllt und einen dicken Stock geschwungen, um es zur Farm zurückzuscheuchen, doch der Eber hatte ihn angegriffen und in den Teich gestoßen. »Tatsächlich wünschte ich, überhaupt irgendwelche Menschen kennenzulernen. Weißt du, dass ich in diesem Jahr nur mit drei Menschen außerhalb von House Briargate gesprochen habe? Zwei davon waren Miss Lacey und Miss Franklin, die beiden alten, langweiligen Damen, die Mama manchmal besuchen. Die dritte Person war der Schmied, als ich mit James hinübergeritten bin, um die Pferde beschlagen zu lassen. Und der Mann hat weniger gesprochen als gegrunzt.«

»Das ist ein weiterer guter Grund, sich auf den Schulbesuch zu freuen«, meinte Hope. »Dort wirst du viele Menschen haben, mit denen du reden kannst, und wenn du nach Hause kommst, kannst du mir all die komischen Dinge über sie erzählen.«

Während die Wochen verstrichen, wurden ihre Gespräche allmählich persönlicher. Hope erzählte ihm von ihren beiden Schwestern, die an Scharlach gestorben waren, und von der Krankheit ihrer Eltern. Seit der Beerdigung hatte sie mit niemandem mehr darüber gesprochen, nicht einmal mit Nell, aber Rufus erzählte sie alles: wie schrecklich es gewesen war, welche Angst sie ausgestanden hatte und dass sie wütend auf ihre Mutter gewesen war, weil sie aufgegeben hatte und gestorben war, sobald sie vom Tod ihres Mannes erfahren hatte.

Rufus war entsetzt darüber, dass man ihm nie erzählt hatte, wie Hopes Eltern gestorben waren. »Wie konnte Ruth sich um mich kümmern und nicht mit mir darüber reden?«, fragte er entrüstet. »Oder Nell oder Mama? Warum haben sie es mir nicht erzählt? Ich hätte zumindest sagen können, dass es mir leidtut, und im Garten einige Blumen für ihr Grab pflücken können.«

»Du warst noch klein. Die Menschen erzählen Kindern solche Dinge nicht«, antwortete Hope, aber sie war gerührt, dass er den Wunsch verspürte, er hätte in irgendeiner Weise seiner Anteilnahme Ausdruck verleihen können.

»Haben Mama oder Papa irgendetwas getan?«

»Nun, sie haben mir gestattet, in der Küche auszuhelfen«, antwortete sie.

Rufus' Miene verdüsterte sich. »Sonst nichts? Aber Ruth ist mein Kindermädchen, seit ich auf der Welt bin. Nell ist seit siebzehn Jahren bei uns – gewiss hätte Mama mehr tun können, oder?«

»Was denn, Rufus?« Hope zuckte die Schultern. »Sie sind vornehme Herrschaften, und wir sind nur Knechte. Und schließlich war ich nicht obdachlos; ich bin zu Nell und Albert gezogen.«

»Aber Mama hat immer darüber gesprochen, wie hübsch und klug du bist«, wandte er verwirrt ein.

So viel Rufus auch über den Rest der Welt wissen mochte, hatte er im Grunde keine Vorstellung davon, wie arme Menschen lebten, erkannte Hope. Sie begann, ihm ein wenig darüber zu erzählen. Sie sprach von den winzigen Häusern mit den nackten Böden, in denen nur wenige Möbel standen, und sie erwähnte auch, dass sie nie ein richtiges Bett gehabt hatte, nur einen Sack voller Stroh. Hope erklärte ihm, dass die meisten Kinder zu irgendwelchen Arbeiten gezwungen wurden, sobald sie laufen konnten, und sei es nur, dass sie die Vögel von den Feldern verscheuchten.

»Ich hatte Glück, vier Jahre lang zu Pastor Gosling gehen zu dürfen, um lesen und schreiben zu lernen«, fuhr sie fort. »Keins meiner Geschwister hatte so viel Zeit bei ihm, und die meisten Menschen im Dorf können überhaupt nicht lesen und schreiben.«

»Aber das ist nicht gerecht!«, stieß er hervor. »Alle sollten die gleichen Chancen haben.«

»So ist es eben«, sagte Hope und wiederholte damit die Worte, die sie von Nell stets zu hören bekam, wenn sie sich über Ungerechtigkeit beklagte.

Dann war es Zeit, nach Hause zu gehen, und sie ließ Rufus am Waldrand zurück, von wo aus er sich mit sehr trauriger, bekümmerter Miene auf den Heimweg machte.

Mitte August erhielt Lady Harvey einen Brief von ihrer jüngeren Schwester, in dem sie ihr mitteilte, dass ihre Mutter sehr krank sei und sie sofort kommen müsse. Lady Harvey wollte, dass Nell sie begleitete, hielt es aber für besser, wenn Rufus zu Hause blieb. Schließlich würde er im September auf seine Schule in Wales gehen.

Sie würden mit der Great-Western-Eisenbahn von Bristol aus fahren, und Hope war sehr neidisch, weil sie Bilder von dem Zug gesehen hatte und ihr diese Art zu reisen ungeheuer aufregend erschien. Außerdem beunruhigte sie auch der Gedanke, mit Albert allein im Cottage zu sein. Doch Nell versprach, mit Baines zu sprechen und zu fragen, ob sie im großen Haus schlafen dürfe, solange sie nur jeden Tag ins Pförtnerhaus hinunterging, um für Albert den Haushalt zu führen.

Es war seit einigen Wochen sehr heiß, und als Nell und Hope am folgenden Morgen das Cottage verließen, war es bereits sehr warm.

»Sei brav, während ich fort bin«, ermahnte Nell sie ängstlich, während sie die Einfahrt hinaufeilten. »Wir werden bestimmt nicht so bald zurück sein. Selbst wenn die alte Dame sofort sterben sollte, wird es bis zu der Beerdigung einige Tage dauern. Und wir können nicht direkt danach aufbrechen, das wäre nicht recht.«

»Ich komme schon zurecht«, beharrte Hope, um Nell zu beruhigen. »Ruth und James sind hier, und Matt lebt gleich unten an der Straße. Außerdem wird nicht allzu viel zu tun sein, da der Herr ebenfalls fort ist.«

Er war seit einiger Zeit in London, aber Lady Harvey hatte ihm geschrieben und ihn gebeten, sich im Haus ihrer Familie in Sussex einzufinden.

»Die Reise wird bei dieser Hitze kein Vergnügen sein«, brummte Nell.

Hope lachte. »Der Zug fährt so schnell, dass es in den Waggons bestimmt kühl wird, wenn man die Fenster öffnet. Es wird dir Spaß machen, und das weißt du auch. Es ist besser, einfach dazusitzen und die Welt an sich vorbeiziehen zu lassen, als im großen Haus umherlaufen zu müssen.«

»Du solltest nicht so reden, wenn du weißt, dass Lady Harveys Mutter im Sterben liegt«, entgegnete Nell scharf.

Ihre Ladyschaft hat beim Tod unserer Mutter auch nicht viel Mitgefühl gezeigt, hätte Hope gern erwidert. Aber sie sprach ihren Gedanken nicht aus; Nell war blind, was ihre Herrin betraf.

Hope gab ihrer Schwester in der Küche einen Kuss zum Abschied und klammerte sich ein wenig fester an sie, als sie es für gewöhnlich tat.

»Wer ist jetzt ein Baby?«, flüsterte Nell voller Zuneigung. »Ich dachte, du würdest dich freuen, mich von hinten zu sehen.«

»Ich werde dich vermissen«, gestand Hope und schluckte ihre Tränen herunter. Nell war seit dem Tod ihrer Eltern kein einziges Mal mit Lady Harvey fort gewesen, und jetzt, da sie sie allein ließ, hatte Hope Angst.

Nell strich ihr eine Haarsträhne aus der Stirn und schob sie unter ihre Haube. »Habe ich dir je gesagt, was du mir bedeutest?«, fragte sie leise, denn ihr war durchaus bewusst, dass Martha und Baines in der Nähe standen.

Hope schüttelte den Kopf.

»Alles!«, erklärte Nell. »Seit ich dich als Baby zum ersten Mal im Arm gehalten habe, hast du die Welt für mich bedeutet. Also, pass auf dich auf. Ich möchte nicht zurückkehren und dich in Schande vorfinden.«

Sobald Lady Harvey nach Sussex aufgebrochen war, schien sich eine Art Starre über House Briargate zu senken.

Es gab keine Mahlzeiten für die Herrschaft vorzubereiten, keine Feuer, die entzündet werden mussten, und weniger Wäsche, sodass die Dienstboten sich ausruhen konnten. Martha sprach davon, aus den letzten Brombeeren aus dem Garten Marmelade kochen zu wollen, schien es jedoch damit nicht eilig zu haben. Selbst Baines ließ sich in der Dienstbotenhalle nieder, um die Zeitung zu lesen.

Später am Morgen schickte Martha Hope in den Obstgarten, um einige Pflaumen zu pflücken.

Hope ließ sich Zeit und verweilte auf der kleinen Terrasse direkt über dem Obstgarten, um sich umzuschauen und die Schönheit der Landschaft in sich aufzunehmen. Während sie ihren Korb füllte, aß sie einige der Pflaumen. Sie waren warm und saftig und so süß, dass sie ihr beinahe die Sinne raubten. Zum Glück hatte sie daran gedacht, ihre Schürze für grobe Arbeiten anzuziehen, dachte sie, da ihr der dunkelrote Saft nun übers Kinn lief.

Auf dem Heimweg ließ sie sich Zeit und blieb immer wieder stehen, um die vielen majestätischen alten Bäume zu bewundern, die vor der Erbauung von House Briargate angepflanzt worden waren. Auch die neuen Blumenbeete, die Albert während der letzten Jahre angelegt hatte, stachen ihr ins Auge.

Als sie an der großen Rosskastanie abbog, bemerkte sie ihren Schwager, der die langen Gräser an einigen Büschen schnitt, und plötzlich wurde ihr bewusst, wie gut er aussah; sein Gesicht und seine Unterarme waren so braun und glänzend wie eine Kastanie, sein Haar war voll und schwarz, seine Nase wohlgeformt und sein Körper muskulös und doch anmutig. Obwohl sie normalerweise Angst vor ihm hatte, wirkte er hier keineswegs bedrohlich, denn er war ganz und gar eins mit seiner Umgebung, während er mit müheloser Genauigkeit seine Sichel schwang.

»Der Garten ist wunderschön«, bemerkte sie nervös und in der Erwartung, dass er sie mit schroffen Worten fortschicken würde. »Dieses Beet ist so hübsch!« Sie deutete auf ein Beet mit weißen Margeriten und strahlend purpurfarbenen Blumen, deren Namen sie nicht kannte.

Albert hielt in der Arbeit inne und schenkte ihr ein seltenes Lächeln, bei dem seine makellosen weißen Zähne sichtbar wurden. »Ja, dieses da gereicht mir zur Ehre«, erwiderte er mit überraschender Wärme. »Aber die übrigen haben ihre beste Zeit schon hinter sich.«

Hope trat näher an ihn heran und hielt ihm eine Pflaume hin. »Nimm eine, sie sind köstlich.«

Er betrachtete ihre fleckige Schürze, und sie rechnete mit einer sarkastischen Bemerkung, aber er nahm nur schweigend die Pflaume, biss hinein und lächelte, als der Saft herausquoll.

»Hm«, sagte er anerkennend. »Wir sollten sie besser alle essen, bevor die Wespen sie finden.«

Überglücklich, dass er ausnahmsweise einmal nicht unfreundlich zu ihr war, reichte Hope ihm noch eine Frucht. »Du leistest wirklich gute Arbeit im Garten«, stellte sie fest.

Er schien sich über ihr Kompliment zu freuen, erwiderte jedoch nichts.

»Man braucht das Auge eines Künstlers, um Farben und Formen so harmonisch miteinander zu mischen«, bemerkte sie schüchtern.

Jetzt lächelte er und stützte sich auf seine Sichel, um sich mit einem Taschentuch den Schweiß von der Stirn zu wischen.

»Du siehst erhitzt aus«, fügte sie hinzu. »Soll ich dir etwas zu trinken nach draußen bringen?«

»Ich werde bald selbst ins Haus gehen«, sagte er. »Aber trotzdem danke, dass du gefragt hast.«

Hope ging weiter, doch sie spürte eine kleine Flamme der Wärme in sich, weil es ihr endlich gelungen war, ihm ein wenig näherzukommen. Wenn sie am Nachmittag ins Pförtnerhaus ging, würde sie eine Schale mit Pflaumen für ihn bereitstellen und vielleicht einige Blumen auf dem Tisch arrangieren. Nell würde sich so freuen, wenn sie bei ihrer Heimkehr feststellte, dass sie sich besser verstanden.

Zehn Tage später kam Ruth mit besorgter Miene aus dem Stall in die Küche. »Ich kann Rufus nicht finden«, sagte sie.

Martha und Hope bereiteten das Abendessen vor. »Er war bei James im Stall«, erwiderte Martha. »Zumindest muss er vor einer Weile dort gewesen sein, denn ich habe die beiden lachen hören.«

»Jetzt ist er nicht mehr da. James dachte, er sei wieder hineingegangen. Aber ich kann ihn nirgendwo im Haus entdecken. Ich habe überall im Garten nachgesehen. Ich weiß nicht, wo ich sonst noch suchen soll.«

»Er wird schon wieder auftauchen, Ruth, er ist kein Kleinkind mehr«, erinnerte Hope sie.

»Aber während seine Mutter fort ist, trage ich die Verantwortung für ihn«, erwiderte Ruth, deren Stimme vor Sorge beinahe brach.

Erst am vergangenen Tag hatte Ruth behauptet, nichts dagegen zu haben, wenn der Herr und die Herrin niemals zurückkehrten, denn das Wetter war nach wie vor heiß und sonnig, und wie alle anderen Dienstboten auch genoss sie die Ruhe und verrichtete nur die notwendigsten Arbeiten.

Ruth hatte praktisch die ganze Zeit über Ferien gehabt, denn Rufus hatte gleich nach der Abreise seiner Mutter erklärt, mit den Dienstboten essen zu wollen, und jetzt, eine Woche später, kehrte er nur zum Schlafen ins Kinderzimmer zurück.

Morgens stand er schon früh auf, um mit James die Pferde zu versorgen, und später kam er in die Küche, um dort seine Hilfe anzubieten. Sein sonniges Wesen und seine offenkundige Freude darüber, in der Welt der Dienstboten leben zu können, rührten sie alle. Die normalerweise so starre Struktur des Tages war in sich zusammengebrochen, die Arbeiten wurden frühmorgens oder abends verrichtet, wenn es kühler war, und die Mahlzeiten fielen weitaus einfacher aus. Man brachte einen Tisch und Stühle in den Stallhof hinaus, und selbst Albert, der normalerweise nur auf einen hastigen Schluck ins Haus kam, saß jetzt mit am Tisch und beteiligte sich an den Gesprächen.

Hope konnte sich nicht daran erinnern, in House Briargate jemals so viel Gelächter gehört zu haben. An einem Nachmittag hatte Baines ihr, Rufus und Ruth ein neues Kartenspiel beigebracht, und an einem anderen Nachmittag hatte Rose ihnen gezeigt, wie man aus Maiskolben Puppen bastelte. Aber am meisten genoss Hope die Zeit, die sie zusammen mit Rufus verbringen konnte.

Zuerst hatten sie vorgegeben, einander kaum zu kennen, aber die

Tage verstrichen, und niemand schien ihr häufiges Beisammensein zu bemerken oder daran Anstoß zu nehmen. Zwar wies Baines sie eines Sonntags beim Kirchgang darauf hin, dass sie gemessenen Schritts gehen solle, statt wie ein Wildfang mit Rufus zu rennen, doch seine Worte waren nur eine sanfte Erinnerung an ihre Stellung, kein echter Tadel.

»Er wird sich irgendwo verstecken und hoffen, dass einer von euch vorbeikommt, damit er sich anschleichen kann«, sagte Hope. »Ich werde ihn suchen gehen.«

Sie verließ eilig die Küche, denn sie war sich ziemlich sicher, wo sie Rufus finden würde, obwohl sie sich nicht vorstellen konnte, warum er jetzt, so kurz vor dem Abendessen, dorthin gegangen war.

Sobald sie über den Zaun der Koppel geklettert war, raffte Hope ihre Röcke und lief in den Wald. Am Mittwoch hatte Baines sie bereits um elf Uhr morgens gehen lassen. Matt und Amy waren mit der Ernte beschäftigt gewesen, sodass sie nur zwei Stunden dort geblieben war und sich weit früher als gewöhnlich mit Rufus im Wald getroffen hatte. Sie hatten im Schilf am Teich ein altes Boot gefunden und viel Zeit auf den Versuch verwandt, es herauszuziehen. Rufus hatte voller Aufregung davon gesprochen, dass sie einige Werkzeuge herbeischaffen mussten, um das Boot zu flicken und damit zu fahren.

Wahrscheinlich versuchte er gerade genau das; gewiss wollte er sie überraschen und hatte nicht bemerkt, wie spät es schon war.

Im Wald war es viel kühler, und die Wege, die früher im Jahr so deutlich abgegrenzt waren, waren jetzt mit Gräsern und Dornen überwuchert. Hope kannte jeden Zoll des Waldes, aber an manchen Stellen war es schwer, durch das Unterholz zu kommen, und die Dornen verfingen sich in ihrem Haar und zerkratzten ihr Gesicht und Hände.

Während sie lief, rief sie immer wieder nach Rufus und drängte ihn herauszukommen, denn sie vermutete, dass Ruth schon bald James oder Albert in den Wald schicken würde. Aber der Junge antwortete nicht, und als sie einen Moment lang stehen blieb, um zu lauschen, hörte sie kein anderes Geräusch als Vogelgezwitscher.

Außer Atem und verschwitzt erreichte sie den Teich. Wieder und wieder rief sie nach ihm und lauschte, konnte aber nichts hören. Fast die gesamte Wasseroberfläche war von Gräsern und Wasserlilien bedeckt, und als sie sich dem Teich näherte, war sie sofort umschwärmt von Mücken. Sie konnte das Boot nicht sehen, da es im Schilf auf der anderen Seite des Ufers vertäut lag, aber wenn Rufus dort gewesen war, würde sie gewiss eine Spur von ihm entdecken.

Einige Sekunden lang stand sie einfach unschlüssig da. Du irrst dich, er ist nicht hier, und du solltest besser nach Briargate zurückgehen, sagte ihr die Stimme der Vernunft. Aber ein kaltes Gefühl in der Magengrube drängte sie, den Teich zu umrunden und sich Gewissheit zu verschaffen.

Sie hatten das Boot entdeckt, als sie sich von der anderen Seite dem Gewässer genähert hatten, doch von dieser Stelle aus war der Weg dorthin sehr schwierig. Im Winter führte der Fluss, der den Teich speiste, häufig Hochwasser; jetzt war er nicht mehr als ein Rinnsal. Aber Schilf, Unkraut und Dornen bedeckten den noch immer feuchten Schlamm, und sie musste aufpassen, wo sie hintrat. In der Ferne konnte sie jetzt Albert und James nach Rufus rufen hören, daher musste sie sich beeilen, denn wenn man sie hier fand, würde sie viele Fragen beantworten müssen.

Endlich erreichte sie das Boot. Es lag auf der Seite, mit dem Kiel ihr zugewandt. Jetzt wusste sie, dass Rufus hier gewesen war: Am Mittwoch hatte es noch flach dagelegen!

Ihr Magen krampfte sich vor Furcht zusammen, denn sie spürte instinktiv, was geschehen sein musste: Er war entweder ins Wasser gegangen, um das Boot zu bewegen, oder aber bei dem Versuch, es flottzumachen, vom Schilf in den Teich gerutscht. Rufus konnte nicht schwimmen! Und selbst ein guter Schwimmer würde in einem Gewässer, das von Schilf durchzogen war, Schwierigkeiten haben.

Hope riss sich die Stiefel von den Füßen, zog ihr Kleid, den Unterrock und die Strümpfe aus und stürzte sich, nur mit ihrem Unterhemd bekleidet, ins Wasser. Vorsichtig watete sie um den Bug des Bootes herum.

Dann sah sie ihn, vollkommen untergetaucht bis auf den Kopf, der auf dem Schilf zu liegen schien. An seiner Stirn prangte eine klaffende Wunde.

In ihrer Panik vergaß sie, dass sie ebenfalls nicht schwimmen konnte. Plötzlich hatte sie keinen Boden mehr unter den Füßen und versank. Hope ruderte wild mit Armen und Beinen und schaffte es, gerade lange genug aufzutauchen, um nach dem Boot zu greifen. Prustend und spuckend, tastete sie sich an dessen Rand entlang, bis sie Rufus erreichte.

Sein Aussehen erinnerte sie nur allzu deutlich an ihren toten Vater. »Rufus!«, rief sie flehentlich und spritzte ihm Wasser ins Gesicht. »Du darfst nicht tot sein! Wach auf und sprich mit mir!«

Aber sie bekam keine Antwort, und als sie James und Albert irgendwo in der Nähe rufen hörte, legte sie den Kopf in den Nacken und schrie: »Kommt zum Teich! Schnell!«

Sie vernahm ihre Schritte am Ufer und sah Vögel erschrocken auffliegen. Hope schob ihren freien Arm unter Rufus' Kopf und zog ihn näher an sich.

In den langen Sekunden, während sie auf James und Albert wartete, gingen ihr all die Warnungen ihrer Eltern und ihrer älteren Brüder durch den Kopf, nicht am Wasser zu spielen. Sie hätte diese Warnungen an Rufus weitergeben müssen. Er war jünger als sie, und was konnte er über Gefahren wissen, nachdem er sein ganzes junges Leben in einem sicheren Kinderzimmer verbracht hatte oder in einer Kutsche mit seiner Mama gefahren war? *Sie* hatte ihn hierher geführt. Sie war verantwortlich für seinen Tod.

Schluchzend klammerte sie sich an ihn, küsste sein Gesicht und flehte ihn um Vergebung an, weil sie ihn nicht beschützt hatte.

Hope spürte das kalte Wasser kaum, ebenso wenig wie die Mücken, die sie stachen, denn sie war ganz und gar auf sein süßes junges Gesicht konzentriert und auf all das, was sie füreinander geworden waren.

»Hope!«, hörte sie James von der anderen Seite des Teichs aus schreien. »Wo bist du?«

»Hier drüben«, kreischte sie zurück. »Rufus ist neben einem alten Boot im Schilf ins Wasser gefallen. Ich halte ihn fest.«

Es folgte ein lautes Spritzen, als James in den Teich sprang, und plötzlich sah sie ihn durch das Gewirr von Wasserlilien auf sie zuschwimmen. Sein dunkles Haar klebte ihm am Gesicht, und seine Augen spiegelten ihr eigenes Entsetzen wider.

»Ich glaube, er ist bereits tot«, gelang es ihr zu stammeln. »Sein Gesicht war nicht im Wasser, als ich ihn fand, aber er hat sich den Kopf angeschlagen.«

James trat Wasser, während er Rufus ansah, dann schwamm er mit dem Jungen auf das Ufer zu, wobei er seinen Kopf in den Händen hielt. »Halt dich gut fest, Hope«, rief er. »Ich komme zurück, um dich zu holen.«

Er verschwand aus ihrem Gesichtsfeld, doch sie hörte Alberts Stimme und ein weiteres Spritzen, als die beiden Männer Rufus ans Ufer zogen.

Die Wartezeit erschien ihr sehr lang. Die Stimmen beider Männer waren gedämpft, und für sie sah es so aus, als sorgten sie sich so sehr um Rufus, dass sie sie ganz vergessen hatten. Ihre Zähne klapperten vor Angst und Kälte. Man würde nicht nur sie dafür verantwortlich machen, sondern alle Dienstboten. Doch so schrecklich es war, der Gedanke an Lady Harveys Trauer über den Verlust ihres einzigen Kindes war noch schlimmer.

Hope konnte sich nicht dazu überwinden, nach James zu rufen, und sie hatte zu große Angst, um zu versuchen, das flache Wasser aus eigener Kraft zu erreichen. Aber plötzlich war James wieder da, er griff sie wie zuvor Rufus und ermahnte sie, stillzuliegen und sich nicht zu wehren, oder sie würde ihn herabziehen.

Kurz darauf spürte sie Alberts starke Hände unter ihren Armen, und sie wurde aus dem Wasser gezogen und neben Rufus auf das Ufer gelegt.

Nach dem kalten Wasser fühlte sich der Sonnenschein auf ihrer Haut sehr heiß an. »Ist er …?«, begann sie, war jedoch außerstande, die Frage zu Ende zu bringen, denn James und Albert blickten auf so eigentümlich eindringliche Weise auf sie herab.

»Es geht ihm gut, und das hat er dir zu verdanken«, erklärte James. »Der Schlag auf den Kopf hat ihn das Bewusstsein verlieren lassen. Aber wenn er noch sehr viel länger dort gelegen hätte, wäre er ins Wasser gesunken und ertrunken.«

Hope konnte es kaum ertragen, den Kopf zu drehen, um ihren Freund anzusehen; sicher wollte James sie nur schonen. Doch als ihr Blick endlich auf Rufus' nackte Beine und Füße fiel und sie eine Bewegung wahrnahm, brachte sie den Mut auf, sich zur Gänze umzudrehen.

Albert wusch die Wunde an seiner Stirn aus, und sie konnte Rufus' Wimmern hören.

»Oh, Gott sei Dank!«, rief sie. »Ich dachte, er sei tot.«

James umrundete den Teich und fand ihre Kleider und Stiefel, aber er musste ihr beim Anziehen helfen, denn sie zitterte zu heftig. Albert nahm Rufus auf die Arme und trug ihn, und James und Hope folgten schweigend hinterdrein.

James' Stillschweigen auf dem Rückweg bestätigte ihre Befürchtungen: Sie steckte in ernsten Schwierigkeiten. Gewiss würde man sie jetzt entlassen, denn auch wenn Rufus überlebt hatte, trug sie die Verantwortung für das Geschehene. Sie hatte Nell nie mehr gebraucht als jetzt, und obwohl Albert noch nicht über sie hergefallen war und sie geschlagen hatte, konnte dies nur noch eine Frage der Zeit sein.

Als sie wieder in der Küche waren, war Rufus sofort umringt von Martha, Ruth, Baines und Rose. Sie hatten ihn in eine Decke gewickelt und ihm etwas Heißes zu trinken gegeben, und Baines machte ihm klar, welchen Schrecken er ihnen allen eingejagt hatte.

»*Hope* hat ihn gefunden«, erklärte James, als Ruth ihn zu loben begann. »Sie hat ihre Kleider ausgezogen und ist ins Wasser gestiegen, um zu ihm zu gelangen. Wenn sie seinen Kopf nicht über Wasser gehalten hätte, wäre er ertrunken. Was für ein mutiges Mädchen sie war; sie kann doch selbst nicht schwimmen!«

Plötzlich stand Hope im Mittelpunkt der Aufmerksamkeit, aber obwohl zumindest dieser Teil der Geschichte der Wahrheit entsprach, konnte sie sich in der allgemeinen Bewunderung nicht sonnen. Sie wusste, es würde nicht lange dauern, dann würde Rufus ihre heimlichen Treffen verraten und erzählen, wie sie kürzlich das Boot gefunden hatten.

Martha drückte ihr eine Tasse Tee in die zitternden Hände und strich ihr das nasse Haar aus dem Gesicht. »Woher wusstest du, wo du nach ihm suchen musstest?«

»Keine Ahnung«, wimmerte Hope.

Ruth stellte einige Töpfe mit Wasser auf den Herd, um ein heißes Bad für Rufus vorzubereiten, und Hope sah, wie erschüttert sie war, denn ihr Gesicht war weiß, und ihre Bewegungen wirkten fahrig. Sie ließ Baines die Wunde an Rufus' Stirn versorgen, dann nahm sie die Hand des Jungen in ihre und fragte mit kläglichem Tonfall, warum er in den Wald gegangen sei.

Daraufhin wurde Hope erst richtig übel. Offenbar glaubte Ruth, ihre Stellung sei jetzt in Gefahr: Sie war das Kindermädchen, und sie hatte es zugelassen, dass der junge Herr allein losgezogen war. Plötzlich schluchzte Hope; sie konnte eine Strafe für sich selbst ertragen, aber nicht den Gedanken, Ruth oder irgendjemand sonst im Raum könnte für etwas zur Rechenschaft gezogen werden, für das sie selbst die Verantwortung trug.

»Warum weint Hope?«, wollte Rufus mit seiner klaren, hohen Stimme wissen.

»Weil sie dachte, Sie seien tot, Master Rufus«, erwiderte Baines. »Wäre sie nicht gewesen, wären Sie höchstwahrscheinlich ertrunken.«

»Darf ich sie sehen?«, bat Rufus und schob Ruth beiseite, dann tappte er, noch immer umhüllt von seiner Decke, auf Hope zu. »Weine nicht, Hope«, sagte er und benutzte einen Zipfel der Decke, um ihre Augen zu trocknen. »Hör mal, mir geht es gut. Es war sehr klug von dir, mich zu finden, und es tut mir leid, dass ich dich erschreckt habe.«

Er blickte ihr bei diesen Worten direkt in die Augen, und um seine Lippen spielte ein schwaches Lächeln. »Mama wird dir sehr dankbar sein, dass du mir das Leben gerettet hast. Ruth muss ihr genau das erzählen. Aber ich war so aufgeregt, weil ich ein altes Boot gefunden hatte. Ich wollte es herausziehen und mit ihm spielen. Ich habe nicht darüber nachgedacht, dass es gefährlich sein könnte.«

Jetzt spürte Hope plötzlich einen Kloß in der Kehle, denn sie wusste, was er ihr zu sagen versuchte: Ihre geheimen Treffen würden auch weiterhin geheim bleiben.

»Das ist ja alles schön und gut, Master Rufus«, entgegnete sie streng. »Aber Ihre Mama wird Ruth dafür verantwortlich machen, dass sie nicht besser auf Sie aufgepasst hat. Sie hat Angst, entlassen zu werden.«

»Dann sollten wir Mama vielleicht gar nichts davon erzählen?« Er sah die anderen Dienstboten an. »Ich könnte mir diese Beule am Kopf bei einem Sturz zugezogen haben. Außerdem wird sie vielleicht wieder verschwunden sein, bis Mama zurückkommt.«

Er drehte sich um, ging zu Ruth hinüber, schlang die Arme um sie und lehnte sich an ihre Brust. »Es tut mir leid, dass ich dir einen solchen Schrecken eingejagt habe, Ruthy«, murmelte er. »Es wird nicht wieder vorkommen. Kannst du mir verzeihen?«

Hope hätte gern gelacht, denn er besaß den gleichen unbefangenen Charme wie sein Vater.

»Sie werden jetzt ein Bad nehmen, ins Bett gehen und dort bleiben«, erklärte Ruth, doch obwohl sie dies offenkundig wie eine

Strafe hatte klingen lassen wollen, ließ ihre brüchige Stimme nur auf Erleichterung und Sorge schließen. »Und Sie werden mir nicht mehr aus den Augen kommen, oder ich schließe Sie im Kinderzimmer ein.«

»Gut gemacht, Hope. Du hast heute eine Tragödie abgewendet«, sagte Baines, während Rose das Geschirr vom Abendessen abräumte. Ruth hatte Rufus nach oben gebracht, und Albert war nach Hause gegangen, sodass sie jetzt allein in der Dienstbotenhalle waren. »Es ist nur gut, dass der junge Master schon bald zur Schule fortgehen wird; er braucht die Gesellschaft anderer Jungen und ein wenig Disziplin.«

Hope ließ den Kopf hängen. Offenbar hatte Baines erraten, dass sie ein festeres Band mit Rufus geschmiedet hatte, als sie zu erkennen gab. Und nun schien er sie zu warnen, dem ein Ende zu bereiten.

»Da braut sich ein Sturm zusammen«, bemerkte er, stand auf und trat ans Fenster. »Ich kann den Donner in der Luft förmlich spüren. Vielleicht ist es nur gut so – diese Hitze hat uns alle ein wenig verantwortungslos gemacht.«

Kapitel 7

1847

An einem Morgen im November stand Hope am Küchentisch und schlug Eiweiß, als Martha in die Küche zurückkehrte. Sie hatte wie jede Woche mit Lady Harvey die Mahlzeiten der nächsten acht Tage besprochen.

»Die Herrin wird morgen wieder nach Sussex hinunterfahren«, erklärte Martha.

Bei dieser unerwarteten Neuigkeit blickte Hope sofort auf. »Geht es ihrem Vater jetzt schlecht?«

»Er war seit dem Tod seiner Frau nie mehr der Alte«, gab Martha zurück, als kenne sie ihn persönlich. »Dieser arme Mann, ganz allein in diesem gewaltigen Haus!«

Hope verkniff sich eine ironische Bemerkung. Martha war eine durchaus anständige Frau, aber Hope fand, dass sie ihr Mitgefühl für jene sparen sollte, die es wirklich verdienten. Squire Dorville hatte ein Heer von Bediensteten, die für ihn und seinen Besitz da waren, während hier gleich jenseits des Wäldchens ganze Familien nur von einigen wenigen Schillingen die Woche lebten. Diese Menschen mussten hart kämpfen, um ihre Kinder zu ernähren, und wenn sie krank wurden, konnten sie sich keinen Arzt leisten.

»Hat die Herrin gesagt, ob Nell sie begleiten soll?«, hakte Hope nach.

»Natürlich wird sie Ihre Ladyschaft begleiten, eine Dame reist nicht ohne ihre Zofe.« Martha rümpfte die Nase. »Nicht einmal in diesem Haus, in dem das Niveau von Tag zu Tag ein wenig weiter sinkt.«

Hope stellte keine weiteren Fragen mehr, denn sie fand Marthas herablassende Art sehr unsympathisch. Dennoch hatte die Köchin recht, was das sinkende Niveau in House Briargate betraf.

Sie hatte natürlich die alten Tage nicht erlebt, als es etwa fünfzehn Dienstboten gegeben hatte, aber wenn in den letzten Jahren jemand fortgegangen war, hatten die verbliebenen Dienstboten die Aufgaben des Betreffenden untereinander aufgeteilt. Martha war das einzige neue Mitglied des Personals.

Als Rufus vor über einem Jahr in die Schule nach Wales gegangen war, hatte sich diese Situation plötzlich weiter verschlechtert. Binnen eines Monats hatte Ruth verärgert ihre Stellung aufgegeben, weil sie nun Mädchen für alles hatte sein sollen. Als Sir William alle seine Pferde bis auf zwei verkauft hatte, war James entlassen worden, und Ruby war fortgegangen, um zu heiraten.

Hope und Nell vermissten Ruth und James schrecklich, mussten aber zugeben, dass sich die Dinge für ihre beiden Geschwister zum Besseren gewendet hatten. Ruth war als Haushälterin nach Bath gegangen, zu einem Witwer mit zwei Töchtern im Alter von sieben und neun Jahren, und innerhalb eines halben Jahres hatte sie ihn geheiratet.

Er war ein Steinmetz und hieß John Pike, und obwohl die Dinge sich sehr schnell entwickelt hatten, hatten Nell und Hope die Schwester seit der Hochzeit zwei Mal besucht und sie dabei sehr glücklich erlebt. John Pike war ein freundlicher, hart arbeitender Mann mit einem schönen Heim, und seine beiden Töchter waren begeistert, eine neue Mutter zu haben. Erst in der vergangenen Woche hatte Ruth ihnen geschrieben, dass sie ein Baby erwarte, und Nells und Hopes Freude darüber war groß gewesen.

Sir William hatte James zu einer neuen Stellung als erster Stallbursche in Litllecote Manor in Berkshire verholfen, vielleicht weil ihm selbst nicht wohl dabei gewesen war, ihn aus Gründen der Sparsamkeit entlassen zu müssen. Albert konnte sich um Merlin und Buttercup kümmern, die Stute, die den Einspänner zog; Sir William hatte keinen Grund gehabt, Pferde für die Kutsche zu behalten, da er mit dem Zug von Bath nach London fahren konnte.

Welche Gründe man den Dienstboten auch für die Entlassungen nannte, sie wussten alle Bescheid: Sir William steckte in ernsthaften finanziellen Schwierigkeiten. Das Londoner Haus war einige Jahre zuvor verkauft worden, und seither gaben die Harveys immer seltener Gesellschaften.

»Ich kann mich kaum noch daran erinnern, wie es war, Vorbereitungen für große Gesellschaften oder Wochenendbesuche zu treffen«, sagte Nell.

Lady Harvey überprüfte jetzt die Haushaltsrechnungen. Sie bemerkte Baines gegenüber, dass sie in den Räumen, die selten benutzt wurden, vielleicht kein Feuer benötigten, und sie schockierte Martha, indem sie ihr auftrug, einfachere Mahlzeiten zu kochen. Der Weinhändler und der Schlachter hatten mehrmals vorgesprochen, um die Begleichung einer Rechnung zu fordern, obwohl Baines dies als schlichtes Versehen abtat.

Lady Harveys Melancholie wehte durch das Haus und wirkte sich auf sie alle aus. Sie ging nicht mehr aus, um jemanden zu besuchen oder einzukaufen, und oft blieb sie den ganzen Tag über im Bett.

Sir William schien sich um die Vorgänge im Haus nicht zu scheren. Er war nur selten daheim, und wenn er da war, trank er heftig und stritt mit seiner Frau.

Alle Dienstboten sorgten sich zu sehr um ihre Zukunft, um sich über die zusätzlichen Arbeiten zu beklagen, die man ihnen jetzt abverlangte. Albert murrte nicht darüber, dass er Willi, seinen Gehilfen, verloren hatte oder dass er jetzt auch als Stallbursche arbeiten und gelegentlich fahren musste. Nell fand sich stillschweigend damit ab, die Schlafzimmer des Herrn und der Herrin putzen und in Ordnung halten zu müssen, und Hope biss sich auf die Zunge, wenn man ihr auftrug, Eimer mit Unrat zu leeren, Badewasser herbeizuschaffen und den größten Teil der Wäsche zu besorgen.

Aber es war der treue, leidgeprüfte Baines, der am meisten unter den Kürzungen zu leiden hatte. Er hatte schon immer für Sir William die Arbeiten eines Kammerdieners übernommen, Feuer angezündet und Schuhe geputzt. Doch jetzt sprang er überall ein – er versah Reparaturarbeiten im Haus, kehrte sogar den Stallhof aus und polierte den Messinggriff an der Haustür, wenn niemand sonst Zeit dafür finden konnte.

Infolge all der zusätzlichen Pflichten lebte Hope nicht länger bei Nell und Albert im Pförtnerhaus. Sie war in Ruths altes Zimmer auf dem Dachboden gezogen, und obwohl sie jetzt weit härter arbeiten musste, brauchte sie sich am Ende des Tages nicht länger mit Alberts mürrischem Schweigen oder seinen missbilligenden Blicken abzufinden.

Sie vermisste Ruth und James, doch Rufus vermisste sie noch weit mehr. Nach seinem Unfall im Teich war ein besonderes Band zwischen ihnen entstanden. Während der Tag seines Aufbruchs zur Schule immer näher gerückt war, hatten Baines und Ruth ihr gestattet, viel Zeit mit Rufus zu verbringen.

Lady Harvey war bei seiner Abreise noch nicht wieder da gewesen, aber sein Vater war zurückgekehrt, um ihn im Einspänner in die Schule zu fahren. Alle Dienstboten hatten sich auf der Einfahrt versammelt, um Rufus zum Abschied nachzuwinken, und sie alle hatten Tränen in den Augen gehabt, während er vorgegeben hatte, über die Veränderung seines Lebens glücklich zu sein.

Seine neuen Freunde hatten ihn zum Glück bisher nicht beeinflussen können, wie Hope erleichtert festgestellt hatte. Wenn er in den Ferien nach Hause kam, eilte er stets in die Küche herunter, um nach seiner Kameradin zu suchen. Nell und Baines stellten sich auf den Standpunkt, dass es für Rufus weit besser sei, in der Küche zu sitzen oder mit Hope einen Spaziergang zu unternehmen, als seinen Vater trinken und seine Mutter weinen zu sehen oder Zeuge eines Streits zwischen den Eltern zu werden.

Nell seufzte oft und erinnerte sich an die glücklichen Tage, als Rufus noch ein Baby gewesen war. Sir William mochte damals ebenfalls oft fort gewesen sein, aber wenn er heimgekehrt war, hatten er und Lady Harvey gemeinsam mit ihrem Sohn gespielt, und der Herr hatte sich niemals in seinem Arbeitszimmer eingeschlossen, um zu trinken.

Jetzt ging er, wenn er betrunken war, oft zu seiner Frau, um Streit mit ihr zu suchen. Rose hatte bereits mehrmals zerbrochenes Porzellan und zersplitterte Gläser zusammenkehren müssen.

»Wenn du das Eiweiß noch länger schlägst, wird es in sich zusammenfallen!«, rief Martha und riss Hope damit aus ihrem Tagtraum.

»Es tut mir leid, ich habe es nicht bemerkt«, erwiderte Hope und reichte der Köchin die Schüssel für das Dessert, das sie zubereiten wollte. »Ich frage mich, wie lange Lady Harvey diesmal fortbleiben wird.«

Martha zuckte die Schultern. »Wer weiß? Aber sie sollte bis Weihnachten zurück sein, denn es würde Master Rufus gewiss nicht gefallen, wenn sie nicht da wäre. Und lass uns hoffen, dass Albert morgen nach Bath fahren kann, denn die Straßen werden schwer befahrbar sein.«

Es hatte im September und Oktober ständig heftig geregnet, und jetzt gab es jede Nacht Frost. Die Ernte in diesem Jahr war schlecht gewesen, und wenn der Winter nun auch noch sehr kalt wurde, würde in den umliegenden Dörfern große Not herrschen. Selbst Matt hatte inzwischen zu kämpfen. Sein Schwiegervater war im vergangenen Jahr gestorben, und er hatte eine Frau, ihre noch unverheiratete Schwester und seine Schwiegermutter zu versorgen, und mit drei eigenen Kindern war es sehr hart für ihn, den Kopf über Wasser zu halten.

Von Zeit zu Zeit dachte Hope darüber nach, sich eine Stellung in Bristol oder Bath zu suchen, denn ihr Leben hier bestand ausschließlich aus Arbeit und noch mehr Arbeit, und sie hatte keine gleichaltrigen Gefährten.

James beschrieb ihr in seinen Briefen oft die Feste, die die Dienstboten in Litllecote bei Gelegenheiten wie der Ernte oder Weihnachten feierten, und seinen Berichten zufolge schien es viel mehr Spaß zu machen, in einem großen Haushalt zu leben.

Aber Baines hatte ihr davon abgeraten fortzugehen, bis sie als

Köchin genug gelernt hatte, um sich in dieser Eigenschaft um eine Stellung zu bewerben, denn die meisten Küchenmädchen wurden weit unfreundlicher behandelt als sie. Also beobachtete sie Martha sehr genau, fragte nach allem, was sie nicht verstand, erbot sich, einige Speisen selbst zuzubereiten, und schrieb sich Marthas schwierigere Rezepte auf.

Hope war sich durchaus darüber im Klaren, nur wenig von der Welt jenseits von House Briargate zu wissen, doch sie las alle Zeitschriften, Zeitungen und Bücher, die irgendwie den Weg hinunter in die Küche fanden. Sie wusste, dass viele Dienstboten den Mut hatten, der Regierung wegen der Ungerechtigkeit der Gesetze zu trotzen, und überall im Land gab es Aufstände wie den in Bristol in dem Jahr vor ihrer Geburt. Es war nicht recht, dass nur Grundstücksbesitzer wählen durften, das verstand Hope durchaus. Sie wählten Männer ins Parlament, die nur ihre eigenen Interessen im Auge hatten, und die Armen mussten sehen, wo sie blieben.

»Also, gehst du mit Lady Harvey fort?«, fragte Hope später, als Nell herunterkam. Glücklicherweise unterhielt sich Martha gerade in der Dienstbotenhalle mit Baines, sodass die Schwestern die Küche für sich hatten.

»Mach nicht so ein unglückliches Gesicht«, meinte Nell lächelnd. »Es wird nur für wenige Wochen sein.«

»Ich finde es schrecklich, wenn du nicht hier bist«, seufzte Hope. Seit Ruth und James den Haushalt verlassen hatten, fühlte sie sich oft einsam, aber ohne Nell würde dieses Gefühl noch stärker werden.

Nell tätschelte ihr voller Zuneigung die Wange. »Ich denke, wir werden einen Liebsten für dich finden müssen. Du würdest nicht an deine alte Schwester denken, wenn dein Herz einem jungen Mann gehörte.«

»Wenn ich weiter hier arbeite, werde ich ebenso wenig einen jungen Mann kennenlernen, wie ich Königin werden kann«, gab Hope mürrisch zurück.

Nell sah sie ängstlich an, und Hope schämte sich für ihre Worte. »Ich werde schon zurechtkommen«, sagte sie hastig. »Sei nur vor Weihnachten wieder da.«

»Wirst du ab und zu ins Pförtnerhaus gehen und für Albert Ordnung schaffen?«, bat Nell. »Und wenn ich nicht wieder da bin, bevor Master Rufus über Weihnachten nach Hause kommt, wirst du mir versprechen, ein Auge auf ihn zu halten?«

Hope nickte und lächelte. Sie wusste, was Rufus von dieser Bitte gehalten hätte. »Nell behandelt mich, als wäre ich noch immer fünf oder sechs! Dabei bin ich jetzt fast dreizehn!«, beschwerte er sich oft. Tatsächlich wirkte er längst wie ein großer Junge. Die Schule hatte ihn beträchtlich reifen lassen.

»Und geh Sir William aus dem Weg, wenn er trinkt«, fügte Nell warnend hinzu. »Wenn er läutet, lass Rose oder Baines gehen.«

»Wird Lady Harvey auch ihren Vater verlieren?«, wollte Hope wissen. Sie spürte, dass Nell sich um irgendetwas sorgte, und vielleicht war dies der Grund.

»Ich denke, ja – allerdings steht sie ihm nicht so nahe, wie sie ihrer Mutter gestanden hat«, antwortete Nell. »Aber sein Tod wird ihr weitere Probleme bereiten.«

Hope zog fragend eine Augenbraue hoch.

»Ich sollte dir das eigentlich nicht erzählen, vor allem da Squire Dorville noch nicht verschieden ist. Doch Sir William geht davon aus, dass der Besitz zwischen den drei Schwestern aufgeteilt werden wird.«

»So wird es auch sein, oder?«, sagte Hope.

»Lady Harvey glaubt es nicht. Ihr Vater missbilligt Sir Williams Verschwendungssucht.«

Hope wusste genau, wovon Nell sprach. Das Geld einer Frau ging in den Besitz ihres Mannes über, und wahrscheinlich setzte Sir William darauf, dass Lady Harveys Erbe ihn von seinen Schwierigkeiten befreien würde. Wenn sich diese Hoffnung nicht erfüllte, würde er außer sich sein vor Zorn.

»Also werden weder du noch Lady Harvey einen allzu triftigen Grund haben, um nach Hause zurückzukehren?«, entgegnete Hope spitz. Sie wollte nicht sarkastisch sein, aber während des vergangenen Jahres war es ihr verschiedentlich durch den Sinn gegangen, dass die Herrin und ihre Zofe viel gemeinsam hatten, was ihre Ehemänner betraf.

»Ich habe dich, und Lady Harvey hat Rufus«, gab Nell zurück. »Und das ist alles, was wir brauchen.«

Hope schämte sich für ihre Bemerkung. Nell sah in ihr eher ein eigenes Kind als eine viel jüngere Schwester, das wusste sie. Sie schlang die Arme um Nell und zog sie fest an sich. »Ich habe dich lieb«, flüsterte sie. »Du hast dich immer um mich gekümmert, und ich kann mir nicht vorstellen, was ich ohne dich tun würde. Ich wünschte nur, du hättest die Art von Leben, die du verdient hast.«

»Ich habe viel mehr Glück als manch andere Menschen«, erwiderte Nell, den Kopf auf Hopes Schulter gelegt. Sie sprach mit Nachdruck, doch ihre Stimme klang ein wenig brüchig, denn sie weinte. »Würdest du etwas für mich tun?«

»Natürlich«, antwortete Hope.

»Eigentlich geht es mehr um eine Gefälligkeit für Lady Harvey«, sagte Nell, dann löste sie sich aus den Armen ihrer Schwester, tupfte sich mit ihrer Schürze die feuchten Augen ab und schluckte ihre Tränen herunter. »Was ich dir jetzt anvertrauen werde, ist ein Geheimnis; du musst mir versprechen, es niemals irgendjemandem zu erzählen.«

»Ich verspreche es«, antwortete Hope und fragte sich, was das für ein Geheimnis sein konnte.

»Schwör es!«, verlangte Nell.

Hope bekreuzigte sich pflichtschuldig.

»Also schön«, fuhr Nell fort. »Ich möchte, dass du morgens die Post durchgehst und alle Briefe an dich nimmst, die aussehen wie dieser.« Sie schob die Hand in ihre Schürzentasche und zog einen an Lady Harvey adressierten Umschlag heraus. Die Handschrift war kühn und geschwungen, und Nell hielt es für ziemlich unwahrscheinlich, dass man sie mit irgendeiner anderen Handschrift verwechseln konnte. »Wirst du diese Schrift wiedererkennen?«, fragte sie.

Hope nickte. »Was soll ich mit den Briefen machen?«

»Bewahre sie einfach auf, bis wir wieder da sind, und verlier zu niemandem ein Wort darüber«, sagte Nell mit verschwörerisch gesenkter Stimme.

Hope klappte vor Schreck der Unterkiefer nach unten, denn eine solche Bitte konnte nur eines bedeuten. »Hat sie einen Geliebten?«

Nell legte ihr warnend einen Finger auf den Mund. Sie blickte nervös über ihre Schulter. »So würde ich ihn nicht nennen«, wisperte sie. »Er ist nur ihr Freund, aber wenn Sir William einen Brief von ihm entdecken sollte, würde sie eine Menge Schwierigkeiten bekommen, und die Dinge stehen im Augenblick auch ohne weitere Probleme schlimm genug.«

»Warum schreibt sie ihm dann nicht und teilt ihm mit, dass sie fortgeht?«

»Er ist Soldat«, erwiderte Nell ungeduldig. »Es dauert sehr lange, bis Briefe ihren Empfänger erreichen.«

Hope wusste, dass es keinen Sinn hatte, weitere Fragen zu stellen. Mehr würde Nell nicht preisgeben. Außerdem war sie offenkundig ganz krank vor Sorge, weil sie ihre jüngere Schwester in etwas verwickeln musste, das sie selbst nicht guthieß.

»Keine Bange, ich kann genauso verschwiegen sein wie du«, meinte Hope lächelnd. »Ich wünschte nur, du wärst diejenige, die geheime Briefe bekommt; das würde mich sehr glücklich machen.«

Nell lächelte schwach, und ein Ausdruck der Erleichterung trat in ihre dunkelbraunen Augen. »Du bist ein liebes Mädchen«, sagte sie und strich Hope mit der gleichen liebevollen Geste über die Wange, wie ihre Mutter es immer getan hatte. »Vergiss nicht, im Pförtnerhaus Ordnung zu halten und zu putzen«, bat sie, weil Hopes Bemerkung sie offenkundig an ihre Pflichten gegenüber ihrem Mann erinnert hatte. »Wirst du auch Alberts Wäsche besorgen?«

»Ja. Das heißt, wenn ich Martha zuvorkommen kann.« Hope hatte das Bedürfnis, ihre Schwester zum Lachen zu bringen. »Wenn du aus dem Weg bist, wird sie einen noch größeren Wirbel um ihn veranstalten.«

Nell kicherte, und ein oder zwei Sekunden lang sah sie wieder aus wie ein junges Mädchen und nicht wie eine ziemlich erschöpfte, rundliche Frau von einunddreißig. »Sie kann ihn gern so viel hofieren, wie sie mag. Erinnere sie nur daran, dass man aus einem Stein kein Blut herauspressen kann.«

Während der nächsten Tage dachte Hope häufig über Lady Harveys rätselhaften Freund nach. Soweit sie wusste, war Hauptmann Pettigrew der einzige Soldat, der je in House Briargate gewesen war, und er war gewiss der einzige männliche Besucher, der immer dann aufzutauchen schien, wenn Sir William abwesend war. Außerdem war da noch diese Bemerkung, die Rose vor Jahren gemacht hatte: dass er Nell verwirre. Bisher hatten diese Worte keinen Sinn ergeben – jetzt war das anders. Wenn Nell etwas missbilligte, setzte sie immer diese verkniffene Miene auf.

Also musste er Lady Harveys Geliebter sein.

Es war natürlich schockierend, dass ihre Herrin einen heimlichen Beau hatte, aber Hope hatte sich an dem Tag, an dem sie die Köchin bewusstlos in ihrem Zimmer vorgefunden hatte, eine gute Meinung über den Hauptmann gebildet, und daran hatte sich bis heute nichts geändert. Er war charmant, gut aussehend und schneidig, und sie konnte sich ohne Weiteres vorstellen, dass jede Frau, ob verheiratet oder nicht, seine Aufmerksamkeit zu schätzen wissen würde. Für ihn war Hope durchaus bereit, die Briefe abzufangen und sicher aufzubewahren.

Nachdem Lady Harvey und Nell nach Sussex aufgebrochen waren, war das Wetter noch feuchter und windiger geworden. Eines Nachts war der Wind so heftig, dass eine alte Eiche im Garten umstürzte und nur mit knapper Not die Ställe verfehlte. Am folgenden Morgen gingen Hope und Rose mit Baines hinaus, um den Schaden zu begutachten, und es war erschreckend, die gewaltigen Wurzeln entblößt zu sehen und das riesige Loch im Boden zu betrachten, wo der Baum wahrscheinlich hundert Jahre lang gestanden hatte.

»Etwas Schlimmes steht bevor! Mein Vater hat immer gesagt, wenn eine Eiche fällt, ist das ein böses Omen«, meinte Rose ängstlich.

»Ich bin davon überzeugt, dein Vater hat auch an Hexen geglaubt«, gab Baines sarkastisch zurück. »Ich denke vielmehr, dies ist ein glückliches Ereignis, da es bedeutet, dass wir in diesem Winter reichlich Brennholz haben werden. Also, mach dich wieder an die Arbeit, und sei nicht so töricht.«

Hope vermisste ihre Schwester schrecklich. Nell war in House Briargate der Leim, der alles zusammenhielt. Obwohl sie ein stiller Mensch war, nahm sie echten Anteil am Geschick der anderen Dienstboten und konnte sie zu Geplauder und Gelächter ermutigen. Ohne sie war die Stimmung sehr trostlos. Martha redete von nichts anderem als von Mahlzeiten. Rose murrte über die viele Arbeit, die sie verrichten musste, und Baines sprach kaum ein Wort.

Sir Williams Unberechenbarkeit trug nicht dazu bei, die Stimmung zu heben. Wenn sie im Esszimmer den Tisch für ihn deckten, wollte er seine Mahlzeit im Arbeitszimmer einnehmen; er erklärte Baines, dass er zum Abendessen nicht zu Hause sein werde, und kam dann spät am Abend vollkommen betrunken zurück und verlangte ein Essen. Mehrmals teilte er Martha mit, er wünsche für den Abend ein besonderes Mahl, weil er einen Freund mit nach Hause bringe, und dann tauchte er am Ende doch nicht auf.

»Er ist ein egoistischer Mistkerl«, schimpfte Rose, aber Baines hatte recht: Dies war Sir Williams Haus, und er bezahlte sie dafür, jedem seiner Winke zu gehorchen. Außerdem rief Baines ihnen allen ins Gedächtnis, dass sie House Briargate jederzeit verlassen könnten, wenn sie glaubten, eine einfachere Arbeit finden zu können.

Als Lady Harvey gut zwei Wochen fort war, kam ein Brief mit derselben kühnen Handschrift, die Nell ihr gezeigt hatte, und zufällig befand sich an diesem Tag auch ein Brief von Nell an Hope in der Post. Sie steckte beide Briefe in die Tasche ihrer Schürze, legte die übrige Post für Sir William auf das Silbertablett in der Halle, entzündete das Feuer im Salon und kehrte in die Küche zurück, bevor sie ihren eigenen Brief las.

Nell konnte nicht besonders gut schreiben, daher war der Brief kurz und sachlich: Squire Dorville war gestorben. Voraussichtlich würden sie noch etwa zwei Wochen bleiben, bevor sie sich auf den Heimweg machten, und Nell hoffte, dass in House Briargate alles reibungslos seinen Gang nahm.

Wenn Nell ihr geschrieben hatte, hatte Lady Harvey wahrscheinlich auch ihrem Mann geschrieben, und vermutlich würde er unverzüglich nach Sussex aufbrechen. Sie fragte sich flüchtig, ob er Rufus von der Schule abholen und ihn ebenfalls mitnehmen würde oder ob er ihm die Nachricht vom Tod seines Großvaters schriftlich mitteilen würde.

Erst nach dem Frühstück, als Hope mit Rose die Treppe hinaufging, um in Sir Williams Schlafzimmer Ordnung zu schaffen, fiel ihr der Brief des Hauptmanns wieder ein. Sie hatte ihn aus ihrer Schürzentasche genommen und in das Mieder ihres Kleides geschoben, aber wenn sie sich bewegte, knisterte er ein wenig, und sie wusste, dass sie einen besseren Platz dafür finden musste.

Sie musste vorsichtig zu Werke gehen, das war ihr klar. Rose war überaus neugierig, und Ruth hatte Hope stets eingeschärft, in ihrem Zimmer niemals etwas aufzubewahren, das nicht jeder sehen konnte, denn Rose durchstöberte die Besitztümer sämtlicher Dienstboten. Sie konnte nicht lesen, daher würde sie nicht wissen, von wem der Brief kam oder für wen er bestimmt war. Aber sie war gewieft genug, um ihn zu Baines hinunterzubringen und vorzugeben, ihn auf der Treppe gefunden zu haben.

Das Pförtnerhaus schien der sicherste Ort zu sein. Sie konnte den Brief unter die Matratze ihres alten Bettes schieben, denn Albert hatte keinen Grund, dieses Zimmer auch nur zu betreten, geschweige denn, sich an dem Bett zu schaffen zu machen. Sie hatte ohnehin vorgehabt, an diesem Nachmittag hinunterzugehen, um Ordnung zu schaffen.

Später am Morgen war Hope gerade in der Küche, als Sir William eintrat. Sie wusste sofort, warum er gekommen war, aber Martha und Baines waren erstaunt, ihn zu sehen, da er der Küche nur selten einen Besuch abstattete.

Wie immer, wenn sie ihren Herrn sah, fiel Hope seine Ähnlichkeit mit Rufus auf. Er war jetzt Mitte vierzig, sah jedoch viel jünger aus; obwohl er so viel trank, hatte der Alkohol seine klare Haut nicht verdorben oder seine schönen blauen Augen stumpf werden lassen. Die Weichheit seiner vollen Lippen und das Fehlen eines starken Kinns ließen auf seinen schwachen Charakter schließen, aber in seiner blauen Weste und mit dem welligen blonden Haar bot er insgesamt das Bild eines auf verwegene Weise gut aussehenden jungen Mannes.

»Ich habe heute Morgen einen Brief von Lady Harvey erhalten«, sagte er. »Traurigerweise ist ihr Vater vor drei Tagen im Schlaf gestorben. Ich werde morgen in aller Frühe aufbrechen, um bei der Beerdigung bei ihr zu sein. Ich bin davon überzeugt, House Briargate getrost in Ihre fähigen Hände legen zu können.«

Baines sprach ihm sein Beileid aus und erkundigte sich dann, wie Sir William zu reisen gedenke und was er eingepackt haben wolle.

»Albert wird mich mit dem Einspänner nach Bath bringen, und ich werde von dort aus den Zug nehmen«, erwiderte Sir William. »Und da ich nur einige Tage fortbleiben werde, brauche ich nicht viel mitzunehmen.«

Gegen zwölf kam Albert zum Essen in die Küche, und wie immer schwirrte Martha um ihn herum, diesmal, weil sein Mantel vollkommen durchnässt war. Hope putzte in der Spülküche das Silber, und sie lächelte über die Bemühungen der Köchin, ihn in ein Gespräch zu verstricken. Eigentlich hätte die Frau mittlerweile wissen müssen, dass Albert ein hoffnungsloser Fall war.

»Ich habe den Morgen damit verbracht, die umgestürzte Eiche zu zersägen«, informierte er Martha und fügte hinzu: »Der Chew führt wieder gefährliches Hochwasser, und ich denke, dass die schweren Regenfälle zu allem Übel noch einige Tage anhalten werden.«

»Sie dürfen heute Nachmittag nicht wieder draußen arbeiten«, rief Martha. »Sie mögen ein großer, starker Mann sein, aber das wird Sie nicht daran hindern, sich zu erkälten!«

»Ich habe einige schwere Holzklötze in den Schuppen gebracht und muss sie dort weiter zerkleinern. Also werde ich im Trockenen sein«, entgegnete er.

Hope dachte, dass er weniger schroff war als gewöhnlich, beinahe so, als erwärmte er sich für Martha. Sie selbst und Baines fanden ihr ständiges Geplapper über nichts Bestimmtes ärgerlich, aber Martha hatte tatsächlich ein gutes Herz und liebte es, den Menschen etwas zu essen zu geben.

Als junge Küchenmagd, so hatte sie Hope einmal erzählt, war Martha mit einem Lakaien ausgegangen, und sie hatten sogar heiraten wollen. Ihre Herrin hatte ihnen jedoch die Erlaubnis verweigert.

Martha war jetzt über vierzig und hatte nach einem ganzen Leben harter Arbeit nichts vorzuweisen als geschwollene Knöchel, schwielige Hände und den Titel einer Köchin. Hope war fest entschlossen, ihr Leben nicht genauso verlaufen zu lassen.

Um halb drei an diesem Nachmittag saß Martha in einem Sessel in der Dienstbotenhalle und döste, und Rose hatte gerade einige Plätteisen auf den Herd gestellt, um Hemden für Sir William zu bügeln, als Hope durch die Hintertür nach draußen schlüpfte. Es goss in Strömen, aber sie wollte heute im Pförtnerhaus Ordnung schaffen, denn wenn Sir William erst nach Sussex aufgebrochen war, würde Albert wahrscheinlich nachmittags nach Hause gehen.

Sie hatte Baines nicht um Erlaubnis gebeten, weil sie dann wahrscheinlich bis morgen hätte warten müssen, und sie wollte nicht zugeben, dass sie Angst hatte, Albert über den Weg zu laufen. Im großen Haus war er durchaus freundlich, doch unten im Pförtnerhaus benahm er sich wieder so wie damals, als sie noch dort gelebt hatte. Er kommandierte sie herum, als wäre sie seine Sklavin, und kritisierte jeden ihrer Handgriffe.

Baines war oben in Sir Williams Ankleidezimmer, um für ihn zu packen, und da der Raum im hinteren Teil des Hauses lag, würde er sie nicht auf der Einfahrt sehen können. Mit ein wenig Glück war sie zurück, bevor er überhaupt von ihrer kleinen Stippvisite erfuhr.

In dem peitschenden Regen konnte sie kaum etwas sehen, und als sie das Pförtnerhaus erreichte, war ihr Umhang tropfnass, und ihre Stiefel waren durchweicht. Sie ging zur Hintertür, holte den Schlüssel unter einem Stein hervor, zog Umhang und Stiefel aus und stellte sie zum Abtropfen auf die Veranda, bevor sie in Strümpfen eintrat.

Zu ihrer Überraschung brannte der Herd, und es war sehr warm im Cottage. Es herrschte das übliche Durcheinander; der Tisch war übersät mit Tellern, Tassen und Gläsern, einem vertrockneten Laib Brot und einer halb leeren Whiskyflasche. Albert war ein schrecklicher Heuchler: Er jammerte lautstark über Unordnung und Schmutz, während es ihm nichts ausmachte, um sich herum Chaos zu verbreiten.

Auch der Boden war sehr schmutzig. Albert zog offenkundig beim Eintreten seine Stiefel nicht mehr aus, denn überall lagen Klumpen getrockneten Schlamms. Der Kessel war voll und noch warm, daher stellte Hope ihn wieder auf den Herd und ging die Treppe hinauf, um den Brief des Hauptmanns zu verstecken und Alberts Bett zu machen, bevor sie den Abwasch und den Boden in Angriff nahm.

Oben an der Treppe angelangt, hörte sie ein Knarren. Es klang so, als stünde in Nells und Alberts Zimmer ein Fenster offen, das im Wind gegen die Mauer schlug.

Als sie die Tür öffnete und eintrat, bot sich ihr ein Anblick, bei dem sie vor Entsetzen aufkeuchte und sich die Hände über den Mund schlug. Albert lag im Bett, und die blonde Person mit dem gewellten Haar unter ihm war keine Frau, sondern unverkennbar Sir William. Beide Männer waren nackt, und Albert deckte mit seiner muskulösen Brust seinen viel hellhäutigeren, schlanken Herrn buchstäblich zu.

Dieses Bild überstieg Hopes Begreifen. Sie erstarrte; selbst ihr Herz schien vor Schreck zu schlagen aufzuhören.

»Raus!«, brüllte Albert sie an.

Hope floh die Treppe hinunter, aber die Ungeheuerlichkeit dessen, was sie soeben beobachtet hatte, war so schrecklich, dass sie nicht wusste, was sie tun sollte. Männliche Tiere versuchten bisweilen, einander zu besteigen, wenn kein Weibchen in der Nähe war, das wusste Hope, doch sie hatte keine Ahnung gehabt, dass Männer dasselbe taten.

Der Schreck raubte ihr jede Fähigkeit, eine Entscheidung zu treffen, und sie stand einfach nur da und weinte. Sie konnte Alberts tiefe Stimme hören und die höhere, klagende Stimme Sir Williams, die sich in seine mischte. Ein Teil von ihr hoffte, Sir William würde jeden Augenblick die Treppe herunterkommen und ihr eine beruhigende Erklärung geben, doch ihr Verstand sagte ihr, dass es keine unschuldige Erklärung geben konnte für das, was sie beobachtet hatte.

Wahrscheinlich hatte sie nicht länger als eine Minute dort gestanden, unentschieden, ob sie fliehen sollte. Aber sobald sie Alberts Schritte auf der Treppe hörte, kam sie wieder zur Besinnung. Sie musste durch die Hintertür fortlaufen!, erkannte sie. Ihre Stiefelschnüre waren verheddert, und ihre Finger waren in ihrer Panik nutzlos. Sie versuchte, die Füße mit Gewalt in die Stiefel zu schieben, brachte es jedoch nicht fertig.

In diesem Moment hörte sie die Vordertür zuschlagen und stieß einen schwachen Seufzer der Erleichterung aus, weil sie glaubte, beide Männer seien fortgegangen. Aber als sie ihren Umhang von dem Haken nahm, wurde die Hintertür geöffnet, und Albert packte sie an den Schultern.

»Geh da rein«, fuhr er sie an.

Hope versuchte, sich aus seiner Umklammerung zu befreien, doch er war zu stark. Er zerrte sie zurück in die Küche, schloss die Tür hinter ihr zu und schlug sie dann hart ins Gesicht.

Albert trug nur sein Unterhemd und Kniehosen, und seine Füße waren nackt. »Du bist schon zu lange ein Dorn in meinem Fleisch gewesen«, schrie er sie an. »Wie kannst du es wagen, hier hereinzuschleichen und mir nachzuspionieren?«

»Das habe ich nicht. Ich bin hergekommen, um sauberzumachen«, widersprach sie. »Ich wusste nicht, dass du Besuch hattest.«

Er schlug sie wieder, vier oder fünf Mal nacheinander, und mit jedem Schlag wurde sie näher an die Tür gedrängt.

»Bitte, hör auf«, weinte sie und versuchte, das Gesicht mit den Händen zu bedecken. »Ich werde es niemandem erzählen, das verspreche ich.«

Daraufhin versetzte er ihr einen Hieb in den Magen, und sie prallte mit dem Rücken an die Tür. »Du wirst keine Chance bekommen, deine Lügen zu verbreiten«, zischte er sie an. »Ich werde mich deiner endgültig entledigen.«

Sie wusste, was er vorhatte: Er wollte sie töten. Nur so konnte er sicherstellen, dass sein Geheimnis nie herauskam. Sir William hatte ihm vielleicht sogar den Befehl dazu gegeben; schließlich hatte er weit mehr zu verlieren als Albert.

Er schlang die Hände um ihren Hals, wie er es schon einmal getan hatte, und drückte zu, bis ihr die Augen fast aus den Höhlen sprangen. Dann schlug er ihren Kopf wieder und wieder gegen die Tür, bis sie Sterne sah, und als sie zu Boden fiel, trat er sie.

Obwohl er barfuß war, fühlte es sich an, als würde sie von einem Pferd getreten. Hope rollte sich zu einem Ball zusammen, um sich vor den schlimmsten Schlägen zu schützen, aber Albert war außer sich, wie ein wildes Tier. All der Hass, den er in sich aufgestaut hatte, richtete sich jetzt gegen sie.

Gerade als sie glaubte, keinen weiteren Schlag mehr ertragen zu können, packte er sie an den Schultern und zerrte sie an ihrem Kleid auf die Füße. Das Mieder zerriss unter seinen Händen, sodass ein Teil ihrer Brüste entblößt wurde. Während sie sich instinktiv vorbeugte, um sich zu schützen, fiel Lady Harveys Brief von dem Hauptmann heraus.

»Was ist das?«, knurrte er. »Ein Brief von deinem Liebsten? Du schmutzige kleine Schlampe!« Er riss den Umschlag vom Boden hoch, doch als er sah, an wen er adressiert war, grinste er wölfisch. »Wir stehlen also jetzt die Briefe Ihrer Ladyschaft, wie?«, fragte er.

»Nein«, erklärte sie. »Lady Harvey hat mich gebeten, ihn für sie aufzubewahren.«

Während er ihr mit einem Fuß in den Magen trat, um sie an die Tür zu drücken, riss er den Umschlag hastig auf und zog den Brief heraus. »Sie ist also ebenfalls eine verräterische Hure«, sagte er, während er den Bogen Papier überflog.

Hope spürte, wie ihr Gesicht anschwoll, jeder Teil ihres Körpers pulsierte vor Schmerz, und sie wünschte, er würde sie sofort töten und die Sache hinter sich bringen, denn sie konnte mehr nicht ertragen.

In den wenigen Sekunden, während er den Brief las, wurde

ihr plötzlich bewusst, dass der Akt, den sie beobachtet hatte, der eigentliche Grund für Nells und Lady Harveys Unglück war. Die beiden wussten zwar ganz bestimmt nicht, was Albert und Sir William trieben, aber es musste dennoch Auswirkungen auf ihre Ehen haben. Ging dies erst seit Wochen oder bereits seit Monaten oder Jahren? Hatte Albert Nell nur geheiratet, um seine anormale Natur zu verbergen?

»Wann ist dieser Brief gekommen?«, fragte er scharf.

»Heute Morgen erst«, wimmerte Hope.

Mit nachdenklicher Miene ließ er den Fuß sinken. Hope hätte gern versucht fortzulaufen, doch sie würde es nicht bis zur Vordertür schaffen, bevor er sie einholte. Also stand sie einfach nur da und wartete, während ihr ganzer Körper schmerzte.

»Die Herrin hat sich also die Ergebenheit einer weiteren verdammten Renton gesichert«, spottete er. »Wie weit würdest du gehen, um sie zu schützen?«

Hope hatte keine Ahnung, was der Brief enthielt, und war daher nicht sicher, was Albert meinte. »Ich weiß es nicht«, wisperte sie.

»Ich könnte dich jetzt töten«, sagte er und grinste böse. »Ich könnte deine Leiche im Wald oder sogar in den Gärten des großen Hauses vergraben, und niemand würde je davon erfahren. Aber möglicherweise wäre ich bereit, dir zu erlauben, für immer fortzugehen und nie wieder zurückzukehren.«

Hope überlegte. Bestimmt spielte er nur mit ihr. Sie sollte um ihr Leben flehen, weil er dann noch mehr Macht über sie haben würde. Das würde sie nicht zulassen. »Du hättest zu große Angst, um mich gehen zu lassen«, entgegnete sie. »Ich könnte jemandem erzählen, was ich heute gesehen habe.«

»Das könntest du, ja, aber ich würde es dir nicht empfehlen«, erwiderte er, und seine dunklen Augen leuchteten vor Gehässigkeit. »Verstehst du, sowohl Sir William als auch ich würden sagen, dass es lediglich boshafte Lügen sind. Kein Richter würde das Wort einer törichten Küchenmagd höher bewerten als das eines Mitglieds der Aristokratie, vor allem wenn besagte Magd versucht hat, den

Ehebruch ihrer Herrin zu verbergen, und wir diesen Brief als Beweis vorlegen könnten.«

Hope hatte Albert nie gemocht, aber bis zum heutigen Tag hatte sie immer geglaubt, er sei seinem Herrn und seiner Herrin treu ergeben. Sie konnte kaum fassen, dass er bereit war, Lady Harveys Namen in den Schmutz zu ziehen, nachdem sie immer so gut zu ihm gewesen war.

»Und dann ist da noch Nell, ein weiterer Grund, warum du keinen Skandal verursachen würdest«, meinte er grinsend. »In dieser Sache steckt sie mit dir unter einer Decke! Stell dir ihr Leben nur ohne die Lady vor und nur mit mir!«

Hope gefror das Blut in den Adern. Sie konnte sich allzu gut ausmalen, durch welche Hölle er Nell gehen lassen würde.

»Du brauchst mir nicht zu drohen oder mir wehzutun«, flehte sie. »Es gibt eine andere Möglichkeit. Ich möchte niemanden in Schande stürzen, weder dich noch Nell. Oder den Herrn und die Herrin. Ich werde niemandem auch nur ein einziges Wort davon erzählen.«

»Wie kannst du elendes kleines Nichts von einem Miststück es wagen, so mit mir zu sprechen!«, fauchte er und schlug sie abermals ins Gesicht. »Ich liebe Willy, und er liebt mich, und wir scheren uns keinen Deut darum, was einfältige Leute darüber denken.«

»Willy« … Der Kosename, der Albert so selbstverständlich über die Lippen kam, ließ darauf schließen, dass diese *Sache* schon seit geraumer Zeit so ging. Außerdem war Albert offensichtlich nicht bei Sinnen, und ein einziges falsches Wort würde ihn vielleicht endgültig tollwütig machen, erkannte Hope.

»Was soll ich also tun?«, fragte sie zögernd. Sie hatte inzwischen solche Schmerzen, dass sie sich ganz schwach fühlte und sich mit allem einverstanden erklären würde, nur um von ihm fortzukommen.

»Verschwinde sofort, heute Nacht noch«, befahl er. »Aber glaube nicht, mich hintergehen zu können, ich meine es ernst. Du verschwindest und verbarrikadierst dich nicht bei diesem schwachsinnigen Bruder auf dem Bauernhof unten an der Straße oder bei irgendeinem anderen Mitglied deiner Familie. Denk daran, ich habe alle Trümpfe in der Hand. Ich kann Lady Harvey als Ehebrecherin bloßstellen, und das würde auch die Chancen deines geliebten Rufus zunichtemachen. Und ich kann das Leben deiner reizlosen, stumpfsinnigen Schwester zu der schlimmsten Existenz unter Gottes Sonne machen.«

Er packte sie abermals um die Kehle und drückte langsam zu, wobei er sie wie ein Wahnsinniger angrinste. »Wenn du es jemals wagst, wieder einen Fuß auch nur in die Nähe von House Briargate zu setzen, wenn du einen Brief schreibst oder von irgendjemandem eine Nachricht überbringen lässt, glaube mir, dann werde ich tun, was ich dir angedroht habe.«

Dann ließ er ihren Hals los und versetzte ihr einen harten Hieb in den Magen, und als sie, vor Schmerz aufheulend, auf dem Boden zusammenbrach, trat er ihr gegen den Kopf.

»Eine letzte Sache noch«, sagte er und hievte sie hoch wie einen Sack Kartoffeln, »du wirst Nell einen Brief schreiben.«

Es war eine gute Stunde später, und der Regen peitschte noch immer durch die pechschwarze Nacht, als Albert Hope durch die Vordertür stieß. Um sicherzugehen, dass sie nicht zufällig jemandem begegnete, der sie kannte, hatte er ihr befohlen, den Umweg durch Chelwood zu nehmen, um die Straße nach Bristol zu erreichen.

Ihr Umhang war noch immer durchweicht gewesen, als sie ihn übergezogen hatte, aber Albert hatte ihr gestattet, eins von Nells alten Kleidern anzuziehen, da ihr eigenes zerrissen war. Während sie das Kleid zugeknöpft hatte, hatte sie ihr Gesicht im Spiegel gesehen; ihre Augen waren bloße Schlitze in aufgedunsenem Fleisch, und ihre Lippen waren an zwei Stellen gespalten. Der Rest ihres Körpers war so zerschunden, dass einzig ihre Füße nicht schmerzten. Aber nach dem zwanzig oder mehr Kilometer langen Marsch nach Bristol, der vor ihr lag, würden sie wahrscheinlich ebenso schmerzen.

Schluchzend und mit gesenktem Kopf machte sie sich auf den Weg, aber das Wissen, wie Nell auf den Brief reagieren würde, den zu schreiben Albert sie gezwungen hatte, peinigte sie mehr als ihre Verletzungen, so schlimm diese auch waren.

Albert war klüger, als sie geahnt hatte. Er hatte ihr den Brief Wort für Wort diktiert:

Nell, ich gehe mit einem Soldaten fort. Ich bin es leid, Tag für Tag Pfannen zu schrubben und Feuer zu entzünden. Bitte sei nicht wütend auf mich. Und entschuldige, dass ich Dein Kleid genommen habe. Dafür kannst Du meine Sachen haben und den Lohn, der mir noch zusteht …

Während Hope vorwärtsstolperte, vermutete sie, dass Albert sich bereits auf dem Rückweg zum großen Haus befand, um dort zu Abend zu essen. Auf Baines, Roses und Marthas Fragen nach ihrem Verbleib würde er behaupten, sie nicht gesehen zu haben, da er den ganzen Nachmittag über im Holzschuppen gewesen sei. Vielleicht würde er nach Hause gehen und später mit dem Brief zurückkehren und vorgeben, ihn im Pförtnerhaus gefunden zu haben.

Hope konnte sich die Szene in der Dienstbotenhalle gut vorstellen; Baines, der am Kopfende des Tisches saß, und die beiden Frauen links und rechts neben ihm. Baines würde Einwände erheben und darauf beharren, dass er Warnzeichen bemerkt hätte, wenn sie davongeschlichen wäre, um sich mit einem jungen Burschen zu treffen. Martha und Rose, naiv, wie sie waren, würden in Erinnerungen über Männer schwelgen, die ihre Herzen hatten höher schlagen lassen. Vielleicht würden sie sogar behaupten, immer gewusst zu haben, dass Hope heimlich einen Liebsten hatte.

Bis Nell aus Sussex zurückkehrte, hatte die Geschichte bereits im Dorf die Runde gemacht. Und Nell würde es das Herz brechen.

Kapitel 8

Ein Stechen ließ Hope jäh aus dem Schlaf hochfahren. Einen Moment lang wusste sie nicht, wo sie war. Aber als sie sich bewegte und einen scharfen Schmerz spürte, kam die Erinnerung an die Ereignisse des vergangenen Abends zurück, und sie begriff, warum sie in einer Scheune im Stroh lag.

Ironischerweise war sie keine drei Kilometer von Matts Hof entfernt. Wenn sie sich Alberts Befehl widersetzt hätte und nach Woolard hinuntergegangen wäre und dann den Hügel hinauf, um die Straße nach Bristol zu erreichen, wäre sie vielleicht schon in der vergangenen Nacht in der Stadt angekommen.

Es war die Art von Abend gewesen, an dem man nicht einmal einen Hund nach draußen schicken würde, sehr kalt, mit stürmischem Wind und peitschendem Regen. Als sie Pensford erreicht hatte, hatte sie solche Schmerzen und war so verzweifelt gewesen, dass sie auf der Brücke innegehalten und daran gedacht hatte, sich in den reißenden Fluss zu stürzen und darin den Tod zu suchen. Aber wenn man ihren Leichnam fand, bedeckt mit Prellungen und blauen Flecken, würde Nell glauben, sie stammten von dem Soldaten, den zu lieben sie behauptet hatte, und ihr Kummer würde umso größer sein.

Hope blickte sehnsüchtig in die hellen Fenster des »Rising Sun«, einer Schenke. Sie wusste, dass dort Freunde von Matt saßen, die ihr helfen würden. Aber sie wagte es nicht, sie um Hilfe zu bitten; Pensford lag zu nah an Briargate, und bis zum Morgen würde die Geschichte sich bis dorthin herumgesprochen haben. Und Albert würde seine Drohung wahr machen, daran zweifelte Hope keine Sekunde …

Also ging sie weiter den steilen Hügel hinauf und immer weiter und weiter bis zur Gibbet Lane außerhalb von Whitchurch. Sie konnte kaum einen Fuß vor den anderen setzen, und ihr ganzer Körper schrie vor Schmerz. Wie sehr sich alles in ihr dagegen sträubte, an dieser Stelle Zuflucht zu suchen! Als kleines Kind hatte ihr Vater ihr erzählt, dass man dort früher Menschen aufgehängt und ihre Körper am Galgen hatte baumeln lassen, bis sie von den Vögeln bis auf die Knochen abgenagt gewesen waren. Es war dort schon bei Tageslicht unheimlich! Aber als sie die Scheune sah, überwand sie tapfer ihre Angst, denn sie konnte unmöglich weitergehen.

Das Stroh in der Scheune roch süß, und es war eine Erleichterung, aus dem Regen und dem Wind herauszukommen, doch Hope war zu durchnässt, um wieder warm zu werden. Stundenlang – zumindest schien es ihr so – lag sie dort und lauschte auf das Heulen des Windes, und die Ereignisse des Tages spulten sich in ihrem Geist immer wieder aufs Neue ab.

Das Bild, das nach wie vor das klarste von allen war, zeigte Albert im Bett mir Sir William. Sie mochte sie nur für zwei oder drei Sekunden gesehen haben, doch der Gegensatz zwischen Alberts bronzebraunem Rücken und seinem dunklen Haar und dem blonden von Sir William unter ihm mit seiner weißen Haut war unvergesslich. Ihre erschrockenen Mienen, als sie entdeckt worden waren, würden für immer in ihre Erinnerung eingebrannt sein.

Doch der Akt, in den sie verwickelt gewesen waren, verwirrte Hope ebenso, wie er sie abstieß, denn warum sollte ein Mann einen anderen Mann begehren? Waren sie die beiden einzigen Männer in England, die so veranlagt waren? Oder war sie nur ein unwissendes Landmädchen, das von nichts eine Ahnung hatte?

Und doch ergaben gewisse Dinge aus der Vergangenheit jetzt einen neuen Sinn: Rufus' Bemerkung, seine Mutter habe Sir William unterstellt, in einem Hurenhaus gewesen zu sein; und Nells Behauptung, dass Albert häufig bis in die frühen Morgenstunden fortblieb. Waren die beiden Männer dann zusammen gewesen?

Außerdem war da noch die alte Köchin, die Sir William als mädchenhaft empfunden hatte. Und immer hatte es geheißen, Albert sei zu Fuß von Wells nach House Briargate gekommen, allein auf die geringe Chance hin, dass Sir William ihn als Gärtner einstellen würde. Hatte er so gehandelt, weil er um Sir Williams Veranlagung wusste?

Aber vor allem fragte sie sich, ob Albert bei seiner Heirat mit Nell bereits gewusst hatte, dass er niemals eine Frau würde lieben können.

Als Hope in der Nähe einen Hahn krähen hörte, richtete sie sich mühsam auf. Ihr Umhang und ihre Stiefel waren noch genauso nass wie in der vergangenen Nacht, und es regnete nach wie vor. Ihr Haar hatte sich gelöst, und ohne einen Kamm konnte sie es nicht glätten. Allein das Gefühl ihres wunden, geschwollenen Gesichtes sagte ihr, dass sie genauso verzweifelt aussehen musste, wie sie sich fühlte.

Sie humpelte von der Scheune zur Straße, aber jeder Schritt war pure Qual, und ihr war so schwindelig, dass es ihr verführerisch erschien, in die Scheune zurückzukehren. Dann übermannte sie eine Woge der Übelkeit, und sie erbrach sich ins Gebüsch.

Als sie sich wieder aufrichtete, konnte sie durch eine Lücke in den Büschen ins Tal hinunterblicken. Es war zu grau und nebelig, um mehr zu erkennen als den Kirchturm von Publow. Aber das war genug, um ihre Tränen fließen zu lassen, denn sie war nicht weit von Woolard und Matt entfernt.

Sie konnte sich ihn in seiner Küche vorstellen, noch unrasiert und das dunkle Haar vom Schlaf zerzaust; vielleicht hatte er das Baby auf dem Schoß, während Amy ihm Tee kochte. Er würde außer sich vor Wut sein, wenn er von dem Brief erfuhr. Und keiner von ihnen allen würde je auf die Idee kommen, dass jemand Hope gezwungen haben könnte, diesen Brief zu schreiben, und dass er nicht ein Körnchen Wahrheit enthielt.

Im Dorf würde ihr Verschwinden einige Tage lang für Gesprächsstoff sorgen, aber sobald sich die erste Aufregung gelegt hatte, würde selbst ihre eigene Familie sie aus ihren Gedanken verbannen.

Es verschwanden ständig Menschen. Sie verließen das Dorf, um in Bath oder Bristol nach Arbeit zu suchen, und kamen nie wieder zurück. Toby und Alice waren seit anderthalb Jahren nicht mehr im Dorf gewesen; nach dem Tod ihrer Eltern war der Anreiz verloren gegangen, den langen Weg auf sich zu nehmen. James würde wahrscheinlich ebenfalls nie mehr zurückkommen, und sobald Ruth ihr Baby zur Welt gebracht hatte, würde auch sie das Interesse an ihren Geschwistern verlieren. So waren die Dinge einfach; ihre Familie war da nicht anders als ungezählte andere. Doch Nell würde um sie trauern, das wusste Hope. Nell würde ihre jüngste Schwester nicht vergessen, nicht in wenigen Wochen und auch nicht in Jahren. Und sie hatte keinen liebevollen Ehemann, der sie tröstete.

Die Uhr von St. Nicholas schlug zwölf, als Hope endlich die Bristol Bridge erreichte. Sie hatte etwa fünf Stunden für eine Strecke gebraucht, die man in zweien bewältigen konnte. Es grenzte beinahe an ein Wunder, dass sie es überhaupt geschafft hatte, denn ihr war die ganze Zeit über schwindelig vor Schmerz gewesen. Jetzt musste sie sich an das Brückengeländer klammern, um sich aufrecht zu halten, so schwach fühlte sie sich.

Dennoch verspürte sie keine Freude oder Erleichterung darüber, ihr Ziel erreicht zu haben, denn der Lärm vorbeiholpernder Karren und Kutschen und die schrillen Schreie der Straßenhändler waren ohrenbetäubend, und der Fluss stank wie ein Abort. Die Menschen drängten sich an ihr vorbei; selbst wenn sie sie bemerkten, blieben sie nicht stehen, um einem Mädchen, das tropfnass war, vor Erschöpfung taumelte und offenkundig Schmerzen hatte, Hilfe anzubieten.

»Die Leute in der Stadt sind ohne jede Barmherzigkeit«, hatte ihr Vater immer gesagt, und es stimmte: Hope hatte sich noch nie in ihrem Leben so allein und verlassen gefühlt.

Es würde mir schon erheblich besser gehen, wenn ich nur einen Schluck Wasser bekäme, dachte sie, aber es war allgemein bekannt, dass man das Wasser in Bristol nicht trinken konnte. Wie sollte sie ohne Geld an etwas zu trinken kommen?

Seit dem Tod ihres Vaters war sie nicht mehr in Bristol gewesen, und seine Beschreibung dieses letzten schicksalhaften Ausflugs in die Stadt hatte sich in ihr Gedächtnis eingebrannt. Hope hüllte sich fester in ihren nassen Umhang, ließ die Kapuze über ihr Gesicht fallen, um ihre Verletzungen zu verbergen, und schlurfte mühsam weiter.

Als sie auf die Straße trat, um zur Kirche hinüberzugehen, hörte sie den Fahrer einer Kutsche fluchen. Die Schimpfworte schienen sich gegen sie zu richten, doch warum nur? Sie fühlte sich so eigenartig, als hätten ihr Geist und ihr Körper sich voneinander getrennt. Überall um sie herum konnte sie Lärm hören, sie roch den Geruch der Pferdeäpfel auf der Straße und spürte sogar das Gesicht eines Menschen direkt über ihrem. Es war wie in einem Traum, als schliefe sie.

»Du musst aufstehen«, hörte sie eine Frau sagen. »Wenn du hier liegen bleibst, werden sie dich nach Bridewell karren oder ins Krankenhaus.«

»Sieh dir ihr Gesicht an!«, rief ein Mann. »Irgendjemand hat ihr eine gehörige Tracht Prügel versetzt.«

»Wer hat dir das angetan, Schätzchen?«, fragte die Frau. »Du wärst fast von einer Kutsche überfahren worden! Vielleicht sollten wir einen Wachtmeister rufen?«

Das Wort »Wachtmeister« wirkte beinahe so wie Riechsalz. Hope kam hinreichend zu Bewusstsein, um ihre nächste Umgebung wahrzunehmen: Sie lag auf dem Boden; die Stimmen, die zu ihr sprachen, gehörten einem jungen Mann und einer Frau, und andere Menschen standen um sie herum und blickten auf sie herab.

Doch sie brachte es irgendwie nicht fertig, die Augen weit genug zu öffnen, um sie richtig zu sehen.

»Ruft keinen Wachtmeister«, gelang es ihr zu krächzen. »Helft mir nur hoch!«

Sie wurde hochgehoben, konnte sich jedoch kaum auf den Beinen halten, und die junge Frau hielt sie fest. »Himmel! Du bist ja vollkommen durchnässt«, rief sie. »Du hast doch nicht etwa ein Bad im Fluss genommen, oder?«

Die Frau neckte sie nur, das wusste Hope, und das ließ zumindest darauf schließen, dass sie freundlich war. »Ich ziehe es vor, wenn mein Wasser trinkbar ist«, erwiderte sie und gab sich große Mühe zu lächeln.

»Der Allmächtige stehe ihr bei«, entfuhr es der Frau. »Nun, wer immer dich geschlagen hat, hat deinen Geist jedenfalls nicht ganz gebrochen, das muss ich sagen. Fass einmal mit an, Gussie, wir bringen sie aus dem Regen und in die Kirche.«

In der Kirche war es sehr dunkel, aber viel wärmer als auf der Straße, und es roch nach Kerzenwachs und nicht nach menschlichen und tierischen Exkrementen. Sobald Hope auf einer Bank in der Nähe der Tür saß, versuchte sie, sich bei den beiden zu bedanken, doch sie konnte die Augen noch immer nicht weit genug öffnen, um sie richtig zu erkennen.

»Ich kann nichts sehen«, murmelte sie.

»Das kann ich mir denken, denn deine Augen sind vollkommen geschwollen«, erwiderte der junge Mann. »Wer hat dir das angetan?«

»Mein Schwager«, antwortete Hope.

»Deine Schwester hat ihm erlaubt, dir so wehzutun?«, begehrte die Frau entrüstet auf.

»Sie war nicht da«, antwortete Hope. »Er hat mich aus dem Haus geworfen. Ich bin die halbe Nacht gelaufen und heute Morgen hier angekommen.«

»Hast du Verwandte in Bristol?«, erkundigte sich die Frau.

»Nein, und ich habe auch kein Geld«, erwiderte Hope. »Wissen Sie, wo ich vielleicht Arbeit finden könnte?«

Den vielsagenden Blick, den die beiden miteinander tauschten, konnte sie eher spüren als sehen. Da sie annahm, die zwei betrachteten ihre Idee, eine Arbeit zu finden, deshalb so zweifelnd, weil sie so schrecklich aussah, schob sie ihre Kapuze zurück. »Wenn Sie mir nur einen Kamm leihen könnten und mich irgendwo hinbringen, wo ich mir das Gesicht waschen kann, werde ich schon zurechtkommen. Ich war drei Jahre lang Küchenmädchen, und ich kann sehr gut kochen.«

Die beiden schwiegen weiterhin. Offenbar glaubten sie ihr nicht. Zu guter Letzt brach Hope doch noch in Tränen aus. »Ich kann alle möglichen Arbeiten verrichten«, schluchzte sie. »Bitte, glauben Sie mir!«

»Nun, solange dein Gesicht in diesem Zustand ist, wirst du keine Arbeit finden, egal, wo«, erwiderte die junge Frau, und zu Hopes Überraschung nahm sie sie in die Arme und wiegte sie sanft. »Weine nicht, mein Liebes. Du bist nur erschöpft und verletzt. Wir werden dich mit nach Hause nehmen und zusammenflicken. Gott weiß, so können wir dich nicht hierlassen.«

»Du denkst ja nicht mehr klar, Betsy«, flüsterte Gussie und blickte über die Schulter zu dem Mädchen hinüber, das auf einem Stapel Säcke schlief, die als Bett dienten. »Es ist schwer genug, für uns selbst zu sorgen. Wir können sie nicht auch noch durchfüttern.«

Betsy hatte dem Mädchen das Gesicht gewaschen, ihr ein wenig Bier zu trinken gegeben und ihr dann aus ihren nassen Kleidern geholfen und sie mit einer Decke zugedeckt. Jetzt schlief sie.

Das Zimmer lag in Lewins Mead, einem Kaninchenbau stinkender Gassen und alter, heruntergekommener Häuser in der Nähe der Docks. Es beherbergte »die gefährlichen und notleidenden Klassen«, wie ein Mitglied des Parlaments sie jüngst genannt hatte, eine gesellschaftliche Schicht weit unter den arbeitenden Klassen – Diebe, Huren, Bettler, Straßenverkäufer, Krüppel, Deserteure und die am meisten Verzweifelten unter den Armen der Stadt.

Aber Betsy und Gussie schätzten sich glücklich, diesen Raum im oberen Stockwerk in der Lamb Lane zu haben, auch wenn der Wind durch die Risse in den Wänden pfiff und die oberen Fenster mit Brettern vernagelt wurden, wenn die Glasscheiben zerbrachen oder herausfielen. Sie mochten sich ihr Zimmer mir vier anderen Leuten teilen, aber sie waren Freunde, keine Fremden. Das Dach leckte nicht allzu schlimm, sie hatten Glas in ihrem kleinen Fenster und sogar einen Kamin, und in die Löcher in den Wänden hatten sie in Öl getränkte Lumpen gestopft. Für sie war es ein Zuhause.

»Sie wird uns Glück bringen«, beharrte Betsy. »Sie hat so etwas an sich.«

»Ja, sie hat etwas an sich! Etwas, das in einem Mann das Bedürfnis weckt, ihr das Gesicht einzuschlagen. Meinst du das?«, murmelte Gussie mürrisch. »Und sie ist wirklich krank. Was ist, wenn wir uns anstecken?«

»An dem, woran sie leidet, kannst du dich nicht anstecken«, sagte Betsy energisch. Sie vermutete, dass das Mädchen ein Kind erwartete und ihr Schwager Angst gehabt hatte, sie könne seiner Familie Schande bereiten.

Betsy Archer war neunzehn. Sie war eins fünfundsechzig groß, vollbusig, mit langem, dunklem Haar, das sie zu Zöpfen flocht und sich wie eine Krone um den Kopf schlang, und ihre glänzenden dunklen Augen und die olivfarbene Haut ließen vermuten, dass in ihren Adern italienisches oder spanisches Blut floss. Obwohl sie keine echte Schönheit war, beschrieben die Leute sie als »reizvoll«, denn sie hatte etwas Exotisches, Stolzes und eine Lebhaftigkeit, die selbst die Entbehrungen ihrer Existenz nicht ausgelöscht hatten.

Geboren in Liverpool, war Betsy acht Jahre alt gewesen, als ihr Vater, ein Böttcher, die Familie nach Bristol gebracht hatte. Drei Monate später waren sowohl ihre Eltern als auch Sadie, ihre jüngere Schwester, zu Tode gekommen, als das Mietshaus, in dem sie gewohnt hatten, niedergebrannt war. Ihr Vater hatte Betsy durch das Fenster im oberen Stockwerk gehoben und einem Mann in die

Arme geworfen. Ihm war nicht mehr die Zeit geblieben, auch Sadie zu retten.

Manchmal wünschte Betsy, ebenfalls in diesem Feuer gestorben zu sein. Sie hatte überlebt, indem sie sich unter die vielen hundert anderen verwaisten oder verlassenen Kinder gemischt hatte, die im Hafen herumlungerten, und von ihnen hatte sie gelernt, zu betteln und zu stehlen. Ihr Zuhause war jeder Ort, an dem sie gerade die Nacht verbringen konnte, und sie war dankbar, wenn man ihr eine Decke gab, selbst wenn diese voller Läuse war.

Als sie zehn wurde, waren viele der Kinder, die sie nach dem Tod ihrer Eltern kennengelernt hatte, bereits im Gefängnis. Einige waren gestorben. Fast alle älteren Mädchen waren Huren geworden. Betsy wollte weder im Gefängnis noch im Leichenschauhaus enden, und sie wollte auch keine Hure werden.

Schon in diesem zarten Alter war ihr klar gewesen, dass ihr einziges Kapital ihre Jungfräulichkeit war. Zwei Mal war sie töricht genug gewesen, sich von scheinbar mütterlichen Frauen aufnehmen zu lassen, die ihr ein Zuhause, neue Kleider und so viel Essen geboten hatten, wie sie nur vertragen konnte. Aber sie hatte beide Male Glück gehabt, und jemand hatte ihr zur Flucht verholfen, bevor sie einem »Gentleman« präsentiert worden war, der eine Vorliebe für Kinder hatte.

Betsy hatte es niemals ausgeschlossen, dieses besondere Kapital eines Tages zu benutzen, vorausgesetzt, sie bekam wirklich viel Geld dafür. Bis dahin hatte sie die Absicht, am Leben zu bleiben und nicht im Gefängnis zu landen, daher ging sie keine unnötigen Risiken ein.

Die feuchten, stinkenden Gassen rund um die Docks waren ihre Domäne. Sie kannte fast jeden, der dort lebte, und diese Leute bestahl sie nicht. Außerdem kannte sie fast alle Marineläden, in denen sie einige Pennys für das Holz, die Nägel und das Metall bekam, die sie zusammenklauben konnte. Damit bezahlte sie die Miete. Wenn fürs Essen nichts übrig blieb, ging sie in die großen Häuser in Clifton und suchte sich eins, in dem die Köchin töricht genug gewesen war, die Hintertür während des Backens offen stehen zu lassen. Sie brauchte nur einige Sekunden, um hineinzuschlüpfen und eine Pastete oder einen Kuchen zu stehlen – einmal hatte sie sich eine ganze Lammkeule direkt aus dem Ofen geschnappt.

Die Docks waren eine Quelle vieler kostenloser Gaben für jeden, der bereit war, die Augen aufzuhalten und zu warten, geduldig bewaffnet mit einem Korb und einem Topf. Betsy schaute jeden Morgen nach, welche Schiffe entladen wurden, und sie lungerte in der Nähe herum und hoffte, dass ein Hafenarbeiter eine Kiste fallen ließ, die daraufhin zerbrach. Dann stürzte sie sich auf die Früchte, den Zucker oder den Tee und rannte damit davon.

Außerdem waren da die ausländischen Seeleute, die sie mit ihrem Charme dazu verleiten konnte, ihr Sixpence zu geben, um sich ein neues Kleid zu kaufen, damit sie sich später mit ihnen treffen könne.

Dabei kaufte sie niemals Kleider, geradeso wie sie niemals die Verabredungen mit ausländischen Seeleuten einhielt. Aber oben in der Hauptstraße gab es Läden für gebrauchte Kleider, und dort konnte sie einen Unterrock, ein Kleid oder einen Hut mitgehen lassen, während der Ladenbesitzer abgelenkt war.

Betsy hatte Gussie kennengelernt, als sie dreizehn und er zwölf gewesen war, ein kleiner, sommersprossiger, rothaariger Junge, der auf der Suche nach seinem Glück von Devon nach Bristol gekommen war. Er war neben sie getreten, während sie darauf gewartet hatte, dass ein Pastetenverkäufer ihr den Rücken zukehrte, damit sie eine seiner Pasteten stehlen konnte, und er hatte sie gefragt, wo er die Nacht würde verbringen können.

Betsy hatte solchen Hunger, dass sie ihm einen Vorschlag machte: »Wenn du den Pastetenverkäufer ablenken kannst, werde ich dir helfen.«

Daraufhin tat er so, als bekäme er direkt vor dem Verkaufsstand einen Anfall, und sie stibitzte nicht nur eine Pastete, sondern drei.

Natürlich musste sie Gussie eine der Pasteten abgeben und ihn in die Absteige mitnehmen, in der sie meistens unterkam.

Binnen weniger Tage kam Betsy zu dem Schluss, dass Gussie der perfekte Partner für sie war. Er war nicht grob, aber er war drahtig und kühn. Abgesehen von den gespielten Anfällen konnte er bei hellem Tageslicht ein Abwasserrohr hinaufklettern und durch ein Fenster im oberen Stockwerk in ein Haus eindringen. Außerdem konnte er mit einem ganz bestimmten Geräusch Pferde erschrecken. Wenn die Tiere durchgingen, packte er die Zügel und beruhigte sie, wofür der erschrockene Besitzer ihn dann meist belohnte. »Das habe ich von einem Mann bei einem Zirkus gelernt, der mich auch akrobatische Kunststücke und Clown-Nummern gelehrt hat«, behauptete er immer.

Die Clownereien waren es, mit denen er Betsy endgültig für sich gewann. Gussie war fantastisch in komischen Pantomimen und verzog sein wandlungsfähiges Gesicht zum Ausdruck unterschiedlichster Regungen. Außerdem konnte er alle möglichen Leute nachahmen. Eines Nachts zog er eine kleine Schau ab, während vor einem Theater in der King Street die Menschen Schlange standen, um eingelassen zu werden, und sie brüllten vor Lachen und warfen ihm fast zwei Schillinge in Pennys und halben Pennys zu. Selbst sein Name, Augustus Pomfrey, brachte Betsy zum Lachen; er passte hervorragend zu einem fetten Ratsherrn, fand sie, war aber schlicht lächerlich für einen kleinen, mageren Jungen, dessen Haar die Farbe von Karotten hatte. Aber andererseits hatte sie mit Gussie eine Menge zu lachen, denn trotz seines kleinen Wuchses fühlte sie sich in seiner Gegenwart auf eine eigenartige Weise beschützt. Er mochte nicht in der Lage sein, die vielen Männer abzuwehren, die versuchten, ihr ihren Willen aufzuzwingen, doch seine Anwesenheit schreckte sie ab. Und sie schützte ihn ihrerseits vor den Schlägern und Rohlingen, mit denen sie aufgewachsen war.

Sechs Jahre später waren sie unzertrennlich, eine unzerstörbare Einheit, aber kein Liebespaar. Betsy hatte ihre Jungfräulichkeit zu guter Letzt für die fürstliche Summe von fünf Guineen an einen

Kapitän verkauft, doch die Erfahrung hatte ihr Männer endgültig verleidet. Gussie mit seiner brüderlichen Zuneigung und absoluten Ergebenheit war das einzige männliche Wesen, dem sie vollends vertraute.

»Sie ist eine richtige kleine Dame«, meinte Betsy nachdenklich. »Trotz ihrer schlimmen Verletzungen hat sie sich sehr nett bei uns bedankt. Ich wette, wenn diese Prellungen verschwunden sind, wird sie richtig hübsch sein.«

»Du denkst doch nicht etwa daran, sie zu ›Dolly's‹ mitzunehmen!«, rief Gussie.

»Natürlich nicht, wofür hältst du mich?«, erwiderte Betsy entrüstet. Dolly besaß ein Bordell in der King Street.

»Also, was machen wir dann mit ihr?«

»Wir brauchen nichts mit ihr zu machen. Sie tut mir einfach nur leid. Es wird uns nicht umbringen, wenn wir uns ein oder zwei Tage um sie kümmern, bis es ihr besser geht, oder?«

Gussie zuckte die Schultern. Er wusste, wenn Betsy einmal eine Entscheidung getroffen hatte, war nicht daran zu rütteln. »Ich sollte am besten das Feuer anzünden, damit wir ihre Kleider trocknen können, und dann gehe ich und beschaffe uns etwas zu essen.«

Als Gussie fort war, setzte Betsy sich vor dem Feuer auf den Boden, schaute aber immer wieder zu dem schlafenden Mädchen hinüber. Ihr ganzes Gesicht war voller purpurfarbener und schwarzer Prellungen und so geschwollen, dass ihre Augen kaum mehr zu erkennen waren. Aber als sie ihr geholfen hatte, ihre durchweichten Kleider auszuziehen, hatte sie sich den Bauch gehalten. Daher vermutete Betsy, dass ihr Schwager sie auch in den Magen getreten hatte.

Hier in der Gegend waren Männer, die Frauen schlugen, etwas Alltägliches. Es war genauso normal wie der Anblick von hungrigen Menschen. Jeden Tag schwärmten junge Mädchen und Knaben in Scharen nach Bristol, um nach Arbeit zu suchen, und wenn sie kein Zeugnis von einem früheren Arbeitgeber hatten, fanden sie fast alle den Tod oder endeten als Verbrecher.

Normalerweise half Betsy niemandem. Das Erste, was sie als Achtjährige auf der Straße gelernt hatte, war dies: Die Welt war ein harter, unerbittlicher Ort. Man musste auf sich selbst achtgeben und schneller, schlauer, mutiger und klüger sein als alle anderen, denn wenn man auch nur einen Moment lang unvorsichtig war, ging man unter.

Also konnte sie nicht recht verstehen, was *diese* Fremde an sich hatte, dass sie den Wunsch verspürte, ihr zu helfen.

Betsy betrachtete die Kleider, die am Feuer trockneten; sie waren von guter Qualität. Der Stoff war einfach, aber die Stiche waren so klein und adrett wie bei den Kleidern auf dem Markt, die früher einmal reichen Frauen gehört hatten. Auch ihre Unterwäsche hatte Betsy beeindruckt, denn abgesehen von den Schlammspritzern an den Säumen ihrer Unterröcke waren sie sehr sauber und gepflegt.

Das Gesicht des Mädchens war zu stark geschwollen, um erkennen zu können, ob sie hübsch war, aber ihr Haar war schwarz und glänzend, und an den Stellen, an denen sie keine blauen Flecken hatte, war ihre Haut glatt und weiß, nicht fleckig und rau wie die so vieler Frauen hier in der Gegend. Ihre Hände waren ein Beweis dafür, dass sie viele Jahre in einer Küche verbracht hatte, denn sie waren rot und schwielig, aber insgesamt machte sie den Eindruck, als hätte man gut für sie gesorgt.

Erwartete sie ein Kind?

In dieser Gegend konnte es sich niemand leisten zu heiraten, daher dachte man sich nichts dabei, wenn ein Mädchen schwanger wurde. Aber Betsy konnte sich gut genug an ihr Leben vor dem Tod ihrer Eltern erinnern, um zu wissen, dass man in besseren Kreisen Bastarde missbilligte.

Betsy wollte gerade näher an das Mädchen heranrücken, um festzustellen, ob sie einen geschwollenen Leib hatte, als sie sich bewegte. Sie richtete sich auf, zuckte vor Schmerz zusammen und ließ sich wieder fallen.

»Wie fühlst du dich jetzt? Hat der Schlaf geholfen?«, fragte Betsy.

Die Fremde sah sie an, als wäre sie verwirrt. »Ich kann jetzt ein wenig besser sehen. Aber meine Augen tun weh. Sind sie stark geschwollen?«

»Sagen wir mal, du wirst in der nächsten Zeit keine Bewunderer finden«, erwiderte Betsy mit einem Kichern.

»Es war sehr nett von Ihnen und Ihrem Mann, mir zu helfen.«

Die Süße ihrer Stimme rührte Betsy, erinnerte sie aber auch daran, vorsichtig zu sein. Nach allem, was sie wusste, konnte das Mädchen die Tochter eines Magistrats sein! »Gussie ist nicht mein Mann, nur ein Freund. Und du kannst ruhig Du zu uns sagen. Eines sollst du aber gleich wissen: Wir helfen normalerweise niemandem. Wenn du also heute Nacht hierbleiben willst, rückst du besser raus damit!«

»Womit soll ich rausrücken?«

»Nun, für den Anfang will ich erst einmal deinen Namen wissen, wie alt du bist und woher du kommst. Bisher konnten wir nichts aus dir rausbekommen.«

»Hope Renton, fünfzehn, und ich stamme aus einem Dorf südlich von Bristol. Hast du gesagt, dein Name sei Betsy?«

»Das ist richtig. Betsy Archer, und mich verkauft niemand für dumm. Also, ich werde dir jetzt eine Tasse Tee kochen. Und dann wirst du mir erzählen, wieso du um ein Haar unter einem Kutschrad gelandet wärst. Und wann das Baby fällig ist.«

»Ich erwarte kein Baby«, entgegnete Hope entrüstet. »Was hat dich auf diesen Gedanken gebracht?«

»Das ist im Allgemeinen der Grund dafür, warum Mädchen fortlaufen.« Betsy zuckte die Schultern. »Aber wenn du sagst, dass du kein Kind bekommst, hast du auf jeden Fall ein Problem weniger.«

Hope sah zu, wie Betsy eine alte Blechkanne mit Wasser aus einem Krug füllte und sie dann aufs Feuer stellte. Sie fragte sich, warum sie keinen Kessel hatte.

Ihre Erinnerung daran, wie sie hierhergekommen war, war trüb. Sie war mit Betsy und Gussie in der Kirche gewesen, das wusste sie noch, und die beiden hatten sie dann halb getragen, um sie durch sehr schmale Gassen zu führen. Aber das war alles, woran sie sich erinnern konnte.

Schaudernd sah sie sich in dem kleinen, düsteren Raum um. Er befand sich offenkundig im obersten Stockwerk des Hauses, denn die Decke, in der das winzige Fenster eingelassen war, war schräg. Es waren keine Möbel im Raum, nur einige Holzkisten und Stapel mit Decken, die offenkundig als Betten dienten. Auf einer der Kisten standen mehrere angeschlagene Tassen und eine große Blechbüchse. In der Ecke an der Tür bemerkte sie einen Eimer, wahrscheinlich für die Notdurft, und auf einer anderen Kiste stand eine Blechschüssel.

Hope kannte Menschen, die sehr viel ärmer waren als ihre eigene Familie, aber selbst sie hatten einige Möbel und etwas Porzellan. Betsy musste verzweifelt arm sein, doch sie sah nicht so aus, weil sie goldene Reifen in den Ohren hatte, und ihr rotes Kleid war hübsch, wenn auch abgetragen, schmutzig und mit dem tiefen Ausschnitt ein wenig vulgär.

»Es ist so still hier«, bemerkte Hope. »Seid ihr die Einzigen, die hier wohnen?«

Betsy stieß ein ersticktes Schnauben aus. »Deine Augen müssen wirklich schlecht gewesen sein, als wir dich hierher gebracht haben«, bemerkte sie. »Es ist wie ein verdammter Ameisenhaufen, man kann die Leute, die kommen und gehen, nicht einmal zählen. Jetzt ist es still, weil die meisten nicht im Haus sind, aber am Abend wird es ganz anders. Aber nun zu deiner Geschichte. Komm, erzähl sie mir!«

Hope dachte eilig nach. Sie war Betsy dankbar, doch sie war sich nicht sicher, ob es vernünftig wäre, ihr die ganze Wahrheit zu sagen, nicht bis sie überzeugt war, ihr vertrauen zu können. Also gab sie ihr eine entschärfte, verkürzte Version der Ereignisse:

»Meinem Schwager Albert hat es nie gefallen, dass ich bei ihm und meiner Schwester gelebt habe. Und nun hat er Nells Abwesenheit ausgenutzt, mich geschlagen und aus dem Haus geworfen«, berichtete sie nur.

»Warum bist du dann nicht in das große Haus gegangen und hast dort erzählt, was er dir angetan hat?«

»Weil er es an Nell ausgelassen hätte«, sagte Hope. »Ich konnte nichts gegen Albert tun, ohne dass es auf Nell zurückgefallen wäre.«

Betsy schien mit dieser Erklärung zufrieden zu sein. Das Wasser in der Teekanne kochte jetzt, und sie nahm sie vom Feuer und stellte sie auf die Kiste. Dann fischte sie ein Päckchen Tee aus der Büchse und löffelte etwas davon in das Wasser.

»Wegen der Mäuse und Ratten bewahren wir alles Essbare in dieser Büchse auf«, erklärte Betsy und holte einen kleinen Beutel Zucker hervor. »Es ist auch etwas Brot da, wenn du willst. Gussie will uns einige Pasteten besorgen, aber das Brot wird deinen ersten Hunger stillen.«

Mit der Tasse süßen, schwarzen Tees in einer Hand und einem Stück Brot in der anderen fühlte Hope sich ein wenig besser, obwohl es ihr mit ihren aufgeplatzten Lippen schwerfiel, zu essen und zu trinken. »Ich werde euch das Geld für meinen Unterhalt zurückzahlen, sobald ich eine Stellung gefunden habe«, versprach sie.

»Hast du ein Zeugnis?«, fragte Betsy.

»Nein, wie hätte ich auch eins bekommen können? Albert hat mich zu schnell hinausgeworfen.«

»Dann wirst du von Glück sagen können, wenn du irgendetwas findest«, erwiderte Betsy schroff. »Weshalb willst du überhaupt Dienstbotin sein?«

»Das ist alles, worauf ich mich verstehe. Es würde mir aber auch nichts ausmachen, in einem Laden zu arbeiten.«

»Dafür müsstest du rechnen und schreiben können und all das«, wandte Betsy ein.

»Das kann ich«, antwortete Hope. »Außerdem weiß ich alles über Wäsche und Haushaltsangelegenheiten. Und ich verstehe etwas von Landwirtschaft und Tieren.«

»Du bist eine kleine Alleswisserin, wie?«, bemerkte Betsy ironisch.

Plötzlich waren Hope ihre Worte peinlich, und sie ließ den Kopf hängen. »Diesen Eindruck wollte ich gewiss nicht erwecken; ich habe dir nur erzählt, was ich kann, weil ich dachte, du hättest vielleicht eine Idee, wo ich nach Arbeit suchen könnte.«

Betsy kannte niemanden sonst, der lesen und schreiben konnte, und tatsächlich war sie beeindruckt. Ihr kam der Gedanke, dass sie selbst solche Dinge vielleicht ebenfalls gelernt hätte, hätten ihre Eltern länger gelebt. Aber dieses Mädchen hatte noch mehr an sich – vielleicht war es der Name, denn Gott wusste, dass *Hoffnung* das Einzige war, das sie manchmal aufrecht hielt. Oder vielleicht lag es daran, dass ihre eigene Schwester jetzt im gleichen Alter wäre, hätte sie nicht in den Flammen den Tod gefunden. Doch aus welchem Grund auch immer – Betsy fühlte sich auf schicksalhafte Weise zu dem Mädchen hingezogen.

»Bevor dein Gesicht verheilt ist, kannst du nirgendwo hingehen«, erklärte sie freundlicher. »Also, ruh dich erst einmal aus. Erzähl mir von deiner Arbeit in dem großen Haus. Ich bin noch nie in einem gewesen, zumindest nicht für längere Zeit, wenn du verstehst, was ich meine.«

Eine Woche später betrachtete Hope ihr Gesicht in einem kleinen Spiegel, den Gussie ihr mitgebracht hatte.

»Du siehst jetzt sehr hübsch aus«, meinte er, und rund um seine hellbraunen Augen bildeten sich kleine Fältchen, als er sie anlächelte. »Als wir dich gefunden haben, wollten wir dir verheimlichen, wie schlimm du zugerichtet warst.«

In Hopes Augen brannten Tränen der Dankbarkeit. Nicht für den Spiegel – sie hätte lieber nicht gewusst, wie sie aussah, denn sie hatte gehofft, dass ihr Gesicht nach dem Abklingen der Schwellungen wieder völlig normal sein würde. Aber sie hatte immer noch blaue Flecken, und man konnte sie wahrhaftig noch nicht als hübsch bezeichnen. Doch es war eine von vielen Freundlichkeiten, mit denen Gussie und Betsy sie bedacht hatten. Sie hatten sie hier wohnen lassen, und sie hatten ihr zu essen gegeben und sie getröstet, obwohl sie selbst so wenig besaßen.

»Gus mag Süßholz raspeln, wenn er behauptet, du sähest hübsch aus. Man könnte auch sagen, du siehst nicht mehr wie ein Ungeheuer aus«, meinte Betsy mit einem Lachen in der Stimme. »Es wird noch einige Wochen dauern, bis diese blauen Flecken verblassen, doch für das ›Grapes‹ heute Abend siehst du gut genug aus.«

Gussie und Betsy gingen allabendlich aus, um zu trinken. Das Einzige, was das Leben für die Menschen in Lewins Mead erträglich machte, waren anscheinend billiger Gin oder Rum. Bisher hatte Hope es abgelehnt, sie zu begleiten, und ihre Verletzungen als Vorwand benutzt, aber jetzt dachten sie offensichtlich, es sei für sie an der Zeit, sich aus dem Haus zu wagen.

»Ich kann nicht«, erwiderte Hope erschrocken. »Ich bin noch nicht so weit. Ich werde allein zurechtkommen.«

»Ich hätte dich nicht für einen Hasenfuß gehalten«, gab Betsy zurück, stemmte die Hände in die Hüften und funkelte das jüngere Mädchen an. »Niemand wird sich um ein paar blaue Flecken scheren, die sind unten im ›Grapes‹ so alltäglich wie Flöhe.«

Diese Antwort machte Hope klar, dass sie mitgehen musste. Gussie und Betsy würden nicht nur gekränkt sein, wenn sie ablehnte, sie musste ihnen auch ihren Kampfgeist beweisen. Aber die beiden konnten unmöglich wissen, wie beängstigend ihre Welt für sie war.

An dem Tag, an dem sie sie hierher gebracht hatten, hatte sie sich wie ein misshandelter Hund gefühlt, der einfach dankbar für ein Dach über dem Kopf war. Ihr Verstand hatte zu arbeiten aufgehört, und sie hatte nicht an den nächsten Tag oder an den übernächsten denken können.

Kurz nachdem Gussie mit einigen heißen Pasteten zurückgekehrt war, musste Hope eingeschlafen sein, und sie wachte bis zum nächsten Morgen nicht mehr auf. Zu ihrem Entsetzen entdeckte sie neben Gussie und Betsy noch vier weitere Personen, die in diesem Raum schliefen, und der Eimer in der Ecke verströmte einen beißenden Gestank.

Hope hätte sich gern ebenfalls erleichtert, konnte sich aber nicht dazu überwinden, den fast vollen Eimer zu benutzen, und während sie dalag und sich fragte, ob es unten wohl einen Abort gab, wurde ihr ein eigenartiges Geräusch bewusst. Es klang wie das Knurren eines Tieres, und sie brauchte einige Zeit, bis sie begriff, dass es das Schnarchen der Menschen überall im Haus war. Schon bald mischten sich auch andere Geräusche darunter; sie hörte weinende Babys, schreiende Kinder und einen Mann, der brüllte, sie sollten still sein.

Selbst als die Geräusche unten immer lauter wurden, wachten ihre Zimmergefährten nicht auf. Eine Kirchturmuhr schlug acht, und es schien Hope unvorstellbar, dass sie und all die anderen Menschen so spät am Morgen noch im Bett lagen. Außerdem juckte es sie am ganzen Körper, als wäre sie von irgendetwas gestochen worden.

Später am Morgen stellte sie fest, dass der Notdurfteimer geleert wurde, indem man seinen Inhalt durch das Fenster auf die Gasse kippte. Das Wasser musste von einer Pumpe weiter unten heraufgezogen werden, und hinterm Haus gab es einen Abort. Aber er wurde von allen Bewohnern des Hauses benutzt – es waren acht Räume, in denen durchschnittlich jeweils zehn Menschen schliefen –, daher stattete niemand ihm freiwillig einen Besuch ab.

Die vier weiteren Bewohner des Raumes stellten sich ihr als Mole, Shanks, Josie und Welsh Lil vor; sie waren alle etwa in Betsys Alter, allerdings deutlich schäbiger gekleidet, und sie wirkten beinahe so finster wie ihre Namen. Aber sie verschwanden gleich nach dem Aufstehen.

»Sie kommen nur zum Schlafen her. Gussie und ich kümmern uns nicht darum, was sie den ganzen Tag über treiben«, sagte Betsy. In dieser Erklärung schwang die Andeutung mit, dass sie Verbrecher waren.

Hopes Kleider und ihre Stiefel waren wieder trocken, und da es endlich aufgehört hatte zu regnen, bestanden Gussie und Betsy darauf, sie herumzuführen.

Vielleicht lag es an ihren Schmerzen und dem deutlichen Gefühl, wegen ihrer Verletzungen angestarrt zu werden, aber der Teil Bristols, den Betsy und Gussie ihr an diesem Tag zeigten, hatte nichts gemein mit der prächtigen, aufregenden Stadt, die Hope als Kind mit ihrem Vater besucht hatte. Diese Gegend war grau, schmutzig und laut: abstoßende, stinkende Gassen, durch die menschliche Exkremente flossen, und Häuser, die den Eindruck machten, als könnten sie jeden Augenblick einstürzen. Sie sah Menschen, die einem Albtraum entsprungen zu sein schienen. Kränkliche Frauen mit hohlen Augen saßen wie Statuen in Hauseingängen und hielten oft ein weinendes Baby in den Armen. Dann waren da brutal wirkende Kerle mit ramponierten Ofenrohrhüten, die aus Flaschen tranken, und Hunderte barfüßiger, zerlumpter Kinder, die im Schmutz spielten. Krüppel humpelten auf Krücken einher, auf dem Weg in die besseren Teile der Stadt, um dort zu betteln, und sie sah sogar ein Kind einen Karren ziehen, auf dem eine Frau ohne Beine saß. Außerdem waren die Straßen bevölkert von Verrückten, die vor sich hin brabbelten und die Fäuste schüttelten, von Gin benebelten Prostituierten und sogar von Männern, die schwarz waren wie Kohle.

Betsy und Gussie schienen Hopes Entsetzen nicht zu bemerken, während sie sie auf den besten Stand für Heringe aufmerksam machten, auf ihre Lieblingsschenke und den Marineladen, in dem sie alles verkauften, was sie irgendwo organisieren konnten.

Besonders der Hafen faszinierte Hope; es war aufregend, sich all die fremden Länder vorzustellen, zu denen die Schiffe bald aufbrechen würden, und auf ihre Weise wirkten die Kais und Hafenbecken regelrecht wohlgeordnet.

»Dort würde ich gern arbeiten«, bemerkte sie, woraufhin Betsy in lautes Gelächter ausbrach.

»Oh, man kann hier durchaus Arbeit finden«, sagte sie und blickte zu einer Gruppe von Seeleuten hinüber. »Man kann zum Beispiel die Betrunkenen in eine Gasse führen und ausrauben; man kann sich auf die Lauer legen und abwarten, bis sie irgendwelche Waren unbewacht lassen. Du kannst dich sogar erbieten, den Möwendreck von den Schuhen einer feinen Dame abzuwischen.«

Das war es ganz und gar nicht, was Hope im Sinn gehabt hatte. Sie dachte eher daran, in einem der Kontore zu sitzen und Dinge in ein großes Rechnungsbuch zu schreiben. Aber sie korrigierte Betsy nicht, denn das Mädchen, das sie gerettet hatte, sollte nicht glauben, sie halte sich für zu vornehm für Lewins Mead.

Die Tage nach jenem ersten Ausflug erschienen ihr endlos, denn sie zog es vor, allein zu bleiben, während Gussie und Betsy ihrer Wege gingen. Aber es gab nichts zu tun in dem Zimmer, und wann immer ihre Gedanken zu ihrer Familie oder House Briargate wanderten, überkam sie tiefe Mutlosigkeit. Sie verspürte einen glühenden Hass auf Albert. Obwohl sie sich damit ablenkte, ihre Rache zu planen, wusste sie, dass sie ihm in Wirklichkeit nichts anhaben konnte. Sie konnte ihn nicht einmal töten, denn auch das würde sich negativ auf Nell auswirken.

Sie war absolut hoffnungslos. Ohne Zeugnis konnte sie keine anständige Stellung finden. Und von hier fortgehen konnte sie nicht, weil sie kein Geld hatte. Es war ihr nicht einmal möglich, sich die Zeit zu vertreiben, indem sie putzte, kochte oder flickte, weil ihr dazu die notwendigen Utensilien fehlten.

Hope hatte seit ihrer Kindheit gearbeitet und sich oft gewünscht, einfach einmal nur untätig dasitzen zu können. Doch das war keineswegs erstrebenswert. Zumindest nicht in einem unerträglich schmutzigen Zimmer und wenn man von Hass auf einen Menschen verzehrt wurde und von der Güte Fremder abhängig war, nur um etwas essen zu können.

In den nächsten Tagen, wenn ihre Langeweile größer wurde als ihre Furcht, wagte sie sich manchmal nach unten und erkundete die Lamb Lane und die benachbarten Gassen. Bei diesen Gelegenheiten beobachtete sie, dass die Art hausfraulicher Fähigkeiten, die sie besaß, hier unbekannt waren.

Die Anwohner kauften fertig gekochtes Essen und aßen es unterwegs; Kleider wurden weder gewaschen noch geflickt, sondern getragen, bis sie auseinanderfielen oder, wie in Betsys Fall, bis man Ersatz stehlen konnte. Auch das Familienleben, das Hope als Kind gekannt hatte, existierte hier nicht. Kinder hielten sich vom ersten Tageslicht bis nach Einbruch der Dunkelheit auf den Straßen auf, und der Mann, der nur zum Schlafen ins Haus kam, war nicht unbedingt ihr Vater.

Ein großer Teil der Babys, die in den ärmsten Gebieten der Stadt geboren wurden, starb im ersten Jahr, und für die anderen wurde das Leben zu einem Hindernisrennen; das hatte Pastor Gosling einmal in einer seiner Unterrichtsstunden gesagt. Falls sie sich von Masern oder Scharlach erholten, gab es Dutzende weiterer Krankheiten, die leicht das Ende für sie bedeuten konnten.

Gussie hatte Hope erzählt, dass fast alle Kinder mit sieben oder acht Jahren auf den Straßen lebten und sich ihr eigenes Essen zusammenräuberten. Einige von ihnen waren wie er einem brutalen Mann und einer ständig betrunkenen Mutter entflohen, aber die Übrigen waren auf die Straße gesetzt worden, um sich selbst durchzuschlagen, da ihr Zuhause zu überfüllt war. Häufig teilten sich drei oder vier Familien ein einziges Zimmer. All diese Kinder waren zerlumpt und barfuß, und manche von ihnen hatten kaum ein Hemd, um sich zu bedecken.

Hygiene, wie Hope sie kannte, war hier fremd. Weder Körper

noch Kleider wurden gewaschen; die Kinder hatten verfilztes Haar, das nie einen Kamm oder eine Bürste zu sehen bekommen hatte, und auf ihren Köpfen wimmelte es von Läusen. Sie sah arme kleine Dinger mit eiternden Wunden, die in den Essensresten wühlten, die andere auf die Straße geworfen hatten. Ohne Fürsorge, Schulbildung oder auch nur jemanden, der ihnen ein gutes Beispiel gab, würden jene, die das Erwachsenenalter erreichten, diesen erschreckenden Zustand fortsetzen, indem sie noch mehr vernachlässigte Kinder in die Welt setzten.

An ihrem dritten Tag in der Lamb Lane konnte Hope den Schmutz nicht länger ertragen, und sie schüttelte alle Säcke, die zum Schlafen benutzt wurden, am Fenster aus. Dann schlang sie einige Lumpen, die in einer Ecke lagen, zu einer Art Besen oder Mopp zusammen und fegte den Raum. Unrat und Staub kamen in eine Schachtel, die sie hinausbrachte und auf der Straße abstellte, wo alle anderen ebenfalls ihren Müll ließen.

Mit einem weiteren Lumpen putzte sie das Fenster und polierte es mit einer alten Zeitung, die sie unter den Säcken gefunden hatte. Als die Schlafsäcke wieder in adretten Häufchen übereinandergestapelt waren, jeweils mit einer Decke obenauf, sah der Raum geringfügig besser aus. Dennoch musste sie an ihr altes Zimmer in House Briargate denken, mit seinen weichen Tagesdecken und den sauberen weißen Baumwolllaken, und bei dieser Erinnerung kamen ihr wieder die Tränen.

Gussie und Betsy betrachteten das aufgeräumte Zimmer mit einem gewissen Maß an Bewunderung, aber vor allem mit Erheiterung. »Wir können den Leuten erzählen, wir hätten es in der Welt zu etwas gebracht, weil wir jetzt eine eigene Dienstbotin haben«, kicherte Betsy. Sie legte sich auf einen der Stapel Säcke und winkte Hope heran.

»Mach mir jetzt meinen Tee, Mädchen, und trödele nicht herum«, sagte sie mit vornehmer Stimme. »Du benutzt natürlich die silberne Teekanne, und wenn du damit fertig bist, kannst du mein Ballkleid für heute Abend plätten.«

Hope lachte; Betsy war so warmherzig und respektlos! Aber ihr Gelächter verwandelte sich in Bestürzung, als Gussie zwei Kerzen aus seinem Mantel zog.

»Sind die aus der Kirche?«, fragte Hope voller Entsetzen, denn sie erkannte die dicken langen Kerzen, die sie daheim immer in St. Mary's hatten.

»Allerdings«, antworte er mit einem Grinsen. »Und sie halten schön lange. Also haben wir sogar Licht, während Ihre Ladyschaft an ihrem Tee nippt.«

Hope unterdrückte ihren Protest. Sie hatte bereits bemerkt, dass Betsy und Gussie keinen Respekt vor dem Gesetz, den Behörden oder vornehmen Leuten hatten, und sie neckten sie, weil sie anders empfand. Aber etwas aus einer Kirche zu stehlen, erschien ihr doch zu verwerflich.

»Mach nicht so ein Gesicht«, tadelte Gussie sie. »Sie haben Dutzende dieser Kerzen, da werden sie zwei nicht vermissen. Außerdem ist die Kirche reich, sie nimmt Geld von den Armen und kleidet all diese Bischöfe in protzige Sachen, lässt sie in Palästen leben und den ganzen Tag über faulenzen.«

Gussies sarkastische Bemerkung über die Kirche war nur eine von vielen, die er zu verschiedenen Themen fallen ließ und mit denen er Hopes seit Kindheitstagen gehegte Ansichten hinterfragte. Schon bald war sie weniger sicher, was Recht und was Unrecht war.

Pastor Gosling hatte ihr eingebläut: »Gesegnet seien die Sanftmütigen.« Gussie hielt diese Maxime für eine Aussage der Reichen und Mächtigen, die diese verbreiteten, um dafür Sorge zu tragen, dass es immer Millionen sanftmütiger Menschen gebe, die sie ausbeuten könnten. »Du hast schließlich lange genug für die müßigen Reichen sanftmütig Feuer entzündet und Nachttöpfe geleert. Man hat dir beigebracht, dankbar für die wenigen Schillinge im Jahr zu sein, die du bekommen hast. Ich finde, es ist nun an der Zeit, dass du dir einen größeren Wert beimisst, Hope«, sagte er.

Betsy ging noch weiter. Sie fand, Frauen sollten die gleichen Rechte haben wie Männer. Ihrer Auffassung nach war es falsch, dass der Besitz und das Geld einer Frau bei ihrer Heirat das Eigentum ihres Mannes wurden, dass er sie schlagen konnte, wann immer es ihm gefiel, und ihr die Kinder wegnehmen konnte, wenn sie endlich den Mut aufbrachte, ihn zu verlassen. Außerdem fand sie, dass Frauen jede Arbeit verrichten können sollten, sei es die eines Arztes, sei es die eines Richters, Priesters oder Zimmermanns. »Ich würde selbst gern Zimmermann werden. Und ich bin es herzlich leid, von Männern für diesen Wunsch ausgelacht zu werden«, erklärte sie.

Später am Abend ging Hope voller böser Befürchtungen in das »Grapes«, aber zu ihrer Überraschung war es keine abscheuliche, düstere Spelunke, wie sie erwartet hatte, sondern wirkte wie ein Palast, mit hellen Gaslichtern, vergoldeten Säulen, riesigen Spiegeln und samtbezogenen Sitzmöbeln. Sie hatte die Gaslaternen draußen in den Straßen bewundert, jedoch nicht erwartet, sie in einer Schenke zu sehen.

»Mach den Mund zu, sonst springen die Flöhe hinein«, meinte Betsy mit einem Grinsen.

»Aber es ist wie ein Palast«, rief Hope. Nicht nur die Eleganz des Lokals verblüffte sie, auch die Gäste waren nicht wie die verwahrlosten Menschen in der Lamb Lane – einige von ihnen waren tatsächlich recht elegant gekleidet.

»Es ist ein Gin-Palast«, sagte Gussie. »Und du musst mal etwas davon probieren.«

Ihr erster Gin mit Wasser schmeckte Hope nicht besonders gut, aber sie musste zugeben, dass die Wirkung angenehm war. Beim zweiten hatte sie die blauen Flecken in ihrem Gesicht und die

Lamb Lane völlig vergessen. Auch an den Umstand, dass sie keine Zukunft für sich sehen konnte, dachte sie nicht mehr.

Gussie stellte sie seinen und Betsys Freunden – einer lebhaften gutmütigen Truppe – als seine Cousine vom Land vor. Hope vermutete, dass einige der Mädchen Huren waren, da sie stark geschminkt waren und tiefe Ausschnitte trugen, aber es tat gut, Menschen zu begegnen, die nicht elend aussahen.

Einer von Gussies Freunden hieß Basher Boulton. Er hatte eine zerquetschte Nase und ein Blumenkohlohr, aber Gussie sagte, er sei ein Boxchampion. Ein anderer Mann sprach über Hundekämpfe; er organisierte im Augenblick einen einige Kilometer außerhalb von Bristol. Beide Männer waren sehr lieb zu ihr und bemitleideten sie wegen ihrer blauen Flecken. Basher meinte, er habe eine spezielle Salbe, mit der sie doppelt so schnell verblassen würden, und vielleicht könne sie morgen Abend in seine Unterkunft kommen, damit er sie ihr geben konnte.

»Ich weiß, was du ihr geben willst!«, meldete Betsy sich zu Wort. »Und das geschieht nur über meine Leiche!«

Hope hatte sich noch nie so gut amüsiert. Ein Mann begann auf einem Akkordeon zu spielen, und sie tanzte mit Gussie und dann mit jedem, der sie zum Tanzen aufforderte. Während sie die überschwänglich umherhüpfenden Männer beobachtete, musste sie an die Feiern zum Ersten Mai denken und an die Abendessen zur Erntefeier daheim. Nell, die vornehme Herrschaften hatte tanzen sehen, hatte oft mit herablassendem Tonfall bemerkt, dass die Leute vom Land tanzten wie Karrenpferde. Aber Hope gefiel es; es machte Spaß, herumgewirbelt zu werden, bis ihr schwindelig wurde. Sie verstand jetzt, warum Betsy und Gussie jeden Abend ausgingen.

Es war nach Mitternacht, als Gussie Hopes Arm nahm und sie zur Tür führte. »Es wird Zeit für dich, nach Hause zu kommen«, erklärte er.

»Aber ich will noch nicht nach Hause gehen«, protestierte sie und zog den Arm zurück. »Ich amüsiere mich glänzend.«

»Du bist betrunken, Hope.«

»Nein, bin ich nicht«, beharrte sie.

Er packte sie fester und zog sie hinaus. Nach der verschwitzten Wärme und dem Rauch in dem Lokal fühlte die Luft auf der Straße sich eiskalt an. Hope war außerdem schwindelig, und die Gaslaterne über ihnen schien zu schwanken.

»Mir ist nur schwindelig«, beteuerte sie. »Das kommt vom Tanzen. Lass mich wieder hineingehen, und ich werde mich hinsetzen.«

Gussie umfasste ihr Gesicht mit beiden Händen und küsste sie auf die Nase. »Dir ist nicht schwindelig vom Tanzen, es ist der Gin«, erwiderte er. »Wenn du wieder dort hineingehst, wirst du ohnmächtig werden.«

Seine Hände fühlten sich gut an auf ihrem Gesicht, und er sah sie auf so merkwürdige Weise an. »Du willst mich doch nicht nur nach Hause bringen, damit du deinen durchtriebenen Willen bekommst?«, kicherte sie.

Ihr war noch nie aufgefallen, wie attraktiv seine Augen waren, wie Bernstein mit dunkleren Fleckchen darin, und seine Wimpern waren sehr lang und dicht.

»Nein, wollte ich nicht«, lächelte er. »Aber wenn ich dich nicht nach Hause bringe, wird irgendein Bursche es versuchen. Ich bin nicht stark genug, um sie für dich abzuwehren.«

Sie lachte über seinen eindringlichen Blick. »Ein perfekter Gentleman«, sagte sie und lehnte sich an seine Schulter, denn plötzlich fühlte sie sich sehr merkwürdig und benommen.

»Und du bist eine kleine Dame«, entgegnete er, während er sie die Straße entlangführte. »Zu schade für Männer, wie man sie dort drin trifft.«

Kapitel 9

Nell kehrte mit Lady Harvey einen Tag vor Heiligabend nach House Briargate zurück, einige Wochen nach Squire Dorvilles Beerdigung. Es war neun Uhr abends, als die Mietkutsche in die Einfahrt einbog. Das Pförtnerhaus lag im Dunkeln, daher vermutete Nell, dass Albert schon zu Bett gegangen war. Oben im großen Haus hingegen leuchteten auf der Veranda einladend mehrere Laternen.

»Sie sind sicher sehr froh, wieder zu Hause zu sein, Mylady?«, fragte sie ihre Herrin.

»Das bin ich gewiss, Nell«, seufzte Lady Harvey. »Diese letzten Wochen waren so anstrengend. Ich bin vollkommen erschöpft.«

Nach der Verlesung des Testaments ihres Vaters hatte es zwischen Lady Harvey und ihren Schwestern nicht wenige Unannehmlichkeiten gegeben. Sir William hatte die Situation nicht besser gemacht, indem er sich betrunken hatte und ausfallend geworden war. Irgendwann war er in aller Eile abgereist und hatte es seiner Frau überlassen, die Wogen zu glätten.

»Sie werden sich jetzt bald erholen«, sagte Nell tröstend. »Master Rufus und alle hier werden sich so freuen, Sie wieder daheim zu haben.«

Noch bevor die Kutsche das Ende der Einfahrt erreicht hatte, war Baines mit einer Laterne herausgekommen, eilig gefolgt von Rose. Nell fragte sich, ob er am Fenster gesessen und gewartet hatte, denn von der Küche aus konnte er den Wagen unmöglich gehört haben. Baines und Rose übernahmen Lady Harveys Gepäck, und als sie in die Halle gingen, kam Master Rufus aufgeregt die Treppe hinuntergerannt.

»Mama, ich bin ja so froh, dass du wieder da bist!«, rief er und warf sich in ihre Arme. »Ich hatte solche Angst, dass du über Weihnachten nicht hier sein würdest.«

Nell lächelte über das glückliche Wiedersehen. Seit Rufus im September in die Schule zurückgekehrt war, schien er noch ein oder zwei Zoll gewachsen zu sein, und er wurde langsam zu einem sehr gut aussehenden jungen Mann.

Sie fragte sich flüchtig, warum Hope nicht irgendwo im Hintergrund wartete, um sie ebenfalls zu begrüßen. Aber als Baines sagte, er werde für Lady Harvey etwas zum Abendessen in den Salon bringen, vermutete sie Hope bei Martha in der Küche.

Nachdem Rose Lady Harvey den pelzgefütterten Mantel und den Hut abgenommen hatte, gingen Mutter und Sohn Arm in Arm in den Salon. Nell eilte in die Küche; sie war schrecklich durstig und vollkommen durchgefroren.

»Oh, es tut so gut, endlich wieder im Warmen zu sein«, sagte sie, als sie in die Küche trat und direkt auf den Herd zuging und sich dagegenlehnte. »Was hätte ich während der Heimreise mit dem Zug nicht für einen pelzgefütterten Mantel gegeben!«

Martha legte gerade letzte Hand an die Speisen auf dem Tablett für die Herrin, und sie blickte auf und lächelte Nell an. »Es ist schön, Sie wieder dazuhaben«, meinte sie. »Albert hat eine Weile auf Sie gewartet, doch dann wurde es so spät, dass er zu Bett gehen musste. Aber zumindest wird er es für Sie angewärmt haben.«

»Wo ist Hope?«, erkundigte sich Nell, als Baines in die Küche kam.

Er ignorierte ihre Frage und griff nach dem Tablett. »Ich bringe dies hier nur schnell zu Ihrer Ladyschaft«, erklärte er.

»Stimmt etwas nicht?«, fragte Nell, nachdem er den Raum verlassen hatte. »Ist Hope krank?«

»Es ist nicht an mir, etwas darüber zu sagen«, entgegnete Martha. »Baines wird es Ihnen erzählen, wenn er zurückkommt.«

Jetzt wusste Nell, dass tatsächlich etwas nicht stimmte, und dieser Eindruck bestätigte sich noch, als sie Rose auf die Dienstbotenhalle zueilen sah, wahrscheinlich, weil auch sie nicht befragt werden wollte. »Rose! Sag mir, wo Hope ist«, rief sie.

»Beruhigen Sie sich, Nell«, murmelte Martha. »Baines wird nicht lange fort sein.«

»Sie ist nicht hier, nicht wahr?«, stieß Nell hervor. »Wohin ist sie gegangen? Wann ist sie gegangen?«

Marthas hölzerne Miene und Roses große Nervosität verrieten ihr, dass Hope ganz eindeutig fort war, doch keine der beiden Frauen war bereit, sich dazu zu äußern.

Nell ging unruhig im Raum auf und ab, und in ihrer Erregung vergaß sie, dass sie fror und Durst hatte. In der Küche roch es nach Zimt, Nelken und anderen Gewürzen, und diese köstlichen Düfte erinnerten sie an vergangene Weihnachtsfeste, als einige ihrer Geschwister noch hier um sie versammelt gewesen waren. Trotz all des Unglücks, das Albert ihr zugefügt hatte, hatte sie in Briargate stets alles beiseiteschieben können. Sie hätte gern James oder Ruth weiterhin in ihrer Nähe gehabt. Doch ohne Hope fühlte sie sich hilflos und verlassen.

Baines kam herein und zog die Tür mit unheilverkündender Miene hinter sich zu.

»Sie ist fort, nicht wahr?«, platzte Nell heraus.

Baines nickte düster.

»Warum so plötzlich? Gewiss hätte sie bis zu meiner Rückkehr warten können!«, hakte Nell nach. »Ist es eine gute Stelle?«

Baines ließ sich auf einen Stuhl fallen und stützte den Kopf in die Hände. »Sie ist mit ihrem Liebsten davongelaufen.«

»Mit ihrem Liebsten? Sie hatte gar keinen!«

»Das dachten wir alle.« Baines blickte zu ihr auf, das Gesicht von Kummer gefurcht. »Aber sie hat einen Brief hinterlassen. Albert hat ihn hergebracht und mir gezeigt.«

»Wann war das?« Nell fühlte sich, als wäre alles Blut aus ihrem Körper gewichen. Die Beine drohten unter ihr nachzugeben.

»Setzen Sie sich.« Martha drückte sie auf einen Stuhl. »Ich werde Ihnen eine Tasse Tee kochen.«

»Sie ist schon seit November fort«, erklärte Baines. »Zwei Wochen, nachdem Lady Harvey und du aufgebrochen wart. Es hat keine Vorwarnung und kein Lebewohl gegeben. Hope ist in der einen Minute noch in der Küche gewesen, und in der nächsten war sie verschwunden. Sie muss es schon eine ganze Weile geplant haben«, fügte er müde hinzu und schob sich eine Haarsträhne aus dem Gesicht. »Aber ich habe niemals etwas gespürt, sie hat sich nicht verdächtig benommen und nichts gesagt, was ich im Nachhinein als Abschiedsworte hätte deuten können.«

»Außerdem ist sie mit leeren Händen gegangen«, fügte Martha hinzu. »All ihre Sachen sind noch immer oben in ihrem alten Zimmer. Wir haben alles dort gelassen, damit Sie es sich ansehen können.«

»Aber warum haben Sie mir nicht geschrieben?«, fragte Nell und begann zu weinen.

»Albert hielt es für besser, es zu lassen.« Baines zuckte die Schultern. »Er dachte, du würdest dich aufregen, und da du Lady Harvey nicht verlassen konntest, hätte das alles nur noch schlimmer gemacht.«

»Hat er nach ihr gesucht?« Nells Stimme schwoll vor Verzweiflung an.

»Er hat es deinen Brüdern erzählt, das weiß ich«, antwortete Baines. »Pastor Gosling war hier und hat berichtet, sie seien bei ihm und fast bei jedem anderen im Dorf gewesen, um herauszufinden, wer der junge Mann war.«

»Und? Haben sie es herausgefunden?«

Baines schüttelte den Kopf. »Alle sagen das Gleiche: dass es ein Rätsel sei. Es war kein Soldat hier in der Gegend.«

»Ein Soldat!«, entfuhr es Nell. »Sie ist mit einem Soldaten davongelaufen?«

Die Glocke des Salons läutete, und Baines machte sich auf den Weg dorthin. Lady Harvey saß am Feuer, und Rufus hockte auf dem Kaminvorläufer zu ihren Füßen. Bei Baines' Erscheinen drehte sie sich um.

»Ist es wahr, was Rufus mir erzählt hat? Hope ist ohne ein Wort fortgegangen?«

»Ja, Mylady«, antwortete Baines. »Ich habe es soeben Nell erzählt; sie ist ganz außer sich.«

»Was für ein undankbares kleines Geschöpf!«, sagte Lady Harvey empört. »Nach allem, was Nell für sie getan hat! Sie haben den Dienstboten offenkundig zu viel freie Zeit gelassen, Baines, wenn sie die Gelegenheit hatte, Männer kennenzulernen.«

Baines richtete sich zu seiner vollen Größe auf. Lady Harveys Annahme, Dienstboten hätten kein Recht auf ein Privatleben, war schlimm genug, aber wenn man bedachte, dass sie alle hier in House Briargate sich den Rücken krumm schufteten, weil Lady Harvey es sich nicht leisten konnte, mehr Personal einzustellen, wusste er nicht, wie sie die Unverfrorenheit aufbrachte, etwas Derartiges zu bemerken.

»Bei allem schuldigen Respekt, Mylady«, erwiderte er zähneknirschend, »Hope hatte keine Zeit für sich, abgesehen von ihrem freien Nachmittag, den sie stets bei ihrem Bruder und seiner Familie verbracht hat. Weder er noch ich können uns vorstellen, wie und wann sie diesen Mann kennengelernt hat. Außerdem passt es überhaupt nicht zu ihr; sie war kein flatterhaftes Mädchen, und sie steht Nell sehr nahe.«

»Nell kann ruhig nach Hause gehen und mit Albert reden«, meinte Lady Harvey abschätzig. »Wenn sie erregt ist, wird sie mir nichts nutzen; Rose kann mir aufwarten.«

Eine Woge des Ärgers stieg in Baines auf, als er über die Gefühllosigkeit seiner Herrin nachdachte. Nell arbeitete für sie, seit sie in Hopes Alter gewesen war, niemand konnte eine ergebenere, treuere Zofe haben, und Nell hatte Besseres verdient, als ohne ein mitfühlendes Wort nach Hause geschickt zu werden.

»Ich glaube nicht, dass Hope freiwillig fortgegangen ist«, meldete Rufus sich plötzlich zu Wort.

Seine Mutter und Baines blickten ihn überrascht an. Mit seinen überlangen blonden Locken sah er sehr jung aus, aber seine Miene war die eines Erwachsenen. »Ich würde sagen, Albert hat sie gezwungen fortzugehen.«

»Oh, was um alles in der Welt soll das heißen?«, fragte Lady Harvey scharf. »Du hast mir erzählt, sie habe Nell einen Brief hinterlassen.«

»Das hat sie, Albert hat ihn mir gezeigt«, berichtete Baines.

»Es ist durchaus möglich, jemanden dazu zu zwingen, einen Brief zu schreiben«, beharrte Rufus halsstarrig. »Ich habe in der Schule mitbekommen, dass andere Jungen so etwas getan haben. Nell lag Hope viel zu sehr am Herzen. Niemals wäre sie in ihrer Abwesenheit fortgelaufen.«

»Du bist nur ein Kind, und du warst in der Schule, als das passiert ist«, gab Lady Harvey geringschätzig zurück. »Das wäre dann alles, Baines, und richten Sie Nell und Rose bitte aus, was ich gesagt habe. Außerdem würde ich heute Abend gern ein Bad nehmen, bevor ich zu Bett gehe.«

Als Baines den Raum verließ, hörte er Rufus abermals sprechen. »Mama, du solltest Rose nicht so spät am Abend noch bitten, eine Badewanne für dich zu füllen. Sie hat heute so hart gearbeitet, und sie muss sehr müde sein!«

Baines verweilte nicht lange genug, um die Antwort seiner Herrin zu hören, doch das Mitgefühl des Jungen rührte ihn. Außerdem konnte er erahnen, dass es Hope war, die ihm die Augen geöffnet hatte, was die Ungerechtigkeit des Dienstbotenwesens betraf.

Nell ging schluchzend die Einfahrt zum Pförtnerhaus hinunter. Baines, Rose und Martha hatten ihr Bestes gegeben, um sie zu trösten, aber nichts, was jemand sagte oder tat, konnte ihr helfen. Nell erinnerte sich daran, wie sie sich mit sechzehn gefühlt hatte; sie war so naiv gewesen, so erpicht darauf, alles zu erleben, insbesondere die Geheimnisse des Küssens. Hätte Bridie ihr nicht damals plötzlich erzählt, dass Lady Harvey ein Kind erwarte, hätte sie sich am selben Nachmittag in Lord's Wood mit Ned Travers getroffen.

Sie wusste nicht, warum ihr nie der Gedanke gekommen war, dass Hope genauso sein könne wie sie damals, dass sie ständig über Jungen nachdachte und sich danach verzehrte, einen Liebsten zu haben. Wenn sie Hope nur von Ned erzählt hätte, hätte ihre Schwester ihr vielleicht ihre eigenen Mädchenträume offenbart.

Hatte sie in ihrer Verbitterung unbewusst gewollt, dass auch Hope Liebe und Glück verwehrt bleiben würden?

Als sie die Tür des Pförtnerhauses öffnete, konnte sie Albert oben schnarchen hören, und in der Luft lag ein beißender Geruch, der nur von einem ungeleerten Nachttopf stammen konnte. Während sie sich blind durch die Dunkelheit tastete, stieß sie auf den Tisch und fand den Kerzenständer und die Streichhölzer. Als das Streichholz aufflammte, sah sie das Chaos, das im Raum herrschte, und ihr wurde noch schwerer ums Herz.

Als sie drei Kerzen entzündet hatte, hätte sie am liebsten kehrtgemacht und wäre für die Nacht zurück nach Briargate gelaufen, denn das Pförtnerhaus war in einem widerwärtigen Zustand. Dutzende von leeren Flaschen lagen im Raum verstreut. Große Schlammbrocken von Alberts Stiefeln lagen überall auf dem Boden, der Tisch war übersät von Brocken schimmeligen Brotes, und überall standen ungewaschene Teller und Schüsseln, von denen viele, wie sie auf den ersten Blick sah, in das große Haus gehörten.

Sie hatte keinen Moment lang erwartet, dass Albert sie mit offenen Armen willkommen heißen würde, aber bei Gott, jeder Mann, der wusste, was sie bei ihrer Rückkehr erwartete, würde doch zumindest versuchen, den Schmerz ein wenig zu lindern. Doch er brachte ihren Gefühlen gegenüber nicht einmal so viel Respekt auf, um für sie aufzuräumen.

Sie dachte daran, wie oft er sie beschimpft hatte, weil der Läufer vor dem Herd nicht gerade gelegen hatte oder die Stühle nicht unter den Tisch geschoben worden waren, und plötzlich war sie außer sich vor Zorn über ihn.

Ihr Ärger übertraf sogar ihre Furcht vor Albert. Sie griff nach der Kerze, marschierte die Treppe hinauf und trat die Schlafzimmertür auf. »Wach auf, Albert. Ich will mit dir reden«, fuhr sie ihn an.

»Was ist denn los?«, fragte er verschlafen, und Nell rümpfte die Nase angesichts des Gestanks der verschwitzten Kleider und des vollen Nachttopfs.

»Du schmutziger Mistkerl«, brüllte sie. »Wie konntest du zulassen, dass ich das Haus bei meiner Rückkehr in einem solchen Zustand vorfinde?«

Er setzte sich auf und rieb sich die Augen. »Putzen ist Frauensache«, sagte er mürrisch.

»Dann hättest du eine Frau herholen sollen, um zu putzen«, fauchte Nell ihn an. »Ich habe gesehen, dass Martha dir zu essen gegeben hat, also hättest du sie auch bitten können, für dich Ordnung zu schaffen.«

»Halt den Mund, Frau«, brummte er und legte sich wieder hin, als hätte er die Absicht weiterzuschlafen.

»Du Schwein!«, explodierte sie. »War es nicht schon schlimm genug für mich, nach Hause zu kommen und feststellen zu müssen, dass Hope fort ist, ohne mir auch noch das hier anzubieten? Und wo ist der Brief, den sie hinterlassen hat?«

Die Frage weckte ihn nun vollends. »Wie kannst du es wagen, hier hereinzuplatzen und mich anzuschreien?«, fragte er und schwang die Beine aus dem Bett. »Ein Mann, der arbeitet, braucht seinen Schlaf.«

Nell hatte früher immer klein beigegeben, wenn er auf sie zugekommen war, doch diesmal zwang sie sich, ihm die Stirn zu bieten. »Auch eine Frau braucht ihren Schlaf, aber erwartest du von mir, dass ich in diesem Rattenloch schlafe?«, gab sie zurück und deutete auf das Bett. Die Kerze spendete nicht viel Licht, doch es war hell genug, um die schmutzigen Laken zu sehen. Die weiße Tagesdecke, die laut Alberts Befehl stets glatt und faltenfrei zu sein hatte, lag auf dem Boden, und er war mit lehmverkrusteten Stiefeln darüber hinweggetrampelt. »Jetzt geh nach unten und erzähl mir von Hope«, beharrte sie.

»Ich kann dir gar nichts erzählen. Ich habe sie nicht weggehen sehen. Ich habe nur ihren Brief gefunden.«

Das leise Jammern in seiner Stimme verriet Nell, dass er log. »Lügner!«, rief sie, und die Kerze wackelte im Kerzenständer, weil Nell vor Zorn zitterte. »Hinter der Sache steckt noch mehr, das weiß ich einfach.«

Seine Hand schnellte hoch, bevor sie auch nur die Bewegung sah, und traf sie im nächsten Moment mitten im Gesicht. »Ich lasse mich nicht einen Lügner schimpfen, und ich bin froh, dass das Miststück fort ist«, zischte er sie an. »Also, raus hier. Du wirst den verfluchten Brief auf der Ankleidekommode finden.«

Als er sich anschickte, sie abermals zu schlagen, drehte Nell sich auf dem Absatz herum und rannte die Treppe hinunter; plötzlich war ihr nur allzu bewusst, dass sie sich auf gefährlichem Grund bewegte. Sie hörte die Bettfedern knarren, als Albert sich wieder hinlegte, und plötzlich weinte sie, als wollte sie nie wieder aufhören.

Sie fand den Brief und hielt ihn dicht vor die Kerze, um ihn lesen zu können. Es war zweifellos Hopes Handschrift; sie hatte eine kühne, klare Schrift, die einzige Handschrift, die zu lesen Nell nie Mühe bereitet hatte. Sie las den Brief vier oder fünf Mal, aber mit jeder weiteren Lektüre wuchs ihre Verwirrung.

Ihre eigenen Kenntnisse des Lesens und Schreibens waren nur bruchstückhaft, und wenn sie einen Brief schreiben musste, konnte sie kaum mehr als nackte, klare Tatsachen niederschreiben, die niemals etwas über ihre Gefühle aussagten, ebenso wenig konnte sie irgendwelche Dinge beschreiben. Aber Hope hatte immer schon so schreiben können, wie sie sprach. Wenn sie an James oder Ruth schrieb, waren ihre Briefe stets lebendige Berichte über alle Mitglieder der Familie und die neuesten Ereignisse im Dorf. Dieser Brief hätte von Nell selbst geschrieben sein können, nur dass er keine Rechtschreibfehler enthielt.

Ich gehe mit einem Soldaten fort. Hope hätte das nicht gesagt; selbst wenn sie in Eile gewesen wäre, hätte sie irgendeinen Grund genannt, eine Beschreibung des Mannes einfließen lassen oder seinen Namen. *Bitte sei nicht wütend auf mich.* Es wäre nicht Nells Wut gewesen, die Hope Kopfzerbrechen bereitet hätte, nur ihr furchtbarer Kummer. Wo war die Traurigkeit darüber, nicht auf Wiedersehen gesagt zu haben, oder das Wissen, dass sie mit diesem Brief alle im Stich ließ? *Du kannst meine Sachen haben und den Lohn, der mir noch zusteht.* Hope hätte sich gar nicht die Mühe gemacht, das extra zu betonen, sie hätte es als selbstverständlich erachtet. Geradeso wie ihre Entschuldigung, Nells Kleid genommen zu haben, überflüssig war.

Später legte Nell sich in Hopes altes Bett in dem kleinen Raum. Er war kalt und feucht, weil er nur selten benutzt wurde, aber es war weit besser, als das Bett mit Albert zu teilen.

Sie erinnerte sich jetzt an ihr Gespräch mit Hope an dem Tag, bevor sie mit Lady Harvey aufgebrochen war. Hope hatte gesagt, solange sie in Briargate sei, werde sie genauso wenig einen Liebsten finden, wie zur Königin gekrönt werden. Das hätte sie nicht gesagt, wäre da bereits ein junger Mann im Hintergrund gewesen. Und sie hätte bei diesen Worten auch nicht so trostlos dreingeblickt.

Außerdem hätte sie ganz sicher keinen Brief an einer Stelle hinterlassen, an der Albert ihn finden und lesen würde. Sie hätte ihn in ihrem Zimmer im großen Haus hinterlassen. Und wenn sie tatsächlich vorgehabt hatte wegzulaufen, wäre sie nicht hierhergekommen, weil sie es unbedingt hätte vermeiden wollen, Albert über den Weg zu laufen.

Wie ein Lichtstrahl in einem dunklen Raum konnte Nell plötzlich erahnen, wie es geschehen war. Hope lief nicht einfach davon. Sie war hergekommen, um Ordnung zu schaffen, geradeso, wie Nell es von ihr erbeten hatte. Albert war währenddessen wahrscheinlich hereingekommen, und vielleicht hatte Hope ihn wegen der Schweinerei zur Rechenschaft gezogen. Und er hatte sie geschlagen.

Nell konnte die Szene beinahe vor ihrem inneren Auge sehen: Albert, der vollkommen die Kontrolle verlor, dem dann aber klar wurde, dass Hope es Baines erzählen und dieser sich wiederum an Sir William wenden würde.

Das war der Grund, warum Hopes Brief so eigenartig klang. Sie hatte ihn selbst geschrieben, das stand fest, aber nach Alberts Anweisung. Sie hatte sich vielleicht bereitgefunden, House Briargate zu verlassen, nur damit er aufhörte, ihr wehzutun. Aber wie hatte er sie dazu bringen können, ganz fortzugehen? Normalerweise wäre sie immer direkt zu Matt gelaufen.

Die ganze Nacht über lag Nell wach und starrte in die Dunkelheit, gequält von schrecklichen Visionen von Albert, wie er Hope erwürgte. Sie wünschte sich verzweifelt, es hätte eine andere Erklärung geben können, doch was für eine könnte das sein?

Kurz nachdem die Uhr im unteren Stockwerk vier geschlagen hatte, hörte sie Albert sich aus dem Raum nebenan schleichen. Sie wappnete sich, denn sie dachte, dass er zu ihr kommen würde. Aber er schlich die Treppe hinunter, und nur eine Minute später hörte sie ihn zur Vordertür hinausgehen. Das war eine weitere Bestätigung seiner Schuld. Wenn er nichts mit Hopes Verschwinden zu tun gehabt hätte, wäre er nicht umhergeschlichen. Und erst recht wäre er nicht eine gute Stunde früher fortgegangen, nur um ihr nicht mehr begegnen zu müssen.

Nells Wange pulsierte – sie konnte spüren, dass sie geschwollen war –, und ihr Zorn und ihre Trauer kehrten zehnfach zurück.

Es war der erste Weihnachtstag, ein Tag hektischer Vorbereitungen, und doch waren diese Stunden in der Vergangenheit stets voller Glück gewesen. Bis vor wenigen Jahren hatte es immer viele Gäste in House Briargate gegeben und ein üppiges Festmahl, dem einen Tag darauf ein noch luxuriöseres Essen gefolgt war. Nell hatte Jahre erlebt, in denen ein Musikerquartett verpflichtet worden war, und sie hatten die Läufer im Wohnzimmer aufgerollt, damit die Gäste tanzen konnten. Außerdem hatte es Kostümbälle gegeben. Einmal hatte Lady Harvey sich als Nell Gwynn verkleidet, und Sir William war als Charles II gegangen, und das Haus hatte widergehallt von Gelächter und Gesang.

Aber dieses Weihnachten würde für niemanden ein glückliches sein.

Als zwei Stunden später der Morgen heraufdämmerte, griff Nell nach dem Kissenbezug mit ihren Besitztümern und ging auf die Tür zu.

Sie hatte aufgeräumt, nicht weil dies ihre Pflicht als Ehefrau war, sondern lediglich um die Zeit auszufüllen, bis sie zum großen Haus aufbrach. Als sie ihre Sachen zusammengepackt hatte, hatte sie festgestellt, dass das Kleid, das Hope genommen hatte, ihr ältestes war, ein schlichtes, graues Alltagskleid, das ihr viel zu groß gewesen sein musste. Dies war eine weitere Bestätigung ihres Verdachts. Wenn Hope wirklich mit ihrem Geliebten davongelaufen wäre, wäre ihr Aussehen ihr wichtig gewesen, und sie hätte das hübsche rosaweiße Kleid genommen, das Nell an ihrem Hochzeitstag getragen hatte. Aber das lag noch immer zusammengefaltet in der Schublade, eins von vielen Symbolen für all die Träume, die Albert zerschlagen hatte.

»Nell!«, rief Baines aus, als sie in die Dienstbotenhalle geeilt kam, wo er gerade Sir Williams Reitstiefel polierte. Sie ließ den vollen Kissenbezug mit ihrer Habe auf den Boden fallen. »Was ist das alles?«

»Meine Sachen«, sagte sie leise. »Ich kann nicht länger mit Albert zusammenleben.«

Baines wirkte erschrocken, kam aber auf sie zu und strich ihr sachte über die brennend rote Wange. »Er hat dich geschlagen?«, flüsterte er, und in seinen blass gewordenen blauen Augen stand tiefe Sorge.

»Ja, aber es wird das letzte Mal gewesen sein«, erklärte Nell entschlossen. »Ich werde Ihrer Ladyschaft jetzt den Morgentee hinaufbringen und mit ihr darüber sprechen, dass ich dennoch hierbleiben möchte. Wird Sir William heute Morgen ausreiten?«

Baines runzelte die Stirn. »Er ist bereits fort, aber Merlin steht noch im Stall. Er hat gestern Abend harte Worte mit Lady Harvey gewechselt. Ich glaube nicht, dass sie heute Morgen in sehr empfänglicher Stimmung sein wird.«

»Pech«, erwiderte Nell spitz. »Sorgen Sie nur dafür, dass Rose nicht am Schlüsselloch lauscht, während ich bei ihr bin.«

Baines sah Nell, die in die Küche zurückkehrte, mit schwerem Herzen nach. Er hatte sie noch nie zuvor so grimmig erlebt; was immer ihr widerfuhr, sie nahm es normalerweise stets mit einem Lächeln. Vermutlich, so ging es ihm durch den Kopf, dachte sie, dass Albert in irgendeiner Weise verantwortlich für Hopes Verschwinden war.

Baines mochte Albert nicht, weder die Herablassung, mit der er den anderen Dienstboten begegnete, noch sein mürrisches, verschlossenes Wesen. Seit er Hope geschlagen hatte, hatte sich Baines' Abneigung gegen ihn noch vertieft, aber er konnte sich nicht vorstellen, inwiefern Albert für den Fortgang des Mädchens verantwortlich sein sollte. Seit sie in das große Haus gezogen war, hatten die beiden einander kaum noch gesehen.

Es war ein schwerer Schlag für Baines gewesen, dass Hope sie verlassen hatte, denn sie war ein braves Mädchen gewesen und hatte hart gearbeitet. Aber wenn Nell ihre Drohung wahr machte und Albert verließ, würde das House Briargate den Rest geben.

Es stand ohnehin schon schlimm genug: Die Anzahl der Dienstboten war so weit über das erträgliche Maß hinaus vermindert worden, dass sich damit ein so großes Haus auch beim besten Willen der Welt nicht ordentlich führen ließ. Mit einem betrunkenen Herrn und einer Herrin, die niemanden außer sich selbst wahrzunehmen schien, war eine Katastrophe unabwendbar.

Dennoch erwartete die Herrschaft, dass die Dienstboten sich mit größter Schicklichkeit benahmen und den Gesetzen von Land und Kirche gehorchten, obwohl sie selbst diese Gesetze missachteten. Nell war von untadeligem Charakter und tat seit über zwanzig Jahren Dienst in diesem Haus, aber Baines bezweifelte, dass Lady Harvey und Sir William deshalb ihren Wunsch, Albert zu verlassen, unterstützen würden. Ehefrauen, die ihre Männer verließen, wurden noch immer an den Pranger gestellt, selbst wenn der infrage stehende Ehemann grausam war, ein Frauenheld oder Trinker. Es bestand eine hohe Wahrscheinlichkeit, dass sie Nell befehlen würden, zu Albert zurückzukehren, und dass sie sie, wenn sie sich weigerte, aus Briargate fortschicken würden.

Lady Harvey war bereits wach, als Nell ihr das Tablett mit dem Tee brachte. »Ich habe kaum ein Auge zugetan«, jammerte sie, während sie sich aufrichtete. »Die Kälte ist mir anscheinend bis in die Knochen gegangen. Dann hat Rose mich geweckt, als sie hereinkam, um das Feuer anzuzünden.«

Nell fühlte sich versucht, sie anzufahren und ihr auf der Stelle zu erklären, wie *ihre* Nacht gewesen war. Aber wie immer murmelte sie mitfühlende Worte, während sie ihrer Herrin einen leichten Wollschal um die Schultern legte und die Kissen in ihrem Rücken aufschüttelte.

»Außerdem war das Badewasser, das Rose mir gestern gebracht hat, nicht heiß genug«, fuhr Lady Harvey fort. »Ich denke, sie hat es mir übel genommen, dass ich um welches gebeten habe!«

»Sie hatte seit fünf Uhr morgens gearbeitet«, erwiderte Nell, während sie der anderen Frau das Tablett auf den Schoß stellte. »Sie muss jetzt das ganze Haus putzen, die Wäsche besorgen und der Köchin helfen. Ich nehme an, sie war einfach nur sehr müde.«

»Aber es ist ihre Aufgabe, diese Dinge zu tun!«, widersprach Lady Harvey entrüstet.

Nell verkniff sich eine scharfe Erwiderung und ging zu den Fenstern hinüber, um die Vorhänge aufzuziehen. Es war ein grauer, kalter Tag, und die Bäume entlang der Auffahrt waren ohne ihre Blätter nur schwarze Skelette, hinter denen das Pförtnerhaus deutlich zu sehen war. Sie erinnerte sich daran, wie begeistert sie gewesen war, als Sir William gesagt hatte, dass sie und Albert dort leben könnten. Die Vorstellung, ein eigenes Heim zu haben, war so aufregend gewesen, dass sie nachts nicht hatte schlafen können. Aber das war vor der Hochzeit gewesen. All die Tagträume von einem Baby in ihren Armen, einem liebevollen, fürsorglichen Ehemann und ihrer Familie, die zu Besuch kam, hatten sich in nichts aufgelöst.

Sie wandte sich vom Fenster ab und hob das Kleid vom Boden auf, das ihre Herrin am vergangenen Tag auf der Reise getragen hatte.

»Es ist ein Blutfleck darauf«, sagte Lady Harvey scharf. »Meine Regel muss eingesetzt haben, während wir nach Hause gekommen sind. Kümmere dich darum, Nell.«

Nell blickte die Frau an, der sie so viele Jahre lang selbstlos und voller Bewunderung gedient hatte, und plötzlich erkannte sie, was sie wirklich war: verwöhnt, eitel und absolut egoistisch. Trotz ihrer zweiundvierzig Jahre war sie noch immer schön. Ihr blaues Seidennachthemd hatte die gleiche Farbe wie ihre Augen, ihr blondes Haar wogte ihr über die Schultern, und ihre Haut war wie Porzellan. Aber ihre Mundwinkel hingen stets herunter, und auf ihrer Stirn standen Falten, das Ergebnis von zu viel Groll darüber, dass ihr Leben nicht den Verlauf nahm, den sie erwartet hatte.

»Ich werde mich um das Kleid kümmern«, antwortete Nell. »Nachdem ich mit Ihnen über Hope gesprochen habe.«

»Oh, ich will nicht über dieses dumme Mädchen sprechen«, erwiderte Lady Harvey gereizt. »Sie hat sich ihr Bett gemacht, Nell, jetzt muss sie darin liegen. Und nun zu etwas anderem. Denkst du, dass man das schwarze Satinkleid, das ich während der Trauerzeit für meine Mutter in Bath auf dem Ball getragen habe, in ein Nachmittagskleid umändern könnte? Es besteht aus vielen Metern sehr feinen Materials.«

Nell knirschte mit den Zähnen. »Ich muss mit Ihnen über Hope reden, Ma'am. Es ist nämlich so, ich glaube, dass Albert sie getötet hat.«

»Oh, mach dich nicht lächerlich, Nell.« Lady Harvey stieß ein freudloses Lachen aus. »Sie ist mit einem Soldaten davongelaufen. Selbst Baines hat ihren Brief gelesen. Wie um alles in der Welt sollte Albert sie getötet haben? Er ist so ein lieber, sanfter Mann.«

Nell hatte nicht die Absicht, klein beizugeben. »Sehen Sie sich mein Gesicht an«, beharrte sie.

Lady Harvey ließ ihre Teetasse sinken und blickte zu Nell auf. »Es ist außerordentlich gerötet, was hast du getan?«

»Ich habe gar nichts getan. Das war ein Schlag von dem lieben, sanften Albert. Er ist ein Rohling, Lady Harvey. Er hat mich Dutzende von Malen geschlagen und Hope ebenfalls. Jetzt glaube ich, dass er sie getötet hat.«

Lady Harvey schüttelte ungläubig den Kopf und stellte ihre Teetasse klirrend auf den Unterteller. »Ich will nichts mehr von diesem Unsinn hören«, sagte sie geringschätzig. »Hope ist eine dumme kleine Hure, die sich lieber ficken lässt, als sich mit Arbeit ihren Lebensunterhalt zu verdienen.«

Nell klappte vor Schreck über diese abscheuliche, herabwürdigende Bemerkung der Unterkiefer herunter.

Es war schlimm genug, dass ihre Herrin kein Mitgefühl für Nell oder ein junges Mädchen aufbringen konnte, das einmal mit ihrem Sohn gespielt hatte. Aber Hope als dumme kleine Hure zu bezeichnen und anzudeuten, sie habe sich für ein solches Leben entschieden, weil sie zu faul sei, hier in der Küche zu arbeiten, brachte für Nell das Fass zum Überlaufen. Dies konnte sie nicht auf sich beruhen lassen.

»Nun, Sie wissen ja, wie das ist, eine dumme kleine Hure zu sein, nicht wahr?«, gab sie zurück. Am liebsten hätte sie der Frau das Gesicht zerkratzt. »Aber Sie hatten Bridie und mich, die Ihre Indiskretion vertuscht haben.«

Lady Harvey wirkte zuerst erstaunt, dann wurden ihre Augen schmal. »Genug, Nell!« Sie hob die Hand, um sie zum Schweigen zu bringen. »Wenn du deine Stellung behalten willst, wirst du auf der Stelle mit diesem Gerede aufhören.«

»Glauben Sie, meine Stellung bedeutet mir mehr als Hopes Leben?«, fauchte Nell, zu wütend, um sich länger zurückzuhalten. »Nun, Euer verdammte Ladyschaft, dann werde ich Euch jetzt etwas erzählen. Hope ist das Baby, bei dessen Entbindung ich geholfen habe, hier in ebendiesem Raum, in *diesem* Bett, vor sechzehn Jahren. Sie ist Ihr Kind!«

Ein oder zwei Sekunden lang reagierte Lady Harvey nicht. Sie starrte Nell nur verständnislos an, vielleicht weil sie außerstande war zu begreifen, was sie soeben gehört hatte. Die Hände in die Hüften gestemmt, erwiderte Nell ihren Blick und forderte sie förmlich dazu heraus, sie der Lüge zu bezichtigen. Aber dann begann die Unterlippe ihrer Herrin zu zittern. »Mein Baby ist gestorben. Bridie hat es gesagt«, erwiderte sie mit schwacher, stockender Stimme.

Die Erwähnung Bridies erinnerte Nell an das Versprechen, das sie vor all den Jahren gegeben hatte. Aber auch wenn ihr Gewissen sich regte, war sie wütend und wollte ihre Herrin für die bösen Dinge bestrafen, die sie über Hope gesagt hatte.

»Bridie glaubte, sie sei tot, weil sie nicht geweint hat«, antwortete sie trotzig. »Aber als ich sie nach unten getragen habe, habe ich festgestellt, dass sie lebte. Wir wussten, in welchen Schwierigkeiten Sie sein würden, wenn je herauskam, dass Sie ein Kind geboren hatten, daher habe ich sie nach Hause zu meiner Mutter gebracht.«

Lady Harveys Gesichtszüge verfielen, und sie hob die Hände und raufte sich wie eine Wahnsinnige die Haare. »Nein, nein! Es ist nicht wahr! Ich glaube dir nicht!«, kreischte sie. »Du denkst dir das nur aus, um mir Kummer zu bereiten!«

»Ich habe Kummer, weil ich glaube, dass Hope ermordet wurde«, zischte Nell. »Außerdem bin ich wütend auf Sie, weil Sie so wenig Anteilnahme an ihr zeigen. Aber glauben Sie wirklich, dass ich eine solche Geschichte erfinden würde?«

»Es kann nicht wahr sein. Bridie hätte es mir erzählt. Noch vor der Geburt haben wir überlegt, dass wir sie in Pflege geben würden, sollte sie überleben. Bridie meinte, dass es teuer werden würde, daher hätte sie mich um Geld gebeten, und das nicht nur einmal.«

»Wagen Sie es nicht, Bridies Andenken zu beleidigen, indem Sie andeuten, sie hätte Sie mit dem Kind erpresst. Sie wäre für Sie gestorben«, fauchte Nell ihre Herrin an. »Tatsächlich *ist* sie für Sie gestorben. Sie haben sie sich zu Tode schuften lassen, geradeso, wie Sie es mit mir und Rose machen.« Sie hielt inne, damit ihre Herrin Zeit hatte, über ihre Worte nachzudenken, denn jetzt, da sie die Oberhand hatte, würde sie sich einige alte Kümmernisse von der Seele reden.

»Bridie wollte lediglich Ihren Ruf schützen, weil sie Sie geliebt hat. Außerdem dachte sie, dass es für Sie leichter wäre, wenn Sie das Baby für tot halten würden. Und weder ich noch meine Mutter wären jemals so tief gesunken, Geld von Ihnen zu verlangen, denn wir haben Hope geliebt, als wäre sie unser eigenes Kind. Für uns war sie ein kostbarer Schatz. Aber jetzt ist sie fort, und ich denke, dass sie vielleicht getötet wurde, und wenn Sie auch nur einen Funken natürlicher Gefühle in sich haben, dann werden Sie mir helfen, Gerechtigkeit für Hope zu erwirken!«

Daraufhin begann Lady Harvey zu weinen, doch Nell konnte nichts als Verachtung für die Frau empfinden, denn sie wusste, dass sie nicht um das Kind weinte, das sie verloren hatte, oder auch nur aus Mitgefühl für Nell. Sie weinte lediglich um sich selbst.

»Was willst du von mir?«, schluchzte Lady Harvey. »Ich ertrage das nicht. Ich weiß nicht einmal, ob ich glauben kann, was du mir soeben erzählt hast.«

»Sie können die Geburtsurkunden der Gemeinde durchsehen,

dann werden Sie feststellen, dass Hopes Geburtstag der 25. April 1832 ist. Außerdem brauchen Sie Ihrem Hauptmann Pettigrew nur ins Gesicht zu schauen, um zu wissen, dass sie seine Tochter ist.«

Diese Feststellung schien Lady Harvey ernstlich zu erschüttern. Ihre Augen weiteten sich, und sie schlug sich beide Hände auf den Mund.

»Das weiß ich nicht von Bridie. Sie hat geschwiegen«, erklärte Nell hastig. »Keine zehn Pferde hätten sie dazu gebracht, dieses Geheimnis preiszugeben. Ich habe den Hauptmann an dem Tag zum ersten Mal gesehen, an dem Sie vorgeschlagen haben, dass Hope herkommen solle, um mit Rufus zu spielen. Ich wusste vom ersten Augenblick an, dass er ihr Vater war.«

»Hat noch jemand eine Bemerkung darüber gemacht?«, fragte Lady Harvey sofort.

»Warum sollte irgendjemand darüber reden? Wir Rentons sind alle dunkelhaarig, und niemand sonst wusste, dass Sie ein Kind bekommen hatten. Aber es überrascht mich, dass *Ihnen* die Ähnlichkeit nicht aufgefallen ist. Haben Sie sich je gefragt, warum Hope so schön war, während James, Ruth und ich alle so reizlos sind?«

Sie erhielt keine Antwort auf diese Frage.

»Sie haben sie niemals wirklich angesehen, nicht wahr?«, bemerkte Nell höhnisch. »Sie hat vier ganze Jahre jeden Tag in diesem Haus gearbeitet, und doch haben Sie ihre Schönheit nie bemerkt. Aber andererseits betrachten Sie uns Dienstboten ja nicht als Menschen, nicht wahr?« Nell hielt gerade lange genug inne, um Luft zu holen.

»Wir haben keine Gefühle zu haben oder auch nur ein eigenes Leben. Es schert Sie nicht, ob wir müde oder krank sind oder Kummer haben, Sie wissen nicht einmal unsere Ergebenheit zu schätzen. Ich habe Sie nach dem Tod Ihrer Mutter getröstet, aber wer hat mich getröstet, als meine Eltern starben? Sie nicht! Sie haben mir lediglich einen freien Nachmittag für die Beerdigung gegeben.

Es kümmert Sie nicht einmal, dass Albert mich geschlagen hat, und das, obwohl ich seit zwanzig Jahren für Sie arbeite. Was braucht es, um Ihre Anteilnahme zu erregen, Mylady?«

Lady Harvey drehte sich auf die Seite, schluchzte noch lauter und schlug mit einer Hand auf ihr Kissen. Nell trat vor und nahm das Tablett vom Bett, weil sie fürchtete, der Tee könne sich über die Decke ergießen.

»Ich nehme Anteil an dir, Nell«, murmelte ihre Herrin nach einigen Sekunden, aber ihre Worte gingen in den Kissen beinahe verloren. »Ich tue es wirklich.«

Sie drehte sich wieder um und sah Nell mit tränenüberströmten Wangen an. »Ich habe oft gesagt, ich wüsste nicht, was ich ohne dich tun würde. So viele Male hätte ich dir gern anvertraut, wie ich mich gefühlt habe, als ich Angus' Kind unterm Herzen trug, und ich hätte dir gern von der Hoffnungslosigkeit meiner Situation erzählt, damals wie jetzt. Aber ich habe es nicht gewagt, nicht weil ich dir nicht vertraut hätte, sondern weil ich Angst hatte, dass diese Dinge mich überwältigen würden, wenn ich von ihnen sprechen würde. Kannst du das verstehen?«

Nell dachte an den Tag, an dem Lady Harvey ihr gestanden hatte, dass der Hauptmann ihr schrieb. »Dürfte ich dich bitten, jeden Morgen die Post durchzusehen?«, hatte sie liebenswürdig gefragt. »Natürlich ist er nur ein Freund, aber William ist in letzter Zeit so schwierig, und es wäre ihm vielleicht nicht recht, dass Angus mir schreibt.«

Wie eine Närrin war Nell stolz darauf gewesen, dass ihre Herrin ihr so bedingungslos vertraute. Sie hatte sich sogar darüber gefreut, dass ihr die Briefe des Hauptmanns ein wenig Trost spendeten. Aber vielleicht wäre es besser gewesen, wenn sie ihr damals mitgeteilt hätte, dass das Kind aus ihrer Vereinigung mit *ihrem Freund* gerade in diesem Augenblick in der Küche stand und Töpfe schrubbte. Sie hätte sie an jenem Tag fragen sollen, ob es nicht langsam an der Zeit sei, etwas für dieses Kind zu tun!

»Bei allem schuldigen Respekt, Mylady«, sagte Nell scharf, »Ihre

Gefühle interessieren mich im Moment nicht allzu sehr. Ich will lediglich wissen, was Albert mit Hope gemacht hat.«

Lady Harvey sah Nell erschrocken an. Sie richtete sich auf und trocknete mit dem Laken ihre Tränen. »Es ist Weihnachten, Nell. Rufus ist zu Hause«, stieß sie hervor. »Und ich denke, dass mein Mann keinen Augenblick lang glauben wird, dass Albert Hope getötet hat. Er hat eine sehr hohe Meinung von ihm.«

»Wollen Sie damit andeuten, dass Sir William es uns nicht gestatten wird, die Polizei hinzuzuziehen?«

Lady Harvey krampfte erregt die Finger ineinander. »Ich weiß es nicht. In letzter Zeit war es sehr schwierig für mich, über irgendetwas mit ihm zu reden. Er ist nicht länger der Mann, den ich geheiratet habe.«

Nell vermutete, dass sie von seinen Alkoholexzessen sprach. »Nun, reden Sie mit ihm darüber, wenn er zum Frühstück zurückkommt. Dann wird es ihm gewiss gut gehen.«

»Er hat das Haus bereits verlassen?«

»Ja, Baines sagte, er sei sehr früh fortgegangen.«

Lady Harvey runzelte die Stirn. »Ich kenne ihn nicht mehr. Warum geht er zu so eigenartigen Zeiten aus und wird immer ärgerlich, wenn ich ihn frage, wo er gewesen sei? Früher war er nicht so, Nell, es hat eine Zeit gegeben, in der wir alles gemeinsam unternommen haben, und wir haben so viel geredet und miteinander gelacht.«

Nell nickte höflich.

»Du hast dich wahrscheinlich gefragt, wie ich mich mit einem anderen Mann einlassen konnte?«

»Ich dachte, dass Sie sehr einsam waren, wenn Sir William fort war.«

»Es war nicht nur das«, beteuerte Lady Harvey. »Du bist seit sechzehn Jahren jeden Tag bei mir, Nell. Du tust alles für mich, du kennst mich besser als irgendjemand sonst. Dir muss doch gewiss aufgefallen sein, warum ich mich Angus zugewandt habe?«

Nell zuckte die Schultern.

Lady Harvey seufzte. »Du verstehst es nicht, nicht wahr? Du denkst wie alle anderen auch – wie ich selbst an meinem Hochzeitstag gedacht habe –, dass ich mich glücklich schätzen kann, einen Ehemann zu haben, der jung, gut aussehend und wohlhabend ist. Oh, ich habe ihn angebetet, aber ich war damals so unschuldig, Nell, ich hatte noch nie auch nur einen Mann geküsst. Erst Jahre später habe ich Leidenschaft kennengelernt, und erst da wurde mir bewusst, dass es nichts von dem zwischen mir und William gab, kein Verlangen, keinen Funken, in Wahrheit waren wir wie Bruder und Schwester.«

»Wollen Sie damit andeuten, dass er Ihr Bett nicht geteilt hat?«, fragte Nell.

Lady Harvey errötete. »Zuerst hat er getan, was von ihm erwartet wurde. Da ich im Grunde keine echte Vorstellung davon hatte, wie diese Seite einer Ehe aussah, dachte ich, es müsse meine Schuld sein, dass er so desinteressiert wirkte. Dann kam Angus zu Besuch, und plötzlich erwachten all die Gefühle in mir, die ich zuvor nie erlebt hatte.«

Sie hielt inne und blickte ins Leere. »Er hat eines Nachmittags vorgesprochen, als William ausgeritten war, und wir sind zusammen in den Garten gegangen«, fuhr sie fort. »Wir haben eine Weile im Sommerhaus gesessen, und plötzlich hat er mich geküsst. Es war wie ein Wahn, Nell, so süß, so berauschend.«

Sie erzählte, dass sie in den folgenden Monaten mit aller Macht versucht habe, gegen diese Leidenschaft anzukämpfen. Dass sie Bridie im Raum behalten habe, wenn Angus zu Besuch kam und William nicht zu Hause war.

»Angus ist es genauso ergangen«, sagte sie traurig. »Ich habe alles, was ich empfand, in seinen Augen gespiegelt gesehen. Er kam nicht oft zu Besuch, weil er Soldat war, und einmal haben wir uns ein ganzes Jahr lang nicht gesehen, aber er war ständig in meinen Gedanken. Dann ging William nach Amerika, und ich unternahm manchmal allein einen Ausritt, und an einem dieser Tage bin ich zufällig Angus begegnet.«

»Und so ist es dann zu Ihrem Fehltritt gekommen?«

Lady Harvey nickte. »Gott sei mein Zeuge, ich habe mich so sehr bemüht, der Versuchung zu widerstehen. Ich habe William wirklich geliebt; wir hatten durchaus glückliche Zeiten miteinander. Aber was ich für Angus empfand, war etwas vollkommen anderes; es war so stark, dass es Moral, Treue und alles andere, was mir teuer war, nebensächlich erscheinen ließ. Es war so schön und mächtig, Nell, nichts zählte mehr, als zu besitzen und besessen zu werden. Wenn ich auch nur einen Hauch dieser Leidenschaft mit William hätte haben können, wäre alles anders gewesen. Doch damals habe ich begriffen, dass das, was William und ich in unserem Bett taten, reine Pflichterfüllung war; ein verstohlenes Tasten, das keinen von uns mit Glück erfüllte, nur mit Scham. Und mir wurde klar, dass William mich nicht begehrte und nie begehren würde.«

Bei der Erinnerung an die Demütigung ihrer eigenen Hochzeitsnacht schossen Nell die Tränen in die Augen. Sie war so willig gewesen, so sehr bereit für die Liebe, aber Albert hatte sie weggestoßen und ihr das Gefühl gegeben, schmutzig und verachtenswert zu sein. »Vielleicht ist es nur ein Irrglaube, in dem man uns erzogen hat, alle Männer seien derbe, ungeschlachte Wesen«, meinte sie zögernd, und einen Moment lang fühlte sie sich versucht einzugestehen, dass ihre eigene Ehe noch leerer war. »Aber Sie haben Rufus bekommen!«

»Das ist das einzig Gute, das aus all dem erwachsen ist«, schnaubte Lady Harvey. »Als William aus Amerika heimkehrte, war ich so niedergeschlagen. Ich wusste nicht mehr aus noch ein vor Schuldgefühl und war davon überzeugt, dass alles, was ich mit meinem ersten Baby durchgemacht habe, Gottes Strafe für meine Verderbtheit war. Aber glücklicherweise kehrte William mit erneuter Entschlossenheit zurück, einen Sohn und Erben zu zeugen, und vielleicht ist es nur deshalb geschehen, weil ich mehr darüber wusste, wie man einem Mann Freude bereitet.«

»Das war doch gewiss genug für Sie?«

»Mit der Geburt unseres Kindes sah William anscheinend seine ehelichen Pflichten als für ein und alle Mal erfüllt an.«

»Aber zumindest haben Sie ein Kind«, rief Nell ihr ins Gedächtnis. Sie dachte, dass sie sich mit Freuden mit ihrem Schicksal abgefunden hätte, wäre ihr das Gleiche vergönnt gewesen.

»Es ist nicht genug, wenn du einmal die Wonne in den Armen eines Mannes kennengelernt hast, der dich begehrt«, erwiderte Lady Harvey mit brechender Stimme. »Einige Jahre lang war Rufus tatsächlich genug für mich. Angus war im Ausland, und wir hatten Gesellschaften und Hausgäste, um mich abzulenken. Aber jetzt …« Sie begann zu weinen.

»William geht allein aus dem Haus, und er trinkt und spielt zu viel. Er spricht mit mir, als hasste er mich«, schluchzte sie. »Gestern Abend habe ich ihn gefragt, warum er mich so kurz nach der Beerdigung in Sussex allein gelassen habe, und er erwiderte, drei Tage, die er mit mir zusammen gewesen ist, seien mehr als genug für ihn gewesen. Ich dachte, er meinte die Schwierigkeiten mit meinen Schwestern, aber so war es nicht. Er hat von meiner Gesellschaft gesprochen.«

Nell musste die Zähne zusammenbeißen, um Lady Harvey nicht zu unterbrechen, während sie ihr bei der Toilette half. Sie sprudelte förmlich über, als sie davon sprach, wie wunderbar Angus sei und wie verabscheuenswert sie ihren Mann finde; und doch sagte sie praktisch im selben Atemzug, dass sie Angus nach der Beerdigung ihres Vaters geschrieben habe, um ihm mitzuteilen, dass ihre Beziehung enden müsse. Es waren die Ergüsse eines Menschen, der ganz und gar von sich selbst besessen war. Außerdem hatte sie offenkundig vergessen, dass Nell mit einem ernsten Problem zu ihr gekommen war.

An einer Stelle fragte sie Nell sogar, ob sie es für eine Sünde halte, dass sie sich nach der Witwenschaft sehnte, um aus ihrer unglücklichen Ehe erlöst zu werden.

»Meine Mutter pflegte zu sagen: ›Sei vorsichtig mit dem, was du dir wünschst‹«, erwiderte Nell. Sie fühlte sich versucht, dieses schöne Gesicht zu schlagen, und sei es auch nur, um ihre Herrin in die Wirklichkeit zurückzuholen. »Aber Mylady, wir müssen darüber reden, was wir wegen Hope unternehmen wollen, und wir müssen über die Position sprechen, in der ich mich jetzt befinde.

Ich kann nie wieder zu Albert ins Pförtnerhaus gehen. Also gestatten Sie mir entweder, hier in House Briargate zu leben, oder ich muss heute fortgehen und in Zukunft bei Matt und seiner Familie wohnen. Aber so oder so müssen Sie Sir William bitten, die Polizei einzuschalten.«

»Das kann ich nicht tun.« Lady Harvey schüttelte verärgert den Kopf. »Ich kenne meinen Mann, und er wird nichts Schlechtes von Albert glauben. Ebenso wenig wird er es gutheißen, dass du deinen Mann verlassen hast.«

»Hope ist Ihr Kind«, sagte Nell grimmig. »Ihr Leichnam ist vielleicht im Wald oder sogar hier auf dem Grundstück verscharrt worden, und Sie erwarten von mir, dass ich Stillschweigen bewahre und weiter mit dem Mann zusammenlebe, der sie getötet hat?«

Nackte Furcht trat in Lady Harveys Augen. »Eine polizeiliche Untersuchung wird so viel Ärger für uns alle bedeuten, Nell. Um Himmels willen, denk an meinen Sohn!«

Diese Bitte verwirrte Nell zutiefst. »Haben Sie Angst, dass ich Sie verraten werde? Wie können Sie so etwas nur denken?«

Lady Harvey antwortete nicht, und Nell wertete das als Bestätigung ihrer Befürchtungen. »Ich habe das Geheimnis um Hopes Geburt sechzehn Jahre lang bewahrt«, sagte sie leise. »Nichts würde mich jetzt dazu bringen, es zu offenbaren oder über irgendetwas anderes zu sprechen, das Sie mir heute erzählt haben, denn es hat nichts mit dem zu tun, was möglicherweise mit Hope geschehen ist.

Ich muss wissen, was ihr zugestoßen ist, und wenn Albert sie getötet hat, will ich ihn dafür hängen sehen. Meine Brüder werden genauso empfinden, und wenn Sie und Sir William mir nicht helfen, dann muss ich sofort meine Stellung kündigen und zu meiner Familie gehen.«

»Du kannst mich nicht verlassen!«, rief Lady Harvey aus. »Es ist Weihnachten, und ich brauche dich.«

Eine Stunde später hievte Nell den Kopfkissenbezug mit ihrer Habe über das Drehkreuz und ging über die Koppel in Richtung Lord's Wood. Die Tränen strömten ihr ungehindert über die Wangen, denn der Fortgang aus Briargate fühlte sich für sie so an, als hätte sie sich eins ihrer Gliedmaßen abgeschnitten, aber sie wusste, dass sie keine andere Wahl hatte.

Als sie den Wald erreichte, drehte sie sich um, um einen letzten Blick auf das Haus zu werfen, und sie fühlte sich stark an jenen Abend vor all den Jahren erinnert, an dem sie ebendiesen Weg mit Hope in den Armen gegangen war.

Damals hatte Dunkelheit geherrscht, und House Briargate war nur eine vom Mond beleuchtete Silhouette gewesen. Heute, in dem kalten, grauen Morgenlicht, sah das Haus düster und trostlos aus, ein wenig so wie Lady Harveys Gesichtsausdruck, als sie endlich begriffen hatte, dass Nell es ernst meinte.

Sie hatte versucht, es ihr auszureden. Aber sie hatte mit jedem einzelnen Wort verraten, wie seicht und egoistisch sie war. Sie hatte geweint und gesagt, Angus habe niemals gewusst, dass aus ihrer Verbindung ein Baby hervorgegangen sei, weil er zu einem Einsatz abkommandiert worden sei, bevor sie ihre Schwangerschaft auch nur bemerkt habe. Sie hatte schreckliche Angst, dass jedwede Art von Nachforschungen in House Briargate zu einer Entdeckung ihres Verhältnisses führen würden. Außerdem hatte sie gesagt, dass ihr Vater Rufus einen beträchtlichen Teil seines Besitzes als Treuhandvermögen hinterlassen habe. Er hatte sie übergangen, weil er befürchtet hatte, Sir William würde das Vermögen einfach vergeuden. William sei deshalb sehr wütend auf sie, weil er davon überzeugt sei, dass sie es so eingefädelt habe, und weitere Schwierigkeiten, so meinte sie, würden ihn endgültig in den Wahnsinn treiben. Sie bezichtigte Nell sogar des Verrats.

Als Nell Baines erzählt hatte, dass sie fortgehen würde, hatte er sie in die Arme genommen, und als er sie wieder losgelassen hatte, waren seine Augen feucht gewesen. Sie hatte ihn gebeten, an Martha und Rose Grüße auszurichten, da sie es nicht ertragen konnte, ihnen selbst Lebewohl zu sagen.

Jetzt musste sie ihren Brüdern gegenübertreten und ihnen mitteilen, dass sie ihren eigenen Mann des Mordes verdächtigte, und in Wahrheit konnte sie auch diesen Gedanken nicht ertragen. Sie war immer die Ruhige, Vernünftige in der Familie gewesen, an die sich alle wandten, die Rat oder Trost suchten. Aber das war nicht wahr; wenn sie vernünftig gewesen wäre, hätte sie nach Alberts erstem Angriff auf Hope dafür gesorgt, dass ihre Schwester nichts mehr mit ihm zu tun haben musste. Sie hätte sie niemals bitten dürfen, ins Pförtnerhaus hinunterzugehen, um dort aufzuräumen; geradeso gut hätte sie ein Schoßtier einem Wolf überlassen können.

Kapitel 10

1848

»Warte einfach, bis er in den Raum im hinteren Teil des Hauses geht, wo der Ofen steht, und dann lauf hinein und schnapp sie dir«, meinte Betsy. »Es ist nicht weiter schwierig, du wirst lange fort sein, bis er zurückkommt und feststellt, dass eine fehlt.«

»Ich glaube, das kann ich nicht«, jammerte Hope, während sie über die Wine Street zu Slater's Pies hinüberblickte. »Mutter hat immer gesagt, es sei eine Sünde zu stehlen.«

Als sie an diesem Morgen erwacht war, war sie fest entschlossen gewesen, eine Mahlzeit für sich und ihre beiden Freunde zu beschaffen, aber jetzt, da sie in der vornehmsten Geschäftsstraße Bristols stand, in Riechweite von Slater's Pies, hatte sie den Mut verloren.

Normalerweise war diese Straße um elf Uhr morgens voller Droschken, Karren und Kutschen, und Hunderte von Menschen drängten sich auf den Gehsteigen. Aber wegen des bitterkalten Wetters war es in der Stadt seit über zwei Wochen sehr ruhig, und jetzt, da für die späteren Stunden des Tages Schnee erwartet wurde, wagten sich nur noch wenige Menschen aus dem Haus. Betsy meinte, dies sei eine ideale Gelegenheit für Hope, um sich als Diebin zu versuchen.

»Es ist eine Sünde, dass die Reichen sich den Bauch vollstopfen, während Menschen wie wir Hunger leiden«, erklärte Gussie. »Und was Slater betrifft, er hat so viele Pasteten, dass er gar nicht bemerken wird, wenn eine verschwindet!«

Sie hatten drei volle Tage lang nichts mehr gegessen, und die gewohnte Art und Weise, wie Gussie und Betsy sie mit Nahrung oder Geld versorgten, war ihnen jetzt verschlossen. Durch die extreme Kälte wurden die Schiffe aufgehalten, und Fenster und Türen, die normalerweise offen standen, waren nun geschlossen. Die Besitzer von Lebensmittelläden und Verkaufsbuden im Hafen waren noch wachsamer als sonst. Wenn sie morgens aufwachten, hingen Eiszapfen innen am Fenster ihres Zimmers, und nirgendwo lag auch nur das kleinste Holzstück herum, mit dem sie ein Feuer hätten entzünden können. Ohne Geld konnten sie nicht einmal in eine Schenke gehen, um sich aufzuwärmen.

Hope fühlte sich verpflichtet, irgendwie zu helfen. Ihre Freunde hatten sie jetzt seit zwei Monaten mit Essen und einem Dach überm Kopf versorgt, und obwohl sie in gewissem Maß ihren Beitrag geleistet hatte durch Mithilfe bei deren Diebereien, schien es ihr nicht recht, einen Anteil von dem Essen zu beanspruchen, das die beiden stahlen, ohne jemals selbst das Risiko einzugehen, erwischt zu werden.

Sowohl Gussie als auch Betsy waren viel zu zerlumpt, um Slater's Laden zu betreten, aber Hope sah noch immer adrett genug aus, um als Dienstbotin durchzugehen, die für ihre Herrin einkaufte.

»Du brauchst es nicht zu tun, wenn du es nicht willst«, sagte Betsy besorgt. »Wir werden uns etwas anderes einfallen lassen.«

Wenn einer der beiden darauf bestanden hätte, dass sie es tat, oder sie wegen ihres Mangels an Mut aufgezogen hätte, hätte sie vielleicht einen Rückzieher gemacht. Aber die beiden waren ihre neue Familie, und sie waren die freundlichsten und großzügigsten Menschen, die sie jemals kennengelernt hatte. Betsys Zähne klapperten, der dünne Umhang um ihre Schultern bot keinen Schutz gegen den eisigen Nordwind, und Gussie hatte eine schwere Erkältung. In der vergangenen Nacht hatte Hope gehört, wie er sich die Lungen aus dem Leib hustete. Er sah gar nicht gut aus, sein Gesicht war kreideweiß, und seine Brust rasselte, und doch waren beide bereit, alles mit ihr zu teilen, was sie hatten.

»Also schön, ich werde es tun«, stimmte sie widerstrebend zu. »Lasst mich allein; wartet oben an der Treppe von St. Nicholas auf mich.«

Sobald ihre Freunde gegangen waren, überquerte Hope die Straße und ging auf den Laden zu.

Slater's Pies war einzigartig, nicht nur wegen der dunkelgrünen und goldenen Fassade oder der prächtigen Mahagonitheken, sondern weil es in dem Ruf stand, die besten Pasteten im Westen Englands zu machen. Allein ein Blick durch das Fenster genügte, und es lief einem das Wasser im Mund zusammen: Pasteten mit Wild, Hühnchen, Rind oder Schweinefleisch lagen auf grün-weiß karierten Tüchern, und die goldbraune Kruste glänzte im Licht der Gaslampen.

Es erschien ihr als ein gutes Omen, dass ein Drehorgelspieler direkt neben dem Pastetenladen stand. Der Mann hatte einen kleinen Affen bei sich, der, bekleidet mit einem roten Jäckchen und einer Mütze, im Takt der Musik auf und ab hüpfte. Alle Passanten blieben stehen, um ihn anzuschauen, daher fiel Hope nicht weiter auf, als sie dasselbe tat, wobei sie jedoch Mr Slater beobachtete.

Bei dem wunderbaren Geruch der Pasteten zog sich ihr Magen vor Hunger schmerzhaft zusammen. Mr Slater packte soeben vier große Wildpasteten in eine Schachtel, die er einem jungen Burschen reichte. Der Junge hatte offenkundig den Auftrag, sie an einen Kunden zu liefern. Mr Slater schien wütend auf ihn zu sein, da er ihm mit dem Finger drohte; vielleicht ermahnte er ihn, unterwegs nicht zu trödeln.

Der Junge kam mit der Schachtel heraus und lief die Wine Street entlang, wobei er nicht einmal innehielt, um sich den Affen des Drehorgelspielers anzusehen. Mr Slater war jetzt allein im Laden, und er las in einem Notizbuch, als ginge er seine Bestellungen durch.

Am Ende der Reihe lagen fünf große Schweinefleischpasteten, die noch immer dampften. Mr Slater trat in die Tür und blickte stirnrunzelnd hinaus; wahrscheinlich, so dachte Hope, ärgerte er sich darüber, dass der Drehorgelspieler ihm das Geschäft verdarb.

Ein oder zwei Minuten lang blieb er in der Tür stehen, dann sah er auf seine Taschenuhr, drehte sich um und kehrte in den hinteren Teil des Ladens zurück.

Hopes Herz begann zu rasen, weil sie wusste, dass dies ihre Chance war und sie sie ergreifen musste, bevor ein Kunde den Laden betrat. Sie zog ein Stück Stoff hervor, das sie sich um die Taille geschlungen hatte, holte tief Luft und ging hinein. Sie schlang das Tuch geschickt über die Pastete, die ihr am nächsten lag, und wickelte sie ein. Aber gerade als sie sich umdrehte, um den Laden zu verlassen, hörte sie Schritte hinter sich und eilte zur Tür hinaus.

Sie war jedoch nicht schnell genug, denn kaum war sie über die Schwelle getreten, hörte sie Mr Slater rufen: »Haltet den Dieb!«

Ihre Gedärme krampften sich vor Angst zusammen. Sie hatte schon früher Menschen hinter Dieben herlaufen sehen, und im Allgemeinen fingen sie sie. Aber obwohl Mr Slater laut gerufen hatte, spielte die Orgel draußen noch lauter, und sie rannte, die Pastete fest an sich gedrückt, durch die Menge. Das Gebäck war sehr heiß, und sie musste ihren Mantel benutzen, um es festzuhalten. Sie konnte die Pastete riechen, und sie war davon überzeugt, dass alle anderen es ebenfalls konnten.

»Diebin!«, hörte sie Mr Slater hinter sich brüllen, noch lauter diesmal. »Dieses Mädchen in dem grauen Umhang, haltet sie auf!«

Hope rannte die Wine Street hinauf und drehte sich nicht einmal um, um festzustellen, ob sie verfolgt wurde. Sie bog in die Pithay Street ein, eine sehr schmale Gasse, die zum Frome hinunterführte. In dieser Gegend lagen die meisten Lädchen für gebrauchte Kleidung und Möbel, und diese Geschäfte zogen Kunden an, die vermutlich weit weniger bereit waren, einem Dieb nachzujagen.

Aber hinter sich konnte sie das Geräusch von genagelten Stiefeln auf den Pflastersteinen hören. Sie rannte wie der Wind, und ihr Herz hämmerte heftig. Sie wusste, dass sie dem Gericht und dem Gefängnis gefährlich nahe war, und möglicherweise gingen hier mehrere Wachtmeister Streife, aber bei der Erinnerung an das, was man ihr erzählt hatte, huschte sie von einer Gasse in die nächste und lief immer weiter.

Während der zwei Monate, die sie jetzt mit Gussie und Betsy zusammen war, waren sie drei Mal in der öffentlichen Galerie des Gerichts gewesen, um zu beobachten, wie jemandem, den sie kannten, der Prozess gemacht wurde. Ein Freund hatte fünf Jahre Zwangsarbeit bekommen, nur weil er einige Kerzen gestohlen hatte.

Fast bei jedem ihrer Besuche in Grapes hörten sie von jemandem, der wegen eines geringfügigen Diebstahls öffentlich ausgepeitscht worden war – selbst Kinder von acht oder neun Jahren konnten ins Gefängnis geschickt werden. Hope hatte nicht erwartet, sich jemals an den Schmutz und die Brutalität in der Lamb Lane gewöhnen zu können, aber irgendwie hatte sie sich eingefunden. Doch die Lamb Lane sollte im Vergleich zum Gefängnis das reinste Paradies sein, zumindest hatten viele Leute das erzählt, und sie würde sich eher im Fluss ertränken, als dort hinzugehen.

Sie hatte bereits Seitenstechen vom Laufen, aber der Mann setzte seine Verfolgung gnadenlos fort. Sie glaubte nicht, dass es Mr Slater war; er hatte diesem Mann wahrscheinlich eine Belohnung angeboten, falls er sie fing, und jemand, der etwas Derartiges für Geld tat, musste sehr entschlossen sein.

Aber Hope war ebenfalls entschlossen. Die Pastete war schwer, doch sie hatte nicht die Absicht, sie fallen zu lassen, und noch weniger hatte sie die Absicht, sich fangen zu lassen. Sie rannte weiter und gab ihr Bestes, den Mann abzuschütteln, aber die schwere Pastete verlangsamte sie, und der Hunger hatte sie schwach gemacht. Der Mann kam langsam näher.

Als sie die Tower Lane hinunterlief, drehte sie sich um und stellte fest, dass ihr Verfolger ein hochgewachsener, kräftiger, kahlköpfiger Mann war, der aussah wie ein Preisboxer. Er war jetzt keine fünfzehn Meter mehr von ihr entfernt, und sie wusste, dass sie eine Möglichkeit finden musste, ihn zu überlisten.

Als sie um die nächste Ecke bog, hielt sie verzweifelt Ausschau nach einem Versteck, und wie ein Geschenk des Himmels sah sie eine offene Straßentür vor sich. Sie huschte hinein, zog die Tür zu und stand dann zitternd dahinter, während sie hörte, wie der Mann am Haus vorbeilief. Ihr Atem ging jetzt in gequälten Stößen, und ihre Glieder zitterten; sie rechnete damit, dass der Mann erraten würde, wo sie sich versteckt hatte, und zurückkehrte.

»Bist du das, Tilda?«, erklang eine schwache, alte Stimme aus dem dunklen Flur, und Hope fuhr erschrocken herum.

Da die Tür geschlossen war, konnte Hope nichts sehen, aber das Haus verströmte einen sauberen Geruch, und sie vermutete, dass es jemandem in bürgerlichen Verhältnissen gehörte, und der Name, den die alte Dame gerufen hatte, war wahrscheinlich der ihrer Zofe. Aber eine Zofe würde die Tür nur offen lassen, wenn sie in der Nähe blieb.

Ihr war jetzt ganz übel vor Angst, ihr Herz hämmerte wie eine Dampfmaschine, und sie wusste nicht, was sie tun sollte. Es war durchaus möglich, dass der Mann, der sie verfolgte, draußen in der Gasse stand, und vielleicht würde die Zofe ihm sogar helfen. Sie saß in der Falle.

Während sie sich langsam an die Dunkelheit im Flur gewöhnte, sah sie eine Treppe vor sich und mehrere andere Türen. Eine davon stand einen Spaltbreit offen, und sie vermutete, dass die alte Dame in diesem Raum war. Es erschien ihr logisch, dass die Tür direkt vor ihr in einen Hinterhof führte, daher schlich sie auf Zehenspitzen darauf zu.

Die Tür war verriegelt, und der Riegel knarrte, als sie ihn zurückzog. Sie wartete eine Sekunde lang ab, vollauf darauf gefasst, dass die alte Dame abermals rufen würde. Als sich nichts rührte, öffnete sie die Tür und sah zu ihrer Freude einen winzigen Hinterhof mit einem Tor in der knapp drei Meter hohen Mauer. Sie schlüpfte hinaus, zog die Tür leise hinter sich zu und schlich durch den Hof. Aber das Tor war versperrt, und ein Schlüssel war nicht zu sehen.

Ein oder zwei Sekunden lang glaubte sie, verloren zu sein. Sie saß nicht nur in der Falle, sondern hatte auch die Orientierung verloren, und sie hatte keine Ahnung, was hinter der Mauer liegen mochte. Wie der größte Teil Bristols war diese Gegend ein Kaninchenbau schmaler Straßen und Gassen, und die Häuser berührten beinahe die Gebäude auf der anderen Seite. Aber sie war noch nie zuvor hinter den Häusern gewesen, und sie konnte nichts Vertrautes entdecken, das ihr gesagt hätte, wo genau sie sich befand.

Nach einigen Sekunden kam sie zu dem Schluss, dass ihr nichts anderes übrig blieb, als die Mauer hinaufzuklettern. Sie verknotete das Tuch, in dem die Pastete lag, und band es an den Schnüren ihrer Kapuze fest, dann zog sie sich an der Mauer hoch.

Wenn sie nicht so verzweifelt gewesen wäre, hätte ein Blick auf das, was jenseits der Mauer lag, sie vielleicht abgeschreckt. Es war eine Gasse, die nicht mehr als einen Meter breit war und die anscheinend als Abflussrinne fungierte, aber sie hatte inzwischen ein Stadium erreicht, in dem es ihr nichts mehr ausmachte, in menschliche Exkremente hinabzuspringen.

Als sie die Treppe von St. Nicholas endlich erreichte, konnte sie an der starren Körperhaltung ihrer Freunde erkennen, dass sie davon überzeugt waren, sie sei gefangen worden.

»Sucht ihr nach jemandem?«, fragte sie, wobei sie die Stimme der ordinären Frau nachahmte, die in dem Zimmer unter ihnen lebte.

Es war eine Freude, ihre strahlenden Gesichter zu sehen, und eine noch größere Freude, ihnen ihr Bündel unter die Nase zu halten, sodass sie die Pastete riechen konnten.

»Wir dachten, es sei um dich geschehen«, entfuhr es Betsy atemlos. »Wir haben uns solche Sorgen um dich gemacht! Ich habe gerade zu Gus gesagt, dass wir dir nicht hätten erlauben dürfen, das zu tun.«

Sie schlichen sich in die Kirche hinein, und auf derselben Bank, zu der sie Hope am Tag ihrer Ankunft in Bristol geführt hatten, schnitt Gussie mit einem Taschenmesser die Pastete auf.

Nichts hatte je so gut geschmeckt, und sie versuchten nicht einmal zu sprechen. Die Pastete war noch warm, und der Saft rann ihnen übers Kinn, und der fette Teig klebte ihnen an den Zähnen und am Gaumen.

»Wenn ich mein Vermögen gemacht habe, werde ich jeden Tag eine von diesen Pasteten essen«, seufzte Gussie, als er satt war. »Es ist das Beste, was ich je gegessen habe.«

Hope wickelte die Reste ein, damit sie auch am nächsten Tag davon essen konnten. »Hat die Pastete dich auf irgendeine Idee gebracht, wie du ein Vermögen machen könntest?«, neckte sie ihn. Ihr war leicht übel, weil sie so viel gegessen hatte, doch das würde sie nicht verraten.

»Noch nicht, aber mir wird schon etwas einfallen«, lachte er. »Und jetzt erzähl uns, was geschehen ist.«

Es tat so gut, ihnen eine Mahlzeit beschafft zu haben, und während Hope ihre Geschichte erzählte, lachte sie immer wieder. »Ich hatte wirklich Glück, dass der Boden in dieser Gasse gefroren war«, beendete sie ihren Bericht. »Ich wage nicht daran zu denken, was sich unter dem Eis befand.«

Am Nachmittag gingen sie auf Hopes Vorschlag hin in Richtung des Dorfes Stapleton, um Brennholz zu suchen. Die Pastete hatte ihren Hunger gestillt, aber ihnen war trotzdem nur allzu deutlich bewusst, dass sie nicht noch eine bitterkalte Nacht ohne ein Feuer verbringen konnten.

Trotz ihres Erfolges befiel Hope auf dem Weg dorthin plötzlich Furcht. Sie hatte weniger Angst vor Krankheiten, obwohl viele davon grassierten, vor allem unter den Iren, die mit eingefallenen Augen und halb verhungert auf jedem der Schiffe aus dem notleidenden Irland kamen. Aber sie war von dem anderen Übel infiziert worden, das ihren Vater so sehr schockiert hatte – Diebstahl.

Ihre Eltern waren stets durch und durch ehrlich gewesen. Ihr Vater hätte auf den Bauernhöfen, auf denen er gearbeitet hatte, nicht einmal einen Kohlkopf oder einige Kartoffeln gestohlen. Die beiden hätten sich im Grab umgedreht, hätten sie gewusst, wo sie lebte und was sie heute getan hatte.

Es war nicht ihre Schuld, dass sie House Briargate hatte verlassen müssen oder in Lewins Mead gelandet war, aber sie hatte sich auch keine allzu große Mühe gegeben fortzukommen. Das wusste sie in ihrem Herzen.

Anfang Januar, als ihre Schwellungen langsam zurückgingen, hatte Hope versucht, eine respektable Arbeit zu finden. Sie hatte in Läden und Gasthäusern gefragt und sogar in zwei Wäschereien. Aber die Zurückweisungen hatten sie niedergeschmettert, und es war weit weniger entmutigend, mit Gussie und Betsy auf Diebestour oder Mülltonnen plündern zu gehen. Es war ein Kinderspiel, die Runden um Lagerhäuser, Fabriken und Werkstätten zu drehen und in den Mülltonnen nach Dingen zu suchen, die sie in den Marineläden verkaufen konnten.

Doch die unerfreuliche Wahrheit war, dass sie inzwischen genauso apathisch geworden war wie alle anderen in Lewins Mead. Sie schlief bis spät in den Morgen hinein und streifte lieber durch die Straßen, statt nach richtiger Arbeit zu suchen, und, schlimmer noch, sie hatte sich daran gewöhnt, jeden Tag einige Gläser Gin zu trinken, weil der Alkohol die schmutzige Wirklichkeit ihres neuen Lebens übertünchte.

Unwissenheit und Apathie waren die wahren Übel von Lewins Mead. Obwohl man sagen konnte, dass die Einwohner unter Bedingungen lebten, die es ihnen fast unmöglich machten, sich sauber und gesund zu halten, unternahmen doch nur wenige Menschen dort je den Versuch, dagegen anzugehen. Diebstahl und Prostitution waren die Hauptbeschäftigungen, und das Geld, das sie verdienten, gaben sie für Alkohol aus. Kinder wurden auf die Straße geschickt, um zu stehlen oder zu betteln, kaum dass sie laufen konnten, und niemand sah darin etwas Unrechtes.

Aber Hope konnte sich nicht auf Unwissenheit herausreden. Sie kannte den Unterschied zwischen Recht und Unrecht, sie hatte eine Schulbildung genossen und besaß viele Fähigkeiten, die keiner ihrer Nachbarn vorweisen konnte. Sie mochte nicht durch eigene Schuld in diese Grube gefallen sein, doch jetzt würde sie einen Weg finden müssen, um sich daraus zu befreien. Wenn sie es nicht tat, würde sie im Gefängnis landen oder ihren Körper verkaufen, bis er zu zerfressen war von Krankheiten, als dass ihn noch jemand gewollt hätte.

Es dämmerte bereits, und der Wind nahm an Schärfe zu, als die drei Freunde mit schweren Säcken voller Holz nach Hause zurückkehrten. Hope hatte einige Kartoffeln gefunden, die ein Bauer auf seinem Acker übersehen hatte, und wie durch ein Wunder waren sie nicht vom Frost schwarz geworden.

»Wir könnten einen der Säcke mit Holz verkaufen, dann hätten wir genug Geld für einige Gläser Gin«, meinte Betsy, als sie die Stadt erreichten.

»Es wird schneien, daher werden wir das Holz brauchen«, erwiderte Hope scharf. »Gin wird uns nicht warm halten.«

»Hört, hört!«, lachte Betsy. »Du denkst also, du hättest jetzt das Sagen, weil du dich als geschickte Diebin erwiesen hast?«

Hope zögerte mit einer Antwort. Wenn sie all die Gedanken, die ihr an diesem Nachmittag durch den Kopf gegangen waren, aussprach, würden ihre Freunde dies als eine Verdammnis ihrer Lebensart sehen. »Ich bin keine geschickte Diebin«, erwiderte sie besonnen. »Und ich weiß, dass ich es nicht noch einmal wagen werde. Ich werde mir eine richtige Arbeit suchen.«

»Für Leute wie uns gibt es keine Arbeit«, entgegnete Betsy. »Das solltest du mittlerweile wissen.«

Hope hatte mit dieser Reaktion gerechnet. »Dann werde ich Holz sammeln und es verkaufen«, gab sie zurück.

»Ohne eine Schubkarre wirst du dafür niemals genug sammeln können«, wandte Gussie ein, obwohl er sie mit Mitgefühl betrachtete und nicht mit Herablassung. »Aber ich hatte ohnehin nie gedacht, dass du dich für das Stehlen eignest.«

Es schneite nicht nur in dieser Nacht, sondern während des ganzen nächsten Tages. Mole, Shanks und ihre Frauen, Josie und Lil, blieben ebenfalls zu Hause, und sie alle scharten sich um das Feuer. Sie spielten Karten, tranken den billigen Rum, den Mole mitgebracht hatte, stritten und erzählten einander Geschichten.

Die erzwungene Gefangenschaft im Haus stärkte Hopes Entschlossenheit, einen Weg zu finden, wie sie auf Dauer aus Lewins Mead herauskam. Doch während sie in die Gesichter ihrer beiden Freunde blickte, die das Kerzenlicht weicher erscheinen ließ als gewöhnlich, durchzuckte sie ein Stich des Kummers, denn dies würde fast mit Sicherheit bedeuten, dass sie sie zurücklassen musste.

»Woran denkst du?«, fragte Gussie leise, beinahe so, als könnte er ihre Gedanken lesen.

»Ich will Arbeit finden«, flüsterte sie zurück.

»Du könntest zur Armenschule gehen«, schlug Gussie vor. »Es gibt da einen Mr Phelps, der dort unterrichtet. Er wird dir vielleicht helfen können. Es heißt, er sei ein anständiger Kerl.«

Hope hatte außerdem gehört, dass eine Pfarrerstochter namens Miss Carpenter eine alte Halle in St. James Back gemietet hatte, um den Straßenkindern von Lewins Mead das Lesen und Schreiben beizubringen. Sie stand in dem Ruf, leidenschaftliche Ansichten über die Notwendigkeit zu vertreten, den Kindern des Viertels eine Chance im Leben zu geben. Doch bis zu diesem Tag hatte Hope nicht genug Interesse gehabt, um mehr über sie in Erfahrung zu bringen.

»Das klingt so, als hättest du da selbst einmal vorbeigeschaut«, neckte sie ihn. Gussie war ihr ein Rätsel. Nach außen hin wirkte er genauso schlau und selbstsicher wie Mole und Shanks, aber hinter der harten Fassade lag eine weit empfindsamere, freundliche Seele. Hope spürte, dass ihm in jungen Jahren etwas Schreckliches widerfahren sein musste, wahrscheinlich auf dem Bauernhof, auf dem man ihn zur Arbeit geschickt hatte, denn wenn sie ihn danach fragte, wurde er immer sehr wortkarg. Er hatte eine zarte Seite, die das Leben auf den Straßen nicht abgetötet hatte, und er hatte seinen eigenen Moralkodex, der ihn daran hinderte, jene zu bestehlen, die er als »seinesgleichen« betrachtete.

»Ja, ich bin ein paar Mal dort gewesen«, seufzte er. »Ich wollte ein wenig Büchergelehrsamkeit, aber das war nichts für mich. Die Kinder, die diese Schule besuchen, sind sehr jung. Außerdem kann ich nicht jeden Tag dort hingehen.«

»Sie geben auch abends Unterricht, nicht wahr?«, fragte Hope. »Dann könntest du hingehen.«

Gussie zuckte die Schultern. »Ich hab darüber nachgedacht, doch es würde bedeuten, dass ich Betsy allein lassen müsste. Sie ist nicht sicher ohne mich, und du bist es auch nicht.«

»Du könntest Betsy bitten, zu Hause zu bleiben, während du am Unterricht teilnimmst«, meinte Hope.

Gussie kicherte. »Ich weiß, was sie dazu sagen würde!«, erwiderte er.

Hope wusste es ebenfalls. Betsy schätzte es nicht, herumkommandiert zu werden, und über Gussies Angst um sie würde sie nur lachen. »Nun, dann bring sie dazu, dich zu begleiten«, meinte sie. »Ich bin davon überzeugt, dass sie ebenfalls gern Lesen lernen würde.«

Er schüttelte kläglich den Kopf. »Sie mag Leute wie Miss Carpenter nicht.«

In dieser Nacht tat Hope kaum ein Auge zu. Sie war nicht müde, weil sie den ganzen Tag im Haus gewesen war, und in ihren Gedanken herrschte Aufruhr, weil sie darüber nachgrübelte, wo sie Arbeit finden konnte. Ohne ein Zeugnis und saubere Kleider hatte sie keine Chance auf eine Stellung in einem vornehmen Haus oder eine andere respektable Art von Arbeit. Holz sammeln war die einzige Möglichkeit, die ihr blieb. Aber wie Gussie bemerkt hatte: Ohne einen Karren würde sie nicht genug zusammenbekommen, um es zu verkaufen.

Als sie aufstand, herrschte noch immer pechschwarze Dunkelheit. Im Raum stank es, und Mole schnarchte so laut, dass sie keine Minute länger dort bleiben konnte. Sie schlief immer in ihren Kleidern, weil es nachts so kalt war, und nun griff sie nach ihren Stiefeln, ihrem Umhang, den sie als Decke benutzte, und einem der Säcke, auf denen sie gelegen hatte. Dann stieg sie vorsichtig über all die schlafenden Menschen und stahl sich hinaus.

Die Pflastersteine draußen waren trügerisch glatt von Schnee, und in der Lamb Lane war es so still wie in einem Grab, weil es noch so früh war, doch glücklicherweise schien es eine Spur wärmer zu sein als am Tag zuvor. Sie schätzte, dass sie fünf oder sechs Säcke Holz am Tag verkaufen müsste, um davon leben zu können. Das bedeutete furchtbar lange Märsche, und ein voller Sack war sehr schwer. Aber wenn sie es wirklich wollte, konnte sie es schaffen.

Kapitel 11

Matt stolperte verschlafen die Treppe hinunter. Es war fünf Uhr am Morgen und immer noch dunkel, und es regnete heftig. An Tagen wie diesem wünschte er, er sei alles andere, nur kein Bauer, und könnte mit Amy wenigstens noch eine Stunde im Bett bleiben.

Er hörte den Kessel pfeifen, noch bevor er die Küchentür öffnete. Nell saß in sich zusammengesunken auf einem Hocker am Herd und war offensichtlich schon seit einiger Zeit dort.

Er unterdrückte einen tiefen Seufzer, als sie sich zu ihm umdrehte und er sah, dass ihre Augen geschwollen waren vom Weinen. So früh am Morgen konnte er ihr Elend einfach noch nicht ertragen.

»Du musst damit aufhören, Nell«, stieß er hervor, bevor er sich daran hindern konnte. »Es ist nicht notwendig, dass du so früh aufstehst.«

»Ich bin immer früh aufgestanden«, gab sie jammernd zurück. »Amy wird mit den Kindern den ganzen Tag über genug zu tun haben. Ich kann zumindest den Herd für sie entzünden.«

Matt zuckte die Schultern und setzte sich an den Tisch. Wenn Amy darüber klagte, dass sie das Gefühl habe, Nell mache ihr ihre Position streitig, sagte er ihr stets, dass Nell ihr nur deshalb so viel Arbeit abnahm, weil sie auf diese Weise ihre Dankbarkeit für ihre Gastfreundschaft zeigen konnte.

»Ich habe die Dankbarkeit meiner Schwägerin gründlich satt und will meine Küche zurückhaben«, pflegte Amy zu erwidern.

»Ich habe nicht darüber gesprochen, dass du den Herd in Gang bringst oder mir das Frühstück machst, Nell«, meinte er müde. »Du musst aufhören, über Hope nachzugrübeln.«

»Wie könnte ich das, wenn ich weiß, dass sie ermordet wurde

und dass ihr Mörder so frei wie ein Vogel ist?«, fragte Nell scharf. »Und ich scheine die Einzige zu sein, die sich darum schert.«

»Sei nicht dumm, das ist nicht wahr, und das weißt du auch.« Matt fuhr sich geistesabwesend mit den Fingern durch sein zerzaustes Haar. »Wir haben nur alle akzeptiert, dass sie mit ihrem Geliebten davongelaufen ist, und du musst das ebenfalls akzeptieren.«

»Niemals!«, protestierte Nell entrüstet. »Das ist es, was Albert uns glauben machen will. Ihr Brief klang eigenartig. Da hast du mir doch recht gegeben.«

Matt stöhnte; es war zu früh am Morgen für dieses Gespräch. Er hatte ihr Dutzende von Malen seine Meinung zu dem Brief gesagt, aber er wiederholte dennoch einmal mehr, dass Hope in Eile gewesen sei. Und wie ausführlich sie ihre Gründe auch dargelegt hätte, sie hätte Nell dennoch wehgetan.

»Aber sie hätte später noch einen Brief geschrieben, damit wir uns keine Sorgen machen.« Nells Augen füllten sich abermals mit Tränen. »Du weißt, dass sie das getan hätte, Matt.«

Wie immer, wenn er den Schmerz in Nells Augen sah, tat es ihm leid, sie so barsch abgefertigt zu haben. Er stand auf, legte die Arme um sie und klopfte ihr tröstend auf den Rücken. »Vielleicht hat sie sich zu sehr geschämt? Ich weiß, wenn ich auf diese Weise verschwunden wäre und den Menschen, die ich liebe, so viel Kummer bereitet hätte, würde ich einfach verschwunden bleiben wollen.«

Matt wünschte, seine Gefühle wären so einfach gewesen wie diese Erklärung. Er schwankte zwischen schrecklicher Sorge um Hope und einem Gefühl, das an Hass grenzte, für das, was sie Nell angetan hatte und für die Schande, die sie seiner Familie bereitet hatte.

Verständlicherweise waren die Leute schockiert darüber gewesen, dass Hope mit einem Soldaten davongelaufen war; schließlich waren die Rentons stets verlässliche, angesehene Leute gewesen, die niemals Skandale verursacht hatten. Aber wenn Nell nicht so dramatisch darauf reagiert hätte, wäre bald Gras über die Sache gewachsen. Der Umstand, dass sie ihren Mann und House Briargate verlassen hatte, hatte alle möglichen Verdächtigungen heraufbeschworen. Und mit ihrem Betragen goss Nell nun noch mehr Öl in die Flammen. Viele Leute glaubten, sie sei verrückt geworden, andere dachten, Albert oder sogar Sir William müssten Hope Gewalt angetan haben. Kaum ein Tag verstrich, an dem Matt oder Amy nicht von irgendjemandem angesprochen wurden, der entschlossen war, der Sache auf den Grund zu gehen.

Als Nell am ersten Weihnachtstag in solchem Aufruhr bei ihm erschienen war, hatte Matt ihre Mordanklagen ernst genommen. Er war sofort nach Briargate gestürmt und hätte Albert eigenhändig umgebracht, hätte dieser sein Gesicht gezeigt. Aber Sir William hatte ihn in sein Arbeitszimmer geführt und ihn beruhigt. Er hatte darauf hingewiesen, dass Albert am Nachmittag von Hopes Verschwinden Holz gehackt habe; er sagte, er habe ihn selbst gesehen, als er von einem Ausritt mit Merlin zurückgekehrt sei. Außerdem rief er Matt ins Gedächtnis, dass Albert sofort zu Baines gegangen sei, nachdem er Hopes Brief im Pförtnerhaus gefunden habe.

Sir William hätte verständnisvoller nicht sein können. Er versprach ihm sogar, die Polizei hinzuzuziehen, um Nell davon zu überzeugen, dass kein Verbrechen begangen worden war, und er verlieh seiner Hoffnung Ausdruck, sie damit dazu bewegen zu können, nach Briargate und zu Albert zurückzukehren.

Am zweiten Weihnachtstag half Matt der Polizei, das Grundstück von Briargate, den umliegenden Wald und sogar das Pförtnerhaus zu durchkämmen, aber sie konnten nichts Verdächtiges finden. Doch Nell war nicht zu beruhigen und weigerte sich, auch nur mit Albert zu sprechen, als dieser auf den Hof kam, um zu versuchen, sie zu einer Rückkehr zu bewegen.

Matt bemühte sich ebenfalls, auf sie einzureden; er erklärte ihr, dass eine Frau, die ihren Mann verließ, zu einer Ausgestoßenen wurde, und erinnerte sie an die Gelübde, die sie an ihrem Hochzeitstag abgelegt hatte. Aber es half nichts. Nell blieb bei ihrer Entscheidung.

Einige Wochen später hatte Matt mit Albert gesprochen, und der Schwager war sehr vernünftig gewesen. Er hatte zugegeben, dass er freundlicher zu Nell hätte sein können, als sie nach Hause gekommen war und festgestellt hatte, dass ihre Schwester verschwunden war. »An jenem Abend hat sie mich nur geweckt, um mir Vorwürfe zu machen. Ich habe ja kaum ein Wort sagen können! Unsere Ehe ist seit langer Zeit nicht mehr glücklich«, hatte er dann unumwunden zugegeben. »Das liegt bestimmt daran, dass wir kein Kind haben, denke ich. Ich für meinen Teil bin bereit, es noch einmal mit ihr zu versuchen. Doch Nell muss mich sehr hassen, wenn sie mir zutraut, Hope getötet zu haben.«

Matt hatte Albert nie gemocht, er fand ihn kalt und herablassend, aber der Mann war aufrichtig genug, um einzugestehen, dass er in der Vergangenheit oft sehr hart zu Hope gewesen war und dass er Nell gegenüber vielleicht mehr Verständnis hätte zeigen sollen. Im Lichte des Verhaltens, das Nell während der vergangenen Wochen an den Tag gelegt hatte, empfand Matt sogar ein wenig Mitgefühl mit Albert, denn es musste höchst unangenehm sein, von seiner eigenen Frau als Mörder gebrandmarkt zu werden.

Einige Wochen später schrieb Lady Harvey an Nell. Nell offenbarte nicht, was in dem Brief stand, aber Matt hatte das überschwängliche Zeugnis gesehen, das dem Brief beigelegen hatte. Doch Nell war nicht einmal dankbar für diese Freundlichkeit. »Ich weiß schlimme Dinge über Lady Harvey«, behauptete sie geheimnisvoll, »sie hat mir das Zeugnis nur deshalb geschickt, weil sie befürchtet, ich könnte sie verraten.«

Matt fand es sehr großzügig von Lady Harvey zu übersehen, dass Nell ihr am Weihnachtstag davongelaufen war und dass sie die Polizei nach House Briargate gebracht und damit Klatsch und Tratsch verursacht hatte. Wenn sie hoffte, das Zeugnis würde Nell eine Position fernab von Briargate eintragen, konnte Matt ihr kaum einen Vorwurf daraus machen, denn er selbst war mit seiner Weisheit am Ende, was Nell betraf. Sie erfüllte das Bauernhaus mit Elend; sie regte Amy auf und machte den Kindern oft Angst.

Er verfluchte Hope für all das, doch trotz seiner Wut konnte er nicht aufhören, sich auch um sie zu sorgen. Sie war so jung und unerfahren, und ein Mann, der sie dazu überreden konnte, ihrer Familie den Rücken zu kehren, konnte sie wahrscheinlich zu allem bringen. Jeder wusste, dass die großen Städte Sündenpfuhle waren, und ein hübsches kleines Ding wie sie würde bald ruiniert sein.

Matt beobachtete, wie Nell die Teekanne mit heißem Wasser füllte. Sie war dünn geworden, ihre einst rosigen Wangen waren jetzt bleich und eingefallen, und das dunkelblaue Kleid, das sie trug, hing ihr lose am Leib. Sie war zweiunddreißig, hatte sich jedoch plötzlich in eine alte Frau verwandelt: Ihre Stimme war schrill und klagend geworden, sie murmelte vor sich hin, ihr dunkles Haar hatte seinen Glanz verloren, und sie kämmte es sich jetzt so straff aus dem Gesicht, dass ihr Kopf beinahe wie der eines Skeletts wirkte. Nichts konnte sie von ihrem Kummer ablenken, nicht Matts Kinder, nicht die Anzeichen des nahenden Frühlings, nicht einmal ein Brief von James oder Ruth. Sie machte sich keine Sorgen um Joe und Henry, die fortgegangen waren, um ihr Glück in London zu suchen. Auch Ruths kleiner Sohn schien sie nicht im Mindesten zu interessieren. Sie war so besessen von Hope, dass ihr alles andere gleichgültig war.

Was sollte er nur unternehmen?

Amy wollte, dass er sie bat fortzugehen. Sie hatte mehr als genug von all dem. Aber wie konnte er seiner eigenen Schwester die Tür weisen, wohlwissend, dass sie nirgendwo sonst hingehen konnte?

Nell stellte die Teekanne auf den Tisch und holte dann die Tassen aus dem Schrank. »Ich werde heute die Eier nach Keynsham bringen, und während ich dort bin, werde ich mich nach Arbeit umsehen«, sagte sie plötzlich.

Matt nickte. Er bezweifelte, dass sie dort Arbeit finden würde, doch auf diese Weise blieb diese Fahrt ihm selbst erspart, und während Nell fort war, würde Amy zumindest ein wenig Ruhe haben.

»Wenn ich dort nichts bekommen kann, werde ich morgen nach Bath fahren, um mit Ruth zu sprechen.«

»Sie wird sich freuen, dich zu sehen.«

Er war kurz nach Hopes Verschwinden nach Bath geritten, um Ruth und John davon zu erzählen. Obwohl Ruth überrascht und besorgt gewesen war, hatte sie doch darauf hingewiesen, dass jedes junge Mädchen sich mehr vom Leben wünschte, als man es in House Briargate finden konnte. Als Matt im neuen Jahr noch einmal bei ihnen gewesen war, um ihnen von Nells Reaktion zu erzählen und von ihrer Überzeugung, Albert habe Hope getötet, war Ruth verärgert. Sie sah das Betragen ihrer Schwester als übertrieben melodramatisch an. »Was hätte er davon, sie zu töten?«, fragte sie und schüttelte ungläubig den Kopf. »Wenn Nell so weitermacht, wird sie noch in der Irrenanstalt landen.«

James, Toby und Alice hatten alle ganz ähnlich reagiert. Keiner von ihnen konnte es gutheißen, dass Hope so rücksichtslos davongelaufen war, und sie alle machten sich große Sorgen um ihre Sicherheit. Sie waren jedoch der Meinung, dass Nell sich mit den Gegebenheiten endlich abfinden solle.

Matt seufzte. Ruth würde gewiss nicht viel Geduld mit ihrer älteren Schwester haben, vor allem jetzt, da sie ein eigenes Kind hatte. Hoffentlich war sie nicht zu scharf zu Nell, dachte er bekümmert, denn damit würde sie sie noch unglücklicher machen.

Als Nell den Bauernhof gegen halb sieben mit dem Korb voller Eier auf dem Arm verließ, hatte es aufgehört zu regnen, und die ersten Sonnenstrahlen stahlen sich durch die Wolken. Sie wählte den Weg über die Felder nach Compton Dando und kam dabei in der Nähe ihres Elternhauses vorbei.

Heute lebte Gerald Box, der Bruder des Wildhüters, mit seiner Frau und seinen drei Kindern dort. Nell schaute bewusst nicht zum Cottage hinüber, da sie heute nicht an ihre Eltern oder Hope erinnert werden wollte.

Sie war sich vollauf im Klaren darüber, dass Matt und Amy langsam die Geduld mit ihr verloren. Natürlich waren sie alle entsetzt darüber, dass sie Albert verlassen hatte. Manchmal war die Versuchung groß, ihnen die Wahrheit über ihre Ehe zu erzählen, denn auch wenn sie sonst nichts damit erreichte, würde sie Albert damit zum Gespött der Leute machen. Gleichermaßen hätte sie gern Schande über Lady Harvey gebracht, indem sie die Geschichte von Hopes Geburt erzählte. Vielleicht würden die Menschen dann sehen, wie bedingungslos ergeben sie selbst ihrer Herrin während all dieser Jahre gewesen war, und es würde sie schockieren, dass eine Mutter das Verschwinden ihrer Tochter derart auf die leichte Schulter nahm.

Aber wenn sie jetzt von diesen Dingen gesprochen hätte, da die Leute sie ohnehin bereits für verrückt hielten, dann würde sie sie in dieser Meinung nur bestätigen. Niemand würde ihr glauben, und es war durchaus möglich, dass man sie in eine Anstalt brachte, um sie zum Schweigen zu bringen.

Widerstrebend war sie zu einer Erkenntnis gekommen: Die einzige Lösung für alle Probleme war eine Stellung weit fort von hier. Wohin sie auch sah, überall wurde sie von Erinnerungen an Hope gequält, und sie sorgte in Matts Haus für Ärger und Unruhe, obwohl sie versuchte, sich nützlich zu machen. Lady Harvey hatte ihre wahren Gefühle für sie, Nell, in ihrem Brief geschickt ummantelt. Aber Nell konnte das Eis unter den honigsüßen Sätzen spüren, die beschrieben, wie schwer sie zu ersetzen sein würde, wie ergeben und fürsorglich sie sei. Lady Harveys wahre Gefühle sahen offenkundig anders aus: Sie hoffte, dass Nell so weit wie möglich fortgehen würde, und sie hatte der Zofe, die sie einst als ihre »einzige wahre Freundin« bezeichnet hatte, ein und für alle Mal die Tür vor der Nase zugeschlagen.

Als Nell den Weiler Chewton erreichte, war die Sonne bereits hervorgekommen, und obwohl der Wind kalt war, bemerkte sie zum ersten Mal die grünen Knospen an den Hecken und die ersten Primeln im Gras. Erst am vergangenen Abend hatte Matt gesagt, dass die Schafe binnen einer Woche lammen würden, und sie erinnerte sich daran, wie aufgeregt sie als Kind immer gewesen war, wenn sie das erste neugeborene Lamm des Frühlings gesehen hatte.

Als sie Pferdehufe in der Wegbiegung vor sich hörte, blieb sie am Geländer der Brücke stehen, drehte aber den Kopf, um zu sehen, wer es war.

Zu ihrem Erstaunen war es kein anderer als Hauptmann Pettigrew auf seinem Schecken, und auf der Brücke konnte sie sich nicht verstecken.

»Wahrhaftig, Nell!«, rief er überrascht, zügelte sein Pferd und blickte auf sie hinab. »Wie geht es Ihnen? Ich habe gehört, Sie hätten House Briargate verlassen, und ich hatte vermutet, Sie würden sofort aus dem Dorf weggehen.«

Trotz Nells ursprünglicher Gefühle, was diesen Mann betraf, hatte er sie für sich gewonnen, als die Köchin krank geworden war. Außerdem war es schwierig, in dieses starke, wohlgestaltete Gesicht zu blicken, im Bewusstsein, dass er Hopes Vater war, und ihm nicht zu vertrauen.

»Ich sollte von hier fortgehen«, erwiderte sie und errötete, weil er sie so durchdringend musterte. »Jetzt, da meine Schwester nicht mehr da ist, habe ich hier nichts mehr als traurige Erinnerungen.«

»Das hat man mir erzählt«, sagte er. Dann saß er ab und trat, die Zügel seines Pferdes in der Hand, vor sie hin. »Wirklich eine eigenartige Geschichte! Wenn ich recht verstehe, glauben Sie nicht, dass sie mit einem Soldaten davongelaufen ist?«

»Nein, Sir, das glaube ich nicht.« Nell sah ihm fest ins Gesicht. »Zum einen hat niemand einen Soldaten hier in der Gegend gesehen, und kurz bevor ich mit Lady Harvey zu ihrem kranken Vater aufgebrochen bin, hat Hope mir ziemlich traurig erzählt, dass sie keine Chance habe, jemals einen Liebsten zu finden, weil sie nie die Gelegenheit bekäme, jemanden kennenzulernen.«

»Sie könnte eine solche Gelegenheit gefunden haben, während Sie fort waren«, meinte der Hauptmann mit einem schiefen Lächeln.

»Sie hatte nur einen halben Tag die Woche frei, und den hat sie mit unserem Bruder auf seinem Bauernhof verbracht.«

»Verzeihen Sie mir, wenn ich so offen bin, Nell, doch wie ich es verstanden habe, glaubten Sie, Ihr Mann, der Gärtner, habe sie getötet. Ist das wahr, oder ist es nur törichtes Geschwätz?«

»Er hat sie getötet, ja. Davon bin ich fest überzeugt«, antwortete Nell trotzig. »Jetzt verachten die Leute mich, weil ich ihn verlassen habe, aber wie könnte ich bei einem so durch und durch bösen Mann bleiben?«

»Starke Worte, Nell«, entgegnete er und schüttelte nachdenklich den Kopf. »Aber ich finde es sehr mutig von Ihnen, zu Ihren Überzeugungen zu stehen. Lady Harvey muss Sie sehr vermissen; ich weiß, wie gern sie Sie hatte.«

»Lady Harvey interessiert sich für niemanden, nur für sich selbst«, platzte Nell heraus, bevor sie sich bremsen konnte.

Der Hauptmann zog eine dunkle Augenbraue in die Höhe.

»Abgesehen von Ihnen«, fügte Nell hinzu und errötete heftig, weil sie auch das nicht hätte sagen dürfen.

»Oh, Nell«, seufzte der Hauptmann. »Ich weiß, dass Lady Harvey keine Geheimnisse vor Ihnen hatte, und daher habe ich das Gefühl, offen sprechen zu können. Wir sind beide Opfer einer sehr starren Gesellschaft; Lady Harvey und ich konnten keine gemeinsame Zukunft haben, ohne uns in Schande zu stürzen. Sie hat Ihnen wahrscheinlich erzählt, dass ich sie vor einem Jahr gebeten habe, sich der Schande zu stellen und mit mir fortzugehen?«

Nell war überrascht und schockiert, das zu hören. »Nein, das hat sie mir nicht erzählt, Sir. Nur dass sie Ihnen, während wir in Sussex waren, einen Brief geschrieben und Ihnen mitgeteilt hat, dass alles vorüber sei.«

»Das klingt ganz nach Anne.« Er stieß ein freudloses Lachen aus. »Sie hat eine großartige Begabung dafür, nur die Hälfte einer Geschichte zu erzählen! Aber vielleicht ist das der Grund, warum sie so hart zu Ihnen war, weil Sie Mut genug hatten, Albert zu verlassen!«

»Lady Harveys Situation und meine waren vollkommen unterschiedlich«, wandte Nell ein. »Albert hat mir keine andere Wahl gelassen, als fortzugehen.«

Der Hauptmann legte ihr einen Finger unters Kinn und hob ihr Gesicht leicht an. »Sie sehen dünn und zutiefst unglücklich aus, Nell. Ich habe mir sagen lassen, dass Lady Harvey genauso aussieht. Ich denke, das Zerwürfnis zwischen Ihnen beiden hatte weit schwerwiegendere Gründe als Albert?«

Nells Magen krampfte sich zusammen. »Wenn Sie ebenfalls dünn und unglücklich ist, dann nur deshalb, weil es ihr schwerfällt, mit all den Arbeiten fertig zu werden, die ich früher für sie erledigt habe«, erwiderte sie spitz.

Er lächelte schwach. »Ein anderer Mann könnte glauben, dass dies der Grund sei, ich jedoch nicht. Aber wie auch immer, ich bewundere Ihre Ergebenheit«, meinte er. »Also, wo wollen Sie mit diesen Eiern hin?«

»Ich will sie in einem Laden in Keynsham verkaufen, und dann will ich nach Arbeit suchen.«

»Ich kann mir nicht vorstellen, dass es dort viel Bedarf für eine Zofe gibt.«

Nell zuckte die Schultern. »Ich werde alles annehmen, ich kann kochen und putzen. Bettler dürfen nicht wählerisch sein. Ich würde sogar in einer Schenke arbeiten, wenn man mir dort ein Bett und etwas zu essen gäbe.«

Er sah sie abschätzend an – so lange, dass Nell nervös wurde. »Würden Sie es in Betracht ziehen, meine Haushälterin zu werden?«, fragte er schließlich.

Nells Augen weiteten sich vor Überraschung. »Aber Sie haben kein Haus, Sir«, rief sie aus.

»Oh doch«, sagte er. »Ich habe vor ein oder zwei Jahren eins gekauft. Nichts Großartiges, Sie verstehen, nur ein Ort, an dem ich meinen Urlaub verbringen kann und später meinen Ruhestand, wenn ich zu alt für die Arbeit eines Soldaten werde. Ich denke schon seit einiger Zeit darüber nach, jemanden einzustellen, doch es muss noch so viel dort getan werden, bevor ich einer Fremden zumuten kann, mit all den Unannehmlichkeiten zurechtzukommen. Allerdings könnte es für Sie gerade jetzt genau das Richtige sein, und Sie wären gewiss die Richtige für mich.«

Zuerst dachte Nell, dass er sie als seinen Weg zurück zu Lady Harvey betrachtete. Aber ob dies nun der Grund war oder nicht, es war ein Angebot, das abzulehnen sie nicht in der Position war. »Nun, vielen Dank, Sir«, meinte sie. »Ich weiß Ihre Freundlichkeit sehr zu schätzen.«

Nachdem der Hauptmann ihr den Weg nach Saltford an der Straße nach Bath beschrieben und vorgeschlagen hatte, dass sie ihn nach dem Verkauf ihrer Eier aufsuchen solle, ritt er davon. Nell nahm ihren Korb wieder auf und ging mit erheblich leichterem Herzen weiter. Es kümmerte sie im Grunde nicht, wie sein Haus aussah oder dass sie die einzige Dienstbotin sein würde. Er war ein Gentleman, er nahm an ihrer Notlage genug Anteil, um ihr zu helfen, und sie hatte das Gefühl, als hätte man ihr in einer dunklen Nacht eine Lampe angezündet.

Nell stand eine Weile vor Willow End, dem Haus des Hauptmanns, bevor sie das Tor öffnete und zur Tür ging, ein wenig verwirrt darüber, warum er es ausgewählt hatte. Sie hätte erwartet, dass ein Offizier sich ein Quartier in Bristol oder Bath suchen würde, nicht auf halbem Wege zwischen beiden Städten. Obwohl das Haus größer war als ein Cottage und über einen Stall und weitere Nebengebäude verfügte, war es doch die Art von Haus, in der ein Ladenbesitzer oder Schulmeister leben würde.

Es war eins von einigen wenigen Häusern, die hinter dem Dorf Saltford und einen knappen Kilometer vor der Kreuzung mit der Landstraße von Corston nach Lewton St. Loe an der Straße nach Bath lagen. Es war durchaus ein hübsches Fleckchen, und man hatte einen Blick auf die Felder, die am Avon lagen, aber auch die Eisenbahnstrecke der Great Western nach London führte durch dieses Gebiet.

Hauptmann Pettigrew hatte recht mit der Feststellung, dass noch viel Arbeit geleistet werden musste. Das Dach und die Fenster waren eingefallen, und um den Garten hatte sich seit Jahren niemand mehr gekümmert. Und vermutlich würde es im Innern des Hauses nicht besser aussehen. Aber für Nell war es ein guter Ort, um hier zu arbeiten, weit genug von Albert entfernt und doch nah genug bei Matt und Ruth, um sich sicher zu fühlen. Sie freute sich auf die harte Arbeit, die auf sie wartete; sie wollte nicht allzu viel freie Zeit haben.

»Also, was halten Sie davon, Nell?«, fragte der Hauptmann, nachdem er sie durch sein Haus geführt hatte und sie nun in seinen Salon zurückgekehrt waren. »Könnten Sie hier leben und mich versorgen?«

Nell lächelte; es fiel ihr nicht schwer, Ja zu sagen, denn er hatte ihr sein neues Heim mit jungenhafter Begeisterung gezeigt und mit leuchtenden Farben beschrieben, wie er mit jedem der Räume zu verfahren gedachte. Für einen alleinstehenden Herrn hatte er viele Besitztümer – Hunderte von Büchern, viele davon noch in Kisten, außerdem einige schöne Möbelstücke, Uhren, Läufer und Porzellan –, doch die meisten dieser Dinge befanden sich in den unteren Räumen, da das Dach leck war.

Der Salon war der einzige Raum, in dem eine gewisse Ordnung herrschte. Es war kalt, da das Feuer nicht brannte, aber der Hauptmann hatte den Raum mit Sesseln, einem Teppich, einem Tisch und Stühlen ausgestattet, und an den Wänden hingen sogar einige Bilder. Sein Schlafzimmer bot weniger Luxus als eine Gefängniszelle; auf dem Boden lagen keine Teppiche, und der Raum enthielt lediglich ein Bett, Gardinen und die Kleidung des Hauptmanns, die am Haken hinter der Tür hing.

»Ich wäre sehr glücklich, wenn ich hier leben und Sie versorgen könnte«, erwiderte Nell aufrichtig. »Doch Sie müssen das Dach schnell flicken lassen, bevor das Regenwasser auch in die unteren Räume sickert.«

»Das ist bereits geregelt«, sagte er mit einem breiten Grinsen. »Die Arbeiten beginnen morgen. Aber könnten Sie in dieser schrecklichen Küche kochen?«

Diese Bemerkung entlockte Nell ein Lachen, und der Gedanke durchzuckte sie, dass dies das erste Mal seit Monaten war, dass sie Grund zum Lachen hatte. Für sie war es keine schreckliche Küche; sie war schmutzig, aber geräumig und sehr hell, und wenn sie erst einmal alles ordentlich geputzt und geschrubbt hatte, würde es eine durchaus akzeptable Küche sein. »Ich habe gelernt, auf einem offenen Feuer zu kochen«, rief sie ihm ins Gedächtnis. »Der Herd wird seinem Zweck vollauf genügen, sobald ich den Schornstein gekehrt habe, und nebenan befindet sich eine gute, kalte Speisekammer.«

»Ich habe das Haus einigen Freunden gezeigt, und sie haben nur geschaudert«, gestand er kläglich. »Verstehen Sie, ich habe die Möglichkeiten des Hauses im Auge gehabt. Es verfügt über ein hübsches Stückchen Land, Ställe und Nebengebäude, und ich fand, dass es eine schöne Atmosphäre hat. Aber meine Freunde meinten, ich müsse den Verstand verloren haben, und jetzt denke ich fast, sie könnten recht gehabt haben.«

»Dann werden wir ihnen beweisen, dass sie unrecht hatten, Sir«, erwiderte sie.

Er goss etwas Sherry in zwei Gläser und reichte ihr eins davon. »Auf die Zukunft, Nell«, sagte er, hob sein Glas und zwinkerte ihr zu. »Und darauf, dass ich Ihnen in der Stunde der Not begegnet bin.«

Nell nippte vorsichtig an ihrem Sherry, denn sie hatte noch einen langen Weg vor sich, und am Morgen hatte sie außer einer Scheibe Brot nichts gegessen. »Ich kann morgen in aller Frühe hier sein«, erklärte sie. »Das heißt, wenn es Ihnen recht ist?«

»Je früher, desto besser«, antwortete er. »Doch ich werde Sie mit dem Einspänner abholen, und wir können unterwegs Vorräte und andere Dinge kaufen, die Sie benötigen werden. Ich möchte nicht, dass Sie sich wie ein Dieb in der Nacht vom Hof Ihres Bruders schleichen müssen.«

»Sie sind sehr freundlich, Sir«, meinte sie und senkte einen Moment lang verlegen den Blick.

»Ich kann mir vorstellen, was Sie während der letzten Wochen durchgemacht haben müssen«, bemerkte er leise. »Menschen können sehr grausam sein, selbst jene, die behaupten, uns zu lieben. Aber verraten Sie mir eins, Nell, und ich will jetzt die Wahrheit wissen. War Hope Ihre Tochter?«

»Nein, Sir«, gab Nell zurück und reckte trotzig das Kinn vor. Sie konnte nachvollziehen, warum er zu diesem Schluss gekommen war: So manches Dienstmädchen, das ein uneheliches Kind geboren hatte, gab es als Bruder oder Schwester aus, wenn im Hintergrund eine bereitwillige Mutter war. »Manchmal kam sie mir so vor wie meine Tochter, denn ich war sechzehn, als sie geboren wurde, und dann sind unsere Eltern so plötzlich gestorben. Aber ich habe sie nicht zur Welt gebracht.«

Es war eine große Versuchung, ihm jetzt zu erzählen, wer Hopes wahre Eltern waren, doch eine leise Stimme in ihrem Kopf warnte sie, dass es noch zu früh sei, dieses Geheimnis zu offenbaren.

Er sah sie lange und durchdringend an, und sie erwiderte seinen Blick ohne einen Wimpernschlag. »Falls es ein Trost für Sie ist, ich glaube nicht, dass Albert sie getötet hat«, sagte er. »Doch ich habe den Verdacht, dass er irgendwie einen Weg gefunden hat, sie zu vertreiben.«

»Aber was sollte sie daran hindern, mir oder ihren Geschwistern zu schreiben und uns das zu erzählen?«, fragte Nell. Ihre Stimme zitterte, weil sie spürte, dass er etwas wusste.

»Vielleicht hat er gedroht, Ihnen etwas anzutun«, antwortete er und legte ihr eine Hand auf die Schulter, »oder Lady Harvey oder Rufus. Ich habe das Kommando über etliche Männer, Nell; ich bin es gewohnt, ihren Charakter einzuschätzen. Ich habe in Albert immer etwas gesehen, das mich beunruhigt hat. Wenn wir einander etwas besser kennen, wird es Ihnen vielleicht möglich sein, mir ein wenig mehr von Ihrem Leben mit ihm zu erzählen?«

Jetzt brannten Tränen in Nells Augen, denn niemand, nicht einmal Matt, der Albert nie gemocht hatte, war ihr mit so viel Verständnis begegnet.

»Vielleicht«, erwiderte sie mit gepresster Stimme. »Aber es ist schwierig, mit einem Mann über persönliche Dinge zu sprechen.«

»Ich weiß«, gab er zurück und strich ihr sachte mit der Hand über die Wange. »Es ist beklagenswert, dass sowohl Männer als auch Frauen so wenig übereinander wissen. Man trichtert uns von Geburt an ein, dass es große Unterschiede zwischen den Geschlechtern gibt, man ermutigt uns, unsere wahren Gefühle voreinander zu verbergen, und man drängt uns nur allzu oft in Ehen ohne Liebe. Es ist kein Wunder, dass wir nicht offen miteinander sprechen können.«

»Sie sind ein sehr freundlicher Mann«, stieß sie hervor. »Es wird mir ein Vergnügen sein, als Haushälterin für Sie zu arbeiten.«

»Ich hoffe, wir können auch Freunde werden«, sagte er. »Wir haben mehr gemeinsam, als Ihnen bewusst ist, Nell, denn wir beide sind Opfer der Umstände. Aber ich betrachte unsere heutige Begegnung als glückliches Omen, und ich hoffe, Sie teilen diese Meinung.«

Während Nell querfeldein nach Hause ging, hätte sie am liebsten gesungen. Nicht nur weil sie Arbeit hatte und ein neues Heim, sondern weil jemand ihren Schmerz zur Kenntnis genommen hatte. Ob das genug war, um sich zusammenzureißen, wusste sie nicht. Aber sie war optimistisch, denn wenn der Hauptmann nicht glaubte, dass Hope tot war, konnte sie vielleicht anfangen, das ebenfalls zu glauben.

»Ich freue mich für dich«, sagte Matt, als er seine ältere Schwester am nächsten Morgen zum Abschied küsste. »Wohlgemerkt, es ist nicht das, was ich für dich ausgesucht hätte! Der Mann ist schließlich Junggeselle und alles.«

Nell brachte ein schiefes Lächeln zustande. Ihr war klar, dass Matts erste Gedanken der Überlegung gegolten hatten, dass sie bei einem allein lebenden Mann nicht sicher war. Aber andererseits wusste er auch nicht, dass Albert in den sechs Jahren, während derer sie im selben Bett geschlafen hatte wie er, niemals den Wunsch verspürt hatte, sie auch nur zu berühren. Ein Gentleman würde sie erst recht nicht wollen.

»Die Hälfte der Leute hier in der Gegend denkt, ich sei verrückt geworden, die andere Hälfte denkt, ich stünde bereits mit einem Fuß in der Hölle«, lachte sie. »Ein Skandal mehr oder weniger kümmert mich nicht. Aber der Hauptmann wird häufig fort sein. Du kannst jederzeit kommen und nach mir sehen. Ich mag ihn, er ist ein guter Mann. Mach dir meinetwegen keine Sorgen.«

»Man redet über ihn«, platzte Matt heraus. »Die Frauen mögen ihn.«

»Dich mögen sie auch«, erwiderte Nell entrüstet. »Ich habe durchaus bemerkt, dass die Mädchen der Nichols dir in der Kirche schöne Augen machen. Manche Männer werden einfach so geboren; es bedeutet nicht, dass man ihnen nicht trauen kann. Und nun lass mich gehen, wir dürfen den Hauptmann nicht länger dort draußen sitzen lassen.«

Als Nell zu dem Hauptmann in den Einspänner stieg, kam Amy aus der Milchküche. Auf ihrem Gesicht stand ein breites Lächeln, und sie rief ihr hastig zu, wie sehr sie sie vermissen würde. Aber Nell ließ sich jetzt ebenso wenig täuschen wie am vergangenen Abend, als Amy sich im Angesicht von Matts Missbilligung auf ihre Seite geschlagen hatte. Sie wollte Nell lediglich aus dem Haus haben.

Es war fast Mitternacht, als Nell sich endlich auszog und zu Bett ging. Der einzige Raum im oberen Stockwerk, der trocken genug war, um darin zu schlafen, war der des Hauptmanns, daher würde sie bis zur Instandsetzung des Daches mit einem Rollbett in dem kleinen Raum neben der Küche vorliebnehmen. Aber die Männer hatten an diesem Morgen mit der Arbeit an dem Dach begonnen, und wenn sie fertig waren, würden sie sämtliche Decken reparieren, und dann würde sie ein eigenes Schlafzimmer haben.

Nell war erschöpft. Sie hatte jeden Zoll der Küche und der Speisekammer geschrubbt, die Regale und Schränke mit frischem Papier ausgelegt und mindestens ein Dutzend Kisten mit Porzellan, Gläsern, Töpfen und Pfannen ausgepackt. Es erstaunte sie ein wenig, dass ein alleinstehender Soldat so viele Dinge besaß, die zu einem Haushalt gehörten, aber sie wollte ihn nicht danach fragen.

So müde sie war und sosehr ihre Glieder schmerzten, fühlte sie sich doch wieder ein wenig so wie früher, und sie hatte nicht einmal genug Hunger gehabt, um etwas von dem Lammeintopf zu essen, den sie für den Hauptmann gekocht hatte.

»Das ist die beste Mahlzeit gewesen, die ich seit Wochen zu mir genommen habe«, hatte er gesagt.

»Wir müssen einen Teil des Gartens roden lassen, um Gemüse anzubauen«, hatte sie, verlegen über sein Lob, erwidert, und er hatte gelacht. Er glaubte offensichtlich nicht, dass sie sich auch auf diese Dinge verstand.

Sie war zufrieden, überlegte sie noch, während sie langsam einschlief. Das Dasein als Zofe hatte lange Phasen absoluter Langeweile mit sich gebracht, und es war weit interessanter, eine Hütte in ein Heim zu verwandeln.

Morgen wollte sie das Esszimmer in Angriff nehmen. Es hatte einen sehr schönen Tisch und dazu passende Stühle, und sie hatte in einer Kiste hübsche Samtvorhänge gesehen. Der Hauptmann hatte angekündigt, für zwei Tage fort zu sein. Wenn er zurückkam, würde dieser Raum so weit eingerichtet sein, dass er Gäste zum Essen empfangen konnte.

Aber ihr letzter Gedanke des Abends galt Hope. Nell stellte sich vor, wie sie über die Wiese nach Lord's Wood gelaufen war, wie sie es so oft an ihrem freien Nachmittag getan hatte. Ihre Haube hatte ihr gewiss um den Hals gebaumelt, und einige Nadeln hatten sich aus ihrem glänzenden dunklen Haar gelöst. Nell hätte mit der Zunge geschnalzt, während sie sie von einem Fenster im oberen Stockwerk beobachtete, und sich vorgenommen, ihre kleine Schwester daran zu erinnern, dass nur Wildfänge rannten, während junge Damen gemessenen Schrittes einhergingen. Dennoch hatte es sie stets glücklich gemacht zu sehen, wie sehr das Kind sich an seiner Freiheit erfreute; Hope war so anmutig gewesen wie ein Reh und so schön wie ihre Umgebung.

»Wenn du lebst, mein Schatz, dann schreib mir«, murmelte sie.

Kapitel 12

1849

Hope konnte Betsy über den betriebsamen Kai auf sich zukommen sehen, aber selbst von Weitem war schon offenkundig, dass irgendetwas mit ihr nicht stimmte. Sie taumelte und krümmte sich zusammen, als hätte sie Schmerzen, und gegen ihre sonstige Gewohnheit blieb sie nicht hie und da stehen, um mit Seeleuten und Hafenarbeitern zu plaudern.

Es war später Nachmittag im Hochsommer und so heiß, dass man auf dem Kai wahrscheinlich ein Ei braten konnte. Während des bitterkalten Winters hatte Hope sich nach der Hitze des Sommers gesehnt, aber während die Temperaturen im Lauf der letzten Wochen schwindelerregende Höhen erreicht hatten und der Regen, der menschliche und tierische Exkremente hätte fortspülen können, ausblieb, war der Gestank so ekelerregend geworden, dass man kaum noch atmen konnte.

Tagsüber konnte Hope auf den Hügel in Richtung Clifton entfliehen, wo die Luft sauber und süß roch und eine leichte Brise ging. Die Menschen dort hatten Abwasserrohre, die ihre Exkremente wegschwemmten, sie hatten Wasser, das sie in ihre Küchen pumpen konnten, und viele ihrer Gärten waren wunderschön. In letzter Zeit hatte sie sich stark versucht gefühlt, draußen auf den Hügeln zu schlafen, statt sich einer weiteren stickigen Nacht in der Lamb Lane auszusetzen. Aber Betsy und Gussie hätten darin eine Art Fahnenflucht gesehen.

Als sie während ihres ersten Winters in Bristol Feuerholz verkauft hatte, war es ihr gelungen, sich ein wenig Arbeit in Clifton zu erbetteln. Die Haushälterin des Royal York Crescent Nummer fünf hatte sie dafür bezahlt, die Treppe an der Vordertür zu schrubben und das Messing zu polieren. Erst im nächsten Winter hatte die Frau ihr schließlich hinreichend vertraut, um ihr gelegentlich zu erlauben, im Haus die Böden zu putzen und bei der Wäsche zu helfen, aber jetzt, achtzehn Monate später, ging Hope regelmäßig zwei Mal die Woche dorthin und bekam für ihre Arbeit drei Schilling.

Sie musste sich oft auf die Zunge beißen, weil die Frau sie stets wie ein Habicht beobachtete, aus Furcht, sie könnte etwas stehlen. Die anderen Dienstboten blickten naserümpfend auf sie herab, und wenn sie etwas zu essen bekam, während sie dort war, dann waren es stets nur Reste. Aber sie hatte durchgehalten, und sie brauchte die drei Schilling, um auf dem Markt Blumen zu kaufen und kleine Sträußchen daraus zu binden, die sie an den anderen Wochentagen auf den Straßen verkaufte.

Die schreckliche Not, die sie während ihres ersten Winters in Bristol gelitten hatte, war jetzt nur noch eine ferne Erinnerung. Nichts konnte jemals wieder so schlimm sein. Wie es ihr gelungen war, an jedem eiskalten Morgen bei Tagesanbruch das Haus zu verlassen und mit leerem Magen und Blasen an den Füßen meilenweit zu laufen, während ihre Finger rissig waren von dem grimmigen Frost, wusste sie nicht mehr. Es hatte Tage gegeben, da hatte jeder Knochen in ihrem Leib gequält nach Ruhe geschrien; die Demütigung, wenn man ihr die Tür vor der Nase zuschlug, die Tortur von Hunger und Kälte, und all das nur für wenige Pennys am Tag, hatten schließlich dazu geführt, dass sie sich wünschte zu sterben.

Danach erschien es ihr wie das reinste Paradies, zwei Mal die Woche zu putzen und die Wäsche zu besorgen, selbst wenn die anderen Dienstboten sie wie Ungeziefer behandelten, weil ihr Kleid zerlumpt war und ihre Stiefel Löcher hatten.

Aber heute hatte Mrs Toms, die Haushälterin von Nummer fünf, ihr angeboten, sie als Mädchen für alles einzustellen. Dann würde sie im Haus leben, und man würde ihr fünf Schilling die Woche zahlen und ihr eine Uniform und neue Stiefel geben.

Hope hätte eigentlich überglücklich sein müssen; schließlich war es die Art von respektabler Stellung, die sie sich so lange gewünscht hatte. Es würde eine Wonne sein, zwischen Laken zu schlafen, nie wieder geweckt zu werden, weil eine Ratte über sie hinweghuschte, oder wieder Hungerschmerzen zu leiden.

Doch Hope war nicht glücklich, sie fühlte sich hin und her gerissen. Wenn sie die Vorzüge eines Lebens als Dienstmagd akzeptierte, würde sie auch die Einschränkungen akzeptieren müssen, die damit verbunden waren, und ihre Vorbehalte gegen den Haushalt der Edwards.

Mr Edwards war ein dickleibiger, selbstherrlicher kleiner Ratsherr, und es hieß, er habe sich eine goldene Nase verdient, indem er städtische Aufträge gegen saftige Bestechungsgelder vergeben habe. Seine Frau war ein nervöses Gespenst, das mit Vorliebe den echten Landadel nachäffte. Davon abgesehen waren sie in Hopes Augen ein ziemlich widerwärtiges Paar, das nebenbei keine Ahnung davon hatte, wie ein Haushalt geführt werden sollte. Sie verließen sich vollkommen auf Mrs Toms, und diese war ein bösartiger Tyrann, die ihre eigene Unwissenheit verbarg, indem sie den anderen Dienstboten die Schuld in die Schuhe schob, wenn etwas schiefging.

Bis zum heutigen Tag hatte Hope die Vorgänge in Nummer fünf mit einiger Erheiterung betrachtet und an den würdevollen Baines gedacht, der House Briargate so reibungslos wie ein Uhrwerk zu führen wusste, und doch war es ihm gelungen, sich den Respekt und die Zuneigung all seiner Untergebenen zu bewahren. Sie wusste, dass er entsetzt die Hände hochgeworfen hätte bei dem Gedanken, sie ziehe in Erwägung, eine Stellung in einem so unzureichend geführten Haushalt anzunehmen.

Was ihr zu schaffen machte, waren jedoch weniger die Schwierigkeiten, die ihr in Nummer fünf vielleicht begegnen würden, sondern die Tatsache, dass sie es als Treulosigkeit ihrerseits empfand, Gussie und Betsy zu verlassen. Ohne deren Großzügigkeit und Schutz, ohne die Überlebenskünste, die die beiden sie gelehrt hatten, hätte sie in Lewins Mead keinen Monat überlebt. Ihr Zimmer in der Lamb Lane mochte schmutzig und von Ratten verseucht sein, aber innerhalb dieser vier Wände fühlte sie sich sicher. Die unterwürfige kleine Hope Renton, die sich auf Alberts Befehl hin aus dem Pförtnerhaus geschlichen hatte, war stark und findig geworden. Sie war sich nicht einmal sicher, ob sie die Fähigkeit besaß, abermals als Dienerin für irgendjemanden zu arbeiten.

Als sie Sir William im Bett mit Albert gesehen hatte, hatte sie den Respekt vor den vornehmen Herrschaften verloren, und seit sie in Bristol lebte, hatte sie zu viele andere »Gentlemen« gesehen, die Knaben mochten oder sehr junge Mädchen. Nein, sie glaubte nicht länger, dass Sir William eine Ausnahme war. Was ihre Damen betraf, so verachtete sie diese noch mehr, weil sie so scheinheilig waren. Sie strömten in Seide und Satin in die Kirchen und beteten für die Armen und Kranken, aber sie machten keinen Finger krumm, um den weniger Glücklichen zu helfen. Jede Woche kamen in Bristol Hunderte mittelloser Männer, Frauen und Kinder aus dem von Hungersnöten gebeutelten Irland an, aber niemand brachte ihnen Mitgefühl entgegen. Diese armen Seelen konnten sich kaum auf den Beinen halten und waren ausgemergelt von Hunger, doch die vornehmen Leute plärrten, man solle sie endlich aus der Stadt vertreiben. Wie die Dinge lagen, waren die meisten von ihnen gezwungen, wie Tiere in verseuchten, verfallenen Häusern unten am Frome zu leben, und ohne Nahrung oder medizinische Hilfe starben sie wie die Fliegen.

Hope hatte Mr Edwards einmal bemerken hören, dass man seiner Meinung nach das Militär beauftragen sollte, diese unhygienischen Häuser niederzubrennen. »Hoffentlich kommt das Gesindel, das darin haust, ebenfalls um!«, hatte er kaltherzig hinzugefügt. Konnte sie wirklich für einen solchen Mann arbeiten?

Heute war Freitag, und am Montagmorgen wurde sie mit ihrer Entscheidung am Crescent erwartet. Unglücklicherweise war sie sich in einem ziemlich sicher: Wenn sie Mrs Toms' Angebot ablehnte, war die Frau wahrscheinlich gehässig genug, um sich zu weigern, ihr in Zukunft überhaupt noch irgendwelche Arbeiten zu geben. Aber als sie sah, dass Betsy so offenkundig krank war, schob

Hope ihre eigenen Probleme beiseite und eilte ihrer Freundin entgegen, um ihr zu helfen.

»Was ist los?«, fragte sie, während sie nach Betsys Arm griff.

»Ich fühle mich so elend«, stöhnte Betsy. »Mein Bauch tut weh, ich habe mich übergeben. Ich habe mich noch nie zuvor so gefühlt, es ist, als müsste ich sterben.«

Betsy war der robusteste Mensch, den Hope je kennengelernt hatte. Sie jammerte niemals, wenn sie verletzt oder krank war, daher fand Hope ihre Klagen überaus beunruhigend. Betsy war am vergangenen Abend nicht sie selbst gewesen, sondern bleich und teilnahmslos, und sie hatte nichts essen wollen. Sie hatte darauf beharrt, es sei nur die Hitze, aber von Hitze allein litt niemand Schmerzen, daher musste es etwas weit Ernsteres sein.

In den letzten Tagen hatte es geheißen, unter den Iren grassiere ein Fieber, und die Krankheit werde sich überall in der Stadt ausbreiten, wenn man sie nicht isoliere. Hope hatte dem Gerede keine Beachtung geschenkt, doch was war, wenn es stimmte?

Sie wollte Betsy nicht ängstigen, daher behielt sie ihre Überlegungen für sich und legte ihr nur einen Arm um die Schultern, um sie zu stützen. »Ich bringe dich nach Hause«, sagte sie. »Wahrscheinlich hast du etwas Schlechtes gegessen. Aber ich werde mich um dich kümmern.«

»Ich brauche ein Glas Wasser«, stöhnte Betsy, als sie die Treppe hinaufgingen. Jetzt war Hope ernsthaft in Sorge, denn Betsy bewegte sich nur noch mühsam fort, und sie zitterte, obwohl es so heiß war.

»Ich werde dir einen Zimttee kochen«, meinte Hope. Sie fand, dass das Wasser in Bristol abscheulich schmeckte, daher trank sie es niemals kalt, sondern immer nur abgekocht und als Tee. Ihre Mutter hatte ein Allheilmittel für Krankheit oder Bauchschmerzen gehabt; sie hatte eine Zimtstange in kochendes Wasser gegeben, denn ihrer Meinung nach war kaltes Wasser für einen kranken Menschen abträglich.

Als sie ihr Zimmer betraten, war Gussie bereits dort. Aber er hatte sich hingelegt, und ein einziger Blick auf sein weißes Gesicht und seine halb geschlossenen Augen sagte Hope, dass er an der gleichen Krankheit litt wie Betsy.

»Ich habe mich übergeben«, ächzte er, und seine Stimme war kaum mehr als ein Flüstern. Er versuchte sich aufzurichten, hatte jedoch offensichtlich nicht die Kraft dazu.

Ein kalter Schauder überlief Hope, denn auch wenn es möglich war, dass ihre beiden Freunde sich verdorbenes Essen geteilt hatten, erinnerten ihre Symptome sie doch an jene, unter denen ihre Eltern gelitten hatten, als sie an Typhus erkrankt waren. Pastor Gosling hatte ihr erklärt, dass es sich um eine Krankheit handele, die besonders gut in Schmutz und Enge gedieh. Also konnte sie in Lewins Mead leicht ausbrechen.

Ihr kam der Gedanke, dass sie sofort fliehen sollte, aber als sie Betsy in sich zusammengesunken auf dem Boden liegen sah, während sie sich mit gequälter Miene den Bauch hielt, schämte sie sich dieser Regung.

Sie deckte ihre Freunde zu, dann entzündete sie das Feuer und setzte den Kessel auf. Im Krug war genug Wasser, um den beiden das Gesicht und die Hände zu waschen, doch sie würde weiteres Wasser von der Pumpe holen müssen.

Es war furchtbar heiß im Raum, und es würde noch heißer werden, wenn das Feuer brannte. Sie trat für einen Moment vor das geöffnete Fenster, um ihre Gedanken zu sammeln und sich alle Heilmittel ins Gedächtnis zu rufen, die ihre Mutter und Nell stets gegen Krankheiten eingesetzt hatten.

»Ich muss Wasser holen und einige Dinge einkaufen«, erklärte sie ihren Freunden. »Bleibt, wo ihr seid, ich werde bald wieder da sein.«

Zehn Minuten später stolperte sie die Treppe wieder hinauf, ein wenig schwankend unter ihrer Last. Sie trug zwei Krüge Wasser nach oben und eine Flasche Essig, mit dem ihre Mutter stets alles abgewaschen hatte, wenn im Cottage jemand krank gewesen war.

Außerdem hatte sie Zimt und weitere Kerzen gekauft und ein wenig Senf, um heiße Umschläge zu machen.

Seit ihre Mieter im Winter weitergezogen waren, hatte Hope viele Dinge besorgt, die sie für die Führung eines Haushalts für notwendig erachtete. Einige hatte sie gebraucht gekauft, andere hatte Gussie für sie besorgt, aber sie besaßen jetzt einen Besen, einen großen Suppentopf, eine Bratpfanne, Schüsseln für die Eintöpfe, die sie auf dem Feuer kochte, Besteck und eine weitere große Schüssel für den Abwasch. Vor Kurzem hatte Hope die Säcke mit Heu gefüllt, um Matratzen herzustellen, und sie sorgte stets dafür, dass sie Seife und reichlich Putzlumpen hatten.

Aber als sie in den Raum zurückkehrte und Betsy auf Händen und Knien vor dem Fäkalieneimer kauerte und würgte, wurde ihr klar, dass es sehr schwierig sein würde, zwei Kranke mit so dürftigen Mitteln zu pflegen.

Kurz nachdem Hope ihren Freunden die heißen Senfpflaster auf den Bauch gelegt hatte, dämmerte es. Sie war froh darüber, dass die Umschläge ihre Krämpfe anscheinend linderten, geradeso, wie der Zimttee ein wenig gegen das Erbrechen geholfen hatte. Sie zitterten immer noch, aber Hope hatte sie mit allem zugedeckt, was sie hatte finden können, damit sie das Fieber ausschwitzen konnten, und jetzt schliefen sie.

Aber sie selbst konnte kein Auge zutun. Der Raum war so heiß wie ein Ofen, und durch das geöffnete Fenster drang der Lärm von der Straße. Es war nie still hier, doch seit dem Einsetzen der Hitze hatte der Lärm sich noch verschlimmert; es gab mehr weinende Babys, mehr Betrunkene, mehr Prügeleien, und die Kinder liefen bis weit nach Mitternacht in den Gassen umher.

Seit sie sich hier niedergelassen hatte, hatte Hope es bewusst vermieden, an die Vergangenheit zu denken, aber während sie nun am offenen Fenster stand, schweißüberströmt und nur mit ihrem Unterhemd bekleidet, und der Gestank von menschlichen Exkrementen ihr das Atmen schwer machte, konnte sie nicht umhin, sich an die heißen Sommerabende ihrer Kindheit zu erinnern. Die ganze Familie hatte draußen gesessen und den Sonnenuntergang betrachtet, und der Wind war frisch und rein gewesen und hatte nach Geißblatt gerochen.

Selbst während sie im Pförtnerhaus gelebt hatte, hatten Nell und sie oft auf der Treppe an der Hintertür gesessen und zu den Sternen emporgeblickt. Damals hatte sie sich oft gewünscht, in einer großen Stadt zu leben, und sie hatte sich nach aufregenden Dingen wie Läden und Märkten gesehnt. Dieser Wunsch erschien ihr jetzt, da sie wusste, wie hart und unerfreulich das Leben in der Stadt sein konnte, ausgesprochen töricht. Sie hätte alles dafür gegeben, Nells weichen Arm wieder auf ihren Schultern zu spüren und auf nichts anderes zu lauschen als auf die Schreie der Eule und das Rascheln der Blätter.

Gewiss hatte Nell inzwischen ihr Herz gegen sie verhärtet. Matts Kindern würde all die Liebe zuteil werden, mit der sie früher ihre jüngste Schwester bedacht hatte.

Hope verfiel in einen hübschen Tagtraum, indem sie sich vorstellte, dorthin zurückzukehren, nur um einen Blick auf Nell zu werfen. Sie malte sich aus, dass sie sich an einem Sonntagmorgen hinter einem Baum in Lord's Wood verstecken und warten würde, bis Nell auf dem Weg zur Kirche vorbeikam. Sie würde diese hübsche blaue Haube tragen, mit den weißen künstlichen Margeriten daran, die Lady Harvey ihr geschenkt hatte. Nur ein einziger Blick würde ihr genügen.

Vielleicht würde sie auch Rufus sehen, denn es waren Schulferien, und er würde zu Hause sein. Vielleicht würde er zu dem Teich hinuntergehen, weil er sich an die schönen Zeiten erinnerte, die sie dort miteinander verbracht hatten. Sie könnte zwischen den Bäumen hervorspringen und ihn erschrecken. Natürlich würde sie ihn zu Stillschweigen verpflichten müssen. Aber mit seiner Hilfe würde ihr vielleicht sogar etwas einfallen, wie sie Nell wissen lassen konnte, dass es ihr gut ging.

Der laute Fluch eines Betrunkenen unten in der Gasse holte sie in die Wirklichkeit zurück. Selbst wenn es möglich gewesen wäre zurückzukehren, ohne dass Albert davon erfuhr, konnte sie doch den Gedanken nicht ertragen, dass irgendjemand sie in diesem Zustand zu Gesicht bekam. Sie sah jetzt genauso aus wie alle Bewohner des Elendsviertels, schmutzig, dünn und zerlumpt – selbst Rufus würde sich voller Abscheu von ihr abwenden. Außerdem konnte sie ihm nicht erklären, wie sie in diese Situation hineingeraten war, nicht ohne ihm zu offenbaren, welche Rolle seine Eltern dabei gespielt hatten.

»Ich hasse dich, Albert Scott«, murmelte sie. »Eines Tages werde ich mich an dir rächen.«

Als die ersten Strahlen der Morgensonne in den Raum drangen, musste Betsy sich abermals übergeben, und sie zuckte am ganzen Leib. Während sie immer wieder von Krämpfen geschüttelt wurde, weinte sie vor Bauchschmerzen. Es war ihr spürbar peinlich, ihr Bett zu besudeln, und obwohl Hope versuchte, ihr zu versichern, dass es ihr besser gehen würde, sobald ihr Körper sich all der Gifte entledigt hatte, fühlte sie sich zu sehr an den Tod ihrer Eltern erinnert, um wirklich an ihre Worte zu glauben.

Kurze Zeit später befand Gussie sich in dem gleichen Zustand, und Hope wusste kaum noch, wo ihr der Kopf stand. Sie schürte das Feuer, um Wasser für eine weitere Kanne Zimttee zu kochen, jagte die Treppe hinunter, um frisches Wasser von der Pumpe zu holen und den Nachttopf zu leeren. Inzwischen wurde es draußen immer heißer, und der Gestank nahm noch zu. Fliegen summten durch den Raum, und der Schweiß lief ihr in Strömen über den Körper, während sie versuchte, den Eimer und die Schüsseln zu schrubben und ihre Freunde sauber zu halten.

Am frühen Nachmittag hatte sich der Zustand ihrer Patienten dramatisch verschlechtert. Ihre Augen waren eingefallen, ihr Atem ging in flachen Stößen, und sie nahmen kaum noch wahr, dass Hope sie versorgte. Sie wusste, dass sie Hilfe holen musste, doch sie hatte noch nie von einem Arzt gehört, der nach Lewins Mead kam. Miss Carpenter, die Schullehrerin, war der einzige Mensch, der vielleicht genug Einfluss besaß, um jemanden zu überreden, hierherzukommen.

Hope war Miss Carpenter nur zwei Mal begegnet. Das erste Mal war sie mit Gussie in die Schule in St. James Back gegangen, um ihn dazu zu ermutigen, dort Unterricht zu nehmen. Dann war sie ein zweites Mal dort gewesen, um die Lehrerin zu fragen, ob sie Hilfe beim Unterricht der jüngsten Kinder gebrauchen könne.

Sie bewunderte Miss Carpenter zutiefst, fast alle hier im Viertel bewunderten sie. Jeder, der mit solcher Hingabe versuchte, die ärmsten Kinder in der Stadt zu unterrichten, verdiente Bewunderung. Sie überschüttete ihre kleinen Schutzbefohlenen mit leidenschaftlicher Zuwendung, und doch war es nicht leicht, Miss Carpenter zu mögen. Sie war frostig und lächelte selten, und ihr war eine Intensität eigen, die beängstigend wirkte.

Außerdem war die Lehrerin Hope bei ihrer letzten Begegnung mit großem Argwohn gegenübergetreten. Betsy hatte behauptet, es läge daran, dass Hope genauso klug war wie die Lehrerin – nur weit hübscher. Hope glaubte nicht, dass das der wahre Grund war. Höchstwahrscheinlich konnte Miss Carpenter nicht verstehen, warum jemand, der des Lesens und Schreibens mächtig war, in einer solchen Gegend gelandet war. Doch gleichgültig, warum die Frau sich ihr gegenüber so kühl verhalten hatte, Hope wusste, dass sie versuchen musste, ihre Hilfe zu gewinnen, denn sonst würden Betsy und Gussie vielleicht sterben.

Hope trat vor die Pumpe, um sich das Gesicht und die Hände zu waschen, bevor sie zur Schule hinüberlief. Drei Frauen hatten soeben ihre Eimer gefüllt und redeten miteinander. Während Hope sich wusch, spitzte sie die Ohren, denn eine der Frauen erzählte von einer ganzen Familie, die plötzlich erkrankt war.

»Vor zwei Tagen ging es ihnen allen bestens«, sagte die Frau mit einem angstvollen Unterton in der Stimme. »Die alte Ada ist zu ihnen hineingegangen, um festzustellen, ob sie etwas tun konnte, aber sie ist schnell wieder herausgekommen. Sie meinte, sie könne ihnen nicht helfen.«

Die alte Ada war das Beste an medizinischer Hilfe, was Lewins Mead aufzuweisen hatte. Sie holte die meisten Babys auf die Welt und bahrte die Toten auf. Ada war schmutzig, sie fluchte gern und oft und war im Allgemeinen betrunken, aber jene, denen sie half, schworen auf sie.

»Und das sind nicht die einzigen Kranken«, meinte eine andere Frau. »Ich habe gehört, in der Cask Lane hätte es auch jemanden erwischt.«

Ein kalter Schauder überlief Hope, denn die Cask Lane lag direkt neben der Lamb Lane. Noch verängstigter als zuvor, eilte sie weiter.

»Miss Carpenter! Könnte ich mit Ihnen sprechen?«, rief Hope, als sie sah, dass die Lehrerin im Begriff stand, die alte Kapelle zu verlassen.

Trotz der Hitze trug Miss Carpenter ihr gewohntes schlichtes, graues Kleid, eine Haube und einen Schal um die Schultern. Sie sah Hope an und runzelte die Stirn. »Hope, nicht wahr?«, fragte sie. »Ich fürchte, ich habe noch immer keine Arbeit für Sie.«

»Das ist es nicht«, erwiderte Hope atemlos. »Meine Freunde, Gussie und Betsy, sind krank, und sie brauchen einen Arzt. Ich dachte, Sie kennen vielleicht jemanden, der in die Lamb Lane kommen würde.«

Betsy hatte immer einen Groll gegen Miss Carpenter gehegt; sie behauptete, die Frau beschäftige sich nur deshalb mit guten Werken, weil sie eine verschrobene alte Jungfer sei und nichts Besseres mit ihrer Zeit anzufangen wisse. Sie äußerte sich höhnisch über die unmodernen, schlichten Kleider der Lehrerin und über ihre leidenschaftlichen religiösen Ansichten. »Es muss ihr eine Art Befriedigung verschaffen, ihre lange Nase in die Angelegenheiten der Leute aus dem Hafenviertel zu stecken«, hatte sie einmal geäußert.

Hope hatte Betsys Feindseligkeit stets belacht, außerstande, sich zu entscheiden, ob sie ihr zustimmen sollte oder nicht. Aber als sie jetzt die echte Sorge in den klugen, dunklen Augen der Frau aufblitzen sah, schämte sie sich, dass sie sich von Betsy hatte beeinflussen lassen.

»Welche Symptome haben sie?«, fragte Miss Carpenter. »Haben sie Fieber?«

Hope erklärte, wie es den beiden ging und was sie bereits unternommen hatte, um ihnen zu helfen. »Ich habe Angst, dass es Typhus ist«, sagte sie schließlich. »Meine Eltern sind daran gestorben.«

Miss Carpenter sah sie überrascht an, dann griff sie nach ihrer Hand und drückte sie mitfühlend. »Ich wusste nicht, dass Sie Waise sind. Aufgrund Ihrer Schulbildung hatte ich angenommen, Sie seien in der Hoffnung auf ein Abenteuer von zu Hause fortgelaufen, und das war der Grund, warum ich ein wenig scharf Ihnen gegenüber war. Aber das spielt jetzt keine Rolle. Ich werde einen Arzt, den ich kenne, bitten, nach Ihren Freunden zu sehen, obwohl ich nicht versprechen kann, dass er heute noch Zeit für einen Besuch finden wird. Gehen Sie jetzt nach Hause, halten Sie die beiden warm und flößen Sie ihnen Flüssigkeit ein. Es klingt so, als hätten Sie sie bisher hervorragend versorgt.«

»Ich habe nicht viel Geld, um den Arzt zu bezahlen«, stieß Hope hervor. Sie hatte keine Ahnung, was ein Arztbesuch kostete.

Miss Carpenter machte eine knappe Handbewegung, mit der sie Hope bedeutete, dass sie sich darüber nicht den Kopf zerbrechen sollte. »Der gütige Gott wird es fügen«, sagte sie. »Nicht jeder auf dieser Welt erwartet eine Bezahlung für seine Dienste.«

Nachdem sie sich Hopes genaue Adresse in der Lamb Lane hatte geben lassen, eilte die Lehrerin davon. Hope blieb ein oder zwei Sekunden lang stehen und beobachtete, wie sie vorsichtig die schmale Gasse entlangging, wobei sie ihre Röcke anhob, um die Säume vor dem Schmutz auf der Straße zu schützen. Sie vermutete, dass Miss Carpenter um die vierzig sein musste, und doch war sie noch immer so schlank und zierlich wie ein junges Mädchen. Hope fragte sich, warum sie nicht geheiratet hatte, denn obwohl sie mit ihrer langen, spitzen Nase und den dünnen Lippen ziemlich reizlos war, gab es dennoch weitaus reizlosere verheiratete Frauen. Betsy behauptete, Männer hätten nichts übrig für intelligente Frauen, erst recht nicht für solche, die ständig die Bibel zitierten, und vielleicht hatte sie recht.

Als Hope die Kirchenuhr an diesem Abend zehn schlagen hörte, hatte sie die Hoffnung aufgegeben, dass der Arzt noch kommen würde. Es war ein schrecklicher, endloser Tag gewesen, denn kaum dass sie Betsy gesäubert hatte, musste auch Gussie wieder gewaschen werden, und sie beide hatten unter so heftigen Krämpfen gelitten, dass sie weinten. Hope konnte sich vor Erschöpfung kaum noch auf den Beinen halten, sie war schweißüberströmt und außer sich vor Angst. Die Flüssigkeiten, die die beiden jetzt absonderten, waren wie Reiswasser, und sie waren sich ihres eigenen Zustands kaum noch bewusst. Es war so, als pflegte sie zwei große, hilflose Säuglinge, nur dass sie keine Windeln oder Laken hatte, um es ihnen bequemer zu machen.

Noch schrecklicher war ihr Anblick. Ihre Augen lagen tief in den Höhlen, und ihre Haut war fleckig und dunkel. Während sie ihnen die Glieder massierte, um die Krämpfe zu lindern, sprach sie ständig mit ihnen, und obwohl sie außerstande waren zu antworten, war sie davon überzeugt, dass sie sie hörten.

Plötzlich wurden unten im Haus Stimmen laut; offensichtlich war ein Fremder hereingekommen. In den anderthalb Jahren, die Hope jetzt hier lebte, hatte sie sich an diese Art von Frühwarnsystem gewöhnt. Die Bewohner von Lewins Mead begrüßten jeden Besucher, der ihnen unbekannt war, mit argwöhnischen und im Allgemeinen recht rüden, lauten Worten, sodass die ganze Gasse davon erfuhr, wenn ein Fremder erschien.

Hope öffnete die Tür und spähte durch das dunkle, baufällige Treppenhaus. Es herrschte der übliche Lärm, aber es war nicht hell genug, um zu erkennen, wer dort war.

»Sie müssen die Treppe rauf, Mister«, rief jemand.

Eine Woge der Erleichterung stieg in Hope auf, denn es musste der Arzt sein. Sie huschte zurück in den Raum, griff nach einer Kerze und kehrte ins Treppenhaus zurück, damit der Mann besser sehen konnte.

Der einzige Arzt, dem Hope je begegnet war, war der in Chewton, den sie während der Krankheit ihrer Eltern aufgesucht hatte, daher erwartete sie, dass dieser Mann etwa im selben Alter war. Deshalb war sie ein wenig verblüfft, als ein hochgewachsener, junger Mann mit blondem Haar erschien.

»Sind Sie der Arzt?«, rief sie hinunter.

»Ja. Dr. Meadows«, antwortete er. »Und Sie müssen Hope sein? Es tut mir leid, aber Miss Carpenter hat mir Ihren vollen Namen nicht genannt.«

»Danke, dass Sie hergekommen sind. ›Hope‹ genügt vollkommen«, erwiderte sie, als er sie erreichte. »Ich hatte solche Angst, da sich der Zustand meiner Freunde noch weiter verschlechtert hat, seit ich mit Miss Carpenter gesprochen habe.«

Dr. Bennett Meadows hatte sich glücklich geschätzt, als sein Onkel, Dr. Abel Cunningham, ihm nach seinem Abschluss angeboten hatte, seiner Praxis in Clifton beizutreten. Er hatte kein Geld, um eine eigene Praxis zu gründen, und er wusste, dass jeder andere Arzt, der ihm eine solche Stellung anbot, ihn wahrscheinlich für einen bloßen Hungerlohn hart schuften lassen würde.

Als Kind hatte er seine Ferien oft bei seinem Onkel verbracht, und er wusste, dass die meisten seiner Patienten wohlhabende Leute waren. Daher hatte er erwartet, in wenigen Jahren genug Geld zusammenzuhaben, um eine eigene Praxis aufzubauen.

Aber zu seiner Enttäuschung war sein Onkel nicht anders als jeder andere erfolgreiche Arzt: Er behielt seine besten Patienten für sich und gestattete es Bennett nur, die ärmeren zu behandeln.

»Verlang den Schilling, der dir als Honorar zusteht, sobald du ein Haus betrittst«, hatte Onkel Abel ihm geraten. »Wenn du wartest, bis du den Patienten behandelt hast, wird er dich für weich halten und eine Ausrede finden, um dich nicht zu bezahlen.«

Vielleicht war Bennett tatsächlich weich, denn es war ihm unmöglich, sein Honorar zu verlangen, bevor er ein Kind untersuchte, das von bellendem Husten geschüttelt wurde, oder einen Mann, dem das Bein zerquetscht worden war. Und sein Onkel hatte recht; er wurde anschließend oft nicht bezahlt. Zuerst hatte ihn das geärgert, aber im Laufe der Zeit lernte er, dass die Armen niemals einen Arzt riefen, es sei denn, es war etwas wirklich Ernstes. Er war einfach nicht gefühllos genug, um ihren letzten Schilling zu nehmen, wenn das bedeutete, dass die ganze Familie Hunger leiden würde. Wenn er den Patienten retten konnte, war die Befriedigung sein Lohn.

Wegen dieser selbstlosen Einstellung nannte Onkel Abel Bennett und Mary Carpenter spöttisch »Zwillingsseelen«. Abel war ein Freund von Lant Carpenter gewesen, Marys verstorbenem Vater, aber er konnte nur den Kopf darüber schütteln, dass die gebildete Tochter des Pfarrers ihr Leben einer Armenschule widmete. Als Abel Mary mit Bennett bekannt gemacht hatte, hatte er grinsend bemerkt, dass sie einander bestens verstehen würden, weil sie beide ihre Kraft auf aussichtslose Unternehmungen verschwendeten.

Bennett hielt eine kostenlose Schule nicht für eine aussichtslose Unternehmung, ebenso wenig wie die Besserungsanstalt, die Mary in Kingswood gegründet hatte. Er fand es wunderbar, dass sie die Gerichte dazu gebracht hatte, straffällig gewordene Kinder in ihre Obhut zu geben, sodass sie sie unterrichten konnte und nicht länger in den Gefängnissen der Erwachsenen landeten, in denen sie nur noch mehr verdorben wurden. Sie wollte, dass ihr System in ganz England Anwendung fand, und bisher war sie so erfolgreich, dass ihr Wunsch sich vielleicht eines Tages erfüllen würde.

Bennett bewunderte Mary für ihre Anteilnahme, ihre Intelligenz und ihren Elan, war aber weniger begeistert von ihrem herrischen Wesen und ihrer Fähigkeit, Freunden und Bekannten so lange zuzusetzen, bis sie taten, was sie wollte. Bis zu diesem Abend war er dergleichen Manövern entgangen; sie hatte ihn oft zu Wohltätigkeitsabenden eingeladen und nach seiner Meinung über die Behandlung geringfügiger Leiden gefragt, doch dies war das erste Mal, dass sie ihn zu einem Hausbesuch gedrängt hatte.

Sie hatte gesagt, das Mädchen, das sie um Hilfe gebeten habe, sei ein faszinierendes Geschöpf. »Sie ist nicht wie die meisten jungen Mädchen in Lewins Mead«, hatte sie erklärt und den Kopf geschüttelt, als wäre das Mädchen ihr ein Rätsel. »Sie ist intelligent, wohlerzogen und sehr sauber. Ich schaudere bei dem Gedanken daran, unter welchen Umständen sie lebt, aber sie hängt verzweifelt an ihren beiden kranken Freunden, und ich fühlte mich gezwungen, etwas zu unternehmen, um ihr zu helfen.«

Dr. Bennett Meadows hätte gern abgelehnt. Jeder wusste, dass in Lewins Mead die brutalsten und verkommensten Menschen der Stadt lebten. Nicht einmal die Polizei wagte sich dorthin. Mary hatte beteuert, dass seine Arzttasche genug Schutz sei, aber nach allem, was er gehört hatte, hätten die Bewohner dieser Gegend ihre eigene Großmutter für ein Glas Rum ausgeraubt.

Trotzdem hatte er sich schließlich bereitfinden müssen, ihrem Wunsch Folge zu leisten. Wenn eine schlanke Frau in mittleren Jahren den Mut hatte, täglich dort hinzugehen, um zu unterrichten, würde es einen sehr schlechten Eindruck machen, wenn ein junger, starker Arzt nicht das Gleiche wagte, um den Kranken beizustehen.

Aber sein Herz hatte vor Furcht gehämmert, während er durch die schmalen, stinkenden Gassen gegangen war. Der Schmutz widerte ihn an, ebenso wie die Anzahl betrunkener Männer und Frauen, die in Hauseingängen kauerten, und er war entsetzt darüber, dass selbst nach Einbruch der Dunkelheit so viele fast nackte, unterernährte und schmutzige Kinder umherliefen.

Seine Nervosität hatte noch zugenommen, als er die Treppe zu dem Dachbodenzimmer hinaufgegangen war, denn auch wenn es zu dunkel war, um den Schmutz zu sehen, konnte er ihn doch spüren. Bennett hielt sich die Nase zu, um sich vor dem Gestank zu schützen. Überall ringsum wurden wütende Beschimpfungen laut, und eine Ratte huschte an seinen Knöcheln vorbei. Näher, dachte er, konnte man der Hölle nicht kommen, und wäre da nicht die süße junge Stimme gewesen, die zu ihm hinabgerufen hatte, hätte er wahrscheinlich kehrtgemacht und wäre davongelaufen.

Nach Mary Carpenters Beschreibung Hopes hatte er sich im Geiste ein sehr reizloses, aber freundliches Mädchen vorgestellt. Doch als er das obere Stockwerk erreichte und sie im Licht ihrer Kerze erblickte, war er zutiefst überrascht, dass sie eine Schönheit war.

Ihr graues Kleid war zerlumpt und fleckig, sie roch nach Krankheit und Schweiß, und das dunkle Haar klebte ihr am Kopf. Aber das Gesicht! Riesige, glänzende, dunkle Augen, üppige Lippen und eine perfekt geformte Nase. Es war wie die Entdeckung einer Rose, die auf einem Misthaufen wuchs. Er war dermaßen verblüfft, dass er sie einen Moment lang nur erstaunt anstarren konnte.

»Wollen Sie jetzt nach ihnen sehen?«, fragte sie und erinnerte ihn damit jäh an den Zweck seines Besuchs. »Ich habe versucht, sie zum Trinken zu bewegen, doch sie behalten nichts mehr bei sich. Ich habe solche Angst um sie!«

Seit Bennett nach Bristol gekommen war, hatte er die Häuser von Hunderten von Armen aufgesucht, aber er hatte noch nie etwas so Furchtbares gesehen wie das Zimmer dieses Mädchens. Im Licht von drei oder vier Kerzen konnte er erkennen, dass es keine Möbel gab, nur einige Holzkisten, die als Tische dienten, und mit Stroh gefüllte Säcke als Betten. Hopes Freunde lagen auf zweien dieser Säcke, und die Luft roch schal nach Krankheit und Exkrementen. Dennoch sagten ihm die Lumpen, die zum Trocknen am Fenster hingen, dass diese junge Frau ihr Bestes getan hatte, um ihre Patienten sauber zu halten.

Er ging zuerst zu der kranken Frau und kniete sich auf den Boden, um sie zu untersuchen. Er konnte kaum einen Puls fühlen, und sie schien weder ihn noch ihre Umgebung wahrzunehmen – und schlimmer noch, ihr Gesicht war bläulich verfärbt.

Bennett unterdrückte ein Aufkeuchen des Entsetzens, denn ihre Farbe sagte ihm genau, woran sie litt. Er hatte noch nie jemanden mit dieser Krankheit behandelt, erinnerte sich aber an die Auswirkungen einer Epidemie aus der Zeit vor seinem Medizinstudium. Allerdings hatte er die Krankheit in der Theorie studiert und wusste, wie ernst sie war. Bei dem Gedanken daran, wie schnell sie sich ausbreiten konnte, krampfte sich sein Magen zusammen.

Die Symptome des jungen Mannes waren dieselben wie bei der Frau, nur dass sein Puls noch langsamer ging. Bennett blickte zu Hope auf, sah ihre Erschöpfung und die Furcht in ihren Augen und wagte es kaum, ihr die Wahrheit zu sagen.

»Wie lange sind die beiden krank?«, fragte er.

»Erst seit gestern«, antwortete sie. »Betsy meinte am Abend zuvor, sie fühle sich nicht gut, und auch Gussie war nicht ganz er selbst, aber wir dachten, es sei nur die Hitze. Ist es Typhus, Herr Doktor?«

»Nein, es ist kein Typhus«, erwiderte er und wünschte, es sei so gewesen, denn von Typhus erholten sich weit mehr Menschen als von dieser anderen Krankheit.

»Was ist es dann?«, rief sie. »Sagen Sie es mir doch!«

Er wusste, er konnte ihr die Wahrheit nicht verheimlichen. Er musste ihr die Gelegenheit geben zu entscheiden, ob sie jetzt fliehen wollte, um ihr eigenes Leben zu retten, oder ob sie bleiben und riskieren wollte, sich ebenfalls anzustecken. Vielleicht hatte sie sich bereits angesteckt, denn er wusste, dass es eine launische Krankheit war. Bei manchen Menschen dauerte es Tage, bis sich die Symptome zeigten, während andere ohne Barmherzigkeit davon betroffen wurden und binnen eines Tages starben.

»Ich fürchte, es ist die Cholera«, antwortete er leise. Er hatte einen Kloß in der Kehle, denn er brachte den Namen der Krankheit, die ihn mehr ängstigte als alle anderen, kaum über die Lippen.

Sie keuchte auf und schlug sich entsetzt die Hände auf den Mund. »In dem Jahr, als ich geboren wurde, sind Hunderte von Menschen an der Cholera gestorben«, murmelte sie, während ihr die Tränen in die Augen schossen. »Meine Mutter hat einmal mit meiner Schwester darüber gesprochen. Können Sie irgendetwas für die beiden tun? Können wir sie ins Krankenhaus bringen?«

»Ihre Freunde sind zu krank, um sie zu transportieren«, erklärte er sanft. Seine Gedanken überschlugen sich angesichts der Frage, wie schnell die Krankheit auf andere Bewohner dieses Hauses übergreifen würde. Auf dem Weg hierher hatte er weiter unten in der Gasse jemanden weinen hören, und möglicherweise handelte es sich bereits um ein weiteres Opfer. Erst am Morgen hatte Onkel Abel erwähnt, dass es unter den mittellosen irischen Einwanderern mehrere Todesfälle gegeben habe, und im Lichte dessen, was er soeben gesehen hatte, hielt er es für sehr wahrscheinlich, dass auch dort die Cholera grassierte.

Er fürchtete eine Massenpanik, wenn sich herumsprach, dass die gefürchtete Krankheit in die Stadt zurückgekehrt war, und wenn die Menschen in Scharen Bristol verließen, konnte dies eine gewaltige landesweite Epidemie nach sich ziehen.

Aber im Augenblick waren diese beiden Patienten seine Hauptsorge. Er würde die Behörden verständigen und ihnen die Entscheidung überlassen, was geschehen musste.

»Ich werde Ihnen etwas Opium dalassen, das Sie in ihr Wasser geben können. Das wird die Krämpfe lindern«, sagte er. Eigentlich hätte er dem Mädchen erklären müssen, was die blaue Verfärbung ihrer Freunde bedeutete: Sie befanden sich bereits im Endstadium der Krankheit. Aber er brachte es nicht über sich. Das Opium würde ihnen das Sterben zumindest ein wenig erleichtern.

Hope sah ihn voller Angst an, als wüsste sie, dass er ihr etwas verschwieg, doch sie wagte es offensichtlich nicht, ihn weiter zu befragen. »Ich habe ihnen Zimttee gegeben«, stieß sie hervor. »Das heißt, bis sie aufgehört haben zu trinken. Und ich habe ihnen Senfumschläge auf den Bauch gelegt. War das richtig? Soll ich das auch weiterhin tun?«

»Das ist alles hervorragend«, erwiderte er, erstaunt darüber, dass ein so junges Mädchen so selbstlos sein konnte. »Sie würden eine prächtige Krankenschwester abgeben, Hope. Aber sparen Sie sich die Umschläge jetzt, geben Sie ihnen nur Wasser mit Opium. Außerdem müssen Sie sich ein wenig ausruhen, sonst werden Sie ebenfalls krank.«

Sie sah ihn einen Moment lang durchdringend an. »Warum habe ich mich nicht angesteckt?«, hakte sie schließlich mit zitternder Stimme nach. »Ich habe keinen Typhus bekommen, als meine Eltern daran starben, obwohl ich sie gepflegt habe. War das nur Glück?«

»Ich fürchte, das weiß ich nicht«, antwortete Bennett hilflos. »Es gibt so viele verschiedene Theorien, was die Gründe für diese Krankheiten betrifft. Manche Ärzte denken, sie würden durch die Luft verbreitet, andere meinen, dass man sich durch die Berührung mit einem Kranken ansteckt, aber niemand weiß es mit Sicherheit. Ich persönlich glaube nicht daran, dass diese Seuchen über die Luft verbreitet werden, doch wenn sie durch körperliche Berührung weitergegeben werden, ist es eigenartig, dass einige Mitglieder einer Familie nicht erkranken.«

Er hätte ihr gern gesagt, ihr drohe keine Gefahr, da sie sich nicht bereits angesteckt hatte, aber er konnte sie nicht so belügen.

»Meine Mutter hielt viel davon, alles mit Essig abzuwaschen, wenn jemand krank war«, berichtete sie leise. »Sind Sie der gleichen Meinung?«

»Ja«, stimmte er ihr zu. »Waschen Sie sich die Hände mit Seife, wann immer Sie einen der beiden berührt haben, und trinken Sie auch nicht aus dem gleichen Becher wie sie.«

Er stand auf und nahm eine kleine Flasche Opium aus seiner Tasche. »Drei oder vier Tropfen, mehr nicht«, sagte er. »Ich werde morgen früh zurückkommen, um nach ihnen zu sehen.«

Bennett verspürte ein seltsames Widerstreben, sie zu verlassen. Er musste gehen, er konnte hier nichts mehr ausrichten, und es wäre Wahnsinn gewesen, auch nur eine Minute länger zu bleiben, als es sein musste. All das wusste er. Aber es erschien ihm unrecht, einem so jungen Menschen eine solche Verantwortung aufzubürden. Bennett wollte wissen, warum eine so schöne Frau wie sie an diesem schrecklichen Ort gelandet war; tatsächlich wollte er alles über sie wissen.

Mary Carpenter hatte recht, Hope war faszinierend.

»Hope!«

Gussies schwache Stimme ließ sie hochschrecken, und sie war überrascht festzustellen, dass es Morgen war und sie einige Stunden geschlafen haben musste.

Ihr Herz tat einen Satz, denn wenn er ihren Namen rufen konnte, hatte er das Schlimmste vielleicht überstanden. »Was möchtest du?«, flüsterte sie, während sie zu ihm hinübereilte. »Noch etwas zu trinken?«

Er nickte kraftlos, und sie hielt ihm die Tasse an die ausgedörrten Lippen. Aber sie konnte nur allzu deutlich erkennen, dass es ihm keineswegs besser ging, denn bei Tageslicht war seine bläuliche Gesichtsfarbe noch schlimmer als bei Kerzenschein.

»Ich sterbe«, krächzte er. Es war keine Frage, sondern eine Feststellung. Doch sie bestritt es energisch.

»Nicht«, sagte er, und mit seinen eingefallenen Augen sah er aus wie ein sehr alter Mann. »Ich kenne die Wahrheit. Du musst sofort von hier weggehen, du bist hier in Gefahr.«

Die Tatsache, dass er an ihre Sicherheit dachte, obwohl er selbst so furchtbar krank war, trieb ihr die Tränen in die Augen. Sie griff nach einem feuchten Tuch und tupfte ihm sanft die Stirn ab. »Ich liebe dich, Gussie«, flüsterte sie. »Du und Betsy, ihr wart mir so gute Freunde, und ich kann euch nicht verlassen. Also versuch nicht, mich wegzuschicken.«

Er sah sie nur mit diesen eingefallenen Augen an. »Ich wollte, dass du mein Mädchen wirst«, stieß er hervor. »So viele Male wollte ich dir sagen, was ich für dich empfand, aber ich habe es nicht gewagt.«

Hope errötete, überrascht von dieser Feststellung. Doch dann erinnerte sie sich an all die Male, da er ihre Hand genommen hatte, an die Umarmungen, die ein klein wenig mehr als eine Geste der Freundschaft gewesen waren, an die Art, wie er sie manchmal angesehen hatte. Wenn ihr bewusst gewesen wäre, was das bedeutete, hätte sie vielleicht Angst gehabt, denn sie empfand nicht auf die gleiche Weise für ihn. Sie liebte ihn nur wie einen Bruder.

»Ich wünschte, du hättest es mir erzählt«, flüsterte sie, denn sie wollte nicht, dass er in dem Glauben starb, seine Gefühle würden nicht erwidert. »Ich wäre stolz darauf gewesen, dein Mädchen zu sein.«

Jetzt lächelte er. Es war kein Vergleich zu dem breiten, glücklichen Strahlen, das sie von ihm kannte, sondern nur ein schwacher Abglanz dieses Lächelns. Dennoch tat es ihr wohl, dass eine kleine Notlüge ihn so glücklich machen konnte.

»Ich habe immer davon geträumt, dass es uns eines Tages besser gehen würde, dass wir heiraten und irgendwo leben würden, wo es schön ist«, fuhr er fort, obwohl er Mühe hatte, die Worte herauszubringen. »Geh weg von hier, Hope, finde das gute Leben, das du verdienst. Ich werde leichter sterben, wenn du mir das versprichst.«

Schöne Erinnerungen aus der Vergangenheit stiegen in ihr auf. Die vielen Male, da sie im Winter vor dem Feuer gesessen hatten und er ihr die eiskalten Füße massiert hatte, um sie zu wärmen. Sie dachte an das freudige Staunen in seinen Zügen, wenn er einen Eintopf gegessen hatte, den sie auf dem Feuer gekocht hatte. Dann kam ihr ein Tag im Frühling in den Sinn; sie waren auf Brandon Hill gewesen und hatten sich gemeinsam die grasbewachsenen Hänge hinunterrollen lassen.

Gussie mochte nicht der Mann gewesen sein, mit dem sie ihr Leben verbringen wollte, aber er hatte sie einige wichtige Dinge gelehrt, die sie nie vergessen würde. Er war warmherzig und witzig, treu, großzügig und freundlich, und sie würde dafür sorgen, dass der Mann, den sie eines Tages tatsächlich heiratete, die gleichen Eigenschaften besaß.

»Ich verspreche es«, flüsterte sie und küsste ihn auf die Stirn. »Ich werde dich niemals vergessen, Gussie, und ich werde dich so sehr vermissen.«

»Wie geht es Betsy?«, fragte er und versuchte, sich so weit aufzurichten, dass er zu ihr hinüberschauen konnte.

Es war verführerisch, ihm zu erzählen, dass es ihr besser gehe, doch dann besann Hope sich eines anderen: Gussie und Betsy waren so lange so eng miteinander befreundet gewesen. Vielleicht würde es ihre Angst lindern zu wissen, dass sie gemeinsam starben.

»Ich denke, sie will mit dir gehen«, antwortete sie.

Er ließ sich wieder auf die Matratze sinken und schloss die Augen. Zuerst glaubte Hope, er sei eingeschlafen, aber dann setzten seine Krämpfe wieder ein, und seine Arme und Beine zuckten heftig. Wie schon am vergangenen Abend massierte sie seine Glieder.

»Geh jetzt«, keuchte er heiser. »Du kannst nichts mehr für uns tun. Rette dich!«

Das waren die letzten zusammenhängenden Sätze, die er zu ihr sagte. Er sprach andere Worte, doch sie ergaben keinen Sinn mehr, und schließlich gelang es ihr, ihm ein wenig Zimttee mit Opium einzuflößen, bis er wieder still wurde.

Kurz darauf wurde Betsy von grimmigen Krämpfen erfasst, und Hope rieb ihr die Arme und Beine, bis sie keine Kraft mehr hatte.

»Lass mich jetzt sterben«, schluchzte sie. »Ich kann nicht mehr.«

Auch sie wurde wieder ruhiger, nachdem sie etwas Opium zu sich genommen hatte, und sie sah Hope flehentlich an. »Dass du mir ohne mich nicht vom rechten Weg abkommst!«, ächzte sie. »Sieh zu, dass du einen netten, vornehmen Herrn mit etwas Geld findest.«

Betsy hatte stets gern gute Ratschläge erteilt, und Hope zweifelte nicht daran, dass ihre Freundin gern mehr gesagt hätte. Doch was sie hervorbringen konnte, war tatsächlich eine Kurzfassung ihrer

Philosophie und das Eingeständnis, froh zu sein, dass Hope sich nicht dem Diebstahl oder der Prostitution zugewandt hatte.

Hope hätte ihrerseits ihrer Freundin noch so viel zu sagen gehabt; aber kein Wort war groß genug, um ihre Dankbarkeit auszudrücken, ihre Zuneigung oder ihre Bewunderung. Sie konnte heiße Tränen auf ihren Wangen spüren, und ihr Herz fühlte sich an, als wollte es bersten. Gleichzeitig war ihr Kopf voll von hundert bunten Bildern. Sie konnte Betsy in dem Laden für gebrauchte Kleider sehen, wo sie munter mit dem Besitzer plauderte, während sie einen Unterrock oder einen Schal unter ihrem Kleid versteckte; ihr freches Grinsen, wenn sie mit einer gestohlenen Pastete davonlief, und die Art, wie sie mit ihren großen, dunklen Augen einen ausländischen Seemann dazu brachte, sich von einem Schilling zu trennen. Sie war temperamentvoll, witzig, kühn und ein Sonnenstrahl am dunkelsten aller Tage. Sie mochte eine Diebin sein, aber sie hatte ihren eigenen Moralkodex, nach dem sie lebte und der in vieler Hinsicht weit ehrenhafter war als die Vorstellungen der frommen Damen, die sonntags in die Kirchen strömten. Sie hatte den armen Iren Essen und Kleidung gebracht, und es gab kaum eine Familie in der Lamb Lane, der sie nicht irgendwann einmal geholfen hatte. Hope war stolz darauf, dass Betsy sie ihrer Freundschaft für würdig gehalten hatte, denn die Zeit mit ihr war ein Geschenk der Liebe gewesen.

»Du bist wunderschön«, murmelte sie unter Tränen, während sie ihrer Freundin das Gesicht wusch. »Eine wahre Schwester, und eines Tages, wenn ich eigene Kinder habe, werde ich ihnen alles über dich erzählen.«

Gussie starb als Erster, gerade als die Kirchenglocken zum Frühgottesdienst riefen. Betsy folgte ihm binnen Minuten.

Hope konnte nicht mehr weinen; sie hatte all ihre Tränen während der letzten Stunden vergossen, und jetzt verspürte sie nur Erleichterung darüber, dass das Leiden ihrer Freunde ein Ende gefunden hatte. Ihre Leichen waren kaum noch als die Menschen zu erkennen, die sie liebte, denn die Cholera hatte ihre Gesichter verwandelt. Sie sahen jetzt aus wie ausgezehrte, schreckliche Gespenster. Nur ihr Haar, das dunkle und das rote, war ein Hinweis darauf, wer sie einmal gewesen waren. Hope musste irgendwohin gehen, wo sie sich an ihr lebensprühendes Wesen erinnern konnte, wo sie ihr Lachen hören und ihre Geschichten heraufbeschwören konnte, wo sie sie im Geist wieder vor sich sehen konnte, als sie noch schön gewesen waren. Dann würde sie um sie trauern können.

Sie zog Betsys Matratze näher an Gussies heran, breitete eine Decke über beide, dann sammelte sie ihre wenigen Besitztümer ein, wickelte sie in ein Bündel, verließ den Raum und befestigte mit einem Nagel einen Brief an den Arzt an der Tür.

Kapitel 13

Lewins Mead war, wie Bennett feststellte, tagsüber nicht annähernd so beängstigend wie bei Nacht, aber andererseits vermutete er, dass die meisten der Bewohner um zehn Uhr an einem Sonntagmorgen noch ihren Rausch von der vergangenen Nacht ausschliefen.

Doch obwohl er sich sicherer fühlte, enthüllte das Tageslicht das ganze Elend dieses Viertels. Die Häuser waren altersschwach und verrottet. Nur wenige von ihnen hatten Fenster. Gräser wuchsen aus den Dächern, und die Mauern wölbten sich beunruhigend vor. Eine offene Abwasserrinne in der Mitte der Gasse wurde von einem halb verwesten toten Hund versperrt, und die menschlichen Exkremente, die aus den Fenstern geschüttet wurden, stauten sich bis zu den Hauseingängen. Der Gestank würgte Bennett in der Kehle, und als er einen Warnschrei von oben hörte, sprang er hastig beiseite, während der Inhalt eines vollen Notdurfteimers heruntergeschwappt kam und ihn nur knapp verfehlte. An der Wasserpumpe stand eine Gruppe von Frauen und schwatzte. Sie sahen ihn mit scharfen, argwöhnischen Augen an, aber die jüngste von ihnen, ein hübsches, wenn auch sehr schmutziges Mädchen mit halb entblößten Brüsten, flüsterte irgendeine Bemerkung, woraufhin alle anderen Frauen in heiseres Gelächter ausbrachen. Bennett errötete heftig, doch er zog den Hut und wünschte den Frauen einen guten Morgen. Ihre halb nackten Kinder spielten teilnahmslos in dem Schmutz in der Nähe der Pumpe, und als er ihre geblähten Bäuche und die stockdünnen Gliedmaßen sah, fühlte er sich schuldig bei dem Gedanken, dass er am Morgen zwei schöne, fette Heringe zum Frühstück gegessen hatte.

Wie viele von ihnen würden die Cholera überleben? Er bezweifelte, dass auch nur einer von ihnen eine Chance hatte, da sie so unterernährt waren.

Er hatte in der Nacht kaum ein Auge zugetan, weil er über die Krankheit nachgedacht hatte und über die Frage, was er unternehmen konnte, um ihre Ausbreitung zu verhindern. Während der letzten Epidemie hatten einige Gemeinderäte es mit einem Quarantänesystem versucht, um die Krankheit zu begrenzen. Dies hatte dazu geführt, dass die Gesunden zusammen mit den Kranken in einem verseuchten Gebiet eingesperrt worden waren. Seiner Meinung nach war das barbarisch, denn so waren ganze Familien unnötig gestorben.

Aber er hatte den Verdacht, dass Onkel Abel einen solchen Plan wahrscheinlich gutheißen würde, solange er nicht auf ihn Anwendung fand. Das war der Grund, warum Bennett ihm noch nicht erzählt hatte, was ihm am vergangenen Abend widerfahren war. Sein Onkel hätte ihm gewiss nicht gestattet, heute hierher zurückzukehren, und dieses arme Mädchen wäre allein mit ihren kranken Freunden gewesen und hätte geglaubt, er nehme keinen Anteil an ihrer Notlage.

Nachdem er heute mit ihr gesprochen hatte, wollte er die Behörden darüber informieren, dass die Cholera in der Stadt Einzug gehalten hatte. Wenn Hope noch gesund war, würde er ihr empfehlen, das Viertel so bald wie möglich zu verlassen, bevor sie hier festsaß.

Als er ihr Haus erreichte, war er schockiert über den entsetzlichen Zustand, in dem es sich befand. Die wackeligen Treppen hatten ihm natürlich schon am Vorabend gesagt, dass das Gebäude sehr heruntergekommen war, aber was er jetzt sah, überstieg noch seine schlimmsten Fantasien.

Es gab keine Haustür, und die Holzvertäfelung in der Halle war aus der Wand gerissen worden, wahrscheinlich um sie zu Feuerholz zu verarbeiten; gleichermaßen fehlten die Treppengeländer, und viele der inneren Türen waren ebenfalls verschwunden. Im Putz klafften riesige Löcher, und wenn er hinaufblickte, konnte er durch ein Loch im Dach den Himmel sehen.

Es taugte nicht für menschliche Benutzung.

In dem Haus hätten keine Menschen wohnen dürfen, doch der Himmel mochte wissen, wie viele unglückliche Seelen gezwungen waren, hier zu leben. Der Geruch war so abscheulich, dass er sich Mund und Nase zuhalten musste, weil er sich sonst wahrscheinlich übergeben hätte.

Er sah den Zettel, der an die Tür genagelt war, noch bevor er den letzten Treppenabsatz erreicht hatte, und zuerst dachte er, Hope sei davongelaufen und bitte ihn mit diesem Schreiben, jemand anderen zu finden, der ihre Freunde pflegte.

Ein seltsames Gefühl der Enttäuschung stieg in ihm auf, obwohl er selbst derjenige gewesen war, der ihr vorgeschlagen hatte, sich in Sicherheit zu bringen. Er zog das Stück Papier von dem Nagel.

Lieber Herr Doktor,

traurigerweise sind Gussie und Betsy heute Morgen binnen weniger Minuten gestorben. Ich wusste nicht, was ich mit ihren Leichen tun soll. Ich habe kein Geld für eine Beerdigung, und ich konnte nicht bei ihnen bleiben, daher hielt ich es für besser fortzugehen. Ich werde draußen auf dem Land bleiben, bis ich mir sicher bin, dass ich mich nicht ebenfalls angesteckt habe. Vielen Dank, dass Sie hergekommen sind, um nach ihnen zu sehen. Das war sehr freundlich von Ihnen. Ich hoffe, dass ich nicht auch Sie in Gefahr gebracht habe.
Mit freundlichen Grüßen, Hope Renton.

Er hatte plötzlich einen Kloß im Hals. Es war erstaunlich, dass sie so gut schreiben konnte, sie hatte nicht einen einzigen Rechtschreibfehler gemacht, und sie hatte eine schöne Handschrift. Aber es war die Aufrichtigkeit ihrer Nachricht, die ihn mehr als alles andere beeindruckte. Die meisten Menschen in ihrer Lage wären einfach ohne eine Erklärung oder ein Wort des Dankes davongelaufen.

Er öffnete die Tür, doch als er sah, dass der Raum voller Fliegen war, zog er sie hastig wieder zu. Er hatte die mit Decken verhüllten Leichen auf dem Boden bemerkt, und er brauchte nicht nachzusehen, um zu wissen, dass Hope sich nicht geirrt hatte.

Zwei Stunden später ging Bennett müde nach Clifton zurück. Da die Büros der städtischen Behörden sonntags geschlossen waren, hatte er die Todesfälle der Polizei gemeldet und es ihr überlassen, die entsprechenden Personen zu verständigen. Traurigerweise hatte der Mann, mit dem er gesprochen hatte, keinen besonders intelligenten Eindruck gemacht, und er war außerstande gewesen zu begreifen, wie ernst die Cholera war oder wie schnell sie sich ausbreiten konnte. Er hatte gesagt, dass es unter den Iren, die am Frome campierten, mehrere Todesfälle gegeben habe, aber er hatte dabei gelacht, als betrachtete er das als gute Nachricht. Bennett hatte sich versucht gefühlt, ihn von seiner Selbstgefälligkeit zu kurieren, indem er ihm mitteilte, dass die Cholera nicht wählerisch sei und sie durchaus als Nächstes ihn oder ein Mitglied seiner Familie treffen konnte.

Aber natürlich hatte er es nicht ausgesprochen; wenn er auf den Ernst der Situation hinwies, würde das nur Panik auslösen. Eines stand jedoch fest: diese wenigen Todesfälle waren noch nicht das Ende. Und Bennett wusste, dass er als Arzt dazu verpflichtet sein würde zu helfen. Er wollte es nicht tun – es wäre weit sicherer gewesen, oben in Clifton zu bleiben und zu beten, dass die Krankheit sich nicht so weit ausbreitete. Mindestens die Hälfte der Kranken würde sterben, ob mit oder ohne ärztliche Versorgung. Aber er hatte einen Eid geleistet, den Kranken zu helfen, und diesen Eid würde er nicht brechen.

Außerdem machte er sich Sorgen um das junge Mädchen, Hope. Sie hatte sich vielleicht angesteckt, und ohne Geld oder ein Dach überm Kopf konnte sie sich durchaus in einer verzweifelten Situation befinden.

Er versuchte, darüber nachzudenken, wohin sie gegangen sein

könnte. Sie hatte nur davon gesprochen, dass sie »auf dem Land« bleiben wolle, und das bedeutete, dass sie überall in der näheren Umgebung von Bristol sein konnte. Es wäre wie die Suche nach der sprichwörtlichen Nadel im Heuhaufen!

Als am Sonntagabend die Sonne unterging und Hope von einem Aussichtspunkt in Leigh Woods auf die Schlucht des Avon hinunterblickte, strömten ihr Tränen übers Gesicht.

Die Schönheit der Landschaft hier war unvergleichlich: die Majestät der felsigen Schlucht, die orangefarbene untergehende Sonne, die sich im Wasser widerspiegelte, das dunkle Grün des Waldes zu beiden Seiten. Es war Flut, und einige Pferde zogen ein großes, dreimastiges Segelschiff langsam flussabwärts in Richtung Meer. Sie konnte die Rufe der Seeleute hören, und irgendjemand spielte Akkordeon. Auf dem Deck des Schiffs stand eine Dame in einem weißen Kleid. Sie trug einen mit Federn geschmückten Hut auf dem Kopf und hielt die Hände zweier kleiner Jungen.

Hope war viele Male an dieser Stelle gewesen, wenn sie Holz gesammelt hatte, und wie schlecht das Wetter auch gewesen sein mochte, sie war es nie müde geworden, die Schiffe zu beobachten oder sich auszumalen, woher sie kamen, wohin sie fuhren oder welche Fracht sie geladen hatten.

Aber heute scherte es sie nicht, ob diese Dame und ihre kleinen Söhne nach Amerika oder in irgendein anderes fernes Land segelten. Es scherte sie nicht, ob das Schiff ohne Wind wochenlang in der Flussmundung festsitzen oder ob es in einen Sturm hinaussegeln würde. Gussie und Betsy, ihre lieben Freunde, waren tot, und sie konnte nicht einmal an ihrer Beerdigung teilnehmen, um ein Gebet für sie zu sprechen.

Betsy hatte einmal über sie gelacht, weil es sie bekümmert hatte, dass ein verstorbener Nachbar ein Armenbegräbnis bekommen hatte. »Ob man in einer vergoldeten Kutsche mit sechs Pferden zum Friedhof gebracht wird oder auf dem Karren der Gemeinde, ist doch egal«, hatte sie gesagt, »am Ende liegt man so oder so zwei Meter unter der Erde.« Vielleicht war das wahr, aber es schien Hope so ungerecht, dass ihre Freunde, die im Leben so schön und strahlend gewesen waren, einen solch schrecklichen Tod hatten sterben müssen und achtlos und ohne jede Zeremonie in eine Grube geworfen wurden.

Hope fürchtete auch um sich selbst. Abgesehen von jenem einen Abend, an dem Albert sie in den Regen hinausgejagt hatte, hatte sie immer jemanden gehabt, an den sie sich hatte wenden können. Kurz darauf hatten Gussie und Betsy sie gerettet, sodass sie nie wirklich hatte allein zurechtkommen müssen. Sie mochte gelernt haben, sich selbst ihren Lebensunterhalt zu verdienen, Mahlzeiten in nur einem Topf zuzubereiten und sogar unter schrecklichen Umständen ihre Sauberkeit zu bewahren. Aber sie hatte ihre Freunde gehabt, die sie für ihre Anstrengungen gelobt und die sie getröstet hatten, wann immer sie am liebsten aufgegeben hätte, und sie waren jede Nacht da gewesen, hatten sie warm gehalten und mit ihrem Gelächter aufgemuntert.

Es war so still hier im Wald; man hörte nur hie und da ein Rascheln im Unterholz oder das Gurren einer Taube. Deshalb hatte es ihr hier immer so gut gefallen, denn in der Stadt brach der Lärm niemals ab. Aber es war nicht gut zu wissen, dass absolut niemand in der Nähe war, nicht, wenn sie jeden Augenblick anfangen konnte, zu zittern und Magenkrämpfe zu bekommen. Es war gut möglich, dass sie hier im Wald starb. Es würde niemand da sein, der ihr einen Becher an die Lippen hielt, ihr die Glieder massierte oder ein Wort des Trostes sprach. Die Krähen würden ihren Leichnam abnagen, und niemand würde je erfahren, was aus ihr geworden war.

Erst vor zwei Tagen war sie hin und her gerissen gewesen zwischen ihren Freunden und der Stellung am Royal York Crescent. Jetzt konnte sie weder das eine noch das andere haben. Selbst wenn sie sich morgen früh gesund fühlte, konnte sie sich nicht in Nummer fünf einfinden und das Risiko eingehen, die Krankheit dort hinzutragen.

Ironischerweise hatte sie heute mehr Geld bei sich als je zuvor in ihrem Leben. Sie hatte in Gussies Tasche ein Pfund und acht Schilling gefunden und noch einmal vier Schilling in Betsys Tasche. Außerdem besaß sie selbst fünf Schilling und Sixpence. Es hatte ihr nicht behagt, das Geld ihrer Freunde zu nehmen, doch wer auch immer ihre Leichen abholen würde, hätte es ohnehin an sich genommen, und Gussie und Betsy hätten gewollt, dass sie es bekam.

Wäre da nicht die Cholera gewesen, hätte sie sich von diesem Geld ein gutes gebrauchtes Kleid und ein Paar Stiefel kaufen können. Anschließend wäre immer noch genug übrig gewesen, um ein billiges Zimmer zu mieten und Blumen auf dem Markt zu kaufen, um damit ihren Lebensunterhalt zu verdienen.

Aber sie konnte nicht in die Stadt zurückkehren, bevor sie wusste, dass sie sich nicht angesteckt hatte. Und wenn inzwischen dort die Cholera wütete, wäre es Wahnsinn gewesen zurückzukehren.

Während der letzten heißen Wochen hatte sie oft versucht, Gussie und Betsy dazu zu überreden, mit ihr hierherzukommen und unter den Sternen zu schlafen. Aber die Vorstellung hatte die beiden entsetzt. Sie hatten gesagt, der Wald ängstige sie und sie wären lieber unter Menschen. Betsy hatte sogar lachend hinzugefügt, dass zu viel frische Luft schlecht für einen Menschen sei, der an Lewins Mead gewöhnt war. Hope hatte sie umzustimmen versucht, indem sie ihnen erklärt hatte, dass es Spaß machen würde, sich einen Unterschlupf zu suchen, ein Feuer zu entfachen und Wasser von einem Bach zu holen, aber sie hatten bei dem Gedanken daran nur geschaudert.

Sie hatte die Geistesgegenwart besessen, die alte Teekanne und einige andere wichtige Dinge aus der Lamb Lane mitzunehmen, doch jetzt machte es ihr keinen Spaß, ihr Quartier hier aufzuschlagen; ohne Betsy und Gussie kam es ihr vor wie eine schreckliche Strafe dafür, dass sie nicht mit ihnen gestorben war.

»Du bist nur müde, wenn du erst einmal gut geschlafen hast, wird es dir besser gehen«, sagte sie sich, während sie sich mühte, ihrer Gefühle Herr zu werden. Entschlossen drehte sie sich um und kehrte dorthin zurück, wo sie ihre Sachen liegen gelassen hatte. Vielleicht würde sie morgen genug Willenskraft aufbringen, um sich einen Unterschlupf zu bauen und den Teich aufzusuchen, den sie vor einigen Monaten gefunden hatte, sodass sie ein Bad nehmen konnte. Aber heute Nacht waren Trauer und Erschöpfung zu überwältigend, um mehr zu tun, als sich in ihren alten Umhang zu wickeln und zu schlafen.

Eine Woche später wurde Hope von einem leisen Plätschern geweckt; es hatte zu regnen begonnen. Sie richtete sich auf, rieb sich die Augen und schob dann die Zweige beiseite, unter denen sie ihren Unterschlupf verborgen hatte. Die Dämmerung hatte gerade erst eingesetzt, und der Regen auf der ausgedörrten Erde verströmte einen wunderbaren Geruch.

Sie legte sich wieder hin und lächelte selbstgefällig, denn ihr Unterschlupf war noch immer trocken, was bewies, dass sie recht gehabt hatte, ihn im Schutz einer großen Eiche zu errichten. Als Kinder hatten sie, Joe und Henry häufig solche Hütten in den Wäldern gebaut, und dies hatte sich nun als überaus nützlich erwiesen.

Während sie dalag und dem Regen lauschte, hatte sie das Gefühl, dass dies ein Zeichen war. Nachdem sie während der ersten Tage fast ohne Unterlass um ihre Freunde geweint hatte, hatte sie irgendwann aufgehört, sich zu wünschen, sie sei mit ihnen gestorben, und sich stattdessen gestattet, sich von dem, was sie durchgemacht hatte, zu erholen. Sie hatte während all dieser Zeit mit niemand anderem gesprochen als dem Mann, von dem sie ihr Essen gekauft hatte, und wenn sie gelegentlich andere Menschen im Wald gesehen hatte, hatte sie sich von ihnen ferngehalten. Sie konnte sich jedoch nicht für alle Zeit hier verstecken; es war jetzt Ende August, und der Regen des heutigen Tages konnte durchaus das Ende des Sommers einläuten.

Irgendetwas sagte ihr immer wieder, dass sie zum Royal York

Crescent gehen und erklären sollte, warum sie am vergangenen Montag nicht erschienen war. Sie hatte keine große Hoffnung, dass Mrs Toms die Stellung für sie offengehalten hatte, aber ausgeschlossen war es nicht. Wenn sie dort kein Glück hatte, konnte sie bei einigen Bauernhöfen vorsprechen, um festzustellen, ob jemand Hilfe bei der Ernte brauchte.

»Ich hatte Sie am vergangenen Montag erwartet«, sagte Mrs Toms, als Hope einige Stunden später nervös vor dem Dienstboteneingang im Keller von Nummer fünf stand.

Mary, das Küchenmädchen, hatte die Haushälterin auf Hopes Bitte hin geholt, aber sobald sie Mrs Toms mit der verkniffenen Miene, die sie nur allzu gut in Erinnerung hatte, den Flur entlangkommen sah, wusste Hope, dass sie vergeblich hergekommen war.

»Die Freunde, bei denen ich wohne, waren krank, und ich musste sie pflegen«, erklärte Hope. »Ich wollte nicht herkommen, bevor ich sicher war, dass ich mich nicht angesteckt hatte.«

Mrs Toms wich mit weit aufgerissenen Augen zurück und wedelte erregt mit den Händen. »Sie hatten Cholera?«

Hope sank das Herz bis in ihre Stiefel. Sie wollte lügen, stellte aber fest, dass sie es nicht konnte. Also nickte sie.

»Verschwinden Sie von hier!« Mrs Toms flatterte mit den Armen wie eine erschreckte Gans. »Wie können Sie es wagen, diese schmutzige Krankheit an diese Tür zu bringen? Fort mit Ihnen, fort, und kommen Sie nie wieder her!«

Hope glaubte, dass sie die Krankheit nicht übertragen konnte, wenn es ihr selbst gut ging, doch es hatte keinen Sinn, weitere Erklärungen abzugeben. Mrs Toms würde nicht zuhören. Es blieb ihr nichts anderes übrig, als kehrtzumachen und davonzugehen.

»Du schmutziges kleines Stück, du und deinesgleichen, ihr verbreitet die Seuche überall!«, schrie Mrs Toms ihr mit vor Hysterie schriller Stimme hinterher. »Man sollte euch einsperren!«

Bei dieser Beleidigung konnte Hope die Tränen nicht länger zurückhalten, und fast blind rannte sie die Regent Street entlang, während ihr Bündel mit ihrer Habe ihr gegen die Beine schlug. Sie verlangsamte ihren Schritt erst, als sie die Downs erreichte, jenes weite, offene Gebiet, in dem sie früher so oft gewesen war, wenn sie das Bedürfnis nach Ruhe und Abgeschiedenheit verspürt hatte. Im Schatten eines großen Baumes ließ sie sich zu Boden sinken, schlug die Hände vors Gesicht und schluchzte ihren Schmerz heraus.

Bennett Meadows war fast zu Hause in Harley Place auf den Hügeln, als er ein junges Mädchen unter einem Baum hocken sah. Er kam gerade aus St. Peter's Hospital, und seine Gedanken waren bei den Cholera-Opfern, die er soeben untersucht hatte, und bei der Frage, wie viele weitere Todesfälle vor dem Ende der Epidemie wohl noch zu erwarten waren.

In der vergangenen Woche waren mehr als fünfzig Menschen gestorben, nicht nur in Lewins Mead, sondern auch in Butts und Bedminster, und es hatte sogar zwei Fälle in den vornehmen Häusern auf dem Queen's Square gegeben. Bisher waren hier in Clifton keine Fälle gemeldet worden, doch das, so vermutete man, lag daran, dass das Viertel weit über den Miasmen des Hafens lag.

Die Panik hielt die Menschen in ihren Häusern. Auf den Straßen war es sehr ruhig; die einzigen Läden, die einen stetigen Zustrom von Kunden verzeichneten, waren jene, die Dinge verkauften, von denen die Menschen sich Schutz erhofften. Bennett glaubte persönlich nicht, dass es etwas nutzte, reichliche Mengen von Brandy zu trinken, Kräuter zu verbrennen oder Bettlaken in Essig zu tauchen und sie vor Türen und Fenster zu hängen. Aber vermutlich brauchten die Menschen irgendetwas, woran sie sich halten konnten.

Die trostlose Haltung des jungen Mädchens, das den Kopf auf die Knie gebettet hatte, erregte seine Besorgnis. Wenn sie krank war, musste er sie ins Hospital bringen, bevor die Seuche sich auch in diesem Gebiet ausbreitete.

»Sind Sie krank, Miss?«, rief er beim Näherkommen. Er war weit vorsichtiger geworden, seit er seine beiden ersten Fälle in der Lamb Lane gehabt hatte. Obwohl es sich nicht zur Gänze vermeiden ließ, Patienten zu berühren, beschränkte er sich in dieser Hinsicht auf ein Minimum und wusch sich anschließend immer gründlich die Hände. »Ich bin Arzt, und wenn Sie sich nicht wohlfühlen, kann ich Ihnen helfen.«

Beim Klang seiner Stimme fuhr ihr Kopf hoch, und zu seinem Entsetzen sah er, dass es Hope war, die junge Frau, nach der er jedes Mal Ausschau hielt, wenn er in die Stadt kam.

»Hope?«, fragte er ungläubig. »Sie sind es doch, nicht wahr?«

Sie hatte offensichtlich einige Zeit geweint. Ihre Augen waren rot und geschwollen, und sie musterte ihn so verständnislos, als hätte sie ihn noch nie zuvor gesehen. »Ich bin Dr. Meadows«, sagte er. »Ich habe Ihre Freunde untersucht, als sie krank waren.«

Jetzt erkannte sie ihn wieder. Sie wischte sich hastig mit dem Saum ihres Kleides über die Augen und versuchte sogar zu lächeln. »Ich habe Sie zuerst nicht erkannt«, antwortete sie mit tränenerstickter Stimme. »Ich habe Sie an diesem Abend nicht deutlich sehen können.«

»Nein, wahrscheinlich nicht«, erwiderte er und erinnerte sich daran, wie dunkel es gewesen war. »Es tut mir sehr leid, dass Ihre Freunde gestorben sind. Ich war um zehn Uhr am folgenden Morgen wieder in der Lamb Lane. Danke für Ihre Nachricht. Aber erzählen Sie mir, was fehlt Ihnen? Sind Sie krank?«

»Nein.« Sie schüttelte heftig den Kopf, dann sprang sie auf und versuchte, mit einer Hand ihr Haar zu glätten und sich mit der anderen die Tränen vom Gesicht zu wischen. »Ich war nur erregt wegen etwas, das jemand zu mir gesagt hat. Ich bin sehr gesund. Sehe ich krank aus?«

Bennett trat näher. Ihre Gesichtsfarbe war gut, ihre Augen leuchteten trotz der Tränen, und sie war bemerkenswert sauber. Wie schon bei ihrer ersten Begegnung fiel ihm ihre Schönheit auf; tatsächlich sah sie noch liebreizender aus, als er es in Erinnerung gehabt hatte.

»Nein, Sie sehen nicht krank aus, nur unglücklich«, antwortete er. »Würden Sie es in Erwägung ziehen, mir davon zu erzählen?«

Hope betrachtete den hochgewachsenen jungen Arzt, der sie so durchdringend ansah, und fragte sich, warum sie ihn an jenem Abend in der Lamb Lane kaum wahrgenommen hatte. Sie erkannte seine tiefe, freundliche Stimme, aber sie fand, ihr hätte auffallen müssen, dass seine Augen wie brauner Samt waren und dass sein Teint so klar und strahlend war wie der eines Kindes.

Er war dünn und hatte ein eckiges, ziemlich strenges Gesicht, und sein Schnurrbart sah so aus, als gehörte er nicht recht zu ihm, denn er war dunkel, während sein Haar blond war. Er war nicht direkt gut aussehend, doch er hatte ein freundliches Gesicht, und da er an ihrem Schicksal genug Anteil genommen hatte, um an jenem Sonntag in die Lamb Lane zurückzukehren, musste sie mit ihm reden.

»Meine Güte, Sie wollen sich meine Sorgen bestimmt nicht anhören«, rief sie, weil es ihr unangenehm war, dass er sie weinend an einem öffentlichen Platz entdeckt hatte. »Sie haben bestimmt genug Kranke, um die Sie sich sorgen müssen. Da muss ich Ihnen nicht auch noch die Zeit stehlen.«

»Für eine so gute Krankenschwester wie Sie kann ich immer ein wenig Zeit erübrigen«, sagte er mit einem Lächeln.

Mit einem Mal war die Strenge in seinen Zügen verschwunden. Sein Mund war breit und voll, wie sie bemerkte, und er hatte gute Zähne.

»Sie waren meine Freunde, ich musste mich um sie kümmern.« Sie errötete und senkte den Blick. »Aber erzählen Sie mir, hat die Krankheit sich weiter ausgebreitet? Ich bin in den Wald gegangen und erst gestern zurückgekehrt, daher weiß ich nicht, was vorgefallen ist.«

»Traurigerweise ist es inzwischen eine ausgewachsene Epidemie«, berichtete Bennett ernst. »Es hat viele Todesfälle gegeben, und ihre Zahl nimmt von Tag zu Tag zu. Aber kommen Sie hier herüber und setzen Sie sich für eine Weile zu mir, ja?« Er deutete auf einen großen gefällten Baum etwa zwanzig Meter von ihnen entfernt. »Ich bin schon ziemlich lange auf den Beinen, und mir tun die Füße weh.«

Hope hatte noch nie zuvor ein freundliches Wort so nötig gehabt, daher tat sie, worum er gebeten hatte. Er erzählte ihr von den jämmerlichen Zuständen in St. Peter's Hospital und von seiner Sorge, dass die Krankheit sich über die relativ kleinen Gebiete, in denen sie zurzeit grassierte, hinaus ausbreiten würde.

»Aber genug davon«, meinte er schließlich. »Ich möchte wirklich wissen, was Sie heute nach Clifton geführt hat. Und ich würde gern den Grund dafür hören, warum Sie geweint haben.«

Hope erklärte stockend, was ihr widerfahren war, als sie am Royal York Crescent vorgesprochen hatte.

»Mrs Toms' Beleidigungen waren einfach zu viel für mich. Das habe ich nicht verdient, nicht wahr?«

»Nein, ganz gewiss nicht, erst recht nicht nach allem, was Sie durchgemacht haben«, sagte der Arzt nachdenklich. »Aber die Menschen haben Angst, Hope; in einer solchen Situation denken sie nur an sich selbst. Die Cholera ist eine so rätselhafte Krankheit; sie kommt, tötet ohne Plan und verschwindet dann ebenso plötzlich wieder, wie sie aufgetaucht ist. Manche Leute bezeichnen sie sogar als Teufelsseuche, weil sie gesehen haben wollen, dass sie die Guten und die Reinen nimmt und die Schurken verschont.«

»Dann hoffe ich, dass Sie ein Schurke sind«, erwiderte Hope mit einem hohlen Lachen.

»Mein Onkel denkt, ich sei einer«, meinte Bennett und lächelte sie an. »Er ist entsetzt darüber, dass der Neffe, dem er das Medizinstudium bezahlt hat, eine Ansteckung förmlich herausfordert, indem er jeden Tag ins St. Peter's geht. Er meint, ich solle meine

Fähigkeiten auf Menschen verwenden, die es sich leisten können, mich zu bezahlen.«

»Ich habe Sie auch nicht bezahlt.« Hope errötete vor Verlegenheit.

»Ich habe Sie nicht um Geld gebeten«, antwortete er. »Ich konnte sehen, wie schwer Sie es hatten. Doch verraten Sie mir eins, Hope: Wie sind Sie überhaupt nach Lewins Mead gekommen? Ich kann an Ihrer Ausdrucksweise und Ihren Manieren erkennen, dass Sie dort nicht hingehören.«

Hope erzählte ihm die gleiche sorgfältig zurechtgestutzte Geschichte, die sie auch Gussie und Betsy bei ihrer Ankunft in Bristol aufgetischt hatte: dass sie sich mit ihrem Schwager überworfen habe. Sie hatte sich oft gewünscht, sie könnte ihnen die ganze Geschichte erzählen, aber das hatte sie nie gewagt. Sie hatte zu große Angst gehabt, die temperamentvolle Betsy könnte darauf bestehen, nach House Briargate zu gehen und sie zu rächen.

»Wie alt sind Sie, Hope?«, erkundigte sich Bennett, der eigenartigerweise keine Bemerkung zu ihrer Geschichte gemacht hatte.

»Siebzehn, Sir«, gab sie zurück, aber da sie Angst vor weiteren Fragen hatte, wechselte sie eilig das Thema. »Wissen Sie, wohin man die Leichen meiner Freunde gebracht hat?«

Bennett wusste, dass sie in ein Massengrab in der Nähe des Flusses gleich außerhalb der Stadt gekommen waren, zusammen mit den anderen Opfern, die an jenem Tag den Tod gefunden hatten. Man hatte Ätzkalk auf die Leichen geschaufelt, und es war nicht einmal ein Gebet für sie gesprochen worden. Aber das konnte er ihr nicht erzählen.

»Ich glaube, man hat sie auf dem Friedhof von St. James beerdigt«, log er. »Doch da an diesem Tag so viele Menschen gestorben sind, bin ich mir nicht ganz sicher.«

Sie nickte, als stellte diese Erklärung sie zufrieden. »Haben Sie keine Angst, dass Sie sich ebenfalls anstecken werden?«, fragte sie, überrascht darüber, dass er nach St. Peter's ging, denn es war nur dem Namen nach ein Krankenhaus; in Wirklichkeit war es ein schrecklicher Ort, an den man die Wahnsinnigen, die Alten und die Waisen brachte.

»Ja, ich habe Angst«, gestand er. »Aber wie könnte ich mich Arzt nennen und mich weigern, Patienten zu behandeln, die an einer ansteckenden Krankheit leiden?«

»Als meine Eltern Typhus hatten, ist der Arzt nicht gekommen«, erwiderte sie. »Doch Pastor Gosling war da, und das hat mir viel bedeutet.« Sie erzählte ihm, wie sie ihre Eltern am Ende gepflegt hatte.

»Das erklärt, warum Sie eine so gute Krankenschwester sind«, erwiderte er. »Wenn ich Schwestern wie Sie in St. Peter's und im Allgemeinen Krankenhaus hätte, würden wir vielleicht nicht so viele Patienten verlieren. Es gibt dort einige Nonnen von den Schwestern der Barmherzigkeit, die gute Krankenschwestern sind, aber die anderen …« Er zuckte die Schultern und winkte in einer hoffnungslosen Geste ab.

Hope wusste, welche Art von Frauen er mit »den anderen« meinte. Schmutzige alte Vetteln im Allgemeinen, die keine andere Arbeit verrichten konnten und für die diese Beschäftigung eine Alternative zum Arbeitshaus war. Die meisten von ihnen tranken, und häufig bestahlen sie die Kranken. Bei solchen Schwestern war es kaum überraschend, dass nur wenige Menschen freiwillig ins Krankenhaus gingen.

»Ich muss gehen«, sagte sie und stand auf. »Ich will versuchen, Arbeit als Aushilfe bei der Ernte zu finden.«

»Sie sind für Besseres geschaffen als für Arbeit auf einem Bauernhof«, erklärte er hastig. »Erlauben Sie mir, mich umzuhören und zu schauen, ob ich etwas Besseres für Sie finden kann?«

»Warum sollten Sie das tun?«, entgegnete sie überrascht. »Sie würden jemanden wie mich doch gewiss nicht Ihren feinen Freunden vorstellen wollen?«

Er stand auf, blickte auf sie hinab und hob ihr Kinn ein wenig an, damit er ihr Gesicht besser sehen konnte. »Wenn Sie von wohlhabenden oder einflussreichen Freunden sprechen, die habe ich nicht«, sagte er mit einem schwachen Lächeln. »Aber mein Onkel, der ebenfalls Arzt ist, hat viele vornehme Patienten, die eine Krankenschwester gebrauchen könnten. An diese Art von Menschen hatte ich gedacht.«

»Ich soll als Krankenschwester arbeiten?« Sie legte den Kopf zur Seite und blickte ihn an. »Ich wüsste nicht, was ich tun soll.«

»Sie haben Ihre Sache bei Ihren Freunden sehr gut gemacht«, entgegnete er. »Bei der Krankenpflege geht es größtenteils darum, einen Patienten sauber zu halten, für seine Behaglichkeit zu sorgen und darauf zu achten, dass er die richtige Ernährung bekommt und seine Medizin einnimmt. Ich weiß, dass Sie das tun könnten, und wenn weitergehende medizinische Kenntnisse vonnöten sein sollten, könnte ich Sie unterweisen.«

»Aber sehen Sie mich doch an!«, rief sie und deutete auf ihr zerlumptes Kleid. »Niemand würde jemandem, der so aussieht wie ich, eine solch verantwortungsvolle Stellung geben.«

»Ich glaube, den Leuten würden Ihr hübsches Gesicht und Ihre sanfte Stimme viel mehr auffallen«, widersprach Bennett lächelnd. »Aber mit einem neuen Kleid und einer sauberen Schürze würden Sie sich vielleicht ein wenig sicherer fühlen. Ich bin davon überzeugt, dass die Haushälterin meines Onkels Ihnen in diesem Punkt helfen könnte. Begleiten Sie mich jetzt zu seinem Haus, dann werden wir mit ihm reden.«

»Warum sollten Sie das für mich tun, Sir?«, fragte sie. Sie hatte das Gefühl, ihm vertrauen zu können, und sie mochte ihn auch, doch Betsy hatte ihr eingeschärft, dass Männer junge Mädchen nur missbrauchen wollten.

»Weil Sie eine gute Krankenschwester abgeben werden. Das weiß ich einfach«, antwortete er. »Und weil ich denke, dass wir beide, Sie und ich, mehr gemeinsam haben, als Sie sich vorstellen können.«

Sie sah ihn neugierig an, außerstande zu glauben, dass ein Gentleman wie er etwas mit ihr gemeinsam haben könnte.

Er lächelte. »Meine Mutter wurde Witwe, als ich noch ein Kind war. Es war kein Geld da, und sie musste als Schneiderin arbeiten, um meinen jüngeren Bruder und mich durchzubringen. Mein Onkel Abel war ihr Schwager, und er war es, der meine Ausbildung bezahlt hat. Ohne seine Hilfe wäre ich jetzt kein Arzt. Doch es war nicht leicht für mich. Ich mag keinen Hunger gehabt haben wie Sie, und ich war auch nicht dazu gezwungen, an einem Ort wie der Lamb Lane zu leben, aber ich musste es ertragen, der arme Verwandte zu sein, zu jeder Zeit dankbar zu erscheinen und die Wünsche meines Onkels immer über meine eigenen zu stellen.«

»Wollten Sie nicht Arzt werden?«

»Doch, ich liebe meinen Beruf«, sagte er. »Doch in der Gesellschaft fühle ich mich wie ein Fisch ohne Wasser. Viele der Menschen, mit denen ich verkehre, weil mein Onkel es so will, missfallen mir. In diesen Kreisen herrschen so viel Scheinheiligkeit, Schäbigkeit und Ignoranz. Und herzlich wenig Mitgefühl mit jenen, die weniger vom Glück begünstigt sind.«

Hope nickte; sie mochte diesen eigenartigen Arzt von Minute zu Minute lieber. »Sie klingen wie eine vornehme Version Betsys«, sagte sie mit einem Grinsen. »Ich glaube, Sie hätten sie gemocht.«

»Hätte sie gewollt, dass Sie Krankenschwester werden?«, erkundigte er sich.

»Himmel, nein«, kicherte Hope. »Sie war ein Freigeist und hätte keine Arbeit gebilligt, bei der man Befehle entgegennehmen muss. Aber sie hätte gedacht, dass ein Arzt, der den Mut hat, nach Lewins Mead zu kommen, etwas Besonderes sein müsse. Ich denke dasselbe.«

»Also werden Sie mich zu meinem Onkel begleiten?«, fragte er. Er drehte sich um und deutete auf die Reihe eleganter Häuser, von denen aus man einen Blick auf die Downs hatte. »Er wohnt gleich dort drüben, auf dem Harley Place.«

Während Hope das Haus betrachtete, überwand die Hoffnung,

ein Besuch dort könne ihr eine Stellung eintragen, auf die sie stolz sein konnte, ihre angeborene Vorsicht. »Ich komme mit«, antwortete sie. »Aber wenn er unhöflich zu mir ist, werde ich gehen. Ich werde nie wieder jemandem gestatten, so mit mir zu sprechen, wie Mrs Toms es heute getan hat.«

»Sie ist ein hübsches kleines Ding, das gebe ich zu«, meinte Abel widerstrebend. »Doch sie ist stolz, und das wird meinen Patienten nicht gefallen.«

Bennett war mit seinem Onkel im Salon im ersten Stock, einem eleganten Raum mit langen, hohen Fenstern, einem funkelnden Kronleuchter und schönen Perserteppichen, aber die Wirkung wurde von zu vielen Möbeln verschandelt. Massige, dick gepolsterte Sessel und Sofas wetteiferten zwischen auf Hochglanz polierten Chiffonieren, Beistelltischen, Bücherregalen und einem gewaltigen Schreibpult um Platz.

Der Raum spiegelte das Aussehen des sechzig Jahre alten Abel wider, denn auch er war zu dick gepolstert, ein kleiner, beleibter Mann mit einer Vorliebe für geblümte Westen, die oft von der gleichen kräftigen Farbe waren wie sein Gesicht und seine karierten Hosen. Alice, seine leidgeprüfte, jedoch hingebungsvolle Haushälterin, versuchte immer wieder, ihn dazu zu überreden, sich weniger wie ein Zirkusdirektor zu kleiden und mehr wie ein bedeutender Arzt. Aber seine Erklärung für seine Neigung zu grellen Stoffen lautete, dass in der Natur das Männchen einer Spezies das farbenfrohere Gefieder habe. Bennett glaubte insgeheim, dass sein Onkel auf diese Weise lediglich seinen Wohlstand und seine Position zur Schau stellen wollte.

Der Harley Place war während der georgianischen Zeit gebaut worden, als der Sklavenhandel geblüht hatte und reiche Kaufleute dem Lärm und dem Schmutz Bristols hatten entkommen wollen. Abel hatte genug Geld von seinem Vater, einem Schiffsreeder, geerbt, um bereits in jungen Jahren dieses Haus zu kaufen und eine

Praxis im Erdgeschoss einzurichten. Mary, seine Frau, hatte gute Beziehungen gehabt, und kaum dass er sein Messingschild an der Tür befestigt hatte, waren ihre Freunde in Scharen in die Praxis geströmt. Traurigerweise war Mary nur fünf Jahre später im Kindbett gestorben. Ihr Sohn war tot zur Welt gekommen, und Abel hatte nie wieder geheiratet.

Alice wohnte mit den beiden Dienstmädchen im Keller, und obwohl Abel es niemals zugegeben hätte, waren die drei Frauen keineswegs bloße Dienerinnen. Sie waren zu seiner Ersatzfamilie geworden. Bennett hatte oft das Gefühl, dass Abel ihnen näherstand als ihm, seinem Neffen und Juniorpartner.

»Sie wird eine erstklassige Krankenschwester abgeben, darauf würde ich alles wetten, was ich besitze«, erklärte Bennett eisern. Es hatte ihn ein wenig erheitert, dass Hope sich geweigert hatte, sich Abel gegenüber unterwürfig zu zeigen. Er war ein Mann, der die meisten Menschen bei seiner ersten Begegnung mit ihm einschüchterte.

Aber Hope hatte sich gut gehalten. Sie hatte ihm direkt in die Augen geblickt und erklärt, dass sie lesen und schreiben könne, als Hausmädchen ausgebildet sei und überdies kochen und nähen könne. Außerdem hatte sie ausführlich über den Tod ihrer Eltern gesprochen und keinen Zweifel daran gelassen, dass sie die Bedeutung von strenger Hygiene im Krankenzimmer verstand.

»Wenn Sie ein so vorbildlicher Mensch sind, warum haben Sie dann in Lewins Mead gelebt?«, blaffte Abel sie an.

Sein Onkel argwöhnte offensichtlich, sie könnte eine Prostituierte sein, und er erwartete, dass Hope angesichts dieser Frage ins Straucheln geraten würde.

»Weil man, wenn man kein Geld hat, Zuflucht suchen muss, wo immer man sie finden kann«, antwortete sie energisch. »Doch das bedeutet nicht, dass ich die Gepflogenheiten dieser Gegend übernommen hätte.«

An dieser Stelle läutete Abel nach Alice und bat sie, mit Hope hinunterzugehen, während er sich mit Bennett unterhielt. Alice war eine sehr gütige Frau, und Bennett wusste, sie würde dafür sorgen, dass Hope sich wusch und saubere Kleidung bekam, selbst wenn das Mädchen später fortgeschickt werden sollte.

»Du hast den Mangel an guten Krankenschwestern in St. Peter's Hospital stets beklagt«, sagte Abel, während er sich abwandte, um sich einen Brandy einzuschenken. »Also, bring sie dorthin.«

»Ich kann nicht von ihr verlangen, ein solches Risiko einzugehen«, erwiderte Bennett entsetzt.

»Sie hat ihre Freunde gepflegt und es überlebt«, erklärte Abel schulterzuckend. »Dir scheint es ebenfalls gelungen zu sein, eine Ansteckung zu vermeiden.«

»Ich weiß nicht, ob das einfach Glück ist oder daran liegt, dass ich streng darauf geachtet habe, die Opfer möglichst wenig zu berühren«, meinte Bennett. »Wenn es Glück ist, dann ist es vielleicht nicht von Dauer.«

Bennett hatte jede erdenkliche Vorkehrung getroffen, um die Krankheit nicht mit nach Hause zu bringen. Er hatte im Krankenhaus einen Baumwollmantel hängen, den er nur dort trug, und wenn er nach Hause zurückkehrte, hielt er sich von Abel und den Dienstbotinnen fern und schrubbte sich die Hände, bis sie beinahe bluteten.

»Stell sie auf die Probe, indem du sie fragst!«, blaffte Abel ihn an. »Wenn sie bereit ist, das zu tun, werde ich später etwas Leichteres für sie suchen.«

Bennett wusste, wie der Verstand seines Onkels funktionierte. Er neigte nicht zu Barmherzigkeit, und er war ein argwöhnischer, engstirniger Mensch. Wahrscheinlich glaubte er, dass Bennett ein Auge auf das Mädchen geworfen hatte und dass seine Forderung sie wahrscheinlich vertreiben würde – und wahrscheinlich wollte Abel genau das. Aber Bennett glaubte nicht, dass sie fliehen würde; mit ihrer angeborenen Freundlichkeit würde sie wahrscheinlich das Bedürfnis haben, diesen armen Seelen zu helfen.

Er schloss die Augen und stellte sich die schmutzigen, überfüllten Zimmer in St. Peter's Hospital vor, die nach dem grässlichsten Leiden stanken. Sie hatte bereits mehr als einen gerechten Anteil an Elend erlebt, durfte er ihr dann noch mehr zumuten? Durfte er sie bitten, ihr junges Leben für die zweifelhafte Ehre zu riskieren, dass sie später vielleicht eine Stellung als Pflegerin bei einem wohlhabenden alten Weib bekommen konnte, das ihren Wert nicht zu schätzen wusste? Gewiss war es besser, wenn sie sich Arbeit auf einem Bauernhof suchte. Dort würde sie vielleicht Liebe und Glück finden.

Aber er dachte an den Stolz, mit dem sie Abel die Stirn geboten hatte, an ihr Gesicht, das so schön war wie ein Morgen im Frühling, und er wusste, dass er sich wünschte, sie irgendwie in seinem Leben festzuhalten.

Kapitel 14

Hope war auf dem Treppenabsatz stehen geblieben, wie gebannt von ihrem Bild in dem langen Spiegel vor sich.

Sie konnte sich nicht daran erinnern, sich je in einem bodenlangen Spiegel gesehen zu haben, seit sie ein Kind gewesen war und mit Rufus in House Briargate gespielt hatte. Natürlich hatte sie täglich in einen Handspiegel geschaut und ihr Spiegelbild in Schaufenstern gesehen, aber diese Bilder waren niemals klar, und sie wandte stets den Blick ab, da sie nicht an ihren zerlumpten, ungepflegten Zustand erinnert werden wollte.

Doch hier hatte sie jetzt das Mädchen vor sich, das zu sein sie sich so lange und so schmerzlich gewünscht hatte. Ihr Haar war zu säuberlichen Zöpfen geflochten und um ihren Kopf geschlungen. Das Gewand, das die Haushälterin Alice ihr gegeben hatte, hatte einem Dienstmädchen gehört, ein dunkelblaues Kleid mit weißem Kragen und weißen Manschetten, und dazu trug sie blank geputzte Stiefel. Wenn sie das Kleid ein oder zwei Zoll über ihre Knöchel zog, sah sie die Spitze am Saum eines baumwollenen Unterrocks und schwarze Strümpfe.

Sie konnte Alice nicht genug danken für diese Verwandlung, die sie auf eine so freundliche, diplomatische Weise zustande gebracht hatte, dass es Hope nicht einmal peinlich gewesen war. Alice hatte gesagt, die Kleider und die Stiefel hätten einer Dienstmagd gehört, die vor einigen Jahren geheiratet habe, und sie seien zu klein, um einer der anderen Frauen im Haus zu passen.

Dies war für Hope das Überraschendste überhaupt gewesen. Ihr war nie bewusst gewesen, dass sie so schlank war. Aber andererseits hatte ihr altes Kleid Nell gehört, und es saß so locker, dass ihre wirkliche Gestalt darunter verborgen blieb. Alice hatte eine

Bemerkung über ihre zierliche Taille gemacht und lachend hinzugefügt: »Sämtliche Damen von Clifton werden Sie darum beneiden, Hope. Außerdem haben Sie so schönes Haar und hübsche Augen! Ich kann verstehen, warum Dr. Meadows sich solche Sorgen gemacht hat, nachdem Sie aus Lewins Mead verschwunden waren.«

Es war wunderbar, sich wieder respektabel zu fühlen, aber das Wissen, dass sie Eindruck auf den Arzt gemacht hatte, erfüllte Hope mit einem warmen Leuchten. Sie hatte nicht einmal Angst, in den Salon zurückkehren zu müssen, wo sie erfahren würde, ob Dr. Cunningham bereit war, ihr eine Arbeit als Pflegerin zu geben. Sie hatte sich mit heißem Wasser gewaschen, die Nägel geschrubbt und geschnitten, und in ihren neuen Kleidern hatte sie das Gefühl, mit allem fertig werden zu können, was er vielleicht zu ihr sagen würde.

»Er ist ein Hund, der eher bellt als beißt«, meinte Alice. »Und er ist so geworden, weil er sowohl seine Frau als auch seinen kleinen Sohn verloren hat. Am besten wird man mit seiner Grobheit fertig, indem man ihm die Stirn bietet. Er weiß ein wenig Kampfgeist zu schätzen.«

Nun, Hope fühlte sich jetzt allem gewachsen. Sie war sich nicht ganz sicher, ob sie tatsächlich Krankenschwester werden wollte, doch es war gewiss besser, alte Damen zu waschen und zu füttern, als auf einem Bauernhof zu arbeiten oder Blumen oder Brennholz zu verkaufen. Außerdem stand sie in Dr. Meadows' Schuld und war ihm dankbar, dass er ihr eine Chance gab. Sie hatte nicht die Absicht, ihn zu enttäuschen.

Hope ging die Treppe hinunter, aber als sie sich dem Salon näherte, hörte sie erhobene Stimmen und fragte sich, ob die beiden Männer ihretwegen stritten. Sie klopfte jedoch trotzdem an, und kaum eine Sekunde später öffnete Dr. Meadows die Tür.

»Kommen Sie herein, Hope. Alice hat Ihnen alle Ehre gemacht«, bemerkte er mit einem anerkennenden Lächeln. Dennoch hatte sie das Gefühl, dass die Röte auf seinem Gesicht Ausdruck des Zorns über etwas sein müsse, das sein Onkel gesagt hatte.

Dr. Cunningham stand mit dem Rücken zum Kamin da. Er sah sie mit säuerlicher Miene an und machte keine Bemerkung über ihr verändertes Aussehen. »Sie denken also, Sie wären eine gute Krankenschwester, ja?«, fragte er schroff.

Seine Worte klangen ironisch, und sie wusste nicht, wie sie reagieren sollte. »Ich bin mir nicht sicher, Sir«, antwortete sie und schlang die Hände ineinander. »Aber ich werde es versuchen.«

»Sie meinen, Sie wollen beweisen, dass Sie etwas taugen?«, knurrte er.

»Ja, Sir.« Sie blickte zu dem jüngeren Arzt hinüber, der eindeutig nervös wirkte.

»Dann werde ich Ihnen eine Stellung an einem Ort geben, an dem Ihr Charakter und ihre Fähigkeiten auf die Probe gestellt werden«, erklärte er. »Heute Abend wird mein Neffe ins St. Peter's Hospital zurückfahren, und Sie werden ihn begleiten. Er wird Sie der dortigen Oberschwester überstellen. Wie Dr. Meadows Ihnen gewiss erklärt hat, herrscht im Hospital ein verzweifelter Mangel an Krankenschwestern.«

Hope zuckte zusammen. Wenn Dr. Cunningham sie in das allgemeine Krankenhaus an der Bedminster Bridge geschickt hätte, wäre sie ängstlich gewesen, aber nicht entsetzt, denn es war ein neu gebautes Krankenhaus, und es hatte einen guten Ruf. Aber das St. Peter's Hospital betrachteten die Menschen mit dem gleichen Grauen wie den Galgen. Es war eine allseits bekannte Tatsache, dass die meisten Menschen, die durch seine Türen gingen, in einem Sarg wieder herauskamen, und es gab viele Gerüchte über die Brutalität und den Schmutz in dieser Einrichtung.

Sie wollte gerade erwidern, dass sie lieber in den Wald zurückkehren würde, als sie den verschlagenen Ausdruck in den Augen des alten Arztes bemerkte. Plötzlich begriff sie, was er damit meinte, dass er sie einer Prüfung unterziehen wollte. Er hoffte, sie würde ablehnen; auf diese Weise würde er sich gerechtfertigt fühlen, sie aus seinem Haus und aus dem Leben seines Neffen zu verbannen.

»Ich kann nicht behaupten, ich sei dankbar für eine solche Stellung«, entgegnete sie mit all der Würde, die sie aufbringen konnte. »Aber da ich weiß, dass Sie mich einer Prüfung unterziehen wollen, werde ich dort hingehen und meine Fähigkeiten unter Beweis stellen.«

»Sie brauchen das nicht zu tun«, platzte Dr. Meadows heraus, und als sie sich zu ihm umdrehte, konnte sie das tiefe Unbehagen in seinen Zügen sehen. »St. Peter's ist ein Höllenloch; es gibt keinen anderen Ausdruck dafür. Und jetzt, da die Cholera dort wütet, würden Sie sich ebenfalls in Gefahr bringen.«

»Bennett!«, sagte Dr. Cunningham tadelnd. »Ich dulde solche Bemerkungen über unser Hospital nicht; die Gesundheitsbehörde hat während der letzten Jahre viel Geld darauf verwandt, die Zustände dort zu verbessern.«

»Du hast seit den Aufständen vor achtzehn Jahren keinen Fuß mehr in das Krankenhaus gesetzt«, fuhr der jüngere Mann ihn an. »Sonst würdest du wissen, dass habgierige Stadträte das für das Krankenhaus bestimmte Geld in ihre eigenen Lieblingsprojekte gesteckt haben. Wenn ich einen Wunsch frei hätte, würde ich wollen, dass die Bewohner Bristols sich abermals zu einem Aufstand erheben und St. Peter's genauso zerstören, wie sie beim letzten Mal das Gefängnis zerstört haben.«

»Du warst während der Aufstände noch ein Kind. Was du gehört hast, ist völlig verzerrt«, beharrte Dr. Cunningham.

»Ich habe hier gewohnt«, rief Bennett ihm kühl ins Gedächtnis. »Ich erinnere mich daran, dass du blutbespritzt zurückgekehrt bist, nachdem du die Wunden der Menschen versorgt hattest, die mit Kavalleriesäbeln verletzt worden waren. Du hast über das Gemetzel und die entsetzlichen Zustände in dem Krankenhaus geweint. Wenn das, was ich gehört habe, verzerrt war, habe ich es von dir gehört!«

»Genug!« Der alte Mann hob die Hand, um seinen Neffen zum Schweigen zu bringen. »Nichts von all dem ist von Belang. Du hast diese junge Frau heute hierher gebracht, weil du glaubst, sie tauge zur Krankenschwester. Diese armen Seelen im Hospital brauchen eine gute Krankenschwester weit dringender als eine reiche Witwe mit Gicht. Ich bin der Meinung, sie sollte dorthin gehen, wo sie gebraucht wird.«

Plötzlich begriff Hope, wie es zwischen den beiden Männern stand. Cunningham war früher einmal wahrscheinlich genauso mitfühlend und hingebungsvoll gewesen wie sein Neffe, doch das Alter und vielleicht auch der Wohlstand hatten ihn verändert. Dennoch klangen seine Worte vernünftig, auch wenn es heuchlerisch war, sie an einen Ort zu schicken, den er selbst nicht betreten würde.

Eines wusste Hope: Es würde ihr niemals Befriedigung verschaffen, für eine reiche und wahrscheinlich streitsüchtige alte Frau den Nachttopf zu leeren. Außerdem würde sie bei dieser Arbeit nichts Neues lernen. Aber sie hatte Mitgefühl mit den Armen, und wenn sie ihnen in ihren letzten Stunden ein wenig Trost spenden konnte, war das zumindest eine lohnende Tätigkeit.

»Ich werde in St. Peter's arbeiten«, erklärte Hope und reckte trotzig das Kinn vor, während sie Dr. Cunningham direkt in die Augen blickte. »Und ich werde die beste Krankenschwester dort werden, warten Sie's nur ab. Aber glauben Sie nicht, dass ich dort hingehe, weil Sie es mir befohlen haben. Ich gehe dorthin, weil ich es so will!«

»Sie sind ein freches kleines Frauenzimmer«, erwiderte er, doch sein Tonfall war jetzt sanfter, beinahe erheitert. »Und nun laufen Sie nach unten! Mein Neffe braucht ein wenig Ruhe, bevor er heute Abend dorthin zurückkehrt. Und Sie sehen so aus, als könnten Sie eine warme Mahlzeit vertragen.«

An diesem Abend betrachtete Hope aus der Sicherheit von Dr. Cunninghams Kutsche mit einiger Furcht das St. Peter's Hospital, während Dr. Meadows hineinging, um mit der Oberschwester zu sprechen.

In der Dunkelheit konnte sie kaum mehr erkennen als die Eingangstür, die von zwei Lampen beleuchtet wurde, aber sie hatte das Gebäude schon viele Male bei Tageslicht gesehen und wusste, dass sein ansprechendes Äußeres in einem krassen Gegensatz zu der schrecklichen Not der Menschen in seinem Innern stand.

Wegen der Wahnsinnigen, die dort eingesperrt waren, hatte Betsy es stets vermieden, auch nur in die Nähe des Hauses zu kommen. Außerdem hatte sie behauptet, es spuke dort. Hope dachte, dass sie damit durchaus recht gehabt haben könnte, denn während der Choleraepidemie im Jahr 1832 war das Hospital vollkommen überbelegt gewesen, und Hunderte von Menschen waren dort gestorben. Nach dem, was Bennett heute erzählt hatte, hatten sich die Zustände dort inzwischen kaum gebessert.

In einem Punkt waren sich alle in Bristol einig: St. Peter's war für jeden, der das Unglück hatte, dort hingebracht zu werden, das Ende des Weges.

Es war eine große Versuchung fortzulaufen, solange sie es noch konnte, aber sie war zu halsstarrig, um Dr. Cunningham diese Befriedigung zu gönnen.

Doch als sie eine halbe Stunde später allein mit Schwester Martha war, der Oberschwester, sog Hope vor Entsetzen scharf die Luft ein, als die andere Frau die Tür zur Cholera-Station öffnete, in der sie um sechs Uhr am nächsten Morgen mit der Arbeit beginnen sollte. Dies musste die Hölle auf Erden sein!, war ihr erster Gedanke.

Etwa dreißig Männer, Frauen und Kinder lagen in einem dunklen, feuchten, stinkenden Raum, der kaum groß genug war, um auch nur die Hälfte von ihnen zu beherbergen. Es gab keine Betten; die Patienten lagen auf Stroh, das besudelt war von Erbrochenem und Exkrementen, oder sie kauerten an den Wänden. Als sie im fahlen Licht der beiden Laternen im Raum die von Schmerz erfüllten Augen der Menschen sah, hatte sie das Gefühl, einen Blick auf die verlorenen Seelen zu werfen, von denen Pastor Gosling in seinen Predigten über Fegefeuer und Verdammnis gesprochen hatte. Ihr Schluchzen und ihr jämmerliches Stöhnen griffen Hope ans Herz.

»Wir können nur wenig tun, um den armen Seelen zu helfen«, sagte Schwester Martha und legte eine Hand auf das große Holzkreuz, das an ihrer Hüfte über ihrem Habit hing. »Seit diese Seuche ausgebrochen ist, hat sich niemand, der hierher gebracht wurde, erholt. Viele dieser Menschen werden morgen früh tot sein.«

Sie schob Hope hastig aus dem Raum und verschloss die Tür hinter sich. Dies sei notwendig, so erklärte sie, weil einige der Kranken den Verstand verloren hatten und zu fliehen versuchten. Außerdem erzählte sie ihr, dass das neue allgemeine Krankenhaus in der Guinea Street sich geweigert habe, Cholera-Fälle zu übernehmen.

Hope hatte zwei ältliche Frauen gesehen, die zwischen den Patienten einherschlurften und ihnen Wasser anboten. Aber sie hatte das Gefühl, dass sie in den kleinen angrenzenden Raum, in dem sich der Herd und das Spülbecken befanden, zurückkehren und sich wieder ihrer Ginflasche zuwenden würden, sobald die Tür sich schloss.

Schwester Martha war eine stämmige Irin in mittleren Jahren mit einem leuchtend roten Muttermal auf einer Seite ihres Gesichtes. Diese Entstellung war wahrscheinlich der Grund, warum sie den Barmherzigen Schwestern beigetreten war und Mitgefühl mit anderen Menschen hatte. Aber Hope fand, dass sie mit diesen beiden Frauen hätte strenger sein sollen, denn offenkundig taten sie nur sehr wenig für die Kranken.

»Ich verzweifle an den Zuständen hier«, gestand Schwester Martha mit ihrem weichen, irischen Akzent. »Die Krankenschwestern sind häufig betrunken, und sie stehlen das Laudanum, das für die Kranken bestimmt ist. Die Männer, die das Krankenhaus sauber halten sollten, vernachlässigen ebenfalls ihre Arbeit. Sie sind entweder geistesschwach oder ehemalige Sträflinge. Außerdem haben sie furchtbare Angst, sich anzustecken.«

»Was geben Sie den Kranken zu essen?«, fragte Hope.

Schwester Martha seufzte müde. »Die Küche schickt Brei nach oben, doch ich befürchte, wenn sie zu schwach sind, um selbst zu essen, bekommen sie häufig gar nichts.«

Die imposante, eichenvertäfelte Halle und die Treppe, die davon abzweigte, vermittelten einen guten Eindruck davon, wie prächtig das Haus gewesen sein musste, als es noch das Heim einer Familie gewesen war. Die Halle war zumindest einigermaßen sauber, obwohl es auch hier unangenehm roch, und die Böden waren zerkratzt.

Schwester Martha deutete auf einige große, geschlossene Türen auf der gegenüberliegenden Seite der Halle und erklärte, dass in diesem Teil des Gebäudes neben der Küche die Alten, die Mittellosen und die Waisen untergebracht seien. Es war sehr düster, da das einzige Licht von einer Öllampe kam, die an einer langen Kette von der Decke herabbaumelte. Aber Schwester Martha griff nach einer von mehreren kleineren Lampen, die auf einem Regal standen, zündete sie an und wies Hope an, ihr die Treppe hinauf zu folgen. Sie wollte ihr zeigen, wo sie schlafen würde.

Während sie voranging, sprach Schwester Martha unaufhörlich über die chirurgische Station und die Wöchnerinnenstation, doch diese Dinge gingen an Hope vorbei. Auf dem ersten Treppenabsatz deutete Schwester Martha auf eine geschlossene Tür. »Dort sind die Verrückten untergebracht«, sagte sie. Aber vielleicht spürte sie Hopes Furcht, denn sie fügte rasch hinzu: »Ihre Anwesenheit braucht Ihnen keine Angst zu machen. Diese Patienten sind stets eingeschlossen; männliche Pfleger kümmern sich um sie.«

Angesichts der Tatsache, dass sich in dem Gebäude Dutzende, wenn nicht gar Hunderte von Menschen befinden mussten, war es überraschend still. Man hörte das Geräusch schwerer Schuhe auf nackten Holzböden und hie und da eine erhobene Stimme, das Weinen eines Babys oder ein schwaches Schluchzen, doch nichts von dem Lärm, den Hope erwartet hatte. Ob wohl alle Patienten, die schwierig waren, Laudanum bekamen?, überlegte sie. Außerdem fragte sie sich, warum sie, abgesehen von Schwester Martha und den beiden alten Frauen in der Cholera-Station, niemanden vom Personal gesehen hatte. Es war erst halb neun und damit gewiss noch zu früh, als dass sich alle bereits für die Nacht zurückgezogen haben konnten, oder?

Als sie sich dem obersten Stockwerk näherten, kam die Schwester auf Dr. Meadows zu sprechen. »Er ist ein Heiliger, das steht fest«, erklärte sie begeistert. »Er hat Mitgefühl mit jedem, und erst heute Morgen hat er gesagt: ›Schwester Martha, Sie brauchen ein wenig Ruhe, oder Sie werden noch selbst eine meiner Patientinnen.‹ Aber als seine Cousine wissen Sie das bestimmt, nicht wahr?«

Hope hätte den Irrtum aufgeklärt, doch Schwester Martha gab ihr keine Gelegenheit dazu.

»Er hat erzählt, dass Sie bereits eine gewisse Erfahrung mit der Cholera haben. Er ist offensichtlich sehr stolz auf Ihre pflegerischen Fähigkeiten. Und Sie müssen das Herz einer Löwin haben, wenn Sie uns hier helfen wollen.«

Jetzt verstand Hope, warum der Arzt allein mit Schwester Martha gesprochen hatte. Er hatte offenkundig das Gefühl gehabt, es würde für Hope die Dinge erleichtern, wenn er sie als seine Verwandte ausgab.

»Ich habe das Herz einer Maus«, erwiderte sie. »Doch ich hoffe, dass ich morgen früh mehr Mut haben werde.«

Vielleicht war Dr. Meadows auch der Grund dafür, dass Hope ein eigenes Zimmer bekam. Es war ein winziger Raum unter dem Dach, kaum größer als das schmale Rollbett, das darin stand, aber da sie damit gerechnet hatte, unter ähnlichen Bedingungen wie die Patienten leben zu müssen, hob sich ihre Stimmung beträchtlich. Das Bett war bezogen, und die Tür konnte sie von innen abschließen. Die Hitze des Tages war noch in den Mauern gefangen, und selbst in dem fahlen Licht der Kerze konnte Hope sehen, dass die Wände schmutzig waren. Vielleicht waren Wanzen in der Matratze, aber nach der Lamb Lane und den Tagen im Wald kam ihr der Raum beinahe wie ein kleiner Palast vor.

Bevor Schwester Martha ihr eine gute Nacht wünschte, gab sie ihr noch eine Uniform, ein formloses, grobes braunes Kleid, zwei Leinenschürzen und zwei Hauben.

Während Marthas Schritte sich die Treppe hinunter entfernten, setzte Hope sich auf ihr neues Bett und fühlte sich plötzlich sehr allein und unsicher.

Das ganze Krankenhaus war einschüchternd, die unnatürliche Ruhe, die vielen verschlossenen Türen, das Fehlen von Menschen und selbst das ungeheuere Alter des Gebäudes. Hope war sich nur allzu deutlich im Klaren darüber, dass sie grauenvolle Dinge sehen würde und mehr Leid, als sie je zuvor erlebt hatte. Sie bezweifelte, hier jemanden zu finden, mit dem sie sich anfreunden konnte, und die Arbeit würde ungeheuer anstrengend sein. Aber mit dem Riegel vor ihrer Tür und dem goldenen Licht der Kerze erschien ihr der winzige Raum beinahe heimelig, und sie rief sich ins Gedächtnis, welch großes Glück sie gehabt hatte, dass sie heute Dr. Meadows begegnet war. Als er kurz zuvor aufgebrochen war, hatte er ihr einen Baumwollbeutel gereicht. Alice hatte ihn gebeten, ihn ihr zu geben, sobald sie hier waren.

»Es werden einige Kleinigkeiten darin sein, die Sie trösten sollen«, hatte er mit einem Lächeln bemerkt. »Alice lässt Ihnen ausrichten, dass sie Ihre übrige Habe sicher aufbewahrt, da Sie sie hier nicht benötigen werden. Außerdem wünscht sie Ihnen alles Gute und hofft, Sie bald wiederzusehen.«

Hope hätte gern sofort in den Beutel geschaut, doch Schwester Martha hatte sie weggeführt, bevor sie sich auch nur richtig von dem Arzt hatte verabschieden, geschweige denn den Beutel hatte durchstöbern können. Doch jetzt war sie dankbar für diese kleine Freude, denn sie würde sie von dem ablenken, was ihr am Morgen bevorstand.

Das Erste, was sie herauszog, war ein blau karierter Umhang, und Alices Aufmerksamkeit trieb ihr die Tränen in die Augen, denn sie hatte nichts anzuziehen, wenn es kühler wurde. Als Nächstes kamen ein Flanellnachthemd, ein weiterer Unterrock und ein

Paar Strümpfe zum Vorschein. Außerdem befanden sich in dem Beutel eine Haarbürste, ein neuer Kamm, ein Handtuch und eine Schachtel mit Haarnadeln. Ganz unten lagen eine Blechdose mit selbst gebackenen Keksen, einige Kerzen und ein emaillierter Kerzenständer.

Jetzt konnte Hope die Tränen nicht länger zurückhalten. Sie hatte die rundliche, mütterliche Alice auf Anhieb gemocht und sich in ihrer Küche heute so wohlgefühlt, aber diese hübschen, praktischen Geschenke sagten ihr, dass Alice sie ins Herz geschlossen hatte.

Es war ein sehr langer, ermüdender Tag gewesen, doch jetzt war sie davon überzeugt, dass ihr Schicksal sich wenden würde. Sie hatte Arbeit, ein Dach überm Kopf und Menschen, denen sie etwas bedeutete.

Obwohl es stimmte, dass sie eine Arbeit verrichten würde, die niemand sonst wollte und die sie vielleicht das Leben kosten würde, hatte sie jetzt zumindest eine Möglichkeit gefunden, ihre Selbstachtung zu wahren. Der morgige Tag würde ein neuer Anfang für sie sein, und irgendwann würde sie vielleicht sogar daran denken können, sich wieder mit Nell und dem Rest ihrer Familie in Verbindung zu setzen.

Am nächsten Mittag glaubte Hope nicht länger, dass die Arbeit ein neuer Anfang war. Vielmehr schien sie sie um mehrere Schritte zurückzuwerfen.

Als sie sich um sechs Uhr zur Arbeit meldete, erfuhr sie, dass vier Menschen während der Nacht gestorben waren, darunter ein sechs Jahre alter Junge. Hope beobachtete von Grauen erfüllt, wie zwei Pfleger die Toten entkleideten und ihre nackten Leiber durch den Flur in den Hof trugen und auf einen offenen Wagen warfen. Man erzählte ihr, sie würden in die »Grube« gebracht.

Niemand gab ihr irgendwelche Anweisungen. Statt der beiden alten Frauen, die sie am Abend zuvor gesehen hatte, waren zwei andere Frauen da. Diese waren genauso alt und genauso schmutzig, und sie stellten sich als Sal und Moll vor. Sal war sehr klein und hatte keine Zähne mehr, sodass ihr Gesicht eingefallen wirkte. Moll war erheblich größer und hatte eine rote Knollennase; das graue Haar, das unter ihrer Haube hervorlugte, war so verfilzt, dass es wie Flickwolle aussah.

Die beiden waren durchaus freundlich, nahmen aber anscheinend die Bedürfnisse der Kranken kaum wahr. Als Hope fragte, ob sie den Teil des Raumes, in dem die Toten gelegen hatten, nicht putzen sollten, gackerten sie vor Lachen.

»Damit geben wir uns nicht ab«, erwiderte Moll. »Der Karren wird schon in einer Stunde neue bringen. Es hat keinen Sinn, einen Raum zu säubern, in den schon bald jemand anderer scheißen wird. Du kommst am besten mit uns nach hinten und trinkst eine Tasse Tee.«

Hope sehnte sich tatsächlich nach einer Tasse Tee, und der Raum, den die beiden »hinten« nannten, war erheblich einladender als das Krankenzimmer. Dort gab es einen Herd, ein Spülbecken, einen Tisch und Stühle und ein Fenster, das sich öffnen ließ. Aber sie konnte sich unmöglich hinsetzen und Tee trinken, wenn sie wusste, dass schon bald weitere Kranke eintreffen würden.

Bei einem schnellen Erkundungsgang durch den Hof am Ende des Flurs, durch den die Toten zu den Karren geschleppt worden waren, entdeckte sie sauberes Stroh in einem Schuppen. Außerdem stand dort ein Kohleofen mit den Kleidern der Toten, die früher am Tag fortgebracht worden waren; diese Dinge sollten offensichtlich verbrannt werden. Hope nahm sich einen großen, leeren Karton, in den sie das besudelte Stroh fegte, um es aus dem Haus zu bringen. Dann schrubbte sie den Teil des Raums, in dem die Toten gelegen hatten.

Sobald sie sauberes Stroh auf dem Boden ausgebreitet hatte, ging sie in den hinteren Raum. Trotz der Hitze kauerten Sal und Moll sich an den Herd, und der Gestank, den sie verströmten, war beinahe so schlimm wie der im Krankenzimmer.

In ihrer Zeit in Lewins Mead war Hope vielen Frauen wie diesen beiden begegnet; sie waren faul, schmutzig, skrupellos und ohne jedwede Moralvorstellung. Solche Frauen stahlen die Pennys von den Augen eines Toten.

Aber wenn sie die beiden zur Rede stellte, das wusste sie, würden sie ihr nur Schwierigkeiten machen, daher appellierte sie an ihre Gutmütigkeit.

»Ich habe geputzt und frisches Stroh ausgelegt«, sagte sie, während sie sich die Hände wusch. »Bringen wir den Patienten jetzt Tee?«

»Tee!«, rief Sal aus. »Sie bekommen nur Wasser, und auch darauf können sie warten, bis wir fertig sind.«

Hope hatte den hölzernen Wassereimer im Krankenzimmer gesehen und war entsetzt darüber, dass der blecherne Becher, der am Rand des Eimers hing, anscheinend von allen benutzt wurde.

»Komm schon, Schätzchen, trink eine Tasse Tee«, meinte Mol. »Ich weiß, du willst an deinem ersten Tag gut dastehen, aber die da drin gehen nirgendwo mehr hin. Es hat keinen Sinn, dich für sie abzurackern.«

Hope unterdrückte eine scharfe Erwiderung, wusch mit großer Sorgfalt eine Tasse aus und schenkte sich etwas Tee ein. »Ich dachte, wir könnten vielleicht einige der Patienten auf das saubere Stroh umbetten und dann den Boden putzen, wo sie zuvor gelegen haben«, sagte sie zaghaft.

»Was?«, gab Moll zurück. »Wir fassen sie nicht an, außer wenn wir ihnen etwas zu trinken geben oder versuchen, ihnen Brei einzuflößen, wenn die Küche welchen hochschickt.«

Das, so stellte Hope fest, war das gesamte Ausmaß an Pflege in der Cholera-Station. Selbst Schwester Martha stand, wenn sie einmal erschien, nur in der Tür, umklammerte ihr Kreuz und hatte keinen praktischen Rat anzubieten. Anscheinend wurde kein Patient je gewaschen, es gab keine lindernden heißen Umschläge, keine zusätzlichen Decken für jene, die vor Fieber zitterten, und ganz gewiss massierte niemand den Kranken die Glieder, wenn sie Krämpfe hatten.

Obwohl die bläuliche Gesichtsfarbe der Patienten und ihre Benommenheit Hope verrieten, dass die Krankheit bei ihnen wahrscheinlich schon zu weit fortgeschritten war, um sie zu retten, hatte sie dennoch das Gefühl, zumindest versuchen zu müssen, es ihnen bequemer zu machen. Also rollte sie die Patienten einen nach dem anderen auf sauberes Stroh, wusch ihnen das Gesicht und die Hände und schrubbte dann den Platz, an dem sie zuvor gelegen hatten.

»Du bist verrückt«, bemerkte Moll, die an der Tür lehnte und fassungslos beobachtete, dass Hope den Boden putzte. »Du wirst dich bloß anstecken, wenn du sie dauernd anfasst.«

Wie erwartet kamen die Männer mit dem Karren zurück, diesmal um drei neue weibliche Patienten zu bringen. Alle drei befanden sich bereits im Endstadium; ihre Gesichter waren bläulich verfärbt, und das Atmen bereitete ihnen Mühe. Hope versuchte, sie dazu zu bewegen, etwas zu trinken, aber sie schienen außerstande zu sein zu schlucken, und das Wasser sickerte über ihre Lippen. Als sie einige Decken über die Frauen breitete, sah sie eine Ratte, die sie gehässig musterte. Nur gut, dass die Frauen ihre Umgebung nicht mehr wahrnehmen, dachte sie.

Hope kniete gerade neben einem Patienten und rieb ihm kräftig die Beine, weil er schwere Krämpfe hatte, als Dr. Meadows eintrat. Sie hatte nicht gehört, wie die Tür geöffnet worden war, weil der hochgewachsene, rothaarige Cholera-Kranke vor ihr auf beunruhigende Weise seinen Kopf von einer Seite zur anderen warf und dabei vor Schmerz brullte.

Der Arzt kam direkt auf sie zu, um sich des Kranken anzunehmen. »Holen Sie das Laudanum aus meiner Tasche und geben Sie ein paar Tropfen davon in heißes Wasser«, wies er sie an.

Hope tat wie geheißen und eilte zurück, um dem Mann die Medizin einzuflößen. Zuerst biss er die Zähne zusammen, um nicht trinken zu müssen, aber Hope strich ihm über das Gesicht und flehte ihn an zu trinken.

»Es wird die Schmerzen vertreiben«, erklärte sie ihm. »Trinken Sie es einfach für mich.«

Er hörte sie anscheinend und kam ihrer Bitte nach, und binnen weniger Minuten lag er ruhig da.

»Danke«, krächzte er. »Werden Sie meine Frau bitten, die Kleinen für mich zu küssen und ihnen Lebewohl zu sagen?«

»Sie werden schon bald wieder in der Lage sein, sie selbst zu küssen«, log sie. »Und nun schlafen Sie ein wenig.«

Dr. Meadows bat sie, mit ihm in den Hinterhof zu kommen, wenn er die anderen Patienten untersucht hatte.

Nach der Dunkelheit der Station war die Sonne so strahlend, dass Hope halb blind war. Doch die frische Luft tat ihr wohl.

»Ich hatte vollauf erwartet festzustellen, dass Sie davongelaufen seien«, gab der Arzt mit einem schiefen Lächeln zu.

»Die Versuchung war da«, bekannte sie und begann mit einer mutlosen Beschreibung der Ereignisse ihres ersten Morgens hier. »Ich kann nicht glauben, dass niemand etwas für die Kranken tut!«

Dr. Meadows stieß einen mitfühlenden Seufzer aus. »Ich weiß genau, wie Sie sich fühlen müssen, Hope. Ich gebe mein Bestes, wenn ich Dienst habe, aber es ist nicht annähernd genug. In Wahrheit bringt man die Kranken nur zum Sterben hierher; wir gehen die Krankheit als solche überhaupt nicht an.

Und es gibt keine Medikamente, die ihnen das Leben retten würden. Ich kann nicht einmal behaupten, dass saubere Betten, regelmäßige Bäder oder zusätzliche Decken für die Kranken auch nur den geringsten Einfluss auf den Verlauf der Krankheit haben. Bei vergangenen Epidemien ist offenkundig geworden, dass es in Gottes Hand liegt, ob sie sich erholen. Die Pflege spielt dabei keine Rolle.«

»Aber es ist unmenschlich, ihnen ihre letzten Stunden nicht behaglicher zu gestalten und ihnen nicht einen Rest Würde zu lassen«, entgegnete Hope hitzig. Ihr war heiß, sie schwitzte, und sie hatte inzwischen auch Hunger, da die Schale Porridge, die sie vor sechs Uhr am Morgen zum Frühstück bekommen hatte, nur noch eine ferne Erinnerung war. »Außerdem werden diese Frauen für ihre Arbeit bezahlt, und wenn sie sie vernachlässigen, sollte man sie auffordern zu gehen.«

Dr. Meadows fuhr sich mit einer müden Geste mit den Fingern durchs Haar. »Diese beiden leben hier, in dem Teil des Hospitals, der ein Arbeitshaus ist. Geradeso wie die zwei von letzter Nacht«, sagte er mit einem leichten Tadel. »Sie haben sich nicht freiwillig dafür entschieden, die Kranken zu pflegen, man hat es ihnen befohlen, und ihr einziger Lohn ist eine gewisse Menge an Bier oder Gin. Können Sie ihnen einen Vorwurf machen, dass sie nicht gerade begeistert ans Werk gehen?«

Hope fühlte sich zurechtgewiesen, denn man hatte ihr vier Schilling die Woche angeboten und dazu Unterkunft und Verpflegung. »Nein, wahrscheinlich nicht.«

»Wir brauchen eine Möglichkeit, die richtige Art von Frauen für die Krankenpflege zu gewinnen, und dann müssten wir sie von der Pike an ausbilden«, fuhr er mutlos fort. »Zurzeit haben wir entweder Ordensfrauen oder Arme, nichts dazwischen. Aber mit niedrigen Löhnen, erschreckenden Bedingungen und dem Risiko einer Ansteckung, was hätten wir da zu bieten, um gute Frauen anzuziehen? Sehen Sie sich nur an! Wenn man Sie nicht mit Gewalt dazu gezwungen hätte, wären Sie dann hier?«

»Sie haben mich nicht mit Gewalt dazu gezwungen«, widersprach Hope. »Sie waren sehr freundlich zu mir, Sir, vor allem indem Sie mich als Ihre Cousine ausgegeben haben! Ich denke, das ist der Grund, warum ich ein eigenes Zimmer bekommen habe. Und Alice war wirklich nett zu mir. Würden Sie ihr in meinem Namen für die Dinge danken, die sie mir geschickt hat? Es hat mir viel bedeutet.«

»Alice mag Sie sehr, ihre kleinen Geschenke waren ihre Art, Ihnen das zu sagen«, erwiderte er ernst. »Und ich werde Ihre Nachricht weitergeben. Aber mein Name ist Bennett und unsere Anrede das Du. Vetter und Cousine dürfen nicht förmlich sein.«

Hope errötete, denn er hatte eine Art, sie anzusehen, bei der sie sich sehr merkwürdig fühlte.

»Hast du schon zu Abend gegessen?«, fragte er.

Sie schüttelte den Kopf. »Ich dachte, Schwester Martha würde herkommen und mit mir darüber sprechen.«

»Sie hat bei einer Beinamputation assistiert«, erwiderte Bennett.

»Sie haben jemandem das Bein abgenommen?« Hope zuckte zusammen.

»Nicht ich, der Chirurg, doch ich habe das Chloroform verabreicht. Der arme Mann dürfte zur Gänze genesen, aber ich weiß nicht, wie er seine Familie ernähren wird. Mit nur einem Bein wird er kaum in der Lage sein zu arbeiten.«

Bennett begleitete sie nach unten in den Raum direkt hinter der Küche, wo sie früher am Tag gefrühstückt hatte. Jetzt saßen dort sechs Menschen und aßen, zwei ziemlich derb aussehende Männer, die Krankenpfleger zu sein schienen, eine sehr alte Nonne, die Bennett ihr als Schwester Claire vorstellte, und drei Krankenschwestern, die eine Spur sauberer und jünger wirkten als Sal und Moll; sie starrten Hope mit harten Augen an.

Sie bekam eine große Schale einer fetten, grüngrauen Suppe und einen Kanten Brot. Bennett lehnte selbst ab, leistete ihr aber Gesellschaft, während sie aß.

»Wie schmeckt es denn?«, fragte er.

»Nicht ganz so übel, wie es aussieht«, grinste sie.

Bennett lächelte. »Bist du immer so stoisch?«

»Ich bin es, wenn es um Essen geht. Ich weiß, wie es ist zu hungern«, sagte sie schulterzuckend.

»Du hast heute das Allerschlimmste von St. Peter's gesehen«, erwiderte Bennett ernsthaft. »Aber die Cholera-Station ist kein Maßstab für das ganze Krankenhaus. Dr. Peebles, der Chirurg, ist hervorragend; außerdem haben wir hier sehr gute Hebammen. Doch das Gebäude ist alt, und es taugt eigentlich nicht zum Krankenhaus.«

»Warum wird es dann noch benutzt?«, erkundigte sie sich. »Es muss doch von Übel sein, Menschen mit ansteckenden Krankheiten in ein Arbeitshaus zu stecken, wo Waisen, alte Menschen und Wahnsinnige leben?«

»Als das neue Allgemeine Krankenhaus gebaut wurde, geschah es in der Absicht, dass alle Kranken sich dort hinwenden könnten«, sagte er mit einem Schulterzucken. »Aber es ist einfach nicht groß genug, nicht, wenn eine Epidemie wie diese ausbricht. Und St. Peter's ist nicht direkt ein Arbeitshaus; es ist eher das, was man ein Asyl nennen könnte.«

»Ich dachte, mit einem Asyl sei ein Ort der Sicherheit gemeint?«, gab Hope mit einem Anflug von Sarkasmus zurück.

Bennett lächelte schwach. »Lass mich damit gar nicht erst anfangen«, meinte er. »Es ist ein Thema, bei dem ich kein Ende finden kann.«

»Erzähl es mir«, beharrte sie.

»Nun, in den alten Tagen, kurz vor deiner Geburt, bekamen die Notleidenden unseres Landes, die Armen und Alten, die Einfältigen oder Kranken, etwas, das man ›externe Fürsorge‹ nannte. Sie blieben in ihren eigenen Häusern und bekamen Geld von der Gemeinde. St. Peter's und ähnliche Einrichtungen waren für jene Menschen bestimmt, die kein Zuhause hatten oder zu krank oder zu alt waren, um sich selbst zu versorgen. Im Großen und Ganzen waren es recht annehmbare Häuser, und St. Peter's zählte zu den besten.

Aber die Regierung wollte die Steuerzahler auf ihre Seite ziehen, indem sie Geld sparte. Daher verabschiedete sie ein neues Armengesetz. Die externe Fürsorge wurde nicht weiter gezahlt, weil man glaubte, auf diese Weise würden die Menschen zu Müßiggang und Faulheit ermutigt, und stattdessen wurden überall im Land Hunderte von Arbeitshäusern errichtet, abstoßende, gefängnisähnliche Orte ohne die geringsten Annehmlichkeiten, Häuser, die nur jene aufsuchten, die vollkommen verzweifelt waren.«

Hope nickte. »Meine Eltern hatten immer Angst, in einem Arbeitshaus zu enden«, bemerkte sie.

»Es sind gerade Leute wie deine Eltern, die unter dem neuen Armengesetz am meisten zu leiden haben«, erklärte er mit einem tiefen Seufzer. »Stell dir vor, dein Vater wäre einige Wochen lang ohne Arbeit gewesen oder krank. Nach dem alten Gesetz hätte er auf Gelder von der Gemeinde zurückgreifen können, um sich und seine Familie über Wasser zu halten, bis er gesund war oder wieder Arbeit fand. Alte Menschen konnten in ihren Dörfern bleiben, und Nachbarn und Verwandte konnten ihnen beistehen. Doch plötzlich gab es all das nicht mehr; nicht ein Penny wurde den Bedürftigen mehr ausgezahlt.

Sobald diese Unglücklichen ihre Ersparnisse aufgebraucht, ihre Habe verkauft haben und Hunger leiden, sind sie gezwungen, ihr Heim zu verlassen und ins Arbeitshaus zu gehen.«

Er hielt plötzlich in seinem leidenschaftlichen Ausbruch inne und grinste sie an. »Oje, ich wollte wirklich nicht so in die Einzelheiten gehen! Eigentlich wollte ich nur darauf hinweisen, dass die Treuhänder von St. Peter's versucht haben, das Haus so zu erhalten, wie es früher war: ein Heim für jene, die sich sonst nirgendwo hinwenden können. Es beherbergt nach wie vor die Alten, die Geistesschwachen, außerdem Kranke, Waisen und Mütter, die ihre Kinder nicht zu Hause bekommen können. Hier herrscht nicht das barbarische Regiment, das man in Arbeitshäusern der Armenverwaltung findet; niemand hier hat jemals Werg gezupft oder Steine für Bauarbeiten gebrochen. Aber wie die meisten wohltätigen Einrichtungen hat auch St. Peter's seine Schwächen. In Notfällen werden die Türen zu weit geöffnet, und im Augenblick haben wir einfach zu viele Kranke. Und wir haben weder die Räumlichkeiten noch das Personal, um sie zu pflegen.«

Hope bemerkte, dass er errötete; offenkundig war es ihm peinlich, dass er versucht hatte, St. Peter's zu verteidigen.

»Menschen wie dich trifft man selten, du bist eine Rarität«, bemerkte Hope spitzbübisch. »Ich hatte nicht gedacht, dass die vornehmen Herrschaften sich für irgendjemanden oder irgendetwas anderes interessieren als für sich selbst.«

Er sah sie verblüfft an. »Du zählst mich zu den ›vornehmen Herrschaften‹?«

»Nun, das bist du doch«, sagte sie.

»Nein, das ist nicht wahr. Wie ich dir gestern erzählt habe, wäre ich ohne die Unterstützung meines Onkels nach dem Tod meines Vaters wahrscheinlich ebenfalls in Stellung gegangen. Wie dem auch sei, um auf St. Peter's und auf die gegenwärtige Krise zurückzukommen, ohne die Barmherzigen Schwestern, die glücklicherweise denken, Gott habe sie persönlich hierher geschickt, weiß ich nicht, was wir tun würden.«

Hope lächelte. »Das klingt so, als glaubtest du nicht an Gott.«

»Ich werde an ihn glauben, wenn er dieser Epidemie ein Ende macht«, lachte er. »Oder wenn er mir auf die Schulter klopft und mir zeigt, wie sie ihren Anfang nimmt. Ich habe so manches Mal mit Mary Carpenter über den Glauben diskutiert. Ihrer Meinung nach sollte ich mich dafür schämen, dass ich keinen habe. Aber was ist mit dir, Hope? Bist du ein gläubiger Mensch oder ein zweifelnder wie ich?«

»Das kommt darauf an«, erwiderte sie lächelnd. »Als ich Feuerholz verkauft habe, habe ich jedes Mal, wenn ich mich einer Haustür näherte, ein kleines Gebet gesprochen. Ich habe an Gott geglaubt, wenn man mir etwas Holz abgekauft hat, und an ihm gezweifelt, wenn ich erfolglos war. Betsy meinte immer, Gin funktioniere besser als Religion. Ein Glas, und alle Sorgen verblassen.«

Sie erwartete, einen Ausdruck der Bestürzung auf seinen Züge zu sehen, gefolgt von einer kleinen Predigt über das Übel der Trunksucht. Aber er lächelte nur.

»Ich sollte jetzt wieder in das Krankenzimmer zurückkehren«, meinte sie. »Und auf dich warten Patienten.«

»Ja«, antwortete er nickend, »und zwar sehr viele. Gib auf dich acht, Hope. Und verzweifle nicht!«

In den nächsten zwei Wochen dachte Hope sehr oft an Bennetts letzte Worte, denn es war schwer, umringt von all dem Leiden nicht in Verzweiflung zu geraten. Jeden Tag starben Patienten, und kaum dass sie weggeschafft wurden, wurden neue hergebracht. Die Namen dieser neuen Opfer waren oft unbekannt, und Hope schien es das Grausamste überhaupt zu sein, ohne eine Identität zu sterben.

Sal und Moll berichteten mit beinahe boshaftem Entzücken von der Panik in der Stadt. Menschen flohen in Scharen, die Reichen in ihren Kutschen und die Armen zu Fuß, um auf den Feldern zu schlafen, statt das Risiko einer Ansteckung einzugehen. Die Straßen waren bei Nacht verlassen, und viele Schiffe weigerten sich wegen der Epidemie, den Hafen von Bristol anzulaufen.

Sobald es draußen kalt und nass werde, so bemerkten die beiden Frauen weise, würden Hunderte von armen und verzweifelten Menschen in den Arbeitshäusern Zuflucht suchen. Sie würden zu große Angst haben, um in die verseuchten Elendsviertel zurückzukehren, aus denen sie geflohen waren, und sie würden kein Geld haben, um sich irgendwo anders niederzulassen.

Aber die Hitze hielt gnadenlos an, und der Gestank vom Fluss hinter dem Krankenhaus war überwältigend. Hope träumte immer häufiger davon, in der Kühle des Lord's Wood spazieren zu gehen. Sie dachte dann an den sauberen Geruch von feuchter Erde, an die Art, wie das Sonnenlicht durch den Blätterbaldachin schien, und an den tiefen Frieden dort; sie wünschte sich so sehr, im Wald zu sein, dass es wehtat.

Wenn sie sich abends in ihr kleines Zimmer zurückzog, steckte sie die Nase in ein Sträußchen Lavendel oder Rosmarin; sie kaufte die Kräuter bei einem jungen Mädchen, das am Eingang des Krankenhauses stand, und erinnerte sich an den Garten ihres Elternhauses. Hope wünschte, sie hätte ihre Brüder und Schwestern sehen und wieder ein Kind sein können, das bedingungslos geliebt wurde. Es war nicht recht, mit nur siebzehn Jahren in diesem Sterbehaus eingesperrt zu sein.

Bennett war es, der sie davon abhielt, wegzulaufen. Wie hart und abscheulich ihre Arbeit oft auch war, er verließ sich auf sie, und sie konnte ihn nicht im Stich lassen. Ihm war es zu verdanken, dass sie jetzt einige Heilmittel zur Verfügung hatte. Wenn neue Patienten noch in einem frühen Stadium der Krankheit waren, flößte sie ihnen alle paar Stunden Rhabarbersirup ein, legte ihnen Senfumschläge auf den Bauch, gab ihnen Ingwer- oder Zimttee zu trinken und deckte sie warm zu. Sechs dieser Patienten verfielen nicht in das zweite Stadium der Cholera, was sie sehr glücklich machte, aber Hope konnte nicht wissen, ob das das Ergebnis ihrer Pflege war oder lediglich Gottes Wille. Doch sie war fest entschlossen, dafür Sorge zu tragen, dass sie sich erholten und der Legende widersprachen, niemand verlasse jemals das Krankenhaus.

Doch sechs Genesungen gegen siebzig oder mehr Todesfälle genügten nicht, und Hope musste gegen die Apathie aller anderen Menschen ankämpfen, die mit der Cholera-Station zu tun hatten.

Schwester Martha war so schwach, dass sie von allen ausgenutzt wurde. Moll und Sal taten so wenig wie möglich und wurden nur lebendig, wenn jemand starb und sie ihm seine Habseligkeiten stehlen konnten. Selbst der Mann im Laden erteilte Hope häufig eine Abfuhr, wenn sie weitere Vorräte an Seife, Soda und Essig erbat. Einmal bemerkte er, es sei eine Verschwendung, solche Dinge auf einer Station zu benutzen, auf der sich niemand erholte.

Was Hope jedoch am meisten zusetzte, war der Umstand, dass außer ihr niemand Bennetts Hygienevorschriften beachtete. Sie verstand vollkommen, dass man sich die Hände waschen musste, nachdem man einen Patienten berührt hatte, dass Schürzen und Hauben täglich gewaschen werden mussten und Trinkwasser grundsätzlich abgekocht werden musste. Sal und Moll waren zu faul, um sich die Hände zu waschen oder ihre Schürzen und Hauben sauber zu halten, und was das abgekochte Wasser betraf, so schnauften sie nur verächtlich. »Der Arzt ist genauso verrückt wie einige seiner Patienten«, brummten sie.

Hope war nach wie vor der festen Überzeugung, dass das Wasser in Bristol verseucht war. In den fast zwei Jahren, die sie nun in der Stadt lebte, hatte sie kein einziges Mal Wasser direkt aus der Pumpe getrunken; selbst wenn sie halb verdurstet war, kochte sie es ab und trank es als Tee. Gussie und Betsy hatten Wasser getrunken, und sie waren gestorben, während sie selbst gesund geblieben war, daher wertete sie dies als Beweis dafür, dass Bennett recht hatte.

Sie versuchte, auch andere davon zu überzeugen. »Seht euch Moll und Sal an! Sie trinken nur Tee oder irgendeine Art von Alkohol, und dies wird der Grund dafür sein, warum sie nicht ebenfalls erkrankt sind«, pflegte sie zu sagen.

Bennett hielt es für richtig, dass sie seine Theorien verbreitete, obwohl er, wie er bemerkte, nicht sicher sein konnte, ob die Krankheit durch das Wasser verbreitet wurde, da das Wasser überall in der Stadt aus derselben Quelle stammte. Und der Umstand, dass fast alle Kranken aus den schmutzigsten, bevölkerungsreichsten Teilen der Stadt kamen, unterstützte die allgemein verbreitete medizinische Ansicht, die Krankheit verbreite sich durch die Luft.

Doch niemand konnte die absolute Willkür erklären, mit der die Seuche zuschlug. Die meisten Priester, Ärzte, Krankenschwestern und Leichenkarrenkutscher, die mit den Kranken zu tun hatten, blieben gesund. Manchmal steckte sich nur eine Person in einer großen Familie an, während die Übrigen verschont blieben. In einigen Armenquartieren waren bis auf eine Handvoll Menschen alle gestorben; manchmal waren es nur die Kinder, die sich ansteckten. Man konnte nicht das geringste Muster erkennen.

Es gab jede Menge außerordentliche Theorien. Manche Menschen suchten die Schuld an den Epidemien bei den Juden in der Stadt, was nicht den geringsten Sinn ergab. Einige der strengeren Prediger beharrten darauf, die Cholera sei Gottes Strafe für die Verkommenheit Bristols, und sie würde von Prostituierten in den Schenken verbreitet.

Hope hatte häufig mit Bennett über diese eigenartigen Vorstellungen gesprochen, und er stellte immer wieder mit Nachdruck fest, dass die Geistlichen und ihre frommen, scheinheiligen Anhänger einmal darüber nachdenken sollten, warum Frauen überhaupt dazu gezwungen waren, sich der Prostitution zuzuwenden. »Und dann sollen sie etwas gegen dieses Übel unternehmen«, wetterte er.

Hope war zunehmend fasziniert von Bennett. Er war nicht nur ihr einziger Freund und behandelte sie wie seinesgleichen, er verstand auch, wo die wahren Übel der Armut lagen, und er hatte einige Ideen entwickelt, wie man sie besiegen konnte.

Es gab viele vornehme Herrschaften, die den Armen auf irgendeine Weise halfen, und Hope war davon überzeugt, dass diese Menschen ein gutes Herz hatten. Aber traurigerweise unterschied sich ihr Leben zu sehr von dem der Menschen in den stinkenden Elendsvierteln, um zu begreifen, dass neue Kleider, ein warmes Essen jeden Tag oder einige Schillinge das Problem niemals lösen konnten. All diese Dinge boten nur vorübergehende Erleichterung.

Bennett verglich Armut mit einer Art von Sumpf, in den die Menschen entweder hineinstolperten oder in den sie hineingeboren wurden. Sobald man erst einmal in dem Sumpf gefangen war, war es schwer und oft unmöglich, ohne Hilfe hinauszukommen. Und für viele Menschen waren Kriminalität oder der Verkauf ihres Körpers die einzige Möglichkeit, sich über Wasser zu halten.

Wie seine Freundin Mary Carpenter betrachtete auch Bennett Schulbildung als die einzig sichere Leiter, die aus dem Sumpf führte. Er vertrat mit einiger Leidenschaft die Ansicht, dass man jedem Kind aus den Elendsvierteln nur die Werkzeuge des Lesens und Schreibens an die Hand zu geben brauchte, und es würde ein besseres Leben für sich aufbauen können.

In gewisser Weise war Hope der lebende Beweis dafür. Ihre Schulbildung machte es ihr möglich, Vorstellungen und Ideen zu begreifen, die den beschränkten Horizont der Denkweise, in der sie erzogen worden war, überstiegen. Sie fand Bennetts leicht radikale Ansichten anregend. Er machte oft schneidende Bemerkungen über die reichen Müßiggänger und begegnete vielen der Menschen, die herausragende Positionen in der Stadt innehatten, mit tiefem Argwohn. »Sie füllen sich auf Kosten der Armen die eigenen Taschen«, behauptete er gern.

Der schönste Teil eines jeden Tages war die Zeit, die Bennett auf der Station verbrachte. Wenn Hope ein Lächeln auf diesem dünnen, ein wenig strengen Gesicht sah, vergaß sie ihre Müdigkeit. Wenn er sie für ihre Bemühungen lobte, war sie überglücklich, und wenn sie ihn bei der Untersuchung seiner Patienten beobachtete und die Zartheit seiner Bewegungen und die ernste Sorge in seinen Augen sah, war sie oft zu Tränen gerührt.

Fast immer blieb er lange genug, um eine Tasse Tee mit ihr zu trinken. Sie gingen dann mit ihren Tassen in den Hof hinaus und redeten miteinander.

Während der beiden ersten Wochen drehten sich ihre Gespräche hauptsächlich um die Patienten, um die Dinge, die in der Stadt vorgingen, und die Frage, auf welche Weise die Zeitungen über die Epidemie berichteten. Aber im Laufe der Tage wurden ihre Unterredungen persönlicher, und an einem heißen Nachmittag, an dem es auf der Station ausnahmsweise einmal sehr still war, erzählte Bennett ihr ein wenig aus der Zeit seines Medizinstudiums in Edinburgh.

Er zeichnete das Bild eines schüchternen, ziemlich unbeholfenen jungen Mannes, den die Studenten, die reicher, klüger und weit weltgewandter waren als er, sehr einschüchterten. »Sie haben mich für einen Streber gehalten, weil ich nicht jeden Abend mit ihnen ausgegangen bin, um zu trinken«, sagte er ein wenig verlegen. »Ich habe es nicht über mich gebracht, ihnen zu erklären, dass ich kein Geld dafür hatte oder dass ich es wegen meines Onkels nicht wagte, bei meinen Prüfungen zu versagen.«

»Aus diesen jungen Männern sind bestimmt keine sehr guten Ärzte geworden«, erklärte Hope mit Nachdruck.

Bennett stieß ein freudloses Lachen aus. »Die meisten von ihnen haben es erheblich weiter gebracht als ich«, entgegnete er. »Zwei oder drei von ihnen haben Praxen in der Harley Street in London. Oswald Henston, ein echter Lump, arbeitet im St. Thomas' Hospital. Einige von ihnen sind Ärzte in der Armee oder bei der Marine geworden. Ich denke oft, ich hätte mein Glück ebenfalls in der Armee suchen sollen.«

Vermutlich hielt er es für einen Fehler, der Praxis seines Onkels in Bristol beigetreten zu sein, überlegte Hope.

»Aber bei der Behandlung der Armen hast du doch gewiss vielfältigere Erfahrungen gewonnen, als es dir in der Armee jemals möglich gewesen wäre?«

»Vielleicht«, seufzte er. »Es heißt tatsächlich, dass die Ruhr das einzige medizinische Problem sei, mit dem man als Arzt in der Armee reichlich Erfahrungen sammeln könne. Aber ich würde gern nach Indien gehen oder in ein anderes exotisches Land. Mein Onkel bemerkt immer wieder gern, ich würde niemals eine Frau finden, bevor ich nicht einen interessanten Gesprächsstoff vorzuweisen habe.«

»Sind Bristol und das St. Peter's nicht interessant genug?«, fragte Hope. Sie hing an seinen Lippen, wann immer er den Mund aufmachte, und sie konnte sich nicht vorstellen, dass irgendeine Frau ihn langweilig fand.

Bennett zog eine Augenbraue hoch. »Ein Gentleman spricht mit einer Dame niemals über derart vulgäre Dinge!«, erwiderte er mit gespieltem Entsetzen.

Hope lachte. »Ich nehme an, die meisten Damen würden sofort nach ihrem Riechsalz greifen.«

»Es ist diese geheuchelte Empfindsamkeit, die ich bei den Damen der Gesellschaft besonders abstoßend finde«, bemerkte Bennett nachdenklich. »Erst vor einigen Monaten habe ich mich eines Abends bei der Gesellschaft eines Freundes meines Onkels verspätet, weil ich einem Baby auf die Welt geholfen hatte. Ich habe mich bei der Gastgeberin und ihren beiden Töchtern entschuldigt und den Grund für meine Verspätung genannt, woraufhin mir nur ein frostiger Blick zuteilwurde. Anscheinend schickt es sich nicht, Dinge wie Geburten in Gegenwart unverheirateter Damen zu erwähnen!«

»Warum nicht?«

Bennett zuckte die Schultern. »Ich nehme an, dergleichen Dinge sollen ein Rätsel bleiben, bis besagte Damen verheiratet sind. Aber ich finde derartige Sitten sehr engstirnig.«

»Meine Schwester Nell war viel jünger als ich, als sie unserer Mutter bei der Entbindung ihrer letzten Babys half«, antwortete Hope. »Sie betrachtete es als eine Art Ausbildung für die Zukunft, wenn sie ein eigenes Kind haben würde.«

»Und genauso sollte es auch sein«, meinte Bennett. »Doch erzähl mir von deiner Schwester, Hope. Hat sie Kinder?«

Hope zögerte, denn sie hatte Angst, dass eine Frage zur nächsten führen könnte und sie es nicht wagen würde zu antworten. Dennoch verspürte sie den überwältigenden Drang, über ihre Familie zu sprechen, denn seit dem Tod von Betsy und Gussie hatte sie häufig an ihre Geschwister gedacht.

»Traurigerweise ist Nell nicht mit Kindern gesegnet«, erwiderte sie. »In gewisser Weise bin ich für sie wie ein eigenes Kind gewesen, da sie so viel älter ist als ich.«

Nachdem sie erst einmal angefangen hatte, erzählte sie ihm von all ihren Brüdern und Schwestern und von dem Cottage, in dem sie gelebt hatten. Sie berichtete ihm, dass zuerst Nell geheiratet habe und dann Matt, und sie sprach auch über den Tod ihrer Eltern und von ihrem Leben bei Nell und Albert.

»Wenn du von deinem Schwager sprichst, spuckst du seinen Namen förmlich aus«, sagte Bennett leise. »An jenem Tag auf den Downs hast du schon einmal erwähnt, dass du dich mit ihm überworfen hast und dass das der Grund ist, warum du in Lewins Mead gelandet bist.«

Ein durchdringender Schrei von der Station unterbrach sie. Sie eilten zurück, und als sie den Raum betraten, bot sich ihnen ein erschreckendes Bild: Ein Mann drückte Sal an die Wand und hielt ihr ein Messer an die Kehle.

Es dauerte ein oder zwei Sekunden, bis Hope begriff, dass der stämmige Mann, der nichts am Leib trug als ein zerlumptes Hemd, tatsächlich ein Patient war, den man in der Frühe hergebracht hatte.

Doch zu ihrem Erstaunen zögerte Bennett keinen Augenblick lang. Er sprang über die Reihen kranker Menschen hinweg, bis er den Mann erreicht hatte, dann packte er ihn an den Schultern und zog ihn von Sal weg.

»Was fällt Ihnen ein?«, rief er. »Dies ist ein Krankenhaus!«

Der Mann, dessen Gesicht dunkelrot vor Zorn war, schüttelte Bennett ab und schwang sein Messer. »Ein Krankenhaus! Es ist ein verdammter Lagerraum für Leichen!«

Hope wusste, dass dieser Mann zusammen mit drei anderen Menschen hergebracht worden war, die alle im selben Zimmer gewohnt hatten. Jetzt war klar, dass er keineswegs ein Opfer der Cholera war, sondern wahrscheinlich nur von Alkohol oder Opium so berauscht gewesen war, dass man geglaubt hatte, er sei ebenfalls krank.

»Beruhigen Sie sich«, befahl Bennett. »Wenn es Ihnen gut geht, steht es Ihnen frei, das Krankenhaus zu verlassen.«

»Ich soll mich beruhigen!«, schrie der Mann und trat drohend mit seinem Messer auf Bennett zu. »Ich wache hier auf, und dieses alte Weib stiehlt mir meine Hose, und dann sehe ich, dass ich in einem Pesthaus eingesperrt bin.«

Hope konnte nicht fassen, wie ruhig Bennett war. Der Mann war weit schwerer und größer als er, und sein Messer war Bennetts Brust gefährlich nahe, und doch stand er ohne Furcht da.

»Legen Sie dieses Messer weg«, forderte Bennett mit dem sanften Tonfall, den er bei schwerkranken Patienten benutzte. »Es ist nicht unsere Schuld, dass man Sie hierher gebracht hat. Die Schwester hat Ihre Hosen nur an sich genommen, um es Ihnen bequemer zu machen; sie konnte nicht wissen, dass Sie lediglich Ihren Rausch ausgeschlafen haben.«

»Sie haben mich hierher bringen lassen, um meinen Körper aufzuschneiden«, brüllte der Mann.

Bennett schüttelte den Kopf. »Ich habe weder die Zeit noch die Neigung, Menschen aufzuschneiden«, entgegnete er. »Wenn Sie sich umschauen, werden Sie sehen, dass die anderen hier furchtbar krank sind, und meine Aufgabe ist es, sie, wenn möglich, zu retten. Sal, geben Sie ihm seine Hose zurück und lassen Sie ihn hinaus.«

Sal eilte in den kleinen angrenzenden Raum hinüber. Hope vermutete, dass sie die Hose tatsächlich gestohlen hatte, weil sie in den Taschen Geld vermutet hatte. Aber gerade als es so aussah, als würde der stämmige Mann sich zurückziehen, stürzte er sich plötzlich mit seinem Messer auf Bennett.

Hope schrie, doch zu ihrer Überraschung wich Bennett dem Angriff geschickt aus, packte den Mann am Unterarm, entwaffnete ihn mit einer einzigen schnellen Bewegung und warf ihn um, sodass er zu Boden fiel.

Bennett hob das Messer auf und blickte mit einem schwachen Lächeln auf den Mann hinab. »Ich könnte Sie verhaften lassen«, sagte er. »Aber ich will diesmal noch davon absehen, weil ich keinen Zweifel daran habe, dass Sie Angst hatten, als Sie hier erwacht sind. Sie sollten sich glücklich schätzen, nicht an der Cholera erkrankt zu sein. Und in Zukunft sollten Sie weniger trinken.«

Sal kam mit den Hosen zurück, wobei sie den Blick gesenkt hielt, als erwartete sie, dass Bennett sie ebenfalls fortschicken würde.

»Ich darf davon ausgehen, dass alles, was sich an Geld in dieser Hose befunden hat, immer noch dort ist?«, fragte er sie mit strenger Miene.

»Ja, Sir«, murmelte sie und reichte ihm das Bündel.

Der Mann zog die Hose an – Stiefel hatte er anscheinend nicht – und schlich auf die Tür zu. Bennett schloss auf, gab ihm sein Messer zurück und ließ ihn hinaus.

Sobald die Tür wieder verschlossen war, wandte Bennett sich zu Sal um. »Wenn ich auch nur den leisesten Verdacht habe, dass Sie sich wieder am Besitz eines Patienten vergriffen haben, Sal, werde ich Sie nach Bridewell bringen lassen«, erklärte er und durchbohrte sie mit seinem Blick. »Nur Gottes Gnade schützt uns alle davor, uns an dieser schrecklichen Krankheit anzustecken, aber während wir gesund sind, ist es unsere Pflicht, die Kranken mit Güte zu behandeln. Es ist eine furchtbare Sünde, sie zu bestehlen.«

»Es tut mir leid, Doktor«, sagte sie mit gesenktem Blick. Überraschenderweise versuchte sie nicht einmal abzustreiten, dass das genau das war, was sie im Sinn gehabt hatte.

Bennett trat näher an die alte Frau heran und legte ihr einen Finger unters Kinn. »Brühen Sie sich jetzt eine Tasse Tee auf«, meinte er sanft. »Sie haben sich sicher übel erschreckt. Und in Zukunft müssen wir alle wachsam sein, wenn neue Patienten hergebracht werden, vor allem dann, wenn sie nach Alkohol stinken.«

Nach dem erschreckenden Zwischenspiel waren einige der anderen Patienten unruhig geworden, und es dauerte einige Zeit, sie zu besänftigen. Als Bennett sich die Hände wusch, lächelte er Hope an. »Ich denke, es ist an der Zeit, dass du für einige Stunden hier herauskommst«, erklärte er. »Alice sagt immer wieder, ich solle dich einmal zum Abendessen mitbringen. Wie wäre es, wenn du morgen kommen würdest? Mein Onkel ist für einige Tage nach Bath gefahren, daher können wir uns ganz unbefangen mit Alice in der Küche zusammensetzen.«

»Ich kann hier nicht weg. Morgen ist Sonntag«, erwiderte Hope.

Er zuckte die Schultern. »Hier ist jeder Tag wie der andere, Wochentage wie Sonntage«, entgegnete er. »Und es wird noch genauso sein, wenn du zurückkommst. Selbst Schwester Martha meinte, dir stünde ein freier Tag zu. Sie fand, dass du blass und müde aussiehst.«

»Aber …«

Bennett legte einen Finger auf die Lippen, um sie zum Schweigen zu bringen. »Es ist völlig akzeptabel, einen Tag mit deinem Cousin zu verbringen.«

Kapitel 15

Gegen zwölf Uhr am folgenden Tag fand Hope sich am Harley Place ein. Alice öffnete ihr strahlend die Tür. »Es ist so schön, Sie wiederzusehen«, rief sie, »ich habe mir solche Sorgen um Sie gemacht!«

Sie führte Hope in die Küche im Keller hinunter und erklärte ihr, dass Bennett kurz fortgegangen sei, um nach einem Patienten zu schauen. Er werde jedoch bald zurückkehren. Während sie Hope etwas Kühles zu trinken anbot und über die fortgesetzte Hitze und den Mangel an Regen murrte, bemerkte sie auch, dass St. Peter's ihrer Meinung nach kein Ort für ein junges Mädchen sei.

Alices Anteilnahme weckte das gleiche warme Gefühl in ihr, das sie immer verspürt hatte, wenn Nell sich um sie gesorgt hatte.

Alice war Nell in vieler Hinsicht ähnlich. Sie war älter als Nell, vielleicht um die fünfundvierzig, und größer, und ihr Haar war grau, aber genau wie ihre Schwester wirkte sie adrett und sauber, und sie hatte ein mütterliches Wesen. Bennett hatte ihr erzählt, dass sein Onkel Alice kennengelernt hatte, als ihr Mann erkrankt war. Sie war damals noch eine junge Frau gewesen, und nach dem Tod ihres Mannes hatte Dr. Cunningham ihr die Stellung als Haushälterin angeboten. Bennett hatte früher im Stillen immer gehofft, die beiden würden irgendwann heiraten, denn sie passten gut zusammen und waren einander sehr zugetan, doch sie waren zu halsstarrig und zu eingefahren in ihren Gewohnheiten, um diese Idee auch nur in Erwägung zu ziehen.

Hier in Alices heller, glänzender Küche, in der es himmlisch nach gebratenem Fleisch roch, schienen das Krankenhaus, die Cholera, der Schmutz und das Elend plötzlich nicht mehr zu sein als ein unangenehmer, aber bereits halb vergessener Traum. Hope trug das blaue Kleid, das Alice ihr gegeben hatte, und dazu blank geputzte Stiefel. Ihr frisch gewaschenes Haar schimmerte, und sie konnte es gar nicht erwarten, Bennett zu sehen.

Trotz all der üblen Dinge im St. Peter's gab es zwei Badezimmer im Krankenhaus, die sie einige Tage nach ihrer Ankunft im ersten Stockwerk des Gebäudes entdeckt hatte. Es waren die ersten Badezimmer mit fließendem Wasser, die sie je gesehen hatte. Schwester Martha hatte ihr erzählt, sie seien im vergangenen Jahr eingebaut worden, weil ein kaltes Bad eine beruhigende Wirkung auf die von Wahnsinn befallenen Patienten hatte. Im Winter gab es nur dann heißes Wasser, wenn der Boiler entzündet worden war, aber Martha meinte, Hope dürfe gern eins der Badezimmer benutzen, wenn ihr das kalte Wasser nichts ausmachte.

Sobald Hope am vergangenen Tag die Station verlassen hatte, war sie voller Eifer dort hinaufgeeilt. Ihr war so heiß gewesen, dass das kalte Wasser ihr zuerst beinahe den Atem geraubt hatte, doch binnen weniger Minuten hatte sie sich in den Teich in Lee Wood's zurückversetzt gefühlt und schwelgte in der Wonne, sich den Krankenhausschmutz vom Körper und aus den Haaren waschen zu können.

Während sie im Wasser gelegen hatte, hatte ihr Herz vor Aufregung schneller geschlagen bei dem Gedanken, dass sie am nächsten Tag zum Harley Place gehen würde. Oder vielleicht war es auch die Vorfreude darauf, einen ganzen Tag mit Bennett verbringen zu können.

Seit dem Zwischenfall mit dem Mann mit dem Messer hatte sie noch mehr Respekt vor ihm. Wie sehr sie ihn bewundert hatte, als er den Mut aufgebracht hatte, dem Schläger die Stirn zu bieten! Die Art, wie er den Mann entwaffnet hatte, war wunderbar, beinahe so, als hätte er selbst einige Zeit auf der Straße verbracht. Doch in seine Zähigkeit mischte sich Mitgefühl, sowohl mit dem Mann als auch mit Sal. Hopes Mutter hatte immer gesagt, dies sei es, was einen richtigen Mann auszeichne.

Wenn Betsy noch gelebt hätte, hätte Hope sie fragen können,

ob ihre Gefühle für den Arzt etwas mehr sein konnten als bloße Bewunderung. Daheim in ihrem Dorf benutzten die Leute stets den Ausdruck, dass er oder sie »ein Auge auf jemanden geworfen« habe. War es vielleicht das?

Er gefiel ihr, so viel stand fest. Ein Blick auf Bennett war, als trete plötzlich die Sonne durch die Wolken, als erreichte einen der Duft einer Rose, wenn man durch einen Garten ging. War es das, was Matt für Amy empfand? War das Liebe?

»Ich hoffe, sie mögen Roastbeef, Hope?«

Alices Frage riss Hope aus ihrem Tagtraum heraus. »Sehr gern«, meinte sie hastig, und sie fragte sich, ob ihr etwas Wesentliches entgangen war, während sie ihren eigenen Gedanken nachgehangen hatte. »Aber ich habe schon sehr lange keins mehr gegessen.«

»Ich glaube, dass Sie seit sehr langer Zeit überhaupt nicht viel zu essen bekommen haben«, gab Alice zurück. »Es ist ein Wunder, dass Sie so gesund aussehen.«

»Das war das beste Essen überhaupt«, seufzte Hope, während sie die letzten Bröckchen Roastbeef und Gemüse auf ihrem Teller zusammenkratzte. Sie strahlte Alice glücklich an. »Aber jetzt bin ich für das Essen in St. Peter's verdorben.«

»Ich hoffe, Sie haben noch Platz für den Pudding«, lächelte Alice. »Ich habe eine Weinschaumcreme zubereitet.«

»Ich werde schon Platz dafür schaffen«, erwiderte Hope.

»Es tut gut zu sehen, dass du so herzhaft dem Essen zusprichst«, sagte Bennett. Sie scheint noch immer gesund zu sein, dachte er erleichtert, sprach diesen Gedanken aber nicht aus. Hope hatte bemerkt, dass er sie einer gründlichen Musterung unterzog, wenn er von seinen Besuchen bei Patienten zurückkehrte.

»Es sieht so aus, als würden wir endlich Regen bekommen«, bemerkte Hope, denn der Teil des Himmels, den sie durch das Küchenfenster sehen konnte, verdunkelte sich. »Wird die Cholera verschwinden, wenn es kälter wird?«

»Das ist das übliche Muster gewesen«, erwiderte Bennett. »Ich hoffe es inständig. Keiner von uns kann noch lange so weitermachen.«

»Was werde ich tun, wenn die Epidemie ein Ende findet?«, fragte Hope. »Wird man mich dann einer anderen Station zuweisen?«

»Ganz gewiss«, grinste er schelmisch. »Tatsächlich denke ich, dass du beinahe die Wahl haben wirst, auf welche Station du gehen willst, denn Schwester Martha ist voll des Lobes für dich. Obwohl du dich erst einige Tage ausruhen solltest, bevor du weitere Entscheidungen triffst.«

»Vielleicht könnten Sie zu Ihrer Familie fahren?«, schlug Alice vor.

Hope errötete. »Das kann ich nicht«, antwortete sie mit gepresster Stimme.

»Albert hat dir befohlen, dich fernzuhalten?«, hakte Bennett sanft nach.

Hope nickte düster.

Alice hob an zu fragen, welches Recht er habe, ihr zu verbieten, nach Hause zu kommen, doch Bennett unterbrach sie und erkundigte sich nach dem Pudding.

Als das Mahl vorüber war, wollte Alice nichts davon hören, dass Hope ihr beim Abwasch half, und sie schlug vor, sie solle mit Bennett in den Garten gehen. »Es könnte für eine ganze Weile die letzte Chance sein, noch einmal draußen in der frischen Luft zu sitzen«, meinte sie und blickte zu dem dunklen Himmel auf.

Der Garten war ziemlich klein, aber umfriedet und sehr hübsch, und die Herbstastern begannen gerade zu blühen. Bennett führte sie zu einer Bank, und für eine Weile plauderten sie müßig über die Blumen, das Essen und die Möglichkeit, dass es regnen würde.

»Und nun erzähl mir, was wirklich mit Albert los ist«, sagte er plötzlich. »Solange du es nicht aussprichst, wird es immer wehtun.«

»Ich habe es dir schon erzählt, ich habe mich mit ihm überworfen. Er war ein Tyrann, mehr steckt nicht dahinter.«

Bennett schüttelte den Kopf. »Ich dachte, wir seien Freunde, Hope. Warum kannst du mir in diesem Punkt nicht vertrauen?«

Hope hielt den Blick auf ihre im Schoß gefalteten Hände gerichtet. »Wahrscheinlich weil ich Angst vor deiner Reaktion habe«, erwiderte sie.

»Meinst du, ich würde vielleicht geringer von dir denken?«

»Nein.« Sie hob jäh den Kopf. »Ich habe nichts Unrechtes getan.«

»Aber Albert hat etwas Unrechtes getan?«

Sie nickte.

»Hat er es dir angetan?«

Hope seufzte, denn sie vermutete, dass Bennett Albert im Verdacht hatte, sie vergewaltigt zu haben. Betsy hatte das ebenfalls geglaubt. »Nein, er hat es nicht mir angetan, doch ich habe ihn bei etwas Schlechtem ertappt, und er hat mich geschlagen und mir befohlen, sein Haus zu verlassen und nie mehr zurückzukehren. Ich wage es nicht, mich seinem Befehl zu widersetzen. Bennett, Nell und andere Menschen, die mir am Herzen liegen, würden darunter leiden.«

»Eine solche Macht kann ein einfacher Gärtner kaum haben. Wenn er derjenige war, der ein Unrecht getan hat, dann sollte doch niemand anderer zu leiden haben als er selbst, oder?«

»Er hat einen Brief gefunden«, berichtete sie widerstrebend. »Er weiß etwas, das er offenbaren wird.«

»Also ist er ein Erpresser?«

Betsy und Gussie hatten ihr zu Anfang endlose Fragen gestellt, was Albert betraf, aber sie hatte beharrlich geschwiegen, um Rufus zu schützen. Obszöne Geschichten über Menschen von Stand verbreiteten sich wie ein Lauffeuer, und obwohl die Gefühle von Sir William und Lady Harvey ihr nicht allzu wichtig waren, hegte sie dennoch nach wie vor eine große Zuneigung zu deren Sohn.

Andererseits hatte sie sich immer danach gesehnt, sich jemandem anzuvertrauen, und sie mochte Bennett sehr. Sie wollte, dass er verstand, warum sie Briargate und ihre Familie hatte verlassen müssen. Außerdem würde er ohnehin nicht lockerlassen, und man konnte ihm getrost ein Geheimnis anvertrauen, das wusste sie.

»Wenn ich es dir erzähle, wirst du mir dann versprechen, dich niemals einzumischen und zu versuchen, die Dinge hinter meinem Rücken für mich zu regeln? Und du wirst es natürlich niemals jemand anderem erzählen?«

»Ich verspreche es«, erwiderte er. »Ich möchte es nur verstehen. Das ist alles.«

Also erzählte sie es ihm.

Zu Anfang kam sie gut zurecht und sprach davon, dass Nell und Lady Harvey fort gewesen seien und dass sie den Brief des Geliebten Ihrer Ladyschaft hatte verstecken müssen. Aber als sie zu der Stelle kam, an der sie in das Schlafzimmer gegangen war, geriet sie ins Stocken.

»Albert war dort drin? Mit wem?«, hakte Bennett nach. »War es eine von deinen Schwestern?«

Sie war verlegen und beschämt. Sie konnte die beiden Männer wieder miteinander im Bett sehen, und das Bild entsetzte sie genauso sehr wie an jenem schrecklichen Tag.

»Nein, es war Sir William«, platzte sie schließlich heraus.

»O Gott!«, rief er und stützte den Kopf in die Hände. »Das hatte ich nicht erwartet.«

Nachdem sie ihm das Schlimmste erzählt hatte, fiel ihr der Rest leichter. Ihre Worte überschlugen sich, da sie das Ganze jetzt schnell hinter sich bringen wollte.

»Ich bin an der Bristol Bridge ohnmächtig geworden, und Gussie und Betsy haben mir geholfen und mich mit nach Hause genommen«, beendete sie ihren Bericht.

Bennett stieß einen leisen Pfiff aus. »Jetzt verstehe ich, warum du solche Angst vor Albert hast«, seufzte er. »Was mein Versprechen betrifft, mich nicht einzumischen, hast du nichts zu befürchten. Ich hätte nicht die leiseste Ahnung, wie ich zu Werke gehen sollte. Aber glaubst du, dass Nell wusste, was Albert war?«

»Sie hatte keine Ahnung davon, das weiß ich«, sagte Hope. »Er war immer sehr kalt zu ihr; doch wie hätte sie jemals etwas Derartiges von ihm denken können? Sie wusste bestimmt nicht einmal, dass es so etwas gibt. Nell mag sechzehn Jahre älter sein als ich, aber ich glaube, ich bin jetzt erfahrener und weltgewandter, als sie es jemals sein wird.«

»Du hast mein tiefstes Mitgefühl«, erklärte Bennett mit belegter Stimme. »Kein junges Mädchen sollte auf diese Weise von dergleichen Dingen erfahren. Albert verdient es, ausgepeitscht zu werden, nicht wegen seiner Neigungen, gegen die ist er gewiss machtlos, aber wegen seiner Brutalität dir gegenüber, wegen seines Betrugs deiner Schwester gegenüber und wegen der erbärmlichen Erpressung.«

»Verstehst du jetzt, warum ich nicht dorthin zurückkehren kann?«, wollte Hope wissen.

»Nur allzu gut«, seufzte Bennett. »Er hat dich in eine böse Zwangslage gebracht. Nur die Wahrheit würde deine Geschwister davon überzeugen, dass du nicht freiwillig fortgegangen bist. Aber wenn du ihnen erzählst, was wirklich geschehen ist, werden sie Vergeltung wollen, und Albert wird zurückschlagen und so viele Menschen wie möglich verletzen.«

Obwohl es guttat zu wissen, dass Bennett jetzt die ganze Wahrheit kannte, war Hope doch auch ein wenig enttäuscht. Wahrscheinlich hatte sie einen winzigen Hoffnungsschimmer gehabt, ein kluger Mann wie er könnte einen Plan ersinnen, irgendetwas, bei dem Albert bekam, was er verdiente, und alle anderen unversehrt blieben. Aber andererseits – wenn es eine solche Möglichkeit gegeben hätte, wäre sie ihr inzwischen selbst eingefallen.

»Also, was soll ich tun?«, fragte sie.

Bennett griff nach ihrer Hand. »Ich denke, du musst auf dein Herz hören. Stell fest, ob das Bedürfnis, deine Familie wiederzusehen, größer ist als die Furcht vor dem, was Albert Nell und den anderen Menschen antun könnte, die du liebst.«

Hope dachte einen Moment lang über seine Worte nach. »Sir William würde behaupten, ich hätte mir das Ganze nur ausgedacht, Lady Harvey würde ihn unterstützen, um sich die Schande zu ersparen, und Rufus würde mich dafür hassen, dass ich solche Dinge über seine Eltern verbreite. Was Nell betrifft, müsste sie nach wie vor mit Albert leben, und es wäre alles nur noch schlimmer für sie.«

»Es könnte sie dazu bringen, ihn zu verlassen!«

»Sie ist nicht die Art Frau, die ihren Mann verlässt; sie hat immer fest daran geglaubt, dass die Ehe ein Bund für die Ewigkeit sei. Und sie würde ihre Stellung in House Briargate verlieren.«

»Du könntest sie nach Bristol mitbringen. Ich könnte ihr irgendwo eine Stellung beschaffen.«

Hope schüttelte bekümmert den Kopf. »Sie wäre in der Stadt wie ein Fisch auf dem Trockenen.«

»Dann klingt es ganz so, als müsstest du die Sache auf sich beruhen lassen und dir hier ein neues Leben aufbauen.«

Zu derselben Schlussfolgerung war Hope vor einigen Monaten ebenfalls gekommen, aber nachdem sie mit Bennett darüber gesprochen hatte und begreifen musste, dass auch er keine Alternative sah, überkam sie jähe Verzweiflung, und sie begann zu weinen.

Er legte die Arme um sie, zog sie an sich und wiegte sie sanft. »Ich weiß«, sagte er. »Es ist wie das Urteil des Salomo, nicht wahr? Ich fühle mit dir, meine liebe Hope, denn Albert ist ein durch und durch verkommener Mensch, und er hätte es verdient, bestraft zu werden. Aber ich denke, er wird seine Strafe eines Tages erhalten. Außerdem glaube ich, dass du deine Familie irgendwann zurückbekommen wirst. Vielleicht musst du dir dieses Ziel vor Augen halten und dafür sorgen, dass deine Geschwister eines Tages stolz auf dich sein können.«

Er küsste sie auf die Stirn und wischte ihr mit seinem Taschentuch sachte die Tränen von den Augen. »Ich bin bereits sehr stolz auf dich«, fügte er sanft hinzu. »Wenn du nicht im Krankenhaus und stets so freundlich, willig und praktisch gewesen wärst, glaube ich nicht, dass ich den Druck dieser schrecklichen Epidemie ertragen hätte. Du hast jeden Tag für mich ein wenig heller gemacht. Man hat dir den passenden Namen gegeben, denn *Hoffnung* ist es, was du mir schenkst und jedem Patienten, der das Glück hat, von dir gepflegt zu werden.«

Als Hope in dieser Nacht in ihrem kleinen Bett lag und auf den Regen lauschte, der auf das Dach des Krankenhauses prasselte, war sie so glücklich, dass sie nicht schlafen konnte.

Endlich war die Brise, die durch das Fenster wehte, kühl und frisch und vertrieb den Gestank und die stickige Luft, die auf ihrem winzigen Zimmer gelastet hatte. Bennetts Worte hatten die gleiche Wirkung auf sie, denn jetzt hatte sie ein Ziel, auf das sie hinarbeiten konnte.

Sie würde eine erstklassige Krankenschwester werden, nicht nur deshalb, weil es die einzige Arbeit war, die ihr offenstand, sondern weil sie den Kranken wirklich helfen wollte. Die Zustände in St. Peter's mochten ihr missfallen, aber sie konnte sie verbessern, wenn sie es sich wirklich vornahm.

Doch es war Bennett, der ihr Herz frohlocken ließ. Was sie für ihn empfand, war nicht nur Zuneigung, es war Liebe. Als er sie tröstend in den Armen gehalten hatte, wäre sie am liebsten für immer dort geblieben. Bei der Berührung seiner Lippen auf ihrer Stirn war ihr ein Schauder der Wonne über den Rücken gelaufen, und sie hatte den Wunsch verspürt, ihre Lippen auf seine zu legen und ihn zu küssen. Allein das Gefühl seiner Hand auf ihrer war berauschend gewesen.

Sie hatten später einen Spaziergang über die Hügel unternommen, und Bennett hatte sie bis an den Rand der Schlucht geführt. »Hier würde ich gern einmal zelten«, hatte er grinsend bemerkt. »Ich habe in Exeter Jungen gekannt, die häufig gezeltet haben, aber meine Mutter hat mir nicht erlaubt, mit ihnen zu gehen.«

»Wir könnten es eines Tages gemeinsam tun«, hatte Hope erwidert, ohne nachzudenken, dann war ihr plötzlich klar geworden, dass Damen einem Herrn keinen solchen Vorschlag unterbreiten sollten, und sie war vor Verlegenheit errötet.

Bennett hatte nur gelacht. »Ich werde dich beim Wort nehmen. Ich kann mir nichts Schöneres vorstellen, als mit dir an einem Lagerfeuer zu sitzen.«

Hope schloss die Augen und stellte sich vor, dass sie in Bennetts Armen in der winzigen Hütte lag, die sie im Wald errichtet hatte. Allein bei dem Gedanken daran regten sich seltsame Gefühle in ihr, und ihr wurde ganz heiß. Amy hatte ihr einmal erzählt, dass sie in der Anfangszeit mit Matt genauso empfunden habe. Sie habe die Stunden bis zu ihrer nächsten Begegnung gezählt, und sie habe von Anfang an gewusst, dass er der Mann war, den sie heiraten wollte.

Aber ein Arzt würde ein Mädchen wie sie nicht heiraten, nicht wahr? Selbst wenn Bennett es wollte, würde es seinem Onkel nicht gefallen. Er würde verlangen, dass er ein Mädchen aus einer guten Familie heiratete. »Die vornehmen Herren gehen gern mit Küchenmädchen ins Bett, suchen sich für die Ehe jedoch eine Frau aus ihren eigenen Kreisen«, hatte die Köchin in House Briargate immer gesagt.

Hope hatte nie verstehen können, warum einige Mädchen mit einem Mann das Bett teilten, bevor sie verheiratet waren. Aber die Gefühle, die Bennett in ihr wachrief, erklärten dieses Rätsel jetzt. Und dabei hatte er sie noch nicht einmal geküsst!

Fünfzehn Tage lang regnete es fast ohne Unterlass. Pfade, die von der Sonne ausgedörrt waren, verwandelten sich in Sümpfe; Unkraut, das den ganzen Sommer ohne Wasser hatte auskommen müssen, spross in Mauern, in Ritzen auf den Gehsteigen, überall, wo es sich ausbreiten konnte. Der Fluss schwoll in beunruhigendem Maße an. Es hieß, dass viele der tiefer gelegenen Gebiete in Somerset unter Wasser standen, und geradeso, wie die Menschen über den Mangel an Regen geklagt hatten, jammerten sie jetzt darüber, dass er nicht aufhörte.

Das Regenwasser fand im St. Peter's seinen Weg durch Löcher im Dach. Die Wöchnerinnenstation traf es am schlimmsten; die Decke sah dort aus wie ein Sieb, und viele der jungen Mütter waren nach Hause gegangen, denn wie erbärmlich ihre eigenen Quartiere auch waren, drohte ihnen dort zumindest nicht die Gefahr, zu ertrinken. In Hopes Decke gab es eine undichte Stelle, aber glücklicherweise verfehlte das Wasser um Haaresbreite ihr Bett, und sie fing es in einem Eimer auf. Doch die abscheulichen Gerüche überall in der Stadt ließen langsam nach, während der Regen den Schmutz wegspülte, und es kamen weniger neue Cholera-Patienten zu ihnen.

»Ich schätze, Moll und ich werden wohl auf die andere Seite zurückkehren müssen«, bemerkte Sal mit düsterer Miene an dem ersten Tag, an dem kein neuer Patient eingeliefert wurde.

Hope wusste nicht, was sie dazu sagen sollte. Sal und Moll verdienten kein Mitgefühl, da sie den Kranken gewiss keine Barmherzigkeit erwiesen hatten. Aber sie taten Hope trotzdem ein wenig leid, denn sie hatte die alten Menschen drüben im anderen Teil des Krankenhauses gesehen. Sie verbrachten ihre ganze Zeit in einem überfüllten Schlafsaal, in dem es keine Annehmlichkeiten gab; anders als hier, konnten sie sich nicht selbst Tee kochen, und sie würden keinen Alkohol mehr erhalten.

»Aber du wirst schon zurechtkommen«, fügte Sal mit einem Anflug von Gehässigkeit hinzu. »Du schmeichelst dich bei Schwester Martha und dem Doktor ein. Pass bloß auf, dass man dich nicht zu den Irren schickt! Das wird dir nicht gefallen. Sie essen ihre eigene Scheiße, pinkeln überall hin, und das letzte Mädchen, das sie dort eingesetzt haben, ist erwürgt worden.«

Hope beschloss, Sals Worten keine Beachtung zu schenken. Es stimmte, einige der wahnsinnigen Menschen taten wahrhaft abscheuliche Dinge, und es war tatsächlich vor einem Jahr eine Krankenschwester dort erwürgt worden, aber Schwester Martha hatte ihr versprochen, sie nicht dort hinzuschicken. Außerdem musste sie sich noch immer um fünfzehn Patienten auf der Isolationsstation kümmern, und zumindest die Hälfte von ihnen würde sich erholen, denn sie hatten das letzte Stadium der Krankheit nicht erreicht.

Wenn Hope sich jetzt auf der Station umsah, war sie recht stolz darauf, dass sie so sauber war, wie das in einem sehr alten Gebäude nur möglich war. Ihre rauen, roten Hände bezeugten, wie viele Stunden sie die Böden geschrubbt hatte, und sie hatte sogar die Fenster geputzt, sodass tagsüber natürliches Licht den Saal erhellte. Sie hatte die feste Absicht, Schwester Martha so lange zuzusetzen, bis die Wände und der Boden gekalkt wurden, sobald die Epidemie vorüber war. Außerdem würde sie darauf bestehen, dass man die Räume mit richtigen Betten ausstattete.

Ihre bisherigen Siege waren winzig gewesen. Kein neuer Patient wurde jetzt jemals wieder auf schmutziges Stroh gebettet; sie wurden mit Tee, Suppe und kräftigerer Nahrung gefüttert, wenn es ihnen möglich war, dergleichen zu sich zu nehmen. Außerdem wurden sie regelmäßig gewaschen, erhielten alles an Medizin, was verfügbar war, und wenn Hope Dienst tat, starb niemand jemals allein.

Aber sie war sich nur allzu deutlich bewusst, dass das nicht annähernd genug war. Ein Hospital sollte ein Ort sein, den die Menschen krank betraten und gesund verließen.

Mitte November verabschiedete Hope sich von ihrem letzten Patienten auf der Cholera-Station.

»Vergessen Sie nur nicht, gut auf sich achtzugeben, Mrs Hubert«, sagte sie warnend und hullte die kleine, blasse Frau fester in ihren Schal, denn es war sehr kalt draußen. »Wir wollen Sie hier doch nicht wiedersehen, hm?«

Mrs Hubert war eine Patientin, von der Hope eine Genesung niemals erwartet hätte. Sie hatte sieben Kinder, von denen drei sich ebenfalls an der Krankheit angesteckt hatten und gestorben waren. Sie war offenkundig schon vor ihrer Krankheit unterernährt und ausgelaugt gewesen, und mit einem arbeitslosen Ehemann, der sich nicht einmal die Mühe machte, sie vom Krankenhaus abzuholen, hatte sie gewiss nicht viel, wofür es sich zu leben lohnte. Doch sie hatte überlebt, und Schwester Martha schob das auf die Fürsorge, die Hope ihr hatte angedeihen lassen.

»Ich komme zurück, warten Sie's nur ab«, meinte Mrs Hubert, in deren Augen Tränen der Rührung glänzten. »Ihnen habe ich es zu verdanken, dass es mir wieder gut geht.«

»Unsinn, Sie sind eine Kämpfernatur«, beharrte Hope. »Und nun vergessen Sie meine Worte nicht: Versuchen Sie nicht gleich von Anfang an zu viel zu arbeiten. Sie sind noch sehr schwach.«

Manchmal wünschte Hope, sie wüsste nicht, in welche Verhältnisse Patienten wie Mrs Hubert zurückkehrten. Die arme Frau trauerte noch immer um den Verlust ihrer drei Kinder, und von einem Ehemann, der nur nach Hause kam, wenn er kein Geld mehr für Alkohol hatte, würde sie wohl nicht viel Trost erwarten können.

»Ich hoffe, Sie werden den Doktor heiraten«, bemerkte Mrs Hubert.

Hope war so verblüfft, dass ihr der Unterkiefer herunterklappte. »Da ist nichts zwischen uns«, erwiderte sie hastig.

Mrs Hubert lächelte, und ihr dünnes, blasses Gesicht wirkte jetzt weicher. »Oh doch, meine Liebe, da ist etwas. Ich kann es sehen«, sagte sie. »Selbst Sal meinte, bevor sie ging, ich hätte Glück, dass er ein Auge auf Sie geworfen hat, sonst würde er sich nie die Mühe machen, sich um Leute wie mich zu kümmern.«

»Das ist nicht wahr«, widersprach Hope entrüstet. »Es gibt wahrscheinlich keinen Arzt in ganz Bristol, der größeren Anteil an den Menschen nimmt. Er würde keinen Kranken ignorieren.«

»Nun, jetzt haben Sie mir bewiesen, dass Sie genauso für ihn empfinden«, kicherte Mrs Hubert. »Dann dürfte es eigentlich nichts geben, das gegen eine Heirat spricht? Aber ich werde mich nun auf den Weg machen. Wenn Sie jemals in meine Gegend kommen, schauen Sie unbedingt auf einen Sprung herein!«

Nachdem Mrs Hubert sich verabschiedet hatte, stand Hope noch einige Minuten allein in dem kalten, leeren Krankenzimmer, und ihr Herz sang. Wenn eine kranke Frau bemerkte, dass Bennett etwas für sie empfand, dann musste es wahr sein!

Sie war jetzt seit drei Monaten im Krankenhaus und hatte ihn fast jeden Tag gesehen, aber obwohl sie miteinander redeten und lachten, hatte er sie nicht noch einmal in das Haus am Harley Place eingeladen, und gewiss hatte er ihr keinen Grund gegeben zu denken, er erwidere ihre Liebe.

Nicht dass sie deswegen Qualen gelitten hätte; sie liebte ihn tatsächlich, doch der größere Teil ihres Gehirns hatte sich bereits mit der Tatsache abgefunden, dass sie in seinen Augen nicht mehr war als sein Schützling und eine gute Freundin. Sie war mit diesem Status durchaus zufrieden, obwohl sie vermutete, dass sie ungeheuer eifersüchtig sein würde, sollte er ihr jemals von einer Liebsten erzählen.

Leise Schritte im Korridor kündigten einen Besucher an, und sie griff nach dem Besen, um das letzte Stroh auf dem Boden zusammenzufegen.

Die Tür wurde geöffnet, und Bennett kam mit Sanders herein, dem stämmigen, rotgesichtigen Mann, der im St. Peter's alle möglichen Arbeiten erledigte.

»Ich möchte Sanders nur zeigen, was hier drin getan werden muss«, erklärte Bennett. Er wirkte ein wenig verwirrt, und er hatte Blutflecken auf seinem Kittel, als käme er gerade von einer Operation. »Ich habe ihm bereits gesagt, dass der ganze Raum gekalkt werden muss. Gibt es darüber hinaus noch etwas anderes, Schwester Renton?« Er zwinkerte ihr zu, während er diese förmliche Anrede benutzte, und Hope unterdrückte ein Kichern.

»Die Mäuse- und Rattenlöcher in der Vertäfelung müssen abgedichtet werden. Und der Kamin muss gefegt werden«, erwiderte sie. »Wir müssen Feuer entzünden können, wenn wir wieder Patienten hier haben. Oh, und der Abfluss der Spüle im hinteren

Raum muss gereinigt werden, es dauert eine Ewigkeit, bis das Wasser abfließt.«

Sanders sah sich um und saugte die Wangen ein, als wäre die Arbeit ungemein schwierig. Hope hatte diesen herablassenden, verschlagenen Mann noch nie gemocht. Ihr war klar, dass er erheblich mehr Geld verlangen würde, als die Arbeit wert war.

»Ich habe mir die Freiheit genommen, einen mir bekannten Handwerker herzubitten, damit er uns einen Preis für die notwendigen Arbeiten nennt«, log Hope. »Er meinte, er würde sie für zwei Pfund und zehn Schilling übernehmen.«

Bennett sah sie überrascht an.

»Es musste ja schnell gehen«, fügte sie mit einem Schulterzucken hinzu. »Und ich weiß, dass Mr Sanders im Allgemeinen ziemlich viel zu tun hat.«

»Ich werde es für zwei Guineen machen«, brummte Sanders. »Aus reiner Herzensgüte.«

»Aber können Sie morgen anfangen und in zwei Tagen fertig sein?«, fragte Hope.

Sanders blickte zwischen ihr und dem Arzt hin und her. Er wirkte enttäuscht; offenkundig hatte er nicht nur gehofft, einen beträchtlichen Gewinn herauszuschlagen, sondern hatte auch mit dem Gedanken geliebäugelt, die Arbeit zu erledigen, wann immer es ihm passte. »Zwei Tage sind nicht genug!«, rief er.

»Der andere Mann meinte, es würde reichen«, erwiderte Hope. »Außerdem haben wir nicht mehr Zeit. In zwei Tagen werden die neuen Betten gebracht, und wenn der Raum nicht fertig ist, werden wir nicht wissen, wohin damit.«

»Dann werde ich also in zwei Tagen fertig sein«, brummte er mürrisch. »Natürlich gäb's so manchen, der nach der Cholera nicht hier würde arbeiten wollen. Aber irgendjemand muss es ja schließlich tun.«

»Was für ein mutiger, guter Mann Sie doch sind«, sagte Hope mit honigsüßer Stimme. »Ich bin davon überzeugt, Sie werden Ihre Sache großartig machen.«

Sanders verabschiedete sich, und kaum dass sich die Tür hinter ihm geschlossen hatte, begann Hope zu kichern.

»Ich wette, er hatte die Absicht, fünf oder sechs Pfund zu verlangen«, meinte sie.

»Dann war es ja ein großes Glück, dass du schon jemanden gefunden hast, der die Arbeit günstiger erledigen wollte«, entgegnete Bennett. »Aber woher kennst du Männer, die solche Arbeiten übernehmen?«

»Ich kenne niemanden«, gestand sie. »Ich habe ihn erfunden.«

Bennett brüllte vor Lachen. »Was bist du doch für ein durchtriebenes kleines Frauenzimmer! Wer hat dich solche Tricks gelehrt?«

»Das waren wahrscheinlich Gussie und Betsy.« Hope grinste. »Sie waren ganz groß im Feilschen. Wenn man etwas kaufen will, so haben sie mir erklärt, darf man niemals zu eifrig wirken. Auf diese Weise wird der Preis immer sinken.«

»Das werde ich mir merken«, meinte er, immer noch kichernd. Er sah sich in dem kahlen Raum um und betrachtete die alten Blutspritzer, die zerquetschten Insekten und andere Flecken an den Wänden. »Wie eigenartig es jetzt hier aussieht! Es ist schwer zu glauben, dass der Raum während der vergangnen drei Monate der Schauplatz von so viel Schmerz und Elend war; jetzt ist es hier so ruhig und still.«

»Lass uns beten, dass wir nie wieder eine Epidemie wie diese erleben werden«, erwiderte sie mit plötzlichem Ernst. Mehr als zweihundert Menschen waren hier gestorben und ungefähr noch einmal so viele in ihren eigenen Häusern. »Aber ich hatte nicht erwartet, dich heute zu sehen. Ich wollte nur schnell noch fegen und dann Schwester Martha fragen, wo ich als Nächstes arbeiten soll.«

»Du wirst zwei Tage frei haben, bevor du irgendeine andere Arbeit beginnst«, sagte er. »Und ich hatte gehofft, dass du sie vielleicht mit mir verbringen würdest?«

»Mit dir?«, rief sie überrascht.

»Ist das eine so schreckliche Aussicht?«

»Nein, natürlich nicht«, lachte Hope. »Aber wohin wolltest du mich denn bringen?«

»Wirst du versprechen mitzukommen, wo immer ich hinwill?«

»Ich denke, das könnte ich versprechen, ja«, antwortete sie. Überschäumende Vorfreude stieg in ihr auf, und obwohl sie sich gern lässig gegeben hätte, verriet sie sich, indem sie übers ganze Gesicht grinste. »Es sei denn, du hättest vor, auf einem Floß den Avon hinunterzufahren oder im Wald zu campieren. Der November ist kein guter Monat für dergleichen Unternehmungen.«

Bennett lachte. »Ich verspreche dir, so kalt wird es nicht werden. Alice' Schwester wohnt in Pill. Es ist ein friedliches, hübsches Dorf an der Mündung des Avon, und ich fahre gern dorthin. Im Allgemeinen unternehme ich lange Spaziergänge und lasse die beiden Frauen miteinander plaudern. Alice hat vorgeschlagen, dass du mich diesmal begleiten solltest.«

Hopes Herz tat einen Satz. »Ich würde schrecklich gern mitkommen«, sagte sie.

»Dann werden wir dich morgen früh um halb neun mit der Kutsche abholen«, meinte er lächelnd. »Das Cottage ist winzig, doch Alice wird bei Violet schlafen, sodass du das kleine Zimmer haben kannst. Ich werde auf dem Sofa schlafen. Aber nimm unbedingt etwas Warmes zum Anziehen mit, denn vom Bristol-Kanal her weht häufig ein scharfer Wind.«

Mrs Violet Charlsworth, Alice' Schwester, erinnerte Hope an einen Apfelkloß: klein und dick, aber mit einem sehr süßen Kern. Ihr Mann war Lotse auf einem der Schlepper gewesen, die die Schiffe flussaufwärts bis in den Hafen zogen, doch er war vor drei Jahren an einer Lungenentzündung gestorben. Violets kleines, gemütliches Cottage spiegelte die Leidenschaft ihres Mannes für Schiffe wider. Es fanden sich Aquarelle von Schiffen, Schiffe in Flaschen und eine Sammlung von alten Navigationsinstrumenten und einer Schiffsglocke im Raum. Daneben gab es auch exotischere Dinge, die Seeleute von ihren Reisen mit heimgebracht hatten: beängstigende afrikanische Statuen, Fächer, Tabakskästchen und Dolche. Und alles war sorgfältig arrangiert und gut gepflegt.

Das prasselnde Feuer war nach der Kälte draußen höchst willkommen, genauso wie Violets herzlicher Empfang. Sie sagte, nichts bereite ihr eine größere Freude als ein Haus voller Gäste.

Bei Tee und Brötchen, die sie auf einer langen Röstgabel übers Feuer hielt, bombardierte sie Alice und Bennett mit Fragen, und ihre blauen Augen blitzten vor Freude über ihre Gesellschaft.

»Hope ist also Ihre junge Dame«, bemerkte sie zu Bennett. »Kein Wunder, dass Sie mich seit sechs Monaten nicht mehr besucht haben!«

Hope errötete heftig und versuchte zu erklären, dass sie lediglich eine Freundin sei.

Violet lachte nur. »Er hätte Sie nicht hergebracht, wenn er keine Pläne mit Ihnen hätte, meine Liebe«, widersprach sie und lachte so heftig, dass ihr Doppelkinn zitterte.

»Mrs Charlsworth!«, rief Bennett tadelnd, doch er korrigierte sie nicht, und Hope lehnte sich in dem behaglichen Sessel zurück und war über alle Maßen glücklich.

Sie wurde ein wenig schläfrig von der Wärme im Raum, und obwohl sie gegen die Müdigkeit ankämpfte, verlor sie die Schlacht schließlich und musste für eine Weile eingenickt sein. Vielleicht war es der Klang ihres Namens, der sie weckte, denn plötzlich wurde ihr bewusst, dass die anderen über sie redeten.

»Sie ist mit großer Sorgfalt erzogen worden, das wusste ich sofort, als ich sie das erste Mal gesehen hatte«, meinte Alice. »Sie mag in Lumpen gekleidet gewesen sein, aber sie hat sie getragen wie eine Herzogin. Und schaut euch dieses Gesicht an! Wann habt ihr je eine solche Schönheit gesehen?«

Eigentlich hätte sie zu erkennen geben müssen, dass sie wieder wach war, das wusste sie, doch da die anderen sich in so positiver Weise über sie unterhielten, konnte sie der Versuchung, mehr zu hören, nicht widerstehen.

»Sie ist vollkommen erschöpft«, sagte Bennett, und seine Stimme war so sanft wie eine Liebkosung. »Wenn Sie nur sehen könnten, wie sie arbeitet! Keine Aufgabe ist ihr zu hart oder zu schmutzig. Sie ist eine geborene Krankenschwester, und ich kann nicht umhin, das Gefühl zu haben, dass sie in der Stunde unserer größten Not vom Himmel gefallen ist.«

»Aber was hält Dr. Cunningham von Ihrer Freundschaft?«, wollte Violet wissen.

»Er missbilligt sie«, antwortete Bennett bekümmert.

Plötzlich wollte Hope nicht mehr hören. Sie bewegte sich und täuschte ein Gähnen vor. »Es tut mir so leid, Mrs Charlsworth«, bemerkte sie. »Wie unhöflich von mir einzuschlafen! Es lag an der Wärme des Feuers und an dem behaglichen Sessel.«

»Wir waren froh zu sehen, dass Sie ein wenig geschlafen haben«, erwiderte Alice. »Bennett hat gerade erzählt, wie hart Sie im Krankenhaus gearbeitet haben. Ich kann mir vorstellen, wie erschöpft Sie sein müssen.«

»Mir geht es gut«, versicherte Hope. Plötzlich war ihr das Ganze peinlich, und sie wünschte, sie wäre erst erwacht, nachdem die anderen ihr Gespräch über sie beendet hatten. »Vielleicht brauche ich einen Spaziergang, der mir die Spinnweben aus dem Kopf bläst.«

»Ich kenne einen Weg am Fluss, der selbst an einem kalten Tag immer recht hübsch ist«, sagte Bennett. »Soll ich ihn dir zeigen?«

»So ist es recht, Sie beide unternehmen einen Spaziergang, damit Sie anschließend beim Essen mit Appetit zugreifen können«, erklärte Violet. »Ich habe einen Ochsenschwanzeintopf auf dem Herd, aber der wird erst in zwei Stunden fertig sein.«

Nach der Wärme des Cottages war es draußen sehr kalt, und Hope hüllte sich fester in ihren Umhang. Bei ihrem Aufbruch aus dem Krankenhaus am Morgen war sie voller Selbstbewusstsein gewesen, da sie sich in einem der Läden für gebrauchte Kleider in Pithay ein neues Kleid aus roter, karierter Baumwolle gekauft hatte und dazu einen kecken roten Hut, der mit Federn geschmückt war. Aber ihr grauer Umhang war noch derselbe, mit dem sie House Briargate verlassen hatte, und er war jetzt so abgetragen, dass er den Wind nicht länger abhielt. Während sie durch das kleine Dorf spazierten, rief der Umhang, den Nell genäht hatte, ihr in Erinnerung, dass manche Dinge sich niemals ändern würden, auch wenn sich ihre Lebensumstände deutlich verbessert hatten, seit sie Bennett in der Lamb Lane zum ersten Mal begegnet war.

Niemand außer Bennett hatte eine allzu hohe Meinung von Krankenschwestern. Wie Soldaten und Wachtmeister betrachtete man sie als den Abschaum der Gesellschaft und wusste sie nur in Zeiten der Not zu schätzen.

Während sie nebeneinanderher gingen, sprach Bennett lebhaft davon, dass die Armenverwaltung eine Dringlichkeitssitzung anberaumt habe, um die gesundheitlichen und hygienischen Verhältnisse in der Stadt zur Sprache zu bringen. Dies würde, wie er hoffte, vielleicht dazu führen, dass man Viertel wie Lewins Mead abriss und neue Häuser mit fließendem Wasser und Kanalisation baute.

»Und das wird wahrscheinlich bedeuten, dass man all meine alten Nachbarn auf die Straße setzen wird«, gab Hope zurück. »Werden sie irgendjemanden zu dieser Versammlung bitten, der tatsächlich etwas über die Menschen weiß, die durch diese Maßnahme obdachlos werden? Ich glaube es kaum. Man wird zu der Versammlung nur Leute bitten, die von den neuen Häusern profitieren werden.«

Der Zorn in ihrer Stimme schien Bennett zu überraschen. »Ich bin überzeugt, dass das nicht so sein wird«, entgegnete er. »Was ist denn nur in dich gefahren, Hope? Ich dachte, du würdest froh sein zu hören, dass ein Ort, an dem so viele Krankheiten herrschen, weggefegt werden wird.«

»Nicht, wenn das bedeutet, dass auch die Menschen weggefegt werden«, fuhr sie auf. »Man sollte zuerst neue Häuser bauen und Mieten fordern, die die Menschen sich leisten können. Andernfalls werden sich die Probleme lediglich nach Bedminster, St. Philips,

Montpelier oder, der Himmel stehe deinem Onkel bei, nach Clifton ausdehnen! Ich wette, er wäre nicht gerade glücklich, wenn Zehntausende von Straßenkindern wie ich in seiner Nachbarschaft landen würden!«

»Warum erwähnst du meinen Onkel?«, fragte Bennett, dann drehte er sich um und fasste sie an beiden Armen. Auf seinen Zügen stand der strenge Ausdruck, den er immer zeigte, wenn er sich Sorgen machte. »Und warum bezeichnest du dich als Straßenkind?«

»So sieht er mich, nicht wahr?«, antwortete sie. »Es würde ihm nicht gefallen, wenn er wüsste, dass du mich hierher mitgenommen hast, oder?«

»Das ist wahr«, gab Bennett zu. »Aber er ist nicht mein Hüter. Ich stehe auf eigenen Füßen, und er hat keine Macht über mich.«

»Doch du lebst in seinem Haus, daher musst du ihm verpflichtet sein.«

»Bis zu einem gewissen Grad, ja. Aber nur insofern, als ich mich seiner größeren Erfahrung beuge und sein Heim mit Respekt behandele. Ich erlaube ihm nicht, meine Freunde auszuwählen.«

»Doch du musst Freunde wie mich verstecken. Du kannst mich nicht in das Haus am Harley Place einladen, wenn er dort ist, nicht wahr?«

Bennett äußerte sich nicht zu diesem Vorwurf, sondern ging nur schweigend weiter. Hope trottete hinter ihm her. Ihr war bewusst, dass sie bereits zu viel gesagt hatte.

Als sie sich dem Flussufer näherten, blieb Bennett stehen. »Ich habe dich nicht versteckt«, stieß er plötzlich hervor. »Die Epidemie war so schlimm, dass ich keine Gelegenheit hatte, mehr zu tun, als dagegen anzukämpfen. Als die Seuche langsam zurückging, galt mein erster Gedanke dir, insbesondere deiner Zukunft und meinen Gefühlen für dich. Genau das ist der Grund, warum ich dich gebeten habe, mich hierher zu begleiten.«

Hope wusste nicht, was sie darauf erwidern sollte, daher schwieg sie.

»Nun?«, hakte er scharf nach. »Keine ironische Bemerkung?«

»Es tut mir leid«, murmelte sie. »Ich hatte nicht das Recht, so mit dir zu sprechen.«

Er reckte das Kinn vor, als wäre er wütend, und sein Blick bohrte sich in ihren.

»Ich bin in einem Dilemma, Hope«, bekannte er. »Die Umstände, unter denen wir einander kennengelernt haben, machen die ganze Angelegenheit so schwierig. Wenn wir uns bei einer Party oder einer Abendgesellschaft begegnet wären, wüsste ich genau, wie ich mich dir gegenüber zu verhalten hätte. Ich würde dir Besuche abstatten und dir vielleicht einen Gedichtband schenken; ich könnte meinen Onkel sogar bitten, eine kleine Feier zu arrangieren, damit wir miteinander reden könnten. Dann würde ich dich ins Theater oder zum Konzert einladen, und vorausgesetzt, dass du eine passende Anstandsdame hättest und deine Familie keine Abneigung gegen mich fassen würde, könnten wir uns dann ein wenig näher kennenlernen. Aber nichts von all dem kann ich in deinem Fall tun, Hope. Du lebst nicht bei deiner Familie, und du hast niemanden, der als Anstandsdame geeignet wäre.«

»Ich habe auch nicht die richtigen Kleider oder die richtigen Manieren«, erwiderte Hope düster.

Er stieß ein verärgertes Brummen aus. »Das ist es nicht, Hope! Es geht nicht um deine Manieren, deine Familie oder irgendetwas in der Art. Begreifst du denn nicht? Ich liebe dich.«

Hope blinzelte erstaunt.

»Ich habe mich praktisch sofort in dich verliebt, als ich dein schönes Gesicht das erste Mal sah«, fuhr er fort. »Und jeder Augenblick, der seither verstrichen ist, hat mir bestätigt, dass du das einzige Mädchen auf der ganzen weiten Welt für mich bist. All diese gesellschaftlichen Erwägungen bedeuten mir nichts. Doch ich bin in einer Situation gefangen, in der diese Dinge jemand anderem wichtig sind, und wenn ich mich dagegen auflehnte, wärst du diejenige, die leiden würde.«

Als er über Anstandsdamen, Konzerte und Familien gesprochen hatte, war Hope davon überzeugt gewesen, dass er ihr damit lediglich andeuten wollte, warum sie niemals in seine Welt hineinpassen würde. Aber dann hatte er seine Liebe gestanden, und das löschte alle anderen Gedanken aus.

»Du liebst mich?«, flüsterte sie, während ihr ein wohliger Schauder über den Rücken lief. »Wirklich?«

Er sah sie mit traurigen Augen an. »Ja, Hope. Wirklich! Von ganzem Herzen und von ganzer Seele. Tagsüber denke ich nur an dich, ich erfinde Ausreden, um dich zu sehen, und nachts kann ich nicht schlafen, weil ich mir vorstelle, dich zu küssen.«

»Oh, Bennett.« Sie warf sich spontan in seine Arme. »Ich liebe dich auch! Und mir geht es nicht anders als dir.«

Sie stellte sich auf die Zehenspitzen, um ihn zu küssen, und als ihre Lippen die seinen berührten und er sie an sich zog, raubte es ihr beinahe den Atem.

Hope hatte noch nie zuvor einen Mann auf die Lippen geküsst. Während der letzten ein oder zwei Jahre hatte sie sich oft gefragt, welche Art von Gefühl die Menschen hatten, wenn sie ihren Mund auf den eines anderen drückten, denn die Vorstellung schien ihr wenig anziehend.

Aber als seine warmen, weichen Lippen auf ihren lagen, erwachten all die eigenartigen und doch so wunderbaren Gefühle, die sie empfand, wenn sie im Bett lag und an ihn dachte, mit doppelter und dreifacher Wucht in ihr.

Es kümmerte sie nicht, dass sie sich an einem Flussufer befanden und jeder sie sehen konnte, der zufällig vorbeikam. Es spielte keine Rolle, dass er ein Arzt und ein Gentleman war, während sie lediglich ein ehemaliges Küchenmädchen war, das jetzt als Krankenschwester arbeitete. Sie konnte an nichts anderes denken als daran, dass er sie liebte und sie ihn ebenfalls liebte. Nichts sonst zählte.

»Hope, mein süßes, schönes Mädchen«, murmelte er, als sie sich voneinander lösten, um Atem zu schöpfen. »Ich habe mir schon so lange gewünscht, dich zu küssen.«

Es gab noch viele weitere Küsse. Sie gingen händchenhaltend einige Schritte, und plötzlich küssten sie einander wieder und wieder, ohne den kalten Wind zu spüren oder den Schlamm unter ihren Füßen. Er schob die Arme unter ihren Umhang, zog sie fester an sich und liebkoste sie auf eine Art und Weise, dass sie glaubte zu schmelzen. Erst als ihnen bewusst wurde, wie lange sie unterwegs waren, und ihre Füße und Hände starr vor Kälte waren, machten sie kehrt, um in Violets Cottage zurückzukehren.

»Ich habe keine Ahnung, wie ich dies hier vor Alice und Violet geheim halten soll«, meinte Bennett lachend, als sie sich dem Cottage näherten. »Es muss mir ins Gesicht geschrieben stehen.«

»Und ich weiß nicht, wie ich den ganzen Rest des Tages dasitzen und ein höfliches Gespräch führen soll, wenn ich nur den einen Wunsch habe, dich wieder zu küssen«, erwiderte Hope.

Während der Monate, die ihrem Besuch bei Mrs Charlsworth folgten, dachte Hope häufig an diese letzte Bemerkung Bennett gegenüber. Damals war alles so einfach erschienen; sie wussten, dass sie die gleichen Gefühle füreinander hegten, und daraus ergab sich eine einfache Tatsache: Sie würden schon bald einen Weg finden, um ihre Beziehung öffentlich bekannt zu geben.

Aber so einfach war es nicht.

Wie Bennett an jenem Tag festgestellt hatte, war ihnen die gewohnte Art der Werbung verschlossen. Hope hatte kein Elternhaus, in dem er sie besuchen konnte, und Bennett konnte sie nicht in das Haus am Harley Place einladen. Außerdem hatten sie keine gemeinsamen Freundinnen, die ihnen bei einem Treffen als Anstandsdamen zur Verfügung hätten stehen können, daher blieb ihnen nicht viel anderes übrig, als Spaziergänge zu unternehmen, in Cafés zu gehen oder in aller Eile im Krankenhaus miteinander zu reden, wenn Bennett kam, um nach Patienten zu schauen.

Während der Weihnachtstage sah Hope ihn überhaupt nicht, denn sein Onkel hatte Gäste eingeladen und erwartete von ihm, dass er dort sein würde, um ihm zu helfen, sie zu unterhalten. Als die Kirchenglocken am Neujahrsmorgen das Jahr 1850 einläuteten, half sie Schwester Martha bei der Entbindung von Zwillingen, und es dauerte zwei Tage, bis Bennett ins Krankenhaus kam, um ihr ein frohes neues Jahr zu wünschen.

Er brauchte sie nicht darauf hinzuweisen, dass es in diesem Stadium besser war, wenn niemand von ihren Gefühlen erfuhr. Das wusste sie selbst. Dr. Cunningham würde mit großer Wahrscheinlichkeit dafür sorgen, dass sie ihre Stelle im Krankenhaus verlor, und es bestand durchaus die Möglichkeit, dass er seinem Neffen auch die Partnerschaft aufkündigte. Aber wenn sie abwarteten und Dr. Cunningham Zeit gaben herauszufinden, was für eine gute Krankenschwester Hope war und welch tadellosen Charakter sie hatte, würde er ihr wahrscheinlich viel eher gewogen sein.

Hope arbeitete jetzt auf der Entbindungsstation, die sie zu lieben gelernt hatte. Abgesehen von sehr schwierigen Geburten oder den Tagen, an denen eine Mutter oder ihr Baby starb, war es von allen Stationen die am meisten befriedigende und glücklichste. Es herrschte dort die gleiche drangvolle Enge wie überall in St. Peter's, und die anderen Krankenschwestern waren entweder faul und hatten eine Schwäche für Alkohol, oder es waren strenge Nonnen, die wenig Mitgefühl besaßen. Doch welche Fehler diese Frauen auch haben mochten, sie besaßen die Erfahrung, die Hope selbst fehlte. Als jüngstes Mitglied ihrer Familie hatte sie noch nie zuvor eine Geburt miterlebt. An ihrem ersten Tag auf der Entbindungsstation hatte sie nicht mehr aufweisen können als das Wissen, dass Schmutz zu Krankheiten führte, und die Überzeugung, dass mehr Babys überleben würden, wenn sie auf der Station für Sauberkeit sorgte.

Wann immer sie ein Neugeborenes wusch, befiel sie angesichts des Wunders der Geburt tiefe Demut, und es war reiner Instinkt, der sie leitete. Dennoch ängstigte sie der Gedanke, dass sie die Verantwortung für das Wohlergehen der Kinder trug, obwohl sie praktisch nichts wusste über Säuglinge, Geburten oder auch nur

Anatomie und Biologie. Sie borgte sich Bücher von Bennett, und obgleich sie oft vierzehn Stunden am Tag arbeitete, verbrachte sie abends noch einmal zwei oder drei Stunden damit, diese Bücher zu studieren, verzweifelt erpicht darauf, die Rätsel des menschlichen Körpers zu entwirren.

Auf jeder anderen Station wäre es ihr vielleicht leichter gefallen, Bennett zumindest für einen Teil des Tages aus ihren Gedanken zu verbannen. Aber das Wesen der Entbindungsstation rief ihr ständig in Erinnerung, was geschah, wenn zwei Menschen sich miteinander vereinten. Die meisten der Mütter waren vulgäre Frauen, die offen und überaus bildlich über ihre sexuellen Erfahrungen sprachen. Manchmal war Hope zutiefst schockiert, dann wieder fand sie die Geschichten erheiternd, aber es verstrich kaum ein Tag, ohne dass sie etwas Neues lernte.

In Zeiten wie diesen stieg immer wieder frische Trauer um Betsy in ihr auf, denn sie hörte so viele Dinge, über die sie gern mit einer Freundin gesprochen hätte. Es gab durchaus Frauen im Krankenhaus, die sie mochte – seltsamerweise waren es überwiegend die Nonnen –, doch sie konnte ihnen nicht erzählen, dass sie nachts nicht schlafen konnte, weil sie sich Bennetts Liebkosungen vorstellte; ebenso wenig konnte sie sie danach fragen, wie groß der Penis eines Mannes war und ob es wehtat, wenn er in sie eindrang. Sie wusste nicht einmal, ob es normal war, über solche Dinge nachzugrübeln.

An Hopes achtzehntem Geburtstag im April unternahm Bennett mit ihr eine Zugfahrt nach Bath.

Er schien genau zu wissen, wohin er wollte, denn er führte sie durch eine Reihe schmaler Gassen und blieb schließlich vor der Tür eines kleinen Ladens stehen.

»Hier werde ich dir dein Geschenk kaufen«, sagte er und küsste sie auf die Wange.

»Aber der Ausflug nach Bath war doch mein Geschenk«, erwiderte sie und begriff plötzlich, dass es sich bei dem Geschäft um das eines Juweliers handelte. »Du kannst es dir nicht leisten, mir hier etwas zu kaufen!«

»Oh doch, das kann ich«, entgegnete er mit einem Grinsen. »Doch zuerst muss ich dich etwas fragen.«

Hope blickte erwartungsvoll zu ihm auf. »Nur zu.«

»Wirst du mich heiraten?«

Sie hatte erwartet, er wolle wissen, ob sie lieber eine Brosche für ihren Umhang hätte oder vielleicht sogar ein Medaillon. Nicht einmal in ihren fantastischsten Tagträumen hatte sie sich ausgemalt, dass er sie bitten würde, seine Frau zu werden. Zumindest nicht bevor sie darüber nachgedacht hatten, wie sie es seinem Onkel beibringen sollten.

»Aber das können wir nicht! Dein Onkel!«

»Ich meinte auch nicht, dass wir sofort heiraten sollten.« Er lachte über ihre schockierte Miene. »Du sollst nur eines wissen: Ich will dich zur Frau haben, und ich wollte dir einen Ring zum Zeichen meines Gelöbnisses schenken.«

Sie brauchte ein oder zwei Sekunden, um die Bedeutung seines Geständnisses zu begreifen. Dann schlang sie glücklich die Arme um seinen Hals. »Ich werde dich mit Freuden heiraten, dieses Jahr, nächstes Jahr, irgendwann. Dein Wort hätte mir gereicht. Ich brauche keinen Ring.«

»Aber ich möchte allen Menschen zeigen, was du mir bedeutest«, entgegnete er und zog sie an sich. »Selbst wenn das heißt, dass du den Ring im Augenblick noch nicht der ganzen Welt zeigen kannst.«

»Dann werde ich ihn für den Moment an einer Kette um den Hals tragen. Ich liebe dich so sehr, Bennett.«

Als sie später auf einer Bank im Park am Fluss saßen, hielt Hope Bennett die Hand hin. »Sieh nur, wie er funkelt«, sagte sie.

Er hatte ihr eine goldene Kette für den Ring gekauft, doch für den heutigen Tag trug sie ihn am Finger. Bennett hatte sich dafür entschuldigt, dass es so ein winziger Diamant war, aber in Hopes Augen war das Schmuckstück etwas, das eine Königin hätte tragen können.

»Er funkelt nicht so hell wie du«, meinte er lächelnd und küsste ihre Fingerspitzen. »Du bist meine Liebe und mein Leben, und ich hoffe, du wirst dich daran erinnern, wenn ich dir sage, was ich beschlossen habe.«

»Dass wir heute Nacht durchbrennen?«, erwiderte sie.

»Nein, das wäre nicht klug, nicht, da ich kein Geld habe, um dich zu unterhalten. Aber was das betrifft, habe ich mir einen Plan zurechtgelegt. Ich habe beschlossen, als Arzt der Armee beizutreten.«

Hopes Kehle schnürte sich zusammen. »Oh, nein, Bennett«, rief sie. »Das darfst du nicht! Ich würde dich niemals sehen, und du könntest getötet werden.«

»Armeeärzte kämpfen nicht«, antwortete er mit einem zärtlichen Lächeln. »Lass es dir erklären. Solange ich unter dem Pantoffel meines Onkels stehe, haben wir keine Chance. Ich habe nicht die Mittel, um eine eigene Praxis zu eröffnen, und wenn ich als Juniorpartner der Praxis eines anderen Arztes beitreten würde, wäre ich noch schlimmer dran als jetzt. In der Armee dagegen wäre ich niemandem verpflichtet.«

»Aber du müsstest fortgehen«, wandte sie ein, und in ihren Augen brannten Tränen.

»Du könntest mich begleiten«, erwiderte er. »Wäre das nicht ein wunderbares Abenteuer? Wer weiß, man könnte uns nach Indien schicken!«

»Und es wäre mir gestattet, dich zu begleiten?«, vergewisserte sie sich.

»Davon bin ich überzeugt. Doch da zurzeit kein Krieg geführt wird, ist es wahrscheinlicher, dass wir jahrelang an einem Ort wie Winchester festsitzen werden und ich Furunkel und Ähnliches behandeln muss. Was für ein Gewinn du für mich wärst! Nicht viele Ärzte haben eine Ehefrau, die gleichzeitig Krankenschwester ist.«

»Hast du schon genauere Erkundigungen eingeholt?« Sie sah ihn scharf an und fragte sich, ob er das Ganze wirklich durchdacht hatte.

»Nein, ich wollte zuerst herausfinden, wie du dazu stehst.«

»Ich bin mir nicht sicher«, antwortete sie zweifelnd.

»Sobald wir verheiratet sind«, sagte er und drückte ihre Hand, »könntest du nach Hause schreiben. Ich meine, dann wärst du *tatsächlich* mit einem Soldaten verheiratet, und du müsstest ihnen nicht den wahren Grund dafür nennen, warum du von zu Hause fortgegangen bist.«

Hope lächelte, weil seine Begeisterung ansteckend war. In Wirklichkeit wusste sie, dass das nicht funktionieren konnte, da ihre ganze Familie wütend auf sie sein würde, weil sie ihnen solche Sorgen bereitet hatte. Aber sie hatte nicht die Absicht, ihm die Freude zu verderben, indem sie den Gedanken aussprach.

»Für den Augenblick wollen wir uns darüber nicht den Kopf zerbrechen«, meinte sie. »Lass uns einfach den heutigen Tag genießen.«

»In Ordnung. Doch zuerst suchen wir uns ein Lokal, in dem wir essen können«, erklärte er, dann sprang er auf und zog sie ebenfalls auf die Füße. »Und anschließend sehen wir uns die Sehenswürdigkeiten von Bath an!«

Als sie einige Stunden später im Brunnenhaus der Heilquellen waren, musste Hope sich dazu zwingen, nicht zu lachen. Sobald sie durch die Türen getreten waren und Bennett die elegant gekleideten Leute sah, die sich dort versammelt hatten, tat er so, als litte er unter einem schrecklichen Gebrechen. Er machte einen Buckel, verzog das Gesicht und humpelte, dann drehte er einige Runden durch den Raum, sodass alle Gäste ihn bemerken mussten. Einige von ihnen fanden seine Erscheinung offenkundig abstoßend, während andere miteinander tuschelten und vielleicht Mitgefühl empfanden. Dann, als er sich der Aufmerksamkeit fast aller Anwesenden sicher sein konnte, humpelte er zum Brunnen, um dort ein Glas Heilwasser zu sich zu nehmen.

Hope war nahe der Tür stehen geblieben, denn sie hatte erraten, was er im Schilde führte. Wenn sie ihn begleitet hätte, hätte sie laut gelacht und das Ganze verdorben. Aber er spielte seine Rolle weit besser, als sie erwartet hatte, und während er zaghaft an dem Wasser nippte, sah sie, dass alle im Raum ihn aufmerksam beobachteten.

Während er trank, gab er leise Grunzlaute von sich, um sicherzugehen, dass aller Augen auf ihn gerichtet waren. Sein linker Arm fuhr hoch, als hätte er ein Eigenleben, dann ließ er sein linkes Bein zittern.

»Es funktioniert«, rief er mit einem breiten Akzent, wie man ihn in Somerset hörte. »Aye, es funktioniert. Ich kann es tief in meinen Gedärmen spüren!«

Hope musste sich den Mund zuhalten, um nicht laut aufzulachen. Er zuckte am ganzen Körper und schluckte das Wasser so gierig herunter, dass es ihm übers Kinn lief. Alle Anwesenden waren wie gebannt: Einige der Leute machten den Eindruck, als hätten sie Angst, er könne einen Anfall haben, aber die Übrigen verfolgten das Geschehen mit großen Augen. Abgesehen von dem Stöhnen, das Bennett von sich gab, und leisem, erschrockenem Getuschel hie und da, herrschte vollkommene Stille.

Langsam richtete er sich auf. Er blickte an sich herab, als könnte er nicht fassen, was mit ihm geschah. Er schlug die Hände vors Gesicht und trat vor einen großen Spiegel, wie um sich davon zu überzeugen, dass er sich nicht irrte.

»Halleluja!«, rief er aus. »Ich bin geheilt. Ich bin geheilt.«

Hope blieb nichts anderes übrig, als zu ihm zu laufen und ihn zu umarmen. »Er hatte vom Tag seiner Geburt an einen Buckel und konnte kaum laufen«, erklärte sie mit einem gleichermaßen provinziellen Akzent. »Aber ich muss ihn jetzt nach Hause bringen, damit unsere Mutter ebenfalls Zeuge dieses Wunders wird.«

Die Tränen rannen ihr über die Wangen, was jedoch nur daran

lag, dass sie solche Mühe hatte, ihr Lachen zu unterdrücken. Während sie Bennett durch die Tür schob, musste sie sich auf die Lippen beißen, denn im Raum brach ein Stimmengewirr aus. »Habt ihr jemals etwas Derartiges gesehen?«, rief jemand, und ein anderer bemerkte voller Staunen:

»Er war ein Krüppel, und jetzt ist er geheilt.«

Hope hatte keine Ahnung, wie es ihnen gelang, um die Ecke zu biegen, ohne sich vor Lachen zu krümmen. Aber sobald sie außer Sichtweite waren, konnten sie nicht länger an sich halten und lachten, bis ihnen die Luft wegblieb.

»Du bist eine Schande für den ärztlichen Berufsstand«, stieß Hope hervor. »Jetzt werden sie alle literweise von dem Wasser trinken und krank davon werden.«

Bennett wischte sich die Tränen von den Augen. »Ihre Gesichter! Es ist ein Wunder. Ich bin geheilt!«

»Du solltest dich schämen«, kicherte Hope. »Kannst du dir vorstellen, wie es in einigen Stunden dort aussehen wird? Es wird sich in ganz Bath herumsprechen, und alle werden von dem Wunder reden.«

»Es hat heute tatsächlich ein Wunder gegeben«, sagte er, zog sie an sich und küsste sie. »Du hast dich einverstanden erklärt, meine Frau zu werden.«

»Das war, bevor ich herausgefunden habe, wie dumm du dich benehmen kannst«, erwiderte sie. »Das Komische ist, ich liebe dich jetzt noch mehr als zuvor.«

Kapitel 16

1853

Lady Harvey stand am Fenster ihres Schlafzimmers und blickte über die Einfahrt zum Pförtnerhaus hinüber. Dicker Frost hatte die kahlen Felder und Bäume zu jener Art von strenger Winterszene verzaubert, die sie früher einmal so gern in Aquarellfarben festgehalten hatte. Aber jetzt sah sie die Schönheit kaum und nahm nur das kleine, graue Steincottage in der Ferne wahr, das sie vor Nells Weggang kaum beachtet hatte.

Rauchfäden kamen aus dem Schornstein, und sie fragte sich, wie es jetzt, da Albert allein dort hauste, im Pförtnerhaus aussehen mochte. Zu ihrer Schande hatte sie Nell kein einziges Mal besucht, als sie mit Albert dort gelebt hatte; sie hatte nicht einmal gefragt, ob es im Pförtnerhaus behaglich sei oder ob sie irgendetwas tun müsse, um es ein wenig gemütlicher zu gestalten.

Sie musste sich Albert vornehmen, das wusste sie heute. Sie konnte es nicht länger aufschieben, da sie in den nächsten Monaten vielleicht nicht noch einmal eine so günstige Gelegenheit finden würde. William war in London, und Rufus war gestern Morgen nach den Weihnachtsferien in die Schule zurückgekehrt. Wenn Albert also eine Szene machen sollte, würde niemand davon erfahren.

Es waren sechs lange Jahre vergangen, seit Nell sie verlassen hatte, und Annes Bedauern über jenen Tag wuchs mit jedem verstreichenden Jahr. Zuerst war es lediglich der Zusammenbruch der bequemen Ordnung gewesen. Aber andererseits hatte man noch nie zuvor von ihr erwartet, sich selbst anzukleiden und zu frisieren, und erst recht nicht hatte sie die Wäsche besorgt, aufgeräumt oder irgendwelche Flickarbeiten erledigt. Doch es war bald offenkundig geworden, dass Nells Fortgang weit schwerwiegendere Konsequenzen nach sich zog, als unmittelbar sichtbar gewesen war.

Es stellte sich nämlich heraus, dass Nell und Baines praktisch mit vereinten Kräften das Haus geführt hatten; sie hatten für die anderen Dienstboten den Standard vorgegeben und dafür gesorgt, dass ihr Herr und die Herrin niemals mit Fragen zur Aufgabenverteilung zwischen den Dienstboten belästigt wurden.

Baines war der Hauptmann, Nell der einfache Soldat gewesen, aber Nells Energie, ihr Stolz auf Briargate und die Wärme ihrer Persönlichkeit hatten im Haus eine ganz besondere Atmosphäre geschaffen. Eine Atmosphäre, in der das Personal glücklich war und bereitwillig auch harte Arbeiten leistete. Ohne Nell war Baines schon bald ins Schwimmen geraten; seine Anweisungen wurden ignoriert, und die verbliebenen Dienstboten stritten untereinander, und alle schoben die Schuld für unerledigte Arbeiten einem anderen in die Schuhe.

Dieser Tage kamen Mahlzeiten häufig mit Verspätung auf den Tisch, Zimmer waren nicht immer geputzt, und eine angespannte, säuerliche Atmosphäre hatte den lärmenden Frohsinn alter Zeiten verdrängt. Albert hingegen stolzierte über das Grundstück, als gehörte es ihm, und alle, Lady Harvey und Sir William eingeschlossen, begegneten ihm mit einiger Ängstlichkeit.

Selbst in den frühen Tagen nach Nells Verschwinden hatte eine innere Stimme Lady Anne Harvey gemahnt, sich zusammenzureißen und die Kontrolle zu übernehmen, aber sie hatte es versäumt. Nell war so viel mehr gewesen als eine bloße Zofe, erkannte Anne nun; denn neben der Tatsache, dass sie ihr Freundin, Schwester und Mutter gewesen war, hatte Nell auch eine Art Pufferzone zwischen ihr und der harten Realität des Lebens gebildet. Ohne ihre Zofe fühlte Anne sich verletzbar, angstvoll und sehr einsam. Außerdem trug sie die schwere Last der Schuld, dass sie sie nicht verteidigt und unterstützt hatte, als sie es am dringendsten gebraucht hatte.

Sechs Jahre später errötete Anne noch immer bei der Erinnerung daran, wie gefühllos sie auf Nell gewirkt haben musste, als diese ihr eröffnet hatte, dass Hope ihre Tochter sei. Doch sie war einfach außerstande gewesen, dies zu glauben – das war ihre einzige Entschuldigung. Und Nells Beharren darauf, dass Albert Hope getötet habe, war ihr wie ein hysterisches Melodrama erschienen.

In den folgenden Wochen hatte Anne vor sich selbst verleugnet, Hopes Mutter zu sein. Und sie hatte auch Angst gehabt, weil Nell zu viel über sie wusste.

Aber als die Wochen verstrichen waren, ohne dass irgendwelche skandalösen Gerüchte ihr zu Ohren gekommen wären, und mit ausreichend Zeit, über Nells Worte nachzudenken, hatte Anne begriffen, wie ungerecht sie gehandelt hatte. Es hieß, Nell habe vor Trauer um das Verschwinden ihrer jüngeren Schwester den Verstand verloren, und doch war klar, dass ihr kein einziges schlechtes Wort über ihre ehemalige Herrin über die Lippen gekommen sein konnte. Selbst in tiefstem Kummer war Nell ihrer Herrin ergeben geblieben.

Es war eine Erleichterung zu hören, Nell habe den Hof ihres Bruders verlassen und eine neue Stellung in der Nähe von Bath angetreten. Wenn jemand den Namen ihres neuen Herrn kannte, so drang er jedoch nicht an Annes Ohren, und sie strengte sich nach Kräften an, Nell zu vergessen.

Aber Rufus erlaubte ihr nicht, Hope zu vergessen. Wann immer er von der Schule in den Ferien nach Hause kam, galt seine erste Frage stets Hope. Er behauptete, sie sei seine einzige echte Freundin gewesen, und er gestand, dass sie sich oft im Wald getroffen und miteinander gespielt hatten. Es erfüllte ihn mit einer beinahe grimmigen Freude, die Geschichte zu erzählen, wie Hope ihn davor bewahrt hatte, im Teich zu ertrinken. Anne fragte sich oft, wie er reagieren würde, sollte er erfahren, dass das Mädchen seine Halbschwester war. Bei dem bloßen Gedanken daran zitterte sie vor Furcht.

Aber schlimmer noch war, dass Rufus eine weit engere Bindung mit den Rentons unterhielt als mit seiner eigenen Mutter. Wenn er für die Ferien nach Hause kam, stürzte er fast sofort voller Eifer zu

Matts Farm hinüber. Manchmal blieb er dort von Sonnenaufgang bis Sonnenuntergang und kehrte dann vollkommen schmutzig zurück und schwärmte davon, wie herrlich es sei, Kühe zu melken, Eier zu sammeln und zu pflügen und zu säen.

Anne empfand es als tragische Ironie, dass die Rentons ihr Erstgeborenes aufgezogen hatten, als wäre es ihr eigenes Kind, und jetzt wollte auch Rufus sich dieser Familie anschließen.

Vielleicht hätte sie ihm verbieten sollen, dort hinzugehen, aber bis vor Kurzem hatte sein Vater sich auf eine so abscheuliche Weise benommen, dass sie es für besser hielt, wenn er so oft wie möglich nicht in Briargate war.

Kurz nach Nells Fortgang war es mit Williams Trunksucht noch weit schlimmer geworden. Solange er auf Briargate weilte, war er kaum je einmal nüchtern gewesen. Er hatte die Angewohnheit angenommen, sich mit einer Flasche in sein Arbeitszimmer einzuschließen, nur um später herausgetaumelt zu kommen und sie und jeden anderen, der ihm ins Gewissen zu reden versuchte, zu beschimpfen.

Dann war er oft ohne jede Vorwarnung verschwunden, ohne ein Wort über sein Ziel zu verlieren, und tagelang fortgeblieben. Zu ihrer Schande hatte Anne sich oft dabei ertappt, sich zu wünschen, er sei tödlich verunglückt: Dann stünde es ihr frei, nach Hause zu ihren Schwestern zu gehen. Anne war einfach mit ihrer Weisheit am Ende gewesen, und sie hatte niemanden gehabt, an den sie sich hätte wenden können. Selbst Angus hatte sie vollkommen im Stich gelassen. Sie mochte diejenige gewesen sein, die ihre Beziehung beendet hatte, doch sie hatte angenommen, er hege noch genug Zuneigung zu ihr, um ab und zu vorbeizuschauen und sich nach ihrem Befinden zu erkundigen.

Aber dann, gerade als sie gedacht hatte, ihn nie wiederzusehen, war sie ihm über den Weg gelaufen.

Es war vor knapp einem Monat gewesen, drei Tage vor Weihnachten.

Sie war nach Bath gefahren, um einige Geschenke zu kaufen. Auf der Milsom Street hatten sich Menschen gedrängt, die ebenfalls Einkäufe hatten tätigen wollen, eine Drehorgel hatte muntere Melodien gespielt, die Schaufenster der Läden hatten alle so bunt und festlich ausgesehen, und die Kastanienverkäufer hatten ihre Ware lautstark der Menge feilgeboten. Die festlichen Bilder hatten Lady Anne beträchtlich aufgemuntert. Zudem hatte sie Rufus am folgenden Tag zu Hause erwartet, und erst am Vorabend hatte William zugegeben, dass er sich abscheulich benommen habe, und ihr geschworen, sich zu ändern.

Was Letzteres betraf, war sie nicht sehr optimistisch. Es wäre nicht das erste Mal gewesen, dass er ein solches Versprechen gegeben hatte, nur um es dann zwei Tage später zu brechen, doch diesmal hatte er den Kopf auf ihren Schoß gebettet und sich das Herz aus dem Leibe geschluchzt. »Mit dem Trinken versuche ich doch nur, meine Angst um den Verlust meines Vermögens auszublenden«, hatte er gesagt. »Ich weiß, dass ich Rufus und dich auf üble Weise enttäuscht habe, und ich sehe auch, dass das Haus zunehmend verfällt und dass alles zu viel für mich ist.«

Anne hatte das Gefühl gehabt, zumindest versuchen zu müssen, wieder an ihn zu glauben. Sie hatte ihm vorgeschlagen, im neuen Jahr zu seinen Ratgebern zu gehen und festzustellen, wie viel Geld genau sie noch zur Verfügung hatten. Dann konnten sie Pläne schmieden, wie sie damit zurechtkommen konnten, wie schlimm es auch stehen mochte.

Für den Augenblick hatte sie nur den Wunsch verspürt, ein glückliches Weihnachtsfest miteinander zu verleben und einander wieder näherzukommen.

Lady Anne hatte William gerade ein blaues Seidenhalstuch gekauft und Ausschau nach einem Laden gehalten, wo sie etwas für Rufus erstehen konnte, als sie Angus hatte auf sich zureiten sehen. Es war ein solcher Schock gewesen, dass sie beinahe gestolpert war.

Er hatte seine Uniform getragen, seinen blauen Rock mit den goldenen Tressen und dazu kirschrote Kniehosen, die ihn noch größer und attraktiver erscheinen ließen, als sie ihn in Erinnerung hatte.

Er schien nicht gleichermaßen schockiert zu sein, sie zu sehen, denn sein Gesichtsausdruck blieb unverändert.

»Guten Morgen, Lady Harvey«, bemerkte er mit einer förmlichen kleinen Verneigung. »Ich darf doch hoffen, dass Sie sich bester Gesundheit erfreuen?«

Sie riss sich zusammen und war sehr dankbar dafür, ihr mit Zobel abgesetztes Cape und die dazu passende Haube zu tragen, denn obwohl beides aus der Mode war, schmeichelte ihr diese Aufmachung. Aber sie war verwirrt, denn es waren insgesamt acht Jahre vergangen, seit sie einander das letzte Mal von Angesicht zu Angesicht begegnet waren, und diese Jahre mussten sich auf ihrem Gesicht bemerkbar machen.

»Mir geht es sehr gut, vielen Dank«, gelang es ihr zu stammeln, wobei sie registrierte, dass das Haar an seinen Schläfen hie und da grau geworden war und er sich seinen Schnurrbart abrasiert hatte. »Sind Sie auf Heimaturlaub und wohnen bei Ihren Verwandten in Chelwood?«

»Nein, ich habe jetzt schon seit einigen Jahren einen eigenen Hausstand«, antwortete er ziemlich kurz angebunden.

»Es tut mir leid, dass mein letzter Brief so kalt und endgültig war«, stieß sie hervor. »Ich hatte damals eine so schwierige Zeit mit William, und dann starb Mutter und kurz darauf auch Vater, und Rufus ging fort zur Schule – ich war einfach ziemlich außer mir.«

»Ich nehme an, das ist auch Ihre Erklärung dafür, dass Sie Nell so schäbig behandelt haben?«

»Nell?«, wiederholte sie sprachlos. Nicht nur seine Anschuldigung, sondern auch die bloße Tatsache, dass er überhaupt vom Fortgang ihrer Zofe erfahren hatte, verwirrte sie. »Ich weiß nicht, wie dir das zu Ohren gekommen ist – Nell ist aus freien Stücken gegangen!«

»Verdammt, Anne, du hast ihr keine andere Wahl gelassen, als zu gehen.« In seinem Zorn hob er die Stimme und ließ seine frühere Förmlichkeit fahren. »Wie konnte sie bei diesem Lumpen von einem Ehemann bleiben? Ich höre, er ist immer noch bei euch!«

Anne sah sich nervös um, voller Angst, jemand, den sie kannte, könnte sie sehen. »Ich hätte Albert entlassen, aber William wollte nichts davon hören«, stammelte sie schließlich. »Außerdem war Weihnachten.«

Angus zog eine Augenbraue hoch. »Und als gute Christin hieltest du es für das Beste, um des lieben Friedens willen die Frau, die dir den größten Teil ihres Lebens gewidmet hatte, aus dem Haus zu weisen?«

»So war es nicht.« Im Angesicht seines Sarkasmus verlor Anne zusehends an Fassung. »Du wirst nur eine verzerrte Version der Ereignisse gehört haben.«

»Nein. Ich habe die schlichte und unbeschönigte Wahrheit gehört«, antwortete er grimmig. »Dass Nell glaubte, Albert habe ihre jüngere Schwester getötet, und dass du und William euch geweigert habt, sie ernst zu nehmen. Als ich ihr begegnete und sie als meine Haushälterin zu mir nahm, war sie nur noch ein Schatten der tüchtigen jungen Frau, die ich in House Briargate kennengelernt hatte.«

»Deine Haushälterin?« Sie sog scharf die Luft ein und war erstaunt darüber, dass Rufus ihr davon nichts erzählt hatte. Gewiss hatte Matt es ihm gegenüber doch erwähnt, oder? Ihre Gedanken wirbelten hektisch durcheinander. Wusste Angus nun, dass er Hopes Vater war?

»Ja, und die beste Haushälterin, die ein Mann sich nur wünschen kann«, gab er mit einem schwachen Lächeln zurück. »Nur ein Narr würde sich von einem solchen Schatz trennen.«

Anne fühlte sich zunehmend zurechtgewiesen. »In diesem Punkt sind wir einer Meinung«, musste sie gestehen. »Ich habe sie sehr vermisst. Aber Angus, wir haben die Polizei eingeschaltet und nach Hope suchen lassen; sie haben nichts Verdächtiges gefunden. Es sah ganz danach aus, als wäre sie tatsächlich davongelaufen.«

»Nell kann das nicht glauben, denn sie ist davon überzeugt, dass Hope sich inzwischen mit einem ihrer Geschwister in Verbindung gesetzt hätte, wäre sie noch am Leben. Ich neige zu der Auffassung, dass sie davongelaufen ist, aber ich bin mir in einem Punkt absolut sicher: Albert hat sie dazu gezwungen. Wenn es nach mir ginge, würde ich ihn auspeitschen und die Wahrheit aus ihm herauspressen, damit Nell endlich ein wenig Frieden findet. Doch es ist nicht an mir, das zu tun; das sollte von ihrer Familie oder von William kommen.«

Also ahnte Angus nicht, dass Hope seine Tochter war!, dachte Anne erleichtert. Zumindest ließ seine letzte Feststellung dies vermuten. Er war entrüstet, weil er dachte, William und sie hätten zwei ergebenen, hart arbeitenden Dienstboten nicht genug Anteilnahme erwiesen. Aber wenn er gewusst hätte, wer Hope wirklich war, hätte er sich unverzüglich in House Briargate eingefunden, um Albert nach Strich und Faden zu verprügeln, und gewiss hätte er in diesem Falle auch eine mörderische Wut auf sie, Anne, gehabt.

Sie wagte es nicht, ihm in die Augen zu sehen, und obwohl sie versprach, Albert selbst zur Rede zu stellen, und Angus bat, Nell ihre herzlichsten Grüße auszurichten, war angesichts seiner steinernen Miene klar, dass er nichts als Verachtung für sie empfand. Lady Anne entschuldigte sich und eilte davon, errötet bis zu den Zehenspitzen.

Sie hatte immer gewusst, dass Angus Ungerechtigkeit und Grausamkeit hasste – er hatte oft von den schrecklichen Zuständen erzählt, unter denen die Soldaten in der Armee lebten. Daher hätte es keine Überraschung für sie sein sollen, dass er Nell in seinem eigenen Heim Zuflucht geboten hatte.

Als er sich an jenem Morgen auf der Milsom Street von ihr entfernte, waren ihr ihre eigenen Fehler nur allzu bewusst: Sie war eine schwache, eitle und selbstsüchtige Frau, die ihr Leben lang die Zuneigung und die Ergebenheit anderer ausgenutzt hatte, ohne auch nur ein einziges Mal ihrerseits etwas zu geben. Kein Wunder, dass sie nicht einmal einen letzten Rest von Liebe in seinen Augen gesehen hatte!

Über Weihnachten konnte sie an niemand anderes denken als an Angus. Es war ihr nichts Fremdes, sich in Gedanken an ihren einzigen Geliebten zu ergehen. Im Laufe der Jahre hatte sie Tausende von Stunden darauf verwandt, das ganze Spießrutenlaufen von Gefühlen wieder und wieder aufleben zu lassen – sie hatte ihn geliebt, sie hatte ihn gehasst, sie hatte ihm vorgeworfen, ihr Leben zerstört zu haben. Und doch verspürte sie noch immer prickelnde Erregung, wenn sie darüber nachsann, wie er sie geliebt hatte. Aber jetzt war es anders, da war kein Anflug von Begehren mehr, kein Hass und keine Schuldzuweisungen; jetzt konnte sie nur noch sehen, wie selbstsüchtig sie gewesen war.

Angus war ein ehrenhafter Mann. Er hatte sich in sie verliebt, doch er hatte versucht, dagegen anzukämpfen, die Beziehung weiter voranschreiten zu lassen. Schließlich war sie eine verheiratete Frau gewesen. Sie war es, die ihn in Versuchung geführt und ihm Offerten gemacht hatte. Er hatte ungezählte Male versucht, ihre Affäre zu beenden, doch sie hatte sich an ihn geklammert und sogar damit gedroht, sich das Leben zu nehmen.

Sie hatte alles stets nur aus ihrer Perspektive gesehen: den Mangel an Zukunft, die Schande, wenn man sie ertappte, das endlose Warten, während er als Soldat weit fort war. Nicht ein einziges Mal hatte sie seine Gefühle erwogen oder begriffen, dass sie ihn daran hinderte, eine Frau zu heiraten, die ihm ein Heim schaffen und ihm Kinder schenken konnte.

Sie konnte Angus keine Wiedergutmachung leisten, nicht für all jene vergeudeten Jahre und nicht für den Schmerz, den sie ihm zugefügt hatte. Aber eines konnte sie tun, etwas, das sowohl er als auch Nell zu schätzen wissen würden: Sie konnte Albert wegen Hope zur Rede stellen. Wenn sie ihn dazu bringen konnte einzugestehen, was an jenem Tag wirklich geschehen war und warum, würde das den Kummer, den Nell erlitten hatte, vielleicht ein wenig lindern.

Bedauerlicherweise hatte sie Angst vor Albert. Er hatte eine Art, sie mit diesen dunklen, durchdringenden Augen anzusehen, bei der es ihr stets kalt den Rücken hinunterlief. Normalerweise mied sie jeden Kontakt mit ihm. Aber sie musste mutig sein und sich ihm stellen, oder sie würde sich für den Rest ihres Lebens ihrer selbst schämen. Außerdem war Hope ihre eigene Tochter – welche Mutter würde nicht wissen wollen, was aus ihrem Kind geworden war?

Hope würde im April zweiundzwanzig werden. Sie war inzwischen vielleicht verheiratet und hatte eigene Kinder. Wie schrecklich es war, sich daran zu erinnern, dass sie es sich in so vielen Jahren niemals gestattet hatte, an ihre Erstgeborene zu denken. Sie hatte Bridie nie gefragt, wo sie begraben war: Sie hatte nicht einmal darüber nachgedacht, wie alt ihre Tochter gewesen wäre, hätte sie überlebt, oder sich gefragt, wie sie ausgesehen hätte. Doch während der letzten Jahre hatte sie ständig an sie gedacht – doch da war es zu spät gewesen.

Nachdem sie einen Umhang und kräftigere Schuhe angezogen hatte, trat Anne durch die Haustür. Albert beschnitt gerade einige Dornenbüsche, die am unteren Ende des Gartens die Hecke überwuchert hatten. Als sie zu ihm hinüberging, wuchs ihre Nervosität noch. Albert war ein kräftig gebauter Mann, und wenn er Hope getötet hatte, würde er auch sie angreifen, wenn sie ihn zu sehr in die Enge trieb. Außerdem war er stur. Jeder andere in seiner Position wäre weitergezogen, denn es war allgemein bekannt, dass Matt, Joe und Henry Renton ihn hassten.

»Guten Morgen, Albert«, sagte sie, als sie nur noch wenige Schritte von ihm entfernt war. »Ich möchte gern ein Wort mit Ihnen reden.«

Er drehte sich nicht zu ihr um, sondern fuhr fort, die Dornenzweige herauszuziehen.

»Hören Sie auf damit«, forderte sie energisch. »Ich erwarte, dass Sie mich ansehen, wenn ich mit Ihnen spreche.«

Jetzt drehte er sich um, aber seine Miene war hölzern. »Ja, Mylady?«, antwortete er in unverhohlen unverschämtem Ton.

»Ich möchte die Wahrheit über den Tag hören, an dem Hope

fortgegangen ist«, stellte sie fest. »Ich bin nicht zufrieden mit der Erklärung, die Sie uns damals gegeben haben.«

»Ach, nein?«, entgegnete er und musterte sie von Kopf bis Fuß, als wäre sie ein gewöhnliches Hausmädchen. »Aber andererseits war es ziemlich hart für Sie ohne eine Zofe. Niemand, der Ihnen das Haar hochsteckt oder die Badewanne füllt.«

Die Tatsache, dass er in ihr ein jämmerliches Geschöpf sah, das nichts anderes empfand als Groll darüber, sich nun selbst versorgen zu müssen, war eine neuerliche Quelle der Scham. »Sie hat nicht mich verlassen, sie hat *Sie* verlassen«, gab sie zurück und versuchte, das Zittern aus ihrer Stimme fernzuhalten. »Traurigerweise konnte ich sie nicht in meinen Diensten behalten, solange Sie noch hier waren. Sie haben sie geschlagen … und Hope ebenfalls, das weiß ich. Männer, die Frauen schlagen, sind Feiglinge.«

»Ist das so?«, sagte er und trat einige Schritte auf sie zu, wobei er drohend das Kinn vorreckte. »Sie haben reichlich Erfahrungen mit Männern, nicht wahr?«

Annes Magen schnürte sich vor Furcht zusammen, nicht wegen der Art, wie er sie ansah, sondern wegen der bissigen Frage. »Ich habe die Absicht, noch einmal zur Polizei zu gehen und darum zu bitten, dass man neue Ermittlungen bezüglich des Verschwindens Ihrer Schwägerin anstellt«, erwiderte sie mutiger, als sie sich fühlte. »Ich gebe Ihnen jetzt die Chance, mir die Wahrheit zu erzählen, bevor ich mich an die Behörden wende.«

»Sie werden sicher nicht mit der Polizei sprechen wollen«, entgegnete er feixend. »Sie haben selbst zu viel zu verbergen.«

»Wie bitte?«, fragte sie mit einiger Entrüstung.

»Ich weiß, mit wem Sie es getrieben haben«, höhnte er. »Sie machen mir Schwierigkeiten, und ich werde Ihnen Schwierigkeiten machen. Aber lassen Sie sich eins gesagt sein, ich habe Beweise, Sie nicht.«

Anne konnte vor Angst kaum atmen. Es war sehr lange her, dass Angus das letzte Mal hier vorgesprochen hatte, und vom Personal war niemand außer Baines übrig geblieben, der von diesen Besuchen wusste. Daher konnte sie Alberts Behauptung als Bluff enttarnen.

»Ich habe keine Ahnung, wovon Sie reden«, erwiderte sie schneidend. »Sie irren sich. Und Sie sollten mir diesen sogenannten Beweis besser zeigen.«

»Ich habe ihn jetzt nicht bei mir«, antwortete er. »Aber ich habe ihn an einem sicheren Ort aufbewahrt. Es ist ein Brief von keinem Geringeren als Hauptmann Angus Pettigrew von den Royal Hussars. Er ist jahrelang um Sie herumscharwenzelt.«

Ein kalter Schauder überlief sie, denn plötzlich wurde ihr klar, wie und wann er zu dem Brief gekommen war. Er musste Hope mit dem Schreiben erwischt haben, während sie selbst fort gewesen war, um ihren Vater zu beerdigen.

»Das hat Ihnen aber hübsch die Sprache verschlagen«, bemerkte er trocken, und seine Augen leuchteten vor Bosheit. »Wollen Sie immer noch zur Polizei gehen?«

Anne drehte sich um und floh zurück zum Haus.

Während der nächsten drei oder vier Tage machte sie sich die bittersten Vorwürfe, dass sie Albert ihre Schuld bewiesen hatte, indem sie vor ihm weggelaufen war. Was sollte sie unternehmen? Jetzt, da sie ihm mit der Polizei gedroht hatte, würde er vielleicht aus reiner Gehässigkeit William von ihrer Beziehung zu Angus erzählen.

Sie konnte nicht essen, nicht schlafen oder stillsitzen, ihr Herz schien zu schnell zu schlagen, und wenn William tatsächlich zu Hause war, musste sie Kopfschmerzen erfinden, um sich in ihrem Zimmer einschließen zu können.

Am folgenden Morgen sah sie William draußen im Garten mit Albert reden, und sie erwartete, dass ihr Mann jeden Augenblick wütend hereingestürzt kommen würde, weil er Bescheid wusste.

Aber das geschah nicht. William war recht aufgeräumt, als er eintrat, und später am Tag wollte er über nichts anderes mit ihr reden als die Möglichkeit, dass sie eventuell einige ihrer wertvolleren

Möbelstücke verkaufen könnten, um an Bargeld zu gelangen. Aber wann immer Albert in den folgenden Tagen dicht an den Fenstern vorbeiging, sah er zu ihr herein, feixte und wedelte mit einem Stück Schreibpapier, bei dem es sich nur um Angus' Brief handeln konnte.

Die Anspannung und der Mangel an Schlaf und Nahrung machten sie zittrig und unbeholfen. Sie schlug versehentlich ein Zierstück vom Kaminsims, zwei Mal warf sie eine Teetasse um, und schließlich verfing sich der Absatz ihres Schuhs im Saum ihres Kleides, während sie ins Erdgeschoss hinunterging. Sie stürzte die Treppe hinunter.

Lady Anne hatte sich den Kopf und den Arm angeschlagen, und William rief den Arzt. Dieser vermutete, dass sie schreckliche Schmerzen hatte, weil sie nicht aufhören konnte zu weinen.

Sobald der Arzt fort war, kam William in ihr Zimmer zurück und setzte sich auf ihr Bett. »Erzähl mir, was dir wirklich Kummer bereitet«, bat er. »Seit ich aus London zurück bin, bist du nur noch ein Nervenbündel. Du hast auch nicht gegessen, wie Baines mir erzählt hat.«

Es war eine Ironie des Schicksals, dass er jetzt auf einmal wieder der sanfte, freundliche Mann war, den sie geheiratet hatte, allein aus Sorge um sie, und das ließ ihre Tränen noch heftiger fließen. Er strich ihr das Haar aus dem Gesicht. »Ich bin für deinen Kummer verantwortlich, nicht wahr?«, meinte er. »Dabei waren wir einmal so gute Freunde«, rief er ihr ins Gedächtnis. »Weißt du noch, wie wir miteinander gelacht haben? Wir haben einander alles erzählt. Konnen wir nicht versuchen, noch einmal von vorn anzufangen?«

Auch sie wünschte sich das so sehr, aber sie konnte ihm die Wahrheit nicht sagen, auch wenn sie es noch so gern getan hätte, denn sie würde ihn damit zu sehr verletzen.

Mehrere Tage verstrichen, und sie lag noch immer, eingehüllt in ihr Elend, im Bett. Aber William hatte nicht wieder angefangen zu trinken; er brachte ihr ihre Mahlzeiten ins Schlafzimmer und fütterte sie sogar mit großer Zärtlichkeit. Wieder und wieder entschuldigte er sich für seine Alkoholexzesse und dafür, dass er ihr Geld verloren hatte. Er gab sogar zu, sich nach dem Tod ihres Vaters ihr und ihren Schwestern gegenüber abscheulich benommen zu haben.

William schuldete ihr tatsächlich eine Entschuldigung für all diese Dinge, aber ihr eigener Fehltritt brannte in ihrem Innern, und da Anne sich noch immer nicht dazu überwinden konnte, ihm alles einzugestehen, griff sie ihn an.

»Du warst mir nie ein richtiger Ehemann«, schluchzte sie. »Wir sind seit fast siebenundzwanzig Jahren verheiratet, aber du hast keine sechs Mal mit mir das Bett geteilt. Weißt du, wie ich mich deswegen fühle? Ich fühle mich hässlich und nicht begehrenswert.«

Williams Miene verfiel, und er begann zu weinen. Jetzt bedauerte sie ihre harten Worte, und sie nahm ihn in die Arme, um ihn zu trösten. Anne war zutiefst erschrocken darüber, ihn so tief getroffen zu haben.

Während er weiterschluchzte, fühlte Anne sich verpflichtet, ihre Anklage ein wenig zu mäßigen. »Höchstwahrscheinlich ist es ja mein Fehler. Vielleicht glaubst du, deine Annäherungsversuche seien mir nicht willkommen.« Sie dachte über ihre Worte nicht einmal nach. Sie wünschte sich nur eines: Er sollte aufhören zu weinen.

»Du brauchst keine Entschuldigungen für mich zu erfinden«, platzte er schließlich heraus. »Die Schuld liegt einzig und allein bei mir, und ich wünschte mir mehr als alles andere auf der Welt, dass ich nicht so wäre, wie ich bin. Verstehst du denn nicht, was es ist, Anne? Ich habe kein Verlangen nach Frauen. Nur nach Männern.«

Einige Sekunden glaubte sie, sie habe seine Worte missverstanden. Doch als er zu ihr aufblickte und dabei aussah wie ein kleiner Junge, den man mit den Fingern im Marmeladenglas erwischt hatte, begriff sie plötzlich, dass es wahr war.

»Nein!«, rief sie aus. »Das kann nicht sein. Nicht du!«

Sie stand jenseits von Schock, sogar jenseits von Entsetzen. Es war zu ungeheuerlich, um es zu begreifen. Niemand konnte all diese Jahre mit einem Mann verheiratet sein und etwas Derartiges nicht herausfinden!

Alles, was sie über Männer mit dieser Neigung wusste, hatte sie von Bridie erfahren. Kurz vor Annes Heirat mit William hatte Bridie ihr eine Geschichte von einem Butler und einem Stallburschen in ihrer früheren Stellung erzählt. Ihnen war gekündigt worden, als man sie zusammen im Bett gefunden hatte. Bridie nannte sie »Tunten«. Anne hatte sich oft gefragt, was ihre alte Zofe dazu verleitet haben mochte, ihr etwas Derartiges zu erzählen, aber jetzt sah es so aus, als hätte Bridie William instinktiv durchschaut. Hatte sie sie warnen wollen?

»Ich bin dir gegenüber so ungerecht gewesen«, weinte William. »Ich schwöre bei Gott, ich habe es bei unserer Heirat nicht gewusst, doch kurze Zeit später wurde mir klar, dass etwas nicht stimmte mit mir. Aber ich konnte nicht darüber sprechen, nicht mit dir und nicht mit irgendjemandem sonst. Ich habe dich wirklich geliebt; ich liebe dich immer noch. Daher flehe ich dich an, daran nicht zu zweifeln. Doch nachdem es mir gelungen war, dir Rufus zu schenken, dachte ich, es wäre in Ordnung, wenn ich meiner eigenen Wege ginge.«

Auf eine seltsame Weise verspürte Anne eine Art von Erleichterung. Ob das daran lag, dass Williams Erklärung ihr eine Rechtfertigung für ihr eigenes Verhalten lieferte, oder daran, dass all die zermürbenden Fragen nach ihrer Ehe endlich einen Sinn ergaben, konnte Anne nicht sagen. Aber mit einem Mal fühlte sie sich nicht mehr gar so gehetzt.

Sie lauschte mit einer Mischung aus Entsetzen und Faszination, während er sein Geheimnis hervorsprudelte: Nur ein Jahr nach ihrer Hochzeit war er bei einem Kartenspiel in London von einem anderen Mann verführt worden.

»Ich habe mich verachtet, weil ich meiner Neigung nachgegeben habe«, schluchzte er. »Aber ich konnte nicht anders.«

Wenn Anne nicht selbst verbotene Ekstase erlebt hätte, hätte sie diese Erklärung vielleicht nicht verstanden. Doch William beschrieb genau die Gefühle, die sie angesichts ihrer eigenen Untreue empfunden hatte.

Sie hatte oft mit der Ungerechtigkeit einer Gesellschaft gehadert, in der es nicht nur akzeptiert wurde, wenn ein Mann sich eine Geliebte nahm, sondern einem solchen Tun beinahe Beifall zollte. Auf der anderen Seite wurde eine Ehebrecherin als Hure abgestempelt und von jedem verdammt. Sie lebten in einer Männerwelt. Männer konnten Dienstbotinnen vergewaltigen, konnten zu Prostituierten gehen und Krankheiten nach Hause zu ihrer Frau bringen; sie konnten sogar Kinder entjungfern, ohne Strafe fürchten zu müssen. Doch absurderweise durfte ein Mann keine Neigung zu seinem eigenen Geschlecht haben, ohne als perverses Tier betrachtet zu werden. Und wenn er bloßgestellt wurde, war er in der Gesellschaft ein Ausgestoßener.

Sie wollte nicht, dass William das widerfuhr. Was er ihr erzählt hatte, gefiel ihr nicht, und doch schien es ihr, dass es nicht seine Schuld war. Er war vielmehr so geschaffen worden. Aber wenn er zu normalen Begierden imstande gewesen wäre, wäre sie ihm vielleicht auch nicht untreu geworden.

In gewisser Weise war es, als leuchtete man mit einem Licht in eine dunkle Ecke, denn plötzlich erinnerte sie sich daran, wie er zum Zeitpunkt ihrer Hochzeit gewesen war. Jetzt erkannte sie auch die vielen Hinweise, die auf seine Andersartigkeit hätten schließen lassen.

Er war beinahe hübsch gewesen mit seinen blonden Locken und dem glatten, unbehaarten Kinn. Außerdem hatte er sich in der Gesellschaft von Frauen stets wohler gefühlt als in der Gesellschaft von Männern. In ihrer Hochzeitsnacht hatte er ihr schönes Nachthemd bewundert, doch keine echte Begeisterung für das gezeigt, was darunter lag. In Wahrheit waren sie eher wie zwei Freundinnen gewesen denn wie Mann und Frau; sie hatten im Bett gelegen, gekichert und einander die Treppe hinauf- und hinabgejagt. Wenn sie Angus nicht begegnet wäre und herausgefunden hätte, wie andere Männer ihre Frauen liebten, und wenn William in Amerika nicht einen Mann mit gleicher Neigung gefunden hätte, hätten sie diese unbekümmerte, leidenschaftslose Freundschaft vielleicht für alle Zeit fortgesetzt.

»Armer William«, murmelte sie und zog ihn an ihre Brust. Jetzt konnte sie es sich leisten, großmütig zu sein, denn sie hatte die Schönheit und Ekstase normaler Leidenschaft erfahren.

Ermutigt durch ihr Mitgefühl, entblößte William seine Seele. Er erzählte ihr, wie er herausgefunden hatte, dass es viele Männer wie ihn gab, die dazu gezwungen waren, einander in aller Heimlichkeit zu suchen, und die stets in der Furcht vor Entdeckung lebten.

»Du hast mich einmal beschuldigt, in ein Bordell zu gehen«, sagte er mit gebrochener Stimme. »Ich wünschte, es wäre so gewesen, denn die Verbindung mit anderen Männern wie mir birgt schreckliche Gefahren. Die meisten von ihnen sind genauso bekümmert und verwirrt wie ich; wir wünschen uns mehr als alles andere, wir wären nicht mit solchen Begierden verflucht. Aber es gibt auch einige Männer, die sich an ihrer Verderbtheit erfreuen und den Schwachen Fallen stellen, um sie sich ihrem Willen zu unterwerfen. Wir können ihren Fängen nicht entrinnen, denn sie halten uns mit Erpressung und Einschüchterung fest.«

Anne spürte, dass dies seine eigene Geschichte war, denn wenn er getrunken hatte und sie beschimpfte, hatte sie den Eindruck, dass die Worte, die aus seinem Mund kamen, nicht die seinen waren.

Dieser Umstand gab ihr die Kraft, ihm von Angus zu erzählen. Es war nicht recht, ihn in dem Glauben zu lassen, er allein hätte das Glück zerstört, das sie einst miteinander geteilt hatten. Und wie es ihrem Wesen entsprach, war sie egoistisch genug zu glauben, dass Albert nichts mehr gegen sie in der Hand haben würde, sobald William Bescheid wusste.

Wie ein Sturzbach sprudelten die Worte aus ihr hervor, und sie erzählte ihm, dass sie sich von ihrer ersten Begegnung an zu Angus hingezogen gefühlt hatte, sich aber bezähmt habe, bis William nach Amerika abgereist war.

»Wenn du hier gewesen wärst, wäre es nicht passiert«, sagte sie leise. »Aber du bist ohne mich fortgegangen, und ich konnte nicht länger an mich halten.«

Auch von dem Kind, das sie von Angus bekommen hatte, und von Bridies Behauptung, es sei tot zur Welt gekommen, erzählte sie ihm.

William nahm ihre Enthüllungen mit überraschender Ruhe auf. Er wirkte sprachlos und verwirrt, jedoch nicht wütend. Kein einziges Mal unterbrach er sie mit Vorwürfen oder auch nur mit Fragen.

»Aber das Baby ist nicht gestorben. Nell hat die Kleine zu ihren Eltern gebracht. Das Baby war Hope!«, schluchzte sie. »Ich wusste es nicht. Sie ist hierhergekommen und hat mit Rufus gespielt, doch ich habe nie geahnt, dass sie meine Tochter war. Nell hat es mir erst an jenem schrecklichen Tag erzählt, als sie sagte, Albert habe sie getötet.«

Jetzt war es um Williams Ruhe geschehen. Er richtete sich im Bett auf und sah sie mit stählernen Augen an. »Hope war dein Kind?«, fragte er, und seine Stimme klang plötzlich lauter und sehr rau. »Du musst doch gewusst haben, dass das Baby überlebt hat. Wie konntest du sie jemandem geben, der in unmittelbarer Nähe lebte? Hast du das getan, damit du sie gelegentlich sehen konntest?«

»Nein«, beharrte Anne, ein wenig verwirrt darüber, dass das Kind ihrer Vereinigung mit Angus ihn mehr erregte als die Affäre selbst. »Ich habe Bridie geglaubt, als sie behauptete, meine Tochter wäre tot. Ich war nach der Geburt vollkommen entkräftet, und ich hatte zu der Zeit noch keine Ahnung von Säuglingen. Bridie hat sie mir gezeigt, und sie bewegte sich nicht und hat auch nicht geweint. Außerdem habe ich dich jeden Tag aus Amerika zurückerwartet, und ich hatte solche Angst. Mir schien es, als wäre das Gottes Art gewesen, mein Problem zu lösen.«

William stützte den Kopf in die Hände und stieß einen klagenden Laut aus.

»Es tut mir so leid, William«, schluchzte sie. »Ich habe keine Ahnung, was ich getan hätte, wenn ich gewusst hätte, dass sie überlebt hat. Wahrscheinlich hätte ich Bridie gebeten, ein Heim für sie zu finden. Eine andere Möglichkeit hatte ich schließlich nicht, nicht wahr? Stell dir die Schande vor!«

William saß reglos da.

»Wie hätte ich dir davon erzählen können?«, sagte sie flehentlich. »Es war eine so schreckliche Zeit, ganz allein hier mit Bridie, denn alle anderen Diener waren inzwischen in das Londoner Haus übergesiedelt. Ich habe mein Bestes getan, um das alles zu verdrängen, und du hast es mir leichter gemacht, weil du nach deiner Rückkehr so freundlich und rücksichtsvoll warst.«

Jetzt blickte er auf, und sein Gesicht war bleich und hager. »Nur weil auch ich mit Schuldgefühlen belastet war«, erwiderte er leise. »Du hast so reserviert und geistesabwesend gewirkt, aber ich dachte, du wärst nur wütend, weil ich dich nicht nach Amerika mitgenommen hatte. Oh, Anne! Wenn du mir das alles bloß früher erzählt hättest!«

»Wie hätte ich das tun können?«, entgegnete sie. »Und welchen Sinn hätte es gehabt, dir alles zu beichten, da ich dachte, das Baby sei tot?«

William nickte, als verstünde er ihren Einwand. »Aber hast du Angus davon erzählt?«

Anne schüttelte den Kopf. »Sein Regiment ist aufgebrochen, noch bevor ich auch nur wusste, dass ich schwanger war«, antwortete sie. »Ich habe ihn erst einige Zeit nach Rufus' Geburt wiedergesehen. Du warst hier, als er vorgesprochen hat. Erinnerst du dich nicht daran, dass er mit uns ins Kinderzimmer gegangen ist, um sich Rufus anzusehen? Er hat ihm ein kleines Holzpferd geschenkt. Du hast uns alle zum Lachen gebracht, indem du mit dem Pferd um sein Bett galoppiert bist.«

William lächelte kläglich. »Ja, ich erinnere mich. Ich habe Rufus versprochen, ihm ein echtes Pferd zu schenken, sobald er in einem Sattel sitzen könnte.«

»Wir waren damals so glücklich«, seufzte Anne sehnsüchtig. »Ich hätte mir Angus aus dem Sinn schlagen können, wenn du nur so geblieben wärst, wie du damals warst. Aber du hast dich verändert; du hast dich ständig betrunken und unfreundliche Dinge zu mir gesagt. Warum hast du dich so verändert? Lag es daran, dass du jemand anderen geliebt hast?«

»Nicht damals«, erklärte er kopfschüttelnd. »Aber ich konnte in dir das Bedürfnis nach etwas spüren, das ich dir nicht geben konnte. Jeden Tag bin ich mit dem Gefühl erwacht, ein Betrüger zu sein«, fügte er hinzu und griff nach ihrer Hand. »Zuerst konnte ich mich mit meinen täglichen Ausritten ablenken, doch schon bald habe ich mich auf die Suche nach dem gemacht, was ich wirklich wollte. Ich habe mich so sehr verachtet, dass ich mich betrinken musste, wann immer ich zu Hause war.«

Anne erinnerte sich an eigenartige kleine Szenen, die sich zu jener Zeit abgespielt hatten. So manches Mal hatte sie ihn in ihrem Nachthemd gedrängt, zu ihr ins Bett zu kommen, und William hatte ihr jedes Mal den Rücken zugekehrt und behauptet, müde zu sein.

»Wenn du mir doch nur erzählt hättest, was dich gequält hat!«, sagte sie und wischte sich eine Träne von der Wange. »Ich denke, ich hätte dich tun lassen können, was immer du wolltest, solange du zu Hause nur der William warst, den ich geheiratet habe.«

»Die eigentlichen Probleme haben zu Hause begonnen, als ich mich mit Albert einließ«, gab er zurück.

Anne riss die Augen auf. »Albert! Hat er es herausgefunden? Hat er dich erpresst?«

William schürzte die Lippen, als hätte er soeben an einer Zitrone gelutscht. »Nein, das ist es nicht. Er ist wie ich.«

»Du meinst …?«

William nickte.

»Lieber Gott im Himmel!«, rief Anne. Sie glaubte nicht, dass sie noch weitere Schocks verkraften konnte.

»Ja, er ist so veranlagt wie ich«, zischte William. »Und ich, armer

Narr, der ich bin, habe mich in ihn verliebt. Wenn ich nicht gewesen wäre, hätte er Nell nicht geheiratet; das war mein Vorschlag.«

»Oh nein, William!«, stieß Anne hervor. »Warum hast du das getan?«

William zuckte die Schultern. »Wenn er keine Ehefrau gehabt hätte, hätten die Leute vielleicht Verdacht geschöpft. Nell machte auf mich den Eindruck eines reizlosen, vernünftigen Mädchens, das eine ruhige, verlässliche Ehefrau abgeben würde. Ich wusste damals noch nicht, wie grausam Albert sein konnte und wie sehr er Frauen hasste. Ich dachte, er würde ihr ein Kind schenken und sich um sie kümmern können und dass du auf diese Weise die Zofe behalten konntest, die dir lange Jahre gedient hatte. Und ich würde Albert an einem Ort haben, an dem wir zusammen sein konnten.«

»Das Pförtnerhaus«, flüsterte Anne. »Du bist dort hingegangen?«

William nickte düster. »Es war unrecht, das erkenne ich jetzt, doch er hat mich verzaubert, Anne. Ich konnte an nichts anderes denken, nichts war wichtig außer ihm. Kannst du das verstehen?«

Sie konnte es nicht verstehen, nicht bei einem so abscheulichen Mann wie Albert. Der Gedanke daran, dass sie direkt unter ihrer Nase, in unmittelbarer Nähe zu ihrem Sohn, etwas so Widernatürliches getan hatten, machte sie wütend, und sie hätte ihn gern angeschrien, mit den Fäusten auf ihn eingedroschen und ihm ihre Verachtung entgegengeschleudert.

Doch gleichzeitig konnte sie sich nur allzu gut daran erinnern, wie verzaubert sie von Angus gewesen war; sie hatte ihre gemeinsamen Spaziergänge durch Wälder und Felder nicht vergessen, Stunden, in denen sie keinen Gedanken an ihren Mann oder ihr Kind verschwendet hatte.

Sie holte tief Luft. »Empfindest du immer noch so für ihn?«

»Nein, ich habe Angst vor ihm«, gestand er kläglich. »Die Sache zwischen uns ist schon lange vorbei, doch er weigert sich, es damit bewenden zu lassen. Er droht, dir, Rufus und allen anderen zu erzählen, was ich bin, falls ich ihn von hier vertreibe. Ich dachte, er würde mich lieben, aber jetzt weiß ich, dass er zu einem Gefühl wie Liebe gar nicht fähig ist.«

»Oh, William«, seufzte sie und streckte die Arme nach ihm aus, jetzt, da sie einen gemeinsamen Feind hatten. »Er weiß auch über mich und Angus Bescheid. Er besitzt einen Brief von Angus an mich. Nell hatte Hope gebeten, alle Briefe zu verstecken, falls welche kommen sollten, während ich bei der Beerdigung meines Vaters war, und Albert muss Hope damit erwischt haben. Hat er sie getötet?«

»Nein, zumindest nicht, soweit ich weiß«, sagte William hastig, dann verfiel er in Schweigen und kaute auf seiner Unterlippe.

Anne wartete. Sie wusste, dass ihr Mann das nur tat, wenn er unsicher war und große Angst hatte. Aber bestimmt würde er ihr am Ende erzählen, was er wusste; das Lügen fiel ihm nicht leicht.

»Sie ist ins Pförtnerhaus gekommen und hat uns ertappt«, platzte er schließlich heraus, und sein Gesicht war verzerrt von Scham. »Albert hat gesagt, ich solle durch die Vordertür verschwinden, und er würde sich um sie kümmern. Ich bin später am Abend noch einmal dort hingegangen; da war sie fort. Albert hat mir den Zettel gezeigt, den er sie zu schreiben gezwungen hatte; er hatte ihr verboten, je zurückzukehren. Andernfalls würde er Nell verletzen, hatte er Hope angedroht.«

Jetzt explodierte Anne vor Zorn und warf ihm all die schrecklichen Namen an den Kopf, die ihr einfielen. »Du Feigling!«, tobte sie. »Du hast daneben gestanden und Nell in dem Glauben gelassen, Hope sei tot, und die ganze Zeit über wusstest du die Wahrheit! Wie konntest du nur? Es war unmenschlich!«

»Was wäre mir denn anderes übrig geblieben?«, jammerte William. »Ich hatte schreckliche Angst, dass Albert und ich entdeckt würden. Albert hat mich sogar davon überzeugt, dass Hope House Briargate habe verlassen *wollen.* Ich wusste damals noch nicht, wie grausam er war, und noch heute ist mir schleierhaft, was ich anderes hätte tun können, als mich damit einverstanden zu erklären.«

Anne war plötzlich übel. Sie ließ sich in ihre Kissen zurücksinken, entsetzt über Alberts Verkommenheit. Rufus hatte ihr erzählt, der Mann habe sowohl Hope als auch Nell geschlagen und ihnen das Leben zur Hölle gemacht. Tatsächlich konnte Anne sich daran erinnern, dass Nell oft vor Schmerz zusammengezuckt war; sie hatte dergleichen Zwischenfälle stets mit einem Sturz auf der Einfahrt oder etwas Ähnlichem erklärt. Das Scheusal hatte die beiden offensichtlich schon sehr lange Zeit terrorisiert, aber sie, Anne, war zu sehr mit sich selbst beschäftigt gewesen, um es zu bemerken.

Vielleicht war Hope tatsächlich wie befohlen fortgegangen, um Nell zu schützen, aber irgendwie kannte Anne auch Hopes andere Gründe: Sie hatte Rufus und ihr selbst Schande ersparen wollen. Hope war damals erst fünfzehn gewesen, und sie hatte etwas gesehen, mit dem nicht einmal eine erwachsene Frau fertig geworden wäre. Zu allem Übel wurde sie aus ihrem Zuhause verbannt, man raubte ihr ihre Familie und ihren Lebensunterhalt und befahl ihr, nie mehr zurückzukehren.

Hatte Albert sie geschlagen, bevor sie aufgebrochen war? Hatte sie Geld gehabt? Wohin hatte sie gehen können?

William blieb während dieser Nacht in ihrem Bett und hielt sie fest umschlungen. »Ich liebe dich immer noch«, sagte er, »selbst wenn ich deiner Liebe nicht würdig bin«.

Anne war dankbar für den Trost seiner Arme, aber die Bilder von ihrer Tochter, die verängstigt und ganz allein irgendwo draußen war, ohne einen Menschen, an den sie sich hätte wenden können, machten ihr das Schlafen unmöglich. Jetzt verstand sie, warum Nell vor Kummer wahnsinnig geworden war.

Kapitel 17

1854

Bei einem plötzlichen Zischen des Feuers zuckte Lady Harvey unwillkürlich zusammen.

»Die Kohle ist nass«, erklärte William und durchbrach das Schweigen, in dem sie eine Weile gefangen gewesen waren. »Ich schätze, Albert hat wieder in die Kohlen gepinkelt.«

Anne hörte die Trostlosigkeit in der Stimme ihres Mannes, und als sie sich zu ihm umdrehte, sah sie Tränen in seinen Augen glänzen.

»Was sollen wir nur unternehmen?«, fragte sie ängstlich. »Es wird immer schlimmer mit ihm, nicht wahr?«

Sie saßen in Williams Arbeitszimmer. Den Salon benutzten sie im Winter nicht mehr, weil es zu teuer war, ihn zu heizen. Das Arbeitszimmer war der einzige Raum in House Briargate, der noch keine Spuren von Vernachlässigung zeigte, wie sie sich überall sonst deutlich niederschlugen. Aber andererseits schien der Raum angesichts der puren Maskulinität der mit Büchern gesäumten Wände und der ledernen Armsessel wie dazu geschaffen, leicht abgenutzt und dennoch alterslos zu wirken.

Draußen herrschte ein rauer, grauer Februarnachmittag, ein scharfer Wind beugte die kahlen Äste der Bäume entlang der Einfahrt. Das Licht wurde jetzt schnell schwächer, aber Anne widerstrebte es, sich von dem Feuer zu entfernen, um die Öllampe zu entzünden, denn ihre Gelenke waren steif von Rheumatismus. Das fahle Licht verbarg die Verwüstungen, die Zeit und Sorgen dem einst so gut aussehenden Paar beigebracht hatten. Annes Haar war jetzt dünn und weiß, ihr Gesicht gefurcht, und sie hatte an Gewicht etwas zugenommen. Mit achtundvierzig sah sie vielleicht noch jünger aus als viele Frauen ihres Alters, die im Dorf lebten, aber das hatte weniger mit strahlender Gesundheit oder der Freundlichkeit der Natur zu tun als mit der Eleganz der Kleidung und einer untadeligen Haltung, die ihr immer noch eigen war.

Williams Gesicht war weniger gefurcht als das seiner Frau, aber er war korpulent und fast kahlköpfig. Die Jahre der Alkoholexzesse hatten sein Gesicht aufgeschwemmt, und seine Bewegungen waren von einer Steifheit, wie sie bei einem älteren Menschen zu erwarten gewesen wäre.

Doch neben dem allgegenwärtigen Ärger über Alberts Anwesenheit in House Briargate hatten sie nach ihren Enthüllungen vor einem Jahr ein neues Glück gefunden. William sagte, er sei zu alt und zu desillusioniert für leidenschaftliches Begehren; Anne war zufrieden mit seiner Freundschaft und seiner Gesellschaft. Tatsächlich waren sie in diesem letzten Jahr einander wieder genauso nah gewesen wie als frisch Vermählte.

Sie sprachen oft darüber, dass sie Albert schon vor Jahren hätten entlassen sollen. Aber abgesehen von ihren jeweiligen Gründen, eine Auseinandersetzung mit Albert zu vermeiden, standen sie auch, was das Anwesen betraf, mit dem Rücken zur Wand. Was immer sonst Albert sein mochte – niemand konnte ihm absprechen, dass er ein erstaunlicher Gärtner war. Er hatte die Energie von drei Männern, er war stolz auf seine Arbeit, und es würde unmöglich sein, ihn zu ersetzen.

House Briargate mochte im Innern zerfallen, doch solange die Gärten makellos und schön waren, konnten sie sich selbst und anderen vorgaukeln, alles stünde zum Besten. Es kamen heutzutage zwar nicht mehr viele Gäste nach House Briargate – die Warrens von der Wick Farm besuchten sie gelegentlich im Sommer zum Tee im Garten, gleichermaßen die Metcalfes von Bath –, aber es hatte seit Jahren keine Dinnerparty hier mehr gegeben. Und doch hatten die Harveys vor einem Jahr geglaubt oder vielmehr gehofft, Albert und alles, was das Leben ihnen noch an Knüppeln zwischen die Beine werfen würde, kontrollieren zu können – jetzt, da sie sich nach so vielen Jahren wieder einig waren. Sie waren sogar davon überzeugt gewesen, wieder Gäste empfangen zu können. Aber sie hatten sich geirrt. Zuerst ging Martha, die Köchin. Kurz darauf kündigte auch Rose, die eine Stellung in einem lebhafteren Haushalt gefunden hatte. Sowohl Sir William als auch Lady Harvey zweifelten nicht daran, dass Albert seine Hand im Spiel gehabt hatte, die Köchin zum Gehen zu bewegen.

Der ergebene, verlässliche Baines war geblieben; nichts, was Albert ihm sagen oder ihm anbieten konnte, hätte ihn dazu gebracht fortzugehen. Aber es wäre auch schwierig für ihn gewesen, eine andere Stellung zu finden, da er bereits über siebzig war und langsam sehr gebrechlich wurde.

Lady Harvey hatte Mrs Crabbe eingestellt, eine Witwe aus dem Dorf, und Polly, ihre fünfzehnjährige Tochter, aber beide waren schlampig und unverschämt. Traurigerweise musste Lady Harvey akzeptieren, dass vornehme Herrschaften, die schwere Zeiten durchmachten, nicht erwarten konnten, gute Dienstboten zu finden. Da jedoch niemand sonst zur Verfügung stand, musste sie sich mit niedrigerem Standard zufriedengeben.

Aber Albert war nach wie vor wie ein böser Geist, der alles verdarb, was gut war. Obwohl er sich mit den Gärten noch immer große Mühe gab, tat er es auf eine Weise, als wäre er ihr Besitzer. Und er hatte viele Möglichkeiten, den Harveys zu zeigen, dass er sich als den neuen Herrn von House Briargate betrachtete.

Das Pinkeln auf die Kohlen für das Arbeitszimmer war nur einer seiner vielen bösen Streiche, um sie einzuschüchtern. In der Vergangenheit hatten sie im Kohleneimer auch einmal eine Schlange und eine tote Ratte entdeckt.

Manchmal verschwand er tagelang, vor allem im Winter, und jedes Mal hofften sie, er würde für immer fortbleiben. Aber er kam stets zurück, stürzte sich auf einen Baum, den er fällen konnte, oder legte ein neues Blumenbeet an, ohne sich auch nur zuvor mit ihnen zu beraten. Und er hatte höheren Lohn verlangt, wobei er offenkundig seine Grenzen ausgelotet hatte.

»Ich dachte, ich könnte ihn bitten, mit mir auf die Jagd zu gehen«, bemerkte William und durchbrach damit Annes deprimierten Tagtraum. »Ich könnte ihn erschießen und behaupten, es wäre ein Unfall gewesen.«

Anne bezweifelte stark, dass er Albert wirklich erschießen konnte, wie sehr er den Mann auch zu hassen und zu fürchten gelernt hatte. Aber es war rührend, dass er nach einer Möglichkeit suchte, dieser grauenhaften Situation ein Ende zu bereiten.

»Er ist zu gerissen, um sich auf so etwas einzulassen; er würde spüren, was du vorhast«, erwiderte sie schärfer, als sie beabsichtigt hatte. »Der einzig echte Ausweg ist der: Wir müssen zusammenhalten und ihm erklären, dass er nichts mehr gegen uns in der Hand hat.«

»Dafür bin ich nicht stark genug, glaube ich«, erwiderte William und ließ den Kopf hängen. »Er ist durch und durch böse, Anne, das weißt du.«

»Aber er kann nichts sagen, ohne sich damit auch selbst zu belasten«, gab Anne zurück. »Wir könnten die Affäre mit Angus einfach abstreiten. Niemand mag Albert, man wird ihm kein Wort glauben. Nell würde sich niemals mit Albert gegen mich verbünden, und dasselbe gilt für Angus.«

»Nell könnte ihm inzwischen die Wahrheit über Hope erzählt haben«, rief William ihr ins Gedächtnis. »Das könnte seine Meinung zu den Dingen geändert haben.«

»Wenn er wüsste, dass Hope seine Tochter war, würde er uns umso mehr gegen Albert unterstützen«, meinte Anne sehnsüchtig. »Ich wünschte nur, ich hätte es ihm selbst an dem Tag erzählt, an dem ich ihm in Bath begegnet bin. Er wäre hierhergekommen und hätte sich diese Bestie sofort vorgenommen.«

»Wie seltsam die Dinge sich entwickelt haben«, bemerkte William nachdenklich. »Ich habe Angus kennengelernt, als er noch ein kleiner Junge war und bei seinen Verwandten in Chelwood wohnte. Er hat zu mir aufgeblickt, und ich war meistens unfreundlich zu ihm, weil er einige Jahre jünger war als ich. Er lag mir ständig in den Ohren, dass ich ihn bei meinen Ausritten mitnehmen solle. Wenn ich nachgegeben und ihm ein Pferd geliehen hätte, hätte er sich vielleicht nie die Mühe gemacht, zurückzukommen und mich aufzusuchen, nachdem er sein Offizierspatent bei der Armee bekommen hatte. Dann hätte er dich niemals kennengelernt.«

»Wenn du ihn um seine Hilfe bitten würdest, um dich Alberts zu entledigen, bin ich davon überzeugt, dass er noch immer genug Zuneigung zu dir hegte, um dir willig beizustehen«, erwiderte Anne.

»Ich könnte es nicht ertragen, wenn von allen Männern ausgerechnet er erführe, was ich bin«, meinte William mit gepresster Stimme. »Und du weißt, welche Wonne es Albert bereiten würde, es ihm zu erzählen.«

In diesem Punkt hatte William wahrscheinlich recht, erkannte Anne. »Eines verstehe ich nicht: *Warum* will Albert hierbleiben?«, fragte sie. »Er weiß, dass er dir nichts mehr bedeutet. Er hat keine Freunde, keine Familie. Was ist es also, das ihn hier festhält?«

»Er wird gut bezahlt, er schätzt das Leben im Pförtnerhaus, und anderswo würde er niemals die Freiheit haben, die er hier hat«, seufzte William. »Er hat vollkommen freie Hand auf dem Grundstück, und du musst zugeben, dass er viel mehr ist als ein Gärtner: Er ist ein Künstler! Erinnerst du dich, wie prächtig die Blumenbeete im letzten Sommer waren, solch wunderbare Farbkombinationen, die Umsicht, mit der er dafür sorgt, dass stets etwas Neues emporwächst, um die verblühenden Pflanzen zu verbergen? Ich habe noch nie zuvor etwas Derartiges gesehen.«

Anne erinnerte sich durchaus. Tatsächlich hatte sie den Mann in all der Zeit nur dann wirklich glücklich gesehen, wenn er seine Pflanzen bewunderte. Aber gleichzeitig sorgte er dafür, dass sie und William sich nicht daran erfreuen konnten.

Wenn sie im Garten den Tee nahmen, fing Albert an, in der Nähe das Gras zu schneiden. Wenn sie einfach umhergingen, folgte er ihnen mit einer Schubkarre; wenn sie Blumen pflückten, funkelte er sie wütend an und gab ihnen das Gefühl, Eindringlinge zu sein.

Es war, als wollte er sie im Haus gefangen halten, und selbst an einem Wintertag sorgte er mit kleinen Dingen wie der nassen Kohle dafür, dass sie sich seiner Anwesenheit bewusst waren. Zu seinen Lieblingsbeschäftigungen gehörte es auch, den Kies auf der Einfahrt vor dem Arbeitszimmerfenster zu rechen, und im Sommer stach er häufig in Wespennester, sodass die Insekten in die Räume flogen.

Wenn er Anne aus dem Fenster schauen sah, urinierte er manchmal direkt vor ihr. Spätabends ging er ums Haus herum, und das Knirschen seiner Schritte auf dem Kies erinnerte sie daran, dass er immer noch da war, sie beobachtete und abwartete.

Wieder und wieder hatte William versucht, ihn zur Rede zu stellen, aber es endete immer auf dieselbe Art und Weise: Albert drohte, sie bloßzustellen.

»Verdammt«, rief William aus und sprang auf, als ein unverkennbarer Geruch von Urin sowohl vom Feuer als auch von dem Kohlenkasten aufstieg. »Genug ist genug!«

»Was, Liebster?«, fragte Anne.

»Albert! Er muss weg. Morgen werde ich in aller Frühe darauf bestehen, dass er geht. Ich werde ihm bis zum Ende der Woche Zeit geben, und wenn er bis dahin nicht verschwunden ist, werde ich zwei Männer holen, die seine Habe aus dem Pförtnerhaus werfen und die Schlösser an den Türen auswechseln.«

»Doch was ist, wenn er dich angreift?«, wollte Anne nervös wissen.

William ging zum Fenster hinüber und blickte hinaus. »Ich hoffe beinahe, er tut es«, sagte er. »Dann kann ich zur Polizei gehen und ihn verhaften lassen.«

Anne hatte William schon früher so reden hören, aber jedes Mal hatte er später einen Rückzieher gemacht, häufig nachdem er Albert mehr Geld hatte geben müssen, um ihn zu beschwichtigen. Doch sie war so froh zu hören, dass William diesmal wirklich entschlossen klang. Vermutlich war Rufus der Grund dafür, überlegte sie.

Er war jetzt in seinem zweiten Jahr an der Universität von Oxford, doch er hatte es abgelehnt, Weihnachten nach Hause zu kommen. »Er ist wohl zu vornehm für das schäbige Haus und für den Mangel an Partys und Tanzabenden geworden«, hatte Albert mit höhnischem Grinsen behauptet, aber das stimmte nicht. Sowohl Anne als auch William wussten das. Rufus war zu einem hochgewachsenen, kräftigen und gut aussehenden jungen Mann herangewachsen, doch er hatte wahrhaftig keine Allüren. Wenn er zu Hause war, ging er immer noch gern zu Matts Farm hinüber; im letzten Sommer hatte er jeden Tag dort verbracht und bei der Ernte geholfen.

Sie wussten beide, dass er Alberts wegen über Weihnachten nicht nach Hause kam. Rufus hatte sich als junger Bursche eine Meinung über den Mann gebildet, und an dieser Meinung hatte sich nichts geändert. Im Gegenteil – er hatte mit wachsender Empörung beobachtet, wie Albert umherstolzierte, als wäre er der Herr, während seine Eltern vor ihm zurückwichen. Mit seinem Fernbleiben über Weihnachten wollte er seine Missbilligung zeigen, und die Botschaft war einfach: Albert sollte entlassen werden, oder Rufus würde auch in Zukunft weder Ferien noch Feiertage bei seinen Eltern verbringen.

Es war das freudloseste Weihnachtsfest gewesen, das sie je verbracht hatten, und William war jetzt noch wütender auf Albert, das wusste Anne.

»Bist du gewappnet gegen den Klatsch, falls er seine Drohung in die Tat umsetzt?«, fragte sie. Sie selbst fühlte sich gewappnet, doch sie wollte nicht, dass William beim ersten Anflug eines Skandals zusammenbrach.

»Ich bin gewappnet, mehr denn je. Komm, altes Mädchen, lass mich jetzt nicht im Stich! Wir müssen es hinter uns bringen, oder wir werden für den Rest unseres Lebens unter seinem Joch stehen.«

Annes Gesichtsausdruck beim Frühstück zeigte William, dass sie glaubte, er werde irgendeinen Vorwand finden, um sich nicht wie versprochen heute mit Albert auseinanderzusetzen.

Sie befand sich in diesem Punkt nicht gänzlich im Irrtum; William hatte die halbe Nacht wach gelegen und sich Ausreden ausgedacht. Aber ihm war die Erkenntnis gekommen, dass sein ganzes Leben eine einzige Abfolge von Ausreden gewesen war. Er hatte eine gute Ehe geschlossen, Anne jedoch wegen seiner sexuellen Unzulänglichkeit enttäuscht. Er stammte aus vermögenden Verhältnissen, und er hatte sein Geld verspielt und verschleudert. Es gab nur eins in seinem Leben, auf das er stolz sein konnte, und das war Rufus, denn trotz der Schwächen beider Eltern war er zu einem prächtigen jungen Mann herangewachsen, intelligent, stark, liebevoll und fleißig.

Sein Großvater hatte House Briargate in der Absicht erbaut, es an William weiterzugeben und dann an seinen Enkelsohn, doch dank Williams Dummheit war das Anwesen jetzt mehr eine Belastung als eine Hilfe. Aber er wusste, dass Rufus lieber einen wertlosen, verfallenen, verwilderten Besitz erben würde, als einen Vater zu haben, der zu feige war, einem Erpresser die Stirn zu bieten.

Glücklicherweise war Rufus' Zukunft abgesichert, dank des Vermächtnisses seines Großvaters mütterlicherseits, doch selbst wenn es anders gewesen wäre, hatte Rufus die Intelligenz, die Begeisterung und das Wissen, um aus Briargate eine einträgliche Farm zu machen. Er hatte oft gesagt, er halte es für unmoralisch, so viele dekadente Blumenbeete auf dem Grundstück zu haben, wenn das Land für Hühner, Schweine oder Gemüse genutzt werden könne.

Also war William klar, das Richtige tun zu müssen – für Rufus, auch wenn er bei der Aussicht auf die möglichen Konsequenzen einer Entlassung Alberts zitterte wie Espenlaub.

»Wohin gehst du?«, fragte Anne, als er sich vom Frühstückstisch erhob. Sie hatten während des Essens kaum miteinander gesprochen. Er hatte in seine Zeitung geblickt; sie hatte einen Brief von ihrer

Schwester gelesen. Es war nichts Ungewöhnliches, dass sie beim Frühstück schwiegen, aber normalerweise war es ein behagliches Schweigen. Heute hatte die Spannung unerledigter Angelegenheiten im Raum gelegen.

»Ich will meine Gartenschuhe anziehen«, antwortete er. »Du bleibst hier drin und beobachtest das Geschehen, für den Fall, dass ich dich brauchen sollte.«

»Du wirst mit Albert reden?« Sie klang sehr überrascht.

»Ich werde nicht viele Worte machen«, sagte er mit einem schwachen, jungenhaften Grinsen. »Ich werde ihm seinen Marschbefehl geben.«

»Und ich soll nicht mitkommen?«

William hatte lange und gründlich darüber nachgedacht, ob es besser oder schlechter wäre, Anne an seiner Seite zu haben. Aber er war zu dem Schluss gekommen, es allein erledigen zu müssen. Er durfte sie Alberts obszöner Sprache nicht aussetzen; er würde gewiss einen Schwall seiner Lieblingskraftausdrücke von sich geben.

William ging durch die Hintertür neben dem Stiefelzimmer und schlüpfte in seinen Mantel. Draußen war es sehr kalt, und als er sich im Garten umschaute, um festzustellen, wo Albert war, fiel ihm auf, dass im Tal unten am Fluss Nebel lag.

Das Geräusch der Säge sagte ihm, dass Albert im Holzschuppen hinter den Ställen war. Dies war der eine Ort, an dem er wirklich nicht mit dem Mann allein sein wollte. Dort drin hatte er Albert zum ersten Mal geküsst und ihm seine Liebe gestanden.

William konnte den Gedanken nicht ertragen, was für ein furchtbarer Narr er gewesen war. Er hatte dem Mann sein Herz und sein Geld geschenkt und alles für ihn aufs Spiel gesetzt. Aber sein größter Fehler war es gewesen, ihn in einem verklärten Licht zu sehen statt so, wie er wirklich war.

William hatte in ihm einen schönen, sanften und kreativen Erzengel im Kittel eines Arbeiters gesehen, einen Mann, der aus Dankbarkeit den Garten in die Art von Eden verwandelte, die William seiner Meinung nach verdiente. Er hatte sogar angenommen, Albert sei noch unschuldig – und ihm, William, erlegen, weil er der einzige Mensch war, der ihm jemals Zuneigung oder Wertschätzung entgegengebracht hatte.

Viel später, als William zu begreifen begann, dass das Geben einseitig war, erfand er Entschuldigungen für seinen Geliebten: Er hatte eine bösartige Mutter gehabt; er hatte schon von einem sehr frühen Alter an unter dem Einfluss brutaler Männer gestanden. Trotzdem hatte William immer noch geglaubt, Albert würde seine Gefühle erwidern, wenn er ihm nur genug Liebe, Verständnis und Güte entgegenbringe.

Jetzt war er sich vollauf darüber im Klaren, dass Albert niemals die Fähigkeit zu lieben besessen hatte. Er mochte ein Herz haben, das sein Blut durch die Adern pumpte wie bei allen anderen Menschen auch, aber was immer den meisten Menschen die Fähigkeit gab, Gefühle für andere zu entwickeln, das fehlte bei Albert.

Er konnte Gefühle erstklassig schauspielern; in der Vergangenheit hatte er William so viel Zärtlichkeit, Bewunderung und Mitgefühl gezeigt, dass er aufgehört hatte, auf sein Gewissen zu hören, und mit dem Mann davongelaufen wäre, um mit ihm im Wald zu leben, wenn er nur darum gebeten hätte. Aber am Ende hatte William begriffen, dass das alles nur eine Scharade gewesen war. Das einzige Gefühl, dessen Albert fähig war, war Hass – Hass auf seine bescheidene Herkunft und auf jeden, der seiner Meinung nach mehr vom Glück begünstigt war als er selbst.

Als William den offenen Holzschuppen erreichte, hielt Albert in der Arbeit inne. Trotz der Kälte glänzte seine Haut von Schweiß, und er hatte sich bis auf Hemd und Kniehosen entkleidet. Er sah schmutzig und ungepflegt aus, sein Haar war verfilzt und reichte ihm fast bis auf die Schultern. In seinem Bart klebten Überreste früherer Mahlzeiten. Der Geruch von saurem Schweiß war überwältigend.

»Bist du hergekommen, um mir zu helfen, Billy?«, fragte er mit einem hinterhältigen Feixen. »Ist dir die Gesellschaft des alten Mädchens zu langweilig geworden?«

William war übel bei dem Gedanken, dass er jemals das Bett mit diesem Mann geteilt hatte, denn er konnte jetzt so deutlich erkennen, was er war: nichts anderes als eine kaltblütige Hure. »Lady Harvey ist eine sehr angenehme Gesellschaft«, erwiderte William. »Und ich bin hergekommen, um dir mitzuteilen, dass du entlassen bist. Bis Freitag wirst du das Pförtnerhaus räumen und Briargate verlassen.«

Albert setzte sich auf einen Baumstamm und nahm seine Pfeife und den Tabaksbeutel aus der Tasche, als hätte er Williams Worte nicht gehört. »Du kannst mich nicht entlassen«, grinste er, während er den Tabak in die Pfeife drückte. »Wir sind für immer aneinander gebunden, Billy-Boy!«

William war genauso eingeschüchtert, wie Albert es beabsichtigt hatte. Er versuchte, das Spiel der Muskeln unter seinen Hemdsärmeln nicht zu sehen, ebenso wenig wie die kräftigen Hände. Stattdessen zwang er sich, sich Rufus' Gesicht vor Augen zu halten und das Lächeln, das er darin sehen würde, wenn er ihm von Alberts Entlassung erzählte.

»Wir sind nicht aneinander gebunden. Du wirst bis Freitag gehen, oder ich werde dich hinauswerfen lassen.«

»Oh, ich bitte dich.« Albert vergaß seine Pfeife und erhob sich von dem Holzscheit. Dann bleckte er die Zähne. »Du willst, dass ich Lady Harvey Geschichten erzähle?«

»Das kannst du tun, wenn du es wünschst, aber sie weiß bereits alles.«

Albert schnaubte höhnisch; offenkundig glaubte er ihm nicht. »Du wärst verdammt gut beraten, nicht zu versuchen, mich für dumm zu verkaufen«, drohte er und wandte sich in die Richtung, in der das Haus stand.

William ließ ihn ein kleines Stück des Weges vorausgehen; dann überquerte er den Rasen gerade so weit, dass Anne ihn vom Esszimmer aus sehen konnte, und er bedeutete ihr herauszukommen.

Albert war fast an der Hintertür angelangt, als sie geöffnet wurde und Anne dort stand.

»Komm heraus, Anne«, rief William. »Ich habe Mühe, Albert davon zu überzeugen, dass wir keine Geheimnisse voreinander haben.«

Zum ersten Mal in all den Jahren, die er Albert kannte, erlebte William den anderen Mann unsicher. Seine Augen wurden schmal und huschten zwischen William und Anne hin und her wie die einer in die Enge getriebenen Ratte.

William war stolz auf Anne. Sie hatte sich einen purpurfarbenen Schal um die Schultern gelegt, und mit seiner königlichen Farbe, mit ihren Augen, die wie Flintstein waren, und ihrer hoch aufgerichteten Haltung trat sie auf wie eine Königin.

»Ich höre, Sir William hat Ihnen den Befehl gegeben, uns zu verlassen?«, bemerkte sie, und ihre Stimme war so scharf und kalt wie der Morgen. »Wir sind bereit, Ihnen ein Zeugnis auszustellen. Sie haben den Garten schließlich sehr gut versorgt.«

»Hauptmann Pettigrew hat Ihren Garten ebenfalls gut versorgt«, erwiderte Albert.

William sog bei dieser hinterhältigen Erwiderung den Atem ein, denn er wusste, dass die Bemerkung darauf zielte, seine Frau bis ins Mark zu verängstigen. Aber sie lächelte nur, ging direkt auf William zu und hakte sich bei ihm unter.

»Mein Mann ist sehr wohl im Bilde über meine frühere Beziehung zu Hauptmann Pettigrew«, sagte sie. »Sie können uns nicht verletzen, Albert.«

Alberts Gesicht wurde dunkel vor Zorn, und er begann zu fluchen und sich aufzuplustern; er drohte ihnen, ins Dorf hinunterzugehen und allen, die er kannte, die Wahrheit über sie beide zu erzählen.

»Wie können Sie das tun, ohne sich selbst zu belasten?«, gab Anne zurück. »Die Leute auf dem Land haben nichts übrig für Ihresgleichen. Wir brauchen nur den Männern der Rentons zu erzählen, dass Sie versuchen, uns zu verleumden, und sie werden Sie liebend gern in der Luft zerreißen. Sie haben keine Freunde im Dorf, wir dagegen haben viele.«

»Master Rufus wird nicht gefallen, was ich zu berichten habe«, versetzte er, und William konnte spüren, dass er jetzt verzweifelt und vollkommen aus dem Gleichgewicht gebracht war. Niemals hatte er damit gerechnet, sie könnten ihre vergangenen Sünden einander gebeichtet haben.

Anne lachte freudlos. »Wirklich, Albert! Was für ein dummer Esel Sie doch sind! Denken Sie wirklich, er würde Ihnen auch nur ein einziges Wort glauben? Er verachtet Sie und hat Ihnen immer die Schuld an Hopes Verschwinden gegeben. Es würde mich nicht überraschen, wenn er diesbezüglich eine neue polizeiliche Ermittlung verlangen würde. Packen Sie Ihre Taschen und verschwinden Sie, Albert, Ihre Zeit hier ist vorüber. Sie haben jetzt nichts mehr, womit Sie uns erpressen könnten.«

»Sie vergessen, dass ich den Brief von Hauptmann Pettigrew habe«, fauchte er. »Das ist ein Beweis.«

William trat näher an Albert heran. »In Zeiten wie diesen halten Gentlemen zusammen«, sagte er mit einem grimmigen Unterton. »Ich bin mit dem Hauptmann aufgewachsen, und er wird erklären, der Brief sei eine Fälschung. Und was mehr ist, er wird hierherkommen und Ihnen für Ihre Mühe eine ordentliche Tracht Prügel versetzen.«

»Ich werde mich an die Gerichte wenden«, schrie Albert wild.

William lachte verächtlich. »Glaubst du wirklich, ein Gärtner könne auch nur mit den geringsten Erfolgsaussichten gegen ein Mitglied der Aristokratie vor Gericht gehen? Man würde dich nach Botany Bay verbannen. Und jetzt fort mit dir! Verlass das Pförtnerhaus vor Freitagmorgen, und du wirst ein Zeugnis bekommen. Aber wenn du dann immer noch dort bist, werde ich dich ohne eines hinauswerfen lassen.«

Anne schob eine Hand in Williams, während sie zusahen, wie Albert um das Haus herum davonschlich. »Wird er gehen?«, flüsterte sie.

»Ich denke, ja«, antwortete William. Er fühlte sich gut, er hatte Anne, Rufus und Briargate beschützt. »Er hat im Grunde keine andere Wahl. Selbst wenn er sich in die Schenke hinunterschleicht und ein paar Geschichten erzählt, wird ihm niemand glauben. Und nun müssen wir hineingehen, bevor du dich erkältest. Ich meine, wir gönnen uns ein Glas Sherry, um zu feiern.«

In dieser Nacht saß Albert im schwachen Licht einer flackernden Kerze mit einem großen Haufen Geld vor sich am Tisch im Pförtnerhaus. Während er das Geld zu kleineren Stapeln ordnete, nahm er immer wieder tiefe Schlucke aus einer Flasche Rum. Normalerweise bereitete ihm das Zählen seines Geldes großes Vergnügen, denn er hatte es während all der Jahre genossen, William bluten zu lassen. Aber heute Abend war er so voller Zorn, dass er sich nicht konzentrieren konnte.

Er hatte geglaubt, den Rest seines Lebens hier verbringen zu können und William und Anne in der Hand zu haben. Sein langfristiger Plan hatte darin bestanden zu warten, bis sie gezwungen waren, Briargate zu verkaufen, und dann hätte er bereitgestanden, um es zu kaufen. Er hatte nicht erwartet, dass sich das Glück wenden könne.

Albert hatte mehr als genug Geld, um überall hinzugehen; er war gesund und stark, und er war ehrgeizig genug, um alles zu erreichen, was er wollte. Aber es war der Garten von House Briargate, den er begehrte. Er hatte ihn geschaffen; jeder Baum, jeder Strauch und jede Blume gehörte ihm. Er hatte sechzehn Jahre in diesem Garten geschuftet, hatte ihn gepflegt und geplant, und jetzt entrissen sie ihn ihm.

Er hatte immer geglaubt, so kräftig wie eine Eiche zu sein und dass nichts ihn erschrecken oder beängstigen könnte. Als der schwache, jämmerliche William am Morgen im Holzschuppen aufgetaucht war, hatte er zuerst geglaubt, er begehre ihn wieder, auch wenn ein finsterer Ausdruck in seinem Gesicht gelegen hatte.

Und er hätte das gesamte Geld auf dem Tisch darauf gewettet, dass William seiner Frau niemals erzählen würde, was er war. Doch genau das hatte er getan, und sie hatte ihm ihre Affäre mit dem Hauptmann gebeichtet. Sie hatten gemeinsam dort gestanden, selbstgefällig bis in die Zehen, und der letzte Schlag war Williams Bemerkung gewesen: »Glaubst du wirklich, ein Gärtner könne auch nur mit den geringsten Erfolgsaussichten gegen ein Mitglied der Aristokratie vor Gericht gehen?«

Das hatte Albert endgültig in Rage gebracht. Es gefiel ihm nicht, wenn man ihm ins Gedächtnis rief, dass er ein Arbeiter war.

Als kleiner Junge hatte er seine groben Kleider gehasst, er hatte es gehasst, barfuß zu gehen, er hatte alles gehasst, was damit einherging, dass er in eine arme Familie hineingeboren worden war. Seine Mutter hatte stets voller Verachtung gesagt, er meine wohl, in einen Palast zu gehören.

Im Alter von zehn Jahren hatte man ihn nach Hever Castle verfrachtet, wo er in den Gärten hatte arbeiten müssen. Binnen weniger Monate hatte er die Aufmerksamkeit des ersten Stallburschen erregt, und Nacht für Nacht hatte er sich von dem Mann benutzen lassen müssen wie eine Frau.

Albert war vierzehn gewesen, als der erste Stallbursche plötzlich an einem Herzinfarkt gestorben war, und er hätte nicht glücklicher sein können. Er hatte kein Interesse an Mädchen gehabt, glaubte aber, eines Tages die Richtige kennenzulernen und dann all die Dinge vergessen zu können, die ihm so lange solche Scham bereitet hatten.

Mit sechzehn war er ein stattlicher Bursche von einem Meter achtzig gewesen, mit leuchtender, olivfarbener Haut, schwarzem, gelocktem Haar und dunklen Augen voller Leidenschaft. Und es waren nicht nur die weiblichen Dienstboten, die ihn voller Sehnsucht ansahen, sondern auch viele der vornehmen Damen, die Hever Castle besuchten. Albert stellte jedoch fest, dass er in keiner Weise auf sie reagierte. Es war keine Schüchternheit, er mochte sie einfach nicht. Auf der anderen Seite konnte er gewisse Männer betrachten, und sein Puls begann zu rasen.

Es war, als hätte der Stallbursche ihn mit einem Fluch belegt, und in seinem Zorn hatte er sich geschworen, sich nie wieder von einem anderen Mann benutzen zu lassen. In Zukunft würde *er* derjenige sein, der andere benutzte und seinen Vorteil aus einer solchen Verbindung zog. Glücklicherweise kamen viele angesehene Männer nach Hever Castle, die Knaben lieber mochten als Mädchen, und Albert fand heraus, dass er sie sofort zu erkennen vermochte.

Bis zu seinem einundzwanzigsten Jahr blieb er auf Hever Castle, ließ sich von einer Abfolge von Geliebten Geld schenken und teure Geschenke machen, und davon abgesehen war er es zufrieden, in den Gärten zu arbeiten. Er hatte diese Tätigkeit nie als eine niedere Arbeit angesehen; für ihn war ein schöner Garten ein Tempel, in dem er seine Art von Gottesdienst hielt. In seiner freien Zeit lernte er so viel wie möglich von alten, erfahrenen Gärtnern. Seine Vision für die Zukunft war es, einen Garten von Grund auf zu planen und anzulegen. Er stellte sich einen See vor, einen Wald, akkurate Blumenbeete, große Rasenflächen und Steingärten mit kleinen Wasserläufen und abgeschiedenen Lauben.

Aber es fehlte der wohlhabende Mann, der das Land für ein solches Projekt bereitgestellt hätte, und als erste Gerüchte über seine sexuellen Großtaten die Runde machten, wurde Albert flugs in die Gärten des Bischofspalastes in Wells verbannt.

Er dachte nicht gern über die Demütigungen nach, die er dort erlebt hatte; fromme Männer, von denen er wusste, dass sie genauso waren wie er, hatten mit ihm gebetet, sadistische Rohlinge hatten ihn bis zur Erschöpfung arbeiten lassen, und die übrigen Menschen dort hatten ihn ignoriert. Dann war er eines Abends in der benachbarten Schenke William begegnet.

In der Schenke tummelten sich vor allem Farmarbeiter; die vornehmen Herrschaften gingen in ein Lokal auf der anderen Seite der Hauptstraße. William fiel unter den Männern auf wie ein Vollbluthengst auf einem Feld voller Esel, denn er trug eine blau karierte Reitjacke, die sich wie ein Handschuh um seinen schlanken Körper schmiegte, und seine maisfarbenen Locken waren zerzaust und glänzend. Er befand sich in Gesellschaft eines älteren Mannes, der wie ein Bauer aussah, aber quer durch den überfüllten Schankraum trafen sich ihre Blicke. Und plötzlich war es so, als wären sie die beiden einzigen Menschen im Raum.

Es war nicht schwer herauszufinden, wer er war und wo er lebte oder rechtzeitig vor der Schenke zu stehen, als William sie betrunken verließ. Albert war da, um sein Pferd zu halten und ihm in den Sattel zu helfen. Er fragte ihn, ob er einen Gärtner benötige.

»Sprich morgen in House Briargate vor«, erwiderte William.

Albert wusste, dass er ein großes Risiko einging, als er den Bischofspalast am nächsten Morgen für immer verließ. Sir William würde sich vielleicht nicht an ihre Begegnung und sein Angebot erinnern; er würde vielleicht gar keinen Gärtner brauchen, erst recht nicht einen ohne ein Zeugnis. Aber während Albert die fünfundzwanzig Kilometer zu Fuß ging, dachte er nur an den breiten, sinnlichen Mund des Mannes, an seine blaugrünen Augen und sein festes Hinterteil.

Als er auf die Einfahrt kam, die am Pförtnerhaus vorbeiführte, und Briargate vor sich liegen sah, hatte er das Gefühl, mitten in seinem Traum gelandet zu sein. Die Lage des Hauses war perfekt; irgendjemand hatte bereits viele prächtige Bäume gepflanzt, aber er würde dem Ganzen eine noch größere Schönheit geben können. Dies war der Ort, nach dem er gesucht hatte.

Das Glück – oder das Schicksal – lächelte an diesem Tag auf ihn herab. William war zu Hause, und er erinnerte sich nicht nur an Albert, sondern war hocherfreut, ihn wiederzusehen, da er tatsächlich einen Gärtner brauchte. Am gleichen Abend lag Albert in einem bequemen Bett über den Ställen und war im Alter von nur fünfundzwanzig Jahren bereits Gärtner von Briargate. Willy, der Hilfsgärtner, war ein Mann von schwachem Verstand und würde genau das tun, was er ihm sagte.

Es war nicht schwer, William dazu zu bringen, ihn zu lieben. Er litt so sehr unter Schuldgefühlen, dass man ihm nur Freundschaft und Verständnis entgegenzubringen brauchte. Außerdem war er erpicht darauf, Albert im Garten zu helfen, und die harte körperliche Arbeit gab ihm ein neues Ziel. Albert überließ es William, die ersten Schritte zu tun, während er den unschuldigen Jungen spielte, der sich langsam in seinen Herrn verliebte.

Aber Alberts einzige wahre Liebe galt dem Grundstück von House Briargate; für ihn war William nicht wichtiger als ein Hund, an dessen Gesellschaft er sich erfreute. Er war es zufrieden, mit ihm herumzutollen, und er zeigte ihm alle Zuneigung, deren er fähig war, doch in Wirklichkeit sah er sich selbst als Herrn.

Nur ein einziges Mal gewann William je die Oberhand: Als er darauf bestand, dass Albert Nell umwerben und heiraten sollte. Albert verstand den Grund dafür. Aber William begriff nie, wie sehr Albert Frauen verachtete. William teilte diesen Widerwillen nicht, er erfreute sich gern weiblicher Gesellschaft, und der kleine Rufus war der Beweis dafür, dass er, wenn nötig, sogar mit einer Frau schlafen konnte. Williams Plan sah vor, dass Albert es ihm gleichtun solle; er sollte Nell ein oder zwei Mal schwängern, sodass niemand jemals Argwohn gegen seinen Herrn schöpfen konnte.

Schon bei seiner ersten Begegnung mit der Familie Renton wusste er, dass er diesen Plan niemals würde in die Tat umsetzen können. Sie waren typische Bauern – starke, potente Männer und reizlose, aber erdverbundene Frauen, die dazu gebaut waren, Kinder zu gebären. Unter solchen Männern fühlte er sich unzulänglich, die Frauen verachtete er.

Die Hochzeit und die anschließende Feier waren eine Qual. Seine eigene Familie war kalt und abweisend und seine Mutter eine boshafte, hasserfüllte Frau, die nur Verachtung für jede Zurschaustellung von Zärtlichkeit oder Zuneigung kannte. Im Gegensatz dazu gingen die Rentons ungemein liebevoll miteinander um; sie umarmten und küssten einander, tanzten und sangen, und er fühlte sich wie ein Fisch auf dem Trockenen. Bei den vielen Anspielungen auf die Hochzeitsnacht und das Baby, das, wie sie hofften, bald folgen würde, befiel ihn ein Schaudern. Um ein Haar wäre er in diesem Moment davongelaufen.

Ihm war bewusst, dass er die Hochzeitsnacht vollkommen falsch angegangen war. Vielleicht hätte er William fragen sollen, wie er es fertiggebracht hatte. William hatte Anne gewiss nie vorgeworfen, eine Hure zu sein, weil sie ihn begehrte, und er hatte seine Frau nicht von sich gestoßen wie Albert Nell.

Aber die Ehe war etwas für die Ewigkeit, und als bloße Dienstboten hatten sie auch nicht den Luxus getrennter Zimmer. Albert drehte sich der Magen um, wann immer er neben Nell im Bett lag und ihr weiches Fleisch an seiner Seite spürte. Ihr weiblicher Geruch und das verzweifelte Begehren, das sie verströmte, ekelten ihn an.

Der Vorwurf in ihren Augen und ihre schweigenden Tränen waren unerträglich und trieben ihn vor Hass schier in den Wahnsinn. Sie war eine gute Frau, das wusste er, aber das machte die Situation nur schlimmer. Er musste ständig an ihr herummäkeln, um die Wut zu rechtfertigen, die sich in ihm aufstaute.

Dann zog Hope zu ihnen ins Pförtnerhaus, und wann immer er in ihr hübsches, unschuldiges Gesicht blickte, fühlte er sich bedroht. Sie war nicht wie Nell, sie war klug und mutig, sie sprühte nur so vor Leben, und sie würde sehr wahrscheinlich von selbst darauf kommen, dass er kein richtiger Mann war.

An jenem Tag, an dem sie ihn mit Sir William ertappte, trieb sein erster Impuls ihn dazu, sie zu töten. Er konnte ihr wie einem Huhn den Hals umdrehen und sie im Wald vergraben, und er hätte keine Gewissensbisse deswegen gehabt. Aber dann sah er den Brief und wusste, dass es eine bessere Möglichkeit gab, sich ihrer zu entledigen. Sie sollte genau wie er selbst in ihrem Alter unter Demütigung und Isolation leiden, und ohne Geld oder ein Zeugnis gab es nur einen Weg, der ihr offenstand. Außerdem hatte er jetzt als Dreingabe den Brief des Hauptmanns, eine kleine Versicherung, falls er jemals eine benötigen sollte.

Die Dinge entwickelten sich besser als erwartet. Er wurde das Mädchen und Nell plötzlich mit einem Schlag los. Endlich hatte er das Pförtnerhaus für sich. Es hatte ihm nicht das Mindeste ausgemacht, als William ihre Affäre beenden wollte, da er seiner Trunksucht und seiner Abhängigkeit von ihm bereits überdrüssig geworden war. Der Mann entwickelte sich zunehmend zu einer Last.

Seit sechs Jahren war er nun über alle Maßen zufrieden. Es bereitete ihm großes Vergnügen zuzusehen, wie der Standard, der im großen Haus noch aufrechterhalten werden konnte, immer weiter sank und Anne und William sich wie Schiffbrüchige aneinanderklammerten, während ihre Freunde, ihre Nachbarn und ihre Dienstboten sie einer nach dem anderen im Stich ließen. Ihr gutes Aussehen verblasste, und es war nur eine Frage der Zeit, bis ihnen auch das Geld ausgehen würde. Und während all der Zeit hatte Albert dafür gesorgt, dass der Garten der Inbegriff an Perfektion war, denn der ganze Besitz sollte eines Tages ihm gehören.

Aber jetzt lagen seine Pläne in Scherben.

Er griff nach der Rumflasche und nahm einen tiefen Zug.

»Ich werde nicht von hier fortgehen«, murmelte er. »Der Besitz gehört mir. Ich habe dafür gearbeitet.«

Er stand auf, torkelte trunken durch die Küche, öffnete die Tür und blickte die Einfahrt hinauf zum großen Haus hinüber. Im Moment konnte er nur die dunklen Umrisse des Gebäudes sehen, denn der Mond war hinter Wolken verschwunden, und in keinem der Fenster brannte Licht.

Es hatte eine Zeit gegeben, zu der alle Fenster erleuchtet gewesen waren, geradeso, wie es Pferde in den Ställen gegeben hatte, Wein im Keller und ein Dutzend Dienstboten, die umhergehuscht waren. Jetzt lebten einzig William und Anne dort, und nur der alte Baines wankte noch immer umher und versuchte, so zu tun, als führe er das Haus. Mrs Crabbe und ihre Tochter, die tagsüber aushalfen, waren inzwischen längst in ihre Hütte im Dorf zurückgekehrt.

Er hatte so viele Abende damit zugebracht, zum Haus hinaufzublicken und von dem Tag zu träumen, an dem es ihm gehören würde.

Nicht ein einziges Mal war ihm der Gedanke gekommen, die schwachen, ängstlichen und von Schuldgefühlen geplagten Leute, die er so gut kannte, könnten sich ändern, nicht bevor ihnen das Geld ausging und sie gezwungen waren, ihren Besitz zu verkaufen.

Aber heute hatte er sie nicht wiedererkannt. Sie waren stolz, zuversichtlich und entschlossen gewesen, und sie hatten eine Antwort auf alles gehabt. Er hatte keine Ahnung, was ihnen diese plötzliche Stärke gegeben hatte, doch sie meinten es ernst, das wusste er.

»Eher brenne ich das ganze Haus nieder, als mich von euch beiden besiegen zu lassen«, murmelte er und nahm noch einen Schluck Rum.

Die Wolken, die den Mond verborgen hatten, waren weitergezogen, und plötzlich lag Briargate in hellem Licht da. Er konnte sogar das geisterhafte Weiß der Marmorstatuen in seinen Rosenbeeten sehen, und dieser Anblick stachelte ihn noch weiter an. Obwohl er vom Alkohol benebelt war, konnte er den Gedanken an ein Feuer nicht abschütteln.

Ohne das Haus würde der Besitz für niemanden von großem Wert sein. Der verdammte Master Rufus war zu beschäftigt, sich in Oxford mit seinen protzigen Freunden zu tummeln, um den Wunsch zu verspüren, es wieder aufzubauen. Aber für ihn, Albert, würde es von Wert sein, und er würde es dann noch billiger bekommen. Niemand würde ihn verdächtigen; man würde lediglich denken, eine brennende Kohle sei aus einem Kamin gefallen. Und wenn die Leute von den Nachbarhöfen die Flammen sahen und herbeilaufen würden, um zu helfen, würde er oben im Haus sein und nach Kräften versuchen, das Feuer zu löschen.

Das Arbeitszimmer! Eine Handvoll Bücher und Zeitungen, die auf dem Kaminvorläufer lagen, würden schon bald alles andere in Brand setzen. Wenn die Tür des Arbeitszimmers offen stand, würden die Flammen im Nu durch die Halle und die Treppe hinaufzüngeln, und sie würden in der Falle sitzen.

Natürlich war der alte Baines auch noch dort oben, doch er war inzwischen zu gebrechlich, um irgendjemandem von Nutzen zu sein.

Nur wenige Minuten später ging Albert auf das Haus zu. Er bewegte sich am Rand der Einfahrt entlang, da er nicht wollte, dass ein Knirschen auf dem Kiesweg William oder Anne weckte. Inzwischen hatte er alles genau geplant. Unter einer Kiste im Hof wurde ein Ersatzschlüssel für die Küche aufbewahrt. Im letzten Jahr hatte Albert immer wieder beobachtet, dass Mrs Crabbe am Morgen einen Schlüssel unter der Kiste hervorzog, um aufzusperren. Auf diesem Wege würde er hineingelangen und das Feuer legen, dann würde er die Hintertür wieder verschließen und ins Pförtnerhaus zurückkehren. Er konnte das Feuer von dort aus beobachten, und wenn es richtig brannte, würde er hinüberlaufen und versuchen, es zu löschen.

»Wir haben einen frischen Wind«, sagte er hämisch in die Dunkelheit hinein, bevor er seinen Mantelkragen aufstellte. »Das Feuer wird sich umso schneller ausbreiten.«

Kapitel 18

Matt Renton blieb zögernd am Pförtnerhaus von Briargate stehen. Er hatte den ganzen Abend mit einem befreundeten Bauern in Chelwood verbracht, und da es jetzt weit nach Mitternacht war und außerdem sehr kalt und windig, hatte er es eilig, nach Hause zu kommen. Er würde schneller daheim sein, wenn er über die Einfahrt von Briargate und hinter dem großen Haus herging, während der andere Weg durch Lord's Wood viel länger war und bei Dunkelheit obendrein sehr unangenehm. Er hatte diesen Weg früher am Abend genommen und sich die Kleider schmutzig gemacht.

Matt war wegen Albert so unentschlossen. Wenn er Matt entdeckte, würde er wahrscheinlich auf ihn schießen und später behaupten, er habe ihn für einen Eindringling gehalten. Aber das Pförtnerhaus lag im Dunkeln. Also schlief Albert, und ihm, Matt, konnte daher nichts geschehen.

Matt war jetzt siebenunddreißig. Sein Haar wurde langsam dünn und grau, und sein Gesicht war wettergegerbt, doch er war noch immer so stark und beweglich wie vor vierzehn Jahren, als er Amy geheiratet hatte. Das Leben war recht gut mit ihm umgegangen. Es war ihm gelungen, trotz mehrerer schlechter Ernten den Kopf über Wasser zu halten, und während der letzten drei Jahre hatte er gut genug verdient, um ein wenig Geld auf die hohe Kante zu legen. Er schätzte sich glücklich, denn er hatte vier gesunde Kinder und die beste Ehefrau, die ein Mann sich wünschen konnte.

Seine jüngeren Brüder, Joe und Henry, waren vor drei Jahren kleinlaut auf den Bauernhof zurückgekehrt. London hatte ihnen nicht gutgetan. Sie waren dünn, hungrig und schmutzig gewesen und hatten keinen Penny in der Tasche gehabt. Matt hatte ihnen die Leviten gelesen, bevor er sie bei sich aufgenommen hatte, doch im

Herzen war er überglücklich, sie daheim zu haben. Und die Jungen hatten ihr Versprechen gehalten, hart gearbeitet und keine Dummheiten gemacht, und sie hatten jetzt beide eine Liebste, verlässliche Mädchen, die gute Ehefrauen abgeben würden.

Aber Joe und Henry erinnerten Matt immer an Hope, denn sie waren als Kinder unzertrennlich gewesen. Es erschien ihm unglaublich, dass sie sich sechs Jahre lang nicht gemeldet hatte. Manchmal überlegte er, ob Albert sie vielleicht doch getötet hatte. Möglicherweise war sie ja auch schwanger gewesen, als sie fortgelaufen war, und bei der Geburt vielleicht ums Leben gekommen. Aber meistens plagte ihn die Sorge, sie könnte sich in so große Schwierigkeiten gebracht haben, dass sie es nicht wagte, nach Hause zu kommen.

Nell hielt immer noch an der Überzeugung fest, Albert habe sie getötet, aber das hinderte sie nicht daran, auf ein Wunder zu hoffen. Wann immer sie auf den Hof zurückkehrte, fragte sie als Erstes, ob es irgendwelche Neuigkeiten gebe.

Rufus war unverändert. Die Schule für junge Gentlemen und später die Universität hielten ihn nicht davon ab, Anteil an Hopes Schicksal zu nehmen. Sobald er nach Briargate zurückkehrte, fand er sich eilends auf dem Hof ein. Matt wünschte sich mehr als alles andere, ihnen beiden eines Tages gute Neuigkeiten überbringen zu können.

Matt war etwa drei Meter vom Stallhof entfernt und wollte gerade zur Trittleiter über den Zaun hinübergehen, als er etwas hörte.

Es war kein lautes Geräusch, nur ein Klicken, das der Wind vielleicht verursacht hatte, aber es konnte auch von einem Schlüssel rühren, der in einem Schloss umgedreht wurde. Daher duckte er sich in den Schatten der Stallwand.

Mit gespitzten Ohren wartete er ab. Der Wind war ziemlich stark geworden, und er konnte nichts anderes hören, aber ein sechster Sinn sagte ihm, dass noch jemand dort war. Er hatte recht; er hörte ein gedämpftes Husten, und dann tauchte plötzlich Albert auf.

Matt wusste wenig über den Tagesablauf in House Briargate, doch er konnte sich keinen Grund vorstellen, warum ein Gärtner so spät in der Nacht noch dort sein sollte, es sei denn natürlich, er ging mit Lady Harvey ins Bett.

Das war unwahrscheinlich. Rufus behauptete, seine Mutter hasse den Mann, außerdem war Sir William in letzter Zeit immer zu Hause gewesen – es ging das Gerücht, dass er das Haus kaum noch verließ. Aber noch seltsamer war Alberts Verhalten. Statt einfach die Einfahrt hinunterzugehen, kletterte er über deren Geländer.

Matt drückte sich fester an die Wand und fragte sich, was um alles in der Welt der Mann vorhatte. Doch es kam noch seltsamer: Albert hielt sich dicht an das Geländer und ging zurück in Richtung Pförtnerhaus. Mehr noch, er drehte sich immer wieder um und blickte über seine Schulter zum großen Haus hinüber.

»Er schleicht sich durch das Gras, damit man ihn nicht hört!«, murmelte Matt. »Ich wette, er führt nichts Gutes im Schilde.«

Falls er jedoch ertappt wurde, wie er in der Nähe des Hauses herumlungerte, würde man ihm vielleicht die Schuld an dem geben, was Albert getan hatte. Daher schlich Matt sich fort, über den Zauntritt und die Koppel, die gleich jenseits der abschließenden Hecke des Gartens lag, zum Fußweg nach Woolard hinunter.

Als er am anderen Ende der Koppel angelangt war und sich umdrehte, um über den Zauntritt zu steigen, bemerkte er einen schwachen orangefarbenen Schimmer in einem der Erdgeschossfenster von House Briargate.

Sein erster Gedanke war, dass jemand ein Geräusch gehört und eine Lampe entzündet hatte, um nach unten zu gehen und nachzusehen. Aber Lampenlicht war gelb, und gewiss war eine einzelne Lampe nicht so hell.

Plötzlich ging ihm auf, was es war. »Feuer!«, stieß er hervor. »*Das* ist es also, was er dort gemacht hat!«

Eine Sekunde lang war er unentschlossen. Die erste Regel im Fall eines Feuers sah vor, dass man Alarm schlug, doch Lady Harvey, Sir William und Mr Baines waren im Haus, und bis er die Männer aus Woolard herbeigeholt hatte und sie wieder hier ankamen, konnten alle drei bereits verbrannt sein. Matt warf seinen schweren Mantel von sich und rannte über die Koppel zurück zum Haus. Er konnte das Feuer jetzt riechen, daher machte er sich nicht die Mühe mit dem Zauntritt an den Ställen, sondern bahnte sich einen Weg durch die Hecke in den Garten.

Er war nur ein einziges Mal in House Briargate gewesen, an dem Tag, an dem er Sir William aufgesucht hatte, nachdem Nell fortgegangen war, doch er erinnerte sich an den Salon, in den man ihn geführt hatte. Der Salon verlief von der Vorder- bis zur Rückseite des Hauses, mit Glastüren im hinteren Teil zum Garten hinaus.

Ein durchdringender Schrei von oben trieb ihn noch schneller an. Sobald er die Glastür erreicht hatte, konnte er in den Raum hineinsehen, als wäre es heller Tag, denn er wurde vom Schein der Flammen im vorderen Teil des Hauses erhellt. Matt griff nach einer Art schwerem Blumentopf auf der Terrasse, zerschmetterte die Glastüren, rannte durch den Raum und öffnete vorsichtig die Tür zur Halle.

Es war, als öffnete man eine Ofentür. Die Hitze trieb ihn beinahe zurück, und seine Augen brannten vom Rauch. Das Feuer war offenkundig in dem Raum neben der Vordertür ausgebrochen, und dort tobte ein Inferno. Flammen züngelten bereits an dem Läufer auf dem Boden in der Halle und näherten sich jetzt der Treppe.

Knacken, Bersten und Zischen, all diese Geräusche begleiteten das tosende Feuer, das alles in seinem Weg verschlang. Matt schloss die Salontür hinter sich, holte tief Luft und wich den Flammen auf dem Boden aus, um auf die Treppe zuzulaufen. Als er den Treppenabsatz erreichte, schrie Lady Harvey immer noch. Sie trug ein langes weißes Nachthemd und rang die Hände. Offenkundig war sie zu verängstigt von den Flammen unten, um zu versuchen hinunterzugehen.

»Ich bin es, Matt Renton, Mylady«, erklärte er fest, denn ihm war bewusst, dass sie unter Schock stand und ihn nicht erkennen würde. »Ich hole Sie raus. Aber zuerst zeigen Sie mir, wo Sir William und Mr Baines sind.«

»Ich kann William nicht wecken«, schluchzte sie. »Ich habe es gerade noch mal versucht. Er nimmt nachts Tropfen zum Schlafen, und er ist zu schwer, um ihn zu bewegen.«

»Gibt es hier irgendwelches Wasser?«, fragte Matt und wünschte, er hätte sich im Haus ausgekannt.

»Nur Krüge auf den Waschständern«, rief sie. »Wir werden alle sterben, nicht wahr?«

»Nicht, wenn ich es verhindern kann. Und nun beruhigen Sie sich und zeigen Sie mir, wo William ist.«

Der Raum, in den sie ihn führte, befand sich direkt über dem Feuer unten und war voller Rauch. Hustend und prustend tastete Matt sich zum Bett vor, packte Sir William wie einen Sack Kartoffeln, schüttete das kalte Wasser aus dem Krug über sein Gesicht und schleppte ihn dann auf den Treppenabsatz.

»Wachen Sie auf, Sir!«, schrie er und schlug ihm ins Gesicht. »Es brennt, Sie müssen aufwachen und ins Freie laufen!«

Er bekam nicht sofort eine Antwort, aber das Tosen des Feuers unten wurde von Sekunde von Sekunde lauter. »Wecken Sie ihn auf«, befahl er Lady Harvey, die sich hustend über ihren Mann beugte. »Ich werde Baines holen. Wo ist er?«

»Oben«, antwortete sie.

Matt rannte zu der Treppe zurück, nur um feststellen zu müssen, dass sie keinen weiteren Stock mehr hinaufführte. Die Flammen hatten bereits ihren Fuß erreicht, sodass sie über die Haupttreppe nicht mehr würden aus dem Haus gelangen können.

Als er wieder bei Lady Harvey war, erfuhr er von ihr, wo sich eine weitere Treppe befand. Sie war außer sich darüber, ihren Mann nicht wecken zu können, und so musste Matt sie durch die Tür zur Hintertreppe tragen, wo er sie zurückließ, während er nach oben lief, um Baines zu suchen.

Der alte Mann versuchte gerade, seine Hosen anzuziehen, und er hustete und strauchelte im Rauch. Matt hievte ihn über die Schulter und taumelte die Treppe hinunter, dorthin, wo er Lady Harvey zurückgelassen hatte. Aber sie war verschwunden, und in der Annahme, sie müsse die Treppe hinuntergegangen sein, tat er es ihr gleich. Er fand sich jenseits der Küche in einem Raum wieder, bei dem es sich wohl um die Dienstbotenhalle handeln musste, von der Nell oft gesprochen hatte. Aber auch dort war keine Spur von Lady Harvey. Er trat die Tür zum Stallhof auf und schob Baines nach draußen, mit der festen Anweisung, sich so weit wie möglich vom Haus zu entfernen.

Als er durch die Tür an der Hintertreppe in die Schlafzimmer zurückkehrte, stand das andere Ende des Treppenabsatzes bereits in Flammen, und Lady Harvey war dort, zusammengebrochen über ihrem reglos daliegenden Ehemann. Matt wusste nicht, ob der Rauch ihre Sinne verwirrte oder ob sie vor Angst ohnmächtig geworden war.

Matt griff nach ihren Armen und trug sie nach unten und in Sicherheit, dann legte er sie an der gegenüberliegenden Seite des Stallhofs ab, wo Baines in sich zusammengesunken saß und sich die Lunge aus dem Leib hustete.

Das ganze Haus war jetzt umgeben von Rauch, er kam sogar durch die Tür hindurch, durch die Matt soeben gegangen war. Er konnte ein Krachen aus dem Haus hören und das Tosen der Flammen. Nach einem kurzen Bedenken nahm er sein Halstuch ab, tauchte es in ein Fass mit Wasser neben den Ställen, band es sich über Mund und Nase und eilte dann hinein, um Sir William zu holen.

Selbst durch die geschlossene Tür konnte er die Hitze der Flammen spüren, und er öffnete sie vorsichtig ein oder zwei Zoll weit, um hineinzuschauen. Er hielt sie nur für eine Sekunde offen, aber das genügte, um zu erkennen, dass es zu spät war, um Sir William zu retten. Die Flammen hatten bereits Besitz von ihm ergriffen.

Der Gestank von brennendem Fleisch und Haaren würgte Matt in der Kehle. Sir William musste bereits tot sein, das wusste Matt, und er selbst würde ebenfalls sterben, wenn er nicht sofort hinauslief. Also schloss er die Tür und floh die Treppe hinunter.

»Joe, reite nach Keynsham und hol den Wachtmeister«, schrie Matt, als er in sein Haus wankte, wobei er Lady Harvey mit dem einen Arm stützte und Baines mit dem anderen. »Henry, du reitest los und bringst den Arzt her!«

Die beiden Brüder kamen mit verschlafenen Augen aus dem Raum neben der Küche gestolpert und fuhren in ihre Kleider. »Was ist passiert?«, fragte Henry, der Lady Harvey in ihrem schlammbespritzten Nachthemd ansah, als wäre sie ein Geist.

»Albert hat House Briargate in Brand gesteckt«, antwortete Matt angespannt. »Sir William ist tot, und Lady Harvey und Baines können von Glück sagen, noch am Leben zu sein. Ich muss einige Männer zusammentrommeln und versuchen, das Haus zu retten.«

Amy erschien im Nachthemd auf der Treppe. »Sei vorsichtig, Matt«, bat sie, dann kam sie die Treppe herunter, ging in das Zimmer der Jungen und kam mit zwei Decken zurück.

»Sie sind jetzt in Sicherheit«, erklärte sie, während sie die Decken um Baines und Lady Harvey legte und die beiden zu den Sesseln hinüberschob. Schweigend und reglos wie Statuen saßen sie schließlich da, zu erschrocken, um auch nur zu wissen, wo sie waren. »Geben Sie mir nur eine Minute Zeit, um das Feuer im Herd zu schüren, dann werde ich mich um Sie kümmern.«

Anne lag in dem harten, schmalen Bett und starrte zu der fleckigen Decke empor. Dies war wie einer der schrecklichen Albträume, die sie als Kind gequält hatten. Sie erinnerte sich daran, dass sie sich in solchen Nächten gezwungen hatte aufzuwachen, und manchmal war sie sogar in ihrem Zimmer auf und ab gegangen. Aber sobald sie wieder im Bett lag und die Augen schloss, kehrte der Traum zurück.

Dieser Albtraum ließ jedoch keinen Augenblick lang nach. Sie konnte noch immer das Prasseln der Flammen hören, die Hitze spüren und den Brandgeruch riechen, und sie sah William vor sich, wie er in seinem Nachthemd auf dem Treppenabsatz lag.

Es war ihre Schuld, dass er gestorben war. Wenn sie sich doch nur zusammengerissen hätte, als Matt erschienen war, um sie zu retten! Sie hätte ihm sofort zeigen müssen, wo die Hintertreppe war, und dann hätten sie William mühelos gemeinsam in Sicherheit bringen können.

Und wenn sie William nicht dazu aufgestachelt hätte, Albert die Stirn zu bieten, hätte der Mann keinen Grund gehabt, Briargate niederzubrennen. Was für eine Närrin war sie, dass ihr nie der Gedanke gekommen war, Albert würde sich irgendwie rächen?

Sie lag jetzt seit drei Tagen hier in diesem harten kleinen Bett mit den rauen Laken, und sie war so voller Reue und Gram, dass sie kaum wahrnahm, ob es Tag oder Nacht war. Direkt auf der anderen Seite der Tür lebten Amy und ihre vier Kinder ihr normales Leben weiter. Von Zeit zu Zeit hörte sie Gelächter, Gespräche und Auseinandersetzungen. Sie konnte Essensgerüche wahrnehmen, sie hörte das Klappern von Geschirr oder das Kratzen von Stühlen auf dem Boden. Es waren alles durchaus vertraute Laute und Gerüche, und doch wirkten sie seltsam, als wäre sie in ein fremdes Land gebracht worden, in dem alles unvertraut war.

Vor der Nacht des Brandes war sie Amy, Matts Frau, noch nie begegnet, und sie hatte nichts auszusetzen an der Freundlichkeit, die die Frau ihr in den letzten drei Tagen erwiesen hatte. Sie hatte sie gewaschen, als wäre sie eins ihrer Kinder, sie hatte ihr die Füße verbunden, die Anne sich bei dem Marsch durch den Wald aufgerissen hatte, und sie hatte ihr sogar eins ihrer eigenen Nachthemden geliehen, doch Anne war außerstande gewesen, ihr zu danken oder sich auch nur danach zu erkundigen, warum sie noch immer Rauch riechen konnte.

Es war so seltsam. Die Seife, mit der Amy sie gewaschen hatte, war stark genug gewesen, um ihre Haut von allen Gerüchen zu befreien. Wenn die Schnitte an ihren Füßen ihr keine Schmerzen mehr bereiteten, warum konnte sie dann immer noch Rauch riechen?

Doch selbst in ihrem tranceartigen Zustand war sie sich vollauf im Klaren darüber, wie bemerkenswert Matt sich verhalten hatte. Er hatte sie und Baines gerettet und sie in Sicherheit gebracht, keine geringe Leistung, wenn man bedachte, dass sie kaum hatten gehen können. Dann hatte er Männer aus dem Dorf herbeigeholt und war nach Briargate zurückgekehrt, um zu versuchen, das Haus zu retten.

Traurigerweise war es aussichtslos gewesen. Amy hatte ihr erklärt, die Bemühungen der Männer seien vergeblich gewesen; sie hatten nur Wassereimer gehabt, und der starke Wind hatte die Flammen zusätzlich angefacht. Das Haus war dem Erdboden gleichgemacht worden, und selbst die Mauern waren eingestürzt.

Die Polizei suchte nach Albert. Man vermutete, dass er Matt mit Baines und Lady Harvey aus dem brennenden Haus hatte kommen sehen und in Panik davongelaufen war. Matt sagte, die ganze Grafschaft halte nach ihm Ausschau, und es würde wahrscheinlich nicht lange dauern, bis man ihn fand.

Anne war sich nicht einmal sicher, ob sie wollte, dass er gefunden wurde. Seine Verhaftung würde ihr William und das Haus nicht zurückgeben, aber Albert würde bei seiner Verhandlung die Möglichkeit haben, William und sie bloßzustellen. Es war schwer genug, sich damit abzufinden, dass sie verwitwet war und dass sie ihr Zuhause und all ihre weltliche Habe verloren hatte – sie konnte nicht auch noch einen Skandal gebrauchen.

Anne brannte vor Scham, wenn sie sich daran erinnerte, dass sie sich in der Vergangenheit oft Williams Tod gewünscht hatte, nur damit sie mit Angus zusammen sein konnte! Wie hatte sie so schlecht sein können?

Aber jetzt hatte sie ihre Strafe bekommen. In Wahrheit wäre sie lieber mit William in den Flammen gestorben, als Rufus gegenübertreten zu müssen. Amy und Matt mochten glauben, das Ganze sei lediglich Alberts Versuch gewesen, sich für seine Kündigung zu rächen. Aber Rufus war intelligent und scharfsichtig, er würde wissen, dass noch etwas anderes dahintersteckte, und er würde so lange Fragen stellen, bis er die richtigen Antworten bekam.

Als es an der Tür klopfte, drehte Anne sich um. »Herein«, sagte sie müde, denn sie erwartete, dass Amy ihr wieder einmal eine Mahlzeit bringen würde, die sie nicht essen konnte.

Die Tür wurde geöffnet, und Anne versuchte aus Höflichkeit, sich zu einem dankbaren Lächeln zu zwingen.

Doch nicht Amy stand in der Tür, sondern Nell.

Anne sog unwillkürlich die Luft ein, nicht nur weil sie keinen Besuch von Nell erwartet hatte – nicht nach sechs Jahren der Entfremdung –, sondern weil ihre ehemalige Zofe aussah wie eine wohlhabende Hausfrau und nicht wie eine Dienstbotin. Sie war dünner, als Anne sie in Erinnerung gehabt hatte, und deutlich attraktiver. Ihr mitternachtsblaues Kleid und die dazu passende Haube verliehen ihrem ein wenig fahlen Gesicht einen hübschen Schimmer, und das Haar, das unter ihrer Haube hervorlugte, war noch immer rabenschwarz.

»Es tut mir leid, wenn ich Sie erschreckt habe, Mylady, aber ich musste herkommen.« Nells Stimme zitterte vor Nervosität. »Ich weiß, ich habe immer davon gesprochen, wie verkommen Albert ist, doch ich hätte nie gedacht, dass er Ihnen und Sir William jemals etwas antun würde. Es tut mir so furchtbar leid, Mylady.«

Anne begann zu weinen, weniger wegen der Worte ihrer ehemaligen Zofe, sondern wegen all der Erinnerungen, die deren Gesicht in ihr heraufbeschwor. »Du brauchst dich nicht für Albert zu entschuldigen«, schluchzte sie. »Wenn wir dir vor Jahren besser zugehört hätten, als du über ihn gesprochen hast, wäre das nicht geschehen.«

»Oh, Mylady.« Nell war sofort an ihrer Seite und strich Anne tröstend das Haar aus der Stirn, geradeso wie sie es immer getan hatte. »Machen Sie sich jetzt keine Vorwürfe, Sie müssen erst einmal wieder gesund werden.«

»Ich bin nicht krank, Nell«, antwortete Anne und drückte Nells Hand fest an die Lippen. »Zumindest nicht körperlich, sondern nur im Herzen. Ich bin so froh, dass du gekommen bist.«

Nell war zehn Jahre jünger als Lady Anne, also achtunddreißig, aber es war für diese ein kleiner Schock, feststellen zu müssen, dass sie weit jünger wirkte als zu der Zeit, als sie noch in House Briargate gearbeitet hatte. Ihr kam der unfreundliche Gedanke, dies könnte daran liegen, dass sie Angus' Geliebte geworden war.

»Sie haben einen schrecklichen Schock erlitten«, sagte Nell und setzte sich neben das schmale Bett. »Ich weiß, was so etwas für den Körper bedeutet. Aber Sie sind eine Dame, und wir müssen Sie an einen Ort bringen, der Ihrem Stand eher gemäß ist. Dann werden Sie sich auch gewiss schneller erholen.«

Anne schämte sich dafür, voreilige Schlüsse gezogen zu haben. Die liebe, treue Nell war in Wirklichkeit hergekommen, um sie in Angus' Haus zu holen!

»Ach, Nell«, seufzte sie. »Du hattest schon immer die Fähigkeit, instinktiv zu wissen, was ich wollte oder brauchte. Doch ich habe dein Verständnis gar nicht verdient.«

»Ich habe selbst eine Weile in diesem Zimmer geschlafen, und ich weiß, wie laut es hier sein kann«, erwiderte Nell mit einem freundlichen Lächeln. »Auf der Wick Farm werden Sie mehr Ruhe finden. Mrs Warren bereitet ein Zimmer für Sie vor. Sie hat auch einige Kleider für Sie mitgeschickt; ich soll Ihnen ausrichten, dass Sie ihr mehr als willkommen seien.«

Anne hatte das Gefühl, als hätte man ihr den Teppich unter den Füßen weggezogen. »Wie nett von ihr«, gelang es ihr hervorzubringen, während sie ihre Enttäuschung beiseitedrängte. Die Warrens waren seit ihrer Heirat gute Nachbarn gewesen, aber sie waren keine engen Freunde, und als Mrs Warren sie vor einigen Monaten besucht hatte, war Anne recht schroff zu ihr gewesen. »Es erstaunt mich, dass sie mich einlädt, obwohl ich sie so lange nicht mehr gesehen habe.«

»Echte Freunde halten im Notfall immer zusammen. Außerdem hat Mrs Warren, wie Sie sicher wissen, auch Mr Baines gepflegt. Aber traurigerweise glaube ich nicht, dass er noch sehr lange unter uns weilen wird; sein Zustand verschlechtert sich rapide.«

Plötzlich wurde Anne bewusst, dass Nell auf der Wick Farm gewesen sein musste, um nach Baines zu sehen. Zweifellos fand sie es unschicklich, dass die Herrin von Briargate in dem spartanischen Bauernhaus ihres Bruders gepflegt wurde, während ihr Butler den größten Luxus genoss. Vermutlich hatte sie Mrs Warren darauf angesprochen und ihr keine andere Wahl gelassen, als auch Lady Harvey einzuladen.

Anne wollte nirgendwo hingehen, wo sie nur geduldet war, und plötzlich erwachte in ihr von neuem der Verdacht, Nell könne für Angus mehr als eine Haushälterin sein.

»Der arme Baines«, erwiderte sie, weil sie um jeden Preis die Fassade wahren musste; außerdem war sie dem alten Mann aufrichtig zugetan. »Er sollte seine Tage nicht auf diese Weise beschließen müssen.«

»Er wird glücklich hinübergehen, wenn er Sie vorher noch einmal sehen kann«, sagte Nell energisch. Dann ging sie zu der Tasche hinüber, die sie hinter der Tür abgesetzt hatte, und nahm ein schwarzes Kleid und einige frisch gebügelte weiße Unterröcke heraus. »Mrs Warren hat mir diese Dinge für Sie mitgegeben. Und nun stehen Sie auf. Ich werde Ihnen beim Ankleiden helfen.«

Anne schauderte bei dem Gedanken, Kleider zu tragen, die nicht ihr gehörten. Andererseits hatte es etwas sehr Tröstliches, sich wieder von Nell anziehen zu lassen. Sie hatte an alles gedacht und sogar Pantoffeln mitgebracht, die groß genug waren, um ihre bandagierten Füße zu bedecken. Sobald sie angekleidet war, richtete Nell ihre Aufmerksamkeit auf ihr Haar, bürstete es sorgfältig und steckte ihr einen adretten Knoten im Nacken.

»So ist es schon besser«, meinte sie, während sie an den Rüschen am Ausschnitt des Kleides zupfte. »Jetzt sehen Sie wieder aus wie meine Lady Harvey.«

Anne spürte, dass hinter der Bemerkung echte Zuneigung steckte, und obwohl ihr Verdacht damit keineswegs beschwichtigt war, fand sie, Nell eine Entschuldigung zu schulden. »Es tut mir so leid, Nell«, stieß sie hervor. »Ich habe dich furchtbar schlecht behandelt, und du hättest etwas viel Besseres verdient. Verrate mir, ist der Hauptmann ein guter Herr?«

Nell lächelte schwach. »Der beste! Aber ich fürchte, er wird bald wieder in den Krieg ziehen müssen; es scheinen sich Probleme mit Russland zusammenzubrauen.«

»Darum werden sich doch gewiss nicht unsere Truppen kümmern müssen?«, fragte Anne. William hatte vor einigen Tagen eine Bemerkung darüber gemacht, dass die Türken und die Russen eine Auseinandersetzung hatten, doch es hatte nicht allzu ernst geklungen.

»Ich habe den Eindruck, dass unsere Armee überall auf der Welt gebraucht wird, wo es Probleme gibt«, sagte Nell. »Aber kommen Sie jetzt mit, der Kutscher der Warrens wartet. Amy und Matt werden Sie in ein oder zwei Tagen besuchen.«

»Wie war sie?«, fragte Angus, sobald Nell später am Nachmittag durch die Tür trat. Nell hatte den Eindruck, dass er in der Halle auf und ab gegangen war, während er auf ihre Rückkehr gewartet hatte.

Die Jahre waren freundlich zu Angus gewesen. Mit siebenundvierzig war er noch immer so schlank und sah so gut aus wie an jenem Tag, an dem Nell ihm zum ersten Mal begegnet war. Selbst die grauen Strähnen an den Schläfen standen ihm gut zu Gesicht. »Sie wirkt zerbrechlich, und sie steht noch immer unter Schock«, erwiderte Nell, während sie ihre Haube abnahm. »Aber sie ist unverletzt, abgesehen von den Schnittwunden an den Füßen, die sie sich zugezogen hat, als sie ohne Schuhe mit Matt durch den Wald ging.«

»Kommen Sie ans Feuer und trinken Sie ein Glas Wein mit mir«, meinte Angus, während er ihr den Umhang abnahm und ihn zusammen mit ihrer Haube aufhängte. »Konnten Sie Mrs Warren überreden, sie bei sich aufzunehmen?«

Nell nickte. »Sie hat mir auch Kleider für Ihre Ladyschaft mitgegeben. Sie war sehr freundlich, aber andererseits ist sie auch ein guter Mensch.«

»Und Baines? Wie geht es ihm?«

Nell zuckte traurig die Schultern. »Schlecht. Doch er hat sich sehr gefreut, mich zu sehen. Vielleicht wird er sich mit ein wenig Ruhe und gutem Essen wieder erholen. Ich glaube nicht, dass er davon in den letzten Jahren viel bekommen hat. Aber ich kann nicht umhin zu hoffen, dass er einfach friedlich im Schlaf hinübergehen darf – alles, was alte Dienstboten erwartet, ist das Arbeitshaus.«

Angus griff nach ihrem Arm, führte sie zu einem Sessel am Feuer und schenkte ihr ein Glas Wein ein. »Sie werden Ihre Tage nicht im Arbeitshaus beschließen«, erklärte er tadelnd.

Nell schürzte die Lippen. »Ich hoffe es nicht, aber andererseits hatte auch Baines gewiss erwartet, bis an sein Lebensende in House Briargate bleiben zu können. Ich kann kaum fassen, dass das Haus nicht mehr steht.«

»Und wie hat Lady Harvey sich Ihnen gegenüber benommen?«

»Sie war so herablassend wie immer«, antwortete Nell und verzog das Gesicht. »Sie hat sich für die Vergangenheit entschuldigt, doch ich glaube nicht, dass es ihr gefallen hat, mich so zu sehen, so …«

Sie brach ab, weil sie nicht wusste, wie sie erklären sollte, was sie meinte.

»So gut versorgt?«, sagte Angus.

Nell nickte. »Sie hat mich voller Argwohn angeschaut. Vielleicht hätte ich etwas Älteres anziehen sollen, etwas, das meinem Stand eher gemäß ist.«

Angus lachte leise. »Sie sind meine Haushälterin, Nell, Ihre Kleider spiegeln Ihre Position wider. Ich hoffe, Sie haben ihr erzählt, dass ich inzwischen auch ein Hausmädchen habe und dank Ihnen ein Heim besitze, in dem ich voller Stolz Gäste empfangen kann. Und jetzt erzählen Sie mir, was Sie über den Brand erfahren haben«, bat der Hauptmann, während sie den ersten Schluck von ihrem Wein nahm. »Hat es sich wirklich so zugetragen, wie man es uns erzählt hat?«

Nell berichtete, was geschehen war, und fügte schließlich hinzu: »Wenn Matt Albert nicht hätte fortgehen sehen, kurz bevor das

Feuer ausbrach, hätte man den Brand für einen Unfall gehalten. Im Arbeitszimmer, wo das Feuer ausgebrochen ist, hat man auf dem Boden die Überreste einer Öllampe gefunden. Lady Harvey hätte vor dem Zubettgehen vergessen haben können, sie zu löschen, und die Lampe hätte umgefallen sein können. Aber der Polizist, der die Ermittlungen durchgeführt hat, geht davon aus, dass Albert etwas Glut auf den Kaminvorläufer gelegt und die Lampe dann auf den Boden gestellt hat, sodass das Öl auslaufen und Feuer fangen musste. Vielleicht hat er das Öl sogar vorher verschüttet, um sicherzugehen, dass das Feuer auch die Bücher erfasste.

Angus schnalzte mit der Zunge. »Aber was um alles in der Welt hat ihn dazu gebracht? Die Männer im Dorf meinten, es hätte keinen Sinn ergeben, das Haus niederzubrennen, weil er dann seine Stellung verloren hätte.«

»Anscheinend haben Sir William und Lady Harvey ihm an jenem Morgen gekündigt«, erklärte Nell. »Das muss ihn sehr wütend gemacht haben; er liebte den Garten und betrachtete ihn als sein Eigentum.«

Selbst nach allem, was Albert ihr angetan hatte, und sosehr sie ihn auch hassen mochte, konnte sie sich dennoch in seine Lage versetzen. Er hatte tatsächlich in diesem Garten geschuftet und etwas Wunderschönes geschaffen. Zweifellos hatte er erwartet, sich bis ans Ende seiner Tage darum kümmern zu können.

»Welchen Grund hat sie für seine Entlassung benannt?« Angus runzelte die Stirn. »Nach allem, was man hört, hat er praktisch alles allein gemacht.«

»Sie hat nur gesagt, dass sie ihn nicht länger hätten ertragen können«, erwiderte Nell schulterzuckend. »Sie meinte, Albert habe sie beide jahrelang eingeschüchtert, und sie hätten einfach genug gehabt.«

»Vielleicht konnten sie sich seine Dienste nicht länger leisten«, bemerkte Angus nachdenklich. »Es ist kein Geheimnis, dass sie in finanziellen Schwierigkeiten stecken. Doch was ist mit Rufus? Hat man nach ihm geschickt?«

»Amy hat mir erzählt, dass Pastor Gosling ihm geschrieben habe«, antwortete Nell. »Außerdem hat er auch Lady Harveys Schwestern informiert. Ich nehme an, sie werden in ein oder zwei Tagen herkommen.«

»Wie alt ist Rufus jetzt?«

»Er ist erst neunzehn.« Nell traten die Tränen in die Augen. »Der arme Junge! Was wird nur aus ihm werden?«

»Wie ich es verstanden habe, hat ihm sein Großvater mütterlicherseits ein Treuhandvermögen hinterlassen«, entgegnete Angus gelassen. »Und nach allem, was man hört, ist er ein vernünftiger, intelligenter junger Mann, daher wird er schon zurechtkommen, auch wenn der Verlust seines Vaters ein schrecklicher Schlag für ihn sein wird. Hat Ihr Bruder gesagt, wann die Beerdigung stattfinden wird?«

Nell schüttelte den Kopf.

»Ich nehme an, die notwendigen Vorkehrungen werden getroffen, sobald Rufus eintrifft«, meinte Angus. »Und in der Zwischenzeit wollen wir hoffen, dass die Polizei Albert findet. Er wird dafür hängen, Nell, und dann werden Sie endlich wieder frei sein, um wieder zu heiraten.«

»Sir!« Nell rang mit einer Mischung aus Entsetzen und Überraschung nach Luft.

Angus lächelte schwach. »Ist das ein so schrecklicher Gedanke? Sie sind eine hübsche Frau, Nell, und Sie besitzen die Art von Fähigkeiten, die sich jeder Mann von einer Ehefrau wünscht. Außerdem sind Sie noch jung genug, um ein Kind zu bekommen.«

»Ich könnte nicht wieder heiraten«, erwiderte sie entrüstet. »Ich würde nicht noch einmal unter dem Pantoffel eines Mannes stehen wollen.«

»Ah, Nell«, seufzte er. »Sie und ich, wir haben beide unter der Liebe gelitten, aber vielleicht sollten wir das alles hinter uns lassen und es noch einmal versuchen?«

»Sie sollten es tun«, sagte sie entschieden. »Denken Sie daran, dass Lady Harvey jetzt frei ist!«

Kaum hatte sie die Worte ausgesprochen, bedauerte sie es auch schon, denn es war sehr wenig respektvoll, von dergleichen Dingen zu reden, bevor Sir William auch nur in seinem Grab lag.

Aber zu ihrer Überraschung tadelte Angus sie nicht, sondern sah sie nur mit traurigen Augen an. »Ich empfinde nicht länger so für sie«, gestand er. »Meine Liebe ist verblasst, als sie Sie so schlecht behandelt hat. Jetzt habe ich nur noch Mitgefühl mit ihr, wie man es für einen alten Freund empfinden würde.«

Im Laufe der Jahre hatte Nell sich viele Male ernsthaft versucht gefühlt, ihm zu erzählen, dass Hope sein Kind war. Es hätte ihr die Trauer ein wenig erträglicher gemacht, hätte sie das Geheimnis mit ihm teilen können; vielleicht hätte sie ihn sogar dazu überreden können, eine polizeiliche Ermittlung in Gang zu setzen. Nur ihr Versprechen Lady Harvey gegenüber hatte sie dieser Versuchung widerstehen lassen.

Jetzt erwachte dieser Wunsch aufs Neue in ihr, denn sie konnte nicht glauben, dass Angus aufgehört hatte, Lady Harvey zu lieben. Er war ein sehr begehrenswerter Junggeselle, und vornehme Familien mit unverheirateten weiblichen Angehörigen in Bath und in Bristol luden ihn ständig zu Gesellschaften ein. Er erzählte ihr häufig lachend von Damen, die ihm Avancen machten, doch obwohl er einem Flirt nie abgeneigt war und diese Damen oft aufrichtig schätzte, ging er dennoch keine romantischen Beziehungen mit ihnen ein.

Einmal, als er zu viel getrunken hatte, hatte er ihr offenbart, wie sehr er Anne geliebt hatte. Das Wissen, dass sie die Frau eines anderen Mannes war, hatte ihn zerrissen. Vor Rufus' Geburt hatte er sie gebeten, mit ihm nach Amerika zu gehen. Sie hatte ihm eine Abfuhr erteilt – weil sie ihren Titel zu sehr liebte und weil sie ein Leben ohne Dienstboten, Geld und schöne Kleider nicht hätte ertragen können, vermutete der Hauptmann.

Nell konnte ihm in diesem Punkt nicht ganz zustimmen. Eine Frau von Stand musste beträchtlichen Mut haben, um sich den Konsequenzen einer Trennung von ihrem Mann zu stellen. Und Sir

William war kein grausamer Mann gewesen wie Albert; Anne hatte ihn ebenfalls geliebt. Das Ausmaß dieser Liebe hatte Nell heute gesehen, als Anne ihr schluchzend berichtet hatte, wie sie versucht hatte, ihren Mann zu wecken, während Matt Baines aus dem Haus getragen hatte.

»Es war jämmerlich, Nell! Ich bin einfach in Panik geraten und habe mich benommen wie ein verängstigtes Kind. Jetzt habe ich meinen liebsten Freund verloren.«

»Haben Sie daran gedacht, dass Hope vielleicht zurückkommen wird, wenn Albert gefasst wird?«, fragte Angus und holte Nell wieder in die Gegenwart zurück.

Nell riss den Kopf hoch. »Warum sollte sie das tun?«

Angus zuckte die Schultern. »Ich habe immer die Auffassung vertreten, dass er sie wahrscheinlich gezwungen hat, Briargate zu verlassen, statt sie zu töten. Sobald er hinter Schloss und Riegel sitzt, kann er weder Ihnen noch Hope Schaden zufügen.«

Hoffnung leuchtete in Nells Augen auf. »So habe ich das noch gar nicht betrachtet. Aber vielleicht ist sie so weit fort, dass sie gar nicht davon erfahren wird!«

»Die Ermordung eines Aristokraten ist ein Fall für die Presse«, entgegnete Angus. »Die Geschichte ist heute in der *Times* erschienen und hat sogar die Nachricht von dem bevorstehenden Krieg gegen Russland von der Titelseite verdrängt. Wo immer Hope ist, sie wird wahrscheinlich davon hören.«

Kapitel 19

»Wenn wir noch lange auf Deck bleiben, werden wir festfrieren«, bemerkte Bennett zu Hope.

»Aber Herr Doktor, hier oben ist es viel gesünder als unten«, sagte sie mit einem Grinsen. »Oder möchtest du mir in Wirklichkeit nur wieder deinen schlimmen Willen aufzwingen?« Sie wollte nicht in ihre winzige Kabine hinuntergehen, nicht jetzt schon. Der Wind und die Gischt waren so berauschend, und die gewaltige Weite des Meeres erstaunte sie immer wieder aufs Neue. Außerdem war es herrlich, für eine Weile niemanden um sich haben zu müssen.

Ausgenommen natürlich Bennett; sie dachte, dass sie jede Stunde eines jeden Tages mit ihm würde verbringen können, ohne jemals Langeweile zu empfinden. Doch andererseits hatte er eine wunderbare Gabe zu spüren, wann sie schweigen wollte und wann ihr der Sinn nach Unterhaltung und Geplauder stand. Hope dachte, dass er wahrscheinlich der perfekteste Ehemann auf der ganzen Welt war.

Bisweilen hatte sie die Hoffnung aufgegeben, dass sie jemals heiraten würden, denn seit ihrem achtzehnten Geburtstag, an dem er ihr den Verlobungsring gekauft hatte, waren vier Jahre vergangen. Als er ihr an jenem Tag davon erzählt hatte, zur Armee gehen zu wollen, hatte sie seine Worte nicht allzu ernst genommen. Aber sie hatte sich geirrt. Sechs Monate später war er als Chirurg der angesehenen Rifle Brigade beigetreten, und sie hatte befürchtet, ihn vielleicht zu verlieren, denn sein Regiment war ständig in Bewegung – Winchester, Kanada und schließlich Südafrika, um im Kaffernkrieg zu kämpfen –, sodass es ihr unmöglich gewesen war, ihn zu sehen.

Hope war als Krankenschwester an das neue Allgemeine Krankenhaus in Bristol in der Guinea Street gewechselt, und Bennett hatte ihr ständig witzige, warmherzige Briefe geschrieben, die sie in ihrer Liebe noch bestärkt hatten. Aber die Post war stets langsam und unverlässlich gekommen, vor allem aus Südafrika, und daher waren manchmal Monate ohne einen einzigen Brief vergangen. Und dann hatte sie sechs oder sieben Briefe auf einmal erhalten.

Während der letzten Jahre war sie oft sehr niedergeschlagen gewesen. Bisweilen war die Einsamkeit beinahe lähmend gewesen, vor allem, als Bennett nach Kanada gegangen war und sie die Arbeit im Allgemeinen Krankenhaus aufgenommen hatte, ohne dort auch nur eine Menschenseele zu kennen.

Im St. Peter's hatte sie die Gesellschaft der jungen Mütter auf ihrer Station gehabt, und einige dieser Frauen waren Freundinnen geworden, und sie hatte sie an ihrem freien Tag besucht. Aber im Allgemeinen Krankenhaus hatte sie auf der chirurgischen Männerstation gearbeitet, und die Stationsschwester, ein rechter Drache, hatte sie ständig herabgesetzt und wie ein Habicht beobachtet, damit sie nur ja keine Vertraulichkeit mit den Patienten entwickelte. Die Tage waren ihr endlos erschienen.

Es war gut gewesen, in einem besseren Krankenhaus zu sein, doch Hope hatte dort nirgendwo richtig hingepasst. Sie hatte Bennett vermisst und gefürchtet, dass der Tag niemals kommen würde, da sie seine Frau wurde. Oft hatte sie das Gefühl gehabt, in einer Art Tretmühle gefangen zu sein, in der alle ihre Anstrengungen letztlich nirgendwo hinführten.

Aber im Januar 1854 war Bennett nach England zurückgekommen und hatte darauf bestanden, so bald wie möglich zu heiraten.

Er hatte sich während seiner Zeit in Südafrika sehr verändert. Abgesehen von seinem bronzebraunen Gesicht, dem sonnengebleichten Haar und dem vom regelmäßigen Reiten muskulöserem Körper, war er auch viel selbstsicherer und welterfahrener geworden. Er hatte von den älteren Regimentsärzten viel gelernt und sich daran gewöhnt, unter primitivsten Bedingungen ziemlich komplizierte Operationen durchzuführen und sein eigenes Feldhospital zu leiten. Das Leben und Arbeiten in einer ganz und gar männlichen Umgebung hatten ihn stark gemacht, und es scherte ihn nicht länger, was sein Onkel über seinen Lebensentwurf denken mochte.

Hope hatte Dr. Cunningham viele Male gesehen, seit Bennett fort war, sowohl in St. Peter's als auch später im Allgemeinen Krankenhaus. Er war anfangs sehr frostig zu ihr gewesen, da er sie offenkundig für das Ausscheiden seines Neffen aus der gemeinsam geführten Praxis verantwortlich machte. Aber vielleicht hatte Alice ihm zugesetzt, denn ein Jahr später wurde er allmählich ein wenig freundlicher, und wenn er sie sah, blieb er stehen, um mit ihr zu reden. Er schien sie inzwischen für eine sehr gute Krankenschwester zu halten und sie langsam als Ehefrau seines Neffen zu akzeptieren. Und Alice zufolge, die Hope an ihrem freien Tag häufig besuchte, sprach der alte Arzt nur in den höchsten Tönen von ihr. Er schlug sogar vor, sie solle das Allgemeine Krankenhaus unverzüglich verlassen und bis zur Hochzeit in das Haus am Harley Place einziehen, da noch so viele Vorbereitungen zu treffen seien.

Anfang Februar, an einem bitterkalten Tag, an dem Schnee drohte, hatten sie in der nur einen Steinwurf vom Harley Place entfernten Christuskirche geheiratet. Alice hatte Hope ein Hochzeitskleid gefertigt, ein Wollkleid aus dunkelrosafarbener Seide mit einer modischen Turnüre und ein dazu passendes, mit Fell besetztes Kapuzencape.

Sie hatten nur wenige Gäste geladen gehabt: Alice und ihre Schwester Violet, Dr. Cunningham und einige alte Freunde von Bennett, einschließlich Mary Carpenters. Hope hätte alles darum gegeben, hätte sie an einem so wichtigen Tag auch ihre Geschwister bei sich haben können. Aber da es einfach nicht möglich war, gab sie sich alle Mühe, nicht an sie zu denken.

»So bald wie möglich solltest du Ruth und ihrem Mann in Bath einen Besuch abstatten«, sagte Bennett, als sie zu ihren Flitterwochen nach Lyme Regis aufbrachen. Wenn Hope ihnen alles erklärte, so glaubte Bennett, konnten sie entscheiden, auf welche Weise sie dem Rest der Familie Bescheid geben wollten, sodass Albert seine Wut nicht an Nell auslassen konnte.

Dr. Cunningham hatte ihnen für die Fahrt nach Lyme Regis seine Kutsche geliehen, und mit einem heißen Ziegelstein unter ihren Füßen, einer warmen Decke, in die sie sich einmummeln konnte, und ihrem Mann an ihrer Seite war Hope so glücklich, dass sie an nichts Ernstes denken wollte. Sie war jetzt seit sieben Jahren fort, und einige wenige Wochen mehr würden keinen Unterschied mehr machen.

Wie alt sie auch werden mochte – Hope würde diese Hochzeitsnacht nie vergessen, das wusste sie. Ihr Zimmer im Gasthaus mit Blick auf das Meer war so warm und einladend gewesen. Im Kamin brannte ein tosendes Feuer, dicke Brokatvorhänge sperrten die kalte Nachtluft aus. Es gab ein Himmelbett, eine brennende Kerze und einen runden Tisch, auf dem für ihr Abendessen gedeckt war. Sie hatten auf dem Weg Brandy getrunken, um sich warm zu halten, und als sie zum Abendessen auch noch eine Flasche Wein getrunken hatten, war Hope sehr beschwipst gewesen. Sie erinnerte sich, wie Bennett sie entkleidet hatte; er hatte sich mit den Bändern ihres Korsetts hoffnungslos übernommen. Sie selbst war genauso erpicht darauf gewesen wie er, sich endlich mit ihm zu vereinen.

Er hatte die roten Abdrücke von den festen Stäben auf ihrem Körper geküsst. »Während unserer Flitterwochen sollst du dieses Ding nicht wieder anlegen, hörst du?«, hatte er gemurmelt. »Weißt du eigentlich, dass ich während meiner Zeit in Südafrika oft von dir geträumt habe? In diesen Träumen bist du nackt gewesen, aber jetzt bist du noch hundert Mal schöner, als ich es erwartet habe.«

Sie hatte angenommen, es würde wehtun, aber von dem Moment an, in dem er sie auf die Arme genommen, auf das Bett gelegt hatte und sich eifrig neben sie gekuschelt hatte, waren alle Ängste oder Hemmungen vergessen gewesen. Bennett war zu zärtlich und sanft gewesen, um ihr wehzutun, und er hatte sie mit so offenkundigem Entzücken erkundet, dass sie diese Erfahrung eher erregend als peinlich empfunden hatte. Ihre eigene Leidenschaft hatte sie einigermaßen erstaunt, aber da sie seine Lust noch zu schüren schien, hatte Hope nicht versucht, ihre eigene zu bezähmen, und sich ganz und gar diesen wunderbaren neuen Gefühlen überlassen.

In den Tagen, die folgten, hatte Hope das Gefühl, wirklich zu einer erwachsenen Frau geworden zu sein. Doch es überraschte sie herauszufinden, dass sie so leidenschaftlich sein konnte. Selbst wenn sie in einem Restaurant aßen oder am Meer den hohen Winden trotzten, konnte sie an nichts anderes denken als an die körperliche Liebe. Sobald sie außer Sicht der Passanten waren, drängte sie Bennett immer wieder, sie zu küssen, und sie presste sich voller Begierde an ihn. Eines Tages, als sie auf einem Kliff spazieren gingen, griff sie nach seiner Hand und schob sie unter ihren Rock. Wenn Bennett sie an Ort und Stelle im Gras geliebt hätte, wäre sie überglücklich gewesen. Sie konnten es kaum erwarten, in ihr Zimmer zurückzukehren.

»Glaubst du, alle verheirateten Paare sind so wie wir?«, fragte sie Bennett am letzten Abend ihrer Flitterwochen. Am nächsten Morgen wurden sie in der Kaserne von Winchester zurückerwartet, und es widerstrebte ihnen einzuschlafen, als glaubten sie, nie wieder eine Chance zu bekommen, einander zu lieben.

»Ich nehme an, bei einigen muss das wohl der Fall sein«, antwortete er mit einem breiten Grinsen. »Aber ich glaube nicht, dass viele der Offiziere, die ich kenne, solches Glück haben. Ihre Frauen sehen so aus, als versuchten sie, die körperliche Liebe um jeden Preis zu vermeiden.«

»Nun, vielleicht sind die Offiziere auch keine allzu guten Liebhaber«, sagte sie, während sie rittlings auf Bennett saß und seine Hand auf ihre Brust legte. »Vielleicht tun sie es alle so wie dieser Schiffskapitän, mit dem Betsy gegangen ist. Es hat ihr die Liebe verleidet!«

Bennett lachte. Während der ganzen Woche bereitete es Hope großes Vergnügen, viele zotige kleine Geschichten zu erzählen, die sie von ihren Patientinnen gehört hatte.

Auch Bennett hatte seinen Spaß daran. »Aber ich möchte nicht, dass du in Winchester über dergleichen Dinge sprichst«, erklärte er mit gespieltem Ernst. »Viele Offiziersfrauen sind sehr prüde, und mir wäre es peinlich, wenn sie sich über dich das Maul zerreißen würden.«

»Dann wollen wir hoffen, dass wir ein Bett bekommen, dessen Federn nicht quietschen«, erwiderte sie, beugte sich vor und bedeckte sein Gesicht mit unzähligen kleinen Küssen. »Denn, mein liebster Ehemann, ich habe die Absicht, dir jede Nacht meinen verderbten Willen aufzuzwingen!«

An diese Bemerkung erinnerte Hope Bennett, als sie an der Schiffsreling standen und aufs Meer hinausblickten. Sie war entsetzt gewesen zu sehen, dass ihre Kojen winzig waren. »Glaubst du, dass wir dort, wo wir hingehen, überhaupt ein Bett bekommen werden?«, fragte sie. »Ich habe jemanden sagen hören, wir würden in Zelten schlafen!«

»Das könnte durchaus sein«, erwiderte er. »Ich habe gesehen, dass viele Zelte verladen wurden, und vorsichtshalber zwei Feldbetten mitgenommen. Aber andererseits ist dieser ganze Feldzug eine komische Sache – niemand scheint genau zu wissen, wo wir hinfahren. Ich habe von Malta gehört und von Konstantinopel, doch was wir tun werden, wenn wir dort ankommen, kann man nur raten.«

Seit Monaten berichteten die Zeitungen voller Erregung über die Probleme zwischen den Türken und den Russen. Soweit Hope es verstand, hatte das Ganze in Bethlehem begonnen, wegen einer Kirche, die am Schauplatz von Jesu Geburt erbaut worden war. Die Katholiken und die Geistlichen der Russisch-Orthodoxen Kirche erhoben beide Anspruch darauf, und dann hatten die Türken, die sich seit Jahren mit Russland in den Haaren lagen, sich ebenfalls eingemischt – kein Wunder, gehörte doch das Heilige Land seit dreieinhalb Jahrhunderten zum Osmanischen Reich.

Noch bevor Bennett im Januar nach Hause gekommen war,

sprach man bereits davon, dass England und Frankreich die Türkei im Falle eines Krieges unterstützen würden. England wolle nicht, dass Russland Kontrolle über das Schwarze Meer gewann, da dieses eine wichtige Handelsroute darstelle. Aber nach allgemeiner Ansicht war Russland überfällig für eine ordentliche Tracht Prügel, und niemand schien zu wissen oder sich darum zu scheren, wofür sie diese Prügel bekommen sollten.

Während ihrer Flitterwochen hatte Bennett gesagt, dass die Rifle Brigade durchaus in den Osten geschickt werden könne und er mit ihr. Aber er hatte gewiss nicht erwartet, dass es so schnell gehen würde. Sie waren kaum wieder in Winchester angelangt, als er Order bekam, mit seinem Regiment binnen weniger Tage von Portsmouth aus in See zu gehen.

»Glaubst du, es wird wirklich Krieg geben?«, fragte Hope. Sie war zu aufgeregt, um sich Sorgen zu machen. Vor ihren Flitterwochen hatte sie nichts anderes gekannt als Bristol, und das einzige Meer, das sie je gesehen hatte, war der Bristolkanal gewesen. Sie konnte kaum glauben, dass sie sich jetzt zusammen mit etwa achthundert Männern unter dem Kommando von Lieutenant Colonel Lawrence auf dem Dampfschiff *Vulcan* befand, das entlang den Küsten Frankreichs und Spaniens ins Mittelmeer fahren würde.

»Ich hoffe aufrichtig, ein Krieg lässt sich vermeiden.« Bennett runzelte besorgt die Stirn. »Seit Waterloo sind vierzig Jahre vergangen, und da der Duke of Wellington tot ist, denke ich nicht, dass die nicht kampferprobten Offiziere, die für diese Geschichte verantwortlich sind, irgendeine Vorstellung von Strategie haben oder auch nur eine Ahnung, wessen es bedarf, um in einem Krieg zu bestehen.«

Er meinte Lord Cardigan und Lord Lucan, die ebenso dummen wie arroganten Befehlshaber der Kavallerie, die sich zu allem Überfluss auch noch gegenseitig hassten wie die Pest. »Aber die Männer in Winchester brennen auf einen Kampf«, bemerkte Hope bei der Erinnerung an die allgemeine Erregung, die in der Kaserne geherrscht hatte.

»Mag sein«, gab Bennett zurück.

»Was stimmt denn nicht?«, fragte sie. Wenn er die Lippen schürzte so wie jetzt, ging ihm etwas im Kopf herum, das wusste sie.

»Es geht um ihre Frauen und Kinder«, erwiderte er angespannt. »Wusstest du, dass sie keinerlei Unterhalt bekommen, während ihre Männer im Feld stehen? Die abgerissenen Gestalten, die dem Bataillon in Portsmouth nachgelaufen sind und versucht haben, ein letztes Wort mit ihren Männern zu sprechen oder einen letzten Kuss von ihnen zu bekommen, bevor sie an Bord gegangen sind? Sie alle werden in ein oder zwei Tagen unversorgt dastehen.«

»Aber das ist ja schrecklich!«, rief Hope aus.

Bennett nickte. »Sie werden sich an die Gemeinde wenden müssen, um Hilfe zu bekommen, aber da viele dieser Ehefrauen Kanadierinnen sind, wird man ihnen selbst diese geringe Summe verwehren, denn wie du weißt, bekommt man Unterstützung nur von der Gemeinde, in der man geboren wurde.«

»Bedeutet das, dass sie verhungern werden?«, hakte Hope entsetzt nach.

»Ja, es sei denn, sie haben Verwandte, an die sie sich wenden können, oder sie beschließen, ihren Körper zu verkaufen. Was bleibt ihnen anderes übrig, wenn sie kleine Kinder ernähren müssen?«

Das Schiff stampfte und rollte den ganzen Weg die französische Küste entlang und über die Biskaya durch schwere See, und an Bord waren viele der Passagiere seekrank. Aber Bennett und Hope ging es bemerkenswert gut, und dieser Umstand gab Hope die einmalige Gelegenheit, sich unter die Soldaten und ihre Frauen zu mischen, die krank waren. Sie verabreichte ihnen Brühe – zuerst von Pfeilwurz, dann Rinderbouillon –, wenn die Krankheit vorüber war, damit sie wieder zu Kräften kamen.

Wie ihr Mann es ihr vorgeschlagen hatte, nahm sie sich eine der wenigen mit an Bord genommenen Soldatenfrauen als Dienerin, um so wenigstens einer von ihnen Gelegenheit zu geben, sich ein paar Schilling zu verdienen. Ihre Wahl war auf Queenie Watson gefallen. Schon die Art, wie sie an Bord gekommen war, zeichnete sie vor den anderen Soldatenfrauen aus. Für jede Kompanie durften nämlich nur sechs Frauen mitgenommen werden – welche das sein sollten, darüber stimmten die Männer ab. Wichtiges Kriterium war dabei ihr Temperament. Queenie und ihr Mann, der Schütze Robbie, hatten einen Plan ausgebrütet für den Fall, dass Queenie nicht gewählt wurde. Robbie hatte sie im Exerzieren unterwiesen, und sie hatte die letzte Nacht in der Kaserne verbracht, mit kurz geschorenem Haar und in Uniform, sodass sie sich notfalls als Soldat ausgeben konnte. Queenie hatte ihre Sache gut genug gemacht, um die Musterung am folgenden Morgen zu bestehen, und war mit den Truppen auf das Schiff marschiert. Erst an Bord hatte man ihre List entdeckt, aber zu ihrem Glück befand sich auch Lady Errol auf dem Schiff, die Ehefrau des Earl of Errol, eines Kompaniekommandanten der Rifles. Sie wurde von ihren beiden Freundinnen verabschiedet, der Marquise von Stafford und der Herzogin von Sutherland. Die drei Damen hatten Mitgefühl mit Queenie und überredeten den Earl of Errol, sie mit ihnen reisen zu lassen.

Sobald Hope davon gehört hatte, war sie davon überzeugt gewesen, die Soldatenfrau zu mögen, und sie war nicht enttäuscht worden. Queenie hatte rotes Haar, scharf geschnittene Gesichtszüge und ein trotziges Wesen. Abgesehen von ihrem Mut besaß sie auch einen guten Sinn für Humor, der Hope gefiel. Wenn sie sich schon über lange Fahrten mit der Gesellschaft einer anderen Frau abfinden musste, wollte sie jemanden haben, der zumindest amüsant sein würde.

Sechs Wochen nach ihrem Aufbruch aus England erreichten sie am siebten April Scutari, das heutige Üsküder im asiatischen Teil Istanbuls. Sie hatten einige Zeit in Malta verbracht und waren dann nach Gallipoli, einer Hafenstadt an den Dardanellen, weitergefahren, wo sie die Nachricht erhalten hatten, dass England und Frankreich Russland den Krieg erklärt hatten.

Sie wussten noch immer nicht, welches ihr endgültiges Ziel war. Es gab jeden Tag neue Gerüchte, nach denen der Kampf irgendwo zwischen Odessa und der Donau stattfinden würde. Aber Hope hatte bereits erste Erfahrungen mit einigen der Entbehrungen gemacht, die eine Soldatenfrau auf einem Feldzug zu erwarten hatte.

In Malta hatten Bennett und sie ein Zimmer in der Kaserne gehabt, das nur eine Spur besser war als der Raum in der Lamb Lane. In Gallipoli war es ein Zelt gewesen, und sie hatten auf dem harten Boden geschlafen, da die Feldbetten, die Bennett mitgebracht hatte, nirgends zu finden gewesen waren. Wasser war knapp gewesen, und das Holz für die Kochfeuer hatte gesammelt und über lange Strecken zum Lager getragen werden müssen. Außerdem war es sehr heiß gewesen, und viele der Männer waren zusammengebrochen.

Auf dem Marsch nach Scutari war ihnen nur ein Maultier gestattet, das ihr Gepäck trug, doch einige der Offiziere besaßen zwei Maultiere und obendrein ein Pferd. Aber trotz der Hitze machte Hope der Marsch nichts aus. Und sie hätte sich ohnehin nicht beklagt, denn Bennett hatte jetzt Angst, man könne ihm den Befehl geben, sie in der Gesellschaft einiger anderer Offiziersfrauen für die Dauer des Krieges nach Malta zurückzuschicken.

Hope glaubte, sich bereits als nützlich erwiesen zu haben: Sie hatte nämlich einige der Männer gepflegt, die in Gallipoli erkrankt waren. Außerdem hatte sie eine böse Schnittwunde an Lady Errols Hand versorgt. Sie hoffte, dass man eine Ausnahme für sie machen würde, konnte sich darauf aber nicht verlassen.

Auf den ersten Blick machte die türkische Kaserne, die das Hauptquartier der Garde und der Leichten Infanterie werden sollte, einen durchaus guten Eindruck. Es war ein prächtiger, dreistöckiger Bau, der inmitten eines großzügigen Anwesens mit einem Wachturm in jeder Ecke lag. Seine Lage auf hohem Grund über einem Landesteg, die Fichten, die es umgaben, und das türkisfarbene Meer in unmittelbarer Nähe wirkten überaus reizvoll.

Eine Gruppe von Schützen, die zu einer ersten oberflächlichen Erkundung ausgeschickt worden waren, kamen bereits nach wenigen Sekunden wieder heraus – so grün im Gesicht wie ihre Uniformen.

Sie behaupteten, die Kaserne sei das Schlimmste, was sie je gesehen hätten.

Als Regimentsarzt wurde von Bennett erwartet, an der eingehenden Inspektion teilzunehmen, und bei seiner Rückkehr erzählte er Hope, dass die Männer nicht übertrieben hatten. Es sei absolut entsetzlich gewesen: Der Innenhof war überschwemmt von Abwasser von den verstopften Abwasserkanälen unter dem Gebäude; in dem Wasserreservoir verweste ein Pferdekadaver; das ganze Gebäude lag voller verfaulendem Müll, und überall wimmelte es von Ungeziefer und Flöhen. Es kam nicht infrage, dass die Rifle Brigade sich in dem Gebäude niederließ, daher wurde – weit genug entfernt von der Kaserne, sodass die ihr entsteigenden Gerüche sie nicht erreichen würden – ein Lager aufgeschlagen.

Bennett war an diesem Abend nicht er selbst. Er lehnte es ab zu essen und lächelte nicht einmal, als Hope ihn darauf hinwies, dass das Zelt von Lord und Lady Errol vollkommen durchsichtig sei. Es wurde von einer Lampe von innen beleuchtet, und die Männer spazierten mit geheuchelter Lässigkeit daran vorbei, während Lady Errol ihr Korsett abnahm.

»Erzähl mir, was los ist«, bat Hope ihn. »Ist es die Sorge, man könnte mich zurückschicken?«

»Ja, darüber mache ich mir in der Tat Sorgen«, antwortete er. »Aber es wäre mir lieber, wenn du mit meinem Onkel und Alice daheim in England wärst, als auf Malta festzusitzen.«

»Aber das ist noch nicht alles?«

»Nein«, seufzte er. »Dieser Saustall soll das Hauptkrankenhaus für den Feldzug werden. Die Männer können dort alles putzen und schrubben, doch wir haben keine Betten, keine Decken, keine Medizin, und ich fürchte, dass die Kranken und Verletzten das Haus lange gefüllt haben werden, bevor die Leute daheim in England sich imstande sehen, uns die Ausrüstung und die Vorräte zu schicken, die wir brauchen.«

»Du denkst, dass es schon bald eine Schlacht geben wird?«, hakte Hope nach. Sie konnte ein Gefühl der Erregung jedoch nicht unterdrücken; viele der Soldaten hatten ihr anvertraut, den Beginn der Kämpfe gar nicht erwarten zu können, und sie hatten sie mit ihrer Begeisterung angesteckt.

Er zuckte die Schultern. »Sie hoffen offenbar, Sewastopol auf der Krim zu nehmen.« Er zeichnete eine grobe Karte des Schwarzen Meeres in den Schmutz, um ihr zu zeigen, wo Sewastopol lag. »Es ist beängstigend. Ich bin nur ein Militärarzt, aber wenn ich das Kommando hätte, würde ich als Erstes diesen Ort auskundschaften lassen. Kaum einer von uns weiß überhaupt, wo er liegt, und niemand kann sagen, wie gut er verteidigt wird. Die Uniformen unserer Männer eignen sich nicht für dieses warme Klima. Ich glaube nicht, dass wir genug Vorräte haben. Wir haben nur einen Bruchteil der medizinischen Ausrüstung, die wir benötigen, und bisher habe ich noch nichts gesehen, das sich auch nur annähernd für die Benutzung als Ambulanz eignen würde.«

»Du machst dir zu viele Sorgen«, sagte Hope und ging zu ihm hinüber, um ihn zu umarmen. »Lady Errol hat mir erzählt, dass wir bald zu einem Ort namens Varna weiterziehen und dass dort weitere Truppen zu uns stoßen werden. Bestimmt wird auch der Rest der Ausrüstung dort ankommen.«

Am fünfundzwanzigsten Mai, dem Geburtstag der Königin, traf Lord Raglan, der Kommandeur des britischen Korps, in Scutari ein, um seine Truppen in Augenschein zu nehmen. Hope erschien er sehr alt, wie vornehm er auch mit seinem Federhut und den goldenen Tressen aussehen mochte; außerdem hatte er nur einen Arm. Sie hatte gehört, er sei bei Waterloo der Adjutant des Herzogs von

Wellington gewesen, daher vermutete sie, dass er der richtige Mann war, um hier das Kommando zu führen.

Nur wenige Tage später, am neunundzwanzigsten, waren Hope und Bennett wieder auf See, diesmal auf der *Golden Fleece,* die nach Varna in Bulgarien lief. Dort würden weitere Truppen zu ihnen stoßen, zusammen mit der französischen Armee.

Niemand hatte Bennett befohlen, seine Frau nach Hause zu schicken, und falls es irgendwelche Schwierigkeiten geben sollte, wollte Lady Errol, mit der Hope inzwischen eine zaghafte Freundschaft verband, mit Lord Raglan persönlich darüber sprechen.

»Sieht es nicht hübsch aus!«, rief Hope, als sie in den bulgarischen Hafen segelten. Obwohl die Holzhäuser am Kai heruntergekommen waren, fand sie den Anblick ausgesprochen malerisch. Aber als das Schiff sich dem Ufer näherte, wehte ihnen ein widerwärtiger Geruch entgegen, und Bennett stieß einen Seufzer aus.

»Ich werde mich nie wieder über irgendwelche Verhältnisse in England beklagen«, flüsterte er ihr ins Ohr. »Nicht über den Schmutz auf den Straßen, nicht über die Arbeitshäuser, die Bettler oder auch nur über die Krankenhäuser. Und wenn wir dorthin zurückkommen, werde ich uns ein Cottage am Meer suchen und nur noch reiche Patienten behandeln.«

Die Stadt war vollkommen verdreckt, ebenso wie ihre Bewohner, etwa fünfzehntausend Griechen, Türken und Bulgaren, die die verstopften Abflussrohre und offenen Jauchegruben gar nicht zu bemerken schienen. Die Rifle Brigade ging an Land, und während der Musikzug »Cheer, Boys, Cheer« spielte, marschierten sie schnell ein kurzes Stück aus der Stadt heraus und schlugen an einem See ihr Lager auf.

In den folgenden Tagen saß Hope oft auf einem Hügel hinter dem Lager, beobachtete, wie ein steter Strom von Truppentransportern in den Hafen einlief, und staunte über die unterschiedlichen Arten der Regimenter. Besonders beeindruckt war sie von den Hochländern in ihren karierten Kilts, die unter dem Jaulen ihrer Dudelsäcke marschierten – ein Klang, der nichts ähnelte, was sie je zuvor gehört hatte. Die Infanterie in ihren roten Röcken und weißen Kniehosen war atemberaubend, aber dasselbe galt für die Franzosen in ihren blauen Röcken. Sie hatte früher am Tag einen Schützen eine rüde Bemerkung über die russischen Uniformen machen hören: »Sie tragen Grau und sehen aus wie ein Rudel Ratten! Sobald sie all die prächtigen Farben ihrer Feinde sehen, werden sie die Flucht ergreifen.«

Gerade als sie dachte, die Soldaten könnten nicht prächtiger werden, kamen die Husaren. Es war schwer zu entscheiden, ob die schlanken, stolzen Rösser oder die Reiter in ihren kirschroten Reithosen, den langen Stiefeln, den dicht mit Goldtressen besetzten Jacken und den hohen Fellmützen der prächtigere Anblick waren.

Hope fiel auf, dass die Franzosen viel besser organisiert und ausgerüstet waren als die Engländer. Sie allein schienen einen echten Plan zu haben, und ihre Zelte wurden schnell und mit großem Geschick aufgebaut.

Bennett machte sie auf Lord Cardigan und Lord Lucan aufmerksam und erzählte ihr, dass sich bereits ein größerer Streit zwischen den beiden zusammenbraute, weil Cardigan geglaubt hatte, er solle das Kommando über die gesamte Kavallerie erhalten, während Lord Raglan Lucan für diese Rolle vorgesehen hatte. Anscheinend hatte man gleichermaßen befunden, dass Lord Lucan die Schwere Brigade – schwere Kavallerie, also Gardedragoner und Dragoner – führen sollte und Lord Cardigan die Leichte Brigade. Aber da Lucan das Oberkommando der gesamten Kavallerie hatte, war dennoch Ärger zu erwarten.

Hope hatte keine allzu hohe Meinung von diesen beiden Männern, von denen sie zu Hause so viel gehört hatte. Sie waren beide schon alt, mindestens fünfundfünfzig oder noch älter. Cardigan wirkte genauso arrogant, wie man ihm nachsagte zu sein, und nicht halb so attraktiv, denn er trug einen dicken, buschigen Backenbart und hatte schlechte Zähne. Lord Lucan sah aus, als hätte er gerade in eine Zitrone gebissen. Es hieß, er sei pedantisch genug, um mit einem Lineal umherzulaufen und den Abstand zwischen den Zelten der Mannschaften zu messen und diese – wenn nicht alles vollkommen zu seiner Zufriedenheit sei – abreißen und irgendwo anders neu aufstellen zu lassen.

Aber die schiere Vielzahl der Soldaten – angeblich waren es über siebzigtausend –, das Chaos und die hektische Betriebsamkeit überall um sie herum erfüllten Hope in den ersten Tagen mit solcher Ehrfurcht, dass sie kaum verstand, wie das alles organisiert wurde.

Sie hörte das Gelächter der Soldatenfrauen, die im Fluss Kleider wuschen, und als sie sah, dass sie einander bespritzten wie Kinder, fühlte sie sich versucht, sich ihnen anzuschließen, denn es war schrecklich heiß. Doch sie wusste, ein solches Verhalten würde bemerkt – und missbilligt – werden.

Ohne Queenie wäre sie furchtbar einsam gewesen, da Bennett Teil einer Gruppe von französischen wie englischen Ärzten war, die die Generalüberholung des Krankenhauses in Varna überwachten. Ihm zufolge war dies ein weit hoffnungsloseres Unternehmen als selbst das Einrichten des Krankenhauses in Scutari. Alles war von Flöhen und Ungeziefer verseucht, das Gebäude hatte keine Abwasserrohre und eignete sich eher für Vieh als für Kranke. Aber Queenie besaß viele von Betsys Eigenschaften und war genauso frech, unvoreingenommen und lebenslustig wie Hopes frühere Freundin. Kochen konnte sie nicht, und von Hygiene hatte sie nicht den geringsten Begriff. Dafür verstand sie sich sehr gut darauf, dies und das zu beschaffen, und konnte praktisch alles auftreiben, was Hope sich wünschte oder brauchte. Und es machte großen Spaß, mit ihr zusammen zu sein.

»Das Wasser ist schrecklich schlammig geworden«, bemerkte Hope, als sie mit Queenie am Fluss hockte, um einige Kleider zu waschen. Sie waren jetzt einen Monat in Varna, und obwohl der Lagerplatz anfangs einen sehr hübschen Eindruck gemacht hatte, verschmutzte er jetzt angesichts seiner vielen Tausend Bewohner zusehends.

»Das ist wohl kein Wunder, da all diese großen Pferde darin herumtrampeln«, erwiderte Queenie. »Sie erwarten wohl, dass sie sich in Reih und Glied aufstellen wie Gentlemen und ein verdammter Gaul nach dem anderen säuft?«

Hope lachte. Queenies Piepsstimme erheiterte sie selbst dann, wenn sie nicht versuchte, witzig zu sein. »Nein, das erwarte ich nicht, aber sie könnten alle weiter flussabwärts trinken und diesen Teil des Flusses uns überlassen. Und was schwimmt da drüben im Wasser?« Sie zeigte auf etwas, das wie Tiergedärme aussah.

»Sieht so aus, als hätte jemand ein Schaf oder so was geschlachtet«, meinte Queenie. »Und die Abfälle davon hat der schmutzige Bastard in den Fluss geschmissen!«

Bennett hatte bereits darauf hingewiesen, dass der für das Lager ausgewählte Platz inmitten von Seen und Sümpfen wegen der Horden von Moskitos, die sie des Nachts alle in den Wahnsinn trieben, ungesund sei. Jetzt, da der Fluss, der bei ihrer Ankunft kristallklar gewesen war, so schmutzig wirkte, befürchteten sowohl er als auch Hope, dass die Soldaten krank werden könnten, denn bei dieser Hitze tranken sie Wasser in großen Mengen.

»In Zukunft werden wir unser Wasser von dort oben holen.« Hope zeigte flussaufwärts, wo niemand badete und die Pferde selten ihren Durst stillten. »Und wir werden es zum Trinken abkochen.«

Queenie verdrehte ungeduldig die Augen. »Oh, ich bitte Sie, Mrs Meadows, ich kann in dieser Hitze unmöglich da rauftrotten! Das Wasser ist dasselbe, ganz gleich, woher wir es holen.«

»Das ist es nicht«, entgegnete Hope fest. »Es beklagen sich schon genug Männer über Durchfall, und wir wollen nicht, dass noch Schlimmeres hinzukommt.«

Aber einen Monat später *war* weit Schlimmeres hinzugekommen.

Die Cholera.

Bisher grassierte sie nur im französischen Lager, und die englischen Truppen hatten ihr Lager vorsichtshalber bereits verlegt und sich etwas weiter von den Sümpfen entfernt niedergelassen. Trotzdem herrschte überall Unbehagen.

Hope, die diese Krankheit wahrscheinlich besser kannte als irgendjemand sonst in ihrem unmittelbaren Kreis, hatte große Angst. Die Cholera konnte, wie sie wusste, ein ganzes Regiment dezimieren.

Sie hatte inzwischen viele der Männer kennengelernt; sie hatte die Rücken einiger Soldaten anderer Regimenter versorgt, die wegen Trunkenheit ausgepeitscht worden waren, und ein paar andere getadelt, weil sie sich mit unreifen Früchten vollgestopft hatten, bis sie Bauchschmerzen bekommen hatten. Für zwei oder drei, die nicht lesen und schreiben konnten, hatte sie Briefe nach Hause geschrieben, und andere hatte sie mit Schmeicheleien dazu gebracht, ihr zu helfen, das Krankenhaus für Bennett und die anderen Ärzte zu säubern. Sie waren keine Unbekannten wie die Opfer, die in St. Peter's gestorben waren; es waren Freunde und Kameraden, und die meisten von ihnen waren sehr jung.

Aber als die Temperaturen im Juli anstiegen, gab es noch mehr Tote als zuvor, und die Cholera hatte inzwischen auch das britische Lager und die Türken erreicht. Schon vorher waren die Männer zunehmend mutlos geworden. Die Hitze, die Sandstürme, der ständige Drill, schlechtes Essen und das endlose Warten auf einen Kampf nagten an der Moral. Aber jetzt konnte jedes Zwicken im Magen, jedes leichte Fieber oder jeder schwache Kopfschmerz Cholera bedeuten, und die Angst stand allen ins Gesicht geschrieben.

Hope arbeitete zusammen mit Bennett und den anderen Ärzten unermüdlich. Das Krankenhaus in Varna war noch immer von Flöhen verseucht, daher wurden die Kranken stattdessen in einem großen Zelt untergebracht. Aber die unerträgliche Hitze und der Mangel an Laudanum und anderen Medikamenten machten es ihnen fast unmöglich, den Patienten ihr Leiden auch nur ein wenig zu lindern, geschweige denn, ihnen zur Genesung zu verhelfen. Im Juli starben fast vierhundert Mann, und im August verdoppelte sich die Zahl der Cholera-Toten. Allein das zweite Bataillon der Schützenbrigade hatte insgesamt dreißig Männer verloren. Hope hatte die meisten von ihnen auf der Überfahrt recht gut kennengelernt, und der Verlust ging ihr sehr nahe.

»Du musst dich heute ausruhen«, sagte Bennett an einem Morgen Ende August. Er kniete neben ihrem Feldbett und legte ihr eine Hand auf die Stirn. »Ich könnte es nicht ertragen, wenn du ebenfalls krank würdest. Wenn Queenie kommt, unternehmt einen Spaziergang und sucht euch irgendwo ein schattiges Plätzchen, an dem ihr den Tag verbringen könnt.«

»Aber ich werde gebraucht«, protestierte Hope und versuchte aufzustehen, um ihm sein Frühstück zuzubereiten.

»Du weißt genauso gut wie ich, dass sie mit oder ohne deine Hilfe sterben werden«, erwiderte er schärfer und drückte sie wieder auf die Matratze. »Doch ich kann nicht ohne dich leben, und du siehst schrecklich spitz aus. Ich muss darauf bestehen, dass du dich ausruhst.«

Wenn er diese strenge Miene aufsetzte, gab er einen Befehl, das wusste Hope, und es war das Beste, ihm zu gehorchen. Außerdem war die Aussicht auf einen Tag ohne Arbeit durchaus verlockend. Vielleicht konnten Queenie und sie ein Picknick im Wald veranstalten.

»Also, erzählen Sie mir, wie Sie den Arzt kennengelernt haben?«, fragte Queenie später am Morgen.

Sie hatten das Lager kurz nach acht verlassen, bevor es zu heiß wurde, und waren mit einem kleinen Picknickkorb, einer Decke und einer großen Flasche Wasser in den einige Kilometer oberhalb des Lagers gelegenen Wald gegangen.

Sie konnten noch immer etwas von dem Lärm aus dem Lager hören – bei all den Tausenden von Männern dort hätten sie erheblich weiter gehen müssen, um absolute Stille zu finden –, aber die

Geräusche waren dennoch gedämpft, und es war kühler unter den Bäumen.

Hope, die neben Queenie auf der Decke lag, konnte sich beinahe einreden, sie habe ihre Betsy zurückbekommen, denn obwohl Queenies Stimme vollkommen anders klang und sie kleiner und bei Weitem kratzbürstiger war als ihre alte Freundin, besaß sie eine ähnliche Unbefangenheit, einen aus der Not geborenen Scharfsinn und eine sehr farbige Sprache. Hope überredete Queenie, ihr von ihrer Familie zu erzählen.

»Meine Mama ist eine Hure«, sagte sie ohne jede Verlegenheit. »Keine Ahnung, wer mein Dad ist, irgendein Seemann, schätze ich. Sie hatte so viele Männer, dass sie sich bestimmt nicht daran erinnert. Trotzdem hat sie uns gut durchgebracht. Wir hatten immer zu essen und all das. Ich bin die Zweitjüngste, und meine Mama lebt mit meinem großen Bruder Michael, weil sie jetzt zu alt für all das ist. Er ist Schmied und verdient recht gut. Die anderen sind alle irgendwo in Stellung gegangen. Ich arbeitete in einer Bierschenke, als ich Robbie wiedertraf.«

Robbie stammte anscheinend genau wie Queenie aus Portsmouth. Die beiden kannten einander seit ihrer Kindheit, aber erst als er auf Heimaturlaub aus Kanada zurückkam und ihr wieder über den Weg lief, verliebten sie sich ineinander und heirateten.

»Ich habe versucht, ihn zu begleiten, als er in den Kaffernkrieg zog«, fügte Queenie hinzu. »Doch ich bin nicht ausgewählt worden. Aber diesmal wollte ich nicht zu Hause bleiben, ganz gleich, was es kostete. Ich habe ihn rumgekriegt, mich tagelang an den leichten Waffen auszubilden und so. Sie hätten mich mal bei der Musterung sehen sollen: Ich hab sie alle hinters Licht geführt. Doch es ist eine Schande, dass ich mir dafür die Haare abschneiden musste, ohne sie fühle ich mich nicht mehr wie ich selbst.«

Hope lachte. Ihrer Meinung nach sah Queenie mit ihrem kurzen Haar sehr hübsch aus. »Es gibt Zeiten, da würde ich meine Haare ebenfalls mit Freuden abschneiden«, entgegnete sie. »Es macht zu viel Arbeit in dieser Hitze.«

»Ihr Haar ist wunderschön«, erwiderte Queenie voller Bewunderung. Sie bürstete Hope häufig die Haare und hielt Ausschau nach Läusen. »Aber andererseits ist alles an Ihnen schön, Ihr Gang, Ihr Gesicht, Ihre ganze Art … Alle reden sich den Mund fusselig über diese Mrs Duberly, die den Feldzug begleitet, doch Sie sind viel hübscher als sie.«

Hope lächelte. Mrs Duberly war die Frau eines Zahlmeisters der Kavallerie, eine zierliche Blondine, die so gut ritt wie ein Mann. Sie wurde von allen bewundert, außer von Bennett. »Sie hat doch nur Stroh im Kopf, und außerdem glaube ich, dass sie in Wirklichkeit Lord Cardigans Geliebte ist, da sie ständig zusammenglucken«, argwöhnte Bennett immer. Hope tat es gut zu wissen, dass Queenie sie lieber mochte.

Nach ihrem Picknick schliefen sie ein, und Hope wurde plötzlich von einer Männerstimme geweckt.

Einen Moment lang war sie desorientiert und dachte, die Stimme gehöre Bennett, daher machte sie sich nicht die Mühe, sich zu bewegen. Aber als sie eine zweite Stimme und das Knacken eines Zweigs ganz in der Nähe hörte, öffnete sie die Augen und sah zwei Männer, die auf sie hinabblickten.

Ihre olivfarbene Haut, die herunterhängenden Schnurrbärte und die ausgebeulten roten Kniehosen wiesen sie offenkundig als Türken aus, obwohl sie nicht den üblichen Fez trugen. Sie konnte nicht verstehen, was sie sagten, doch der erregte Tonfall ihrer Stimmen und die Begierde in ihren dunklen Augen waren beredt genug.

»Wach auf, Queenie«, wisperte sie, stieß ihre Gefährtin in die Seite und richtete sich auf. »Engländer«, sagte sie zu den Männern. »Mein Ehemann Offizier in Armee.« Sie deutete in die Richtung, in der das Lager lag.

Queenie erwachte, begriff sofort, was geschah, und sprang auf. »Verpisst euch«, schrie sie. »Los, weg mit euch!«

Einer der Männer bemerkte etwas und grinste Hope lüstern an. Sie richtete sich auf ein Knie auf, als wollte sie ihren Picknickkorb packen, und schob sich geschickt das scharfe Obstmesser unter den Ärmel, bevor sie sich erhob.

Queenie beschimpfte die Männer unterdessen mit allem, was ihr einfiel. Sie wichen leicht zurück, aber vielleicht verstanden sie auch einige der deftigeren Beleidigungen, denn plötzlich verdüsterten sich ihre Mienen, und sie sprangen vor. Einer packte Queenie und drückte ihr die Arme an die Seiten, während der andere, langsamere Mann Hopes linken Arm wie einen Schraubstock umfasste und sie gegen einen Baum drängte.

Plötzlich lag Queenie auf dem Boden und ihr Angreifer über ihr. Es konnte keinen Zweifel daran geben, was er vorhatte, und Hope gewann den Eindruck, dass der Mann, der sie festhielt, sich das zuerst ansehen und dann ebenso mit ihr verfahren würde.

Queenie schrie aus Leibeskräften und kämpfte wie eine Löwin, um den Mann abzuschütteln. Aber obwohl er nicht sehr groß war, war er kräftig gebaut, und sie konnte nichts gegen ihn ausrichten, im Gegenteil. Ihre wütende Gegenwehr schien seine Erregung nur noch anzufachen.

Auch Hope schrie, doch sie schlug mit ihrer freien Hand nicht um sich, weil sie versuchte, das Messer aus ihrem Ärmel zu schütteln. Als der Mann ihr den Rock vom Leib ziehen wollte und sie gleichzeitig gegen den Baum presste, bekam sie das Messer endlich zu fassen. Sie wartete gerade so lange, dass er sich aufrichten konnte, dann rammte sie es ihm in die Seite.

Seine schockierte Miene sprach Bände. Er taumelte rückwärts, verdrehte die Augen und versuchte, sich das Messer aus dem Leib zu ziehen.

Ein oder zwei Sekunden lang schien alles in Zeitlupe abzulaufen. Der Mann über Queenie versuchte, ihr mit Gewalt die Knie auseinanderzudrücken. Hopes Angreifer war damit beschäftigt, das Messer aus seiner Seite zu ziehen, und es konnte sich nur noch um Sekunden handeln, bis es ihm gelang und er die Waffe gegen sie, Hope, einsetzte, während Queenie vergewaltigt werden würde.

Bis zu diesem Moment hatte Hope große Angst gehabt, doch jetzt verwandelte ihre Furcht sich in Zorn. Sie hatte nicht die weite Reise von England auf sich genommen, um sich von einem der Verbündeten, die sie verteidigen sollten, vergewaltigen oder töten zu lassen. Mit einem wütenden Brüllen stürzte sie sich auf den Verletzten, riss ihm das Messer aus der Seite und warf ihn mit einem Tritt zu Boden.

»So ist's recht, Ma'am!«, brüllte Queenie, deren Stimme ein wenig gedämpft klang, da der Mann immer noch über ihr lag. »Jetzt erstechen Sie *diesen* Bastard!«

Hope rannte zu ihm hinüber, packte ihn an den Haaren und legte ihm das Messer an die Kehle.

Plötzlich hörte sie das Geräusch eiliger Schritte im Wald. Ohne den Mann loszulassen, blickte sie auf und entdeckte drei Husaren in ihren kirschroten Kniehosen.

Die Husaren kamen zu ihnen gelaufen und übernahmen sofort das Kommando. Einer schlug Queenies Gegner zu Boden, während ein zweiter nach dem anderen türkischen Soldaten sah, der noch immer dalag, sich die Seite hielt und stöhnte. Der dritte Husar, hochgewachsen und dunkelhaarig, half Queenie auf die Füße.

»Wir werden Sie zurück in Ihr Lager bringen«, sagte er zu Hope. »Aber würde es Ihnen etwas ausmachen, vorher das Messer wegzulegen? Es macht mich ein wenig nervös.«

Der hochgewachsene Mann, der sich als Husar Haynes vorstellte, stellte ihnen auf dem Weg ins Lager der Kavallerie einige Fragen. Die anderen beiden Männer folgen dicht hinter ihnen und trieben die beiden Gefangenen vor sich her.

Die Erklärungen übernahm Queenie. Hope war zu schockiert, um zu sprechen. Sie konnte nicht fassen, dass sie tatsächlich einem Menschen ein Messer in den Leib gerammt hatte und dem anderen Angreifer vielleicht die Kehle aufgeschlitzt hätte, wären ihnen nicht die Husaren zu Hilfe gekommen.

»Ich bringe Sie am besten zum Hauptmann«, meinte Haynes, als sie sich der ersten Reihe von Zelten näherten. »Sie werden sich um die Türken kümmern«, sagte er und deutete mit dem Kopf auf die beiden Männer.

Hope kämpfte mit den Tränen und wollte allein mit Queenie sprechen; aber vor allem wollte sie eins eindeutig nicht: Sie wollte keinem wildfremden Menschen erzählen müssen, wie sich das alles zugetragen hatte. Doch sie wusste jetzt genug über das Leben in der Armee, um zu begreifen, dass ein Zwischenfall wie dieser einer ordentlichen Meldung bedurfte.

Haynes führte sie durch eine Reihe von Zelten zu einem Offizier, der an einem niedrigen Tisch schrieb. Der Mann saß mit dem Rücken zu ihnen, aber als Haynes zu sprechen begann, drehte er sich um, und als Hope sein Gesicht sah, gaben ihre Beine unter ihr nach.

Sie musste das Bewusstsein für nur ein oder zwei Sekunden verloren haben, denn sie lag noch immer auf dem Boden, als sie wieder zu sich kam. Hope konnte Haynes hören, der gerade erklärte, was sich im Wald zugetragen hatte, und *er* kniete neben ihr und legte ihr etwas Weiches auf den Kopf.

»Liegen Sie ganz still«, bat er und blickte mit seinen dunklen Augen direkt in ihre. »Sie haben einen sehr bösen Schock erlitten, und Sie sind ohnmächtig geworden. Soweit ich es verstehe, ist Ihr Mann Chirurg; ich werde ihn holen lassen.«

»Wenn ich mir die Bemerkung erlauben dürfte, Sir, sie könnte jetzt einen Tropfen Brandy oder Rum gebrauchen.« Hope konnte Queenie zwar hören, aber nicht sehen. »Ich weiß, dass *ich* jetzt ganz sicher einen brauche.«

Wie recht ihre Freundin hatte! Das Letzte, was Hope hier in Varna, so weit fort von zu Hause, erwartet hätte, war eine solche Erinnerung an Briargate. Hauptmann Angus Pettigrew plötzlich von Angesicht zu Angesicht gegenüberzustehen, war ein ungeheurer Schock.

Sie dachte oft an Nell und an ihr Heimatdorf, doch die Erinnerungen an Briargate waren schon lange sehr verschwommen geworden. Aber als sie jetzt das Gesicht des Hauptmanns sah, kehrte alles mit Macht zurück.

Er schaute immer noch genauso gut und schneidig aus wie

früher, auch wenn sein dunkles Haar jetzt grau wurde. Als Frau konnte sie nun verstehen, warum Lady Anne so viel für ihn aufs Spiel gesetzt hatte.

Warum hatte sie nie daran gedacht, dass er hier sein könnte? Er war schließlich Kavallerieoffizier …

»Mir geht es jetzt wieder gut«, versicherte sie und richtete sich auf. Sie wollte nur fort von hier, weil sie Angst hatte, er könne sie erkennen. Aber noch während ihr dieser Gedanke durch den Sinn ging, hätte sie beinahe über sich selbst gelacht. Männer wie er nahmen keine Notiz von Dienstboten, und gewiss nicht von zwölfjährigen Küchenmädchen.

Er beugte sich vor und griff nach ihrer Hand, um ihr aufzuhelfen. Dann bestand er darauf, dass sie auf seinem Stuhl Platz nahm. Sein Diener gab ihr und Queenie ein Glas, dessen Inhalt in Hopes Kehle brannte, als sie den ersten Schluck nahm. Vermutlich war es Brandy, denn Queenie leckte sich begeistert die Lippen.

Queenie erklärte dem Hauptmann, was geschehen war, denn Hope war immer noch zu benommen, um zu sprechen. »War das nicht klug von ihr, das Messer aus dem Korb zu nehmen?«, fragte Queenie aufgeregt. »Ich habe aus den Augenwinkeln gesehen, wie sie es sich in den Ärmel geschoben hat, doch ich hätte nie gedacht, dass sie es auch benutzen würde.«

»Das war tatsächlich sehr geistesgegenwärtig«, erwiderte der Hauptmann und lächelte Hope an. »Aber andererseits war mir schon zu Ohren gekommen, dass der Arzt der Rifle Brigade eine sehr tüchtige Frau hat. Ich glaube, Sie haben einen meiner Männer, Husar Jacks, wieder gesund gepflegt. Er erzählt jedem, der ihm zuhört, von seinen Erfahrungen mit der Cholera.«

»Er ist einer von denen, die Glück hatten«, bemerkte Hope leise und mit gesenktem Blick. »Nicht viele Patienten kommen durch.«

»Sie arbeitet *zu* hart«, unterbrach Queenie sie. »Jeden Tag ist sie dort, vom frühen Morgen bis spät in die Nacht hinein. Deshalb wollte Dr. Meadows, dass sie sich heute ausruht. Aber wenn Sie mich fragen – je eher wir von hier wegkommen, desto besser wird es für uns alle sein. Es ist ein ungesunder Ort.«

Als Hope in Queenies lebhaftes Gesicht blickte, konnte sie erkennen, dass die andere Frau sich bereits von dem Schreck erholt hatte. Geradeso wie es Betsy immer gelungen war, jeden Zwischenfall zu ihrem Vorteil zu nutzen, brachte auch Queenie dieses Kunststück fertig. Selbst wenn es nur bedeutete, ein zweites Glas Brandy zu bekommen, war dies für sie eine Chance, die sie sich nicht entgehen lassen würde.

Der Hauptmann lachte über Queenies Ausbruch, und Hope erinnerte sich jetzt daran, warum sie ihn vor all den Jahren so sehr gemocht hatte. Er hatte eine lässige Art gehabt und mit allen Dienstboten in House Briargate gesprochen, als wären sie seinesgleichen. Die meisten Offiziere und erst recht die von der Kavallerie hätten jemanden wie Queenie schnell zum Schweigen gebracht.

»Wir sollten jetzt gehen.« Hope stand auf. »Würden Sie bitte in meinem Namen den Männern danken, die uns geholfen haben? Ich schaudere bei dem Gedanken, was hätte geschehen können, wenn sie nicht zur Stelle gewesen wären.«

»Nein, Sie müssen auf Ihren Mann warten«, widersprach er und erhob sich, um sie wieder zu dem Stuhl zurückzuführen. »Haynes bringt ihn her. Er würde gewiss nicht wollen, dass seine Frau nach einem solchen Martyrium den ganzen Weg zu Fuß zurückgeht.«

Bis Bennett eintraf, würde eine Ewigkeit vergehen, vermutete Hope. Sie bat um etwas Wasser, um sich das Blut des türkischen Angreifers von den Händen zu waschen, und sie richtete ihr Haar. Aber kaum dass sie sich mit einer Tasse Kaffee wieder niedergesetzt hatte, kam Bennett auch schon mit Husar Haynes in einem leichten Einspänner vorgefahren.

Der Hauptmann war weggegangen und hatte die beiden Frauen

in der Obhut seines Dieners Mead gelassen, doch als Bennett mit zutiefst besorgter Miene vom Wagen sprang, kam Hauptmann Pettigrew zurück.

»Mrs Meadows hat großen Mut bewiesen«, berichtete er, nachdem er sich vorgestellt und Bennett die Hand geschüttelt hatte. »Ich denke, die Türken haben die Engländerinnen unterschätzt. Sie werden bestraft, dafür werde ich sorgen. Aber ich glaube nicht, dass sie Soldaten sind; wahrscheinlich handelt es sich um Männer aus der Stadt, die auf Diebstahl aus waren.«

»Mir geht es gut«, erklärte Hope, als Bennett ihr den Puls fühlte und insgesamt einiges Gewese um sie machte. »Queenie hat das Schlimmste abbekommen. Aber ich würde jetzt gern zurückfahren.«

Queenie beharrte darauf, sich nie besser gefühlt zu haben, und ihre Miene hellte sich noch weiter auf, als der Hauptmann Bennett fragte, ob er etwas trinken wolle.

»Normalerweise gern«, erwiderte Bennett mit einem Blick auf Hope. »Doch ich habe im Krankenhaus einen anstrengenden Tag gehabt, und ich muss Hope vor Einbruch der Dunkelheit in unser Lager zurückbringen.«

»Hope!«, wiederholte der Hauptmann nachdenklich und sah sie fragend an. »Was für ein guter Name für eine Krankenschwester! Sie haben mir gar nicht erzählt, woher Sie stammen, Mrs Meadows. Ihr Akzent klingt so, als kämen Sie aus Somerset, oder irre ich mich da?«

»Sie irren sich nicht, Sir«, antwortete Bennett an ihrer Stelle. »Vielen Dank, dass Sie sich um die Damen gekümmert haben, doch wir müssen jetzt aufbrechen.«

Am nächsten Morgen hielt Bennett sich gerade in dem heruntergekommenen Krankenhaus der Stadt auf, um festzustellen, welche Fortschritte die Arbeiten gemacht hatten, als Hauptmann Pettigrew herangeritten kam.

»Wie geht es Mrs Meadows und ihrer Zofe?«, fragte er, als er absaß.

»Sie machen beide einen guten Eindruck«, erwiderte Bennett, geschmeichelt darüber, dass ein vornehmer Husar hergekommen war, um sich nach ihr zu erkundigen. »Meine Frau war gestern Abend ein wenig in sich gekehrt, aber das ist nach einem solchen Schock nicht anders zu erwarten. Ist der Mann, den sie verletzt hat, irgendwie medizinisch behandelt worden?«

»So gut er es verdient! Es war im Übrigen ja keine tödliche Wunde«, entgegnete der Hauptmann. »Ich bin gerade auf dem Weg, jemanden in der Stadt zu suchen, der dort das Sagen hat. Nach allgemeiner Auffassung sollte der Mann ausgepeitscht werden, aber da er Zivilist ist, werden wir ihn höchstwahrscheinlich den Behörden ausliefern müssen.«

»Es ist wirklich traurig, wenn zwei Frauen das Lager nicht verlassen können, ohne belästigt zu werden«, meinte Bennett entrüstet. »Glücklicherweise ist ihnen nichts zugestoßen. Aber ich weiß Ihre Sorge um sie dennoch sehr zu schätzen.«

»Die Frage mag Ihnen seltsam und aufdringlich erscheinen«, sagte der Hauptmann, »doch verraten Sie mir, hat Mrs Meadows jemals in Briargate Hall in Somerset gearbeitet?«

Bennett sah den Mann durchdringend an, während seine Gedanken sich überschlugen. »Warum wollen Sie das wissen?«, erkundigte er sich vorsichtig.

»Weil meine Haushälterin, eine Frau namens Nell Renton, eine Schwester hat, die sie aus den Augen verloren hat. Ihr Name ist Hope.«

Bennett war sprachlos und musste sich hinsetzen, um kurz nachzudenken, bevor er antwortete.

»Ich habe Sie aus der Fassung gebracht«, bemerkte Hauptmann Pettigrew und sah ihn eigenartig an. »Ich möchte nicht neugierig sein oder Ihnen in irgendeiner Weise Schwierigkeiten bereiten. Aber ich habe eine gewisse Zuneigung zu meiner Haushälterin entwickelt; sie ist jetzt seit sieben Jahren in meinen Diensten, seitdem sie Briargate Hall verlassen hat. Und sie leidet sehr unter dem Verlust ihrer Schwester, der zweifellos das Werk des Mannes ist, mit dem Nell damals verheiratet war.«

»Nell ist nicht mehr bei ihm?« Bennetts Herz tat einen Satz, und er begriff zu spät, dass er mit seiner Frage Hopes Identität offenbart hatte.

»Dann ist Ihre Frau also tatsächlich Nells Schwester!« Der Hauptmann lächelte erfreut. »Nell hat Albert Scott gleich verlassen, nachdem Hope verschwunden war. Sie war davon überzeugt, dass er ihre Schwester getötet hatte. Ich persönlich habe diese Meinung nie geteilt; ich hielt es für erheblich wahrscheinlicher, dass er Hope gezwungen hat fortzugehen. Doch nachdem er House Briargate niedergebrannt hat und Sir William dabei ums Leben gekommen ist …«

»Er hat Briargate niedergebrannt?«, unterbrach Bennett ihn.

»Sie haben es nicht in der Zeitung gelesen?« Hauptmann Pettigrew sah ihn erstaunt an. »Es ist Anfang des Jahres passiert. Seither wird nach dem Mann gefahndet.«

Bennett stellte einige weitere Fragen und erfuhr, dass der Brand in die Zeit fiel, in der er und Hope ihre Flitterwochen verbracht hatten. Während dieser Zeit hatte er keine Zeitungen gelesen. Und als er kurz darauf zur Krim aufgebrochen war, hatte er sich kaum für etwas anderes als Kriegsnachrichten interessiert. »Ich stecke jetzt in einer Zwickmühle«, gestand er schließlich. In seinem Kopf drehte sich alles, denn er ahnte, dass solch dramatische Neuigkeiten für Hope einen gewissen Schock darstellen würden. »Ich weiß über alles Bescheid, was sich zwischen meiner Frau und ihrem Schwager abgespielt hat, und es gab zwingende Gründe, warum Hope Angst hatte, sich mit ihrer Schwester in Verbindung zu setzen. Aber ich kann Ihnen nichts von all dem offenbaren, nicht ohne Hopes Erlaubnis.«

Hauptmann Pettigrew nickte verständnisvoll. »Dies ist weder der richtige Ort noch die richtige Zeit dafür«, sagte er, während er sich anschickte, wieder in den Sattel zu steigen. »Sie haben so viele

Kranke, um die Sie sich kümmern müssen; ich warte auf den Befehl, mit meiner Schwadron weiterzuziehen. Sprechen Sie mit Ihrer Frau, und wenn sie einverstanden ist, schicken Sie mir eine Nachricht, und wir können ein Treffen vereinbaren.«

Bennett stand eine Weile einfach nur da und sah dem Hauptmann nach. Er hegte ein natürliches Misstrauen gegenüber allen Kavallerieoffizieren, denn es war weithin bekannt, dass sie allesamt arrogante Aristokraten waren, und die Offiziere, denen er begegnet war, hatten diese Meinung nur bestätigt.

Doch Pettigrew schien nicht so zu sein, und wenn er kein gütiger Mensch gewesen wäre, hätte er von den familiären Problemen seiner Haushälterin nichts gewusst und sich erst recht nicht darum geschert.

Aber das war nicht alles, was Bennett im Kopf herumging. Er hatte Angst, Hope würde nach Hause zurückkehren wollen, wenn sie erfuhr, dass ihre Schwester nicht länger mit Albert zusammenlebte. Er schämte sich für diesen egoistischen Gedanken, doch in Wahrheit war es Hopes Lebensfreude, die ihn bisher aufrechtgehalten hatte.

Bennett hatte von Anfang an ein ungutes Gefühl gehabt, was diesen Feldzug betraf. Er hatte jedoch damit gerechnet, dass man ihn in einem Krankenhaus einsetzen würde, in dem er bleiben konnte. Stattdessen mussten sie weiterziehen, kaum dass sie sich irgendwo niedergelassen hatten, und er hatte keine Ahnung, wo sie das hinführen würde. Bennett war darauf gefasst gewesen, schreckliche Dinge zu sehen zu bekommen, das gehörte zum Alltag eines Armeearztes. Aber er hatte nicht erwartet, so wenig Ausrüstung oder Medikamente zur Verfügung zu haben. Wie konnte ein Arzt den Kranken und Verletzten ohne die grundlegendsten Hilfsmittel beistehen?

Selbst die Feldbetten, die er für sich und Hope aus England mitgebracht hatte, waren erst vor einem Monat aufgetaucht. Anscheinend waren sie wie andere Dinge nach England zurückgebracht worden, nur um anschließend wieder hergeschickt zu werden. Während der Reise waren auf den Schiffen Hunderte von Pferden umgekommen, aber jetzt sah es so aus, als hätten sie nicht einmal für die verbliebenen Tiere genug Futter.

Keiner der Soldaten erfreute sich guter Gesundheit; neben der Cholera hatten sie mit der Ruhr und der Malaria zu kämpfen. Wenn sie nicht schnell an einen gesünderen Ort weiterzögen, würden sie bald nicht mehr genug kräftige Männer haben, um in einem Krieg bestehen zu können. Es war ein absolutes Durcheinander!

Hope schienen weder der Mangel an Annehmlichkeiten noch der Staub, der Schmutz, die heiße Sonne oder das schlechte Essen allzu viel auszumachen. »Ich habe schon Schlimmeres erlebt«, erklärte sie frohen Mutes. Solange sie hier bei ihm war, hatte Bennett das Gefühl, es ebenfalls ertragen zu können, doch ohne sie würde es ganz anders aussehen.

Kapitel 20

»Bitte, sag doch etwas!«, flehte Bennett. »Ich konnte es dir nur so wiedererzählen, wie Hauptmann Pettigrew es mir erzählt hat, aber vielleicht hätte ich es dir schonender beibringen sollen.«

Den ganzen Tag über hatten die Neuigkeiten über Nell an ihm genagt. Er hatte erwartet, Hope würde einen Freudensprung machen und hundert Fragen stellen, die er nicht beantworten konnte. Doch das Gespräch war nicht so verlaufen, wie er es sich ausgemalt hatte: Sie saß nun einfach nur auf dem Feldbett, den Blick ihrer dunklen Augen auf sein Gesicht gerichtet, und schwieg.

War es der Schock zu erfahren, dass ihr Schwager ein Mörder war?

Sie griff nach seiner Hand, und endlich breitete sich der Anflug eines Lächelns auf ihren Zügen aus. »Ich bin diejenige, die sich entschuldigen sollte, nicht du«, sagte sie. »Ich konnte vor Schreck nicht sprechen; es ist beinahe zu viel, um es zu begreifen. Nicht einmal in meinen kühnsten Träumen hätte ich gedacht, dass Nell Albert jemals verlassen würde.«

»Dies findest du bemerkenswerter als die Tatsache, dass dieser Kerl Briargate Hall niedergebrannt und Sir William getötet hat?«, fragte Bennett ungläubig.

Jetzt begann Hope zu kichern, und endlich wurde sie ein wenig lebhafter. »Nun, das ist schockierend, doch andererseits wusste ich immer, dass Albert durch und durch schlecht ist. Aber Nell! Sie hat immer solchen Wert auf Sitte und Anstand gelegt! Sie glaubte, das Ehegelübde sei unauflöslich. Ich kann mir einfach nicht vorstellen, dass sie etwas so Extremes tun würde.«

»Sie glaubt, er hätte dich getötet, hat Pettigrew mir erzählt!«

Hopes Miene bewölkte sich. »Arme Nell, ich wäre nie auf die

Idee gekommen, dass sie das denken könnte oder dass sie Briargate verlassen würde. Du kannst dir nicht vorstellen, was ihre Stellung ihr bedeutet hat! Sie hat Lady Harvey angebetet, und wenn sie sie und Albert verlassen hat, muss es im Dorf furchtbar viel Gerede gegeben haben.«

Bennett runzelte die Stirn. Es verwirrte ihn immer noch, dass ein gebrochenes Ehegelübde und Dorftratsch einen so viel größeren Eindruck auf Hope machten als Mord und ein niedergebranntes Herrenhaus.

Hope griff nach seiner Hand, küsste seine Fingerspitzen und sah ihn mit einem boshaften Funkeln in den Augen an. »Ich glaube nicht, dass irgendjemand im Dorf schlafen kann, solange solche Skandale die Runde machen. Stell dir nur vor, wie aufgeregt die Leute wären, wenn sie wüssten, was Albert und Sir William einander bedeutet haben? Doch jetzt möchte ich mehr darüber hören, was Hauptmann Pettigrew von Nell erzählt hat. Wie um alles in der Welt ist sie zu seiner Haushälterin geworden? Geht es ihr gut? Gab es noch weitere Neuigkeiten vom Rest meiner Familie?«

Bennett lächelte; dies war eher das, was er von Hope erwartet hatte: Fragen und noch mehr Fragen. »Nein, er hat mir nichts weiter erzählt, doch er hat mit solcher Wärme von Nell gesprochen, dass er dir gewiss mit Freuden mehr über sie erzählen wird. Und ich würde ebenfalls gern mehr über die Familie wissen, in die ich eingeheiratet habe!«

Bei diesen Worten begriff Hope, dass Bennett sich darauf freute, ihre Familie zu der seinen zu machen, und das rührte sie zutiefst.

Doch mit diesem Wissen kamen auch Schuldgefühle. Warum hatte sie Bennett gestern nicht erzählen können, dass sie Hauptmann Pettigrew schon einmal begegnet war und er jenen Brief an Lady Harvey verfasst hatte?

»Es gibt noch einen Grund, warum mich all das so sprachlos macht«, stieß sie hervor. »Es ist nämlich so: Ich bin Hauptmann Pettigrew in Briargate Hall begegnet.«

»Wirklich?« Bennett zog fragend eine Augenbraue hoch. »Und warum hast du mir das gestern nicht erzählt?«

»Ich weiß es nicht. Vielleicht weil Nell mir immer eingebläut hat, ich dürfe niemals etwas von dem offenbaren, was ich dort sehe oder höre. Verstehst du, Hauptmann Pettigrew war Lady Harveys Geliebter. Das ist der Grund, warum ich ohnmächtig geworden bin, als ich ihn wiedererkannt habe.«

»Gütiger Gott!«, rief Bennett. »Und da habe ich geglaubt, du hättest es nur deshalb so eilig gehabt, das Kavallerielager zu verlassen, weil die türkischen Männer dich so sehr erschreckt haben!«

»Der Hauptmann hat mich an Dinge erinnert, die ich lieber vergessen wollte«, verteidigte Hope sich.

Bennett sah sie nachdenklich an. »Was empfindest du jetzt für den Mann, nachdem du weißt, dass deine Schwester seine Haushälterin ist und Briargate nicht mehr existiert?«

»Ich weiß es nicht, Bennett«, seufzte Hope.

»Aber Hauptmann Pettigrew hat mit solcher Zuneigung von Nell gesprochen – sie muss bei ihm ein besseres Leben haben als zuvor bei Albert.«

»Das ist wahr. Doch hätte er diesen Brief nicht geschickt, wäre ich an jenem Tag nicht ins Pförtnerhaus gegangen und hätte Sir William nicht mit Albert gesehen. Der Hauptmann hat eine Kette von Ereignissen ausgelöst, die mir nur Kummer gebracht haben.«

Bennett schwieg für eine Weile. »Wenn wir doch nur von dem Feuer erfahren hätten, bevor wir England verlassen haben!«, sagte er schließlich.

»Ich kann Matt schreiben«, meinte Hope voller Eifer. »Und ich kann auch einen Brief für Nell beilegen.«

Als sie aufsprang, um Schreibpapier zu holen, hielt Bennett sie am Arm fest. »Du musst erst gründlich darüber nachdenken, mein Liebling«, mahnte er sie sanft. »Da ist immer noch diese Sache, die du im Pförtnerhaus gesehen hast. Sir William mag tot sein, und Albert mag von der Polizei gesucht werden, doch Rufus und seine Mutter sind noch am Leben. Bevor du einen Brief anfängst, musst du dir darüber klar sein, was zu offenbaren recht ist und was nicht.«

Hope ließ sich wieder auf das Feldbett sinken.

»Zum Teufel!«, explodierte sie. »Wenn ich Matt nichts von dem Brief des Hauptmanns oder von Albert und Sir William erzählen darf, wie soll ich dann erklären, warum ich fortgegangen bin?«

Bennett zog sie an sich und legte die Arme um sie. »Ich denke, du musst warten, bis du mit Hauptmann Pettigrew gesprochen hast«, sagte er. »Du wirst dich behutsam vortasten und herausfinden müssen, wie die Dinge zu Hause stehen. Ich hatte den Eindruck, dass Pettigrew ein guter Mann ist – er hätte mich nicht aufgesucht, wenn ihm Nell nicht am Herzen läge. Aber wir dürfen nicht vergessen, dass es nicht besonders ehrenhaft war, eine Affäre mit der Frau eines anderen Mannes zu beginnen.«

»Vielleicht hat er von Anfang an gewusst, was mit Sir William los war?«, überlegte Hope. »Er ist schließlich ein Mann von Welt. Möglicherweise hat er sogar vor, Lady Harvey zu heiraten, jetzt, da sie frei ist.«

Bennett nickte. »Das ist wahr. Doch du darfst keine voreiligen Schlüsse ziehen, und du darfst nicht vergessen, dass dein Wissen über Sir William in den falschen Händen so gefährlich sein kann wie ein Fass mit Schießpulver. Deshalb musst du fein aufpassen. Du darfst nicht versehentlich die Zündschnur in Brand stecken.«

Als Hope sich an diesem Abend ins Bett legte, war an Schlaf nicht zu denken. Zu viel ging ihr im Kopf herum. Wie schockierend und traurig es auch war, dass Sir William tot und Briargate niedergebrannt war, so war sie doch überglücklich, dass Nell nicht länger mit Albert zusammenlebte. Noch glücklicher wäre sie gewesen, wenn sie genau gewusst hätte, wo ihre Schwester jetzt lebte und arbeitete, wie Rufus den Tod seines Vaters aufgenommen hatte und was er jetzt tat. Aber zumindest konnte sie dem Hauptmann diese Fragen stellen, ohne etwas anderes preisgeben zu müssen.

Da Nell stets geglaubt hatte, Albert habe sie getötet, würde Pettigrew ihr allerdings Fragen nach den Ereignissen des Tages stellen, an dem sie aus Briargate Hall verschwunden war. Sollte sie zugeben, dass sie von seiner Affäre mit Lady Harvey wusste? Würde er glauben, dass der abgefangene Brief der einzige Grund war, warum Albert sie gezwungen hatte fortzugehen?

Am nächsten Tag war Hope ruhiger und voller neuer Entschlossenheit. Sie machte sich keine Sorgen mehr wegen der Fragen, die der Hauptmann ihr vielleicht stellen würde. Das Wichtigste war es herauszufinden, wo Nell war, und ihr dann zu schreiben. Eine vollständige Erklärung war nicht sofort vonnöten; Nell würde glücklich sein, wenn sie nur erfuhr, dass sie gesund und munter war.

Später am Tag kam der Befehl an sämtliche Truppen, bis zum Ende der Woche von Varna aus zur Krim aufzubrechen, und diese Neuigkeit verdrängte Hauptmann Pettigrew und Nell vorübergehend aus Hopes Gedanken.

Die Nachricht wurde mit allgemeiner Freude aufgenommen. Die Soldaten vertraten die Ansicht, dass sie hergekommen seien, um in einem Krieg zu kämpfen, und sie wollten endlich damit anfangen, die Russen besiegen und zu Weihnachten wieder zu Hause sein. Bennett und die anderen Ärzte dachten, der Gesundheitszustand der Soldaten würde sich durch eine Seereise verbessern.

Die Zahl der Cholera-Toten war im August deutlich angestiegen. Man verzichtete schon seit Langem auf richtige Beerdigungen, denn dafür gab es zu viele Tote. Jetzt karrte man die Leichen einfach nur zu einer Grube und verzichtete auf jedes Zeremoniell.

Aber Tausende von Männern litten unter Fieber und Magenkrankheiten und anderen Problemen, die auf das ungesunde Sumpfklima Varnas und die schlechte Kost zurückgeführt wurden. In Wahrheit gab es sowohl im französischen wie im englischen Lager nicht mehr viele Männer, die man als kampftüchtig bezeichnen konnte.

Es musste alles zusammengepackt und die Schließung des Krankenhauses vorbereitet werden, daher fand Hope keine Gelegenheit, in das Lager der Kavallerie zu gehen. Sie musste annehmen, dass Hauptmann Pettigrew mit ähnlichen Problemen beschäftigt war, denn er kam nicht noch einmal ins Krankenhaus.

Plötzlich war der Hafen voller Schiffe, und die Verladung begann. Aber gerade als sie all ihre persönliche Habe zusammengepackt hatte, hörte sie, dass Lord Raglan den Offiziersfrauen verboten hatte, ihre Männer zu begleiten.

Hope war entsetzt, denn es sah so aus, als hätte man auch keine anderen Vorkehrungen für sie getroffen.

Bennett wandte sich ratsuchend an seinen vorgesetzten Offizier, Lieutenant Colonel Lawrence, und dieser schlug vor, Hope sofort in Bennetts Kabine auf der *Pride of the Ocean* zu schmuggeln, dem Schiff, mit dem ihre Kompanie reisen würde. Dort sollte sie bleiben, bis das Schiff in See ging. Solange Lord Raglan sie nicht sah, so dachte Lawrence, konnte ihnen nichts passieren.

Also musste Hope mehrere Tage allein eingesperrt in der stickigen Kabine verbringen, ohne auch nur Queenie als Gesellschaft, denn sie und die anderen Soldatenfrauen würden sich erst auf dem Schiff einfinden, wenn ein Datum für den Aufbruch festgelegt war. Hope vertrieb sich die Zeit damit, alles aufzuschreiben, was ihr widerfahren war, seit sie House Briargate verlassen hatte. Sie hoffte, all das schon bald Nell erzählen zu können.

In den frühen Morgenstunden des siebten September lief die *Pride of the Ocean* endlich von Varna aus, und Hope konnte auf Deck gehen und ein wenig frische Luft schnappen. Es tat gut, Queenie wiederzusehen und ihre komischen Geschichten über das Chaos während der letzten Tage in Varna zu hören, aber noch besser war es festzustellen, dass Männer, die vorher krank gewesen waren, im Seewind langsam wieder zu Kräften kamen.

Bennett sorgte sich jedoch mehr um die Ambulanzkarren. Wie es aussah, hatte man diese in Varna zurückgelassen.

Nach einem Tag auf See schlossen sie sich einer gewaltigen Armada an, die zunächst einmal vor Anker ging. In den nächsten Tagen wurden ständig Offiziere von den Ruderbooten zu Besuchen und Besprechungen auf andere Schiffe gebracht. Worauf man aber wartete, blieb unklar. Am Vierzehnten des Monats wurden endlich die Anker gelichtet, und sie segelten weiter. Der erste Anblick der Krim war alles andere als ermutigend. Sie wirkte ungastlich und trostlos, und nirgendwo waren Menschen oder auch nur Tiere zu sehen.

In Jewpatorija gingen zwei Offiziere an Land, um die Kapitulation des Hafens entgegenzunehmen, der sich anscheinend jedoch nicht als Stützpunkt eignete. Am folgenden Tag entschied man, dass alle Truppen weiter südlich an der Küste, auf halbem Wege nach Sewastopol, landen sollten. Von dort aus würden sie noch über fünfzig Kilometer zu marschieren haben, um ihr Ziel zu erreichen.

Am Abend verbrachte Bennett einige Zeit mit Lieutenant Colonel Lawrence, und als er zu Hope zurückkehrte, wirkte er zutiefst beunruhigt.

»Du sollst auf dem Schiff bleiben, während ich mit dem Regiment gehe«, seufzte er. »Anscheinend haben wir einen langen Marsch vor uns, und der Colonel glaubt, dass wir möglicherweise Kosaken begegnen werden.«

Obwohl er um ihretwillen beunruhigt war, begriff Hope, dass er sich noch größere Sorgen um die Gesundheit und das Wohlergehen der Männer in seinem Regiment machte.

Am Morgen des zweiundzwanzigsten September, mehrere Tage nach ihrer Trennung von Bennett, wurde Hope von Queenie geweckt, die an die Tür ihrer Kabine klopfte.

Nachdem die Männer von Bord gegangen waren, war das Schiff mit dem Rest der Flotte nach Jewpatorija zurückgekehrt und direkt außerhalb des Hafens vor Anker gegangen. Wenn Hope nicht so besorgt um Bennett gewesen wäre und so unglücklich darüber, dass sie nicht mit Hauptmann Pettigrew über Nell hatte reden können, wäre es idyllisch gewesen, denn das Wetter war perfekt. Es war warm, und die See war sehr ruhig. Außerdem war es sehr friedlich an Bord, denn es waren nur eine Handvoll Menschen auf dem Schiff zurückgeblieben, größtenteils Verwaltungsangestellte der Armee und einige Zivilisten, die für die Vorräte zuständig waren. Hope hatte den größten Teil der Zeit damit zugebracht, an Deck zu dösen oder mit Queenie Karten zu spielen.

Queenie hätte eigentlich mit den anderen Soldatenfrauen gehen sollen, da sie benötigt wurden, um die Wäsche und das Kochen zu besorgen, doch Robbie hatte Bennett gefragt, ob sie bei Hope auf dem Schiff bleiben dürfe. Er befürchtete, dass sie vielleicht den Strapazen nicht gewachsen sein würde. Bennett hatte nur allzu gern zugestimmt, da ihm der Gedanke, seine Frau ohne weibliche Gesellschaft zurückzulassen, nicht behagt hatte.

»Was ist denn los, Queenie?«, murrte Hope, als sie die Tür öffnete.

Queenie kam mit tränenüberströmtem Gesicht hereingestürzt. »Es hat eine furchtbare Schlacht gegeben, und Tausende von Männern sind ums Leben gekommen«, platzte sie heraus. »Glauben Sie, dass mein Robbie in Sicherheit ist?«

Queenies Tränen erschütterten Hope im ersten Augenblick mehr als die Nachrichten, die sie überbracht hatte, denn das Mädchen war selbst unter den schlimmsten Umständen immer fröhlich und lebenslustig gewesen.

»Ihm geht es gut. Davon bin ich überzeugt«, sagte sie und nahm Queenie in die Arme. »Und nun erzähl mir, woher hast du diese Information?«

Sie hatten einige Tage zuvor Geschützfeuer gehört, aber Kapitänsleutnant Kyle hatte behauptet, es seien die Russen in Sewastopol gewesen, und sie hätten wahrscheinlich auf ein türkisches Schiff geschossen, das sich zu nahe herangewagt hatte.

Queenie weinte zu heftig, um einen zusammenhängenden Bericht abgeben zu können, daher kleidete Hope sich an und machte sich auf den Weg zum Kapitän.

»Es hat eine Schlacht gegeben«, bestätigte er. »Ich weiß noch nichts über die Zahl der Verletzten. Aber ich denke, sie wird nicht so hoch sein, wie Sie gehört haben.«

Es folgten noch mehrere Tage schrecklicher Anspannung, bevor die *Pride of the Ocean* in den Hafen von Balaklawa einlief, der der britischen Armee als Stützpunkt diente. In Jewpatorija hatten die wildesten Gerüchte die Runde gemacht. Einmal hatte es geheißen, die ganze Kavallerie sei ausgelöscht worden, und Lord Errol von der Schützenbrigade sei ums Leben gekommen. Queenie weinte immer noch viel, ging an Deck auf und ab und rang die Hände, während Hope nur daran denken konnte, wie um alles in der Welt die Ärzte zurechtkamen, wenn es so viele Verletzte gab.

Es stellte sich heraus, dass die Kavallerie nicht ausgelöscht worden war, und Lord Errol hatte lediglich eine Verletzung an der Hand davongetragen. Man hatte ihm einen Finger amputieren müssen. Aber es hatte tatsächlich eine Schlacht gegeben. Sie hatte am Alma stattgefunden, etwa vierzig Kilometer von ihrem alten Ankerplatz entfernt. Obwohl die Alliierten sie gewonnen hatten – es war ihnen gelungen, die russischen Stellungen zu nehmen und die russischen Verbände zum Rückzug zu zwingen – war der Sieg doch durch große Verluste erkauft gewesen. Es gab mehr als zweitausend Verwundete und Tote auf britischer und angeblich noch mehr auf französischer Seite.

Balaklawa war kaum mehr als eine einzige Straße zwischen zwei steilen Hügeln. Aber es verfügte über einen guten, wenn auch kleinen Hafen, dessen Einfahrt für Schiffe, die auf See passierten, von hohen Felsen verborgen war.

Während die *Pride of the Ocean* in den kleinen Hafen einlief, stand Hope am Bug und hielt unter den Soldaten auf dem Kai verzweifelt Ausschau nach Bennett.

Sie konnte Dutzende der grünen Uniformen der Rifle Brigade zwischen den scharlachroten Mänteln erkennen, aber nicht ihn, und sie war entsetzt zu sehen, wie viele Verletzte es gab. Einige hatten einen Verband um den Kopf, andere humpelten mit beängstigend aussehenden Wunden, die nicht einmal verbunden waren, auf Krücken umher.

Als das Schiff sich in eine Lücke am Kai gezwängt hatte, bemerkte Hope, dass einige Tragen zu einem etwas zurückgelegenen Bau gebracht wurden. Er sah nach einer Schule aus und war vermutlich als Krankenhaus gut verwendbar.

Sie trat von einem Fuß auf den anderen und wartete ungeduldig darauf, dass die Matrosen eine Laufplanke auslegten, damit sie von Bord gehen und Bennett suchen konnte.

»Mrs Meadows!«, rief der Kapitän ihres Schiffes, Kapitänleutnant Kyle, gerade als sie das Schiff verlassen wollte. »Da draußen herrscht das reinste Chaos. Ich bezweifle, dass es Ihrem Mann gelingen wird, sofort ein Quartier für Sie beide zu finden.«

Hope begriff, dass der Kapitän sich um sie sorgte, und sosehr sie darauf brannte, Bennett zu finden, fühlte sie sich verpflichtet, stehen zu bleiben und mit ihm zu sprechen.

»Ich werde schon etwas finden«, versicherte sie, während sie sich langsam auf die Laufplanke zubewegte.

»Nicht heute«, beharrte er. »Sowohl Sie als auch Ihr Mann werden dringend ein wenig Ruhe benötigen, nachdem Sie sich um so viele Verletzte gekümmert haben. Also können Sie weiter an Bord schlafen, bis sich etwas anderes für Sie ergibt.«

»Das ist sehr freundlich von Ihnen«, sagte sie dankbar. »Auch mein Mann wird Ihr Angebot zu schätzen wissen.« Sie sah, dass Queenie von Bord rannte, um sich auf die Suche nach Robbie zu machen, und sie konnte keinen Augenblick länger mehr warten. »Ich muss jetzt gehen, doch ich werde zurückkommen.«

Der Kai und die kleine Stadt hatten vom Schiff aus einen malerischen Eindruck gemacht. Das Wasser hatte im Sonnenschein gefunkelt, und die niedrigen Steinhäuser, die Kirche und die steilen, felsigen Hügel hatten einen verschlafenen, aber sicheren und gesunden Ort für ein Hauptquartier vermuten lassen.

Doch sobald Hope und Queenie in dem Durcheinander von Soldaten, Karren und Waren standen, die von den Schiffen gelöscht wurden, nahm das Ganze etwas Albtraumhaftes an. Selbst die Männer, die unverletzt schienen, wirkten gehetzt und verängstigt. Sie waren schmutzig und unrasiert.

Aber wenn die Straße schon einen schlechten Eindruck machte, war der Anblick, der sich ihr vom Eingang des Krankenhauses aus bot, zutiefst erschütternd.

Trotz des hellen Sonnenscheins draußen war es in dem Gebäude selbst dunkel, und das Erste, was sie wahrnahm, waren die Schreie von Männern, die furchtbare Qualen litten, um Hilfe riefen und im Fieberwahn stöhnten.

Es gab keine Betten, und die Männer lagen oder saßen so dicht nebeneinander, dass man nicht zwischen ihnen hindurchgehen konnte. Vielen von ihnen war kürzlich ein Körperteil amputiert worden, und die Verbände waren rot von frischem Blut. Andere hatten klaffende Wunden in der Brust, in den Beinen oder im Bauch, und es war so schrecklich, dass Hope am liebsten die Flucht ergriffen hätte, denn sie hatte nicht die leiseste Ahnung, wo sie anfangen sollte.

Queenie floh tatsächlich, eine Hand auf den Mund gepresst, aber Hope hatte Bennett in der gegenüberliegenden Ecke jenes dunklen, schrecklichen Raumes entdeckt. Er kniete auf dem Boden, um einen Beinstumpf zu verbinden, und die Leinenjacke, die er stets über seiner Uniform trug, war blutdurchtränkt. Selbst in dem schwachen Licht konnte sie sehen, dass sein Gesicht grau und er selbst zutiefst erschöpft war.

Plötzlich entsetzte es sie, dass sie früh am Morgen in ihrer Koje gelegen und darüber nachgegrübelt hatte, ob sie für ihr Wiedersehen mit Bennett das rosafarbene Kleid mit den Rüschen am Hals tragen sollte oder lieber das blaue mit dem Spitzenbesatz. Sie hatte das rosafarbene gewählt, weil sie es für das schmeichelhaftere hielt.

Nun war sie gekleidet, als ginge sie mit ihrem Liebsten zu einem Picknick! Sie hatte sich sogar ein rosafarbenes Band ins Haar geschlungen. Aber Bennett brauchte jetzt keine Liebste, keine törichte, eitle Frau, deren Gedanken nicht über eine Liebesnacht hinausgingen. Was er brauchte, war jemand, der ihm half, die von Kugeln zerrissenen, von Säbeln verletzten Soldaten so weit zusammenzuflicken, dass sie vielleicht überlebten, um eines Tages zu ihren Frauen und Geliebten zurückkehren zu können.

Hope drehte sich auf dem Absatz um, lief den Hügel wieder hinunter und zwängte sich durch die Menge am Kai. Zurück in ihrer Kabine, zog sie ihr altes graues Kleid und eine weiße Schürze an.

Binnen fünf Minuten lief sie wieder den Hügel hinauf. Sie hatte sich das Haar zurückgebunden, ihre Unterröcke waren verschwunden. Während sie rannte, sprach sie ein stummes Gebet, dass irgendeine Art von Instinkt ihr helfen und zeigen würde, wie man Schussverletzungen verband, denn nichts hatte sie auf dieses Grauen vorbereitet.

Als sie wieder im Lazarett eintraf, war Bennett zu einem anderen Soldaten weitergegangen, und er stand mit dem Rücken zur Tür, sodass er sie nicht hereinkommen sah.

»Schwester Meadows meldet sich zum Dienst, Sir«, sagte sie leise, als sie näher kam.

Beim Klang ihrer Stimme drehte er sich um und lächelte müde. »Es tut gut, dich zu sehen, aber ich glaube nicht, dass du damit fertigwerden kannst.«

»Ich kann«, antwortete sie entschieden. »Erklär mir nur, was ich tun soll.«

Es war dunkel, als Bennett endlich darauf beharrte, für diesen Tag Schluss zu machen. Ihre Kleider waren steif von getrocknetem Blut, ihr Rücken schmerzte, selbst ihre Augen brannten, weil sie in dem schlechten Licht arbeiten mussten.

Alle Ärzte hatten geschuftet wie Dämonen; es hatte keine Pausen für Mahlzeiten oder auch nur Getränke gegeben. Soldaten aus dem Musikzug, die zum Dienst als Pflegehelfer abkommandiert worden waren, brachten einen der Unglücklichen nach dem anderen in einen Bereich, wo es etwas Licht gab, und dort wurden ihnen dann auf groben Holztischen Kugeln herausgeschnitten, Wunden vernäht und verbunden und Gliedmaßen amputiert.

Hope glaubte nicht, jemals das Grauen der ersten Beinamputation vergessen zu können, bei der sie geholfen hatte. Der Infanterist war nicht älter als achtzehn Jahre alt gewesen, mit großen, kindlichen blauen Augen voller Furcht. Es war kein Chloroform da gewesen, um ihn zu betäuben. Und doch fand er den Mut, sie anzulächeln, und während ihm ein Bein abgesägt wurde, behielt er sie ständig im Auge und schrie kein einziges Mal.

Sie wusste, dass er und die meisten seiner Kameraden von Orten wie Lewins Mead kamen. Für Männer wie ihn war die Armee ein Weg aus der Armut heraus; eine fesche Uniform war besser als Lumpen. Doch traurigerweise verteidigten sie ein Land, das kein Mitgefühl mit seinen Armen und Bedürftigen hatte. Wenn er die Amputation überlebte, würde man ihn nach Hause schicken, wo er vor dem Nichts stehen würde. Vielleicht bekam er eine Medaille, doch was nutzte ihm eine solche Auszeichnung, wenn er nicht arbeiten konnte? Eine Medaille würde ihn nicht mit Brot und Fleisch versorgen.

Sie hörte, dass einige der Verletzten die ganze Nacht über auf dem Schlachtfeld zwischen den Toten gelegen hatten, ohne auch nur einen Tropfen Wasser zu bekommen. Sie sagten, sie hätten die Ärzte mit blutdurchtränkten Kitteln verzweifelt arbeiten gesehen.

Die Schützen waren, verglichen mit anderen Regimentern, verhältnismäßig glimpflich davongekommen. Zwei Sergeants, ein Korporal und sieben Schützen waren gefallen. Fünfundzwanzig weitere waren verletzt worden. Doch Bennett hatte Robbie noch an diesem Morgen in Balaklawa gesehen, und Queenie hatte ihn offenkundig gefunden, da sie nicht auf das Schiff zurückgekehrt war.

Als Hope am Morgen des siebenundzwanzigsten Oktober erwachte, war Bennett hinausgeschlüpft, ohne sie zu wecken. Die *Pride of the Ocean,* die ihr Zuhause gewesen war, war vor zwei Wochen mit vielen Verletzten an Bord nach Scutari ausgelaufen. Jetzt hatten Bennett und sie ein Zelt, bis sie ein besseres Quartier finden würden.

Es stand ein paar hundert Meter entfernt vom Krankenhaus, hinter der Hauptstraße und gerade hoch genug auf dem Hügel, um abseits des Schmutzes und des Aufruhrs auf dem Kai zu sein.

Der kleine Hafen hatte jetzt viel mit Lewins Mead gemein. Die vielen Hunderte verletzter Männer mochten verschwunden sein; sie waren per Schiff nach Scutari geschickt worden, wo das Gerücht ging, dass sie dort schneller sterben würden, als wenn sie hier auf dem Kai geblieben wären.

Hope stand auf und kleidete sich hastig an, denn sie wusste, warum Bennett so früh zum Krankenhaus aufgebrochen war. Am vergangenen Abend hatte es geheißen, dass sich einige Kilometer von Balaklawa entfernt fünfundzwanzigtausend Russen unter dem Kommando des eindrucksvollen Generals Liprandi versammelten, um das Hafenstädtchen zurückzuerobern.

Aber Balaklawa war die Nabelschnur der britischen Armee: Ihre gesamte Versorgung mit Lebensmitteln, Munition und anderem Bedarf wurde über See durch diesen Hafen aufrechterhalten. Aber da Lord Raglan seine Truppen anderweitig benötigte, standen zum Schutz des Städtchens nur das 93. Infanterie-Regiment – die Sutherland Highlanders –, einhundert Mann aus dem Invaliden-Bataillon und eintausendzweihundert Türken zur Verfügung. Die Kavallerie hatte ihr Lager in einigen Kilometern Entfernung von dem Städtchen aufgeschlagen.

Hope brach an diesem kalten, nebligen Morgen zum Krankenhaus auf. Als sie dort ankam, machte Bennett gerade seine Runde bei den Patienten, um festzustellen, welche man nach Scutari schicken konnte.

Sie konnte seine Sorge spüren, obwohl er sie anlächelte. Vor einer Woche hatte er diese Aufgabe mit dem Urteil Salomos verglichen. Er wusste, dass die Seereise und die schrecklichen Verhältnisse in Scutari seine Patienten wahrscheinlich töten würden. Aber er hatte keine Wahl, denn wenn er keine Betten freimachte, würden sie keinen Platz für neue Opfer haben. Wenn heute eine Schlacht stattfand, würde es einen gewaltigen Zustrom von Verwundeten geben.

»Ich möchte, dass du mit dieser Gruppe fortgehst«, erklärte er und deutete auf die Liste in seiner Hand.

»Nein, Bennett«, erwiderte sie. »Ich bleibe hier.«

»Tu, was ich sage«, entgegnete er schroff. »Das ist ein Befehl.«

»Du bist nicht mein vorgesetzter Offizier«, protestierte Hope und warf trotzig den Kopf in den Nacken. »Du bist nur mein Mann, und ich werde hier bei dir bleiben.«

»Bitte, Hope.« Seine Stimme nahm einen flehentlichen Ton an. »Ich bezweifle, dass diese Kosaken auch nur den geringsten Respekt vor Frauen haben. Und ich kann den Gedanken nicht ertragen, was sie einer schönen Frau wie dir antun könnten.«

»Dann denk einfach nicht darüber nach«, fuhr sie auf. »Also, welches Schiff wird die Patienten nach Scutari bringen?«

Der Ausgang der Schlacht, die an diesem Tag ausgefochten worden war, hatte auf Messers Schneide gestanden. Und wie nach diesem verzweifelten Kampf nicht anders zu erwarten, hatten die Regimentsärzte bald alle Hände voll zu tun.

Hope fühlte sich an ihren ersten Tag in Balaklawa erinnert, während Trage um Trage herbeigebracht wurde und sie die Patienten schon bald in den umliegenden Zelten und Nebengebäuden und auf dem Kai unterbringen mussten. Bennett und die anderen Ärzte arbeiteten konzentriert und methodisch.

Hope, die überall dort anpackte, wo sie am dringendsten benötigt wurde, verteilte Wasser, säuberte Wunden und schnitt Verbandsmaterial zurecht. Es erstaunte sie, dass selbst schwerverletzte oder sterbende Männer so guten Mutes sein konnten.

Der Triumph, den sie alle am Morgen empfunden hatten, verwandelte sich am Nachmittag jedoch in Entsetzen, als die Nachricht vom katastrophalen Angriff der Leichten Kavalleriebrigade sie erreichte.

Lord Cardigan hatte seine knapp siebenhundert Reiter zum Angriff in ein Tal geführt, das von drei Seiten her – von den Höhen links und rechts sowie dem gegenüberliegenden, tieferen Ende her – von den Russen mit Geschützbatterien beherrscht wurde. Wer in der Befehlskette letzten Endes für diesen Wahnsinn verantwortlich war oder ob es bei der Überbringung des Befehls durch Hauptmann Nolan zu fatalen Missverständnissen gekommen war, sollte sich später nie mehr ganz aufklären lassen, zumal Nolan bei dem Angriff ums Leben gekommen war. Jedenfalls wurden die Angreifer von Anfang an unter schweres Feuer genommen. Sie erreichten das ferne Ende des Tals zwar und konnten dort einiges Unheil anrichten, mussten sich jedoch angesichts der russischen Übermacht auch dort rasch wieder zurückziehen – wobei sie wieder unter feindlichem Feuer schwere Verluste erlitten.

Fast zweihundertfünfzig Husaren, leichte Dragoner und Ulanen fielen in der Schlacht oder wurden verwundet. Viele weitere hatten ihr Pferd verloren. Lord Cardigan selbst gehörte zu den Überlebenden und saß bereits auf seiner Yacht im Hafen bei einem Champagnerdinner, als sich noch die letzten seiner Männer vom Schlachtfeld zu retten versuchten.

Im Krankenhaus hatten sie mit den Verletzten vom Vormittag zu viel zu tun gehabt, um den Gewehrschüssen allzu große Beachtung zu schenken. Einige Zeit nach dem Angriff, der nur zwanzig Minuten gedauert hatte, erschien ein Bote mit der niederschmetternden Neuigkeit. Als die Verwundeten am späten Nachmittag in die Stadt gebracht wurden, wurde es bereits dunkel, und es war sehr kalt.

Einige Männer waren noch zu Pferde, konnten sich aber wegen Kugeln und Granatsplittern in ihrem Fleisch kaum noch im Sattel halten. Andere kamen, gestützt auf Kameraden, zu Fuß herbeigetaumelt, und die am schwersten verletzten Soldaten wurden auf Karren transportiert. Ihre Gesichter waren geschwärzt von Rauch und blutverschmiert, und die einst leuchtenden Farben ihrer roten oder blauen Jacken waren stumpf von Schmutz und noch mehr Blut, zerlumpt und von Kugeln durchlöchert.

Zum zweiten Mal seit ihrer Ankunft auf der Krim wäre Hope am liebsten davongelaufen. Das kleine Krankenhaus war bereits bis zum Bersten gefüllt. In der Luft hing der Gestank von Blut, und das Stöhnen der Verletzten war schier unerträglich. Sie hatte an diesem Tag bereits über dreißig Männer an ihren Wunden sterben sehen. Die meisten von ihnen waren sehr jung, achtzehn oder neunzehn Jahre alt, und es war unrecht, dass sie für eine Sache gestorben waren, die sie nicht einmal ganz verstanden hatten.

Aber als sie in der Tür des Hospitals stand und auf die Bucht hinausblickte, auf der sich die Lichter vom Kai widerspiegelten, wurde ihr klar, dass sie irgendwie die notwendige Kraft finden musste, solange Bennett weiterarbeitete.

»Lasst mich hier warten. Viele Männer sind weit schlimmer dran als ich.«

Beim Klang der vertrauten Stimme, die von einem der Karren auf dem Kai kam, fuhr sie auf. Die Dunkelheit hatte ein weiteres Problem aufgeworfen. Bei Tageslicht hatten sie die Verletzten untersuchen und die dringendsten Fälle auswählen können. Das war jetzt unmöglich, und es war eine entsetzliche Vorstellung, dass jemand vielleicht an Blutverlust starb, weil eine einfache Aderpresse fehlte. Hope nahm eine Laterne von der Wand und rief zwei Pfleger zu sich. Dann ging sie von Karren zu Karren, unterzog die Männer einer schnellen Musterung und sagte ihren Helfern, welche sie zuerst ins Hospital bringen sollten.

Auf dem vierten Wagen entdeckte sie den Mann, dessen Stimme sie wenige Augenblicke zuvor vernommen hatte.

Hauptmann Pettigrew.

Sie hatte ihn zu ihrem großen Verdruss seit ihrer Ankunft hier nicht mehr gesehen. Und sie brannte immer noch darauf, mehr über Nell zu erfahren.

»Wo sind Sie verletzt, Hauptmann?«, fragte sie und hielt die Laterne hoch, um ihn besser sehen zu können.

»Ah, wenn das nicht Mrs Meadows ist!«, rief er überrascht. »Ich dachte, man hätte Sie in Varna zurückgelassen!«

»Nicht mich«, erwiderte sie lächelnd. »Ich war schon immer ungehorsam. Wo sind Sie verletzt?«

»Es ist nur eine Säbelwunde«, meinte er und deutete auf seinen Oberschenkel. »Das kann warten.«

Selbst in der Dunkelheit konnte sie eine klaffende Schnittwunde sehen, wo seine kirschroten Reithosen aufgeschlitzt worden waren. Auch der Ärmel seiner blauen Jacke war zerfetzt und dunkel verfärbt von Blut.

»Nehmen Sie diesen Mann mit«, wies sie die beiden Pfleger an.

»Nein, lassen Sie mich hier, andere brauchen dringender Hilfe als ich«, protestierte er.

»Erlauben Sie mir, das selbst zu beurteilen«, sagte sie. »Eine saubere Wunde heilt im Nu, wenn man sie schnell näht. Wenn Sie hierbleiben, werden Sie verbluten. Streiten Sie nicht mit mir.«

Er grinste sie an und salutierte spöttisch. Aber trotz seiner Unbeschwertheit konnte sie sehen, dass sein Gesicht erschreckend bleich war, und auf seiner Stirn standen Schweißperlen.

Als sie die Männer in den anderen Karren kurz untersucht hatte und ins Krankenhaus zurückkehrte, hatte man Hauptmann Pettigrew auf eine Strohmatratze gelegt, und sie stellte fest, dass er bereits vom Blutverlust geschwächt war.

Sie nahm die Schere aus ihrer Schürzentasche, schnitt den Ärmel der Jacke und das Bein seiner Kniehosen auf und wusch dann beide Wunden aus. Sobald sie gereinigt waren, konnte sie sehen, dass sie sehr tief waren. Doch einige Stiche würden genügen, wusste Hope.

Sie rief Bennett herbei, um ihn nach seiner Meinung zu fragen. Er war gerade im Begriff, bei einem Mann eine Armamputation vorzunehmen.

»Das kannst du selbst erledigen«, sagte er und sah sie von der Seite an. Vielleicht erriet er, dass sie ein wenig nervös war, weil sie bei einem Offizier eine Wunde nähen sollte. »Es sind längere Wunden als die, die du bisher versorgt hast, doch sie sind sauber. Ich nehme an, der Hauptmann könnte einen Schluck Rum gebrauchen, bevor du anfängst.«

Pettigrew versuchte zu lächeln, aber es war mehr eine Grimasse. »Näht sie genauso gut wie ihre Schwester?«

»Noch besser«, antwortete Hope. »Und ich gebe auch größere Schlucke Rum. Und jetzt müssen Sie stillhalten.«

Sie brauchte über eine Stunde, um die zwei Wunden zu nähen, und obwohl Hauptmann Pettigrew oft das Gesicht verzog, schrie er nicht auf. Hopes Knie schmerzten vom langen Knien auf dem Steinboden. Ihre Augen brannten, weil sie in dem schlechten Licht blinzeln musste, und sie war so müde, dass sie manchmal dachte, die Arbeit nicht zu Ende bringen zu können. Doch endlich war der letzte Stich gemacht, und sie konnte die Wunden verbinden.

»Können Sie jemanden finden, der mich zurück ins Lager bringt?«, fragte Pettigrew, dessen Stimme jetzt schwach und zittrig war.

»Ganz bestimmt nicht«, gab sie entrüstet zurück. »Wenn Sie diese holprige Straße hinauffahren, werden die Wunden nur wieder aufbrechen. Sie bleiben hier und verhalten sich ganz still. Sie sind noch nicht über den Berg.«

Sie wusch ihm das Gesicht und die Hände, dann holte sie eine weitere Decke und wickelte ihn darin ein. Er ließ ihr Gesicht nicht aus den Augen, und der Blick seiner Augen war so durchdringend, dass sie errötete. »Was gibt es?«, erkundigte sie sich.

»Ihr Teint ist der gleiche wie bei dem Rest Ihrer Familie«, sagte er. »Aber Ihre Gesichtszüge sind anders.«

»Haben Sie meine Geschwister denn alle kennengelernt?«, fragte sie einigermaßen überrascht.

»Natürlich«, erwiderte er. »James habe ich in letzter Zeit nicht mehr gesehen, aber ich erinnere mich an ihn von Briargate Hall.«

Ein warmes Leuchten der Freude durchlief sie. »Es gibt so viele Dinge, die ich gern über Sie wissen möchte«, sagte sie eifrig. »Doch das muss warten, Sie brauchen Ruhe, und ich muss mich um andere Männer kümmern.«

»Nell wird so stolz auf Sie sein«, meinte er und legte ihr eine Hand auf den Arm, um seine Aufrichtigkeit zu unterstreichen. »Ich habe ihr geschrieben, dass ich Sie gefunden habe. Ich hoffe, das war in Ihrem Sinn?«

»Oh ja, ich freue mich darüber. Aber morgen müssen Sie mir die Adresse geben, damit ich ebenfalls schreiben kann. Wir haben uns viel zu erzählen.«

»Hat Albert Sie gezwungen, diesen Brief aufzusetzen?«

Hope nickte.

»Und wie hat er dafür gesorgt, dass Sie nie mehr zurückkamen?«

»Erpressung«, sagte sie schlicht. »Aber das ist genug für einen Abend. Versuchen Sie zu schlafen.«

Drei Stunden später konnte Hope das Krankenhaus endlich verlassen. Obwohl sie der vollkommenen Erschöpfung nahe war, blieb sie einen Moment lang stehen, um Hauptmann Pettigrew anzusehen. Eine Laterne in der Nähe spendete genug Licht, um ihn deutlich sehen zu können, und im Schlaf wirkte sein Gesicht fast jugendlich.

Sie konnte verstehen, warum Lady Harvey sich in ihn verliebt hatte – nicht nur, weil er fein gemeißelte, kräftige Züge hatte oder der Aura purer Männlichkeit wegen, an der es Sir William gemangelt hatte. Irgendwie war da noch mehr. Sie konnte den Finger nicht darauflegen, doch sie spürte es. Ein eigenartiges, warmes Gefühl, nicht unähnlich dem, was sie für Bennett empfunden hatte, als sie einander das erste Mal begegnet waren.

Kapitel 21

»Und was glauben Sie, wo Sie hingehen?«, fragte Hope entrüstet, als sie früh am Morgen ins Krankenhaus kam und sah, dass Hauptmann Pettigrew im Begriff stand, sich eine offensichtlich neue Uniform anzuziehen.

Es waren zwei Tage vergangen, seit man ihn ins Hospital gebracht hatte, und seine Wunden heilten bereits, aber er war noch nicht wieder in der Verfassung, aufzustehen und in der Weltgeschichte herumzuspazieren.

»Ich kann nicht hierbleiben, Schwester«, sagte er und schenkte ihr ein strahlendes Grinsen. »Ich muss nach meinen Männern und den Pferden sehen. Außerdem haben Sie hier jede Menge wirklich kranker Patienten, um die Sie sich sorgen können.«

Viele der Opfer jenes katastrophalen Tages waren bereits ihren Verletzungen erlegen, aber das Krankenhaus war immer noch hoffnungslos überfüllt, und bei einigen Männern würden heute noch Amputationen vorgenommen werden müssen, falls ihre Wunden brandig wurden. Überall waren Männer; sie lagen wie Sardinen nebeneinander in Betten oder unter Betten, überall, wo Platz war.

»Sie werden sich hinlegen und mich diese Wunden neu verbinden lassen«, erklärte sie scharf und riss ihm die neuen Kniehosen und die Jacke aus der Hand. »Schon die kleinste Bewegung könnte dazu führen, dass Ihre Wunden wieder aufreißen. Oder wollen Sie eine Infektion und eine anschließende Amputation riskieren, sodass sie mit nur einem Bein und einem Arm umherhüpfen können?«

»Also, das ist wirklich ein aufmunternder Gedanke«, antwortete er schelmisch. »Sie sind ja noch herrischer als Nell.«

Aber er gehorchte ihr und zuckte nicht einmal zusammen, als sie die Verbände entfernte und die Wunden auswusch.

»Es gibt keine Anzeichen für eine Infektion«, meinte sie, nachdem sie ihn untersucht hatte. »Doch das heißt nicht, dass Sie schon wieder in der Lage sind, zu gehen oder zu reiten. Ich denke, man sollte Sie irgendwo hinschicken, wo Sie sich erholen können. Sie brauchen viel Mut, um hierzubleiben.«

»Unterstehen Sie sich, mir vorzuschlagen, nach Scutari zu gehen«, sagte er mit einiger Entrüstung. »Ich möchte lieber hier liegen und Sie ansehen, als dieses Höllenloch zu ertragen.«

Hope hatte gehört, dass erst am vergangenen Tag eine Ausgabe der *Times* die Runde gemacht hatte. Die Zeitung hatte über die schrecklichen Zustände des Hospitals in Scutari berichtet. Aufgrund dessen hatten die meisten Verletzten jetzt große Angst, dort hingeschickt zu werden.

»Dann fragen Sie Lord Cardigan, ob Sie auf seiner Yacht unterkommen können«, gab sie zurück. Es grenzte an ein Wunder, dass Cardigan den Angriff überlebt hatte. Abgesehen von einer geringfügigen Säbelwunde war er unverletzt geblieben. Er hatte sich auf seine Yacht zurückgezogen und seinem Kompaniearzt Anweisung gegeben, ihn dort zu behandeln. Es hieß, dass er ständig betrunken sei – kein Wunder, denn viele machten ihn für das Gemetzel verantwortlich.

»Er mag keine ›indischen Offiziere‹«, antwortete Pettigrew munter. »Wahrscheinlich hofft er, dass ich den Löffel abgegeben habe.«

Hope lächelte. Es war schwer, Pettigrew zu widerstehen; er war mutig, freimütig, charmant und bisweilen wie ein unartiger Junge. Anscheinend hatte Lord Cardigan viele Offiziere gekränkt, die in Indien gedient hatten, was lächerlich war, da sie die einzigen Offiziere waren, die in jüngster Zeit Erfahrungen auf dem Schlachtfeld gesammelt hatten.

»Wir könnten Sie in ein Zelt hinter dem Haus verlegen«, schlug sie vor. »Wenn Ihr Diener nicht herunterkommen und Ihnen aufwarten kann, könnte ich Ihnen wohl ab und an eine Schale Brei bringen, damit Sie bei Kräften bleiben.«

Er lachte herzlich, zuckte dann aber vor Schmerz zusammen, da ihm sein Arm wehtat.

»Sie werden weder lachen noch gehen noch irgendetwas anderes tun«, fuhr sie mit gespielter Strenge fort. »Sie haben Ihr ganzes Glück bereits aufgebraucht, und wenn Sie auch nur einen Funken Verstand haben, werden Sie nichts riskieren.«

»Können Sie heute irgendwann ein wenig Zeit erübrigen, um herzukommen und mit mir zu reden?«, bat er. »Ich habe so viele Fragen, die ich Ihnen gern stellen möchte.«

»Ich habe auch viele Fragen an Sie«, erwiderte sie scharf. »Aber fürs Erste habe ich wichtigere Dinge zu erledigen.«

Es wurde Mittag, bis Hope alle Verbände gewechselt hatte. Die meisten der Verwundeten, die sie versorgt hatte, würden in Kürze das Krankenhaus verlassen, doch an ihre Stelle würden schon bald andere treten, die man von den Stellungen auf den Höhen vor Balaklawa ins Lazarett brachte. Das Artilleriefeuer war auch jetzt zu hören, obwohl das Stöhnen der Patienten es überlagerte. Sie hoffte nur, dass Robbie dort oben nichts zustoßen würde. An dem Tag, an dem sie und Queenie eingetroffen waren, hatte er den Befehl erhalten, sich mit seiner Kompanie dort einzufinden. Queenie hatte ihn begleitet, und Hope vermisste ihre Freundin schmerzlich. Es gab so wenige Frauen hier unten, und mit keiner fühlte sie sich so wohl wie mit Queenie.

Hope hatte schreckliche Angst, Bennett könnte ebenfalls auf die Hügel geschickt werden. Eigentlich sollte er mit seinem Regiment dort sein, aber vielleicht war seinen Vorgesetzten klar, dass sie nur wenige Ärzte mit seinen chirurgischen Erfahrungen hatten und er hier von größerem Nutzen sein würde.

Die Armee wusste die einfachen Soldaten herzlich wenig zu schätzen. Die Männer hatten keine Unterkunft und kaum etwas zu essen, und wenn es regnete, stand in den Gräben der Schlamm kniehoch. Alle machten sich Sorgen, was bei Einbruch des Winters geschehen würde.

An diesem Abend fand Hope ein wenig Zeit für einen Besuch bei Hauptmann Pettigrew. Der Arzt, der Lord Cardigans Wunde versorgt hatte, hatte ihn in ein kleines Haus am Kai verlegt, das von Offizieren des 93. Regiments benutzt wurde.

Derselbe Diener, den sie schon im Lager der Husaren in Varna kennengelernt hatte, führte sie zu einem Raum im hinteren Teil des Hauses. Er war ein drahtiger Mann von etwa dreißig Jahren, mit sehr schlechten Zähnen und einem vollkommen kahlen Kopf.

»Sie haben Ihre Sache mit dem Hauptmann gut gemacht«, sagte Mead wohl gelaunt. »Ich hatte nicht gedacht, ihn je wiederzusehen!«

Hope lächelte über diese ziemlich schlichte Bemerkung. »Passen Sie nur gut auf ihn auf und lassen Sie nicht zu, dass er sich zu sehr anstrengt.«

Pettigrew schien sich in seiner neuen Umgebung bemerkenswert wohlzufühlen. Das Bett war nicht ganz lang genug für ihn, aber er hatte ein Kissen und eine farbenprächtige Decke, in die er eingemummelt war. Die beschädigte Jacke war verschwunden und durch ein loses weißes Leinenhemd ersetzt worden.

»Ich hoffe, man hat Ihnen beim Ausziehen geholfen?«, fragte sie spitz.

»Mead hat mich so zärtlich entkleidet, als wäre ich ein Baby«, meinte er grinsend. Dann sah er zu seinem Diener auf, der noch immer in der Tür stand, und bat ihn, Kaffee hereinzubringen.

»Haben Sie schon gegessen?«, wollte Pettigrew wissen. »Wenn nicht, wird Mead etwas für Sie zubereiten. Er ist ein guter Koch. Er würde die meisten Frauen beschämen.«

»Ich habe mit meinem Mann gegessen«, antwortete sie. »Ich bin nur vorbeigekommen, um festzustellen, wie es Ihnen geht. Ich kann nicht lange bleiben.«

»Chirurg Lewis sagte, es sei die beste Naht gewesen, die er seit langer Zeit gesehen habe«, meinte Pettigrew. »Ich habe den Verdacht, dass er wünschte, er hätte es Ihnen überlassen, ›den noblen Yachtbesitzer‹ ebenfalls zu nähen.«

Hope lachte. »Ich denke, da wäre mir die Schere ausgerutscht!«

»Sind Scheren die Waffe Ihrer Wahl?«, fragte er.

Hope setzte sich auf den Stuhl neben seinem Bett. Im Kamin brannte ein Feuer, die Öllampe warf einen honigfarbenen Schimmer auf die nackten, rauen Wände, und nach dem Krankenhaus und dem Zelt war dieser Raum sehr luxuriös und beinahe gemütlich.

»Sie könnten es werden«, bemerkte sie hochfahrend. »Aber lassen Sie mich ohne viel Federlesens zur Sache kommen. Ich möchte mehr über Nell hören, und ich wüsste gern, wie es dazu gekommen ist, dass sie jetzt Ihre Haushälterin ist.«

Hope hing an seinen Lippen, während er erklärte, wie er Nell bei einem Ausritt im Frühjahr 1848 begegnet war und ihr die Stellung als Haushälterin angeboten hatte. Als er erzählte, dass er ihr auf der Brücke in Chewton begegnet sei, konnte Hope im Geiste den Mühlteich vor sich sehen, die Weiden, die gerade erblühten, und sie konnte das Geräusch von fließendem Wasser hören.

Er war weder sentimental noch schroff, und während er ihr nur ein Minimum an Details lieferte, schaffte er es doch, ein sehr klares Bild für Hope zu zeichnen, wie die Dinge sich entwickelt hatten. Er ging mit sparsamen Worten auf Nells Gemütszustand ein, nachdem sie von Hopes Verschwinden gehört hatte. Gleichzeitig nahm er jeder Sorge, die Hope vielleicht gehabt haben mochte, jedoch die Spitze, indem er ihr vorschwärmte, wie Nell ihn und sein Haus in die Hand genommen hatte. »Nell ist jetzt dort sicher und zufrieden«, erklärte er schließlich.

Es war der Bericht eines Mannes, der vollkommen verstand, wie es war, wenn jemandem das Herz brach – ein mitfühlender Mann, der sich nur allzu deutlich darüber im Klaren war, wie hart und ungerecht das Leben für Frauen in Nells Lage sein konnte. In dieser Hinsicht hatte er große Ähnlichkeit mit Bennett, und Hope erwärmte sich von Minute zu Minute mehr für ihn.

Dann berichtete Pettigrew weiter, wie Nell und er von dem Feuer erfahren hatten. Er sprach auch von Sir Williams Beerdigung, an der er teilgenommen hatte.

»Es war die verstörendste Beerdigung, die ich jemals besucht habe«, seufzte er. »Im Allgemeinen herrscht ja nur tiefe Traurigkeit, vor allem wenn der Tod unerwartet gekommen ist. Aber dies war die reinste Verwirrung! Die gewöhnlichen Leute aus dem Dorf konnten nicht akzeptieren, dass ein Mann, den sie kannten, der in der Kirche mit ihnen gebetet hatte, so verkommen sein konnte, ein Haus in Brand zu stecken, obwohl er wusste, dass noch Menschen darin waren.

»Die arme Nell war ganz außer sich, obgleich sie Albert schon vor Jahren verlassen und ihre Meinung über den Mann stets kundgetan hatte. Ich denke, sie fühlte sich zum Teil dafür verantwortlich.«

»Typisch«, pflichtete Hope ihm bei. »Wenn einer von uns früher etwas Unrechtes getan hatte, hatte Nell immer das Gefühl, es sei ihre Schuld. Aber wie hat Rufus sich bei der Beerdigung gehalten?«

»Sein Zorn war mit Händen zu greifen. Er hat während des Gottesdienstes aus der Bibel gelesen, und seine Stimme war klar und fest. Doch er zitterte, und seine Augen waren wie Eis. Nach allem, was man hört, war er schon seit Jahren der Meinung gewesen, Albert sei gefährlich. Er hat mir erzählt, er habe sich geweigert, Weihnachten nach Hause zu kommen, weil es ihm nicht gefiel, welche Freiheiten Albert sich seinen Eltern gegenüber erlaubte. Rufus ist jetzt ein prächtiger junger Mann, Hope. Hochgewachsen, athletisch und sehr gut aussehend. Er hat solche Ähnlichkeit mit William im selben Alter, dass ich mich in die Zeit zurückversetzt fühlte, als ich ihm ständig in den Ohren lag, er solle mich auf einen Ausritt mitnehmen.«

Hope war sich nicht darüber im Klaren, dass Pettigrew Sir William seit Kindertagen kannte, und sie ermutigte ihn, darüber zu sprechen.

»Als wir uns das erste Mal begegneten, war ich sechs und er zehn. Mein Vater war ebenfalls Soldat. Ich wohnte bei meiner Tante und meinem Onkel in Chelwood, als die Nachricht kam, dass sowohl er als auch meine Mutter am Fieber gestorben waren. Vermutlich hatten Williams Eltern ihm deshalb aufgetragen, nett zu mir zu sein. Und er war sehr nett, wie ein älterer Bruder.«

Pettigrew hielt abrupt inne und schloss halb die Augen. Hope vermutete, dass er sich Lady Harveys wegen schuldig fühlte.

»Aber genug von mir«, sagte er plötzlich. »Erzählen Sie mir von dem Tag, an dem Sie Briargate verlassen haben.«

»Es war Ihr Brief an Lady Harvey …«, begann sie. Sie stutzte die Geschichte auf das Allernötigste zusammen und berichtete nur, dass sie ins Pförtnerhaus gegangen sei, um den Brief zu verstecken, und dass Albert sie erwischt habe.

Doch noch während sie erzählte, wie Albert sie geschlagen und gezwungen hatte, einen Abschiedsbrief zu verfassen, konnte sie die Schwäche in ihrer Geschichte spüren und zögerte immer wieder.

»Er drohte, Sir William den Brief zu zeigen und Lady Harvey in Schande zu stürzen, wenn ich nicht fortginge. Nell werde entlassen werden, weil sie die Sache vertuscht habe, behauptete er.« Hope errötete, weil Pettigrew sie so durchdringend ansah. »Wenn ich fortging und nie mehr zurückkehrte, wollte er den Mund halten. Das hat er mir versprochen.«

»Aber wenn Nell entlassen worden wäre, hätte das gleiche Schicksal doch gewiss auch ihn getroffen …«

»Das wäre noch schlimmer gewesen«, sagte Hope leise. »Nell wäre mit ihm allein und ohne Freunde gewesen.«

»Warum sind Sie dann nicht zu Matt gegangen?«, fragte er mit strenger Miene. »Oder zu Ruth nach Bath?«

Sie wusste nicht, warum sie plötzlich zu weinen anfing. Vielleicht lag es daran, dass er all die Menschen kannte, die sie so lange vermisst hatte. Oder vielleicht war sie so erregt, weil Albert sie einmal mehr zwang, ihr Wissen für sich zu behalten.

»Er hat angedroht, Nell das Leben zur Hölle zu machen, wenn ich zu ihnen ginge«, schluchzte sie. »Er hat mich geschlagen und mich ohne einen Penny in den Regen hinausgeworfen. Sie können sich nicht vorstellen, was ich durchgemacht habe.«

»Ich denke, ich kann es«, entgegnete er leise. »Bristol ist kein guter Ort für jemanden, der jung ist und ohne Freunde dasteht. Ich habe nach der Beerdigung mit Rufus darüber gesprochen. Er meinte, er habe immer gewusst, dass Albert für Ihr Verschwinden verantwortlich war, und er habe ihn dafür gehasst. Außerdem hatte er das Gefühl, dass der Mann etwas gegen seinen Vater in der Hand hatte.«

»Natürlich hatte Albert das. Er wusste über Sie und Lady Harvey Bescheid.«

»Zuerst dachte ich auch, das müsse es sein. Aber Rufus drückte sich sehr deutlich aus: ›Es muss um eine Angelegenheit gehen, die allein meinen Vater und Albert betrifft‹, sagte er. Verstehen Sie, er hatte herausgefunden, dass William im Laufe der Jahre Albert sehr viel Geld gegeben hatte. Nun, ich habe meine eigene Meinung zu der Frage, womit er ihn in der Hand gehabt haben könnte, doch ich habe keine Beweise. Obwohl ich denke, dass Sie welche haben.«

Hope hob den Kopf. Er kannte die Wahrheit, das las sie in seinen Augen.

»Ich hätte niemals ausgesprochen, was ich vermutete«, fuhr er leise fort. »Und jetzt, da William tot ist, denke ich, sein Geheimnis sollte um Rufus' willen mit ihm sterben. Er ist ein prächtiger junger Mann, Hope, ohne die Schwächen seiner Eltern. Von Nell weiß ich, wie nahe Sie einander als Kinder gestanden haben. Das war natürlich der zwingendste Grund, warum Sie Albert gehorcht haben, nicht wahr? Denn Sie konnten sich an niemanden um Hilfe wenden, ohne ihr Wissen zu offenbaren.«

Es hatte keinen Sinn, es zu leugnen, daher nickte sie. »Ich habe die beiden überrascht«, flüsterte sie, während ihr die Tränen über die Wangen liefen. »Aber es ging nicht nur um Rufus; es ging mir auch um Lady Harvey und um Nell. Sie alle wären beschämt worden.«

Er griff nach ihrer Hand. »Ihre Ergebenheit gereicht Ihnen zur Ehre, Hope«, sagte er mit brüchiger Stimme. »Ich glaube, die meisten Menschen hätten nur an sich selbst gedacht. Aber haben Sie keine Angst, ich werde niemals offenbaren, was Sie mir erzählt haben.«

»Ich muss gehen«, erwiderte sie, stand auf und wischte sich die Tränen aus den Augen. »Ich bin schon zu lange geblieben, und Bennett wird sich Sorgen machen. Aber was soll ich Nell schreiben?«

»Erzählen Sie ihr nur von dem Brief. Das wird vollauf genügen. Sie ist nicht so argwöhnisch oder welterfahren, wie ich es bin. Und hegen Sie keinen Groll gegen William, denn er konnte nichts für diese Neigung. Er war so geschaffen. Ich habe viele Männer wie ihn kennengelernt, seit ich in der Armee bin, gute, tapfere Männer, die sich unerbittlich bemühen, diesen Drang zu unterdrücken. Manchmal können sie einfach nicht mehr. Ich habe auch mein Bestes getan, gegen meine Liebe zu Anne anzukämpfen, doch ich habe es nicht geschafft. Das ist in vieler Hinsicht das Gleiche.«

»Ich habe Sir William nie gehasst«, bekannte sie, und in ihren Augen schimmerten Tränen. »Nur Albert, und auch nicht deswegen, sondern für seine Grausamkeit Nell gegenüber … und weil er uns mit Gewalt auseinandergebracht hat.«

Der Hauptmann sah sie lange und eindringlich an, dann lächelte er. »Sie sind wirklich all das, was Nell von Ihnen erzählt hat, und noch mehr. Schreiben Sie ihr an meine Privatadresse, Willow End, Bath Road. Verstehen Sie, es gibt einen Gott, selbst an diesem Ort, an dem es so scheint, als hätte er uns verlassen. Sie wird meinen Brief mittlerweile haben, doch *Sie* sind diejenige, von der sie hören will.«

Einem Impuls gehorchend, beugte Hope sich vor und küsste ihn auf die Stirn, dann eilte sie zur Tür und verließ ohne ein weiteres Wort den Raum.

In der Nacht nach der Schlacht von Balaklawa und während der folgenden drei Nächte bekam Hope jeweils nur zwei Stunden Schlaf. Sie wusste, dass die Ärzte recht hatten: Natürlich würden sie bei dem schlechten Licht mehr schaden als nutzen, wenn sie operierten. Aber anders als die Ärzte, konnte sie nicht einfach weggehen und sich schlafen legen, wenn die Schreie und das Leiden ihr in den Ohren klingelten.

Es war so kalt, und viele der Verwundeten lagen zitternd auf den Karren, die sie hergebracht hatten, denn es gab keinen Platz, um sie hereinzuschaffen. Hope konnte sie nur in eine Decke hüllen, ihnen helfen, ein wenig Brandy zu trinken, oder ihnen wenigstens das Gesicht waschen. Aber es half ihnen allein schon durch die Nacht, wenn sie nach ihrem Namen fragte und Anteil nahm.

Hauptmann Pettigrew kam am vierten Tag bei Morgengrauen ins Krankenhaus, als Hope gerade mit den Schwerstverletzten allein im Raum war. Er stützte sich auf eine improvisierte Krücke, und als sie ihn sah, flog sie ihm entgegen, um ihn zu tadeln.

»Sind Sie verrückt?«, zischte sie ihn an. »Sie werden sich diese Wunde aufreißen!«

»Die Wunde ist in Ordnung«, sagte er. »Nichts im Vergleich zu einigen dieser Verletzungen hier. Ich bin hergekommen, um herauszufinden, ob ich irgendetwas tun kann.«

Er meinte es offenkundig ernst, und Hope sah das Entsetzen in seinen Augen, als sein Blick auf eine Kiste mit amputierten Gliedmaßen fiel, die noch nicht abgeholt worden war.

Hope deckte sie hastig mit einem Laken zu. Aber die Anzahl der Männer mit blutdurchtränkten Verbänden oder das Jammern eines Soldaten in der Ecke konnte sie nicht verbergen. Wo immer der Hauptmann hinschaute, herrschte Grauen. Und selbst für jemanden, der keinerlei medizinische Kenntnisse besaß, war klar, dass die meisten dieser Patienten sterben würden.

»Es war sehr freundlich von Ihnen, Hilfe anzubieten«, meinte sie. »Aber Sie sollten nicht hier sein. In ein oder zwei Tagen könnten Sie vielleicht herkommen und mit einigen der weniger Schwerverletzten sprechen. Viele von ihnen schaffen es nicht, einen Brief nach Hause zu schreiben, und sie würden es sicher zu schätzen wissen, wenn Sie das für sie übernehmen könnten. Doch gehen Sie jetzt, bevor Sie hinfallen und sich Ihre Nähte aufreißen.«

Er hielt die Krücke fest umklammert, streckte aber die Hand aus und schob ihr eine einzelne Strähne wieder unter die Haube. »Sie können es beim besten Willen nicht jedem hier leichter machen«, erwiderte er mit der Zärtlichkeit des Verstehens. »Ich weiß, Sie sind mindestens zwanzig Stunden am Tag hier, und wenn Sie so weitermachen, werden Sie krank werden. Sie brauchen ein wenig Ruhe, gutes Essen und wahrscheinlich ein Bad. Kommen Sie später in mein Haus, und dann werden Sie all das bekommen.«

»Ein Bad?«, fragte sie erstaunt. Er hatte eins der Dinge getroffen, für die sie ihre Seele verkauft hätte. »Sie haben eine *Badewanne*?«

»Die haben wir«, kicherte er. »Und Mead wird sie für Sie füllen. Bringen Sie Bennett mit, denn er hat gewiss genauso viele Stunden gearbeitet wie Sie.«

»Aber …« Sie wollte protestieren.

»Kein Aber«, sagte er entschieden. »Nell würde von mir erwarten, dass ich Sie so lange drangsaliere, bis Sie Vernunft annehmen. Und ich habe einen Brief von ihr erhalten. Wenn Sie nicht kommen, werde ich ihn Ihnen nicht zeigen.«

»Was steht in dem Brief?« Hope fühlte sich plötzlich wie ein junges Mädchen, und Aufregung stieg in ihr auf, denn dieser Brief musste die Antwort auf die Neuigkeiten des Hauptmanns sein, dass er ihr in Varna begegnet war.

»Sie werden es herausfinden, nachdem Sie gegessen und gebadet haben. Bis dahin kein Wort.«

Bennett lächelte, als Angus ihn anstieß und auf Hope deutete. Sie hatte auf dem Bett gesessen und war sich mit den Fingern durchs Haar gefahren, um es zu trocknen, aber jetzt lag sie auf dem Kissen und schlief tief und fest.

»Ich schaffe sie besser zurück ins Zelt«, meinte Bennett und erhob sich.

»Sie werden nichts dergleichen tun. Sie kann hierbleiben«, erwiderte Angus mit einigem Nachdruck. »Und Sie können sich zu ihr legen. Sie sehen so aus, als stünden Sie kurz vor einem Zusammenbruch.«

Bennett nahm die Tagesdecke vom Fußende des Bettes und deckte Hope zu. Dann stand er für eine Weile da und blickte auf sie hinab. Sie war so glücklich gewesen, ein Bad nehmen zu können! Jetzt, tief schlafend und das feuchte Haar locker um ihr Gesicht gebreitet, sah sie nicht älter aus als zu der Zeit, da Bennett ihr das erste Mal begegnet war.

»Sie ist eine sehr schöne Frau«, bemerkte Angus leise.

»Ja, nicht wahr?«, pflichtete Bennett ihm bei. »Aber diese Schönheit ist nicht nur äußerlich. Dahinter steckt sehr viel mehr. Ich habe Hope kennengelernt, als sie zwei Freunde pflegte, die an Cholera erkrankt waren. Erst siebzehn und doch so stark, so tüchtig und so voller Mitgefühl.«

»Heute war ein guter Tag für sie«, bemerkte Angus nachdenklich. »Die wenigen Worte von Nell haben ihr so viel bedeutet, nicht wahr?«

Bennett nickte und kehrte zu seinem Stuhl zurück. Sie hatten sich gegen Mittag in Pettigrews Haus eingefunden, und sein Diener hatte ihnen einen wunderbaren, kräftigen Eintopf mit Kräuterklößen zubereitet. Dann hatten sie gebadet und frische Kleidung angezogen. Erst danach hatte Pettigrew – oder Angus, wie sie ihn auf sein Beharren hin nennen sollten – Nells Briefe hervorgeholt.

Bennett war einigermaßen überrascht gewesen, dass Nell nicht so gebildet war wie Hope. Sie hatte nur einige wenige Zeilen geschrieben, was ihr offensichtlich große Mühe bereitet und sie viel Zeit gekostet hatte. Aber nicht einmal der größte Schriftsteller Englands, weder Thomas Hardy noch Charles Dickens, hätten in so wenige Worte so viel Gefühl und so viel Freude packen können.

Sie haben mir die Kronjuwelen geschenkt, begann der Brief. *Ich habe noch immer nicht aufgehört, vor Freude zu weinen. Man stelle sich vor, meine Hope mit einem Arzt verheiratet! Und Sie haben für mich ein Auge auf sie gehabt. Das ist der glücklichste*

Tag meines Lebens. Aber wie viel mehr werde ich weinen und lachen, wenn sie erst nach Hause kommt! Küssen Sie sie von mir. Sagen Sie ihr, sie soll sich von allen Gefahren fernhalten. Und bitten Sie sie, bald zu schreiben.

»Das Schicksal bewegt sich auf rätselhaften Wegen«, meinte Bennett kichernd. »Was für eine Vorstellung, dass wir quer durch Europa reisen mussten, um das zu erleben!«

»Sie hätten einfach daheim durchs Dorf gehen können, das wäre eine schöne Abkürzung gewesen«, sagte Angus mit einem schiefen Lächeln. »Erzählen Sie mir, Bennett, warum haben Sie das nicht getan?«

»Wann hätte ich denn dafür Zeit haben sollen? Sie sind nicht der Einzige in der Armee! Ich bin im Januar nach Hause zurückgekehrt, habe geheiratet und kurze Flitterwochen verlebt, und dann sind wir auch schon hier herausgekommen.«

»Ja, das verstehe ich. Aber als Sie zum ersten Mal den Wunsch verspürten, Hope zu heiraten, wussten Sie bereits um ihre Situation. Ich hätte gedacht, das wäre ein passender Zeitpunkt gewesen, um einige Nachforschungen um ihretwillen anzustellen. Sie hätten nur in Compton Dando in die Schenke gehen und einige Fragen stellen müssen, und Sie hätten selbst herausgefunden, dass Nell bei mir lebte.«

»Sie haben jetzt leicht reden, nachdem alles geschehen ist. Doch Hope wollte nichts davon wissen, dass ich dort hinging, um Fragen zu stellen.«

»Ich denke, Sie haben es niemals auch nur vorgeschlagen«, gab Angus zurück. »Sie wollten Sie ganz allein für sich, nicht wahr?«

»Also, ich muss doch sehr bitten!«, rief Bennett.

»Nein, ich bitte *Sie*«, unterbrach Angus ihn. »Ich habe Ihr Gesicht gesehen, als Hope diesen Brief vorgelesen hat. Sie waren gerührt, aber Sie hatten auch ein wenig Angst – Angst davor, Nell und der Rest der Familie könnten sie Ihnen stehlen.«

»Ich habe keine Angst!« Bennett schnaubte verächtlich.

»Oh doch, die haben Sie. Das ist kaum überraschend, da sie eine wunderbare Frau ist. Und wenn Sie der einzige Mensch in ihrem Leben sind, können Sie sie mit Haut und Haaren besitzen. Aber lassen Sie sich einen Rat von mir geben: Sperren Sie sie nicht ein. Lassen Sie sie fliegen!«

»Und ich soll glauben, dass Sie etwas von ehelicher Liebe verstehen?«, fragte Bennett mit eisigem Sarkasmus.

»Manchmal können Außenseiter klarer sehen als jene, die in der Situation gefangen sind. Aber Bennett, ich habe genug für einen Tag geredet, und Sie sind ebenso erschöpft wie Ihre Frau. Gehen Sie zu Bett, bevor Sie zusammenbrechen.«

Bennett fühlte sich ernsthaft versucht, Hope aus dem Bett zu heben und nach Hause zu bringen, nur um Hauptmann Pettigrew zu zeigen, dass er sich um seinen Rat oder seine Meinung nicht scherte. Doch er war zu müde für jedweden Protest, und Hope war so behaglich untergebracht, dass er sie nicht stören wollte.

»Aber wo werden Sie schlafen?«

Angus lächelte schief. »Machen Sie sich um mich keine Gedanken. Ich werde ein anderes Bett finden.«

In den kalten, nassen Tagen, die folgten, verblasste die allgemeine Euphorie in Balaklawa sehr schnell, die mit dem russischen Rückzug nach der Schlacht von Inkerman einhergegangen war. Das fast unablässige Geschützfeuer von Sewastopol her und die Berichte, dass den städtischen Verteidigungsanlagen nur geringer oder überhaupt kein Schaden zugefügt worden war, machten zunehmend klar, dass die Stadt unmöglich eingenommen werden konnte. Die Soldaten würden höchstwahrscheinlich den ganzen Winter in den Schützengräben verbringen müssen, vermutete man.

Die Angst im Krankenhaus wuchs von Tag zu Tag. Vierzig oder fünfzig Männer meldeten sich jeden Tag krank und kamen her. Noch einmal zwanzig oder dreißig wurden verletzt – tatsächlich waren nur noch sechzehntausendfünfhundert Männer gesund genug zum Dienst, obwohl es ursprünglich fünfunddreißigtausend gewesen waren. Die Cholera wütete noch immer. Außerdem hatten sie mit Typhus, Paratyphus und Malaria zu kämpfen, obgleich die letzten drei Krankheiten normalerweise einfach als allgemeines Fieber klassifiziert wurden. Mit nur wenig Medikamenten und nicht genug nahrhaften, leicht verdaulichen Lebensmitteln für die Kranken waren ihre Aussichten auf eine Genesung sehr schlecht.

Bennett war häufig erfüllt von weiß glühendem Zorn, denn die dringend benötigten Vorräte kamen zwar im Hafen an, doch bürokratische Stümperei machte es unmöglich, sie zu ihren jeweiligen Bestimmungsorten zu schaffen. Einige Männer begannen, eine Eisenbahn für einen Belagerungszug zu bauen, der in der Zukunft den Transport in die Heights deutlich erleichtern würde. Aber diese grausam harte Arbeit war genug, um Männer zu töten, die bereits geschwächt waren von Krankheit und Hunger.

Wäre da nicht die schwarze Jamaikanerin gewesen, die die Männer »Mutter Seacole« nannten, wären die Verwundeten gestorben, die stundenlang auf dem eisigen Kai auf Tragen lagen und darauf warteten, an Bord des Schiffes nach Scutari gebracht zu werden. Mary Seacole war eine der Marketenderinnen der Armee, die erschienen war, um ihre Waren an die Männer zu verkaufen. Aber obwohl sie aus geschäftlichen Gründen auf der Krim war und einen Laden außerhalb der Stadt hatte, wo sie alles verkaufte – angefangen von heißen Mahlzeiten bis hin zu neuen Stiefeln –, war sie eine durch und durch gütige Frau, die über einiges Geschick als Pflegerin verfügte. Sie war an den meisten Tagen auf dem Kai und verteilte Tee und andere Kleinigkeiten, die den Männern zum Trost dienten.

Oben an den Belagerungsstellungen wurden warme Kleidung und Decken verzweifelt gebraucht, die Mahlzeiten waren spärlich, eintönig und kaum essbar, und es war schwer, Brennholz für ein Feuer zu finden. Die Kranken, die von dort heruntergeschickt wurden, hatten nächtelang in einem mit Wasser gefüllten Schützengraben zugebracht und waren dann in ihre undichten Zelte zurückgekehrt, ohne die Kleider trocknen zu können.

Hope und Bennett mochten nicht die ganze Nacht im Regen sitzen, aber auch sie erfuhren, was für ein erbärmliches Heim ein Zelt bei schlechtem Wetter sein konnte. Ohne Stühle, einen Tisch oder andere Annehmlichkeiten mussten sie sich mit Medikamentenkisten begnügen, und wenn es regnete, konnten sie nicht einmal ein Feuer entzünden, um sich eine Mahlzeit zu kochen.

Am Abend des vierzehnten November war es Bennett gelungen, einige Hühnerteile vom Metzger zu bekommen, und sie hatten sie gebraten und im Feuer Kartoffeln geröstet. Nachdem sie das Ganze verspeist und dazu Rum und Wasser getrunken hatten, hatten sie das Gefühl, sich ein Festmahl einverleibt zu haben. Statt auf der Stelle vor Erschöpfung einzuschlafen, hatten sie ausnahmsweise miteinander geplaudert: über Hauptmann Pettigrews gute Genesung, darüber, wie lange es dauern würde, bis Hope einen Brief von Nell bekam, und ob Alice die Nahrungsmittel und die warmen Kleider schicken würde, um die Bennett sie gebeten hatte.

Später schreckten sie aus dem Schlaf hoch. Der Sturm heulte um das Zelt herum und drohte, es in Fetzen zu reißen, und als sie vorsichtig hinausschauten, sahen sie, dass ein regelrechter Orkan wütete.

Es war sechs Uhr morgens und noch nicht einmal hell, aber trotzdem konnten sie Zelte, Holzbretter, Eimer, Kessel und Kleidungsstücke durch die Luft fliegen sehen.

»Der Himmel stehe uns bei!«, rief Bennett. »Sollen wir jetzt vom Wind fortgerissen werden?«

»Aber was ist mit den Verwundeten in den Zelten hinter dem Krankenhaus?«, stieß Hope hervor. »Das Land dort ist noch weniger geschützt! Sie könnten im Regen liegen!«

Bennett klammerte sich an den Zeltpfosten, voller Angst, dass er entzweibrechen würde. »Zieh dich an, während ich das hier festhalte«, sagte er hastig. »Pack all unsere losen Sachen in Kisten, und dann brechen wir auf.«

»Was ist das für ein Krachen?«, fragte Hope, während sie sich in ihr Kleid mühte und ihre Stiefel anzog.

»Das werden die Schiffe im Hafen sein, die gegeneinanderprallen«, antwortete er. »Es würde mich nicht wundern, wenn einige das nicht überstehen würden.«

Nachdem sie ihr Zelt nach besten Kräften gesichert hatten, machten sie sich auf den Weg zum Hospital. Der Wind war so stark, dass er Hope von den Füßen gerissen hätte, wenn Bennett sie nicht gehalten hätte. Aber sobald sie sich aus dem Schutz der Gebäude entfernten, presste der Wind, der von See wehte, sie gegen eine Mauer.

Andere erschienen, um ihnen zu helfen, die Kranken aus den ungeschützten Zelten zu bergen und durch die Hintertür des Krankenhauses zu tragen, aber es war eine langwierige, harte Arbeit, und immer wieder wehte ihnen Müll ins Gesicht.

Es war nach neun, bis sie zu den Fenstern an der vorderen Seite des Gebäudes gehen und sich den Schaden im Hafen ansehen konnten. Der Anblick, der sich ihnen bot, war wahrhaft entsetzlich. Die dicht an dicht liegenden Schiffe zerdrückten einander langsam. Die *Star of the Sea* hatte bereits den größten Teil ihres Hecks eingebüßt, und auf vielen Schiffen waren Masten gebrochen und hatten an Bord zusätzliche Schäden angerichtet. Und die See draußen kochte, als wollte sie auch noch das letzte Schiff im Hafen verschlingen.

»Was ist wohl mit den Schiffen draußen?«, fragte Hope Bennett.

Erst wenige Tage zuvor hatten angesichts des aufkommenden Sturms mehrere Kapitäne die Erlaubnis erbeten, in den inneren Hafen einzulaufen, doch man hatte ihnen diese Bitte abgeschlagen. Sie lagen noch immer dort draußen vor Anker und trotzten den Gefahren.

Es war der schwärzeste aller Tage. Um zehn Uhr am Morgen verbreitete sich die Kunde, dass die *Prince* mit allen Männern an Bord draußen vor dem Hafen gesunken war. Auch andere Schiffe erlitten schreckliche Schäden, und viele Menschen verloren ihr Leben. Als der Wind später abflaute, begann es zu schneien.

Der folgende Tag war sehr kalt, aber schön, und erst jetzt konnte man die volle Wucht ermessen, mit der der Orkan getobt hatte. Aus den Belagerungsstellungen, die den Elementen schlimmer ausgesetzt waren als Balaklawa, hatte der Sturm Zelte, Kleidungsstücke und Ausrüstung davongeweht, darunter auch Zelte, die als Feldlazarett gedient hatten, und die betroffenen Kranken und Verletzten waren den Elementen hilflos ausgeliefert gewesen.

Der Hafen lag voller Trümmer, Dächer und Fenster, die der Wind aus Gebäuden gerissen hatte, und kaum ein Schiff, das jetzt auf ruhigem Wasser auf und nieder hüpfte, hatte keinen schweren Schaden davongetragen.

Aber es war der Verlust der *Prince,* der erwachsenen Männern Tränen in die Augen trieb. Denn sie war mit all den Waren beladen gewesen, die sie so dringend benötigten: warme Kleidung für die Soldaten, medizinische Vorräte, Brandy, Decken, Strohmatratzen, Tee und Zucker. Ironischerweise war einer der Passagiere, der beim Untergang des Schiffes sein Leben verloren hatte, Dr. Spence, der stellvertretende Generalinspekteur der Lazarette, der hergekommen war, um verleumderischen Berichten über die medizinischen Zustände auf der Krim nachzugehen.

»Dr. Meadows!«

Als Bennett seinen Namen hörte, blickte er auf und sah Angus Pettigrew, der hinter einigen schwer beladenen Ochsenkarren stand und ihm zuwinkte. Auf dem Kai herrschten das gewohnte Gedränge und Chaos – nicht einmal ein jüngst ergangener Befehl, Schmutz wegzuschaffen, einen neuen Unterstand für Schlachttiere zu bauen und verwesende Leichname aufs Meer hinauszuschaffen, hatte viel verändert.

Bennett war nicht allzu versessen darauf, mit Angus zu sprechen. Obwohl inzwischen drei Wochen vergangen waren, seit er Hope den Brief von Nell gezeigt hatte, gärten in Bennett noch immer die Vorwürfe des Hauptmanns. Er wusste, dass Angus nicht unrecht hatte. Wenn er ein richtiger Mann gewesen wäre, wäre er schon vor langer Zeit nach Compton Dando gegangen und hätte herausgefunden, dass Nell Albert verlassen hatte.

Aber er war damals kein richtiger Mann, sondern im Wesentlichen noch immer der Junge gewesen, den all seine Mitstudenten an der medizinischen Fakultät zur Zielscheibe ihrer Scherze gemacht hatten. Es nagte nach wie vor an ihm, dass er sich von Onkel Abel hatte tyrannisieren lassen und ihm nicht die Stirn geboten hatte, als er darauf bestanden hatte, dass Hope im St. Peter's arbeiten solle.

Er war der Armee einzig aus dem Grund beigetreten, weil dies ihm die Möglichkeit geboten hatte, von seinem Onkel fortzukommen, nicht weil er mutig war. Damals hatte er nicht damit gerechnet, dass man ihn in den aktiven Dienst drängen würde, andernfalls wäre er gelaufen, so schnell er konnte. Er hatte ein rosiges kleines Bild im Kopf gehabt, die Vorstellung, als Militärarzt in einer Garnison zu arbeiten, sodass er nach einigen Jahren Hope würde heiraten und Kinder haben können.

Bennett hatte jedoch nicht im Mindesten damit gerechnet, in der Armee den richtigen Platz für sich zu finden. Kranke Männer brauchten keinen weiteren raubeinigen Oberfeldwebel, der sie anschrie. Sie brauchten jemanden, der ihnen zuhörte und das Wissen hatte, um sie zu heilen. Und weder Offiziere noch gemeine Soldaten scherten sich um seine Herkunft oder seine finanzielle Situation. Für sie war er ein erstklassiger Arzt, und sie schätzten sich glücklich, ihn in ihrem Regiment zu haben.

Die Anerkennung seiner Person und seiner medizinischen Kenntnisse hatte ihn schließlich alle Schüchternheit verlieren lassen. Jetzt konnte er gegen Ungerechtigkeiten und klar erkennbare Mängel in der medizinischen Versorgung ankämpfen. Auch die Entbehrungen des Armeelebens in Südafrika hatten ihn abgehärtet, und der Regimentsarzt Meadows, als der er zurückgekehrt war, um Hope Renton zu heiraten, war ein ganz anderer Mann gewesen als der, der sich bei seinem ersten Besuch in Lewins Mead zu Tode gefürchtet hatte.

Während der Flitterwochen hatte er Hope geraten, sich nun bald mit ihrer Familie in Verbindung zu setzen, und es war ihm ernst damit gewesen. Aber natürlich hatte er damals noch nicht gewusst, dass sie sich nur wenige Wochen später auf den Weg zum Schwarzen Meer machen würden.

Hätte er gewusst, welche Hölle sie erwartete, hätte er Hope nicht mitkommen lassen. Doch was geschehen war, war geschehen, und sie hatte sich als überaus wertvoll erwiesen. Jetzt konnten sie nur weitermachen und auf eine allgemeine Besserung der Situation hoffen. Und wahrscheinlich würde er sich an den Gedanken gewöhnen müssen, dass Hauptmann Angus Pettigrew auch in Zukunft so lästig sein würde wie eine Laus im Pelz.

»Was machen die Verletzungen?«, fragte Bennett, als er nur noch einige Schritte von Angus entfernt war.

»Dank Ihnen sind sie inzwischen ziemlich gut verheilt, obwohl das Bein immer noch ein wenig steif ist«, antwortete Angus grinsend. Er trug seine volle Uniform, und sie war offenkundig fast neu, denn die goldenen Tressen waren nicht angelaufen, und die blaue Jacke und die kirschroten Kniehosen wiesen weder Flecken noch Flicken auf. Einzig seine abgetragenen Stiefel ließen auf vorhergehende Kampfeinsätze schließen.

»Sie sind der eleganteste Mann auf dem Kai«, bemerkte Bennett mit mehr Sarkasmus als Bewunderung. »Ein Glück für Sie, dass Sie eine zweite Uniform hatten.«

»Ich fühle mich auch nicht besonders wohl in dieser Aufmachung«, erwiderte Angus. Sein Lächeln verblasste, als er zwei Infanteristen vorübergehen sah, deren Uniformen buchstäblich schlammbedeckte Lumpen waren. »Aber ich gehe ins Lager hinauf, und Sie wissen …« Er brach ab; vielleicht war es ihm peinlich, laut auszusprechen, dass seine vorgesetzten Offiziere ihn zur Rechenschaft ziehen würden, wenn er nicht korrekt gekleidet war.

»Der Untergang der *Prince* war ein schrecklicher Schlag«, sagte Bennett. »Von den Kranken, die von den Heights herunterkommen, habe ich gehört, dass die Sohlen der Männer sich von ihren Stiefeln lösen und dass sie unter ihren Mänteln Decken tragen, um sich warm zu halten. Aber das wissen Sie sicher. Haben Sie die Absicht, ins Lager zu reiten?«

»Ja. Mead hat heute Morgen mein Pferd heruntergebracht, obwohl es in einem traurigen Zustand ist. Ich habe ihm eine Handvoll Hafer gegeben, aber was er braucht, wäre ein ganzer Eimer voll. Es ist kaum noch Futter für die Pferde da. Ich habe gehört, dass Lord Raglan Nachschub verlangt. Doch wenn nicht bald welcher kommt, werden wir einige der Pferde erschießen müssen.«

»Ich schätze, manche der Männer, die frieren und Hunger leiden, würden auch gern von ihrem Elend erlöst werden«, seufzte Bennett. »Es wird kein sehr frohes Weihnachtsfest werden.«

»Ich hatte gehofft, Sie heute ein wenig aufmuntern zu können, indem ich Sie frage, ob Sie und Hope gern mein Zimmer hätten«, erwiderte Angus und deutete mit dem Daumen auf das Gebäude hinter ihnen. »Ich werde oben im Lager bleiben, und Sie beide können jetzt, da es so kalt wird, nicht länger in einem Zelt leben.«

»Das ist sehr anständig von Ihnen.« Bennett war plötzlich viel leichter ums Herz. Während der vergangenen zwei oder drei Nächte waren die Temperaturen unter den Gefrierpunkt gefallen. »Hope hat sich nie beklagt, aber jeder Mensch erreicht irgendwann die Grenze, an der er nicht mehr ertragen kann.«

»Sie ist aus hartem Holz geschnitzt«, meinte Angus lächelnd. »Hat sie schon einen Brief von Nell bekommen?«

Bennett schüttelte den Kopf. »Sie hält jeden Tag Ausschau nach dem Postboot. Und sie muss ein Dutzend Briefe nach Hause geschrieben haben. Aber in den letzten zwei Wochen sind keine Briefe hier eingetroffen, daher müssen sie jetzt bald kommen.«

»Sie können schon heute einziehen«, sagte Angus. »Meine Sachen sind gepackt und werden bald abgeholt werden. Ich habe eine Tatarin beauftragt, das Quartier für Sie zu putzen und ein Feuer zu entzünden. Ihr Name ist Rosa, zumindest habe ich sie so genannt.«

»Das ist wirklich sehr freundlich von Ihnen.« Bennett schämte sich plötzlich ein wenig, so schlecht von dem Mann gedacht zu haben.

»Man hätte Ihnen von Anfang an ein anständiges Quartier geben sollen«, erwiderte Angus. »Ihr Ärzte verdient alle eine Medaille für das, was Ihr hier unter den schrecklichsten Bedingungen geleistet habt. Es macht mich bitterböse, in den Zeitungen von daheim zu lesen, dass man der allgemeinen Öffentlichkeit einredet, einige von Ihnen seien pflichtvergessen. Ich würde die Leute, die wirklich für das Chaos hier verantwortlich sind, gern eigenhändig aufknüpfen. Und dazu noch einige der schwachköpfigen Offiziere, die sich kaum selbst den Hintern abwischen können, geschweige denn, ihre Männer führen können.«

Bennett grinste. »Beruhigen Sie sich, Angus, sonst werden noch Ihre Nähte aufplatzen«, flachste er.

Angus lachte leise. »Das wird nicht passieren; Hope hat ihre Sache gut gemacht«, entgegnete er. »Aber ich muss jetzt aufbrechen. Ich hoffe, wenn ich das nächste Mal hier herunterkomme, darf ich Sie besuchen?«

»Wir wären enttäuscht, wenn Sie es nicht täten«, sagte Bennett.

»Sind Sie sich sicher, dass ich Ihnen nicht im Weg bin, Nell?«, fragte Rufus. »Ein Wort von Ihnen reicht, und ich verschwinde.«

Es war einige Tage vor Weihnachten, und sie waren in der Küche in Willow End. Rufus war gerade in dem Moment aufgetaucht, als Nell Marzipan hergestellt hatte, um damit den Früchtekuchen zu überziehen, den sie Hope schicken wollte.

»Gott segne Sie, Master Rufus.« Nell strahlte ihn an. »Natürlich sind Sie mir nicht im Weg, ich freue mich immer, Sie bei mir zu haben. Lassen Sie mich nur schnell diesen Kuchen fertig machen, dann hole ich Ihnen Hopes Briefe, und Sie können sie lesen.«

Nells Meinung nach war Rufus der prächtigste Gentleman, der ihr je begegnet war, und gewiss der attraktivste. Er hatte das Beste vom Aussehen beider Elternteile geerbt, das hellblonde Haar, die leuchtend blauen Augen und die Eleganz. Aber sie dachte gern, dass es die Rentons waren, die seinen Charakter beeinflusst hatten, denn er war tapfer, tüchtig und gütig. Die Entschlossenheit und das Rückgrat musste er von seinem Großvater väterlicherseits geerbt haben, denn Berichten zufolge war er ein Mann gewesen, mit dem man hatte rechnen müssen.

Nach der Beerdigung seines Vaters war Rufus nach Oxford zurückgekehrt und hatte seine Mutter in der Obhut der Warrens auf der Wick Farm gelassen. Aber bei seiner Rückkehr zu Ostern hatte er Lady Harvey davon in Kenntnis gesetzt, dass er nicht nach Oxford zurückkehren werde, sondern die Absicht habe, auf Briargate Landwirtschaft zu betreiben, statt das Land zu verkaufen, wie alle es erwarteten.

»Also, Sir, erzählen Sie mir, wie Lady Harvey zurechtkommt«, bat Nell. Ihre ehemalige Herrin war entsetzt gewesen, als Rufus ihr erzählt hatte, dass sie im Pförtnerhaus leben würden. »Und wo wird die Haushälterin wohnen«, hatte ihre erste Frage gelautet!

»Nennen Sie mich nicht ›Sir‹, Nell«, bat er mit einem Grinsen. »Und auch nicht Master Rufus; ich bin jetzt schlicht und einfach Rufus. Was Mutter betrifft, sie jammert noch immer über die uneleganten Möbel, die kleinen Räume und darüber, selbst so viel arbeiten zu müssen. Doch ich denke, das ist reine Gewohnheit. Ich habe den Eindruck, dass sie nicht mehr gar so unglücklich ist. Und sie ist eine recht passable Köchin geworden.«

Er griff nach einem Stück Marzipan, das auf dem Tisch liegen geblieben war, und begann, nachdenklich daran zu knabbern. »Sagen Sie mir, Nell, war es grausam von mir, sie dazu zu zwingen, dort zu leben?«

»Wie ich es sehe, hat sie großes Glück, überhaupt ein Dach

überm Kopf zu haben«, erwiderte Nell scharf. Während der Jahre fern von Briargate hatte sie gelernt, ihre alte Herrin in einem anderen Licht zu sehen. Nell hielt es für falsch, dass Lady Harvey von anderen erwartete, sie zu unterstützen. Wenn man sie sich selbst überlassen hätte, wäre sie auf unbegrenzte Zeit bei den Warrens geblieben. Ihre Schwestern hatten sie nicht bei sich aufnehmen wollen. Und sie hatte kein Geld, um sich eine andere Unterkunft leisten zu können.

»Manchmal denke ich, wir hätten das Land vielleicht verkaufen und in ein kleines Haus in der Nähe einer Stadt wie Bath ziehen sollen. Mutter wäre es viel lieber gewesen.« Rufus seufzte. »Aber ich hätte mir irgendeine miserable Stellung suchen müssen. Den größten Teil des Geldes, das mein Großvater mir hinterlassen hat, musste ich darauf verwenden, Vaters Schulden zu begleichen. Und es schien mir falsch, den Rest darauf zu vergeuden, weiter in Oxford zu bleiben, während meine Mutter wie eine arme Verwandte auf der Wick Farm lebte. Zumindest besitzen wir auf diese Weise noch immer das Land, und wenn ich mit der Landwirtschaft Erfolg habe, kann ich Briargate vielleicht wieder aufbauen, sodass meine Kinder eines Tages die gleichen Vorteile haben, wie ich sie hatte.«

»Sie haben richtig entschieden«, erklärte Nell mit Nachdruck. »Unser Matt findet, Sie seien ein geborener Bauer, und ich glaube nicht, dass Lady Harvey in Bath glücklicher gewesen wäre – nicht ohne elegante Kleider, eine Kutsche und Dienstboten. Zumindest hat sie im Dorf Freunde, Menschen, denen sie etwas bedeutet. Wenn Sie mein Sohn wären, wäre ich sehr stolz auf Sie.«

»Schon seltsam, wie die Dinge sich entwickeln«, bemerkte er mit einem schiefen Grinsen. »Als ich klein war, war ich so neidisch auf die Dorfkinder. Es kam mir so vor, als hätten sie viel mehr Spaß und Freiheit als ich. Jetzt, da ich mir meinen Lebensunterhalt selbst verdienen muss, sehen die Dinge ganz anders aus.«

Nell legte letzte Hand an den Kuchen und brachte ihn dann in die Speisekammer. »Unser aller Leben ist auf den Kopf gestellt worden«, sagte sie, als sie zurückkam. »Ich wünschte nur, die Polizei könnte Albert finden und ihn hängen. Es ist so, als hätte man einen schlechten Zahn im Mund. Man weiß, dass der Schmerz immer wiederkommen wird, bis der Zahn herausgezogen wird.«

»Er wird es nicht wagen, sich hier in der Gegend zu zeigen«, erwiderte Rufus tröstend. »Egal, was er sonst ist – dumm ist er nicht.«

»Nein, aber er ist von dem Garten von Briargate Hall besessen, und ich halte es für wahrscheinlich, dass er zurückkommen wird, um sich anzusehen, was daraus geworden ist«, gab Nell mit gepresster Stimme zurück.

»Dann wird er vor Schreck sterben, wenn er feststellt, dass es den Garten nicht mehr gibt«, kicherte Rufus. »Ich habe den großen Rasen im November gepflügt, und dort, wo früher der Rosengarten war, halte ich jetzt Schweine. Sie müssen es sich unbedingt einmal ansehen, Nell. Nicht nur die Farm, sondern auch das Pförtnerhaus. Die Vorhänge, die Sie uns genäht haben, sind wunderschön.«

Nell schüttelte den Kopf. »Das kann ich nicht, Rufus, dafür birgt das Haus zu viele schlimme Erinnerungen für mich. Vielleicht werde ich anders empfinden, wenn Hope und der Hauptmann nach Hause kommen, aber ich bezweifle es.«

Während Nell die Suppe rührte, las Rufus Hopes Briefe. Den ersten Brief, in dem sie beschrieb, wie Albert sie mit dem Liebesbrief des Hauptmanns an Lady Harvey erwischt hatte, hatte Nell Rufus natürlich vorenthalten. Ab und zu kicherte er nun über eine erheiternde Bemerkung, und sie fragte sich, wie er reagieren würde, falls er jemals herausfand, dass Hope seine Halbschwester war.

So stolz und glücklich sie war, dass Hope ihren Weg gemacht und einen Arzt geheiratet hatte, setzte das Geheimnis ihrer wahren Herkunft Nell jedoch arg zu. Es quälte sie beinahe so sehr wie der Gedanke, dass Albert eines Tages wieder auftauchen könnte.

In Hopes Briefen wurde Hauptmann Pettigrew ziemlich häufig erwähnt. Offenbar hatte Hope eine große Zuneigung zu ihm gefasst.

Und diese Zuneigung beruhte auf Gegenseitigkeit, das bewiesen wiederum Angus' Briefe. Ob wohl mehr dahintersteckte?, grübelte Nell bisweilen. Manchmal überlegte sie, ob es nicht vielleicht besser sei, ihnen die Wahrheit zu sagen. Hope und der Hauptmann würden in diesen schlimmen Zeiten ein großer Trost füreinander sein.

Aber auf der anderen Seite musste sie an Rufus denken. Vielleicht würde er so glücklich über die Blutsverwandtschaft mit seiner Kindheitsfreundin sein, dass er den Treuebruch seiner Mutter übersehen würde. Doch diese Angelegenheit würde gewiss kein gutes Licht auf Hauptmann Pettigrew werfen, den Mann, zu dem er sein Leben lang aufgeblickt hatte.

Als Nell die wunderbare Nachricht des Hauptmanns erhalten hatte, in Varna auf Hope gestoßen zu sein, war sie direkt zu Matt gegangen, um ihm davon zu erzählen. Er hatte die Neuigkeit an Rufus weitergegeben, der es seinerseits Lady Harvey erzählt hatte.

Schon am nächsten Tag hatte Lady Harvey jemanden gefunden, der sie in einem Einspänner zu Nell gebracht hatte, und sie war vollkommen außer sich gewesen. Es hatte sich schwer feststellen lassen, was sie wirklich empfand: ob es Freude darüber war, dass Hope gesund und munter war, Angst bei dem Gedanken daran, ihr Geheimnis könnte ans Tageslicht kommen, oder schlichte Eifersucht, weil Nell Briefe von Pettigrew erhielt und sie selbst nicht. Vielleicht war es eine Mischung aus allem.

Nell hatte ihre ehemalige Herrin an jenem Tag recht kurz abgefertigt, denn sie hatte sich ihre überschäumende Freude von niemandem verderben lassen wollen.

Erst einige Tage später war ganz England schockiert worden von den Nachrichten über das Gemetzel in den Reihen der Leichten Brigade bei Balaklawa. Nell war außer sich gewesen, während sie auf Neuigkeiten von Hauptmann Pettigrew gewartet hatte. Auch nachdem sie von seiner Verwundung erfahren hatte, konnte sie nicht aufhören, sich um ihn zu sorgen. Schließlich konnte er durchaus noch später an seinen Verletzungen sterben.

Aber dann kam endlich sein Brief, in dem er ihr von seiner Entlassung aus dem Krankenhaus und seiner Genesung erzählt hatte.

Nell musste diesen Brief wohl hundert Mal gelesen haben, und jedes Mal hatte sie geweint. Sie hatte lange keinen Gottesdienst mehr besucht. Doch an jenem Tag war sie in Keynsham zur Kirche gegangen und hatte Gott gedankt. Selbst heute noch, nachdem sie zwei weitere Briefe von Hauptmann Pettigrew und fünf von Hope erhalten hatte, war sie fest davon überzeugt, dass es Gottes Hand gewesen war, die die beiden zusammengeführt hatte. Und gewiss würde er den Grund dafür bald offenbaren.

»Hope hat Hauptmann Pettigrew zusammengeflickt! Man stelle sich das nur einmal vor!«

Rufus' Bemerkung holte Nell jäh in die Gegenwart zurück. Er wirkte so ungläubig, und seine großen Augen verrieten, dass er den Krieg für ungeheuer romantisch hielt.

»Eh! Und zu denken, dass ich ihr das Nähen beigebracht habe«, lachte sie. »Aber nach ihren Briefen zu urteilen, muss es dort furchtbar schmutzig sein. Ich weiß nicht, wie sie es aushält, wenn es tatsächlich so schlimm ist.«

»Sie schreibt nur, wie es wirklich ist. Und sie scheint Lord Cardigan auch nicht für den Helden zu halten, als den man ihn uns schildert«, sagte Rufus und blickte nachdenklich auf einen der Briefe hinab. »Lord Raglan ist offenbar ebenfalls kein so großer General, wie immer behauptet wird! Es ist schrecklich, dass so viele Soldaten an Krankheiten sterben, dass sie Hunger leiden, keine warmen Kleider haben und nicht einmal ein richtiges Dach überm Kopf.«

»Sie hatte immer ein so weiches Herz«, bemerkte Nell.

»Und sie ist durch und durch aufrichtig«, rief Rufus ihr ins Gedächtnis. »Für mich sieht es so aus, als hätte man uns ein vollkommen falsches Bild gezeichnet. Wie können sie es wagen, die Ärzte für den Tod so vieler Menschen verantwortlich zu machen, wenn es in Wirklichkeit die Schuld der Regierung ist, weil sie diesen Feldzug von Anfang an nicht richtig geplant hat?«

»Nun, ich vermute, Sie lesen all die Zeitungen und verstehen sie auch«, meinte Nell. »Ich kann mir keinen Reim auf das Ganze machen.«

»Also, mir kommt es tatsächlich so vor, als glorifizierten sie den Krieg. Anders als Hope, erzählen sie uns nicht von den Männern, die in der Hitze auf dem Marsch nach Balaklawa zusammengebrochen sind, weil ihre Uniformen zu warm waren, oder dass sie nichts zu trinken hatten. Und dann hat man sie einfach liegen und sterben lassen, weil es keine Wagen gab, in die man sie hätte legen können!«

»Die Teile in ihren Briefen, in denen sie von solchen Dingen berichtet, gefallen mir überhaupt nicht.« Nell runzelte angewidert die Nase.

»Dann sind Sie genauso schlimm wie meine Mutter«, erwiderte er voller Ärger. »Sie interessiert sich nur für Soldaten, wenn sie für eine Parade gekleidet sind und ein flotter Marsch gespielt wird.«

Nell wandte sich wieder ihrem Suppentopf zu, damit Rufus ihr Gesicht nicht sehen konnte, denn sie hatte Angst, ihre Gefühle zu verraten. In einem Punkt war sie sich ziemlich sicher: Wenn Rufus später nach Briargate zurückkehrte, würde sich Lady Harvey brennend für alles interessieren, was er von Hauptmann Pettigrew zu berichten wusste. Und sie würde die Verletzungen des Hauptmanns als perfekten Vorwand sehen, ihm zu schreiben und zu versuchen, sein Herz zurückzugewinnen.

Und wenn es ihr gelang, was würde dann aus ihr, Nell, werden?

Kapitel 22

1855

Hope rieb mit dem Zipfel ihrer Schürze das Eis auf der Innenseite des Krankenhausfensters ab und konnte sich bei dem Bild, das sich ihr bot, ein Lächeln nicht verkneifen. Während der Nacht hatte es geschneit, und jetzt, bei Tagesanbruch, sah der Hafen wunderschön aus.

Die Schiffe hatten sich in fantastische Gebilde verwandelt, und auf jedem Seil, jedem Balken und jeder Reling blinkten Schneeflocken. Das jungfräuliche Weiß auf den Decks war noch nicht von Fußabdrücken verdorben; selbst auf den Laufplanken, die ans Ufer führten, lag ein dicker weißer Teppich.

All die schreckliche Hässlichkeit und der Schmutz auf dem Kai waren verborgen. Kisten, Karren, Fässer und andere Güter hatten sich in unglaubliche Schneeskulpturen verwandelt.

Das Bild erinnerte sie an verschneite Tage in ihrer Kindheit. Sie konnte Joe und Henry beinahe vor sich sehen, wie sie eifrig den Schlitten aus dem Schuppen zogen und darüber stritten, wer zuerst damit fahren durfte.

Sie hatten sie dann oft auf dem Schlitten mit ins Dorf genommen. Meist klammerte sie sich an Henry, der vorn saß und lenkte, während Joe schob, bis der Schlitten schnell genug fuhr, dass er ebenfalls aufspringen konnte. Und dann sausten sie in wilder Fahrt den Feldweg hinunter, und Hope, die von einer berauschenden Mischung aus Angst und Glück erfüllt war, schrie.

Sie war die ganze Nacht im Krankenhaus gewesen, da es am vergangenen Tag auf ihrer Station mehrere Amputationen gegeben hatte. Zwei der Patienten hatten solche Schmerzen gehabt, nachdem sie aus dem Chloroformrausch erwacht waren, dass es ihr widerstrebt hatte, sie in der Obhut grober Sanitäter zu lassen. Aber wie alle anderen Patienten schliefen diese Männer jetzt ebenfalls, und auf der Station hörte man ihr Schnarchen, während ihr Atem in der kalten Luft gefror.

Als sie Schritte hinter der Tür hörte, drehte sie sich um. Bennett kam herein.

»Sieht es draußen nicht wunderschön aus?«, fragte sie, während sie auf ihn zutrat. »Hat es Spaß gemacht, der Erste zu sein, der durch den Schnee geht?«

Er warf ihr einen vernichtenden Blick zu.

»Entschuldige, dass ich es gewagt habe, den bedeutenden Arzt anzusprechen«, bemerkte sie sarkastisch. »Bist du so ärgerlich, weil ich heute Nacht nicht da war, um dich zu wärmen? Oder hast du dich so sehr an all die Hässlichkeit gewöhnt, dass du Schönheit nicht mehr erkennen kannst?«

»Wenn wir hier unten schon so viel Schnee haben, stell dir nur vor, wie schlimm es oben auf den Heights sein wird«, entgegnete er scharf.

Daran hatte Hope noch gar nicht gedacht, und sie schämte sich, dass ihre Gedanken sich um glückliche Zeiten in ihrer Kindheit gedreht hatten, während seine den Männern in den Gräben galten.

Hope war kein Mensch, dem es leichtfiel, sich zu entschuldigen, daher erzählte sie ihm, wie es Pitt und Moore während der Nacht ergangen war. »Ich habe ihnen beiden gegen zwei Uhr einige Tropfen Opium gegeben«, beendete sie ihren Bericht. »Danach sind sie ruhiger geworden.«

Er nickte, und sie musste dies als Bestätigung nehmen, dass sie richtig gehandelt hatte, den beiden Männern das einzige Medikament zu verabreichen, das tatsächlich eine gewisse Wirkung zeigte.

»Du bist früh dran«, sagte sie. »Ich hatte dich erst in einer Stunde erwartet.«

»Ich konnte nicht schlafen«, antwortete er. »Außerdem hatte ich etwas zu erledigen.«

Sein Tonfall war so frostig, dass Hope ihn genauer betrachtete. Seine Augen waren verquollen, wie immer, wenn er nicht geschlafen hatte. Aber da war noch mehr – er hatte die Lippen zu einer geraden Linie zusammengepresst, ein sicheres Zeichen, dass ihn etwas beunruhigte.

»Was ist los?«, fragte sie. »Was ist passiert?«

Er nahm seinen Hut ab und fuhr sich geistesabwesend mit den Fingern durchs Haar. Hope wusste, dass er auf Zeit spielte. »Los, raus mit der Sprache«, drängte sie scharf.

»Colonel Lawrence hat mich gestern Abend aufgesucht«, seufzte er. »Auf Dr. Andersons Empfehlung hin werde ich mich wieder meinem Regiment vor Sewastopol anschließen.«

Hope hatte das Gefühl, als hätte ihr jemand den Boden unter den Füßen weggezogen. Dr. Anderson war verantwortlich für das Hospital, und er hatte Bennett stets gemocht und seine Arbeit geschätzt. »Warum?«, stieß sie hervor. »Ich verstehe das nicht. Warum wollen sie einen erfahrenen Chirurgen dort hinaufschicken?«

Bennett zuckte die Schultern. »Er hat mir keinen Grund genannt, aber ich bin mir fast sicher, dass irgendjemand das Gefühl hat, man habe mich begünstigt, indem man mir erlaubt hat, hier unten zu bleiben.«

»Begünstigt!«, rief sie. »Du hast jeden Tag mehr als achtzehn Stunden gearbeitet!«

Bennett stieß ein freudloses Lachen aus. »Das tun sie oben auf den Heights ebenfalls. Wahrscheinlich habe ich mir einen gewissen Ruf erworben, weil ich mich ständig über den Mangel an Medikamenten und Proviant für die Kranken beklagt habe.«

»Das hat Colonel Lawrence gesagt?«

»Nicht direkt, doch er hat es angedeutet.«

»Ich nehme an, du kannst dich nicht weigern?« Noch während sie die Frage formulierte, kannte sie die Antwort bereits. Einem Befehl musste man gehorchen.

Das war ein Schock. Die drei Monate seit dem Hurrikan waren für die Belagerer der Stadt furchtbar gewesen. Das Problem war weniger feindliches Feuer als der harte russische Winter. Denn Sturm und Regen waren Hagel, Schnee und Kälte gefolgt. Der Untergang der *Prince* mit all den warmen Kleidern, Stiefeln und anderen Vorräten, die sie so verzweifelt benötigten, war eine gewaltige Tragödie gewesen, deren Ausmaße jetzt, nach Einbruch des Winters, noch deutlicher zutage traten.

Es mochte während der letzten drei Monate weniger Verwundete gegeben haben, aber die Zahl der Kranken war drastisch gestiegen. Sowohl Ärzte als auch Offiziere hatten sich endlos darüber beschwert, dass die Männer die ganze Nacht bis auf die Haut durchweicht in den Schützengräben lagen und nicht einmal trockene Wäsche zum Wechseln hatten. Alle Männer waren geschwächt von dem Mangel an Nahrung und der Erschöpfung des Aushebens der Gräben. Aber anschließend zu erwarten, dass sie auf dem kalten Boden schliefen, einzig in einen nassen, abgetragenen Mantel und eine Decke gehüllt, war unmenschlich.

Es schmerzte alle, die in den Krankenhäusern arbeiteten, zu erfahren, dass die Zeitungen daheim die hohe Sterblichkeitsrate unter Kranken und Verwundeten ihrer Nachlässigkeit zuschrieben. Die Ankunft von Florence Nightingale und ihren Krankenschwestern in Scutari und ihre Berichte über die schrecklichen Zustände dort hatten anscheinend jeden Reporter in einen Experten zum Thema Krankenhäuser verwandelt.

Viele der Ärzte in Balaklawa waren erzürnt darüber, dass es einer Dame mit guten Beziehungen und herzlich wenig medizinischen Erfahrungen bedurft hatte, um die Regierung dazu zu bringen, die Zustände zu verbessern, nachdem all ihre professionellen Ratschläge, Berichte und Bitten um Versorgungsmaterial ignoriert worden waren.

Dennoch taten weiterhin alle ihr Bestes, obwohl jeder einzelne Tag eine Schlacht war, die sie nicht gewinnen konnten. Die Kranken und Verwundeten wurden ihrer Meinung nach zu schnell nach Scutari abtransportiert, gerade dann, wenn die Patienten am schwächsten waren. Doch wie schwierig die Verhältnisse im Lazarett in Balaklawa auch sein mochten, sie waren himmelweit von denen verschieden, die in den Feldlazaretten auf den Höhen um Sewastopol herrschten. Seit Weihnachten war Hope mit Bennett drei Mal dort hinaufgefahren, um dringend benötigtes Verbandszeug und Medikamente zu liefern, und was sie gesehen hatten, war entsetzlich gewesen.

Es hatte dort kein Gras, keine Büsche oder Bäume mehr gegeben, nur einen schlammigen, mit Zelten übersäten Sumpf. Die Lazarette waren lediglich größere Zelte, die Verwundeten und Kranken lagen auf dem Boden und erhielten nur die primitivste Pflege, bis sich irgendein Transportmittel finden ließ, um sie die zehn bis zwölf langen Kilometer bis nach Balaklawa hinunterzubringen. Bei schlechtem Wetter bedeutete das manchmal, dass ihre Kameraden sie auf dem Rücken dorthin trugen. Keiner der Männer sah noch wie ein Soldat aus. Sie hatten sich in ausgemergelte, von Läusen geplagte Geschöpfe mit dicken, buschigen Bärten verwandelt, und oft trugen sie bizarre Hüte und andere Kleidungsstücke, die nicht zu ihrer Uniform gehörten, über ihrer schlammverkrusteten, zerlumpten Armeemontur. Bei Inkerman hatten sie den toten Russen Mäntel und Stiefel abgenommen, und einige trugen Marinejacken, die sie bei Seeleuten eingetauscht hatten. Viele Männer banden sich alte Zeitungen um die Beine oder um den Körper, um ein wenig mehr Schutz gegen die Kälte zu haben. Manche von ihnen hatten nicht einmal Stiefel, sondern trugen Sackleinen um die Füße. Persönliche Hygiene war unmöglich, da das Wasser über eine große Entfernung herbeigeschafft werden musste. Die Männer mussten sich mit Schnee, Eis und Regen zufriedengeben. Das einzig verfügbare Brennholz waren Wurzeln, aber es dauerte einen ganzen Tag, um auch nur einen kleinen Beutel voll davon für die Kochfeuer auszugraben. In der Folge wurde das gesalzene Fleisch oft halb roh gegessen, was zweifellos der Grund für die Zunahme von Magenbeschwerden war. Eine große Zahl der Männer litt unter Skorbut. Außerdem grassierten Lungenentzündungen und verschiedene Bronchialkrankheiten, und Frostbeulen waren ein weit verbreitetes Problem. Die Cholera war für den Augenblick verschwunden, aber andere Fieberkrankheiten setzten den Männern ebenso heftig zu.

Die Moral befand sich auf dem Tiefpunkt. Viele der Männer, die ins Krankenhaus gebracht wurden, sagten, sie würden lieber ihr Leben bei einem Angriff auf Sewastopol aufs Spiel setzen, als diese in die Länge gezogene, scheinbar hoffnungslose Belagerung fortzusetzen. Sie hatten Bennett erzählt, dass ihre Rationen manchmal einfach nicht kamen, und wenn sie dann doch eintrafen, waren das gesalzene Schweinefleisch und der Zwieback so unappetitlich, dass sie sie kaum essen konnten. Hope hatte die gleiche Verzweiflung bei jedem einzelnen Mann gespürt, mit dem sie gesprochen hatte.

»Du wirst hierbleiben«, erklärte Bennett, und sein strenger Tonfall machte klar, dass er keinen Einwand dulden würde. »Zumindest wissen sie *deine* Hilfe im Krankenhaus zu schätzen.«

»Ich kann nicht ohne dich in dem Haus bleiben«, protestierte sie. »Nicht bei all den Männern hier.«

»Wohin du auch gehst – auf der Krim wimmelt es von Männern«, erwiderte er ungeduldig. »Diejenigen, die im Haus wohnen, kennen dich zumindest. Ich kann nicht zulassen, dass du erfrierst oder erschossen wirst.«

»Ich werde dich begleiten«, sagte sie halsstarrig. Der Gedanke, fortzugehen, war ihr verhasst, aber noch mehr hasste sie die Vorstellung, von Bennett getrennt zu werden.

»Nein, Hope«, beharrte er. »Gott weiß, ich hätte dich gern an meiner Seite, aber nicht dort. Das ist kein Ort für Frauen.«

»Queenie ist doch auch dort oben und die anderen Soldatenfrauen ebenfalls«, wandte sie ein.

»Nein«, blaffte er, und seine Miene verdüsterte sich. »Du leistest hier unschätzbare Arbeit. Ich werde von Zeit zu Zeit herkommen können, und wenn ich das alles durchstehen soll, muss ich dich nachts sicher und warm in unserem Zimmer wissen.«

Jetzt war ihr klar, warum er die ganze Nacht über kein Auge zugetan hatte. Sie war es, um die er sich sorgte. Sein eigenes Wohlergehen kümmerte ihn nicht – wahrscheinlich glaubte er, es den Männern in seinem Regiment zu schulden, bei ihnen zu sein. Doch er würde nicht zulassen, dass sie sich in Gefahr brachte.

»Ich habe meine Tasche gepackt«, erklärte er. »Ich bleibe nur noch, bis ich die anderen Ärzte über den Zustand der Männer informieren kann, die ich behandelt habe. Bitte, mach es mir nicht noch schwerer.«

Hope holte tief Luft und schluckte ihre Tränen herunter. Sie war schließlich eine Soldatenfrau und musste sich auch wie eine benehmen.

»Wer wird dir deine Kleider waschen?«, fragte sie.

Bennett lächelte schwach. »Du. Ich werde sie mitbringen, wenn ich zu Besuch komme. Ich kann die Verwundeten bestimmt immer begleiten. Und nun gib mir einen Kuss, bevor die Männer aufwachen.«

Es war ein bittersüßer Kuss, und Hope klammerte sich an Bennett und versuchte, ihre Angst auszublenden. Geschützfeuer mochte während des Winters nachgelassen oder aufgehört haben, aber mehrere Ärzte waren an Krankheiten gestorben, nachdem sie sich bei ihren Patienten angesteckt hatten, weil die hygienischen Verhältnisse so schlecht waren. Und sie wusste auch, dass Bennett zu der Gefühllosigkeit, die die Armee ihren Soldaten gegenüber zeigte, nicht würde schweigen können. Er würde einfach nicht an sich halten können.

Trotz ihrer Angst um ihn war sie jedoch auch wütend, dass seine vorgesetzten Offiziere ihr Urteil von schäbiger Eifersucht hatten trüben lassen. Bennett war einer der erfahrensten und begabtesten Ärzte hier unten, und in seiner Abwesenheit würden Männer sterben, die er hätte retten können. Die hastig rekrutierten jungen Ärzte, die frisch von der Universität kamen, konnten Aderpressen und Verbände anlegen oder gebrochene Gliedmaßen schienen, und das war auch alles, was sie oben in den Stellungen tun mussten. Doch Hope schauderte bei dem Gedanken, einer dieser unerfahrenen Männer könnte hierher geschickt werden, um Bennetts Platz einzunehmen.

Anfang März, einen Monat nach Bennetts Rückführung zu seinem Regiment, unternahm Hope einen Spaziergang vor die Stadt, um zu sehen, welche Fortschritte der Bau des Belagerungszugs machte. Er wurde dringend benötigt, denn auf diese Weise würden die Soldaten die schweren Waffen und die Munition nicht mehr länger selbst an die Front tragen müssen. Man hatte Bauarbeiter hergeschafft, um die Arbeiten zu beschleunigen.

Zu diesem Zweck waren Männer aus England gekommen, die sich einer robusten Gesundheit erfreuten. Sie unter all den anderen Jammergestalten zu sehen, tat gut, aber wie vielen anderen Leuten missfiel auch Hope, dass diese Männer bevorzugt behandelt wurden.

Es war nicht gerecht, dass sie jeden Tag große Mengen frischen Fleisches bekamen, während die Soldaten leer ausgingen. Ebenso wenig war es recht, dass die Soldaten, die bereits schwach und krank waren, Hütten für die Bauarbeiter bauen mussten, während sie selbst nach wie vor in undichten Zelten schliefen.

Aber die Arbeiten waren erfreulich schnell vorangekommen. Der Schienenstrang reichte bereits bis über das Dorf Kadikoi hinaus und hatte fast das Lager der Reiterei erreicht – insgesamt mochten etwa drei Kilometer der Strecke fertig sein.

Der vergangene Monat war furchtbar gewesen. Sie vermisste Bennett so sehr, sorgte sich ständig um ihn und fühlte sich schrecklich allein.

Als Bennett noch bei ihr gewesen war, waren immer wieder einmal Leute vorbeigekommen, und sie hatten die Besuche erwidert. Aber jetzt musste sie sehr vorsichtig sein. Aus Furcht vor Gerede konnte sie keine männlichen Besucher empfangen, und die wenigen Frauen hier waren entweder tödlich langweilig oder schrecklich arrogant.

Bennett hatte es nur zwei Mal geschafft, sie zu besuchen, und beide Male war er sehr erschöpft gewesen und nach einem Bad sofort eingeschlafen.

Die Briefe von zu Hause waren der einzige Lichtblick in der

Dunkelheit. Nell schrieb jede Woche, und obwohl sie frustrierend wenig von ihrem Leben erzählte, vermittelte allein der Anblick ihrer großen, kindlichen Handschrift Hope das Gefühl, geliebt zu werden. Matt hatte drei Mal auch im Namen von Joe und Henry geschrieben, und Amy ergänzte jeden Brief am Ende mit dem neuesten Klatsch aus dem Dorf.

Die beiden Briefe, die sie von Ruth erhalten hatte, waren überaus unterhaltsam gewesen. Sie hatte eine gute Handschrift und erzählte von ihren drei Kindern, ihrem Mann, ihren beiden Stiefkindern und von ihrem Leben in Bath. Sie fand es sehr aufregend und abenteuerlich, dass Hope auf der Krim war. Ruth sah Nell ziemlich oft und erzählte, ihre Schwester sei aufgeblüht, seit sie Hopes Aufenthaltsort kannte. Aber es waren die kleinen Einzelheiten in Ruths Brief, die Hope die größte Freude bereiteten – dass ihr Haar grau wurde und sie langsam matronenhaft wurde und witzige kleine Bemerkungen, die ihre Kinder machten. Ihren zweiten Brief hatte sie mit der Feststellung beendet, wie viel sie einander bei Hopes Rückkehr zu erzählen haben würden und dass in ihrem Heim stets Platz für sie und Bennett sei.

Der einzige Brief, den sie von James bekommen hatte, war in großer Eile geschrieben worden, aber er war voller Wärme gewesen und hatte mit dem Versprechen geendet, dass er bald wieder schreiben würde. Er hatte erzählt, inzwischen mit Joan verheiratet zu sein, die früher als Stubenmädchen in House Litllecote gearbeitet hatte. Ihre Tochter war jetzt vier Jahre alt, sie hatten ein kleines Cottage auf dem Besitz, und in Kürze erwarteten sie ein zweites Kind. *Sobald ihr wieder zurück seid, müsst ihr uns besuchen kommen,* schrieb er zum Schluss.

Alice und Toby hatten nur ein einziges Mal einen gemeinsamen Brief verfasst, und Hope hatte den Eindruck, sie hatten nur deshalb geschrieben, weil Nell es ihnen befohlen hatte. Obwohl sie ein wenig traurig darüber war, konnte sie das Verhalten ihrer älteren Geschwister durchaus verstehen. Sie waren gemeinsam in Bath in Stellung gegangen, als Hope noch ein kleines Kind gewesen war, und sie hatten sich ihr Leben abseits der übrigen Familie eingerichtet.

Keiner ihrer Geschwister hatte sie nach dem Grund ihres Verschwindens gefragt, und das fand Hope doch sehr seltsam.

Der Belagerungszug wirkte in der Tat beeindruckend. Inzwischen war auch die gewaltige Lokomotive eingetroffen, die den Zug hinaufziehen würde. Sie hoffte nur, dass dies tatsächlich das Ende der Belagerung beschleunigen und dass die Neuigkeit vom Tod des Zaren Nicolas, die Balaklawa am vergangenen Tag erreicht hatte, endlich Frieden bringen würde.

Als sie einige Blumen bemerkte, die am Straßenrand wuchsen, blieb sie stehen, um sie genauer zu betrachten. Sie ähnelten einem Krokus, und da sie das erste sichtbare Anzeichen des Frühlings waren – und tatsächlich die ersten Blumen überhaupt, die sie hier sah –, bückte sie sich, um eine zu pflücken.

»Die ist fast so hübsch wie Sie, Hope!«

Verblüfft darüber, ihren Namen zu hören, richtete Hope sich auf, und als sie sich umdrehte, sah sie Angus auf seinem Pferd sitzen und auf sie hinablächeln. Das letzte Mal hatte sie ihn im Januar zu Gesicht bekommen, als er außer sich vor Sorge um die Kavalleriepferde gewesen war, die langsam verhungerten. Später hatte sie ihn mit einem schweren Sack Hafer auf den Schultern die Straße hinauf zum Kavallerielager humpeln sehen.

Aber jetzt schien er wieder gesund zu sein und sah obendrein teuflisch gut aus, selbst wenn seine roten Kniehosen entschieden abgetragen und voller Schlammspritzer waren. Sein Pferd war sehr mager und hatte nicht annähernd den gleichen Glanz im Fell wie in Varna, doch es erleichterte sie zu sehen, dass es während jener schrecklichen Zeit nicht gestorben war.

»Wie schön, Sie zu sehen«, meinte sie und strich dem Pferd über die Nase. »Ich freue mich auch festzustellen, dass Brandy offensichtlich wieder Futter bekommt. Was machen Ihre Wunden?«

»Welche Wunden?«, fragte er, während er absaß.

Hope lachte. »Nun, es geht natürlich nicht an, Sie zu bitten, Ihre Hosen herunterzulassen, damit ich mir die Narbe ansehen kann«, grinste sie. »Aber sie bereitet Ihnen offensichtlich keine Schwierigkeiten.«

»Dank Ihnen und Ihrer Engelsfinger«, erwiderte er, griff nach ihrer Hand und küsste sie. »Warum sind Sie jetzt nicht dort unten und flicken irgendeinen jungen Soldaten zusammen, der sich bis ans Ende der Zeit an Ihr Gesicht erinnern wird?«

»Kein Wunder, dass Lady Harvey vom rechten Weg abgekommen ist«, kicherte Hope. »Aber Sie müssen sich benehmen. Bennett ist zu seinem Regiment oben in die Stellungen zurückbeordert worden, daher kann ich es mir nicht leisten, Klatsch und Tratsch auf mich zu ziehen.«

Sein Pferd am Zügel, ging Angus mit ihr zusammen zum Hafen zurück, und sie sprachen über Bennetts Verlegung, den Tod des Zaren und die gewaltige Zunahme an Männern, die sich im Januar und Februar krankgemeldet hatten.

»Die Moral ist auf einem bisher ungeahnten Tiefstand angelangt«, seufzte er. »Wir hätten unseren Angriff letztes Jahr sofort fortsetzen sollen. Lord Raglan ist ein altes Weib; er ist einfach nicht in der Lage, eine Entscheidung zu treffen. Die Verzögerung hat den Russen lediglich Zeit gegeben, bessere Befestigungen zu bauen und weitere Vorräte herbeizuschaffen. Jetzt haben wir praktisch keinen gesunden Mann mehr in der ganzen Armee. Selbst die frischen Truppen, die im Januar eingetroffen sind, sehen schon genauso übel aus wie die Veteranen. Aber Sie, Hope, Sie sind ja förmlich erblüht! Woran liegt das?«

»Meinen Sie?«, gab sie überrascht zurück.

»Ganz sicher«, sagte er und sah sie aufmerksam an. »Sie sind nicht mehr so dünn wie früher. Haben Sie eine Quelle guter Nahrungsmittel gefunden, die Sie für sich behalten? Oder könnte es sein, dass ein glückliches Ereignis bevorsteht?«

Plötzlich überlief sie eine Gänsehaut, und sie schaute den Hauptmann entsetzt an.

»Also kein glückliches Ereignis«, stellte er fest, doch als sie schwieg, verblasste sein Grinsen. »Oje, es war sehr anmaßend von mir. Es tut mir so leid, Hope, aber Sie gehören für mich praktisch zur Familie. Verzeihen Sie mir meine Frage?«

Ihr Schreck galt gar nicht seiner Bemerkung, sondern der jähen Erkenntnis, dass sie durchaus schwanger sein konnte.

Bennett hatte hier immer gut aufgepasst, wenn sie sich liebten, denn es wäre offenkundig ein großes Unheil, an einem Ort wie diesem schwanger zu werden. Nur am ersten Weihnachtstag war es anders gewesen.

Es war so ein wunderschöner Abend gewesen, beinahe lau, mit einem großen, hellen Vollmond. Einige Musiker aus verschiedenen Regimentern waren zusammengekommen, um auf dem Kai zu musizieren, darunter auch die Dudelsackpfeifer der Highlanders. Für diesen einen Abend war die Belagerung vergessen gewesen.

Einige der Türken hatten einen Ochsen geschlachtet und geröstet. Es gab flaschenweise Wein, Portwein, Brandy und Rum, und Hope hatte mit einem Dutzend verschiedener Männer getanzt, da es nur so wenige Frauen gab. Sie hatte gebadet und ihr rosafarbenes Kleid angezogen, das sie während ihrer Flitterwochen getragen hatte, und Bennett hatte in seiner Uniform so gut ausgesehen. Die enge grüne Jacke der Rifles Brigade verlieh ihm einen ruppigen Charme und betonte außerdem die Farbe seiner Augen.

Als sie schließlich zu Bett gingen, waren sie beide sehr beschwipst und vergaßen alle Vorsicht. Bennett führte sie in jener Nacht an Orte, von denen sie niemals geträumt hatte. Allein die Erinnerung daran sandte ihr jetzt einen wohligen Schauder über den Rücken.

Aber wie zauberhaft diese Nacht auch gewesen sein mochte, sie waren schon kurz darauf unmittelbar in die Realität zurückkatapultiert worden. Der Januar war mit Abstand der schlimmste Monat im Krankenhaus gewesen, eine trostlose, verzweifelte Zeit, in der täglich Dutzende von Kranken hereinkamen. Es war kaum überraschend, dass sie sich nicht daran erinnern konnte, ob sie in jenem Monat ihre Tage bekommen hatte oder nicht.

»Hope? Sagen Sie mir, dass mir verziehen ist!«

Angus' Bitte holte sie in die Gegenwart zurück. »Natürlich ist Ihnen verziehen«, versicherte sie hastig. »Ein Landmädchen wie ich fällt nicht gleich in Ohnmacht, wenn ein Mann dergleichen Dinge erwähnt.«

»Aber Sie sind ein wenig blass geworden«, entgegnete er ängstlich.

»Oh, lassen Sie uns von etwas anderem reden«, erwiderte sie gereizt. »Erzählen Sie mir, was Sie in der Zwischenzeit erlebt haben. Es ist so lange her, seit wir uns das letzte Mal begegnet sind. Hat Nell noch weitere Essenspakete geschickt?«

Er hatte zu Weihnachten einen großen Früchtekuchen bekommen, von dem er ihr und Bennett die Hälfte abgegeben hatte. Nichts hatte so gut geschmeckt wie dieser Kuchen, zumindest nicht bis Mitte Januar ein weiterer Kuchen für Hope angekommen war, zusammen mit eingemachtem Hackfleisch, mehreren Arten von Konserven und warmen Fäustlingen und Schals.

»Ich denke, jetzt jederzeit mit einem Päckchen rechnen zu können«, sagte er in seiner gewohnt heiteren Art. »Aber jetzt hat sie natürlich Sie, die sie mit ihren Leckerbissen verwöhnen kann. Daher werde ich nicht mehr so gut abschneiden.«

Sie setzten ihren Spaziergang fort, und Angus sprach über die Verbesserungen, die in der Stadt erreicht worden waren. Die Zustande waren zuvor absolut unerträglich geworden, denn abgesehen von dem üblichen Chaos, hatten Hunderte von Türken sich hinter der Hauptstraße eine Siedlung aus Verschlägen aufgebaut. Abfall und Kadaver blieben bei ihnen einfach liegen, und es gab bald schreckliche Krankheiten in dieser Siedlung. Sie hatten auch ihre Toten nicht anständig begraben, und dies war das ernsteste Gesundheitsproblem überhaupt gewesen.

Aber jetzt war die Hauptdurchgangsstraße frei geräumt und mit einer Makadamdecke versehen worden. Man hatte Lagerhäuser gebaut und an vielen Stellen aus England gelieferte, vorgefertigte Holzhütten aufgestellt. Das Lazarett war ebenfalls um zwei neue Hütten erweitert worden, und weitere wurden auf dem alten Fort oben auf dem Kliff errichtet. Dort sollten diejenigen Kranken untergebracht werden, deren Genesung bereits Fortschritte machte.

Angus erzählte ihr von seinen Jagdausflügen oben auf den Höhen mit einigen anderen Offizieren. In Abwesenheit von Füchsen hatten sie die vielen wilden Hunde gejagt, die in den Lagern umherstrichen. Er sagte auch, dass sie eines Tages einer kleinen Gruppe von Kosaken begegnet seien und sie in die Flucht geschlagen hätten. Die Art, wie er sprach, vermittelte den Eindruck, dass er zu den Offizieren gehörte, die Bennett am meisten verachtete: dumme, reiche, arrogante Männer, denen allzu viele Privilegien zuteilwurden und die hier lebten, als wären sie noch in England. Aber Hope wusste, dass er ganz und gar nicht so war. Sie hatte einige seiner Kavalleristen im Krankenhaus kennengelernt und erkannt, dass sie ihr Leben für ihn geben würden, denn ihr Wohlergehen war ihm wichtiger als sein eigenes. Er teilte sogar seine Päckchen von daheim mit seinen Männern. Offenbar hielt er es für notwendig, seinen wahren Charakter hinter einer solchen Maske zu verbergen, und diese Tatsache bekümmerte Hope.

Sie trennten sich, und Hope ging ins Haus, um ihr altes Kleid für das Krankenhaus anzuziehen. Aber sobald sie in ihrem Zimmer war, setzte sie sich auf das Bett und versuchte, sich daran zu erinnern, wann sie das letzte Mal ihre Regel gehabt hatte. Anfang Dezember, stellte sie fest. Sie erinnerte sich so genau daran, weil sie zu diesem Zeitpunkt in diesen Raum gezogen waren. Doch was den Januar und den Februar betraf, hatte sie keine klaren Erinnerungen mehr.

Jetzt, da sie Ausschau nach sichtbaren Beweisen hielt, beunruhigte Angus' Feststellung, sie habe zugenommen, sie noch mehr, denn ihre Kleider saßen nicht mehr so lose wie noch Ende des vergangenen Jahres. Bisher hatte sie diesen Umstand darauf zurückgeführt, dass sie bei der Kälte mehr gegessen hatte. Der Bäcker gab ihr oft einen ganzen Laib Brot, den sie mit etwas von Nells Marmelade hinunterschlang. Tatsächlich war sie in letzter Zeit immer hungrig.

Dann war da ihre Reaktion auf gewisse Gerüche! Der Offizier nebenan rauchte Zigarren, ein Geruch, den sie früher einmal gemocht hatte, den sie jetzt aber nicht mehr ertragen konnte. Auch Pferdeäpfel – etwas, mit dem sie ihr Leben lang gelebt hatte – machten ihr plötzlich zu schaffen.

Ihr Magen krampfte sich vor Angst zusammen. Wenn sie Weihnachten schwanger geworden war, musste sie jetzt im dritten Monat sein! Sobald man ihr die Schwangerschaft ansah, würde man sie nach Hause schicken, und Bennett würde sie nicht begleiten können.

Was war, wenn er getötet wurde oder erkrankte und starb? Was würde dann aus ihr werden?

Sie schob den Gedanken beiseite. Nell würde ihr helfen, und Onkel Abel und Alice ebenfalls. Aber sie wollte sich nicht von Bennett trennen. Wer würde sich um ihn kümmern, wenn man sie nach Hause schickte?

Sie griff nach dem kleinen Spiegel, den Gussie ihr vor so vielen Jahren geschenkt hatte, und hielt ihn an ihre Seite, um festzustellen, wie sie aussah. Ihr Bauch war so flach wie eh und je, daher irrte sie sich vielleicht. Sie würde einfach nicht länger darüber nachdenken!

Als der März träge dahinkroch, fiel es Hope zunehmend schwer, ihr Problem zu ignorieren. Mit jedem weiteren Tag wurde klarer, dass sie tatsächlich schwanger war, und sie konnte sich nicht entscheiden, ob sie dies mit Entsetzen oder mit Freude betrachten sollte. Während ihrer Arbeit auf der Entbindungsstation im St. Peter's hatte sie die neugeborenen Babys stets geliebt. Allein der Gedanke, ihr eigenes Kind in den Armen zu halten, ließ all ihre Widerstände schmelzen. Doch die Tatsache, dass dies der falsche Zeitpunkt und der falsche Ort für ein Baby waren, blieb bestehen.

Andere Männer mochten kein Interesse an ihren Kindern zeigen, bevor sie gehen und sprechen konnten, aber Bennett war anders. Er würde dem Baby selbst auf die Welt helfen und während der Geburt die ganze Zeit an ihrer Seite sein wollen. Er würde es hassen, sie allein nach Hause zu schicken, doch er würde noch mehr Angst haben, wenn sein Kind hier zur Welt kam, wo so viele Krankheiten grassierten. Wenn sie ihm von ihrer Schwangerschaft erzählte, würde seine Sorge sich auch auf seine Arbeit niederschlagen.

Hope entschied sich schließlich dafür, es vorerst für sich zu behalten. Es hieß neuerdings, dass es Anfang April eine letzte massive Bombardierung Sewastopols geben sollte. Sie hatte gesehen, wie große Geschütze und gewaltige Mengen Munition im Hafen gelöscht worden waren. Mit ein wenig Glück würde das die Belagerung beenden, und sie würden alle wieder nach Hause kommen.

In ihren ständigen Tagträumen stellte Hope sich vor, wie es zu Hause sein würde. Sie würde nicht nur ihre Familie sehen oder England im Frühling. Sie sehnte sich wieder nach einer natürlichen Ordnung und wollte wissen, was sie von jedem Tag zu erwarten hatte, denn hier war alles chaotisch und verwirrend.

Ende März, gerade als das Wetter wieder angenehm und warm wurde, kamen endlich die Winteruniformen für die Truppen an, nachdem sie viele Wochen lang in irgendwelchen Lagerhäusern gelegen hatten. Holzhütten ersetzten nun die Lazarettzelte hinter den Stellungen. Bennett zufolge waren die Männer überglücklich, endlich neue Stiefel, Hemden, Socken und Flanellschlüpfer zu bekommen, doch sie waren ein wenig verwirrt über die schweren, warmen Mäntel, die im Grunde nicht mehr benötigt wurden. Es waren auch neue Betten für das Krankenhaus eingetroffen, außerdem Matratzen und sogar Laken für die Betten.

Hope hätte sich sehr über diese Verbesserungen gefreut, wenn sie nicht plötzlich den Befehl bekommen hätte, in einer der neuen Hütten hinter dem Lazarett Dienst zu tun. Fast alle Patienten dort waren Ausländer – Türken, Polen, Armenier, Kroaten und einige Russen –, und sie hatte das Gefühl, dass ihre Verbannung in diese

Hütte in etwa den gleichen Hintergrund hatte wie einige Monate zuvor Bennetts Rückruf zu seinem Regiment.

Fast sofort, nachdem er gegangen war, hatte sie bemerkt, dass einige der Ärzte auf kaum merkliche Weise unfreundlich zu ihr wurden – sie antworteten nicht, wenn sie eine Frage stellte, wandten sich ab, wenn sie die Station betrat, und riefen einen Sanitäter zu Hilfe, während sie früher nach ihr gerufen hätten. Es war natürlich möglich, dass sie sie immer missbilligt hatten; schließlich war sie keine Dame wie Miss Nightingale oder eine gewöhnliche Soldatenfrau, der man befehlen konnte, die gröbsten Arbeiten zu erledigen. Aber wenn das der Fall gewesen wäre, hatten sie es recht gut verborgen, solange Bennett noch hier gewesen war.

Sie hatte den Eindruck, dass sie ein bestimmtes Ziel damit verfolgten, sie in diese Station zu schicken: Hier konnte sie mit niemandem reden und würde vielleicht Angst bekommen, sodass sie das Hospital möglicherweise verlassen würde.

Niederschmetternd war das einzige Wort für die Stimmung auf der neuen Station, denn die Patienten waren die rauesten aller Männer, in der Hauptsache Maultiertreiber und Arbeiter. Die meisten von ihnen hatten entweder bei der Arbeit einen Unfall erlitten oder waren krank, und weil sie Zivilisten waren, konnte man sie nicht nach Scutari schicken. Da sie kein Englisch sprachen, brauchte der diensthabende Arzt auf seiner Runde einen Dolmetscher.

Aber wenn schäbige Eifersucht oder Vorurteile der Ärzte dahintersteckten, hatte Hope nicht die Absicht, sie ihren jämmerlichen Kreuzzug gewinnen zu lassen. Obwohl die schmutzigen Angewohnheiten einiger der Männer sie abstießen und sie praktisch alle von Parasiten befallen waren, waren sie nicht schlimmer als einige der Patienten im St. Peter's. Außerdem verstand sie sich recht gut auf Zeichensprache. Und oft war sie froh darüber, dass sie keine Gespräche führen musste, da ihr so viele andere Dinge im Kopf herumgingen. Sie war eine Krankenschwester, und sie würde weitermachen, bis sie beschloss fortzugehen. Die Patienten waren wichtiger als eine Handvoll selbstgerechter, bornierter Männer.

Bennett war nicht allzu erfreut zu sehen, wohin man sie verlegt hatte, aber da er nur ein Mal die Woche mit Patienten herkam, die nach Scutari transportiert werden sollten, und am selben Tag zu den Stellungen auf den Höhen zurückkehren musste, hatte er keine Zeit, den Dingen auf den Grund zu gehen.

Er war jetzt, da seine Patienten in einer Hütte untergebracht waren, glücklicher und optimistisch, mit dem Ausbruch von Skorbut fertigwerden zu können, da es ihm gelungen war, einen Vorrat an Zitronensaft zu bekommen. Die Cholera hatte ihren hässlichen Kopf abermals erhoben, aber er glaubte, dass jetzt, da das Wetter und die Rationen sich verbessert hatten, auch die allgemeine Gesundheit im Lager einen Aufschwung nehmen würde.

Eines Abends, als er auf einem geborgten Pferd ziemlich früh aufbrach, fragte Hope ihn, ob sie ihn begleiten könne. Sie hatten gesehen, wie an diesem Nachmittag von einem Schiff Sturmleitern und Enterhaken gelöscht wurden. Daher war klar, dass neben der geplanten Bombardierung ein Angriff auf die Befestigungen von Sewastopol bevorstand.

Sie flehte ihn nicht an, sondern wies lediglich darauf hin, ihm in einem Feldlazarett von weit größerem Nutzen sein zu können als hier.

»Ich kann dir nicht zustimmen«, sagte er, streckte die Hand aus und schlang sich eine ihrer Haarsträhnen um den Finger. »Es wird zu gefährlich sein, wenn es erst einmal anfängt.«

Die Sanftheit seines Tonfalls und sein sehnsüchtiger Blick bewiesen, wie sehr er selbst schwankte. Vielleicht vermutete er, dass ihr auch hier Gefahr drohte, in einer Station voller grobschlächtiger Männer.

Ein oder zwei Sekunden lang war sie versucht, ihn anzubetteln und damit herauszuplatzen, wie einsam sie sich fühlte, weil die beiden Sanitäter auf ihrer Station mürrisch waren und sie nicht mit den Patienten sprechen konnte.

Aber sie beherrschte sich gerade noch rechtzeitig. Wenn sie begann, ihm einen Teil von all dem zu erzählen, würde der Rest gewiss folgen. Und sobald er von dem Baby erfuhr, würde er keine Minute mehr seinen Frieden haben. Die Bombardierung würde viele Verletzte bedeuten, und er brauchte seine ganze Konzentration, um sich darum zu kümmern. Es war nicht fair, seinen Lasten eine weitere hinzuzufügen.

»Du hast natürlich recht«, meinte sie, tapferer, als sie sich fühlte. »Ich muss hierbleiben; ich vermisse dich einfach nur so!«

Er nahm sie in die Arme und hielt sie so fest, dass sie kaum atmen konnte. »Ich vermisse dich auch, mein Liebling, aber es wird nicht mehr lange dauern. Bei all der Feuerkraft, über die wir jetzt verfügen, hat Sewastopol keine Chance.«

Am achten April säuberte Hope die Wunde eines kroatischen Arbeiters. Er hatte sich die Hand verletzt und erst um eine Behandlung gebeten, als die Wunde so sehr entzündet war, dass die Hand amputiert werden musste. Hope spürte, wie ihr Patient sich mit einem Mal versteifte, und sein Blick wanderte zur Tür. Als sie sich umdrehte, sah sie, dass Angus eingetreten war.

»Geben Sie mir einen Moment Zeit«, rief sie.

Er ignorierte die Bitte und kam zu ihr herüber. »Sind Sie ganz allein hier drin?«, fragte er mit einem Ausdruck tiefer Sorge in den dunklen Augen.

»Für den Augenblick, ja«, antwortete sie. »Die Sanitäter holen die Verpflegung für die Kranken.«

Er beobachtete schweigend, wie sie die Wunde reinigte; dann, als sie sie zu verbinden begann, trat er näher und sagte etwas zu dem Patienten, vermutlich in der Sprache des Mannes, der daraufhin ein ängstliches Gesicht machte.

»Was um alles in der Welt haben Sie gesagt?«, erkundigte sie sich. »Und wieso sprechen Sie Kroatisch?«

»Ich kenne in vielen verschiedenen Sprachen einige nützliche Ausdrücke«, meinte er grinsend. »Dies hier war eine Warnung, dass jeder hier, der Sie belästigt, es mit mir zu tun bekommen wird.«

»Das ist nicht notwendig«, protestierte sie entrüstet.

»Es ist immer notwendig, Männern eine Warnung zu erteilen, wenn eine hübsche Frau ganz allein zu sein scheint. Wessen Idee war es, Sie auf diese Station zu schicken, Hope? Und warum?«

Hope zuckte die Schultern.

Seine Miene verdüsterte sich. »Kein Wunder, dass die Zeitungen daheim voller Berichte über Chaos, Misswirtschaft und schlechte Führung hier draußen sind! Jeder Sanitäter könnte sich um diese Männer kümmern. Sie sollten dort sein, wo es zählt.«

»Diese Männer zählen ebenfalls«, erwiderte Hope ärgerlich.

»Meiner Meinung nach sollten sie ganz am Ende der Schlange der Bedürftigen stehen, hinter unseren Männern«, erklärte er schroff. »Aber Sie hat man ohnehin nicht zu ihrem Wohl hierher geschickt. Welcher Narr auch immer diese Entscheidung getroffen hat, er hat sie aus Gehässigkeit getroffen.«

»Das mag sein, wie es ist«, gab sie scharf zurück. Sie war sich durchaus bewusst, dass fünfundzwanzig Augenpaare sie aufmerksam beobachteten. »Aber ich bin jetzt hier, und ich werde das Beste aus der Situation machen, bis Bennett mir erlaubt, zu ihm in die Stellungen zu gehen.«

»Sie dürfen niemals dort hingehen«, rief er mit bestürzter Miene. »Der Tanz wird morgen beginnen.«

Sie kicherte über seine hübsche Art, die Bombardierung zu beschreiben. »Ich hatte nicht die Absicht, auf den Ball zu gehen. Ich dachte eher daran, hinterher beim Aufräumen zu helfen.«

»Sie bleiben hier in Balaklawa«, sagte er grimmig und unterstrich seinen Befehl, indem er mit dem Finger auf sie zeigte. »Wenn Ihnen etwas zustieße, würde Nell mich hängen, federn und vierteilen lassen.«

Die Bombardierung begann tatsächlich wie geplant früh am nächsten Morgen. Es war ein nasser, elender Tag, der noch niederschmetternder wurde durch das Wissen, dass in Kürze die Verwundeten eintreffen würden. Hope, die im hinteren Teil des Hospitals war, konnte nur voller Angst auf das Donnern, das Krachen und das Pfeifen lauschen und wünschen, sie hätte jemanden, mit dem sie ihre Sorge um Bennett teilen konnte.

Die Bombardierungen gingen unablässig weiter, Tag um Tag, Nacht um Nacht. Alle paar Tage wurde für einige Stunden ein Waffenstillstand vereinbart, damit die Toten zum Begräbnis abtransportiert werden konnten.

Dann kam das Gerücht auf, Fürst Menschikow, der russische Oberbefehlshaber, sei tot, und ein oder zwei Tage später wurde es auch bestätigt. Es brach großer Jubel aus, denn man erwartete, dies würde das Ende des Krieges bedeuten. Aber die Russen feuerten weiter ihre Kanonen ab, es wurden nach wie vor Verwundete in die Lazarette gebracht. Als Nächstes war von einem möglicherweise kurz bevorstehenden Sturm auf die Stadt die Rede. Nach allgemeiner Auffassung musste Sewastopol, wenn es sich mit Geschützfeuer allein nicht nehmen ließ, mit Bajonetten erobert werden.

Hope schauderte bei dem Gedanken, denn Kämpfe Mann gegen Mann würden ein noch größeres Gemetzel werden. In der Zwischenzeit erfuhr sie aus den Zeitungen, die von zu Hause geschickt wurden, dass Lord Cardigan bei seiner Rückkehr nach England wie ein Held gefeiert worden war. Sie konnte kaum glauben, was sie las: Sein Bild hing in jedem Schaufenster, und seine Biografie wurde in jeder Zeitung abgedruckt.

Dabei waren die wahren Helden dieses Krieges noch hier, verseucht von Läusen, ausgezehrt und erschöpft kämpften sie in den Gräben oder lagen mit abgetrennten Gliedmaßen auf einer riesigen Krankenhausstation in Scutari.

Im Laufe der Tage sah Hope, dass die Ärzte auf der Hauptstation des Lazaretts aufgrund der schieren Zahl der Verletzten bis zum Zusammenbruch arbeiteten. Wie Angus festgestellt hatte, konnten sich die Sanitäter ohne Weiteres um die Männer auf ihrer Station kümmern, aber sosehr sie sich auch bemühte, sie bekam keine Erlaubnis, sie dort allein zu lassen und bei den Frischverwundeten zu helfen.

Das Verwirrende war, dass sie nicht herausfinden konnte, wer so erpicht darauf war, sie fernzuhalten. In den müden Gesichtern aller Ärzte konnte sie lesen, wie willkommen ihnen ihre Hilfe gewesen wäre, aber sie erklärten ihr einstimmig und halsstarrig, sie hätten den Befehl, dass in der Ambulanz nur anerkanntes Armeepersonal Dienst tun dürfe.

An einem Tag Anfang Mai war Hope um sechs Uhr am Morgen in ihrer Station eingetroffen und hatte bis acht all ihre Pflichten versehen. Reguläre Arztvisiten gehörten der Vergangenheit an, jetzt, da im Krankenhaus so furchtbar viel zu tun war. Doch als sie einen Patienten, einen Polen, mit einer infizierten Wunde entdeckte, machte sie sich auf die Suche nach einem Arzt und überließ es den Sanitätern, den Porridge fürs Frühstück auszuteilen.

Auf der Hauptstation fand sie Verhältnisse vor, die sie stark an ihren ersten Tag hier erinnerten. Es herrschte Chaos – offenkundig waren gleichzeitig sehr viele Verwundete eingetroffen. Viele hatte man auf den Boden gelegt, weil es keine freien Betten mehr gab. Jeder Verband, den sie sich ansah, war blutverschmiert. Männer erbrachen sich auf den Boden, andere krümmten sich und schrien vor Schmerz. Fast alle hatten vom Schießpulver geschwärzte Gesichter.

Vier Ärzte arbeiteten in dem kleineren Operationssaal, entfernten Granatsplitter und amputierten Gliedmaßen, und Assistenten verabreichten den Opfern Chloroform. Aber die meisten Sanitäter hatten offensichtlich keine Ahnung, was sie tun sollten.

Hope zögerte ein oder zwei Sekunden. Sie wusste, dass sich in der Armee alles darum drehte, Befehlen zu gehorchen, selbst wenn sie wahnsinnig waren wie der selbstmörderische Angriff der Leichten Brigade. Aber eingedenk der Tatsache, dass sie eine Freiwillige war, schien ihr, dass niemand das Recht hatte, ihr vorzuschreiben, was sie tun durfte und was nicht.

Also holte sie tief Luft und übernahm das Kommando.

Zuerst gab sie den Sanitätern den Auftrag, Männer, die einige Tage zuvor eingetroffen und bereits operiert waren, auf eine der weniger überfüllten Stationen zu bringen. Danach brachte sie die Frischverwundeten in den freien Betten unter und schaffte Platz auf dem Boden. Während ein Sanitäter die Anweisung bekam, die Schweinerei auf dem Boden wegzuwischen, wies sie zwei weitere an, den Verwundeten Wasser zu geben, ihnen die schmutzigen Uniformen auszuziehen und sie zu waschen.

»Vielleicht können wir nichts gegen ihre Schmerzen tun«, erklärte sie. »Aber indem wir sie säubern und versuchen, es ihnen ein wenig bequemer zu machen, zeigen wir ihnen, dass sich ein Arzt weitere Verletzungen ansehen wird und dass wir uns um sie kümmern.«

Den ganzen Vormittag lang kamen Ärzte an ihr vorbei, die meisten nickten ihr nur zu oder begrüßten sie kurz, doch häufig sah sie ein warmes, dankbares Lächeln. Sie fuhr fort, Männer zu waschen, ihnen zu trinken zu geben oder ihnen zu helfen, wenn sie sich übergaben. Wenn Patienten von Operationen zurückgebracht wurden, sah sie regelmäßig nach ihnen und bot ihnen Bettpfannen und Flaschen an.

Um zwei Uhr am Nachmittag war wieder alles unter Kontrolle, und nachdem sie den Sanitätern einige Anweisungen gegeben hatte, kehrte sie auf ihre eigene Station zurück.

Beim Öffnen der Tür sackte sie ein wenig in sich zusammen, denn Dr. Truscott untersuchte den Mann, für den sie am Morgen Hilfe hatte holen wollen. Er sah sie an und runzelte finster die Stirn.

»Und wo sind Sie gewesen?«

Hope wusste, dass Truscott Frauen in Regimentslazaretten missbilligte; er hatte in der Vergangenheit häufig bissige Kommentare über sie gemacht.

Er war ein massiger, wichtigtuerischer Mann Anfang sechzig mit einem gezwirbelten Schnurrbart, und er hielt die Art medizinischer Hilfe, wie man sie vor fünfzig Jahren geleistet hatte, auch jetzt noch für durchaus angemessen. Bennett sprach von ihm als einem fähigen Arzt, dessen Techniken jedoch klar von gestern seien. In den vergangenen Monaten hatte man ihn im Krankenhaus kaum gesehen. Gerüchten zufolge verbrachte er einen großen Teil seiner Zeit mit Ausritten.

»Ich habe mich auf die Suche nach einem Arzt gemacht, der sich die Wunde dieses Mannes ansehen konnte«, erwiderte sie wahrheitsgemäß. »Aber die Frischverwundeten brauchten so viel Hilfe, dass ich dort geblieben bin.«

»Dann war das Leben dieses Mannes für Sie also nicht wichtig?«

Die Infektion des Polen war nur eine Geringfügigkeit, und eine Verzögerung von wenigen Stunden hatte nicht den geringsten Schaden angerichtet, da war Hope sich ziemlich sicher.

»Natürlich war es das, Sir«, sagte sie. »Aber auf der Ambulanzstation waren Männer in sehr viel ernsthafterer Gefahr.«

»Dann entscheiden Sie also jetzt, wer medizinische Hilfe benötigt, ja?«, brüllte er sie an. »Das Verlassen Ihres Postens im Dienst ist ein sehr schweres Vergehen!«

»Ich hatte meinen Posten nicht verlassen. Ich habe lediglich anderswo ausgeholfen«, widersprach sie mit wachsendem Ärger. Sie wünschte, sie hätte zuerst einem Arzt von der Wunde dieses Polen erzählt, aber selbst dann hätte keiner der Ärzte seine Arbeit unterbrochen, um etwas zu behandeln, das als eine Nichtigkeit eingestuft worden wäre. »Außerdem kann man mich kaum der Desertation beschuldigen, da ich eine Freiwillige bin.«

»Ich dulde keinen Ungehorsam«, schimpfte er so laut, dass alle Männer im Raum sich nach ihnen umdrehten. »Wissen Sie, wer ich bin?«

Sie fühlte sich versucht zu antworten: »Ein Esel«, hielt sich jedoch zurück. »Ja, Sir, Sie sind Regimentsarzt Truscott.«

»Und ich habe über dreißig Jahre Berufserfahrung«, rief er. »In Regimentslazaretten ist kein Platz für Frauen. Was für ein Weichling ist Ihr Mann, dass er Sie mit hierher gebracht hat? Und dass er Sie uns dann aufgebürdet hat!«

Plötzlich und ohne jede Vorwarnung schlich sich ein Mann von hinten an den Arzt heran und hielt ihm ein Messer an die Kehle.

Hope sog erschrocken die Luft ein. Sie hatte nicht gesehen, dass Asiz, der kleine Kroate, sein Bett verlassen und sich durch den Raum geschlichen hatte. Er war nur geringfügig größer als sie, während Truscott einen Meter achtzig groß war. Aber das Messer, das er in der Hand hielt, sah sehr scharf aus. Er war nicht der Mann, den Angus ihretwegen ins Gebet genommen hatte, doch offenkundig hatten alle Kroaten seine Worte als Befehl verstanden, ihre Krankenschwester vor jedem Mann zu beschützen, der sie bedrohte.

»Asiz, nein!«, rief sie.

Aber Asiz hielt das Messer weiter an Truscotts Kehle, und alle anderen Männer waren inzwischen aufgestanden, falls sie dazu in der Lage waren, oder hatten sich im Bett hingesetzt und begonnen, in ihrer eigenen Sprache zu schreien.

»Sie sind dafür verantwortlich«, zischte Truscott, dessen Gesicht dunkelrot geworden war. »Schaffen Sie ihn mir vom Hals.«

Hope trat hinter ihn und gab Asiz mit Gesten zu verstehen, dass es ihr gut ging. Dann nahm sie ihn am Arm und führte ihn zu seinem Bett zurück. Sie legte einen Finger auf die Lippen, um die anderen zum Schweigen zu bringen.

»Ich will, dass Sie sofort dieses Hospital verlassen«, rief Truscott, der sich den Hals rieb, als wäre er davon überzeugt, verletzt zu sein. »Man kann Ihnen offensichtlich nicht trauen.«

Hope sah sich im Raum um. Die Männer waren jetzt still, aber sie alle beobachteten sie. Plötzlich wurde ihr klar, dass Truscott derjenige sein musste, der für ihr Schicksal verantwortlich war. Zweifellos hatte er einen der Sanitäter dazu überredet, Spitzeldienste für ihn zu leisten.

Sie fühlte sich versucht, ihm wegen seines kindischen Benehmens eine Szene zu machen. Oder ihn zu fragen, warum er, wenn er ein so großer Arzt war, nicht dort draußen war und sich um die ernstlich verletzten Männer kümmerte. Aber damit würde sie Bennett höchstwahrscheinlich in Schwierigkeiten bringen, und wenn sie

Truscott noch mehr aufbrachte, würden ihn die Männer am Ende möglicherweise angreifen.

»Jawohl, Sir«, sagte sie und biss sich auf die Lippen, um nicht irgendeins der Schimpfworte zu benutzen, die Betsy ihr beigebracht hatte. Stattdessen marschierte sie hocherhobenen Hauptes aus dem Raum.

Kapitel 23

Als Hope das obere Ende des steilen Pfads erreicht hatte, der auf die Höhen vor Sewastopol führte, war sie schweißdurchnässt. Es war sechs Uhr früh und würde kühl bleiben, bis die Sonne höher am Himmel stand, aber es war auch so ein anstrengender Marsch, und ihre Tasche war schwer.

Zwei ganze Tage lang war sie in ihrem Zimmer geblieben, wütend, frustriert und oft den Tränen nahe, doch ganz sicher, dass jemand erscheinen und sie bitten würde, ins Krankenhaus zurückzukehren.

Aber niemand war gekommen, nicht einmal einer der wenigen jungen Ärzte und Sanitäter, die sie zu ihren Freunden zählte. Zu guter Letzt kam sie zu dem Schluss, dass sie sich in ihnen geirrt haben musste: Sie hatten nicht nur Angst vor Surgeon Truscott, sondern viel wahrscheinlicher war, dass sie sie nie wirklich in ihren Reihen gebilligt hatten.

Die Missbilligung von Krankenschwestern in Militärhospitälern war weit verbreitet. Als bekannt wurde, dass Florence Nightingale nach Scutari ging, waren die älteren Ärzte, wie Bennett erzählt hatte, außer sich vor Wut gewesen. Der einzige Grund, warum Hope in all dieser Zeit geduldet worden war, war wahrscheinlich die Tatsache, dass sie sich in Varna bereits als nützlich erwiesen hatte und dass sie Bennetts Frau war.

Doch was auch immer Truscott und die anderen, die ihm den Rücken stärkten, gegen sie hatten – es war eine Tat von fundamentaler Dummheit, sie gerade zu einer Zeit fortzuschicken, als das Krankenhaus so überfüllt war.

Also machte sie sich heute auf den Weg zu Bennett und dem Feldlazarett der Rifle Brigade.

Sie hatte Angst: vor Bennetts Reaktion, davor, wie seine Offizierskameraden ihr Erscheinen dort aufnehmen würden, und davor, wieder in einem Lager zu leben.

Sie setzte sich auf einen großen Stein, um wieder zu Atem zu kommen, und als sie in den Hafen hinabblickte, traten ihr Tränen der Angst in die Augen. Sie war jetzt seit mehr als vier Monaten schwanger, und obwohl ihre Kleider ihren ständig wachsenden Leib verbargen, würde sich das bald ändern. Bennett würde die Wahrheit sehr schnell herausfinden, und er würde wütend sein, weil sie es ihm nicht schon früher erzählt hatte.

Beim Klang von Männerstimmen drehte sie sich um und wischte sich hastig die Tränen ab. Zwei Soldaten kamen auf sie zu; sie trugen Schanzkiepen, diese eigenartigen trichterförmigen Körbe, die mit Erde gefüllt und für die Errichtung von Verteidigungswällen und Befestigungen benutzt wurden. Wahrscheinlich waren die Männer unterwegs, um Wurzeln und Holz für ihre Feuer zu sammeln.

Hope konnte nicht erkennen, zu welchem Regiment sie gehörten, denn keiner der Männer trug irgendetwas, das auch nur ansatzweise einer Uniform ähnelte, nur dunkle Kniehosen und schmutzige, lose Hemden, und beide hatten dicke dunkle Bärte und verfilztes, langes Haar.

Einer fragte sie, ob sie sich verirrt habe.

»Nein, ich ruhe mich nach dem Aufstieg lediglich etwas aus«, rief sie zurück. Sie stand auf und ging auf sie zu, um zu erklären, wen sie suchte.

»Halten Sie sich in diese Richtung«, sagte der Größere der beiden Männer und deutete auf das Meer, wo sie in der Ferne am Strand Zelte und Hütten sehen konnten. »Wenn Sie auf diesem Weg bleiben, werden Sie zu den Stellungen kommen, und das könnte gefährlich sein.«

Hope folgte ihrem Rat, aber als sie sich dem Lager näherte, stieg Verwirrung in ihr auf. Nichts sah so aus wie bei ihrem letzten Besuch hier oben mit Bennett.

Natürlich waren sie damals an einem grauen Wintertag hier gewesen, und sie hatten nur ein Meer aus Schlamm und Zelten vor sich gehabt. Jetzt konnte sie sich nicht orientieren, weil die Sonne alles anders erscheinen ließ. Es waren lauter neue Hütten aufgebaut worden, und an einigen Stellen wuchs sogar wieder etwas Gras. Daher erkannte sie nichts wieder. Soweit sie sich erinnerte, hatte das Lazarettzelt alles andere überragt, und es war nicht weit von den Schützengräben entfernt gewesen. Wenn sie das Zelt durch eine Hütte ersetzt hatten, hätten sie diese doch gewiss an derselben Stelle oder ganz in der Nähe aufgebaut, oder?

Sie wünschte, sie hätte den beiden Soldaten erzählt, wer ihr Mann war und welchem Regiment er angehörte, dann hätten sie ihr vielleicht erklären können, wie sie auf direktem Wege zu ihm fand. Ihre Füße pochten von dem langen Marsch. Ihr Arm schmerzte von der schweren Tasche, und sie wollte nicht bis ans Ende des Lagers gehen, nur um dann wieder kehrtmachen und die ganze Strecke erneut zurücklegen zu müssen.

Einen Moment hielt sie inne, beschirmte die Augen gegen die Sonne und betrachtete die Anlage des Lagers. Weit links von ihr befanden sich die russischen Stellungen – ab und zu wurde von dort gefeuert, und Rauchschwaden hingen in der Morgenluft. Deutlich näher, aber immer noch links von ihr, lagen die britischen Schützengräben, wobei Hope von ihrem Platz aus nicht viel mehr sehen konnte als Erdhügel. Sie war sich nicht einmal sicher, ob die Gräben bemannt waren, denn sie konnte niemanden ausmachen, und niemand beantwortete das russische Feuer.

Noch näher befanden sich die Zelte, Hütten, Männer, Karren sowie die Pferde und Maultiere. Eine der Hütten war größer als alle anderen, und sie dachte, dass die Karren vielleicht mit Verwundeten beladen wurden, die man später in das Basislazarett bringen würde.

Rechts von ihr lag der Rest des Lagers, das sich bis zu dem der Franzosen erstreckte. Von dort hörte man das Krachen schweren Artilleriebeschusses.

Gerade als sie nicht mehr glaubte, jemals aus diesem Labyrinth herauszufinden, geriet sie zwischen zwei Zelte und fand sich auf einem Weg wieder, der nur noch zu den Schützengräben führte. Dreihundert Meter vor sich sah sie Soldaten, die ein Geschütz auf einer Lafette bewegten, und ging auf sie zu.

Plötzlich hörte sie von hinten jemanden rufen: »Mrs Meadows!«

Sie fuhr herum und sah Robbie, Queenies Mann, mit einer Gruppe weiterer Soldaten, die sie kannte.

Es tat gut, freundliche Gesichter zu sehen, und sie blieb stehen und wartete darauf, dass sie sie erreichten. Plötzlich kam von den russischen Linien Gewehrfeuer. Die Männer gingen in Deckung, aber zu ihrem Entsetzen sah sie, dass Robbie zurückprallte, sein Gewehr fallen ließ und den Oberschenkel umklammerte.

Hope hatte noch nie gesehen, wie jemand angeschossen wurde, und erst als er zu Boden fiel, begriff sie wirklich, was geschehen war.

Die anderen Schützen begannen sofort, ihrerseits auf die Russen zu schießen. Aber Hope stellte zu ihrem Schrecken fest, dass Robbie sich direkt in der feindlichen Schusslinie befand. Neben ihm tropfte Blut zu Boden, während er versuchte, sich kriechend in Sicherheit zu bringen. Doch er würde es allein nicht schaffen.

Ohne nachzudenken, ließ Hope ihre Tasche fallen und rannte auf ihn zu.

»Gehen Sie weg«, schrie Robbie, als er sie kommen sah. Aber sie ignorierte seinen Befehl, und als sie ihn erreichte, drehte sie ihn auf den Rücken.

Eine Kugel sirrte an ihrem Ohr vorbei, so nahe, dass sie die Hitze spüren konnte, doch sie legte die Hände unter seine Arme und schleifte ihn zurück zu den Zelten.

Er war ein großer, schwerer Mann, und sie hatte das Gefühl, als würden ihr die Arme aus den Schultergelenken gerissen, aber sie zerrte ihn weiter und beachtete auch die nächste Kugel nicht, die gefährlich nahe kam.

»Sind wir jetzt außer Schussweite?«, fragte sie atemlos, sobald sie die erste Reihe von Zelten hinter sich gelassen hatten.

»Ich dachte, wir wären auch dort drüben außer Schussweite gewesen«, antwortete er schwach. »Sie müssen näher herangerückt sein, doch hier sollte uns eigentlich nichts passieren.«

Hope legte ihn hin. Sein Oberschenkel war eine blutige Masse, aber solange er seine Hosen noch anhatte, ließ sich unmöglich feststellen, wie schlimm die Wunde wirklich war. Sie riss die Schärpe von ihrem Kleid ab, um eine Aderpresse zu machen, die sie über der Wunde befestigte. Dann stand sie auf und zog ihren Unterrock aus, um damit die Blutung zu stillen.

Die Russen schossen weiter, und während sie den Stoff auf Robbies verletzten Schenkel presste, hielt sie verzweifelt Ausschau nach Hilfe. In einiger Entfernung erblickte sie einen Soldaten und sprang auf, ruderte mit den Armen und rief nach ihm.

Etwas Heißes, Brennendes traf sie am linken Arm. Sie sank neben Robbie zu Boden und stützte den Arm mit der rechten Hand. »Verflixt, ich bin ebenfalls angeschossen worden«, murmelte sie.

Die Wunde befand sich zwischen Ellbogen und Handgelenk, ein Stück blutigen Fleischs, das etwa zwei Zoll breit war und unter einem Loch im Ärmel ihres blauen Kleides hervorlugte. Sie hatte Hunderte weit schlimmerer Wunden gesehen und kaum mit der Wimper gezuckt. Es tat nicht einmal besonders weh, doch bei dem Anblick der Verletzung wurden ihr die Knie weich.

»Ich hoffe, dieser Soldat holt Hilfe«, sagte sie matt. »Ich glaube nicht, dass ich Ihnen noch von großem Nutzen werde sein können, Robbie. Lockern Sie in einer Minute die Aderpresse und ziehen Sie sie kurz darauf wieder fest.«

»Hope! Wach auf!«

Bennett spritzte ihr kaltes Wasser ins Gesicht, dann riss er die Überreste ihres Ärmels auf, um die Wunde an ihrem Arm freizulegen.

»Bist du das, Bennett?«, fragte sie schwach und ohne die Augen zu öffnen.

»Ja, ich bin es«, sagte er. »Du bist jetzt im Lazarett. Du bist ohnmächtig geworden.«

»Ist Robbie auch hier?«

»Ja, das ist er. Er liegt gleich neben dir. Mach die Augen auf, und du wirst ihn sehen.«

Bennett war selbst mulmig zumute. Er hatte die Schüsse gehört, aber das war nichts Ungewöhnliches, daher hatte er kaum von seiner Arbeit aufgeblickt.

»Zwei Personen sind getroffen worden, und bei einer davon handelt es sich um eine Frau«, hatte ihm jemand zugerufen.

Aus irgendeinem unerfindlichen Grund hatte Bennett gewusst, dass es Hope war.

Schütze Tomlinson war mit ihr bereits auf dem Weg zum Lazarett, als Bennett ihm entgegenkam.

Sie lag so leblos und mit kreidebleichem Gesicht in den Armen des Mannes, dass Bennett einen schrecklichen Augenblick lang dachte, sie sei tot.

»Ich glaube, sie ist nur ohnmächtig geworden, Sir«, bemerkte Tomlinson. »Sie hat eine Wunde im Arm. Sie hat Robbie aus der Schusslinie gezogen. Das war das Mutigste, was ich je gesehen habe.«

In den ein oder zwei Sekunden, die er brauchte, um sich zusammenzureißen, Hope aus Tomlinsons Armen zu nehmen und festzustellen, dass ihre Verletzung nur geringfügig war, schoss ein Stich grausamer Qual durch Bennetts ganzen Körper.

Als Arzt wusste er, dass jeder, selbst seine geliebte Frau, einer Krankheit zum Opfer fallen konnte, aber er hatte sich niemals auch nur für einen Moment vorgestellt, sie könnte angeschossen werden. Er war selbst mehrere Male nur um Haaresbreite davongekommen, doch andererseits liefen er und sein Gehilfe häufig unter Beschuss über das Schlachtfeld, um die Verwundeten fortzuholen.

»Komm, Liebste, öffne die Augen«, bat er nun zärtlich, während er ihr das Haar aus dem Gesicht strich.

Sie gehorchte und lächelte ihn schwach an, dann drehte sie den Kopf, um zu Robbie hinüberzuschauen. »Wird er wieder in Ordnung kommen?«, flüsterte sie.

»Ich denke, ja, und das hat er dir zu verdanken«, antwortete er. »Du hast ihm sofort die Aderpresse angelegt und die Wunde schnell abgedeckt. Ich werde die Kugel jetzt herausholen. Du selbst hast nur einen Streifschuss abbekommen.«

Bennett verband Hopes Verletzung und gab ihr ein wenig Brandy zu trinken, dann ging er zu dem Sanitäter hinüber, der Robbie für die Entfernung der Kugel vorbereitete. Seine Aufgabe war vergleichsweise einfach, weil die Kugel nicht tief ins Fleisch eingedrungen war. Außerdem war Robbie gesünder als die meisten anderen Männer, weil Queenie gut auf ihn achtgab. Mit der richtigen Pflege würde er überleben.

Aber selbst während Bennett die Kugel sorgfältig entfernte, waren seine Gedanken bei Hope. Einer der Männer hatte ihre Tasche mitgebracht, und ein kurzer Blick hinein hatte Bennett gesagt, dass sie hergekommen war, um zu bleiben. Offenbar hatte es unten im Lazarett ernsthafte Probleme gegeben.

Sie war eingeschlafen, und die Farbe war in ihr Gesicht zurückgekehrt; tatsächlich wirkte sie noch schöner als sonst, und ihre dunklen Wimpern lagen wie winzige Fächer auf ihren Wangen.

Es dauerte einige Stunden, bis Bennett die Gelegenheit gefunden hatte, richtig mit Hope zu reden. Denn noch bevor man sie und Robbie hergebracht hatte, waren bereits fünf Verwundete und zwei Kranke im Lazarett gewesen.

Bennett hatte jetzt seine eigene Hütte. Als er Zeit fand, nach Hope zu sehen, hatte sie sich bereits dort eingerichtet und das Essen, das Queenie ihr zubreitet hatte, gegessen. Trotz ihres verletzten Arms hatte sie die meisten seiner Sachen neu geordnet und saß nun auf der Pritsche und nähte einen Knopf an sein Hemd. Die Häuslichkeit dieser Szene rührte ihn, und er spürte plötzlich einen Kloß im Hals.

»Du solltest dich ausruhen«, sagte er, setzte sich neben sie und nahm ihr das Hemd aus den Händen.

»Ich ruhe mich ja aus«, widersprach sie. »Mit meinem Arm ist alles in Ordnung. Er tut kaum noch weh.«

Das glaubte Bennett nicht. Der Arm würde noch eine Weile schmerzen, das wusste er. »Nun, dann erzähl mir einfach, was dich hierher geführt hat.«

Sie erklärte ihm, was geschehen war, und erst da begann sie zu weinen.

Bennett war außer sich vor Wut. Tatsächlich fehlte nicht viel, und er wäre hinausgestürmt, hätte sich ein Pferd geliehen und wäre zum Krankenhaus geritten, um Truscott zu verprügeln. Aber er zwang sich zu warten, bis er in Ruhe über alles nachgedacht hatte. Hope brauchte jetzt einen Ehemann und einen Arzt, keinen Hitzkopf.

Das Schlimmste für Bennett war ihr Kummer darüber, dass niemand sie nach ihrer Entlassung besucht hatte. Die zwei Tage, die sie allein und ohne Zuspruch in ihrem Zimmer verbracht hatte, mussten schmerzliche Gefühle in ihr wachgerufen haben. Bestimmt hatte sie sich ähnlich verlassen gefühlt wie in jener Nacht, in der Albert sie aus dem Pförtnerhaus von Briargate geworfen hatte.

»Du hast unrecht, wenn du glaubst, dass niemandem an dir liegt«, meinte Bennett und hielt sie fest an sich gedrückt. »Einige der älteren Ärzte sind Frauen in Hospitälern gegenüber voreingenommen, das stimmt, aber fast alle dieser Männer haben bemerkt, was für eine hervorragende Krankenschwester zu bist. Truscott ist ein verbohrter Kerl und ein Relikt aus der Vergangenheit. Man sollte ihn ausstopfen und als Exemplar einer ausgestorbenen Spezies in eine Glasvitrine stellen.«

»Warum hat mich dann niemand besucht?«, schluchzte sie.

»Ich wette, sie haben nichts davon gewusst«, sagte Bennett. »Diese Station hat nicht viel mit dem Rest des Hospitals zu tun. Denk daran, du brauchst nicht einmal durch die anderen Stationen hindurchzugehen, um sie zu erreichen. Wenn keiner der Sanitäter den anderen erzählt hat, was geschehen ist, woher sollten sie es dann wissen? Und wenn Truscott einen von ihnen oder alle beide mit zusätzlichen Rationen bestochen hat, werden sie deswegen gewiss den Mund gehalten haben.«

Hope trocknete die Tränen. »Es spielt ohnehin keine Rolle mehr«, murmelte sie. »Nicht jetzt, da ich bei dir bin.«

Bennett lächelte; im Grunde war sie unverwüstlich. »Das wirst du nicht mehr denken, wenn wir Regen bekommen. Dann ist dies der freudloseste Ort unter Gottes Sonne.«

»Nicht für mich«, antwortete sie und lächelte ebenfalls. »Nicht, wenn du hier bist.«

Es vergingen zwei Wochen, bevor Bennett Hopes Veränderung wirklich auffiel. Er war überglücklich, weil ihr Arm sauber verheilte und weil sie einen guten Appetit hatte, und obwohl er bemerkte, dass sie leicht müde wurde, schob er dies auf die anstrengende Arbeit, die sie so lange geleistet hatte. Da sie wie das blühende Leben aussah, mit rosigen Wangen, leuchtenden Augen und glänzendem Haar, erschien ihm die Tatsache, dass sie stiller und vielleicht bisweilen ein wenig in sich gekehrt war, nicht im Mindesten besorgniserregend. Sie hatte während des letzten Jahres viel durchgemacht, und da konnte sie wohl kaum so keck und überschäumend bleiben, wie sie es während ihrer Flitterwochen gewesen war.

Bennett hatte Robbie in das Basishospital begleitet und dabei festgestellt, dass er recht gehabt hatte: Die Mehrheit der Ärzte, darunter auch der Leiter des Lazaretts, hatten nichts von Hopes Entlassung gewusst.

Alle, mit denen er sprach, waren entsetzt; viele der Männer meinten, sie hätten nie verstanden, warum man sie aus der Ambulanz abgezogen hatte, in der sie so wertvolle Arbeit geleistet habe. Dr. Anderson versprach, der Angelegenheit nachzugehen, und er zeigte eine tiefe Sorge um Hope. Zu seiner großen Enttäuschung konnte Bennett Truscott nicht finden; anscheinend war er am Tag zuvor zum Basislager der Franzosen geritten, und der Zeitpunkt seiner Rückkehr war nicht bekannt.

Aber inzwischen hatte Robbie bereits überall die Geschichte seiner Rettung erzählt und geschildert, wie Hope dabei selbst verletzt worden war. Als Bennett das Hospital an diesem Tag verließ, hatte er die große Befriedigung zu sehen, dass Mr Russell, der Kriegsberichterstatter der *Times,* an Robbies Bett saß. Er hörte sich Robbies Geschichte mit großer Aufmerksamkeit an, und Bennett zweifelte nicht daran, dass der junge Soldat auch Hopes große Leistungen als Krankenschwester erwähnen und erzählen würde, warum sie an jenem Tag überhaupt oben bei den Schützengräben gewesen war.

Es war eine sehr heiße Nacht Anfang Mai, in der Bennett endgültig den Verdacht schöpfte, dass Hope etwas vor ihm verborgen hielt. Von den französischen Schützengräben war die ganze Nacht über schweres Feuer zu hören gewesen, und als Bennett erwachte, sah er Hope an der offenen Tür sitzen und in die Dunkelheit starren.

Er gesellte sich zu ihr, und sie beobachteten schweigend, wie das Kanonenfeuer den Himmel von Zeit zu Zeit beleuchtete.

»Man sollte meinen, dass Sewastopol bei solchem Beschuss mittlerweile dem Erdboden gleichgemacht wäre. Werden wir jemals nach Hause zurückkehren können?«, fragte Hope plötzlich, und ihre Worte klangen trostlos.

»Wir hätten den Angriff auf die Stadt wie geplant durchziehen sollen«, sagte Bennett und legte einen Arm um sie. »Aber Lord Raglan hat sich anscheinend den Wünschen der Franzosen gebeugt, und da sie so viel mehr Männer haben als wir, war das wahrscheinlich eine kluge Entscheidung.«

»Mir ist es egal, worum es bei all dem geht«, erwiderte sie unglücklich. »Zu viele Menschen sind gestorben, und wofür? Wird der Ausgang dieses Krieges irgendjemandem etwas nutzen?«

Diese Frage konnte Bennett nicht beantworten. Vor seinem geistigen Auge sah er die Straßen von Portsmouth, Plymouth und anderen Häfen, in denen es nur so wimmelte von Bettlern, denen ein Arm oder ein Bein fehlte. In Moskau, Paris und Konstantinopel musste es genauso sein. Hope hatte recht: Welchen Nutzen hatte dieser Krieg für irgendjemanden?

Er schaute sie an und sah, dass sie weinte, und das versetzte ihm einen Stich, denn selbst unter Tränen war sie so schön. Ihr dunkles Haar ergoss sich über ihre nackten Schultern, denn sie trug nur einen dünnen weißen Unterrock. Aber während sie sich mit einer Hand die Tränen von den Wangen wischte, lag die andere beinahe beschützend auf ihrem Bauch, und zum ersten Mal sah er, dass er nicht länger flach und straff war.

Konnte es denn sein, dass …?

Ihm lag die Frage auf der Zunge, warum sie es ihm nicht erzählt hatte, aber irgendwie gab ihm die Mutlosigkeit ihrer Haltung die Antwort darauf: Sie wollte nicht ohne ihn nach Hause geschickt werden, doch andererseits wollte sie auch nicht an diesem Ort grausamen Wahnsinns bleiben.

Er tat, was sein Herz ihm sagte. Er stand auf, nahm sie auf den Arm und trug sie zu dem schmalen Feldbett hinüber. Dann wollte er sie lieben.

Sosehr er sie auch begehrt hatte, hatte er dies nicht versucht, seit sie ins Lager gekommen war, denn ihr Arm schmerzte, und sie hatte so müde gewirkt. Jetzt drängte er sein eigenes Begehren beiseite und dachte nur daran, ihr und ihrem Baby Freude zu schenken.

Er kniete sich neben sie, küsste sie wieder und wieder und streifte ihr vorsichtig den Unterrock ab, um ihre Brüste zu entblößen, die viel voller und schwerer waren, wie er jetzt sehen und fühlen konnte. Während er sie küsste und an ihren Brustwarzen saugte, reagierte sie auf ihn, und er zog ihr langsam den Unterrock aus, bis sie nackt war.

Dann streichelte und küsste er jeden Zentimeter ihres Körpers, angefangen von ihrem rechten Fuß bis zu ihrem Hals, und er genoss den Duft und die Weichheit ihrer Haut. Auf ihrem Bauch verweilte er und leckte sie, bis sie sich unter ihm wand und krümmte. Dann drückte er ihre Beine auseinander und benutzte sowohl die Zunge als auch die Finger, um sie zum Höhepunkt zu treiben.

Er konnte spüren, wie sie die Finger in sein Haar schlang, und sie kratzte ihm mit den Nägeln über den Hals und die Schultern. Aber aus Angst, man könnte sie hören, unterdrückte sie jeden Laut. Er lächelte vor sich hin, denn zu Weihnachten hatte sie sich weniger schicklich benommen. Es machte ihn glücklich, ihr solche Wonne zu bereiten und ihr leises Stöhnen zu hören, und er liebte die dunklen, heißen, feuchten Tiefen ihres Körpers.

Die Schreie, die sie so sehr zu unterdrücken versucht hatte, brachen sich Bahn, als sie zum Höhepunkt kam, und sie packte ihn, zog ihn zu sich herunter und küsste ihn mit wilder Leidenschaft. Als er in sie hineinglitt, schlang sie die Arme um seinen Rücken, ihr Körper wölbte sich unter seinem, und sie drängte ihn tief in sich hinein. Zwei Gedanken schossen ihm durch den Sinn: Du darfst dem Baby nicht wehtun! Und: Du brauchst dich nicht mehr im letzten Moment zurückzuziehen. Aber dann erloschen alle Gedanken, und an ihre Stelle traten Ekstase und Verlangen. Nichts spielte mehr eine Rolle, nicht der Krieg oder die Pflicht der Armee gegenüber. Alles, was zählte, war hier: nur sie beide und ihre Liebe.

Als er zum Höhepunkt kam, brach das Feldbett unter ihnen zusammen, und sie lagen keuchend, verschwitzt und gesättigt auf dem Boden, die Gliedmaßen ineinander verschlungen.

Draußen schossen die Franzosen weiter, und sie hörten, dass jemand gegen einen Eimer in der Nähe stolperte und fluchend davonhumpelte. Da begann Hope zu lachen, und irgendwie löschte dieses Lachen die Dunkelheit, die Hässlichkeit um sie herum und die Hoffnungslosigkeit aus.

Bennett lachte ebenfalls, als er sich wieder hinkniete und auf sie hinabblickte. Am Himmel erschien soeben das erste Licht der Morgendämmerung, genug für ihn, um Hope deutlich zu sehen, wie sie dalag: das dunkle Haar zerzaust und wild, das Gesicht rosig von der Liebe und ihr Leib voll und weiblich.

Bennett legte beide Hände auf ihren nackten Bauch und streichelte ihn. »Wir haben es in einer Nacht der Leidenschaft gezeugt, und vielleicht wirst du es mir ja nach einer weiteren solchen Nacht auch offiziell mitteilen?«

Kapitel 24

Hope klammerte sich fest an Bennetts Hand, als sie am ersten Juli die Laufplanke des Dampfschiffs *Marianne* hinaufgingen. Es war glühend heiß, ihr Kleid klebte auf höchst würdelose Weise an ihrem geschwollenen Leib, und sie war dankbar für den breitkrempigen Strohhut, den Mary Seacole ihr zum Abschied geschenkt hatte.

Die alte Jamaikanerin war zusammen mit Dutzenden weiterer Leute am Kai, mit denen Hope einen großen Teil ihrer Zeit hier verbracht hatte. Aber jetzt, da sie fortging, durchzuckte sie ein Stich, nie genug Zeit gehabt zu haben, um einige von ihnen besser kennenzulernen. Sie zählte sie zu ihren wahren Freunden, doch was wusste sie wirklich über sie? Würde Oberstabsfeldwebel Jury, der immer so sanft mit seinen Verwundeten war und so fröhlich mit ihr, irgendwann seine Liebste heiraten, von der er so oft gesprochen hatte? Würde Cobbs, der Sanitäter, der von ihrem ersten Tag im Krankenhaus an ihrer Seite gearbeitet hatte, Kinder bekommen? Hatte der Assistenzarzt Francis, der Mann, der sie selbst in Zeiten größter Verzweiflung bisweilen zum Lachen gebracht hatte, wirklich einige Zeit als Clown in einer Musikhalle gearbeitet, wie er es behauptete? Hope konnte Leutnant Gordon von den Pionieren sehen, der ihr zuwinkte, und sie erinnerte sich daran, dass er ihr im Winter großzügigerweise eine karierte Decke gegeben hatte, damit sie sich nachts warm halten konnte – obwohl er eine solche Decke dringend selbst hätte gebrauchen können.

Da waren Dutzende lieber, vertrauter Gesichter; ein jedes davon war auf irgendeine Weise etwas ganze Besonderes, und sie würde sie alle vermissen. Während die Menschen winkten und lächelten, spürte sie ihr Glück darüber, dass sie bei guter Gesundheit fortging und dass sie und Bennett an einem Ort, der so viel Tod gesehen hatte, ein neues Leben geschaffen hatten.

In den Händen hielt Hope eine Tasche mit vielen kleinen Geschenken, die sie erhalten hatte, angefangen von den Kaufleuten bis hin zu den Soldaten und Ärzten. Darunter fanden sich Bücher, Früchte, Kuchen, Seife und einige Skizzen von künstlerisch begabten Freunden. Einige Schützen waren von ihrem Lager heruntergekommen, um sie zu verabschieden. Ihre Stiefel waren blank poliert, sie hatten sich rasiert und die Uniformen gebürstet – und all das nur ihr zur Ehre. Tomlinson, allen bekannt als Tommy, Robbies engster Freund und der Mann, der sie mit ihrer Schussverletzung zu Bennett getragen hatte, hatte ihr aus einem Stück Holz eine Rassel in Form einer Katze geschnitzt. Sie hoffte inbrünstig, dass ihm nichts zustoßen würde, denn er hatte in den vergangenen Wochen so viel für sie getan. Tommy hatte ihr frisches Wasser gebracht, Feuer für sie entfacht und ihr Drinks gemixt.

Natürlich wäre es besser gewesen, schon vor einem Monat aufzubrechen, das wusste Hope. Aber zuerst war da der britische Sieg bei den Steinbrüchen gewesen, und als die Franzosen das Mamelon genommen hatten, eine der wichtigsten Verteidigungsstellungen der Russen, hatte sie sich gezwungen gefühlt, zu bleiben und bei der Versorgung der Verwundeten zu helfen.

Eine Woche später hatte die vierte Bombardierung von Sewastopol begonnen, und die Engländer waren bei dem Versuch, das Redan zu erobern, wie die Franzosen beim Kampf um das Fort Malakoff besiegt worden. Daher hatte sie abermals das Gefühl gehabt, bleiben zu müssen, denn es hatte Hunderte und Aberhunderte Verwundeter gegeben.

Am achtundzwanzigsten Juni war Lord Raglan gestorben. Als offizielle Todesursache wurde Cholera angegeben, aber wahrscheinlich hatte es ihm das Herz gebrochen, dass es den Alliierten nicht gelungen war, die beiden wichtigsten Bollwerke der russischen Verteidigung zu nehmen. Trotz der vielen bitteren Worte, die über ihn gesagt worden waren, hatte echte Trauer geherrscht, weil der General, der an der Seite Lord Wellingtons in Spanien einen Arm verloren hatte, nicht überlebt hatte, um den Sieg hier zu sehen. Er mochte kein kühner Anführer gewesen sein, aber er war ehrenwert und freundlich gewesen, und er hatte seine Männer geliebt. Hope hatte das Gefühl gehabt, es sei nicht recht, vor seiner Beerdigung fortzugehen.

»Nur noch zehn Minuten, bis ihr ablegt«, sagte Bennett, doch sein strahlendes Lächeln reichte nicht bis zu den Augen hinauf. »Und ruh dich während der Reise unbedingt aus. Onkel Abel wird dich in Portsmouth erwarten und dich zu Nell bringen.«

»Hör auf, dich meinetwegen zu sorgen, Liebster«, erwiderte sie und drückte seine Hand. »Ich werde das schon schaffen. Sieh nur zu, dass du bald zu mir zurückkommst.«

»Ich sorge mich doch gar nicht um dich«, behauptete Bennett gerade, als Hope endlich Angus den Kai entlangreiten sah. Sie deutete voller Freude mit ausgestreckter Hand auf den Hauptmann, denn er war ein steter Besucher oben in den Stellungen gewesen und der Erste, den sie und Bennett ins Vertrauen gezogen hatten, was das Baby betraf. Sie wusste, er würde sehr erleichtert sein, weil sie heute endlich abreiste. Am Tag von Raglans Beerdigung hatte sie ihn kurz gesehen, und er hatte ihr streng ins Gewissen geredet, ihren Aufbruch nicht länger hinauszuzögern.

Er sprang vom Pferd, reichte einem Soldaten die Zügel und eilte mit wenigen schnellen Schritten die Laufplanke hinauf.

»Ich hatte Angst, Sie zu verpassen und Ihnen nicht mehr Lebewohl sagen zu können«, bemerkte er atemlos, bevor er sich vorbeugte und Hope auf die Wange küsste.

»Es ist nur ein Auf Wiedersehen, da ich bereits in Ihrem Heim sein werde, wenn Sie zurückkommen.«

»Also, zwei Frauen, die mich herumkommandieren können«,

meinte er augenzwinkernd. »Vielleicht wird das doch zu viel für mich, insbesondere mit einem schreienden Baby als Dreingabe?«

Er meinte es nicht so, das wusste Hope genau. Denn sobald er von ihrer Schwangerschaft erfahren hatte, hatte er darauf bestanden, dass sie in seinem Haus blieb, solange sie es wünsche. Er konnte sie auch nicht mehr mit seinem Sarkasmus und seinen Possen ärgern. Hope wusste, dass er weichherzig, großzügig und nobel war.

»Passen Sie für mich auf Bennett auf«, sagte sie, und ihre Augen füllten sich mit Tränen. »Und sorgen Sie dafür, dass Sie beide an einem Stück nach Hause kommen.«

»Sie haben mich zu gut zusammengeflickt, als dass ich jetzt in Stücke brechen könnte«, grinste er. »Und sobald Sie außer Sicht sind, werde ich Bennett zu einigen Pferderennen entführen. Das ist das Problem mit Ehefrauen: Sie verderben einem den ganzen Spaß.«

Hope lachte. Die meiste Zeit benahm Angus sich, als wäre das Leben ein einziges turbulentes Abenteuer voller Spaß. Er würde Bennett guttun. Es gab Zeiten, da ihr Mann ein wenig zu ernst war.

»Wir müssen jetzt aufbrechen«, bemerkte Bennett und blickte ängstlich drein, als er die Schiffsglocke hörte. »Schreib mir jeden Tag, ich will jede noch so kleine Einzelheit wissen. Und ich verspreche, ich werde versuchen, Lawrence dazu zu überreden, mich Ende des Monats gehen zu lassen.«

Angus küsste Hope, sagte auf Wiedersehen und machte dann diskret auf der Laufplanke kehrt.

Hope nahm Bennetts Gesicht in beide Hände und küsste ihn. »Mach dir meinetwegen keine Sorgen; ich habe Nell und Onkel Abel, die sich um mich kümmern. Aber es wäre wunderbar, wenn du rechtzeitig zur Geburt zurück wärst oder zumindest kurz danach.«

»Ich liebe dich, Hope«, erwiderte er, und in seinen Augen schwammen Tränen. Als er sich zum Gehen wandte, fand er in seinem Kummer kaum den Weg.

Hope winkte, bis das Schiff den Hafen verlassen hatte, und die Tränen rollten ihr ungehindert über die Wangen, während sie einen letzten Blick auf Bennett warf, der mit einem roten Taschentuch winkte, und auf Angus, der neben ihm stand und in seiner blau-goldenen Jacke prachtvoll anzusehen war. Die Krim war das schlimmste Erlebnis überhaupt, doch dieser schmutzige kleine Hafen, das schreckliche Lazarett, die Klippen und die Höhen ringsum würden in ihrem Herzen immer einen Platz haben, genauso wie all die Menschen, die sie dort kennengelernt hatte.

Die Meeresbrise tat gut, und ihre Stimmung hob sich, denn Hope wusste, dass die Traurigkeit des Abschieds endlich vorüber war. Die *Marianne* galt als ein schnelles Schiff. Sie würden als einzigen Zwischenhafen Malta anlaufen, danach direkt Portsmouth. Viele der anderen Passagiere waren Offiziere und Mannschaften, die zur weiteren Genesung nach Hause reisten, aber es befanden sich auch etliche jener Männer an Bord, die die Menschen in Balaklawa »Touristen« nannten: vornehme Herren und Damen, die hierher gereist waren, um sich den Krieg anzusehen.

Ihr Herzschlag beschleunigte sich ein wenig bei der Aussicht, einige dieser makaberen reichen Leute zu necken, die es erregend fanden, anderen beim Sterben zuzusehen. Es würde vergnüglich sein zu warten, bis sie ihr Dinner aßen, und dann einige besonders delikate Geschichten über Wundbrand und Cholera zum Besten zu geben.

Hope hoffte, ihr rosafarbenes Kleid weit genug ausgelassen zu haben, um bei Tisch präsentabel auszusehen.

Als das Schiff Ende August in Portsmouth einlief, war Hope außer sich vor Aufregung. Sie hatte jede Minute der Reise genossen, und obwohl sie jetzt so gewaltig und langsam war, hatte sie sich noch nie besser gefühlt. Das Essen auf dem Schiff war wunderbar gewesen, ihre Kajüte behaglich und das Wetter im Großen und Ganzen herrlich. Sie hatte es in vollen Zügen ausgekostet, nichts Drängenderes zu tun zu haben, als sich ein neues Kleid zu schneidern, ein Buch zu lesen, einen Brief zu schreiben oder mit jemandem zu plaudern.

Auf der Fahrt über den Atlantik und die Biskaya waren einige Passagiere seekrank geworden, aber Hope hatte dem Drang widerstanden, sich um sie zu kümmern. Es war ein solches Glück, einmal ganz und gar selbstsüchtig zu sein und in ihrem neuen, gänzlich unerwarteten Status schwelgen zu dürfen.

In den Tagen in Lewins Mead oder am St. Peter's hätte sie sich niemals träumen lassen, dass einmal der Tag kommen würde, da man sie als Dame betrachten würde, geschweige denn als Heldin. Aber einer der Offiziere auf dem Schiff wusste alles über sie, einschließlich der Rettung Robbies und dass sie dabei verwundet worden war, und der Mann hatte die Geschichte offenkundig weitererzählt. Wann immer sie in den Speisesaal ging, tauchte jemand auf und bat sie, an seiner Seite Platz zu nehmen. Die Männer waren aufmerksam und neugierig und drängten sie, ihre Memoiren zu schreiben und sie bei ihrer Heimkehr zu veröffentlichen. Und die Frauen ergingen sich in Lobesreden über ihren Mut, so spät in ihrer Schwangerschaft noch zu reisen, und fragten sie, wie es ihr gelinge, dass ihr Haar so prächtig glänzte und ihr Teint so klar war.

All das fand Hope inzwischen furchtbar langweilig, aber es hatte gutgetan, sich für eine Weile ein wenig im Rampenlicht zu sonnen.

Jetzt hatte sie nur den einen Wunsch, nach Hause zu kommen, bei Nell zu sitzen und über all die Dinge zu sprechen, die ihnen während der letzten sieben Jahre widerfahren waren. Sie konnte es nicht erwarten, Matts und Ruths Kinder zu sehen, Spaziergänge durch Wälder und Felder zu unternehmen, an Bächen zu sitzen und den Duft der Blumen zu riechen. Und darauf zu warten, dass ihr Baby zur Welt kam.

Wenn die Stärke seiner Tritte irgendein Maßstab waren, würde es ein echter Renton sein, zäh und stark. Aber sie hoffte, dass das Kind außerdem die Empfindsamkeit und Intelligenz seines Vaters erben würde.

Als das Schiff sich dem Ankerplatz näherte, hielt Hope in der wartenden Menge nach Onkel Abel Ausschau. So aufgeregt sie war, war sie auch nervös, denn er war im Grunde ein Fremder. In seinen Briefen an Bennett hatte er sich stets voller Wärme und Interesse nach ihr erkundigt, doch sie konnte nicht recht vergessen, dass er sie über einen sehr langen Zeitraum missbilligt hatte.

Plötzlich entdeckte sie ihn: Er war der Inbegriff eines beleibten englischen Gentlemans mit grauem Zylinder, Frack und hohem Kragen. Aber als sie winkte, sah sie, wie er den Kopf zu einer Frau neben ihm neigte und auf das Schiff zeigte.

Hopes Herz tat einen Satz, denn nicht Alice stand neben ihm, sondern Nell, die eine weiße, mit blauen Blumen besetzte Haube trug.

Sie vergaß das damenhafte Benehmen, das aufrechtzuerhalten sie während der Reise solche Mühe gekostet hatte, und sprang auf und ab, während sie mit beiden Händen winkte.

Ein Orchester auf dem Kai stimmte eine lebhafte Willkommensmelodie an, und jetzt konnte sie die wartende Menge nur noch durch einen Nebel von Tränen der Rührung sehen.

Hope war eine der Ersten, die die Laufplanke hinuntergingen. Sie drängelte sich mit den Ellbogen bis in die erste Reihe der Schlange und tat dies auf eine Art und Weise, die Bennett entsetzt hätte. Aber es machte sie überglücklich zu sehen, dass Nell ganz genauso aufgeregt war und sich wie ein Straßenjunge durch die Menge zwängte.

Hope war inzwischen fast blind von Tränen und konnte Nells rundes, liebes Gesicht nur verschwommen erkennen, doch sie sah die ausgestreckten Arme und stürzte sich hinein. Endlich war sie zu Hause!

»Werdet ihr beide jetzt mit dieser Heulerei aufhören und in die Kutsche steigen?«, fragte Abel schroff.

Hope und Nell lösten sich aus ihrer engen Umarmung und tupften sich die Augen trocken. »Es tut mir so leid, Dr. Cunningham«, sagte Hope. »Es ist einfach so lange her.«

»Das verstehe ich«, erwiderte er mit einem Lächeln. »Aber ich möchte dich ebenfalls umarmen! Und ich denke, es wird höchste Zeit, dass du mich Onkel Abel nennst.«

Während die Kutsche in Richtung Bristol über die ländlichen Wege holperte, versuchte Hope, nur Themen aufzubringen, die Onkel Abel nicht ausschlossen. Aber ihre Aufregung, endlich wieder mit Nell zusammen zu sein, machte das fast unmöglich. Ihr war durchaus bewusst, dass sie klangen wie zwei plappernde Affen; sie hüpften von einem Thema zum nächsten, seufzten, kicherten und weinten oft auch.

Seit Hope sie das letzte Mal gesehen hatte, hatte Nell sich sehr verändert. Sie war erheblich selbstbewusster geworden, sowohl in Bezug auf ihre Kleidung als auch in Bezug auf ihr Auftreten, und hatte einige graue Strähnen im Haar. Ansonsten hatte sie sich äußerlich kaum verändert: Sie bewegte sich genauso schnell wie eh und je, und ihr Gesicht hatte ebenso wenig Falten wie an dem Tag, als sie eine junge Braut gewesen war. Aber es waren nicht die äußeren Veränderungen, die so bemerkenswert waren.

Nell war früher so fügsam gewesen, eine liebenswürdige, nachgiebige Person, die stets darauf bedacht gewesen war, an »ihrem Platz« zu bleiben. Hope konnte sich nicht vorstellen, dass sie sich jetzt noch von irgendjemandem herumkommandieren ließ. Sie verströmte eine gewisse Autorität, und sie wirkte weitaus intelligenter und weltgewandter als früher. Einige ihrer Bemerkungen über Menschen waren ziemlich sarkastisch. Auch ihre Kleidung spiegelte den Umstand wider, dass sie jetzt um ihren eigenen Wert wusste. Nell trug ein elegantes, blau-weiß gestreiftes Kleid, das ihren wohlgeformten, weiblichen Körper betonte, statt ihn zu verbergen. Ihre weiße Haube mit dem blauen Besatz war jugendlich, nicht matronenhaft. Alles in allem fand Hope, dass ihre Schwester genau den richtigen Weg eingeschlagen hatte. Sie ahmte die vornehmen Leute nicht nach, aber sie definierte sich auch nicht als Dienstbotin.

Als sie haltmachten, damit die Pferde trinken konnten, hatte Hope das Gefühl, sich bei Onkel Abel für ihr ständiges Geplapper entschuldigen zu müssen. »Nell und ich sind einfach über die Maßen aufgeregt. Für Außenstehende muss unser Gerede sehr langweilig und ermüdend sein«, erklärte sie ihm.

»Ganz und gar nicht, meine Liebe«, kicherte er und tätschelte ihre Hand. »Aber vielleicht werde ich mich rächen, wenn Bennett nach Hause kommt!«

Erst am Abend des folgenden Tages, als Hope und Nell endlich allein in Willow End waren, kehrte langsam Ruhe ein. Sie waren über Nacht in einem Gasthaus abgestiegen, und da sie sich ein Bett hatten teilen müssen, das Nells Überzeugung nach voller Wanzen war, hatten sie fast die ganze Nacht geredet.

Während der letzten Kilometer der Reise hatte Hope vor sich hin gedöst, und es war eine Überraschung, als Nell sie plötzlich weckte und ihr mitteilte, dass sie am Ziel seien.

Die Sonne ging unter und warf einen rosigen Schimmer auf die grauen Steinwände des Cottages, als sie zur Vordertür gingen. Hope strich über die Lavendelbüsche, und der süße, durchdringende Duft führte sie in ihre Kindheit zurück. Wie oft hatte sie im Garten Lavendel gepflückt und ihn für ihre Mutter zu Sträußen gebunden, die sie an die Cottagebalken hatten hängen können!

Es war eine gelinde Überraschung herauszufinden, dass Angus so einfach lebte. Das Bild, das sie sich draußen auf der Krim von Willow End gemacht hatte, war ein wenig prächtiger gewesen. Doch sie war eher erfreut als enttäuscht, denn es war ein weiterer Beweis dafür, dass Angus eine Seele hatte.

Sie liebte die niedrigen, von Balken getragenen Decken und die behaglichen, leicht mitgenommenen alten Möbel. Es war ein richtiges Heim, und sie konnte überall Nells Hand sehen, angefangen von dem Geruch nach Möbelpolitur und den blitzenden Fenstern bis hin zu einer großen Vase von Herbstastern auf dem Tisch im Flur.

»Ich denke oft, dass eine Frau, die die Liebe des Hauptmanns und dieses Haus besäße, die glücklichste Frau auf der Welt sein müsste«, sagte Nell, während Hope bald hierhin hüpfte, bald dorthin, um alles mit freudigen Ausrufen zu erkunden.

Hope sah sie scharf an, denn sie hatte den Verdacht, dass ihre Schwester sich nach seiner Liebe sehnte. Aber Nell lachte über ihren Gesichtsausdruck. »Du verstehst mich falsch. Ich meinte nur, dass es dies ist, worauf die meisten Frauen hoffen. Ich danke dem Herrn jeden Tag für mein Glück, Hope. Ich habe seinen Respekt und dieses Haus, in dem ich leben kann. Und jetzt bist du wieder da! Das ist mehr als genug für mich.«

Während Nell kaltes Fleisch, eingelegte Gurken und Brot für ihr Abendessen aus der Speisekammer holte, erzählte sie: »Stell dir nur vor, ich habe ein Dienstmädchen, das jeden Tag kommt! Als der Hauptmann das erste Mal davon sprach, dass ich eine Hilfe nötig hätte, konnte ich mir überhaupt nicht vorstellen, womit ich sie jeden Tag beschäftigen sollte«, meinte sie. »Aber Dora ist ein braves Mädchen, und ich bin dankbar für ihre Gesellschaft und für die harte Arbeit, die sie leistet. Sie freut sich darauf, dich morgen kennenzulernen, denn ich habe ihr so viel von dir erzählt.«

Nach dem Abendessen saßen sie in zwei Sesseln am Herd, und erst jetzt fragte Hope, welche Neuigkeiten es von Albert gebe.

»Gar keine«, antwortete Nell, und ein Ausdruck der Angst huschte über ihre Züge. »Eines Tages wird er nach Briargate zurückkehren, davon bin ich überzeugt. Auch wenn Matt sagt, es sei töricht von mir, etwas Derartiges zu denken.«

Hope glaubte insgeheim, dass keine von ihnen echten Frieden finden würde, bis er gefasst und für seine Verbrechen verurteilt war. Doch sie sprach diesen Gedanken nicht aus und fragte stattdessen nach Lady Harvey und Rufus.

»Rufus leistet auf seiner Landwirtschaft Erstaunliches; er hatte in diesem Jahr eine wirklich gute Ernte«, berichtete Nell mit einigem Stolz. »Aber Lady Harvey!«

Nell hatte sie während der vergangenen zwei Tage mehrmals erwähnt, aber immer mit einer Art Ausrufezeichen, so wie die Leute von einem launischen Kind sprachen.

»Dann hat sie sich im Pförtnerhaus also noch nicht richtig eingelebt?«

»Ich glaube nicht, dass sie sich jemals irgendwo einleben wird«, seufzte Nell. »Und sie ist so voller Bedauern.«

»Sie ist gewiss über den Verlust ihres Heims verbittert«, erwiderte Hope, ein wenig überrascht, dass Nell sich so ungeduldig über die Frau äußerte, die sie einst angehimmelt hatte.

»Sie ist nicht verbittert«, meinte Nell stirnrunzelnd. »Oh, aber du musst es dir selbst ansehen. Ich kann es nicht erklären. Doch sowohl sie als auch Rufus waren überglücklich, von deiner Rückkehr zu hören! Und sie waren so beeindruckt von diesem Artikel über dich in der *Times!* Pastor Gosling hat den Artikel sogar in der Kirche vorgelesen, wie Matt mir erzählte! Hab ich dir das eigentlich schon erzählt?«

Hope unterdrückte ein Kichern, denn Nell hatte ihr diese Geschichte nicht nur mehrmals erzählt, sondern trug den Zeitungsausschnitt bei sich, wo sie ging und stand. Der Artikel handelte in der Hauptsache davon, dass sie angeschossen worden war, während sie Robbie gerettet hatte, aber er berichtete auch über ihre Arbeit im Krankenhaus in Balaklawa. Der Ausschnitt war vielfach zerknittert, und dies legte die Vermutung nahe, dass Nell ihn seit Wochen jedem zeigte, der ihr über den Weg lief.

»Ich sollte Rufus besser bald einmal aufsuchen«, bemerkte Hope und blickte auf ihren dicken Bauch hinab. »Solange ich noch kann.«

»Am Sonntag kommen alle her«, erklärte Nell aufgeregt. »Alice und Toby kommen mit Ruth, John und ihrer Familie aus Bath. Matt und Amy werden ihre Kleinen mitbringen, und Joe und Henry werden ebenfalls hier sein. Dann werden wir ein volles Haus haben, das steht fest. Es ist ein Jammer, dass der Weg für James zu weit ist, um ebenfalls herzukommen.«

»Also werden wir während der nächsten Tage alle Hände voll zu tun haben mit den Vorbereitungen des Essens?«

»Auf jeden Fall«, kicherte Nell. »Ich hoffe nur, das Wetter bleibt so. Es ist einfacher, wenn die Kinder nach draußen gehen können, denn es sind jetzt so viele.«

Während der ersten beiden Tage in Willow End hatte Hope das Gefühl, in einen schönen Traum eingehüllt zu sein, aus dem sie nie wieder aufwachen wollte. Abgesehen von ihren Flitterwochen, hatte sie nie die Art von Annehmlichkeiten und Ruhe genossen, die sie jetzt erlebte. Ein geräumiges, hübsches Schlafzimmer mit einem weichen Bett, gemütliche Mahlzeiten und jemanden, der ihr die Kleider wusch und für sie bügelte. Sie konnte Kutschen am Cottage vorbeifahren sehen oder zum Fluss in Saltford hinunterschlendern und sich an der Ruhe und der Schönheit der Landschaft erbauen.

Alle Angst um ihre Familie während der langen Jahre der Trennung war in dem Moment von ihr abgefallen, als Nell sie im Hafen von Portsmouth umarmt hatte. Und nach ihren gemeinsamen Gesprächen hatte Hope jetzt ein klares Bild von allem, was sich während jener Jahre in ihrer Familie zugetragen hatte.

Erst am Sonntag, als der Rest der Familie eintraf, um sie zu besuchen, erwachte Hope aus dem wonnevollen Kokon, in den sie seit ihrer Ankunft eingesponnen gewesen war.

Alles fing so gut an. Es war ein warmer, sonniger Tag. Nell und Dora hatten ein richtiges Festmahl zustande gebracht, und die Familie erschien mit einem Schwarm von Kindern. Es war herrlich, von all der Aufregung und Liebe umfasst zu werden. Sie staunte, dass Joe und Henry während ihrer Abwesenheit zu erwachsenen Männern geworden waren. Matt war jetzt ein Abbild ihres Vaters, und zwischen Amy und Ruth war ein Gefühl von Kameradschaft entstanden, wenn sie miteinander die Geschichten über ihre jeweiligen Geburten austauschten. Doch selbst während sie alle um sie herum waren und ihre Gesichter vor Freude darüber leuchteten, sie wieder in ihrer Mitte zu haben, fühlte Hope sich seltsam isoliert und andersartig.

Sie konnte den Grund dafür nicht ausmachen, denn abgesehen von Matt, Joe und Henry, die noch immer ein ähnliches Leben führten wie das, das sie aus ihrer Kindheit kannte, hatten sie sich alle verändert. Ruth und ihre Familie waren relativ wohlhabend und lebten in Bath. Alice und Toby waren immer noch in Stellung und konnten von kaum etwas anderem sprechen als den Vorgängen in ihrem Haushalt. Und auch Nell hatte es ja zu etwas gebracht. Doch verändert oder nicht – sie alle gingen miteinander genauso um, wie sie es immer getan hatten. Nur sie, Hope, war anders, als gehörte sie nicht dazu.

Als später alle nach Hause gegangen waren, versuchte sie, Nell von ihren Gefühlen zu erzählen, aber ihre Schwester reagierte ärgerlich und ungeduldig. »Natürlich gehörst du dazu«, fuhr sie sie an. »Ich will solche Torheiten nicht mehr hören.«

Zwei Wochen nach ihrer Ankunft zu Hause machte Hope sich am Morgen mit Mr Tremble, dem örtlichen Fuhrmann, auf den Weg zum Pförtnerhaus, um Rufus und Lady Harvey zu besuchen. Das hatte sie gleich nach ihrer Ankunft tun wollen. Obwohl Nell zuerst ganz begeistert von Hopes Vorhaben gewesen war, schien sie heute Bedenken deswegen zu haben.

Hope konnte Nells plötzlichen Sinneswandel durchaus verstehen. Das Pförtnerhaus barg schlimme Erinnerungen für sie beide. Aber Hope wusste, dass sie dorthin zurückkehren musste: Sie wollte die Gespenster, die sie verfolgten, ein für alle Mal abschütteln.

Matt hatte ihr erzählt, wie besorgt Rufus nach ihrem Verschwinden gewesen war. Hope glaubte es ihm schuldig zu sein, ihm zu zeigen, wie viel ihre Kinderfreundschaft ihr noch immer bedeutete.

Aber vielleicht hatte Nell ja auch deshalb Angst vor diesem Besuch, weil sie fürchtete, ihre jüngere Schwester würde ihren Platz vergessen und etwas Respektloses zu Lady Harvey sagen?

Dieser Gedanke ärgerte Hope, denn sie hatte keinen »Platz« mehr. Sie gehörte weder zu den Dienstboten noch zu den vornehmen Herrschaften. Sie war einfach die Frau eines Armeearztes, eine Frau, die weit mehr über das Privatleben von Sir William und Lady Harvey wusste, als ihr angenehm war. Auch wusste sie über Albert mehr, als Nell ahnte. Manchmal wünschte Hope, sie hätte ihr alles erzählen können, dann würde sie vielleicht aufhören, sie wie ein Kind zu behandeln.

»Sie sind also die Renton, die weggelaufen ist?«

Hope sah Mr Tremble von der Seite an. Er hatte kein Wort gesprochen, seit sie neben ihn auf den Karren geklettert war, und dann war er plötzlich mit dieser sehr anzüglichen Frage herausgerückt. Mit seinem kleinen Kopf, der langen Nase und dem viel zu kurz geratenen Hals erinnerte der Mann sie an einen Maulwurf.

»Ja, die bin ich«, gab sie zu. »Aber ich würde lieber nicht darüber reden.«

»Es hat geheißen, dieser Albert hätte Sie getötet«, sagte er, wobei er ihre Antwort vollkommen ignorierte. »Doch meine Missus dachte, er müsste Ihnen was anderes angetan haben.«

Hope schluckte. Sie konnte sich denken, was das war!

»Mr Tremble«, erwiderte sie mit dem strengen Tonfall, den sie stets bei Patienten anschlug, »das alles ist lange her, und ich möchte vergessen, dass ich Albert Scott je begegnet bin. Und das ist alles, was ich zu diesem Thema zu sagen habe.«

Der Fuhrmann schwieg für kurze Zeit. »Aber es ist schon komisch, dass sie ihn nicht finden können«, stieß er plötzlich hervor. »Er könnte der Armee beigetreten sein, er könnte genau da gewesen sein, wo Sie waren.«

»Möglicherweise«, pflichtete Hope ihm bei. Mehrere Leute hatten bereits eine ähnliche Vermutung geäußert, und sie fragte sich, wie sie reagiert hätte, wäre Albert tatsächlich eines Tages verwundet ins Lazarett gebracht worden. Der Gedanke, ihn auf eine Trage zu fesseln, um ihm ohne Chloroform einen Arm oder ein Bein zu amputieren, gefiel ihr recht gut.

»Wann kommt denn das Kleine?«

Hope lächelte, erleichtert darüber, dass der Fuhrmann ihr eine Frage gestellt hatte, die sie gern beantwortete. »In zwei Wochen oder so«, erklärte sie. »Also, sehen Sie zu, dass Sie nicht in irgendwelche Furchen in der Straße geraten, sonst bekomme ich es noch heute.«

Seltsamerweise brachte ihn diese Bemerkung zum Schweigen, und Hope konnte sich zurücklehnen und die Fahrt genießen.

Sie hatte fast vergessen, wie schön England im September war. Die Sonne war nicht länger zu heiß, die Ernte war eingeholt, und die Blätter an den Bäumen begannen gerade erst, ihre Farbe zu verändern. Sie liebte die gewellte Landschaft und die kleinen, von Hecken umgebenen Felder, die von ihrem Aussichtspunkt hoch oben auf dem Karren aussahen wie eine dicke Flickendecke. Wie gut es tat, Kühe und Schafe grasen zu sehen und die säuberlichen Reihen von Gemüsepflanzen in den Gärten! Im vergangenen Winter hätte sie ein Königreich für eine Möhre oder einen Kohlkopf bezahlt.

»Wie war es denn so auf der Krim?«, fragte Mr Tremble, als hätte er ihre Gedanken gelesen.

»Kahl und trostlos«, sagte sie. »Ganz anders als dies hier.«

Er nickte, anscheinend war er mit dieser dürftigen Beschreibung zufrieden. »Soll ich Sie auf dem Rückweg wieder abholen?«, erkundigte er sich.

»Nein, das wird nicht nötig sein, aber trotzdem vielen Dank für Ihr Angebot. Ich werde zum Hof meines Bruders in Woolard gehen und mich von ihm nach Hause bringen lassen«, antwortete sie.

Mr Tremble hatte ihr kaum aus dem Karren geholfen, da kam Rufus auch schon die Einfahrt heruntergestürzt. »Hope! Wie schön, dich zu sehen!«, rief er und streckte die Arme aus, um sie an sich zu ziehen, wie er es als kleiner Junge getan hatte. Aber dann blieb er mit leicht verlegener Miene einige Schritte von ihr entfernt stehen.

Hope verstand. Als sie ihn das letzte Mal gesehen hatte, war er nur ein kleiner Junge gewesen und mehrere Zoll kleiner als sie. Jetzt überragte er sie, ein erwachsener Mann mit tiefer Stimme und breiten Schultern.

»Ich weiß, es gibt schrecklich viel von mir, das man umarmen muss«, lachte sie. »Oder bist du so schüchtern, weil wir alle erwachsen sind?«

Er lachte und umarmte sie trotzdem, aber ihr Körperumfang machte es zu einem schwierigen Unterfangen.

Hope griff nach seinen Händen. »Lass dich ansehen, Sir Rufus Harvey. Meine Güte, du bist ja zu einem richtig gut aussehenden Burschen herangewachsen!«

Er besaß noch immer die besten Züge seiner Eltern, er war blond und blauäugig, doch in seinem Gesicht lag eine Stärke, die Sir William und Lady Harvey gefehlt hatte. In schlichten Arbeitskleidern sah er mehr wie ein Bauer als wie ein Ritter aus.

»Und du bist vom hübschesten Mädchen im Dorf zu der schönsten Frau in der Grafschaft herangewachsen«, sagte er.

»Du hast zu lange auf deinem Hof hier gelebt«, scherzte sie.

»Hast du jemals jemand anderen als eine Sau gesehen, der so gewaltig gewesen wäre?«

»Ich denke, ich habe tatsächlich zu lange auf einem Bauerhof gelebt«, lachte er. »Mutter wäre entsetzt, dass ein Gentleman einen solchen ›Zustand‹ auch nur bemerkte.«

»Wir gehen besser hinein und begrüßen sie«, meinte Hope und blickte nervös zu dem kleinen Cottage hinüber, das so viele schlimme Erinnerungen barg. Es sah jetzt weniger kahl und abweisend aus, da Kletterpflanzen sich über das ganze Haus rankten, deren Blätter sich gerade rot verfärbten.

»Ein Wort der Warnung«, flüsterte Rufus, dessen Miene plötzlich angespannt war. »Mutter ist nicht mehr so wie früher. Bisweilen ist sie eindeutig seltsam. Wenn du dich in ihrer Nähe unbehaglich fühlst, behaupte einfach, gehen zu müssen. Ich bringe dich dann zu Matt. Ich habe ihn gestern Abend gesehen; er hat mir erzählt, dass er dich nach Hause fahren will.«

»Bedeutet das, dass wir im Wald Verstecken spielen können?«, fragte sie grinsend.

»Jetzt könntest du dich nicht mehr vor mir verstecken«, lachte er. »Erinnerst du dich an die schönen Zeiten, die wir hatten?«

»Einige davon gehören zu den allerbesten Erinnerungen für mich«, seufzte sie. »Ich habe keine einzige davon vergessen.« Sie konnte spüren, dass die Zeit das alte Band zwischen ihnen nicht geschwächt hatte, und selbst wenn Lady Harvey sich als schwierig erweisen sollte, war Hope sehr dankbar, heute hierhergekommen zu sein.

Und doch war alles anders. Die Einfahrt war jetzt voller Unkraut und gefurcht von Bauernkarren. Am Ende, wo einst das große Haus gestanden hatte, war nun nichts mehr zu sehen als ein gepflügtes Feld. Fast alle Spuren des schönen Gartens waren verschwunden, abgesehen von einigen zauberhaften alten Bäumen.

»Schockiert es dich?«, fragte Rufus.

Hope nickte. Sie erinnerte sich daran, wie oft sie an der Hintertür des Pförtnerhauses gesessen, zum großen Haus hinübergeblickt und gedacht hatte, dass es das prächtigste Anwesen in ganze England sein müsse. »Schmerzt es dich? Ich meine, dass es fort ist?«

Er lächelte ein wenig. »Nein, eigentlich nicht. Natürlich bin ich immer noch fuchsteufelswild, dass Albert etwas Derartiges tun konnte. Sollte er jemals wieder hier auftauchen, werde ich ihn gewiss mit bloßen Händen in Stücke reißen. Aber mein großer Kummer ist ein anderer: Ich konnte meinem Vater nicht Lebewohl sagen. Außerdem ist da natürlich noch das, was Albert Mutter angetan hat. Um das Haus trauere ich nicht. Auf seltsame Weise hatte ich oft das Gefühl, dass es dort nicht hingehörte. Dass dies hier Bauernland sein müsse. Verstehst du, was ich meine?«

Hope blickte nachdenklich über das Land. Es sah nicht so aus, als fehlte hier irgendetwas. »Ja, ich glaube schon«, pflichtete sie ihm bei. »Und Nell erzählt, du seist mit der Landwirtschaft glücklicher, als du es mit deinem Studium warst. Ist das wahr?«

Wieder lächelte er breit. »Ja, Nell hat recht, ich bin viel glücklicher hier. Ich habe ein Ziel vor Augen und ein Gefühl der Zugehörigkeit, wie ich es noch nie zuvor gekannt habe.«

»Dann hattest du wirklich großes Glück.« Sie strich ihm voller Zuneigung über die Wange. »Mir ist es genauso ergangen, als ich Kranke gepflegt habe. Es ist ein gutes Gefühl.«

»Ich will alles über die Krim wissen«, meinte er eifrig. »Aber jetzt gehen wir besser hinein und schauen zuerst nach Mutter.«

Es war ein ungeheuer seltsames Gefühl, das Pförtnerhaus wieder zu betreten. Hope blickte die Treppe hinauf, und ihr war sofort gegenwärtig, was sie dort gesehen hatte. Sie konnte beinahe spüren, wie Alberts Schläge auf sie niederprasselten, und durchlebte noch einmal die Todesangst, die sie empfunden hatte.

Aber es sah jetzt nicht mehr ganz so aus wie früher. Der grobe alte Tisch und die Stühle waren verschwunden; der Raum wirkte größer, sanfter und wärmer, beinahe elegant, mit einem Teppich auf dem Boden, bequemen Sesseln und einem polierten Holztisch. Sie brauchte ein oder zwei Minuten, um den Grund dafür zu erkennen: Es war ein weiterer Raum angebaut worden, vermutlich eine neue Küche an der Stelle, an der sich früher die Hintertür befunden hatte.

»Wie nett von dir, mir einen Besuch abzustatten, Hope!« Lady Harvey erhob sich steif von einem Samtsessel am Feuer, um sie zu begrüßen. »Du siehst gut aus, und wenn ich recht verstanden habe, steht das glückliche Ereignis unmittelbar bevor?«

Lady Harvey war auf dramatische Weise gealtert. Ihr Haar war jetzt weiß, ihr Gesicht eingefallen, und die Haut wirkte so dünn, als könnten ihre scharfen Wangenknochen sie jederzeit durchstoßen. Auch ihr Mund war eingefallen, vermutlich hatte sie etliche Zähne verloren. Ihr schwarzes Kleid raubte ihrem Gesicht alle Farbe, die ihm vielleicht noch verblieben war; selbst ihre blauen Augen schienen verblasst zu sein.

Hope wurde bewusst, dass diese Veränderungen allmählich vonstattengegangen sein mussten, über eine lange Zeitspanne hinweg, sonst hätte Nell sie gewarnt. Doch da sie der Frau so unerwartet gegenübergetreten war, bekam sie plötzlich den Mund nicht auf. »Es tut mir sehr leid, dass Sie Sir William verloren haben«, stieß sie hastig hervor. »Ich habe nicht davon erfahren, weil ich gerade geheiratet hatte.«

»Lasst uns nicht darüber nachgrübeln«, erwiderte Lady Harvey und lächelte, was einen Anflug jener Schönheit hervorbrachte, die die Frau einst ausgezeichnet hatte. »Ich habe mich so gefreut, als Nell mir erzählt hat, dass man dich gefunden hätte und dass du mit einem Arzt verheiratet seist. Und jetzt ein Baby!«

»Ja«, sagte Hope. »Es sind jetzt nur noch zwei Wochen, aber ich hoffe, es wird warten, bis Bennett nach Hause kommt.«

Kurz nach ihrer Ankunft bei Nell hatte sie einen Brief bekommen, in dem er ihr geschrieben hatte, dass er glaube, man werde ihm gestatten, mit dem nächsten Schiff heimzukehren. Dieser Brief war zusammen mit fast einem Dutzend weiterer angekommen, die er zuvor geschrieben hatte, und er war am ersten August datiert. Seither war keine weitere Post gekommen. Vermutlich hatte Bennett sich also kurz darauf eingeschifft. Hope meinte, jetzt jeden Tag mit ihm rechnen zu können.

»Ich hoffe sehr, dass Sie das Kind nicht allein bekommen müssen«, erwiderte Lady Harvey, und zu Hopes Erstaunen begann sie zu weinen.

»Ich werde nicht allein sein; ich werde Nell bei mir haben«, erwiderte Hope, gerührt von dieser außerordentlichen Zurschaustellung von Sorge. Sie trat vor und griff nach der Hand der älteren Frau. »Weinen Sie nicht«, bat sie. »Es wird schon alles gut gehen.«

»Sorgen Sie nur dafür, dass sie Ihnen das Baby nicht wegnimmt«, entgegnete Lady Harvey.

Ihre Worte waren höchst seltsam, aber ihre Miene war noch seltsamer, denn es war, als bleckte sie die Zähne, nur dass bloß noch einige wenige braune Stumpen übrig waren.

Hope sah Rufus fragend an, aber er schüttelte nur den Kopf und deutete auf die Tür.

Es kam ihr unglaublich unhöflich vor, so schnell wieder zu gehen, doch sie konnte es nicht ertragen, länger zu bleiben. Nicht bei Lady Harvey und nicht im Pförtnerhaus. »Es tut mir leid, dass es ein so kurzer Besuch war, aber ich muss jetzt gehen«, erklärte sie. »Ich werde bald wiederkommen.«

»Sie haben nicht einmal Tee mit mir getrunken.« Die Stimme der älteren Frau war schrill und flehentlich. »Ich wollte gerade nach welchem läuten.«

Rufus geleitete Hope hinaus.

»Es tut mir leid«, bemerkte er mit jämmerlicher Miene, sobald sie draußen waren. »Sie sagt manchmal sehr eigenartige Dinge. Nach dem Tee läuten! Vielleicht denkt sie, dass Baines für einen Sprung aus seinem Grab steigt und ihr welchen bringt.«

Hope kicherte nervös. »Ich sollte darüber nicht lachen. Der arme alte Baines! Er war so ein netter Kerl.«

»Einer der Besten«, stimmte Rufus zu. »Ich habe ihn noch gesehen, bevor er starb, und er erzählte mir, dass er bereit sei zu gehen. Er meinte, es sei ein Privileg gewesen, für meine Familie zu arbeiten, aber er sei jetzt müde. Am nächsten Tag ist er gestorben, und ich war froh darüber, wirklich. Denn wo wäre er gelandet, wenn er weitergelebt hätte?«

Im Arbeitshaus. Das wusste Hope genauso gut wie Rufus. Sie war froh zu sehen, dass ihr Kindheitsfreund sein soziales Gewissen keineswegs verloren hatte.

»Wie kommst du mit deiner Mutter zurecht?«, fragte sie, während sie die alte Einfahrt entlanggingen.

»Du meinst, wenn sie irgendwann völlig wahnsinnig sein sollte?«, erwiderte er mit entwaffnender Offenheit. »Bisher ist sie weder für sich selbst noch für sonst irgendjemanden eine Gefahr. Sie sagt nur seltsame Dinge. Neulich hat sie mir sogar erzählt, ich hätte eine Schwester!«

»Wirklich?« Hope grinste. »Und was ist aus dieser Schwester geworden? Hat Nell sie ihr weggenommen?«

Sie beide lachten, dann begannen sie, über fröhlichere Dinge zu reden.

Um der alten Zeiten willen gingen sie zum See hinunter und stellten zu ihrer großen Freude fest, dass das alte Boot noch immer dort lag. Sie setzten sich in ein Fleckchen Sonnenschein auf einen Baumstamm und redeten über alles und jedes. Hope erzählte Rufus sogar von dem Tag, an dem sie die Pastete gestohlen hatten, als sie halb verhungert gewesen waren.

Das war es, was sie gebraucht hatte, ohne es selbst zu wissen: in der Lage zu sein, wahrheitsgemäß über die Vergangenheit zu sprechen. Nell gegenüber hatte sie ihre Zeit in Lewins Mead nämlich beschönigt, aus Angst, ihre Schwester mit hässlichen Bildern zu belasten, die sie dann nicht mehr loswurde.

Hope verweilte jedoch nicht lange bei diesem Teil ihres Lebens; es genügte, ihm einen kurzen Überblick darüber zu geben und dann weiterzuziehen. Rufus wollte mehr über die Schlachten auf der Krim wissen, insbesondere über den Angriff der Leichten Brigade, über den alle englischen Zeitungen in großer Ausführlichkeit berichtet hatten.

Hope erklärte ihm, warum sie eine so schlechte Meinung über den vermeintlichen Helden Cardigan hatte. »Ich finde es einfach erschreckend, dass hier in der Heimat alle Lord Lucan als den Hauptschuldigen an dem fatalen Angriff ansehen«, endete sie.

»Meine Lieblingsschlacht war die mit der ›schmalen roten Linie‹«, sagte Rufus.

»Die hat Bennett mitangesehen«, antwortete Hope eifrig. »Er meinte, die Highlanders müssten die tapfersten Männer sein, die je gelebt hätten.«

»Russell von der *Times* hat so leidenschaftlich darüber geschrieben, dass ich beinahe das Gefühl gehabt habe, dabei gewesen zu sein«, bemerkte Rufus. »Er nannte die Formation der Highlanders ›eine dünne rote Linie mit Stahlspitzen‹. Ist das nicht eine wunderbare Beschreibung?«

»Ich hoffe nur, dass die Männer bei ihrer Heimkehr wirklich für ihren Heldenmut belohnt werden«, seufzte Hope. »Es gab so viele heldenhafte Zwischenfälle da draußen, viele, von denen niemals berichtet werden wird. Angus ist bei der Kavallerieattacke schwer verwundet worden, aber er hat trotzdem noch einen anderen Husaren, der kein Pferd mehr hatte, zu sich hinaufgezogen und ihn durchs Feuer zurückgebracht. Und was Bennett betrifft – er mag keine Angriffe geführt und keine Russen getötet haben, aber für die Männer, deren Leben er gerettet hat, war und ist er ein Held.«

Rufus hing an ihren Lippen, während sie das Lazarett beschrieb und die endlose Abfolge von Verwundeten und Kranken, die täglich ankamen. »Aber jetzt ist Sewastopol endlich gefallen«, meinte er. »Sie werden zu Weihnachten doch gewiss alle zu Hause sein?«

»Ich hoffe, dass Bennett schon viel früher zurückkommt und mir Nachricht geben wird, wann ich mit ihm rechnen kann«, sagte Hope mit einem Grinsen. »Es würde ihm absolut ähnlich sehen, gerade an dem Tag aufzutauchen, an dem ich wie eine Vogelscheuche aussehe. Doch genug jetzt von dem Krieg und von mir. Was ist mit dir, Rufus? Hast du eine Liebste?«

Er grinste verschämt. »Die habe ich tatsächlich. Lily Freeman, sie ist die Tochter des Pfarrers aus Chelwood.«

»Ich bin sehr glücklich für dich«, versicherte Hope. »Ist sie schön?«

»Für mich ja«, erwiderte er mit einem träumerischen Ausdruck in den Augen. »Ich liebe sie, und ich möchte sie heiraten. Aber ich kann es nicht, solange Mutter sich in diesem Zustand befindet. Im Augenblick kann ich uns beide nur mit knapper Not über Wasser halten, geschweige denn eine Ehefrau.«

Es erschien Hope unglaublich, dass Rufus' Leben sich so dramatisch verändert hatte. Wann immer sie ihn sich in der Vergangenheit vorgestellt hatte, dann stets vor irgendeinem prächtigen Hintergrund – auf Bällen und Festen oder draußen auf der Jagd auf einem Pferd wie Merlin. Niemals hätte sie sich ausgemalt, dass er abgenutzte, grobe Kleider trug, Schmutz unter den Fingernägeln hatte und ein Feld pflügte oder Hühner fütterte.

»Du bist immer noch ein sehr junger Mann«, rief sie ihm ins Gedächtnis. »Lily wird warten, wenn sie dich liebt. Ich musste lange auf Bennett warten, doch am Ende hat es sich gelohnt.«

»Es ist so schön, dich zurückzuhaben«, sagte er und legte ihr einen Arm um die Schultern. »Und noch besser ist es festzustellen, dass wir nach wie vor über alles reden können, genau wie früher. Wir werden immer Freunde sein, nicht wahr?«

Sie küsste ihn auf die Wange. »Immer. Für ewig und alle Zeit. Aber jetzt muss ich zu Matt gehen, ich habe schon einen zu großen Teil deines Tages beansprucht. Wirst du bald einmal kommen und mich bei Nell besuchen?«

Am neunundzwanzigsten September wurde Hope in den frühen Morgenstunden von einem Schmerz im Bauch geweckt. Der Schmerz verschwand wieder, kehrte aber zehn Minuten später zurück. Beim fünften Mal – inzwischen war es eine Stunde später –, wusste sie, dass das Baby zur Welt kommen wollte, und ging zu Nell, um sie zu wecken.

Onkel Abel hatte für die Geburt eine Hebamme aus Brislington bestellt, die er für die beste von allen hielt, und er hatte bereits Anweisung gegeben, dass Nell nach ihr schicken und ihn selbst verständigen sollte, wenn es so weit war.

Nell war sehr ruhig. Sie zog sich an, heizte den Herd ein, kochte ihnen beiden einen Tee und schlüpfte dann aus dem Haus, um zu einem Nachbarn zu gehen, der ein Pony und einen Einspänner hatte. Der Mann hatte bereits versprochen, die Hebamme zu holen, wenn es nötig wurde.

Hope hatte nicht die Absicht, wieder ins Bett zu gehen, solange es nicht absolut notwendig war. Eine der Schwestern in St. Peter's hatte immer behauptet, ihrer Erfahrung nach kämen Babys leichter und schneller auf die Welt, wenn die Mutter sich bewegte.

Nell hatte alles für das Baby bereitliegen; sie besaß eine ganze Schublade voll von Flanellnachthemden, Jäckchen, Häubchen und gestrickten Babyschuhen. Außerdem hatte sie irgendwo eine hölzerne Wiege sowie gestrickte Decken und einen Schal aufgetrieben. Hope hatte all die Dinge schon früher gesehen, doch jetzt, da das Ereignis unmittelbar bevorstand, beschloss sie, sich die Dinge genauer anzuschauen.

Eine Woge der Liebe zu ihrer Schwester stieg in ihr auf, als sie bemerkte, mit welcher Sorgfalt Nell all die winzigen Kleidungsstücke gestrickt und genäht hatte. Die kleinen Flanellnachthemden hatten zierliche Stickereien an der Passe, und die Häubchen waren mit Spitze abgesetzt.

Ganz unten in dem Stapel fand sich ein älterer Schal, und Hope nahm ihn heraus, um ihn sich anzusehen. Er war vom Alter vergilbt, aber so weich und zart wie Spinnweben. Sie fragte sich, woher er gekommen sein mochte. Hope konnte sich nicht vorstellen, dass Nell jemanden kannte, der einen so feinen Schal besaß.

Sie hielt ihn sich gerade ans Gesicht, als Nell hereinkam. Ihre

Wangen waren vom Laufen gerötet. »Woher kommt dieser Schal, Nell?«, fragte Hope. »Er ist so hübsch.«

»Er hat dir gehört.«

»Mir! Wie konnte unsere Familie sich so etwas leisten?«

»Irgendjemand hat ihn Mutter gegeben. Ich weiß nicht, wer«, sagte Nell, und ihre Stimme klang seltsam scharf.

»Es wird schon alles gut gehen«, erwiderte Hope, die annahm, dass Nell sich um sie sorgte. »Frauen bekommen ständig Babys, und ich habe einigen selbst auf die Welt geholfen. Daher weiß ich alles darüber.«

»Ich werde dich daran erinnern, wenn du anfängst zu schreien«, entgegnete Nell spitz.

Die Hebamme, Mrs Langham, erschien um zwölf. Sie war eine große, herrische Frau mit einer dicken Warze auf der Nase, aber Hope freute sich zu sehen, dass sie sehr sauber war. Mrs Langhams Mann hatte einen Jungen zu Dr. Cunningham geschickt, um ihn darüber zu informieren, dass die Geburt bevorstand.

»Aber wir werden das Kleine schon für ihn herausgeputzt haben, wenn er herkommt«, sagte Mrs Langham munter. »Sie sehen nicht wie die Art Frau aus, die zwei Tage dafür braucht.«

Sie hatte recht. Um vier Uhr nachmittags wurden die Schmerzen so schlimm, dass Hope sich ins Bett legte, und gegen sechs begann sie zu pressen. Binnen weniger als einer halben Stunde fing Mrs Langham das Neugeborene in den Händen auf. »Es ist ein Mädchen«, erklärte sie strahlend.

Hope lehnte sich in die Kissen und nahm das Baby in die Arme. Wie seltsam es doch war, dass eine Mutter ihr Kind sofort liebte, sobald sie es im Arm hielt!, dachte Hope. Aber das Gefühl, das in ihr aufstieg, war so stark, dass es ihr die Tränen über die Wangen trieb. Nichts in ihrem Leben hatte sich bisher so gut, so zutiefst anrührend angefühlt wie der Anblick dieses winzig kleinen Gesichtes.

»Oh, Nell«, seufzte sie. »Kann irgendetwas perfekter sein? Oder wunderbarer?«

»Sie sieht genauso aus wie du, als du zur Welt gekommen bist«, erwiderte Nell und begann zu weinen.

»Mit Schreihälsen werde ich fertig«, bemerkte Mrs Langham. »Aber bei Heulsusen brauche ich einen Brandy.«

Hope blickte zu der kräftigen Frau auf, und ihre Tränen verwandelten sich in Gelächter. »Sie sollen Ihren Brandy haben«, meinte sie. »So viel Sie wollen. Und Nell sollte sich besser auch einen gönnen.«

»Also, wie willst du sie nennen?«, fragte Onkel Abel. Er war eine Stunde nach der Entbindung eingetroffen und schien recht erschüttert zu sein, weil seine Fähigkeiten nicht mehr benötigt wurden. Er hatte das Baby untersucht und festgestellt, dass die Kleine stark und gesund war. »Das schönste Baby, das ich je gesehen habe«, murmelte er bewegt. Dann setzte er sich und wiegte sie in den Armen.

»Betsy«, sagte Hope, ohne zu zögern. »Betsy Hannah Meg Meadows.«

Er wirkte erfreut, denn der zweite Name war der seiner verstorbenen Schwester, und der dritte Name war der von Hopes Mutter. »Warum Betsy?«, wollte er wissen.

»Nach einer Frau, die ich geliebt habe«, antwortete sie schlicht. »Ich weiß, dass Bennett es gutheißen wird. Wir haben uns kennengelernt, als er während der Cholera nach ihr gesehen hat.«

»Hast du in letzter Zeit einen Brief von ihm bekommen?«

»Nicht mehr nach dem, den er im August geschrieben hat«, erwiderte sie. »Ich denke, das bedeutet, dass er auf dem Heimweg ist.«

»Wie teuflisch lange Briefe aus dem Ausland doch brauchen!«, meinte Abel nachdenklich. »Wir haben jetzt den Telegrafen, und der braucht nur zwei Tage, um uns mitzuteilen, was in der Welt geschehen ist. Aber Briefe brauchen noch immer Wochen!«

»Da ist ein Brief für dich vom Hauptmann!«, rief Nell genau eine Woche nach Betsys Geburt die Treppe hinauf. »Ich bring ihn dir gleich nach oben.«

Hope wäre sofort nach unten gelaufen, hätte sie nicht gerade Betsy gestillt. Das Stillen war der schönste Teil der Mutterschaft. Sie hatte einen bequemen Sessel am Schlafzimmerfenster, von dem aus man in den Garten schauen konnte, und während Betsy gierig an ihrer Brust saugte, blickte Hope verträumt über die Felder jenseits der Gartenmauer.

Nichts in ihrem bisherigen Leben kam dem Glück, in das kleine Gesicht ihrer Tochter zu blicken, auch nur annähernd nahe, oder dem Gefühl ihrer winzigen Finger, die sich um ihre krallten. Betsys Kopf verströmte einen schwachen Duft, den Hope verzückt einatmete, und es war die reine Wonne, wenn sie sich nach dem Stillen in den Sessel zurücklehnte und sie in den Armen wiegte.

Nell und Dora beklagten sich, sie nicht lange halten zu dürfen, und manchmal war Hope bewusst, dass sie zu besitzergreifend war. Aber Betsy war *ihr* Baby, und gerade jetzt, da sie so winzig war, brauchte sie nur ihre Mutter.

Nell kam mit einem Tablett mit Tee nach oben. »Darf ich sie halten, während du den Brief liest?«, fragte sie, als sie das Tablett abstellte.

»Sie muss gewickelt werden«, sagte Hope, während sie das Baby ihrer Schwester übergab und sah, dass ihr Kleid eine nasse Stelle hatte. »Ich hätte nie gedacht, dass Babys so undicht sein können.«

»Warte nur, bis sie ein wenig größer ist«, erwiderte Nell, während sie Betsy auf ein Handtuch legte und die durchweichte Windel abnahm. »Du wirst dich ranhalten müssen, um mit der Wäsche fertig zu werden. Aber komm jetzt, lies diesen Brief; ich will seine Neuigkeiten hören.«

Hope setzte sich wieder hin und öffnete den Umschlag. Es war nur eine Seite, und bei der zweiten Zeile erbleichte sie.

»Oh nein«, stieß sie hervor. »Bennett ist krank.«

Sie las weiter, und als sie fertig war, ließ sie den Brief auf den Schoß sinken und bedeckte das Gesicht mit beiden Händen.

»Willst du es mir erzählen?«, fragte Nell, legte Betsy hastig wieder in ihre Wiege und kniete sich vor ihrer Schwester auf den Boden. »Was schreibt er?«

»Lies du es, ich kann nicht. Ich denke, er muss tot sein.«

Nell griff nach dem Brief und ging damit zum Fenster, wo das Licht besser war.

Liebe Hope, las sie.

Ich hoffe, es geht Ihnen gut und das Baby ist inzwischen da. Außerdem hoffe ich inbrünstig, dass Bennett jetzt bei Ihnen zu Hause ist und sich auf dem Wege der Besserung befindet. Ich war für eine Weile mit der Kavallerie unterwegs und bin gerade erst zurückgekommen. Natürlich habe ich mich sofort auf die Suche nach ihm gemacht – nur um hören zu müssen, dass er an einem Fieber erkrankt war. Im Lazarett sagte man mir dann, man habe ihn bereits nach Scutari geschickt.

Nell brach ab, als sie Hope aufheulen hörte. »Es ist alles gut, mein Liebes.« Sie ließ den Brief fallen und ging zu ihrer Schwester, um sie zu trösten. »Er schreibt nicht, dass Bennett tot ist, nur dass man ihn weggeschickt hat, weil er krank war.«

»Der Brief stammt vom zwanzigsten August«, schluchzte Hope. »Bennett war zu dem Zeitpunkt bereits eine Weile krank gewesen – wenn er noch lebt, warum hat er dann nicht geschrieben?«

»Du weißt doch, wie unzuverlässig die Post von dort aus ist«, sagte Nell besänftigend. »Aber schlechte Neuigkeiten reisen schneller als gute, das wissen wir alle. Wenn er gestorben wäre, hättest du es gehört.«

»Du weißt nicht, wie es da draußen ist«, beharrte Hope. »Es sterben ständig Männer, und manchmal weiß niemand, wer sie sind.«

»Aber er ist Offizier«, widersprach Nell energisch. »Offiziere gehen nicht verloren!«

Hope blickte mit angstvollen Augen zu Nell auf. »Sie haben ihn nach Scutari gebracht, Nell. Dieser Ort ist ein Höllenloch, das wissen alle. Er ist tot. Er wird nie mehr zu mir zurückkommen.«

Kapitel 25

Nell schreckte ruckartig aus dem Schlaf hoch, richtete sich auf und tastete nach der Kerze. Betsy schrie, und es war klar, dass Hope wieder einmal nicht die Absicht hatte, sie zu trösten.

So ging es nun schon seit Tagen, und Nell war am Ende ihrer Weisheit. Sie stieg aus dem Bett, legte sich einen Schal um die Schultern, griff nach der Kerze und tappte barfuß durch den Flur zu Hopes Zimmer.

»Nun, nun, mein kleiner Liebling«, sagte sie, während sie das Baby in die Arme nahm. »Nell ist jetzt bei dir.«

Betsy war tropfnass und offensichtlich sehr hungrig, denn sie saugte an ihren kleinen Fäusten.

Nell streifte das nasse Nachthemd und die Windel ab, zog dem Baby trockene Sachen an und ging dann näher an das Bett heran. Hope war in demselben Zustand wie schon seit einigen Tagen; sie lag flach auf dem Rücken, starrte ins Leere und schien nichts um sich herum wahrzunehmen.

»Du musst Betsy stillen«, meinte Nell.

Als Hope nicht antwortete oder sie auch nur ansah, rief Nell ihren Namen, zog an ihrem Arm und wiederholte ihre Bitte, lauter diesmal. Es kam noch immer keine Reaktion.

»Was wird Bennett sagen, falls er zurückkommt und sein Kind halb verhungert vorfindet?«, fragte Nell ärgerlich. »Du bist Betsys Mutter, um Gottes willen!«

»Er wird nicht zurückkommen. Er ist tot.«

Ein eisiger Schauder lief Nell den Rücken herunter, als sie den kalten, ausdruckslosen Tonfall in der Stimme ihrer Schwester hörte.

»Falls er tot ist, dann hast du nur umso mehr Grund, dich um sein Baby zu kümmern«, zischte Nell. »Setz dich sofort hin und leg sie an die Brust.«

Betsy begann von Neuem zu schreien; selbst im schwachen Licht der einen Kerze konnte Nell sehen, dass ihr Gesicht fast purpurn vor Wut war.

»Du bist unmenschlich. Dieses kleine Würmchen will nicht mehr als deine Milch. Du kannst daliegen, solange du willst, und in Selbstmitleid schwelgen, aber zuerst wirst du sie stillen.«

Nell legte das Kind auf das Bett und riss Hopes Nachthemd auf. Ihre Brüste waren so groß wie Melonen, und die Adern stachen hervor, weil sie so prall gefüllt mit Milch waren. »Du wirst sie stillen. Ich werde nicht danebenstehen und zulassen, dass du so egoistisch bist.«

Sie nahm Betsy auf und legte sie Hope an die Brust. Die Kleine saugte sich hungrig fest, aber Hope machte noch immer keine Anstalten, sie in die Arme zu nehmen oder sie auch nur anzusehen.

Nell hockte sich auf das Bett und stützte das Baby. Sie war so müde, dass sie sich kaum aufrecht halten konnte, aber sie konnte nicht zurück ins Bett gehen, bevor Betsy ihren Hunger gestillt hatte und wieder in ihrer Wiege lag.

Sie hätte Hopes Reaktion besser verstehen können, wenn man sie offiziell von Bennetts Tod in Kenntnis gesetzt hätte. Aber der Hauptmann hielt ihn offensichtlich nicht für tot, warum also sollte Hope dies glauben?

Nachdem sie etwa zwanzig Minuten lang getrunken hatte, schlief Betsy ein. Nell nahm sie Hope von der Brust und wartete, bis sie ein Bäuerchen gemacht hatte, dann legte sie sie in die Wiege. Als sie sich zu Hope umdrehte, sah sie, dass sie nicht einmal ihre Brüste bedeckt hatte.

»Kannst du dich nicht wenigstens wieder anziehen?«, fragte Nell wütend. »Weißt du, wie müde ich bin? Kannst du an irgendjemand anders denken als an dich selbst?«

Es kam keine Antwort, und Nell wurde so zornig, dass sie Hope ins Gesicht schlug. Aber auch das zeigte keine Wirkung – ihre

Schwester blieb ungerührt liegen, als könnte sie nichts sehen, hören oder fühlen.

»Wie kann man sich nur so abscheulich benehmen!«, rief sie. »Selbst die erbärmlichsten Frauen, die im Arbeitshaus landen, kümmern sich um ihre Kinder. Sobald es hell ist, werde ich nach Dr. Cunningham schicken, denn ich weiß nicht mehr, was ich noch mit dir tun soll.«

Dann verließ sie den Raum, weil sie befürchtete, ihre Schwester noch einmal zu schlagen, wenn sie bei ihr blieb.

»Ich weiß nicht, was ich tun soll, Master Rufus«, schluchzte Nell, als er am nächsten Morgen vorbeikam. »Ich bin am Ende, ich kann einfach nicht mehr.«

Rufus war in Keynsham gewesen, um Mais für seine Hühner zu holen, und war spontan nach Willow End weitergefahren, um nach Hope und ihrem Baby zu schauen. Sobald er Nell sah, wusste er, dass hier etwas ganz und gar nicht stimmte. Ihre Augen waren geschwollen vom Weinen, und sie wirkte vollkommen erschöpft.

Dann erzählte sie ihm, was sie durchgemacht hatte, seit vor zehn Tagen Hauptmann Pettigrews Brief gekommen war, und sie begann erneut zu weinen. »Wenn es so weitergeht, wird Hope noch in einer Anstalt enden«, schluchzte sie.

Rufus hatte Hope seit dem Tag, an dem sie im Pförtnerhaus gewesen war, nicht mehr gesehen, aber Matt und Amy waren einige Tage nach Betsys Geburt bei ihm gewesen und hatten ihm berichtet, dass Mutter und Kind wohlauf seien. »Wir haben noch nie eine glücklichere junge Mutter gesehen«, hatten sie sogar gesagt.

Er hatte jedoch noch nichts von Angus Pettigrews Brief gehört. Anderenfalls hätte er Hope sofort besucht.

Rufus konnte sich gut vorstellen, dass ein solcher Schock so kurz nach einer Geburt niederschmetternd sein musste, aber er konnte ebenso wenig wie Nell verstehen, warum Hope deswegen ihr Baby zurückwies.

Nell zeigte ihm Angus' Brief, doch für ihn klangen die Worte des Hauptmanns nicht übermäßig besorgniserregend, denn er widmete Bennett nur drei oder vier Zeilen und berichtete ansonsten von eigenen Erlebnissen und davon, dass eine weitere Bombardierung Sewastopols geplant sei.

»Er hätte nicht so leichthin von Bennetts Krankheit geschrieben, wenn er es für möglich gehalten hätte, dass er sterben könnte«, wandte Rufus ein.

»Das denke ich auch«, schluchzte Nell. »Aber es ist schon eigenartig, dass Bennett nicht selbst geschrieben hat. Selbst wenn es ihm so schlecht gehen sollte, dass er keinen Stift halten kann, hätte er doch gewiss jemanden bitten können, für ihn zu schreiben?«

Rufus stimmte ihr in diesem Punkt zu, hatte jedoch nicht die Absicht, Nell in ihrem Pessimismus zu ermutigen. »Wahrscheinlich hat er es getan, und der Brief ist einfach nicht angekommen«, erwiderte er entschieden. »Ruhen Sie sich jetzt ein wenig aus, Nell. Ich werde mit Hope reden.«

Rufus trat, ohne anzuklopfen, in Hopes Zimmer und ging direkt zum Fenster, um die Vorhänge aufzuziehen. Betsy lag in ihrer Wiege, aber als er sich vom Fenster abwandte und sah, wie sehr Hope sich seit ihrer letzten Begegnung verändert hatte, verlor er beinahe den Mut.

Damals war sie eine strahlende junge Frau gewesen, mit rosigen, vollen Wangen, und ihre Augen hatten geleuchtet wie damals, als sie noch ein kleines Mädchen gewesen war. Jetzt war ihr Gesicht dünn, weiß und eingefallen, und ihre dunklen Augen wirkten leer und leblos.

Er setzte sich auf die Bettkante und griff nach ihrer Hand. »So geht das nicht weiter, Hope«, sagte er sanft. »Ich habe den Brief von Angus gelesen, und es steht nichts darin, das die Vermutung nahelegen würde, Bennett könne tot sein. Die Post aus dem Osten kann wochenlang Verspätung haben, das weißt du genau. Und Nell hat recht: Schlechte Neuigkeiten verbreiten sich doppelt so schnell wie gute. Wenn er gestorben wäre, hätte man dich inzwischen darüber informiert.«

»Sie haben ihn begraben, ohne zu wissen, wer er war«, erwiderte sie mit von Trauer verzerrtem Gesicht. »Das ist dort draußen viele Male geschehen.«

»Vielleicht bei gewöhnlichen Soldaten, jedoch nicht bei Offizieren«, beharrte er. »Nell hat an Angus geschrieben und ihn gebeten, Näheres herauszufinden. Aber in der Zwischenzeit darfst du nicht vergessen, dass du Mutter bist und dich um Betsy kümmern musst.«

»Ich kann nicht«, murmelte sie erschöpft.

»Du hast sie nach deiner Freundin benannt, die gestorben ist. Deine Freundin hast du in der Stunde ihrer Not nicht im Stich gelassen. Du hast den Hauptmann zusammengeflickt, als er verletzt war, und ungezählte andere Männer gepflegt. Willst du mir sagen, dass sie wichtiger waren als deine eigene kleine Tochter?«

»Du verstehst nicht«, antwortete sie und wandte den Kopf ab.

Rufus legte ihr eine Hand auf die Wange und drehte sie wieder zu sich um. »Nur weil ich ein Mann bin und kein eigenes Kind habe, heißt das nicht, dass ich die Qualen nicht verstehen kann, die du leidest. Ich habe mich um meine Mutter gekümmert, seit Briargate niedergebrannt ist; ich habe ihre endlosen Selbstbeschuldigungen ertragen, die Tränen und die Wutanfälle. Es gab Tage, an denen sie sich nicht selbst waschen oder ankleiden konnte, Tage, an denen sie nichts essen wollte und nachts in ihrem Zimmer auf und ab gelaufen ist, statt zu schlafen. Ich hatte Angst, sie in eine Anstalt geben zu müssen. Nell fürchtet, du könntest jetzt auf dasselbe Ziel zusteuern.«

»Sie können mich überallhin bringen; mir ist alles gleich.«

»Das glaube ich nicht«, rief Rufus erregt. »Du magst jetzt so empfinden, aber du kannst deine Trauer besiegen, weil du stark bist. Du musst aus diesem Bett steigen, Betsy auf den Arm nehmen und nur an sie denken. Und schon bald wirst du feststellen, dass sie ein großer Trost für dich ist.«

»Was weißt du denn schon?«, fauchte sie ihn an. »Du bist in größtem Luxus aufgewachsen. Während du in deinem Federbett geschlafen hast, habe ich die Kamingitter und die Böden geschrubbt, den Notdurfteimer deiner verdammten Mutter geschleppt und das Erbrochene deines Vaters weggeputzt. Wäre Bennett nicht gewesen, hätte ich mein ganzes Leben in einem Elendsviertel verbracht. Vielleicht hätte ich mich sogar verkaufen müssen, nur um etwas zu essen zu haben. Ich kann ohne ihn nicht leben.«

»Du kannst es, wenn du musst«, widersprach Rufus, fasste sie an den Armen und schüttelte sie ein wenig. »Denk daran, du bist die Frau, die vor Albert weggelaufen ist, die Frau, die den Mut hatte, fortzubleiben, weil sie nicht wollte, dass er Nell etwas antat. Du hast tapfer in St. Peter's gearbeitet und Menschen gepflegt, um die sich niemand sonst gekümmert hätte. Angus hat uns geschrieben und erzählt, dass die Männer auf der Krim dich angebetet hätten für das, was du für sie getan hast. Eine Frau, die all das vermag, kann auch ihr eigenes Baby versorgen, selbst wenn ihr das Herz bricht.«

Sie starrte ihn mit blicklosen Augen an. »Damals hat mich die Liebe zu Bennett stark gemacht«, erwiderte sie. »Er hat all die leeren Stellen in mir gefüllt. Du weißt ja nicht, wie das ist.«

Rufus sah sie an und strich ihr liebevoll über die Wange. »Ach, nein? Du denkst, du seiest der einzige Mensch, der leere Stellen in sich herumträgt? Ich mag in einem Federbett geschlafen haben, Hope, aber ich habe nie die Art von Liebe erfahren, mit der deine Familie dich überschüttet hat. Mein Vater war entweder fort oder betrunken, und Mutter hat höchstens eine Stunde am Tag mit mir verbracht. Es waren Ruth und Nell, die sich um mich gekümmert haben, und ich habe dich immer um ihre Liebe beneidet. Hast du eine Ahnung, durch was für eine Hölle ich in der Schule gegangen bin? Verprügelt von den Aufsehern und den älteren Jungen, halb verhungert und im Winter immer durchgefroren. Ich hatte das

Gefühl, dass man mich zur Strafe fortgeschickt hatte, aber ich verstand nicht, was ich getan hatte, um das zu verdienen.

Was die Jahre nach deinem Verschwinden betrifft, so hatte ich keinen einzigen Menschen mehr in Briargate, nicht dich, nicht Nell, niemanden. Baines war zu alt, um irgendetwas zu unternehmen; Mutter und Vater saßen schmollend im Arbeitszimmer, während Albert umherstolzierte, als wäre er der Herr und Meister. In der Schule war es die Hölle und zu Hause das pure Elend.«

Er sah, dass ihre Miene ein wenig weicher wurde, und wusste, er musste weitersprechen. »Ich bin nur nach Oxford gegangen, um fortzukommen«, fuhr er fort. »Aber auch dort habe ich niemals hingepasst. Sie nannten mich ›Bauernjunge‹ und hatten noch andere grausame Bezeichnungen für mich, die ich nicht wiederholen kann. Erst auf Matts Farm hatte ich das Gefühl, überhaupt etwas wert zu sein.«

Betsy begann zu weinen, und Rufus erhob sich von Hopes Bett und trat vor die Wiege.

»Hallo, Kleine«, meinte er und bückte sich, um sie aufzunehmen. »Jetzt hör auf, das Gesicht so zu verziehen, das steht dir nicht.«

Er legte sie an seine Schulter und trat mit ihr ans Fenster. »Deine Mutter hat mir vor Jahren das Leben gerettet«, erzählte er dem Baby. »Sie hat einmal gesagt, sie sei wütend, dass ihre Mutter aufgegeben habe und gestorben sei, wütend, von ihr allein gelassen worden zu sein. Ich persönlich fand das ein wenig stark, schließlich war die arme Frau sehr krank. Was denkst du, Betsy? Sollte eine Mutter ihren Mann oder ihr Kind an die erste Stelle setzen? Würdest du es verstehen, wenn deine Mutter dir den Rücken zukehrte, nur weil sie Angst hat, ohne deinen Vater leben zu müssen?«

Er hörte ein leises Schnüffeln von hinten. Hope weinte also.

»Sie war meilenweit das hübscheste, witzigste, lebhafteste Mädchen«, fuhr er fort und küsste Betsys kleinen Kopf. »Mutig wie ein Löwe, liebenswert, voller Anteilnahme und obendrein sehr klug. Nicht die Art von Person, von der man erwartet, dass sie ihre Tage in einer Irrenanstalt beschließen würde. Ich hatte auch gehofft, sie bald einmal in Briargate zu sehen. Ich brauche nämlich ihren Rat, ob ich die Ställe in ein Haus für mich und Lily umbauen könnte.«

Als das Schluchzen lauter wurde, drehte er sich um. Hope war sichtlich außer sich, die Tränen strömten ihr übers Gesicht, während sie den Kopf auf dem Kissen immer wieder hin und her warf.

Nell zufolge hatte Hope nicht geweint, abgesehen von einigen kurzen Minuten gleich nach Erhalt des Briefes. »Es ist, als hätte ihr Geist sie verlassen, und alles, was zurückgeblieben ist, wäre eine leere Hülse«, hatte Nell gesagt.

Aber als er Hope jetzt ansah, dachte er, dass diese Tränen vielleicht notwendig waren, um ihren Kampfgeist aus seinem tiefen Kerker zu befreien.

Es tat weh, ihre Qual zu beobachten – er hätte sie am liebsten in die Arme genommen und getröstet. Doch er hatte Betsy auf dem Arm, und heute musste er *ihr* Beschützer sein.

Also wartete er geduldig, bis Hopes Tränen langsam verebbten und sie nach einem Taschentuch tastete, um sich die Nase zu putzen und die Augen zu trocknen. Sie sah schrecklich aus, ihr Gesicht war fleckig und rot, und ihre Augen waren geschwollen. Aber es war besser als dieses leere Nichts, das zuvor da gewesen war.

»Du wirst sie jetzt stillen«, erklärte er. Es war ein Befehl, keine Frage, und als sie nickte, war er erleichtert. »Braves Mädchen«, meinte er und legte Betsy für einen Moment auf das Bett. Er half Hope, sich aufzurichten, wischte ihr die Tränen von den Wangen und schüttelte die Kissen hinter ihrem Rücken auf. Dann legte er ihr den Säugling in die Arme.

»Ich würde gern noch ein Weilchen bleiben und dir Gesellschaft leisten, während du sie stillst«, meinte er mit einem Lächeln. »Aber ich glaube nicht, dass Nell das gutheißen würde! Ich werde jedoch unten sein – ruf einfach, wenn du fertig bist.«

An der Tür blieb er stehen, erleichtert zu sehen, dass sie Betsy zärtlich in den Armen wiegte.

»Du bist nicht allein, Hope«, bemerkte er leise. »Du hast so viele

Menschen, die dich lieben. Komme, was mag, wir werden dich niemals im Stich lassen.«

Als Rufus die Treppe hinunter und in die Küche ging, fühlte er sich vollkommen erschöpft. Nell saß immer noch in sich zusammengesunken am Tisch.

»Sie stillt Betsy jetzt«, berichtete er und legte Nell eine Hand auf die Schultern. »Ich werde für den Rest des Tages bleiben, und Sie werden sich jetzt hinlegen.«

»Aber es müssen Mahlzeiten vorbereitet und Windeln gewaschen werden«, protestierte Nell.

»Das kann Dora übernehmen«, gab er sanft zurück, denn er konnte sehen, dass Nell fast genauso litt wie Hope. »Es wird nicht schaden, die Dinge für den Augenblick ein wenig schleifen zu lassen. Sie haben Ihr Leben lang so hart gearbeitet, Nell. Es wird höchste Zeit, dass Sie sich ein wenig Ruhe gönnen.«

Er half ihr auf die Füße und zog sie an sich. Es kam ihm so vor, als wäre es noch gar nicht lange her, dass er ein kleiner Junge gewesen war, der zu ihr rannte und den Kopf auf ihre weichen Brüste bettete, um sich trösten zu lassen. Jetzt war sie die Kleine, ihr Kopf reichte ihm kaum bis zur Brust, und er hoffte, sie trösten zu können.

»Ich denke, sie wird nun zurechtkommen«, sagte er besänftigend. »Ihr Rentons seid aus hartem Holz geschnitzt. Ich werde dem Hauptmann heute ebenfalls schreiben. Jetzt, da der Krieg dort drüben sich seinem Ende nähert, kann er vielleicht nach Scutari reiten und Bennett für uns finden.«

Drei Wochen später erschien Rufus wieder in Willow End, diesmal mit einem Pony und einem leichten Einspänner, um mit Hope und Betsy zu seiner Mutter zu fahren.

Eine Welle tiefer Freude stieg in ihm auf, als Hope so voller Eifer herauskam, mit einem schmeichelhaften roten Hut mit einer kecken Feder auf dem Kopf, und mit Betsy in ihrem rot karierten Umhang. Rufus war während der letzten drei Wochen mehrfach in

Willow End gewesen, und obwohl Hope noch immer nichts von Bennett gehört hatte, wirkte sie jetzt nur noch besorgt und angespannt, nicht mehr so völlig resigniert und am Boden zerstört.

Doch heute sah sie wieder wirklich gut aus, ihr Lächeln war strahlend, und sie hatte eine gesunde Gesichtsfarbe. Vielleicht war sie ein wenig dünn – Nell hatte berichtet, dass sie nicht sehr gut aß. Aber sie sah viel besser aus.

Nell war direkt hinter ihnen. Wie immer trug sie eine schneeweiße Schürze über ihrem dunklen Kleid und eine mit Spitze gesäumte Morgenhaube.

Rufus sprang von dem Wagen und nahm Betsy aus Hopes Armen entgegen, wobei er so tat, als hätte er sie um ein Haar fallen lassen. »Meine Güte, du wirst aber schwer. Ich weiß nicht, ob Flash bereit sein wird, dich den ganzen Weg zu ziehen!«

»Sie ist ein gieriges Mädchen, das steht fest«, sagte Nell voller Zuneigung. »Und passen Sie gut auf sie auf, Rufus, und bringen Sie die beiden zurück, bevor es dunkel wird.«

»Es tut so gut, die Sonne wiederzusehen, auch wenn es sehr kalt ist«, meinte Hope. Sie sprang in den Einspänner und breitete die Arme aus, um das Baby entgegenzunehmen. »All der Regen, den wir hatten! Ich habe während der vergangenen vier Tage keinen Fuß nach draußen gesetzt.«

»Dies könnte der letzte schöne Tag sein, bevor der Winter über uns hereinbricht«, bemerkte Rufus. »Die Viehtränken waren heute Morgen zugefroren, und die letzten Blätter sind heruntergefallen.«

Er stieg neben Hope in den Einspänner, breitete eine Decke über ihre Knie aus und hüllte den Umhang ein wenig fester um das Baby. Dann zog er vor Nell den Hut, schnalzte mit der Zunge, damit sich das Pferd in Bewegung setzte, und sie machten sich auf den Weg die Straße hinunter.

Hope lehnte sich aus dem Wagen, um Nell zum Abschied zuzuwinken. »Sie ist nicht ganz glücklich damit, dass ich nach Briargate fahre. Da ist etwas zwischen ihr und deiner Mutter; weißt du, was das ist?«

Rufus sah sie von der Seite an und grinste. »Ich schätze, sie ist noch immer ärgerlich, weil Mutter sie nach deinem Verschwinden nicht unterstützt hat.«

»Das glaube ich nicht; es muss etwas anderes sein«, widersprach Hope nachdenklich. »Sie ist nicht der Typ, der lange einen Groll hegt, und außerdem ist sie jetzt als Angus' Haushälterin viel glücklicher. Es hat mehr mit *mir* zu tun. Ihr scheint der Gedanke nicht zu gefallen, dass ich deine Mutter besuche.«

»Nell hängt einfach noch immer an den alten Sitten«, entgegnete Rufus leichthin, während er das Pferd in den Trab fallen ließ. »Sie kann mit der Vorstellung nicht recht fertig werden, dass ihre jüngere Schwester mit Ihrer Ladyschaft den Tee nimmt.«

»Dann muss ich sehr vorsichtig sein, Ihre Ladyschaft nicht mit unschicklichem Benehmen zu kränken, und du musst Nell anschließend erzählen, dass ich genau den richtigen Ton von Freundlichkeit und Respekt angeschlagen habe«, erwiderte Hope mit einem Lachen in der Stimme. »Oh Rufus, es tut so gut, draußen an der frischen Luft zu sein! Ich fühle mich wieder wohl, aber Nell ist davon noch nicht ganz überzeugt.«

Hopes Erinnerung an das, was ihre Schwester taktvollerweise als die Zeit beschrieb ›da sie nicht ganz sie selbst war‹, war sehr nebelhaft. Dora hatte ihr unumwunden erklärt, sie sei vollkommen wahnsinnig gewesen und habe sich geweigert, Betsy zu stillen oder auch nur in den Arm zu nehmen. Wenn sie jetzt auf die warm eingehüllte Betsy in ihren Armen blickte, fiel es Hope schwer, das zu glauben. Aber sie konnte sich daran erinnern, das Gefühl gehabt zu haben, in einem allumfassenden schwarzen Sumpf zu ertrinken.

Rufus hatte sie mit Geständnissen über seine Kindheit aus diesem Sumpf herausgezogen, das war ihr seltsamerweise bewusst. Und an das Meiste von dem, was er an jenem Tag gesagt hatte, konnte sie sich erinnern. Sie hatte ihn immer für so vom Glück begünstigt gehalten, dass es eine Art Schock gewesen war zu erfahren, dass er sich ungeliebt und verstoßen gefühlt hatte. Sie hätte auch niemals vermutet, seine Jahre in der Schule könnten unglücklich gewesen sein. Als Hope später darüber nachdachte, wie hart er nach dem Tod seines Vaters hatte arbeiten müssen, um für sich selbst und seine Mutter ein neues Leben aufzubauen, schämte sie sich sehr.

Ihre Ängste um Bennett waren nicht kleiner geworden; wenn überhaupt, wurden sie mit jedem Tag, an dem kein Wort von ihm oder über ihn kam, noch größer. Aber wenn Hope sich am elendsten fühlte, dachte sie an all die Soldaten, die gefallen waren und die jetzt oben am Alma und in Balaklawa in Massengräbern lagen.

Keine ihrer Witwen hatte die gleichen Annehmlichkeiten wie sie, und doch ließen sie ihre Kinder nicht im Stich, wie verzweifelt ihre Situation auch sein mochte. Sie selbst konnte sich glücklich schätzen, so viele Freunde und Verwandte um sich zu haben, die ihr beistanden, und um Betsys willen musste sie tapfer sein.

Doch nachts, wenn die Angst vor einem Leben ohne Bennett wie eine glühend heiße Flut über sie hinwegwogte, verlor sie alle Selbstbeherrschung. Oft war es so schlimm, dass sie sich das Laken in den Mund steckte, um nicht laut aufzuschreien. Sie mochte die Gewissheit haben, dass sie und Betsy bei Nell oder Onkel Abel stets ein Heim haben würden, aber es waren Bennett und seine Liebe, die sie brauchte, um zu überleben.

Jeden Tag, den Gott werden ließ, wartete sie voller Angst auf die Post. Inzwischen waren zwei weitere Briefe von Angus eingetroffen, doch sie handelten nur vom Fall Sewastopols, von Ausritten in die Stadt und von den Bildern der Zerstörung, die er dort gesehen hatte, denn er hatte noch keinen ihrer Briefe bekommen, in denen sie sich nach Bennett erkundigten.

Hope hatte an die Kaserne der Rifle Brigade in Winchester geschrieben, um sich nach Bennetts Verbleib zu erkundigen, und an Dr. Anderson im Hospital in Balaklawa und ihn gebeten, sie über den Gang der Ereignisse aufzuklären. Außerdem hatte sie auch mehrere Briefe an Bennett nach Scutari geschickt und hoffte, dass sie ihn erreichen würden. Das Schreiben dieser Briefe fiel ihr unendlich schwer, denn wenn er lebte, aber sehr krank war, durfte sie ihn nicht mit ihren Ängsten und Sorgen belasten. Doch es war fast unmöglich, fröhliche Briefe über seine schöne Tochter und die unbedeutenden Ereignisse daheim zu schreiben, wenn sie im Herzen sicher war, dass er sie nie lesen würde.

Es gab auch Zeiten, da sie die Normalität überall um sie herum in Rage brachte. Wie konnte Nell sich erkundigen, worauf sie Appetit hatte, während sie selbst sich mit der Frage quälte, ob Bennett lebte oder tot war? Und wie konnten sie nach Keynsham fahren und Stoff für ein neues Kleid kaufen?

Die Zeitungen berichteten weiter über die Fortschritte des Krieges. Sewastopol war am neunten September gefallen, sodass die berechtigte Hoffnung auf ein baldiges Ende des Krieges bestand. Dennoch erzürnte es Hope, dass alle anderen sich nur dafür zu interessieren schienen, wer eine Auszeichnung erhalten oder befördert werden würde. Die Regierung legte sich offensichtlich keine Pläne für die Verwundeten zurecht, die vielleicht nie wieder würden arbeiten können, oder für die Ehefrauen und Familien der Männer, die dort draußen gestorben waren.

Onkel Abel versuchte ebenfalls auf allen möglichen Wegen, etwas über den Verbleib Bennetts zu erfahren, das wusste Hope, aber selbst er hatte ihr mit einiger Schärfe erklären müssen, dass er sich außerdem um seine Patienten kümmern musste.

Und so sagte Hope sich in ihrer Verzweiflung immer wieder, dass seit Bennetts letztem Brief erst drei Monate verstrichen waren, was in Wirklichkeit keine allzu lange Zeitspanne war – auch wenn es ihr wie eine Ewigkeit erschien.

»Ich weiß wirklich nicht, wie Mutter diesen Winter überstehen wird«, sagte Rufus, als sie durch Corston fuhren. »Im letzten Winter hat ihr Rheumatismus ihr furchtbar zu schaffen gemacht, und sie hat viel Zeit im Bett verbracht. Ich kann nur vermuten, dass es dieses Jahr noch schlimmer sein wird.«

»Das Leben muss sehr trostlos für sie sein«, erwiderte Hope mitfühlend und dachte an die Tage zurück, als Nell sie angekleidet und frisiert hatte und Lady Harvey an den meisten Nachmittagen mit ihrer Kutsche unterwegs gewesen war, um zu Freunden zu fahren. »Besucht sie denn manchmal irgendjemand?«

»Eigentlich nicht«, seufzte er. »Pastor Gosling kommt gelegentlich vorbei und die Warrens ebenfalls, aber ihre Besuche werden immer seltener. Ich kann ihnen keinen Vorwurf daraus machen, denn sie kann so eigenartig und schwierig sein. Ich habe das Gefühl, selbst mehr Zeit mit ihr verbringen zu müssen, doch wie kann ich das, wenn es auf der Farm so viel zu tun gibt?«

Er wandte sich um und lächelte Hope an. »Aber lass uns nicht von düsteren Dingen reden. Wir müssen das Beste aus dem heutigen Tag machen, und ich kann es kaum erwarten, dir meine Pläne für den Stallblock zu zeigen. Er wird ein Haus von guter Größe abgeben, und das Dach ist in Ordnung. Die Pumpe befindet sich gleich draußen vor der Tür, sodass es nicht allzu viel kosten wird. Matt, Joe und Henry haben mir alle ihre Hilfe angeboten, und Geoffrey Calway wird die Schreinerarbeiten übernehmen.«

»Er muss auch schon ziemlich alt sein«, bemerkte Hope und dachte an den Mann, der die Särge ihrer Eltern gezimmert hatte. »Wie geht es seiner Frau? Sie war sehr nett zu mir, als Mutter und Vater starben.«

»Sie ist immer noch so ulkig wie eh und je«, berichtete Rufus. »Du warst wahrscheinlich damals zu jung, um zu wissen, was für ein Original sie ist – ein Besuch bei ihr ist wie eine Dosis Sonnenschein. Aber andererseits ist das Dorf voller guter Menschen. Sobald Bennett wieder da ist, finde ich, solltest du zurückkommen. Wir haben hier keinen Arzt mehr, und alle beklagen sich darüber.«

Es tat Hope gut, dass er »sobald« und nicht »wenn« gesagt hatte. »Das würde ich gern tun«, erwiderte sie und stellte sich vor, wie es sein würde, in einem kleinen Cottage am Dorfanger zu wohnen. Sie würde zu Fuß zu Matt und Rufus gehen können, und Betsy würde all die Spiele spielen können, mit denen sie selbst sich als Kind die Zeit vertrieben hatte.

»Wir sind jetzt fast da«, erklärte er, als sie an dem Wegweiser nach Hunstreet vorbeikamen. »Wollen wir nur hoffen, dass Mutter heute einen ihrer besseren Tage hat. Als ich aufgebrochen bin, schien sie sich sehr darüber zu freuen, Betsy heute sehen zu können. Sie hat sogar ihr bestes Kleid angezogen. Aber ihre Stimmungen sind wie das Wetter, ich weiß nie, wie sie sich entwickeln werden.«

Rufus' Befürchtungen, dass seine Mutter schwierig sein könnte, schienen unbegründet, als sie aus dem Pförtnerhaus kam und sie herzlich begrüßte. Offensichtlich hatte sie sich viel Mühe mit ihrem Aussehen gegeben. Ihr Haar war fast genauso gut frisiert wie damals, als Nell sich noch darum gekümmert hatte, und sie trug einen cremefarbenen Spitzenkragen, um ihr Trauerkleid ein wenig aufzufrischen.

»Du kannst dir nicht vorstellen, wie aufgeregt ich bei dem Gedanken war, dein Baby zu sehen«, sagte sie, während sie sie ins Warme und zum Feuer geleitete. »Darf ich die Kleine einmal halten?«

Vielleicht fühlte Hope sich diesmal wohler, weil sie jetzt darauf vorbereitet war, wie alt und dünn ihre ehemalige Herrin geworden war. Außerdem fand sie es rührend, dass die Frau so erpicht darauf war, Betsy zu halten. Lady Harvey nahm die Kleine mit der gleichen Vorsicht und Freude auf den Arm, wie Nell und Dora es taten.

Hope erbot sich, Tee zu kochen, während Lady Harvey sich um das Kind kümmerte, und die beiden Frauen plauderten unbefangen miteinander. Rufus ging für eine Weile nach draußen, um Flash in den Stall zu bringen und einige kleinere Arbeiten zu erledigen.

»Es tut mir so leid, dass du so lange nichts mehr von deinem Mann gehört hast«, bemerkte die ältere Frau, deren faltiges Gesicht echtes Mitgefühl verriet. »Aber du darfst dir keine Sorgen machen, meine Liebe; du wirst sehr bald von ihm hören. Davon bin ich überzeugt.«

Hope erzählte ihr von den Briefen, die sie geschrieben hatte, und von allem, was Onkel Abel unternommen hatte. Sie vermied es, Angus zu erwähnen, aus Angst, damit Türen in Lady Harveys Geist zu öffnen, die besser verschlossen blieben.

Bei diesem Besuch fühlte Hope sich sogar in der Lage, die schrecklichen Dinge beiseitezuschieben, die sich im Pförtnerhaus ereignet hatten. Lady Harvey machte sie auf verschiedene Möbelstücke, Bilder und Teppiche aufmerksam, die ihre Schwestern ihr aus Sussex geschickt hatten.

»Manchmal fällt es mir ziemlich schwer, mir vorzustellen, dass ich jemals in einem großen Haus gelebt habe«, bemerkte sie recht munter. »Die letzten Jahre dort oben waren nicht sehr angenehm. Wir haben oft gefroren, und dieses Cottage ist zumindest warm und gemütlich.«

Sie zeigte Hope voller Stolz die neue Küche, und es erschien ihr absurd, dass diese Frau, die oben im großen Haus kaum je einmal einen Fuß in die Küche gesetzt hatte, sich so sehr über einen neuen Herd freuen konnte. Außerdem prahlte Lady Harvey mit einem Eintopf, den sie ganz allein zubereitet hatte.

»Ich bin inzwischen gar keine so schlechte Köchin«, lachte sie fröhlich. »Als wir hierher gezogen sind, ist Mrs Webb aus dem Dorf oft hergekommen und hat mir Unterricht gegeben. Einmal habe ich einen Reispudding in einen sehr heißen Ofen gestellt, und er ist übergekocht. Das war vielleicht eine Schweinerei! Aber ich werde mit jedem Tag besser. Ich kann sogar Kuchen backen.«

Hope war beeindruckt; sie hatte sich vorgestellt, dass Lady Harvey kaum etwas zustande brachte, doch das war offensichtlich ein Irrtum gewesen.

Kurze Zeit später stillte sie Betsy und legte sie gerade zum Schlafen in einen Wäschekorb, als Rufus zurückkam. Er freute sich offenkundig darüber, dass zwischen den Frauen alles zum Besten stand. Vermutlich hatte er das kaum zu hoffen gewagt.

Sie aßen den Eintopf, der genauso gut war wie alles, was Hope zubereiten konnte, dann verkündete Rufus, dass sie sich die Ställe ansehen sollten. Es war bereits halb drei, und er wollte sie vor Einbruch der Dunkelheit nach Hause bringen.

»Werden Sie bald einmal wiederkommen?«, fragte Lady Harvey, während sie Betsy aus dem Wäschekorb hob und ihrer Mutter in die Arme legte. Außerdem rückte sie Hopes Hut zurecht und tätschelte ihr wie eine liebevolle Tante die Wange.

»Ja, natürlich komme ich wieder, Mylady.« Hope küsste die ältere Frau auf die Wange. »Es war ein wunderbares Essen, und es hat mich so gefreut, Sie wiederzusehen. Vielleicht kann Rufus Sie einmal für einen Tag nach Willow End bringen. Ich weiß, dass Nell sich ebenfalls darüber freuen würde.«

Lady Harvey strahlte glücklich, und einen Moment lang sah sie wieder so aus wie damals, als Hope noch ein Kind gewesen war. »Bennett wird nach Hause kommen«, sagte sie zuversichtlich. »Ich weiß es. Versuchen Sie, sich keine Sorgen um ihn zu machen, meine Liebe.«

»Das war ziemlich bemerkenswert«, meinte Rufus, als sie die Einfahrt hinaufgingen. »Ich hatte vollauf erwartet, Mutter würde dir mit ihren verschiedenen Gebrechen in den Ohren liegen oder darüber klagen, wie trübselig ihr Leben jetzt ist. Ich kann kaum glauben, dass sie solche Anteilnahme an dir und Betsy gezeigt hat. Sie hat noch nie zuvor viel Mitgefühl mit irgendjemandem an den Tag gelegt.«

Als sie die Ställe erreichten, beschloss Hope, Betsy in ihrem Korb zu lassen, während sie sich umsahen. Unter dem Umhang, eingewickelt in eine dicke Decke, würde sie es wärmer haben als in ihren Armen, und wenn sie erwachte, war Hope nur wenige Schritte entfernt.

So viele Erinnerungen stiegen in ihr auf, als sie die grau gestrichenen Stalltüren sah, die jetzt blasig und geschwärzt vom Feuer waren. Wenn sie in der Spülküche Töpfe geschrubbt hatte, hatte sie immer ein Auge auf die Ställe gehabt und zugesehen, wie James die Pferde gestriegelt oder ausgemistet hatte.

»Erinnerst du dich an den heißen Sommer, als Mutter in Sussex war, kurz bevor ich zur Schule musste?«, fragte Rufus. »Wir hatten hier draußen einen Tisch und Stühle, weil es in der Küche zu heiß war, und Martha hat uns diesen leckeren Himbeersaft zubereitet.«

Hope lächelte. Dieser Sommer zählte zu ihren schönsten Erinnerungen, weil die Tage so lang und träge gewesen waren und alle sich so gut verstanden hatten. An manchen Abenden hatten sie bis weit nach zehn hier im Stallhof gesessen, und Rufus und sie hatten zu den Sternen emporgeblickt und versucht, sie zu zählen.

Vom großen Haus war nicht viel mehr übrig geblieben als ein Haufen Ziegelsteine und die Stufe vor der Küchentür, auf der sie in jenem Sommer so oft gesessen und Erbsen enthülst oder Kartoffeln geschält hatte. Sie kam Hope wie ein Denkmal dieser guten Zeiten vor.

»Ist nichts aus dem Haus gerettet worden?«, erkundigte sie sich, außerstande zu begreifen, dass dort, wo jetzt der Hühnerpferch stand, einmal der Salon gewesen war.

»Töpfe und Pfannen, das war alles«, erwiderte Rufus kläglich. »Und die Statuen aus dem Rosenbeet vor dem Haus. Die habe ich an einen Mann in Bath verkauft, und ich habe einen großen Teil der Steine aus den äußeren Mauern des Hauses gerettet. Doch die Möbel, die Bücher, die Gemälde und das Porzellan sind allesamt zerstört worden. Aber lass uns nicht darüber nachdenken. Komm lieber mit hinein, dann zeige ich dir, was mir vorschwebt.«

Er benutzte zurzeit nur den ersten Stall für Flash und sein Arbeitspferd. In den beiden größeren Ställen hatte er die einzelnen Boxen bereits abgerissen.

»Hier will ich die Küche haben«, sagte er und schritt einen Bereich von etwa fünf Quadratmetern ab. »Dann einen Flur mit einer Treppe hinauf zu den Schlafzimmern und dahinter den Salon. In die hintere Mauer werde ich Kamine und Schornsteine einbauen.«

Sie waren gerade erst die alte Leiter hinaufgestiegen, die zum Heuboden führte, als sie eine Glocke läuten hörten.

Rufus stöhnte. »Das wird Mutter sein. Es ist die alte Glocke an der Wand des Pförtnerhauses. Ich wünschte, ich hätte ihr nie vorgeschlagen zu läuten, wenn sie mich braucht; an ihren schlechten Tagen läutet sie drei oder vier Mal am Tag.«

Sie gingen die Leiter wieder hinunter und blickten nach draußen, Lady Harvey war in das Cottage zurückgekehrt.

»Manchmal läutet sie nur, weil sie etwas verloren hat«, meinte Rufus mit einem verärgerten Stirnrunzeln. »Aber ich laufe besser schnell hinunter und stelle fest, was los ist. Warte hier! Ich möchte unbedingt deine Meinung zu den Fenstern hören und ob ich es so einrichten soll, dass die Vordertür direkt in die Küche führt oder in die Halle.«

»Ich werde darüber nachdenken, während du fort bist«, versprach Hope. »Und du solltest dich besser beeilen, es könnte etwas Ernstes sein. Klingele noch einmal, wenn du mich brauchst.«

Während Rufus die Einfahrt hinuntereilte, kehrte Hope in den Stall zurück und stellte sich vor, wie sie es würde haben wollen, wenn es ihr Haus wäre. Als Erstes ging ihr durch den Sinn, dass es Fenster in der Außenmauer geben sollte, um die Morgensonne einzulassen.

Sie hörte Schritte auf den Steinen draußen. »Du bist aber schnell zurück!«, rief sie hinaus.

Plötzlich nahm sie einen ranzigen Geruch wahr, und sie fuhr herum. In der Tür stand ein Mann. Er war ein Vagabund, mit schmutzigen, zerlumpten Kleidern. Außerdem war er so groß, dass er das Licht aussperrte und sie sein Gesicht nicht deutlich sehen konnte.

»Suchen Sie irgendjemanden?«, fragte sie nervös, denn seine Haltung war unverkennbar drohend, und sie hatte Angst, er würde hereinkommen. »Sir Rufus wird jeden Augenblick zurück sein.«

»Ich dachte, ich hätte dir verboten, jemals wieder hierherzukommen?«, knurrte der Mann.

Sofort wusste sie, wer er war, und das Blut gefror ihr in den Adern. »Albert!«, keuchte sie. Dieser Mann sah nicht so aus wie er, und er hörte sich auch nicht so an. Aber nur Albert würde etwas Derartiges sagen, und kein anderer Mann hatte jemals solche Macht besessen, sie einzuschüchtern.

Wie ein Blitz traf sie die Erkenntnis, dass dies der Grund war, warum Lady Harvey die Glocke geläutet hatte. Sie musste ihn gesehen haben, vielleicht wie er das Feld überquert hatte oder aus dem Wald gekommen war.

»Hat es dir die Sprache verschlagen?«, fauchte er.

»Ich war nur überrascht, dich zu sehen«, brachte sie mit Mühe hervor. »Ich habe gehört, du seiest Soldat geworden.«

Ihr Herz hämmerte vor Angst, denn es war offenkundig, dass Albert es nicht riskiert hätte, hierher zurückzukommen, es sei denn, er verfolgte ein durch und durch böses Ziel. Höchstwahrscheinlich wollte er Rufus oder Lady Harvey etwas antun – schließlich hatte er von ihrem Besuch nicht wissen können. Wenn er nicht den ganzen Tag über dort draußen herumgelungert und das Pförtnerhaus beobachtet hatte, konnte ihre Begegnung mit ihm für ihn ein ebensolcher Schock sein wie für sie.

»Halt den Mund«, fuhr er sie an. »Geh da rüber in die Ecke.«

Er kam auf sie zu, und sie konnte ihn jetzt deutlich sehen. Sein gutes Aussehen gehörte der Vergangenheit an; sein Gesicht war aufgeschwemmt und verdreckt. Sein früher schwarzes, glänzendes Haar hing ihm jetzt lang, verfilzt und grau vom Kopf. Ein dichter, ergrauender Bart bedeckte den gesamten unteren Teil seines Gesichts, und er hatte mehrere Zähne verloren. Er sah aus wie viele der Männer, die sie in ihrer Zeit in Lewins Mead gesehen hatte.

Sie wich zurück, vor Angst kaum in der Lage zu atmen. Wenn er auf der Flucht gewesen war, seit er Briargate niedergebrannt hatte, würde es ihm nichts ausmachen, weitere Menschen zu töten. Und Betsy lag draußen in ihrem Korb! Wenn sie aufwachen und schreien sollte, würde er sie nicht verschonen, das wusste Hope.

»Geh jetzt, Albert«, sagte sie so ruhig wie möglich, obwohl die Beine fast unter ihr nachgaben. »Hier gibt es nichts für dich außer noch mehr Ärger. Ich habe ein wenig Geld, das ich dir geben kann.«

»Ich will dein verfluchtes Geld nicht«, zischte er. »Ich habe in diesen Garten die besten Jahre meines Lebens gesteckt, und es ist alles zerstört worden. Ich will Rache.«

Seine dunklen Augen glühten wie heiße Kohlen, und sie wusste instinktiv, dass er den Verstand verloren hatte. Er war nie ein Mann der Vernunft gewesen, daher würde ein Versuch, ihm gut zuzureden oder ihn anzuflehen, nichts nutzen. Sie musste entweder mit ihm kämpfen oder ihn überlisten – andernfalls würde er sie töten und jeden anderen, der ihm in die Quere kam.

»*Ich* habe nichts zerstört«, entgegnete sie und versuchte verzweifelt, auf Zeit zu spielen, während sie über einen Plan nachdachte. »Ich war noch ein Kind und bin in etwas verwickelt worden, das ich nicht verstand. Ich habe mein Wort gehalten. Bis vor wenigen Wochen bin ich nie mehr hierher zurückgekehrt, und ich habe niemandem erzählt, was ich an jenem Tag im Pförtnerhaus gesehen habe.«

Aus den Augenwinkeln sah sie eine Mistgabel, die an der Wand rechts von ihr lehnte.

»Du denkst, ich gebe auch nur einen Pfifferling auf dich oder darauf, was du zu irgendjemandem gesagt haben könntest?«, erwiderte er drohend. »Mir hat niemals wirklich etwas am Herzen gelegen, nichts außer meinem Garten, und der ist jetzt fort, Bäume sind gefällt worden, meine Blumenbeete umgepflügt. Aber du hast geholfen zu zerstören, was ich hatte, und dafür wirst du zahlen. Jetzt geh zurück in diese Ecke, damit ich dich fesseln kann. Dann werden wir warten, bis Seine verfluchte Lordschaft zurückkommt.«

Jetzt wusste sie, dass es Rufus war, den er töten wollte, aber nun, da er sie hier gefunden hatte, würde er sie zwingen, ihm dabei zuzusehen. Und dann würde er auch sie umbringen.

Er ertastete etwas unter seinem zerlumpten Mantel und holte zuerst ein Stück Schnur hervor, dann ein Messer. »Geh zurück und dreh dich um«, befahl er.

Beim Anblick der langen, glänzenden Klinge war sie wie gebannt vor Entsetzen, denn in der Vergangenheit hatte sie ihn oft mit einem solchen Messer ein Kaninchen aufschlitzen sehen.

»Es ist schön scharf«, meinte er, strich mit der Klinge über seinen Handrücken und rasierte die Haare ab, um ihr die Schärfe der Klinge zu demonstrieren. »Und nun, zurück nach hinten.«

Sie wich tatsächlich weiter zurück, wobei sie ihn die ganze Zeit über anflehte, und mit jedem Schritt kam sie der Mistgabel ein wenig näher. Er war schwerer und langsamer, als er es vor acht Jahren gewesen war, und sie hoffte, er würde in seinem jämmerlichen Geisteszustand nicht erwägen, dass sie es auf einen Kampf gegen ihn ankommen lassen könne.

»Wo bist du in all diesen Jahren gewesen?«, fragte sie, um Zeit zu schinden. »Hast du in einem anderen Garten gearbeitet?«

»Wie konnte ich irgendwo arbeiten, wenn ich gejagt wurde!«, fauchte er. »Ich bin der beste Gärtner Englands, aber ich war gezwungen, wie ein Vagabund zu leben. Schurken haben mir mein Geld gestohlen, als ich schlief. Und es ist alles deine Schuld, und du wirst dafür zahlen.«

»Bitte, Albert«, wimmerte sie, denn es war von größter Wichtigkeit, ihm den Eindruck zu vermitteln, sie sei hilflos. Auf diese Weise würde er keinen Verdacht schöpfen. »Lass mich einfach gehen, und ich werde niemals irgendjemandem erzählen, was ich gesehen habe.«

»Dreh dich zur Wand«, schrie er sie an. »Und halt deinen verfluchten Mund!«

Sie drehte sich um, doch gleichzeitig packte sie die Mistgabel, fuhr zu ihm herum und richtete die Zinken auf seine Brust.

Ihr einziger Vorteil lag darin, dass sie schnell und leichtfüßig war. Wenn es ihm gelang, die Mistgabel zu packen, war es um sie geschehen.

»Raus hier!«, brüllte sie und stürzte sich auf ihn, und als er sich rückwärtsbewegte, sprang sie geschmeidig zur Seite. »Nur zu, schnapp sie dir, wenn du kannst«, sagte sie. »Ich brenne darauf, sie dir in den Leib zu rammen.«

Sie verfluchte ihren schweren Umhang, der sie belastete, und wusste, dass sie nicht die Kraft hatte, Albert lange auf Abstand zu halten. Aber wenn es ihr nur gelang, ihn mit dem Rücken an eine

Wand zu drängen, würde sie ihn vielleicht durchbohren oder zumindest so lange auf Abstand halten können, bis Rufus zurückkam.

Sie tanzte um ihn herum wie ein Schmetterling, stieß die Mistgabel vor und sprang dann zurück, während er versuchte, ihr die Mistgabel zu entreißen oder sie mit dem Messer zu verletzen. Ihr Hut fiel herunter, ihr Haar ergoss sich über ihre Schultern, und mehrmals streifte seine Klinge fast ihren Arm.

Er wurde müde, seine Atmung klang gequält, und seine Bewegungen wurden schwerfällig. Sie hielt es für wahrscheinlich, dass er außerdem großen Hunger hatte. »Na los«, höhnte sie. »Was ist mit dir los? Zu viel Alkohol, wie?«

Sie lauschte mit einem Ohr auf Rufus, denn gewiss musste er sich langsam fragen, warum sie nicht ins Pförtnerhaus zurückgekehrt war. Doch ihre alles andere überragende Furcht galt Betsy. Hoffentlich begann sie nicht zu weinen, denn selbst wenn Albert den Verstand verloren hatte, würde er gewiss begreifen, dass ein Baby die perfekte Geisel war, um jeden dazu zu bringen, sich seinem Willen zu unterwerfen.

Sie tanzte immer fieberhafter um ihn herum, und endlich hatte sie ihn da, wo sie ihn haben wollte: Er stand mit dem Rücken an der Wand und sie mit dem Rücken zur Tür. Dann begann Betsy zu weinen.

Albert hielt reglos inne und lauschte. Ein höhnisches Grinsen verzerrte seine Lippen auf geradezu groteske Weise. »Du hast also ein Baby!«, bemerkte er und hob drohend das Messer.

Er konnte das Messer mühelos nach ihr werfen, aber sie hielt es für wahrscheinlicher, dass er sie damit angreifen würde.

»Tu es nicht«, warnte sie ihn und umfasste die Mistgabel fester. Ihr brach am ganzen Leib der kalte Schweiß aus, denn sie wusste, wenn sie ihn nicht daran hinderte, den Stall zu verlassen, würde er sich als Erstes auf Betsy stürzen. All der Hass auf diesen Mann, den sie so viele Jahre in sich aufgestaut hatte, brach sich mit Macht Bahn. Er würde ihrer Tochter kein Haar krümmen! Sie würde ihn töten, um das zu verhindern.

»Damit kannst du mich nicht aufhalten«, höhnte er und machte einen Schritt vorwärts.

Er war mit seinem Gewicht und seiner Stärke im Vorteil, das war Hope klar. Er brauchte sich nur auf sie zu stürzen, und er konnte sie so mühelos beiseitewischen wie Spinnweben. Aber sie musste ihn aufhalten; das Leben ihrer Tochter, ihr eigenes Leben und wahrscheinlich auch das von Rufus und Lady Harvey standen auf dem Spiel.

Das Bild der Soldaten der Rifle Brigade oben auf den Höhen vor Sewastopol, wie sie mit aufgepflanztem Bajonett Angriffe einstudierten, stieg plötzlich in ihr auf. Sie erinnerte sich an den Feldwebel, der den Schützen zugeschrien hatte: *Tötet oder werdet getötet!*

Eine Welle weißglühenden Zorns pulsierte durch ihre Adern. Was machte es schon aus, wenn sie kleiner und leichter war als er? Sie hatte das Recht auf ihrer Seite, und ihre Sache war eine weit größere als seine.

»Stirb, du Bastard!«, schrie sie und stürzte sich auf ihn, geradeso wie sie es bei den Soldaten beobachtet hatte.

Sie traf ihn im Magen und legte ihr ganzes Gewicht hinter die Mistgabel, um ihn an die Wand zu drücken. Dabei kreischte sie wie eine Todesfee. Ihm fiel das Messer klappernd zu Boden, seine Augen weiteten sich vor Schreck, und erst, als sein Gestank sie zu überwältigen drohte, sah sie, dass die Zinken der Mistgabel ganz in seinem Bauch verschwunden waren.

Er ruderte mit den Armen und bewegte die Hände instinktiv hinunter zu der Mistgabel. Der Mund stand ihm weit offen, ein Rasseln drang aus seiner Kehle, dem eine Fontäne Blut folgte. Es besudelte Hopes Kleider, und sie wich entsetzt zurück.

Ein verwundeter Soldat hatte ihr einmal erzählt, dass er jede beliebige Anzahl von Feinden mit seinem Gewehr töten und jedes Mal jubeln könne, jedoch Albträume habe von denen, die er mit seinem Bajonett getötet habe. »Denn ich habe ihre Gesichter gesehen und ihren Schmerz gespürt.«

Sie wusste jetzt genau, was dieser Soldat gemeint hatte. Albert glitt langsam an der Wand hinab, während er mit blutverschmierten Händen die Mistgabel umklammert hielt, und seine Miene spiegelte pure Qual wider. Sie hatte in der Kirche gesessen und beobachtet, wie dieser Mann ihre Schwester geheiratet hatte. Sie hatte ihm Mahlzeiten gekocht und seine Hemden gewaschen.

Nein, sie hatte ihn nie gemocht – Albert war ein verabscheuungswürdiges Geschöpf, das sowohl sie selbst als auch Nell schikaniert und tyrannisiert hatte. Er hatte Sir William getötet, und er hätte dafür hängen sollen. Aber sie war entsetzt, dass sie imstande war zu töten.

Eine Welle der Übelkeit überschwemmte sie, und sie taumelte zur Tür. Rufus kam mit seiner Schrotflinte die Einfahrt hinaufgerannt, dicht gefolgt von Lady Harvey.

»Er ist da drin«, konnte Hope gerade noch hervorbringen, bevor sie sich erbrach.

Von Kopf bis Fuß zitternd, brachte sie es irgendwie fertig, zu dem Korb hinüberzugehen und Betsy herauszuheben. Die Kleine hörte sofort auf zu weinen, aber das Gefühl des winzigen, warmen Körpers dicht an ihrem trieb Hope die Tränen in die Augen.

Mit dem Baby in den Armen drehte sie sich um und sah Rufus und Lady Harvey an der Stalltür stehen und hineinschauen. »Ist er tot?«, fragte sie.

»Noch nicht ganz«, antwortete Rufus mit eiskalter Stimme. »Und ich hoffe, es wird lange dauern, bis es so weit ist.«

Kapitel 26

Hope war ohne Lady Harvey und Rufus zum Pförtnerhaus zurückgegangen und rechnete damit, dass sie ihr unverzüglich folgen würden. Obwohl sie von Kopf bis Fuß zitterte, brühte sie eine Kanne Tee auf und setzte sich, um Betsy zu stillen. Währenddessen mühte sie sich, mit dem, was soeben geschehen war, fertigzuwerden.

Es dauerte eine gute halbe Stunde, vielleicht noch länger, bis die beiden anderen zurückkehrten. Inzwischen hatte sie das Baby gestillt und die Windel gewechselt. Lady Harvey trat ohne ein Wort ein, setzte sich ans Feuer und ließ den Kopf hängen, dass er fast ihre Knie berührte.

Rufus sprach sehr wenig. Er fragte Hope, wie es ihr gehe, und bestand darauf, dass sie ein Glas Brandy trank, bevor er sie nach Hause brachte. »Danach werde ich weiterfahren, um die Polizei über die Ereignisse zu informieren«, erklärte er. Er trat ans Fenster und stand eine Weile einfach nur schweigend da und blickte hinaus.

Hope konnte das Schweigen der beiden verstehen; sie fühlte sich ebenfalls nicht imstande, über das zu sprechen, was geschehen war. Sie standen alle unter Schock, aber während sie an ihrem Brandy nippte, wurde ihr bewusst, dass darüber hinaus eine gewisse Spannung zu spüren war.

Genau das Gleiche hatte sie wahrgenommen, als sie mit Albert und Nell hier gelebt hatte. In jenen Tagen hatte sie immer angenommen, für die frostige Atmosphäre verantwortlich zu sein, und das dachte sie jetzt wieder. Gaben sie ihr die Schuld daran, ihnen noch mehr Ärger aufgehalst zu haben?

In ihrem Kopf wirbelten unerwünschte Bilder umher. Sie konnte Alberts überraschte Miene sehen, als die Mistgabel in sein Fleisch eingedrungen war, konnte sein Blut hervorquellen sehen und das Messer, das ihm entfiel. Eine Seite ihres Gehirns sagte ihr, es sei gut, ihn getötet zu haben, aber die andere Seite rief ihr immer wieder ins Gedächtnis: »Du sollst nicht töten.«

Aber warum versicherte Rufus ihr nicht, dass es das Einzige war, was sie hatte tun können?

Sie zog Betsy wieder an, trank den letzten Schluck Brandy und stand auf. »Ich bin jetzt so weit. Wir können fahren, Rufus«, erklärte sie.

»Gut«, erwiderte er und drehte sich nicht einmal um, um sie anzusehen. »Ich gehe den Einspänner holen.« Aber er bewegte sich nicht; er starrte noch immer aus dem Fenster.

»Wir müssen jemanden herbitten, der sich zu deiner Mutter setzt, während du fort bist«, meinte sie.

Dann drehte er sich zu ihr um, doch auf seinem Gesicht stand ein Ausdruck, den sie nicht deuten konnte. Es war mehr als Ärger oder Angst. »Ich weiß nicht, ob ich darauf vertrauen kann, dass Mutter nicht reden wird«, murmelte er.

Hope runzelte die Stirn. »Es werden ohnehin alle darüber reden«, meinte sie. »Du hast doch gewiss nicht die Absicht, der Polizei zu erzählen, du hättest ihn getötet und nicht ich?« Das schien die logische Erklärung für seine eigenartige Bemerkung zu sein. Rufus war schließlich ein Gentleman, und vielleicht glaubte er, er müsse sie aus dem Ganzen heraushalten.

Er legte die Hände an den Kopf, als hätte er Schmerzen.

Besorgt bettete sie Betsy auf einen Sessel, ging zu ihm hinüber und fasste ihn am Arm. »Keiner von uns wird Ärger bekommen; Albert war ein Mörder. Er ist heute hergekommen, um dir und wahrscheinlich auch deiner Mutter etwas anzutun. Ich habe keine Angst, irgendjemandem zu erzählen, dass ich es getan habe. Es war furchtbar, aber jetzt ist es geschehen und er ist tot. Darüber bin ich froh.«

Er ließ die Hände sinken und sah sie trostlos an. »Er hat geredet, bevor er gestorben ist.«

Hopes Magen krampfte sich schmerzhaft zusammen. Das Einzige, womit sie sich getröstet hatte, war der Umstand, dass Alberts Tod ihren abscheulichen Erinnerungen ein Ende bereiten und Rufus ersparen würde, jemals die ganze Wahrheit über seine Eltern zu erfahren. Aber sie hätte wissen können, dass Albert nicht schweigend sterben würde.

»Was hat er gesagt?«

»Er hat von Mutters und Nells kostbarem Angus gesprochen«, zischte Rufus. »Ich weiß nicht, was mehr wehtut, die Untreue meiner Mutter oder die Tatsache, dass ihr beide, du und Nell, davon gewusst und es vertuscht habt.«

Von Lady Harvey kam ein ersticktes Schluchzen. Hope verspürte einen Hauch von Erleichterung darüber, dass Albert seine Beziehung zu Sir William anscheinend nicht offenbart hatte. Und doch war sie entrüstet, weil Rufus ihr und Nell die Schuld an dem Unrecht seiner Mutter gab.

»Wir waren Dienstboten. Hast du das vergessen?«, gab sie zurück. »Man hätte uns hinauswerfen können, wenn wir auch nur ein Wort darüber verloren hätten.«

Er wirkte plötzlich mutlos und verzweifelt. »Ja, natürlich, das war ungerecht von mir. Ich nehme an, ich würde meine Wut gern gegen Mutter richten, da diese Affäre mit Angus Pettigrew offensichtlich das Druckmittel war, mit dem Albert sie jahrelang in Schach gehalten hat. Aber wie kann ich sie zur Rede stellen? Sieh sie dir doch nur an!«

Hope drehte sich um. Lady Harvey wirkte so alt, gebrechlich und verletzbar, und es war keine Spur mehr übrig von der lebensprühenden jungen Frau, die das Herz des Hauptmanns erobert hatte.

»Lass es gut sein«, flehte Hope. »Hat dieser schreckliche Mann unseren beiden Familien nicht schon genug Schaden zugefügt? Lass nicht zu, dass er noch mehr Unglück über uns bringt. Und jetzt fahr mich bitte nach Hause, denn ich kann mehr einfach nicht ertragen. Aber wir müssen für deine Mutter jemanden herbitten. Sie sollte nach einem solchen Schock nicht allein sein.«

»Ich bin nicht nur seine Mutter; ich bin auch deine Mutter.« Sowohl Hope als auch Rufus fuhren bei Lady Harveys eigenartiger Bemerkung herum.

Sie saß jetzt aufrecht da, und obwohl sie noch immer weinte, hatte ihre Miene etwas Entschlossenes.

»Sei nicht dumm, Mutter«, erwiderte Rufus, und sein Tonfall war sanfter, als spräche er zu einem Kind. »Wie kannst du Hopes Mutter sein?«

»Ich bin es«, beharrte sie und sah zu ihnen beiden auf. »Hope ist das Ergebnis meiner Liebe zu Angus. Um einen Skandal zu vermeiden, haben Nell und Bridie mir erzählt, sie sei tot zur Welt gekommen, und Nell hat mein Baby nach Hause zu Meg Renton, ihrer Mutter, mitgenommen.«

Hope und Rufus standen da wie Statuen und starrten Lady Harvey in schweigendem Erstaunen an. Der Wind draußen wurde stärker und toste durch den Schornstein, und Betsy gab leise, gurgelnde Worte von sich, aber einige Minuten lang sprach und bewegte sich niemand.

Lady Harvey brach das Schweigen. »Ich weiß, dass mein Geist jetzt manchmal in die Irre geht, dass ich Dinge vergesse und durcheinanderbringe. Aber dies ist die Wahrheit, und ihr müsst mir glauben«, sagte sie mit brechender Stimme. »Hope ist deine Halbschwester, Rufus. Wenn ich gewusst hätte, dass sie überlebt hatte und wo sie war, hätte ich vielleicht eine Möglichkeit gefunden, euch zusammen großzuziehen. Doch ich habe erst an dem Tag, an dem Nell Briargate verließ, davon erfahren. Damals hat sie es mir erzählt.«

Hope und Rufus sahen einander an.

»Aber Nell glaubte, Albert hätte Hope getötet!«, rief Rufus aus. »Wenn du wusstest, dass Hope deine Tochter war, warum hast du dann nichts unternommen? Kannst du wirklich so wenig Gefühl haben?«

Hope legte eine Hand auf Rufus' Arm, um ihn zu beruhigen. »Sie hatte Angst vor dem Skandal, nehme ich an.«

»Du weißt, in welcher Verfassung dein Vater in jener Zeit war«, verteidigte Lady Harvey sich. »Ich hatte Angst, doch zu guter Letzt habe ich ihm die Wahrheit gesagt, weil Albert mich erpresst hat. Das ist der Grund, warum er das Haus niedergebrannt hat: weil wir zusammengehalten und ihm befohlen haben fortzugehen.«

Wieder legte Rufus die Hände an den Kopf. »Und warum hast du es mir nicht ebenfalls erzählt?«, verlangte er zu wissen. »Ich habe euch beide immer wieder gefragt, warum ihr ihn nicht entlasst. Ich wusste, dass da irgendetwas war. Dir muss doch klar gewesen sein, dass ich dir helfen würde, ganz gleich, was du getan hattest?«

»Ich wünschte jetzt, ich hätte mit dir gesprochen, aber wir wollten dich nicht aufregen oder in Verlegenheit bringen. Als wir hörten, dass Hope draußen auf der Krim war, hätte ich es dir beinahe erzählt«, fügte sie hinzu. »Ich konnte jedoch einfach keine Worte finden.«

»Weiß Angus etwas darüber?«, fragte Hope zaghaft. Es war alles viel zu viel für sie. Es musste wahr sein, das wusste sie, denn nicht einmal eine verwirrte alte Dame konnte eine solche Geschichte erfinden. Und dies verbarg sich offenkundig hinter Nells Widerstreben, Lady Harvey aufzusuchen.

»Nein. Er hat es nie erfahren.« Die ältere Frau begann wieder zu weinen. »Vielleicht hat Nell es ihm erzählt, seit sie angefangen hat, für ihn zu arbeiten, doch ich bezweifle es. Sonst wäre er gewiss zu mir gekommen und hätte zu wissen verlangt, warum ich es vor ihm verborgen gehalten habe.«

Rufus wirkte, als hätte er ein Gespenst gesehen. Sein Gesicht war weiß, und seine Augen waren groß und erschrocken.

Sosehr Hope sich wünschte, ihn zu trösten, brauchte seine Mutter sie jetzt mehr, denn sie zitterte und war außer sich. Daher ging sie zu ihr hinüber, zog den Kopf der Frau an ihre Brust und tätschelte ihr beruhigend den Rücken. »Ich weiß nicht, was ich dir sagen soll«, murmelte sie leise. »Ich muss über alles nachdenken und die Geschichte auch von Nell hören.«

»Glaubst du mir?« Die ältere Frau rückte ein Stück von Hope ab und blickte zu ihr auf.

»Ja«, erwiderte Hope mit einem Nicken. »Aber im Augenblick kann ich damit noch nicht umgehen. Ich muss Betsy nach Hause bringen.«

»Ich möchte nicht, dass ihr irgendjemanden herholt«, wimmerte Lady Harvey. »Ich könnte mit niemandem reden, ich wäre lieber allein.«

Hope schwieg, während der Einspänner über die Straße holperte. Das Klappern von Flashs Hufen und das Sirren der Räder schien gänzlich im Einklang zu sein mit ihren Gedanken. Wie unter einem Zwang beleuchtete Hope kleine Zwischenfälle, die der Frage ihrer wirklichen Herkunft Glaubwürdigkeit verliehen.

Nells Nervosität, wenn Angus nach Briargate gekommen war, das Gefühl, das sie so häufig gehabt hatte, nicht ganz zu ihrer Familie zu gehören, selbst diese alte Geschichte, sie sei ›ein Feenkind‹, gewannen jetzt eine neue Bedeutung. Außerdem war da ein Band zwischen ihr und Rufus und auch eins zwischen ihr und Angus.

Aber das Wissen, dass Nell nicht ihre wahre Schwester war, tat weh. Sie war alles für sie gewesen, häufig mehr eine Mutter als eine ältere Schwester. Es war niederschmetternd zu erfahren, dass es keine Blutsbande zwischen ihnen gab. Und Nell hatte dies all die Jahre geheim gehalten!

Was Lady Harvey betraf, so empfand Hope nichts, denn es gab wenig Bewunderswertes an dieser Frau. Meg Renton hatte Bewunderung dagegen weit mehr verdient, denn sie hatte Hope großgezogen und geliebt wie eine eigene Tochter.

Sie blickte zu Rufus hinüber. Es war inzwischen dunkel, aber sie konnte sein Profil gut genug sehen, um zu bemerken, dass er die Lippen fest zusammenpresste und Mühe hatte, die erschütternden Ereignisse des Tages zu verarbeiten.

»Was für ein Tag, hm?«, sagte sie und legte eine Hand über seine auf den Zügel des Pferdes.

»Zumindest habe ich eine Schwester gewonnen«, seufzte er. »Ich hatte immer besondere Achtung vor dir, aber so etwas hätte ich niemals vermutet. Wir sind so vollkommen verschieden! Es gibt nicht eine Ähnlichkeit. Ich bin blond, du dunkelhaarig, einer mit blauen Augen, einer mit braunen. Wie kann das sein?«

»Du hattest zwei blonde, blauäugige Eltern«, erklärte Hope. »Ich dagegen habe offensichtlich alles von Angus geerbt. Stell dir nur vor, ich wäre so gewesen wie du! Man hätte Fragen gestellt! Im Dorf sind die dunkle Haut und das dunkle Haar der Rentons geradezu sprichwörtlich.«

»Ich muss sagen, wenn man schon erfahren muss, dass die eigene Mutter ein heimliches Kind der Liebe hat, bin ich froh, dass du es bist«, meinte er, aber seine Stimme brach, als hätte er Mühe, nicht zu weinen.

»Versuch, nicht wütend auf deine Mutter zu sein«, erwiderte sie besänftigend. »Es muss schrecklich für sie gewesen sein. Keiner von uns weiß, wie er in einer solchen Situation gehandelt hätte.«

»Ich wusste immer, dass da irgendetwas in der Vergangenheit lauerte«, gab Rufus versonnen zu. »Doch ich dachte, es hätte mit meinem Vater zu tun.«

»Sie hat ihn wirklich geliebt«, meinte Hope.

»Aber er konnte sie nicht lieben, nicht wahr?«

Hopes Herz setzte einen Schlag aus. Wusste Rufus etwa auch über die Natur seines Vaters Bescheid? Da sie keine Ahnung hatte, wie sie darauf antworten sollte, schwieg sie.

»Er hat Männer geliebt«, platzte Rufus heraus. »*Das* war das Problem zwischen ihnen.«

Das Geräusch der Räder und der Pferdehufe schien immer lauter und lauter zu werden, während Hope sich nach der richtigen Antwort das Hirn zermarterte.

»Dein Schweigen verrät mir, dass du das bereits wusstest«, stellte er fest. »Und ich kann erraten, wann du es herausgefunden hast.

Ich habe erst davon erfahren, nachdem Briargate niedergebrannt war. Ich bin nach Wells gegangen, weil ich dachte, dass im Bischofspalast vielleicht jemand irgendetwas über Albert wusste. Und es wusste tatsächlich jemand etwas, und er hat mir erzählt, was Albert war.«

Rufus hielt die Zügel mit der rechten Hand, und mit der linken umfasste er Hopes Kinn und hob es leicht an, sodass er sie ansehen konnte. »Ich hatte schon lange zuvor einen gewissen Verdacht, was Vater betraf. Verstehst du, im Internat erfährt man von solchen Dingen, und in Oxford bin ich Männern begegnet, die genauso waren. Aber als ich über Albert Bescheid wusste, fügte sich plötzlich alles zusammen. Die Angst meiner Eltern vor ihm, das fehlende Geld, die Art, wie er auf Briargate umherstolzierte, und natürlich dein Verschwinden …«

Er ließ ihr Kinn los und griff nach ihrer Hand. »Es tut mir leid«, seufzte er. »Vielleicht hätte ich all das besser für mich behalten sollen, so wie du. Bei unserer ersten Begegnung nach deiner Rückkehr hierher ist mir aufgefallen, dass du kein Wort über meinen Vater verloren hast, abgesehen von den üblichen höflichen Beileidsfloskeln. Das war alles an Bestätigung, was ich brauchte, um zu wissen, dass ich mit meiner Vermutung richtiglag. Aber ich wette, du hättest es mir niemals erzählt?«

»Nein, niemals«, gestand sie mit gepresster Stimme. »Ich wünschte bei Gott, du hättest es nicht erfahren.« Sie lehnte den Kopf an seine Schulter und empfand um seinetwillen so viel Kummer und Mitgefühl.

»Ich werde dich nicht nach Einzelheiten fragen«, fuhr er mit erstickter Stimme fort. »Ich möchte es beiseitedrängen und neu anfangen.«

Sie nickte an seiner Schulter.

»Ich werde heute Abend auch nicht mit dir hineinkommen«, sprach er weiter. »Ich muss zur Polizei fahren und dann zurück zu Mutter. Aber in ein oder zwei Tagen werde ich kommen und mit Nell reden. Wusste sie über Albert und meinen Vater Bescheid?«

»Nein, und bitte, erzähl es ihr nicht«, sagte Hope. »Sie hat unter den Händen dieses Mannes schon genug gelitten.«

»Ich werde mit niemandem je wieder darüber sprechen«, erwiderte er und sah sie an. »Das gehört der Vergangenheit an, es spielt keine Rolle mehr.«

Sobald Nell Hope die Haustür öffnete, spürte sie, dass es kein guter Tag gewesen war, denn die Augen ihrer Schwester wirkten umwölkt, und sie war sehr bleich und in sich gekehrt. »Warum ist Rufus nicht mit hereingekommen?«, fragte sie, während sie Hope das schlafende Baby aus den Armen nahm. »Ich hoffe, ihr habt euch nicht gestritten?«

»Nein, Nell. Er musste nur zu Lady Harvey zurück«, erklärte Hope. »Würdest du Betsy wohl für mich nach oben in ihre Wiege bringen?«

Nell tat eilig, worum sie gebeten worden war, und als sie wieder herunterkam, war Hope in die Küche gegangen und stand am Herd und wärmte sich die Hände.

»Gib mir deinen Mantel und deinen Hut«, meinte Nell. »Dann bereite ich dir einen heißen Grog zu, du siehst vollkommen durchfroren aus.«

Als Hope ihren Umhang ablegte, sah Nell die Flecken auf ihrem Kleid. »Was um alles in der Welt ist das?«

»Blut«, stieß Hope hervor. »Alberts Blut. Ich habe ihn getötet.«

Nell schlug sich die Hände vor den Mund. »Albert? Er ist nach Briargate zurückgekehrt?«, rief sie aus. Sie dachte, sie müsse Hope missverstanden haben.

»Ja, Nell, natürlich ist er zurückgekehrt«, erwiderte Hope ein wenig ungeduldig. »Wir gesagt, ich habe ihn getötet. Ich war in den Ställen, als er kam. Ich habe ihn mit einer Mistgabel getötet.«

Nell hatte das Gefühl, als wäre plötzlich alles Blut aus ihrem Körper gewichen. Im Laufe der Jahre hatte sie oft darüber nachgegrübelt, wie sie reagieren würde, wenn man Albert einfing und für seine Verbrechen hängte. Der erneute Tratsch, den sein Tod mit sich bringen würde, würde ihr nicht gefallen, das war ihr immer klar gewesen, doch sie hatte stets das Gefühl gehabt, dass ihr eine gewaltige Last von den Schultern fallen würde, wenn sie wusste, dass er für immer fort war.

Aber jetzt stand Hope mit seinem Blut auf ihrem Kleid vor ihr und verkündete ihr gelassen, ihn mit einer Mistgabel getötet zu haben. Das war eine Situation, auf die sie nicht vorbereitet war.

»O mein Gott«, rief sie aus, und plötzlich weinte sie, als könnte sie nie wieder aufhören.

»Es tut mir leid, dass ich es dir so schonungslos mitgeteilt habe«, hörte sie Hope sagen. »Ich habe nicht damit gerechnet, dass es dich so aufregen würde.«

»Sein Tod regt mich nicht auf«, brachte Nell mit Mühe hervor. »Wenn ich gehört hätte, er sei ertrunken oder an einer Krankheit gestorben oder von einem Wildhüter erschossen worden, hätte ich jubiliert. Es ist der Gedanke, dass er dir wieder so nah kommen konnte. Dass er wieder einmal einen Menschen, den ich liebe, verletzt hat.«

Hope kochte eine Kanne Tee und setzte sich zu Nell. Dann erklärte sie genau, was geschehen war. Nell zitterte und weinte, als Hope zu einem Ende kam. Offenbar hatte der Bericht all das Grauen für ihre Schwester noch einmal aufleben lassen.

»Du bist ein mutiges Mädchen, das steht fest«, flüsterte sie und schlang beide Arme um Hope. »Du hättest diese Bestie niemals wiedersehen dürfen; er hat dir in der Vergangenheit schon genug angetan. Ich hatte heute Morgen ein schlechtes Gefühl, was deine Fahrt nach Briargate betraf; ich wollte nicht, dass du hinfährst. Gott sei Dank geht es dir und Betsy gut! Ich könnte ohne euch beide nicht leben.«

Sie bereitete Hope einen heißen Grog zu und schickte sie nach den dramatischen Ereignissen des Tages rasch zu Bett. »Wir werden morgen weiter darüber reden«, meinte sie, während sie Hope beim Auskleiden half und ihr ein warmes Nachthemd über den

Kopf zog. »Wenn Betsy aufwacht, werde ich die Windel wechseln und dir die Kleine bringen, damit du sie stillen kannst, aber du musst im Bett bleiben.«

Nachdem sie Hope ins Bett gesteckt hatte, ging Nell wieder nach unten und setzte sich an den Herd. Sie fror bis ins Mark, und das Herz tat ihr weh.

Sie hätte sich niemals bereit erklären dürfen, Albert zu heiraten; tief im Innern hatte sie immer gewusst, dass es nicht richtig war. Er war ein seltsamer Vogel, das hatten alle gesagt. Und hier war sie nun mit neununddreißig und endlich frei von ihm – aber inzwischen zu alt, um von einem anderen Mann geheiratet zu werden. Wer sollte sie denn noch wollen?

Tränen rannen ihr übers Gesicht. Sie weinte um das Mädchen in ihr, das nie echte Liebe erfahren hatte und um eine eigene Familie betrogen worden war. Wenn sie zurückblickte, war ihr Leben nichts als harte Arbeit gewesen. Sie hatte so wenig Glück erfahren!

Aber ihre Tränen galten auch Hope. Man sagte, sie sei ein Feenkind, und doch hatte sie das härteste Leben von allen geführt. Und Nell liebte sie so sehr, dass Hopes Schmerz auch ihrer war.

Als Nell Betsy nach ihrer nächtlichen Mahlzeit aus Hopes Armen nahm, tat diese so, als schliefe sie wieder ein, aber unter den gesenkten Lidern hervor beobachtete sie Nell.

Alles an ihr war adrett. Ihr Haar war immer sauber, glänzend und hochgesteckt, und niemals entkam eine vereinzelte Locke ihrer Frisur; ihre Kragen und Manschetten waren stets gestärkt und weiß. Den größten Teil des Tages trug sie eine Schürze, aber diese war niemals schmutzig. Ihre Stiefel waren poliert, ihre Nägel ordentlich geschnitten, selbst ihr Gesicht sah so aus, als wäre es soeben erst gewaschen worden. Und sie bewegte sich auch so adrett und war niemals unbeholfen oder laut. Sie beschrieb sich selbst oft als reizlos, doch in Wirklichkeit lag eine große Schönheit in ihrer Schlichtheit. Vielleicht waren es gerade ihre Aufrichtigkeit und Integrität, die durchschimmerten und sie zu etwas so Besonderem machten.

Hope hatte ihr nicht erzählen können, was Lady Harvey ihr offenbart hatte – Alberts Tod war genug für einen Tag. Ein Geheimnis, das fast vierundzwanzig Jahre lang gehütet worden war, konnte getrost noch einen weiteren Tag warten.

Während sie beobachtete, wie Nell Betsy zärtlich in den Armen wiegte, dachte sie, wie erstaunlich es doch war, dass ein sechzehn Jahre altes Mädchen einen Pakt mit einer älteren Zofe geschlossen hatte, nur um ihre Herrin vor Skandal und Ruin zu schützen. Was für eine Selbstlosigkeit hatte das erfordert, welche Treue und Liebe! Und diese Hingabe war nie ins Wanken geraten; weder Lady Harvey gegenüber noch ihr selbst. Hope hatte Nells Liebe zu ihr von frühester Kindheit an gespürt. Albert hatte sein Bestes getan, diese Liebe zu ersticken. Aber sie war zu stark dafür gewesen, er hatte es nicht vermocht.

Noch erstaunlicher war die Tatsache, dass Nell, nachdem Lady Harvey ihr ihre Unterstützung versagt hatte, ihr Wissen nicht auf die eine oder andere Art benutzt hatte. Sie hatte nicht einmal Angus erzählt, dass er ein Kind hatte. Nell war in jeder Hinsicht eine sehr bemerkenswerte Frau.

»Ich habe dich lieb, Nell«, flüsterte sie in den leeren Raum hinein. »Blutsschwester oder nicht, ich kann von Glück sagen, dass ich dich habe.«

Erst am Abend des folgenden Tages gelang es Hope endlich, Nell allein zu sprechen, um ihr zu erzählen, was sie wusste.

In den frühen Morgenstunden war Dora im Haus umhergewuselt und hatte geputzt. Dann war ein Polizeisergeant vorbeigekommen, um Hope nach Alberts Tod zu befragen. Glücklicherweise war er nach dem Feuer auf Briargate einer der Männer gewesen, die sich der Suche nach Albert angeschlossen hatten. Daher stimmte er zu, dass Hope in Notwehr gehandelt haben müsse, und er gratulierte ihr zu ihrem Mut. Gleich nachdem er gegangen war, kam eine Nachbarin vorbei. Und danach weinte Betsy ständig, und es war nicht möglich, ein ernsthaftes Gespräch zu führen, während Nell hin und her eilte, um das Abendessen zu richten.

Aber sobald das Geschirr vom Abendessen gespült und Betsy gebadet war und in ihrer Wiege schlief und sie endlich vor dem Feuer im Salon saßen, erzählte Hope Nell, dass Lady Harvey offenbart hatte, dass sie ihre Mutter sei.

Nell wurde sehr blass, und sie wirkte auch verängstigt.

»Ich bin nicht wütend, ich spreche weder über dich noch über Lady Harvey ein Urteil«, versicherte Hope ihr. »Ich möchte nur verstehen, wie das alles so gekommen ist. Also erzähl mir bitte die ganze Geschichte, von Anfang an.«

Nell sprudelte sie bruchstückweise hervor. Sie stammelte an einigen Punkten vor Nervosität und verriet an anderen Entrüstung darüber, mit nur sechzehn Jahren gezwungen gewesen zu sein, bei etwas so Unrechtem mitzutun.

»Es ist mir nie in den Sinn gekommen, dass sie ein Kind erwarten könnte«, gestand sie, während sie erklärte, dass Lady Harvey mehrere Wochen lang in ihrem Zimmer geblieben war. »Erst als die anderen Dienstboten nach London gefahren waren und Bridie und ich allein mit ihr im Haus waren, hat Bridie mich eingeweiht.«

Offenbar hatte Nell diese Szene oben im Schlafzimmer ihrer Herrin im Laufe der Jahre viele, viele Male noch einmal durchlebt, denn nachdem sich ihr erster Schock gelegt hatte, beschrieb sie all die Ereignisse mit großer Genauigkeit. Als sie zu dem Punkt kam, wie sie das Baby, das sie für tot gehalten hatte, die Treppe hinuntergetragen und es sich bewegt hatte, begann sie zu weinen.

»Ich wusste, Bridie wollte nicht, dass es überlebt, doch sobald ich dich angeschaut hatte und sah, wie deine kleinen Hände sich bewegten, war es um mich geschehen.«

Bei dem Teil der Geschichte, als Nell Bridie dabei erwischt hatte, wie sie das Baby zu ersticken versuchte, zuckte Hope zusammen. »Verurteile sie nicht!«, rief Nell. »Sie hatte Angst; sie liebte Lady

Harvey, und sie konnte die Vorstellung nicht ertragen, das alles könnte ans Tageslicht kommen. Das war der Moment, in dem ich auf die Idee kam, dich nach Hause zu Mutter zu bringen.«

»Und sie hat mich angenommen, einfach so?«, fragte Hope erstaunt, während Nell beschrieb, wie Meg sie in die Arme genommen und gestillt hatte.

»Sie liebte Babys«, erklärte Nell. »Und der Gedanke war ihr unerträglich, was aus dir werden würde, wenn sie ablehnte. Einige Zeit später erzählte sie mir, dass Vater am nächsten Morgen über das Arrangement wütend gewesen sei. Am Morgen war er brummend zur Arbeit aufgebrochen. Aber an jenem Abend kam er nach Hause, nahm dich auf den Arm und küsste dich. Er hat nie wieder ein Wort darüber verloren.«

Hope konnte sich daran erinnern, auf dem Schoß ihres Vaters gesessen zu haben; er hatte ihr oft Geschichten erzählt und ihr vorgesungen. Sie hatte sich den älteren Kindern gegenüber nie im Nachteil gefühlt; wenn überhaupt, so wurden ihr mehr Liebe und Zuneigung zuteil als allen anderen.

»Hat denn niemand jemals Verdacht geschöpft?«, erkundigte sie sich. »Was ist mit Matt, James und Ruth? Sie waren damals doch gewiss alt genug, um zu wissen, dass Mutter mich nicht zur Welt gebracht haben konnte?«

»Wenn ohnehin schon zehn Kinder da sind und sie sich daran gewöhnt haben, dass alle zwei oder drei Jahre ein neues auftaucht, denken sie nicht sonderlich weit. Hauptsache, sie müssen nicht allzu oft helfen, es zu füttern und zu wickeln«, meinte Nell mit einem schiefen Lächeln.

»Wie war Lady Harvey denn nach der Geburt?«

»Sehr traurig und weinerlich. Aber kurz danach fuhr sie nach London, zu Sir William, und ich bin in Briargate geblieben. Sie war drei Monate fort, und ich war froh darüber, denn ich konnte an den meisten Nachmittagen nach Hause gehen und nach dir sehen. Du warst das hübscheste Baby, das mir je unter die Augen gekommen ist.«

»Oh, Nell«, seufzte Hope. »Das war eine solche Belastung für dich!«

»Du warst niemals eine Belastung«, erwiderte Nell und sah Hope dabei voller Zuneigung an. »Ich nehme an, ich war damals in dem Alter, in dem manche Mädchen selbst Mutter werden. Obwohl ich an dem Tag, an dem ich dich nach Briargate gebracht habe und du dem Hauptmann über den Weg gelaufen bist, starr vor Angst war. Erinnerst du dich daran?«

Hope nickte. »Du hast schon damals gewusst, dass er mein Vater war?«

»Nein! Das war der Tag, an dem es mir klar wurde. Ich brauchte nur einen einzigen Blick auf sein Gesicht zu werfen, und ich sah dich darin. Bridie war mittlerweile tot; es gab niemanden, den ich fragen konnte. Aber ich wusste Bescheid. Ich frage mich, warum du es nicht ebenfalls bemerkt hast.«

»Ich hatte keinen Grund, auf eine solche Ähnlichkeit zu achten«, antwortete Hope. »Doch werden wir es ihm jetzt erzählen?«

»Nun, du kannst das natürlich tun.« Nell lächelte, als hätte sie plötzlich einen Grund zur Freude. »Er wird Vater und Großvater auf einmal werden, nicht wahr?«

»Als ich Angus das erste Mal begegnet bin, habe ich irgendetwas für ihn empfunden«, bekannte Hope nachdenklich. »Aber bei Lady Harvey hat es nicht so funktioniert. Was glaubst du, woran das lag?«

Nell zuckte die Schultern. »Sie ist nicht die Art Mensch, die viel über andere nachdenkt. Und ich habe natürlich mein Bestes getan, dich an deinem Platz zu halten. Mutter, Vater und ich, wir waren nicht allzu erfreut, als du seinerzeit in das große Haus gegangen bist und mit Rufus gespielt hast. Wir hatten die Befürchtung, du könntest dir Flausen in den Kopf setzen, die dir in deiner Stellung nicht zukamen, und wir wollten auch nicht, dass Lady Harvey eine Zuneigung zu dir fasste. Verstehst du, wir betrachteten dich als eine von uns. Aber manchmal dachte ich, die ganze Welt könne sehen, dass du aus vornehmen Verhältnissen kommen müsstest.«

Sie redeten und redeten bis in die frühen Morgenstunden. Während sie eine Geschichte nach der anderen hörte – einige davon voller Frohsinn, andere eher traurig –, hatte Hope das Gefühl, wahrhaft ein Teil der Familie Renton zu sein. Wenn sie in der Vergangenheit bisweilen gemeint hatte, nicht »dazuzugehören«, sah sie jetzt doch sehr klar, dass der Grund dafür nur ihre Position als jüngstes Kind in der Familie gewesen war und nichts anderes.

»Als die Älteste bin ich auch in einer besonderen Lage gewesen«, erklärte Hope ihr. »Ich musste Mutter helfen, wenn die Kleinen spielen durften. Schon als ich sechs oder sieben war, habe ich Babys gewaschen und gefüttert. Ich bin nicht draußen herumgelaufen wie ihr anderen alle. Auch Matt musste lange vor der Zeit ein Mann sein. So ist das eben in einer großen Familie. Aber du, Hope, du warst der kleine Liebling und wurdest von allen verhätschelt. Wir haben dir alle viel durchgehen lassen.«

Später erzählte Nell Hope von den vielen Gelegenheiten, bei denen sie daran erinnert worden war, wer die wahren Eltern ihrer kleinen Schwester waren. »Du hast dich von den vornehmen Herrschaften niemals einschüchtern lassen. Du hast draußen auf dem Feldweg gestanden und mit jedem gesprochen, der vorbeigeritten kam. Du schienst einfach nicht zu verstehen, dass Leute wie wir unterwürfig zu sein hatten. Und ich hatte solche Angst, als du älter wurdest und eine so enge Beziehung zu Rufus entwickelt hast.«

»Aber warum?«, fragte Hope mit einiger Erheiterung.

»Weil ich befürchtet habe, ihr könntet euch später ineinander verlieben«, gestand sie. »Ich kann dir nicht sagen, wie viele Nächte ich wach gelegen und mich deshalb gesorgt habe. Aber jetzt habe ich das Gefühl, als wäre mir eine Last von den Schultern genommen worden. Wenn wir hören, dass Bennett morgen nach Hause kommen wird, wird das das Ende all meiner Sorgen sein.«

»Zumindest haben deine Geschichten mich für eine Weile davon abgehalten, an ihn zu denken«, seufzte Hope.

Nell erhob sich steif von ihrem Stuhl und breitete die Arme aus. »Was kommt, das kommt«, meinte sie, während sie Hope an sich zog. »Ich wünschte, ich könnte dir versprechen, dass er nach Hause zurückkehren wird, aber das kann ich nicht. Doch was immer geschieht, ich werde an deiner Seite sein.«

Die Herbsttage vergingen sehr langsam, und jeder Tag war ein wenig kälter, nasser oder windiger als der vorangegangene. Um vier Uhr nachmittags war es dunkel, und meistens war das Wetter zu schlecht, um hinauszugehen. Und es waren immer noch keine Briefe von Angus oder Bennett gekommen.

Onkel Abel erhielt die Nachricht, dass ein Teil der Post sowohl von der Krim als auch aus der Türkei verloren gegangen sei. Außerdem fuhr er nach Winchester zu den Kasernen der Rifle Brigade und erfuhr dort, dass Bennett nicht als tot gemeldet worden war. Aber es gab auch keinen Beweis dafür, dass er noch lebte, denn sein Name fand sich auf keiner der Listen der Kranken, die nach Scutari geschickt worden waren. Doch aus Gesprächen mit einigen Soldaten, die als Invalide nach Hause zurückgekehrt waren, gewann er den Eindruck, dass auch ihre Familien nicht informiert worden waren. Die Briefe, die sie aus dem Hospital geschrieben hatten, waren erst angekommen, nachdem sie selbst wieder in England eingetroffen waren.

Angus hatte die Krim eindeutig verlassen – offenbar war er an Bord eines Dampfschiffs gegangen, das nach Konstantinopel fuhr. Onkel Abel war davon überzeugt, dass er dort hingefahren war, um nach Bennett zu suchen.

Hopes Angst war zu einem stetigen dumpfen Schmerz geworden, doch fast jeden Tag geschah irgendetwas, das sie davon ablenkte. Zwei Wochen nach Alberts Tod gab es in Bristol eine gerichtliche Untersuchung, bei der sie und Rufus ihre Aussagen machen mussten. Die Verhandlung dauerte zwanzig Minuten, und der Gerichtsmediziner und Untersuchungsrichter kam zu dem Schluss, dass Hope in Notwehr gehandelt habe. Er beglückwünschte sie zu ihrem Mut.

Bevor sie an diesem Tag nach Hause fuhren, ging Hope mit Rufus nach Lewins Mead, um ihm zu zeigen, wo sie gelebt hatte. Es war schockierend, die schrecklichen Zustände dort noch einmal zu sehen. Rufus hielt es für ein Wunder, dass sie dort überlebt hatte. Aber Onkel Abel erzählte ihnen später, es gebe Pläne, das ganze Viertel abzureißen, das Flüsschen Frame zu kanalisieren und zu überbauen, breitere Straßen anzulegen und Häuser mit fließend Wasser und Abwasserrohren zu bauen.

Hope brachte einige Blumen auf den Friedhof in St. James's, denn obwohl sie vermutete, dass weder Gussie, Betsy noch irgendwelche anderen Cholera-Opfer dort wirklich begraben worden waren, war es ein Ort, den sie oft gemeinsam besucht hatten. Sie glaubte sogar, Betsys Lachen im Wind zu hören. Hope schmunzelte. Ihre Freundin wäre begeistert davon gewesen, dass sie von einem adeligen Gentleman begleitet wurde und dass sie ihrem Kind ihren Namen gegeben hatte.

»Wenn Bennett zurückkommt«, meinte sie auf dem Heimweg mit nachdenklichem Tonfall, »werden wir eine Möglichkeit finden müssen, all diesen armen Kindern, die auf der Straße herumlungern und betteln, wirklich zu helfen. Eine heiße Pastete ab und zu nutzt nicht viel. Aber Schulbildung und eine warme Mahlzeit als Dreingabe könnten viel bewirken.«

Abgesehen von den alltäglichen Pflichten und dem Nähen von Kleidern für Betsy, die in erschreckendem Tempo wuchs, fand sie auch ein wenig Ablenkung in den vielen Besuchen ihrer Geschwister. Sie fuhr auch selbst zu Matts Farm und besuchte Ruth in Bath und viele ihrer alten Nachbarn in Compton Dando. Während der Zusammenkünfte der Familie verspürte Hope manchmal den überwältigenden Drang, ihnen zu erzählen, dass sie nicht wirklich ihre Schwester war, vor allem als Ruth behauptete, ihre Tochter Prudence sei genauso wie sie, Hope. Aber sie widerstand der Versuchung. Sie musste diese Frage zuerst sowohl mit Lady Harvey als auch mit Angus besprechen. Schließlich waren sie es, die unter dem Skandal zu leiden haben würden.

Rufus versprach immer wieder, Lady Harvey nach Willow End zu fahren, sobald das Wetter ein wenig milder und trockener werden würde. Aber am dreißigsten November starb sie im Schlaf.

Matt überbrachte ihnen die Nachricht. Sie ließen Betsy in Doras Obhut, und Matt fuhr Hope und Nell zu Rufus hinüber. Sie kamen dort an, kurz nachdem der Arzt gegangen war und bestätigt hatte, dass ihr Herz versagt habe.

»Sie war gestern Abend ein wenig eigenartig«, erklärte Rufus geistesabwesend. »Sie sagte, sie sehe Vater auf der Einfahrt und dass er auf sie warte. Aber sie ist wie immer zu Bett gegangen, und als ich heute Morgen nach ihr geschaut habe, war sie tot.«

Sobald Matt sich verabschiedet hatte und Hope und Nell mit Rufus allein zurückblieben, begannen sie alle zu weinen. »Ich hätte sie noch einmal besuchen sollen«, schluchzte Hope. »Ich hätte wissen können, dass sie zu gebrechlich war, um noch lange zu leben. Jetzt kann ich ihr nichts mehr von dem sagen, was ich ihr sagen wollte.«

»Ich wünschte ebenfalls, ich wäre gütiger gewesen«, gestand Rufus. »Sie war so viel allein, und ich war oft ungeduldig mit ihr. Aber du hast dir nichts vorzuwerfen, Hope, du warst sehr nett zu ihr.«

»Ich hätte ihr versichern müssen, nachempfinden zu können, wie es für sie gewesen war, als sie mich zur Welt brachte«, erwiderte Hope. »Und dass nichts von all dem noch eine Rolle spielt.«

»Ich denke, sie wusste, wie du empfunden hast«, erklärte Rufus, während er Hopes Augen mit seinem Taschentuch trocknete. »Einige Tage nach deinem Besuch meinte sie, sie sei stolz auf dich. ›Meine Hope trägt die besten Eigenschaften von Angus in sich. Und die Rentons haben sie zu einem starken, liebevollen Menschen gemacht.‹ Das waren ihre Worte.«

Nell hatte bisher nur schweigend zugehört. Jetzt stand sie von ihrem Stuhl auf und legte einen Arm um die beiden jüngeren Leute. »Wenn ich sie noch ein einziges Mal gesehen hätte, hätte ich ihr erklärt, welches Glück sie mit euch beiden hat … und was für ein Segen es ist, dass keiner von euch ihr selbstsüchtiges Wesen geerbt hat.«

»Nell!«, rief Hope aus. »Du darfst nicht schlecht von einer Toten sprechen.«

»Ich darf das sagen, denn ich habe sie durch dick und dünn begleitet«, entgegnete Nell entschieden. »Ich habe sie geliebt; ich hätte alles für sie getan, und ich denke, ich kannte sie besser als irgendjemand sonst. Sie wollte keine alte Dame sein, sie hatte alles geregelt, und ich glaube, sie war glücklich zu gehen. Vielleicht ist William tatsächlich zurückgekommen, um sie zu holen. Trotz all ihrer Probleme gab es sehr viel Liebe zwischen ihnen. Also sollten wir uns für sie freuen.«

»Wollt ihr sie jetzt sehen?«, fragte Rufus und schluckte seine Tränen herunter. »Ich werde Jane Calway später herholen, damit sie sie aufbahrt, und dann werden wir sie hier herunterbringen.«

»Erlauben Sie mir, sie aufzubahren«, bat Nell, und ihre Stimme war so sanft wie ein Gebet. »Ich weiß, wie sie gern ihr Haar trug und wie sie sich am liebsten kleidete. Und ich würde mich gern auf diese Weise von ihr verabschieden.«

»Natürlich, Nell.« Rufus wischte sich mit dem Ärmel über die Augen. »Sollen Hope und ich solange hinausgehen?«

Nell nickte. »Ja, geht ein bisschen spazieren. Ich wäre gern allein mit ihr.«

Rufus und Hope gingen schweigend in den Wald. Die Bäume waren kahl, und die schweren Regenfälle der vergangenen Tage hatten die Bäche anschwellen lassen, sodass sie über die Steine dahinschossen und ein friedliches Gurgeln von ihnen aufstieg.

»Während all der vielen Male, die wir als Kinder hier waren, hatten wir keine Ahnung, dass wir Bruder und Schwester sind«, bemerkte Rufus traurig, während er Steine in einen Bach warf. »Ich war unglücklich, weil Mutter und Vater ständig stritten; du musstest mit Albert fertigwerden. Jetzt sind sie alle tot, nur du und ich sind übrig geblieben, und wir sind wieder einmal hier. Ich bin Bauer, und du bist selbst Mutter. Und die Sorgen reißen nicht ab.«

»Aber so wird es nicht immer bleiben«, versicherte Hope ihm. »Bennett wird nach Hause kommen, davon bin ich überzeugt, und du kannst jetzt heiraten. Es gibt nichts mehr, was dich daran hindern könnte.«

»Vielleicht im Frühling«, erwiderte er teilnahmslos. »Das heißt, vorausgesetzt, Bennett ist zurück, denn ich möchte, dass du bei meiner Hochzeit dabei bist, und du sollst dann ebenfalls wieder glücklich sein. War es ein Fehler, Nell zu erlauben, Mutter aufzubahren? Ich wette, sie weint um sie!«

Hope nickte. »Sie versteht sich ebenso gut darauf, ihre Gefühle zu verbergen, wie sie Geheimnisse für sich zu behalten vermag. Aber jetzt, da die Geheimnisse offenbart sind, gibt es keinen Grund mehr, nicht auch die Gefühle herauszulassen.«

Nell weinte tatsächlich. Sie hatte Lady Harvey das Nachthemd ausgezogen, sie von Kopf bis Fuß gewaschen und ihr durch einen Schleier von Tränen ihre Unterwäsche angezogen.

Es fühlte sich so seltsam an, wieder in dem Schlafzimmer zu sein, das für sie ein Quell solchen Unglücks gewesen war, aber es war nicht länger ein strenger, lebloser Raum, denn Lady Harvey hatte ihn mit allerhand Nippessachen gefüllt. Sie mochte all ihre früheren Besitztümer bei dem Feuer verloren und seither nur Trauer getragen haben, doch offenbar hatten ihre Schwestern ihr einige ihrer alten Sachen geschickt.

Ein rosafarbener Samtmorgenrock hing achtlos über einem Stuhl am Fenster; einige hübsche Hutschachteln stapelten sich übereinander, und auf dem Ankleidetisch lag eine Ansammlung von Parfüms, Ketten und Kämmen für ihr Haar.

Das Bett selbst war ein schönes Stück aus geschnitztem Mahagoni, das zum Schreibtisch passte, und der Teppich auf dem Boden war so fein wie jener, den Nell aus Briargate in Erinnerung hatte. Jetzt, da sie tot war, war das Entkleiden ihrer Herrin so, als kleidete man eine lebensgroße Puppe an. Es bekümmerte Nell zu sehen, wie dünn sie geworden war. Ihre Brüste waren kaum noch vorhanden, und ihre Hüftknochen ragten durch ihre Unterröcke. Doch Nell legte zwei zusammengerollte Strümpfe in ihr Mieder, um ihr ein wenig mehr Form zu geben, dann ging sie zum Kleiderschrank, um nach einem Kleid Ausschau zu halten.

Sie waren fast alle schwarz, aber ganz hinten fand sie ein türkisfarbenes. Vermutlich hatte Lady Harveys Eitelkeit irgendwann wieder die Oberhand über ihren Sinn für Schicklichkeit gewonnen, überlegte Nell mit einem traurigen Lächeln, denn Türkis war immer die Lieblingsfarbe Ihrer Ladyschaft gewesen.

Eine Stunde später trat Nell zurück, um ihr Werk zu bewundern. Das Kleid hatte lange Ärmel und einen hohen Hals, und sie hatte es an den Hüften ein wenig ausgepolstert, um ihm eine gute Form zu verleihen. Gazebäusche in den Wangen ihrer früheren Herrin taten ein Übriges, und mit ein wenig Rouge war es ihr gelungen, das jugendliche Strahlen auf das einst so schöne Gesicht zurückzubringen. Selbst auf ihre Wimpern hatte sie ein klein wenig Tinte gegeben, um sie zu verdunkeln. Das Haar war ihre größte Leistung, fand Nell, denn sie hatte es auf Haarwickler gelegt, damit es voller wirkte, und es auf schmeichelhafte Weise mit zwei künstlichen Rosenknospen befestigt. Mit einigen gelockten Strähnen um das Gesicht, um die Ausgezehrtheit abzumildern, und Handschuhen, um die Grausamkeit des Alters zu verbergen, hätte Lady Harvey nun wieder für dreißig durchgehen können.

»Sie sehen wunderschön aus, Mylady«, flüsterte Nell. »Ruhen Sie in Frieden. Ich werde über Ihre beiden Kinder wachen.«

Sie versuchte, ihre Tränen zu unterdrücken, denn es erschien ihr lächerlich, dass sie noch immer so viel Zuneigung zu dieser törichten, selbstsüchtigen Schönheit empfand. Aber sie hatten einen so großen Teil ihres Lebens miteinander verbracht, und alles, was Nell über die Gesellschaft, über Mode, über Liebe und Ehe wusste,

wusste sie von Lady Harvey. Sie war mit ihr in den prächtigen Läden in London gewesen, in Konzerten in Bath und in Landhäusern, die zehn Mal größer waren als Briargate. Sie waren zusammen mit der Eisenbahn gereist und hatten bei vielen Gelegenheiten sogar eine Flasche Champagner miteinander geteilt.

»Und ich bin bei Angus gelandet«, flüsterte Nell. »Ich weiß, er kann mich niemals so lieben, wie er Sie geliebt hat. Aber ich bin in seinem Haus und in seinem Herzen. Und dafür danke ich Ihnen, Mylady.«

Als Hope und Rufus Lady Harvey aufgebahrt sahen, rannen ihnen die Tränen über die Wangen. Für sie beide war die Uhr zurückgedreht worden, und ihre Mutter sah wieder genauso aus, wie sie sie aus ihrer Kindheit in Erinnerung hatten.

»Schlafe friedlich, liebste Mutter«, flüsterte Rufus, während er sich vorbeugte, um ihre Wange zu küssen. »Und danke, dass du mir eine Schwester geschenkt hast.«

Kapitel 27

»Was machst du da?«, schrie Nell aus der Küche, als Hope die Vordertür öffnete und ein Schwall eisigen Regens hereinwehte. »Du kannst nicht aus dem Haus gehen, es ist stockdunkel, und du wirst dir bei dieser Kälte den Tod holen.«

Aber Hope konnte nichts mehr hören, außer der Stimme in ihrem Kopf, die ihr sagte, sie solle laufen.

Sobald sie draußen auf der Straße war, rannte sie den Hügel hinunter. Der peitschende Regen hatte sie binnen Sekunden bis auf die Haut durchnässt, und einer ihrer Pantoffeln war in dem zähen Schlamm stecken geblieben. Aber Hope nahm nichts anderes wahr als ihr eigenes Elend und das Verlangen, ihm ein Ende zu bereiten.

Der Tag hatte mit sintflutartigen Regenfällen begonnen, und Hope hatte das entmutigende Gefühl gehabt, dass solches Wetter am Tag von Lady Harveys Beerdigung ein Omen dafür war, dass weit schlimmere Dinge noch bevorstanden.

Die Droschke, die sie und Nell nach Compton Dando gebracht hatte, hatte ein undichtes Dach gehabt, und bis sie die Kirche erreicht hatten, waren beide Frauen vollkommen durchnässt gewesen. Der starke Wind ließ ihren Regenschirm umschlagen, und die Kirche war so kalt, dass ihnen schon bald die Zähne klapperten.

In den ersten Reihen der gut gefüllten Kirche saßen nur vornehme Herrschaften, von denen Hope einige erkannte. Es waren Leute, die in der Vergangenheit Besuche auf Briargate gemacht hatten.

»Die Übrigen sind Dorvilles, Lady Harveys Familie aus Sussex. Die meisten von ihnen habe ich bei unseren Reisen dorthin kennengelernt«, flüsterte Nell.

Aber der größte Teil der Trauergemeinde bestand aus gewöhnlichen Menschen aus den umliegenden Dörfern, und ihre nassen Kleider schufen einen übel riechenden Dunst. Hope erkannte sehr viele Gesichter aus ihrer Kindheit. Die Nicholsens, die Webbs, die Boxes, die Pearces und die Calways waren alle inzwischen deutlich gealtert, und sie wirkten genauso durchgefroren und unbehaglich wie sie selbst.

Rufus, Matt, Joe und Henry trugen den Sarg auf den Schultern; Rufus' blondes Haar ragte wie ein Leuchtstrahl zwischen den dunklen Schöpfen der Rentons heraus. Der Kranz aus Stechpalmenzweigen und Christrosen auf dem Deckel des Sarges war in Hopes Augen zu steif für Lady Harvey, die stets extravagante, farbenprächtige Blumen bevorzugt hatte. Aber im Dezember war es wohl unmöglich, etwas Farbiges zu bekommen.

Pastor Gosling schien geschrumpft zu sein, seit Hope ihn das letzte Mal gesehen hatte, und seine Stimme war während des Gottesdienstes zittrig und unsicher. Wenn er von Lady Harvey sprach, hatte man den Eindruck, dass er sich an die junge, lebensprühende Frau von einst überhaupt nicht mehr erinnerte. Es war, als hätte er sie erst nach dem Brand von Briargate kennengelernt, als sie zerbrechlich und verwirrt gewesen war.

Selbst die Lieder waren düster und tonlos. Rufus hätte diese Lieder niemals ausgesucht, das wusste Hope.

Sie hatte nicht erwartet, dass dieser Gottesdienst sie aufmuntern würde, doch sie hatte gedacht, es würde ein gewisser Trost für sie sein zu wissen, dass die irdischen Kämpfe ihrer leiblichen Mutter vorüber waren und dass sie zu einem besseren Ort hinübergegangen war. Aber dieser kalte, mitleidlose Ritus barg keinen Trost in sich, nicht einmal einige wenige wohlgewählte Worte, die ein Mitglied der Familie mit echtem Gefühl sprach.

Als sie zu der Bestattung nach draußen gingen, trieben der starke Wind, der peitschende Regen und der schlammige Boden die meisten Dorfbewohner eilends in die warme Zuflucht des »Crown Inn«, ohne auch nur einen Gedanken an die letzten Worte am

Grab zu verschwenden. Hope sah Rufus' trostlose Miene, und sie wusste, er hatte das Gefühl, seine Mutter sei gekränkt worden.

Hope selbst war verwirrt, was ihre Gefühle betraf, denn sie war sich nicht sicher, zu welchem Lager sie gehörte. Viele der Dorfbewohner hatten bereits einen Tageslohn verloren, um Lady Harvey die letzte Ehre zu erweisen. Es wäre zu viel verlangt gewesen, von ihnen auch noch zu erwarten, dass sie ihre Gesundheit aufs Spiel setzten, indem sie in dem strömenden Regen standen. Dennoch war sie sehr enttäuscht, da sie heute eine große Zurschaustellung von Trauer von allen erwartet und vielleicht gebraucht hatte. Aber dieser Wunsch schien lächerlich; sie hatte ja selbst kaum eine Träne vergossen.

Doch der Anblick des offenen Grabes, das bereits halb voll mit Regenwasser war, erfüllte sie plötzlich mit einem Gefühl absoluter Trostlosigkeit. Sie umfasste Nells Arm mit festem Griff, zog sie durch die Reihen von Frauen, die sich mit schwarz gesäumten Taschentüchern die Augen abtupften, und ignorierte ihre scharfen, missbilligenden Blicke. Vielleicht fanden sie, allein die vornehmen Herrschaften sollten dem Grab so nahe kommen, doch Hope hatte das Gefühl, dass sie und Nell ebenfalls jedes Recht dazu hatten.

Während Pastor Gosling die letzten Worte des Beerdigungsgottesdienstes sprach, blickte Hope auf den polierten Eichensarg mit den Messinggriffen und der Plakette hinab, auf der die Inschrift *Lady Anne Harvey, 1806–1855* eingraviert war, und dachte an die Beerdigungen auf der Krim. Für diese tapferen Männer hatte es keine Särge gegeben; oft hatte man ihnen die Stiefel und die Kleider gestohlen, noch bevor sie auch nur kalt geworden waren. Dann stieß man sie unsanft in Massengräber, deren einzige Markierung ein grob geschnitztes Kreuz war, das wahrscheinlich dem nächsten Sturm zum Opfer fallen würde. Bennett, der sein ganzes Leben damit verbracht hatte, sich um andere zu kümmern, mochte in einem solchen Grab liegen, während Lady Harvey für alle Ewigkeit unter einem marmornen Grabstein neben ihrem Mann schlafen konnte.

Hope fühlte sich auch an den Tag erinnert, an dem sie Meg und

Silas Renton begraben hatten, und daran, wie verloren sie sich damals gefühlt hatte und wie wütend sie gewesen war. Ihr Grab befand sich drüben an der Friedhofsmauer, neben dem von Prudence und Violet, und es gab nur denkbar kleine und schlichte Grabsteine.

Doch das Ereignis, das Hopes Wutanfall auslöste, kam später. Die beiden Schwestern Lady Harveys standen im Schutz des überdachten Friedhofstors, wo sie auf ihre Kutsche warteten, und Nell ging zu ihnen hinüber, um ihnen ihr Beileid auszusprechen. Zu Hopes Erstaunen und Empörung schoben sie sie beiseite, als wäre sie eine Bettlerin, die um Geld bat.

Hope konnte es nicht fassen: Wie konnten sie so grausam handeln? Schließlich war Nell den Schwestern in der Vergangenheit bei ungezählten Gelegenheiten begegnet; sie hatte sogar an den Beerdigungen ihrer beider Eltern teilgenommen. Hope hätte sich um ein Haar auf sie gestürzt und ihnen erklärt, wie viel mehr Nell gewesen war als eine treue Dienerin, nämlich Lady Harveys einzige wahre Freundin. Aber so wütend sie war, war ihr doch eines vollkommen klar: Wenn sie erst einmal anfing, würde sie in ihrem Zorn gewiss ihrer Erklärung die lautstarke Ankündigung folgen lassen, dass sie tatsächlich ihre Nichte sei. Doch eine solche Enthüllung würde für Rufus, Nell und ihre anderen Brüder nur Kummer bringen, das wusste Hope, und so zwang sie sich, diesen Frauen den Rücken zu kehren, und führte Nell davon.

Der Leichenschmaus fand in Hunstreet House statt, und es war sehr klar, dass gewöhnliche Leute wie die Rentons dort nicht willkommen sein würden. Als sie zu ihrer wartenden Droschke gingen, um nach Hause zu fahren, kam Rufus hinter ihnen hergelaufen. Aber Hope erklärte ihm, dass sie Betsys wegen zurückkehren müssten.

Die Trostlosigkeit in seinen Augen verriet ihr, dass er den wahren Grund verstand, warum sie fortgingen, und sie drängte ihn, für eine Weile zu seinen Verwandten zurückzukehren und dann später vielleicht in Willow End zu ihnen zu stoßen.

Der Rückweg schien endlos. Als sie die Mühle bei Chewton erreichten, war der Fluss über die Ufer getreten und hatte die Straße überflutet. Dem Pferd widerstrebte es zuerst, durch das wild bewegte Wasser zu laufen, und Hope befürchtete schon, sie würden umkehren und den anderen, weiten Weg nach Hause nehmen müssen. Aber glücklicherweise genügte eine kurze Aufmunterung mit der Peitsche, und das Pferd setzte sich wieder in Bewegung, sodass sie schließlich, durchnässt und durchgefroren bis auf die Knochen, zu Hause eintrafen.

Betsy schrie sich die Lungen aus dem Leib, weil ihr die Milch nicht geschmeckt hatte, die Dora ihr einzuflößen versucht hatte. Noch bevor Hope auch nur ihre nassen Kleider wechseln konnte, saugte sie sich an der Brust ihrer Mutter fest. Die ganze Zeit über redete Nell von der Beerdigung und von den Schwestern, die sie so sehr gekränkt hatten.

»Ich hätte sie nicht ansprechen sollen«, sagte sie mit einem leichten Zittern in der Stimme. »Es war meine eigene Schuld, wahrscheinlich machen sie mich für alles verantwortlich, weil Albert mein Mann war. Es ist nur natürlich, dass sie unseresgleichen nicht oben in Hunstreet House haben wollten.«

»Was um alles in der Welt meinst du mit ›unseresgleichen‹?«, fuhr Hope ihre Schwester entrüstet an. »Wir haben allesamt bessere Manieren als diese hochnäsigen Weiber. Sir William hat Albert eingestellt. *Er* war es, der dem Mann erlaubt hat, sich wie der Herr und Meister aufzuspielen, und daher ist es seine eigene Schuld, dass die Dinge sich so übel entwickelt haben. Ich verachte diese Art von Menschen – was glauben sie, wer sie sind? Mir tut nur der arme Rufus leid, weil er sie jetzt ein oder zwei Stunden lang ertragen muss. Er wäre im ›Crown Inn‹ mit unseren Jungs, die ihn zumindest mögen, besser aufgehoben gewesen.«

»Ich habe bemerkt, wie sie alle Matt, Joe und Henry angesehen haben. Sie hielten es für unpassend, dass sie ihren Sarg trugen.«

»Sind sie denn allesamt Dummköpfe?«, explodierte Hope. »Matt hat Lady Harvey aus dem brennenden Haus gerettet; sie alle drei haben die ganze Nacht verzweifelt versucht, das Feuer zu löschen, und sie haben ungezählte Arbeiten für sie erledigt, ohne jemals auch nur eine Bezahlung dafür zu erwarten. Was hätte passender sein können? Und wer sonst hätte den Sarg getragen? Die meisten Mitglieder dieser Familie sind zu klapprig, um sich den eigenen Hintern abzuwischen.«

»Solche Dinge darfst du nicht sagen«, rief Nell. »Du musst ihnen ein wenig Respekt entgegenbringen.«

Hope stürzte sich in eine bittere Schimpftirade über die oberen Klassen, einschließlich der Narren von Offizieren, denen sie auf der Krim begegnet war. Erst als Nell zu weinen begann, stampfte sie mit Betsy in ihr Schlafzimmer davon. Aber sie hatte nicht die Absicht, sich bei Nell zu entschuldigen, denn warum sollte sie? Es war schließlich alles wahr!

Es kam ihr so vor, als hätte sie keinen »Platz«. Sie hatte zu viel Kampfgeist und Feuer in sich, um irgendjemandes Lakai zu sein, und aufgrund der Art, wie sie großgezogen worden war, würde sie auch nie zur Welt der vornehmen Herrschaften zählen. Selbst wenn Rufus sie öffentlich als seine Schwester anerkannte, würde sich deswegen nichts ändern. Man würde sie als uneheliches Kind »Bastard« oder »Bankert« nennen. Die Dorvilles würden nichts mit ihr zu tun haben wollen, und nachdem sie sie heute gesehen hatte, wollte sie ohnehin keinen Anspruch auf eine Verwandtschaft erheben.

Falls Bennett tatsächlich nach Hause kam und eine Praxis fern von hier gründete, würde sie wahrscheinlich als Mitglied der »Mittelklasse« akzeptiert werden, doch wahrscheinlich würde sie auch die Engstirnigkeit dieses Lebens nicht akzeptieren können. Sie hatte Dinge gesehen und getan, die nur wenige Frauen sich überhaupt vorstellen konnten. Wie konnte sie sich in einem adretten kleinen Haus niederlassen, mit Spitzenvorhängen an den Fenstern und einem Hausmädchen, das ihr die Arbeit abnahm? Sie war nicht dazu geschaffen, ihre Tage damit zu verbringen, zu sticken und Besuche von langweiligen Frauen zu empfangen, die über nichts anderes reden konnten als über den Preis von Fisch oder die jüngste Mode.

Hope fühlte sich immer mehr eingeengt. Sie war froh gewesen, die Krim verlassen zu können; das neuerliche Zusammensein mit ihren Geschwistern hatte ihre kühnsten Hoffnungen übertroffen, und es war wunderbar gewesen, Betsy an einem sauberen, sicheren Ort auf die Welt zu bringen. Aber jetzt kam ihr alles so leer vor.

Sie legte die Kleine zum Schlafen nieder und blieb an der Wiege stehen, um sie zu beobachten. Sie war nicht so dunkel wie sie selbst, aber auch nicht so hell wie Bennett. Die leichte Stupsnase hatte sie von ihr, doch die meiste Zeit über zeigte sie einen sehr ernsten Ausdruck, genau wie Bennett. Eisige Furcht umklammerte Hope, als sie darüber nachdachte, dass Betsy ihren Vater vielleicht niemals kennenlernen würde. Dass sie selbst Jahr um Jahr in das Gesicht ihrer Tochter blicken und an all das erinnert werden würde, was sie verloren hatte.

Letztes Jahr um diese Zeit waren sie und Bennett den schlüpfrigen, steilen Pfad zu den Belagerungsstellungen hinaufgestiegen, mit Körben voller Verbandsmaterial, Bandagen und Medikamenten für das Feldlazarett auf dem Rücken. Sie konnte sich noch an den eisigen Wind erinnern, der ihr das Gesicht hatte schmerzen lassen wie eine offene Wunde, und daran, dass sie hungrig und von Läusen geplagt gewesen war. Aber Bennett hatte sich immer wieder zu ihr umgedreht und ihr die Hand hingehalten, um ihr über die schlimmsten Stellen hinwegzuhelfen. Er hatte ihr erklärt, dass der Marsch unbedingt notwendig sei, da oben in den Stellungen Männer starben, weil dort diese kostbaren Dinge fehlten.

Sie hatte sich in ihrem ganzen Leben nie so elend gefühlt, aber unter Bennetts Führung, der sie zum Weitergehen gedrängt hatte, war sie schließlich oben angekommen. Als sie später im Feldlazarett die Erleichterung auf den ausgezehrten, schmerzverzerrten Gesichtern gesehen hatte, hatte diese sie für alle Mühsal entschädigt.

Sie hätte es ohne Bennett nicht dort hinauf geschafft, und sie konnte auch Betsy ohne ihn nicht großziehen. Ohne ihn war sie nichts und für niemandem von Nutzen.

Außerstande zu atmen, weil der Raum plötzlich so heiß und stickig wirkte, wusste sie nur eins: Sie musste sofort aus dem Haus.

Hopes zweiter Pantoffel verschwand unbemerkt im Schlamm, während sie Hals über Kopf die Straße in Richtung Bath rannte. Und sie lief blind immer weiter, bis sie unten im breiten Flusstal angelangt war und die letzten Cottages hinter ihr lagen. Rechts von ihr, hoch oben auf dem Hügel, stand ein großes Haus, dessen beleuchtete Fenster in der Dunkelheit erstrahlten. Zu ihrer Linken lagen die Wiesen, durch die der Zug von Bristol nach London fuhr, und dahinter war der Avon. Bei Tag, im Sonnenschein, war es ein schönes Fleckchen, aber bei Dunkelheit kam es ihr bedrohlich vor.

Hope hatte fast die Kreuzung am »Globe Inn« erreicht, als kräftiges Seitenstechen sie zwang, ihr Tempo zu drosseln, und sofort schlug eine Woge absoluter Verzweiflung über ihr zusammen.

Bennett würde niemals nach Hause kommen, sie hatte sich lediglich vorgegaukelt, er würde zurückkehren. Die einzige Zukunft, die vor ihr lag, war die einer einsamen Witwe, die abhängig war von der Wohltätigkeit anderer. Sie begann zu schluchzen. All die Bilder von dem Leben, das Bennett und sie zusammen geplant hatten, schossen ihr durch den Kopf, als wollten sie sie dafür verhöhnen, je geglaubt zu haben, sie könnten wahr werden.

Niemals würden sie in einem behaglichen Cottage leben, in dem die ärmeren Patienten Bennett mit einem Huhn oder einigen Eiern bezahlten; sie würden nie an warmen Sommerabenden draußen im Mondlicht sitzen oder ihre Kinder auf einem Schlitten durch den Schnee ziehen. Niemals wieder würde sie die Wonne seiner Liebe erfahren oder in Bennetts Armen aufwachen. Es war alles eine törichte Fantasie gewesen. Im wirklichen Leben bekamen die Menschen nicht, was sie sich wünschten.

Lady Harvey hatte Angus geliebt, doch sie hatte ihr Leben mit einem Mann verbringen müssen, der andere Männer begehrte. Sie war sogar gestorben, ohne zu wissen, dass ihre Tochter sie für das, was sie getan hatte, nicht hasste. Rufus mochte Lily heiraten, aber es würde Jahre geben, in denen seine Ernten verdarben, Hühner würden nicht legen, und sie würden Hunger leiden. Nell würde niemals ein eigenes Kind haben und Matt niemals reich sein. Selbst der umwerfend gut aussehende Angus hatte nicht bekommen, was er wollte. Er würde bei seiner Heimkehr vielleicht erfahren, dass er eine Tochter hatte, aber das würde ihn nicht für den Tod Lady Harveys entschädigen.

Ihr war, als wäre die Zeit zurückgedreht worden. Sie fühlte sich wieder in jene Nacht zurückversetzt, in der Albert sie aus dem Pförtnerhaus geworfen hatte. Die gleiche Verzweiflung überwältigte sie, der gleiche Regen vermischte sich mit ihren Tränen. Sie hatte sich damals gezwungen durchzuhalten, stets erfüllt von dem Optimismus, die Dinge würden besser werden. Aber jetzt war sie klüger: Das Leben war nichts als eine lange Abfolge von Elend und Unglück, bis man starb.

Hope konnte es einfach nicht mehr ertragen. Sie hatte nicht den Willen dazu, nicht die Stärke oder auch nur die Neugier auf das, was vor ihr liegen mochte, um weiterzumachen. Wenn sie nur über die Mauer kletterte und durch die Wiese hinunterging, würde sie zum Fluss gelangen. Das Wasser würde sie hinwegspülen, und all dieser Schmerz würde vergangen sein.

Aber als sie hinabblickte, war sie verwirrt, denn es schien, als wäre sie bereits im Fluss. Er war schwarz und glänzend in der Dunkelheit und plätscherte über ihre Füße hinweg. Der Wind zog an ihrem Mantel und an ihrem Haar, als versuchte er, sie tiefer hinein zuziehen.

Neben dem Tosen des Windes konnte sie etwas anderes hören. Sie vermochte aber nicht zu erkennen, was es war, nur dass es auf sie zukam. Sie hatte jetzt Angst, denn das Geräusch erfüllte ihren Kopf, und sie wusste nicht, wie sie ihm entkommen konnte.

»Da soll mich doch …«, rief der Kutscher, als er vor sich etwas Weißes aufblitzen sah und begriff, dass da jemand auf der Straße stand. »Brr!«, brüllte er und zog mit allem, was in ihm steckte, an den Zügeln. »Brr, Jungs, brr.«

»Was ist denn los, Kutscher?«, fragte sein Passagier aus dem Innern der Kutsche. »Ist die Straße überschwemmt?«

Der Kutscher antwortete nicht, denn er hatte alle Hände voll damit zu tun, die Kutsche anzuhalten. Durch den schweren Regen konnte er jetzt an den schmalen Schultern und der Fülle ihrer Kleider erkennen, dass es eine Frau war, und sie sah ihn direkt an. Ihre Augen glänzten im Licht seiner Kutsche.

»Aus dem Weg«, schrie er, doch sie blieb, wo sie war. Er packte die Bremse und hörte das Knirschen von Holz auf den metallgeränderten Rädern, dann zog er fester an den Zügeln. Endlich, nur wenige Schritte von ihr entfernt, blieben seine Pferde stehen.

Der Kutscher sprang vom Wagen. »Du verrücktes Ding!«, schimpfte er. Er erreichte sie mit nur zwei Schritten, dann packte er sie am Arm. »Ich hätte dich überfahren können. Hast du denn nichts Besseres zu tun, als hier mitten auf der Straße zu stehen?«

Sie starrte ihn an, die Augen groß und verängstigt.

»Können Sie nicht hören?«, übertönte er den Lärm des Regens. »Woher kommen Sie?«

Er vernahm das Geklapper, mit dem einer der Gentlemen aus der Kutsche stieg. »Was soll ich tun, Sir?«, rief er über die Schulter. »Sie scheint nicht recht bei Sinnen zu sein.«

Der Kutscher hörte, wie der Gentleman scharf die Luft einsog, und plötzlich stand er neben ihm. »Hope!«, rief er. »Mein Gott, es ist Hope! Was tun Sie hier draußen?«

»Sie kennen sie, Sir?«, fragte der Kutscher ungläubig.

»Allerdings«, antwortete er und nahm die Frau auf die Arme. »Wir nehmen sie mit uns nach Hause.«

Nell war außer sich vor Sorge. Sie blickte auf die Uhr, zog die Vorhänge zurück, um aus dem Fenster zu schauen, und sah dann wieder zur Uhr. Hope war seit über einer Stunde fort. Dabei würde nicht einmal ein streunender Hund bei solchem Regen draußen bleiben. Sie ging an die Vordertür und öffnete sie, dann schloss sie sie wieder, als ein Windschwall die Kerze in der Halle ausblies. Nell legte ihren Umhang um, zog ihn aber gleich wieder aus, weil ihr Betsy eingefallen war.

»Wo kann sie sein?«, fragte sie sich laut. »Das gefällt mir nicht. Das gefällt mir überhaupt nicht.«

Hope war nach Alberts Tod ein wenig eigenartig gewesen, erregt, vergesslich und oft ein wenig teilnahmslos, als wäre ihr Geist anderswo. Doch das war zu erwarten gewesen. Immerhin hatte sie einen Menschen getötet, und es würde einige Zeit dauern, darüber hinwegzukommen. Aber da ihr Zustand nicht annähernd so schlecht gewesen war wie nach jenem Brief von Hauptmann Pettigrew, hatte Nell es ignoriert, und es war vorbeigegangen. Nach Lady Harveys Tod hatte es allerdings von Neuem begonnen: Wenn Hope irgendetwas anfing, ging sie manchmal einfach davon, ohne die Arbeit beendet zu haben. Gestern hatte sie Betsy, nur mit einem Hemdchen bekleidet, auf dem Boden in ihrem Schlafzimmer zurückgelassen, während sie selbst die Treppe hinuntergegangen war, um etwas zu holen. Und dann hatte sie vergessen, zurückzukehren und ihre Tochter anzuziehen.

Aber heute war sie den ganzen Tag über höchst merkwürdig gewesen. Als sie zu der Beerdigung aufbrechen wollten, kam sie ohne ihren Hut die Treppe herunter; sie gab Dora keinerlei Anweisungen Betsy betreffend. Und als sie die Kirche erreichten, kniete sie nicht nieder, um ein Gebet zu sprechen, sondern sah sich nur mit großen Augen um, als wäre sie noch nie zuvor dort gewesen.

Auf dem Rückweg von der Beerdigung sprach sie kaum ein Wort, und wenn sie doch etwas sagte, dann waren es nur kurze, barsche Worte. Später wirkte sie so wütend! Nell wünschte jetzt, sie hätte all diese Fingerzeige ernster genommen, denn eine Beerdigung konnte einen Menschen immer aus dem Gleichgewicht bringen und in die Vergangenheit zurückwerfen.

Es war jetzt nach acht, doch was konnte sie unternehmen? Sie konnte Betsy nicht allein im Haus lassen, um Hope suchen zu gehen, aber bei einem solchen Regen konnte sie sie auch nicht mitnehmen.

»Bitte, kommen Sie, Master Rufus«, betete sie laut. »Ich habe jetzt wirklich Angst.« Sie setzte den Kessel auf und einen großen Topf voller Wasser.

Als sie ein Geräusch hörte, eilte sie zum vorderen Fenster, und durch den Regen konnte sie gerade noch eine Kutsche erkennen und einen Mann, der ausstieg.

»Dem Herrn sei gedankt, das wird Master Rufus sein«, seufzte sie erleichtert, tupfte sich mit der Schürze die Tränen ab und eilte zur Tür, um sie aufzureißen.

Sie kannte den Mann nicht, der dort stand, aber unter dem großen Busch am Tor duckte sich soeben jemand, den sie sogar sehr gut kannte. Und er hatte Hope auf den Armen!

»O mein Gott!«, rief sie. »Sie kommen wie eine Antwort auf meine Gebete, Hauptmann Pettigrew! Ich habe mir solche Sorgen gemacht! Was ist los mit ihr? Wo haben Sie sie gefunden?«

Nell fasste sich gerade so weit, dass sie den Hauptmann bitten konnte, Hope in den Salon ans Feuer zu bringen. Sie war schneeweiß im Gesicht, und ihre Augen starrten blicklos ins Leere. Da Nell nichts Besseres einfiel, wie sie ihrer Schwester helfen konnte, lief sie die Treppe hinauf, um Handtücher, Decken und trockene Kleider zu holen. Aber sie war vollkommen außer sich, dass der Hauptmann nach Hause gekommen war und eine solche Situation vorgefunden hatte. Noch dazu war er in Gesellschaft erschienen, und sie hatte nichts zum Abendessen anzubieten.

Doch als sie in den Salon zurückkam, war der hochgewachsene, schlanke, bleiche Mann, dem sie die Tür geöffnet hatte, allein mit

Hope. Er kniete neben ihr und streifte ihr die nassen Kleider vom Leib.

»Ich dulde nicht, dass ein Fremder so etwas mit meiner Schwester macht«, erklärte sie scharf. »Ich staune über Sie, Sir.«

»Ich bin ihr Mann, Nell«, erwiderte er, ohne auch nur aufzublicken. »Und ich bin Arzt. Wenn Sie also so freundlich sein würden festzustellen, wo Angus mit dem Brandy abgeblieben ist, mache ich einfach weiter.«

»Sie sind Bennett?«, vergewisserte sich Nell ein wenig töricht.

»Genau der«, antwortete er und sah sie nun doch an. »Ich hatte erwartet, meine Schwägerin zum ersten Mal unter besseren Umständen begrüßen zu können, doch daran lässt sich jetzt nichts mehr ändern.«

Nell schoss davon, um den Brandy zu holen. Sie war zu verwirrt, um auch nur ein Wort von sich zu geben.

Als sie zurückkam, lagen Hopes durchnässte Kleider auf dem Boden, und Bennett hatte sie in eine Decke gehüllt und wiegte sie in den Armen.

»Nun komm, mein Liebling«, sagte er zu ihr. »Sprich mit mir, ich bin es: Bennett, dein Mann. Ich bin zu Hause.«

Nell reichte ihm den Brandy, und während Bennett Hope das Glas an die Lippen hielt, beobachtete Nell ihn. Sie hatte die Hände über den Mund geschlagen und wagte kaum zu atmen.

»Braves Mädchen«, murmelte er sanft, als sie daran nippte. »Du bist jetzt in Sicherheit, ich bin es nur. Bald wirst du auch wieder warm sein. Und willst du jetzt noch einen kleinen Schluck für mich trinken?«

Sie hob den Kopf ein wenig an, nippte an dem Getränk und hustete dann.

»So ist es schon besser«, meinte Bennett. »Also, du wirst dich jetzt hinsetzen und den Rest trinken. Und da habe ich geglaubt, ich würde nach Hause kommen, um mich von dir pflegen zu lassen!«

Es war, als hätten der Klang seiner Stimme und die Berührung seiner Hände sie plötzlich erreicht. »Bennett?«, fragte sie vorsichtig. »Bennett!«, wiederholte sie. »Bist du das wirklich?«

Nell spürte eine Hand auf der Schulter und wurde langsam aus dem Raum geschoben. »Kommen Sie, Nell«, bat Angus. »Lassen wir die beiden allein.«

Bennett schlang ein Handtuch um Hopes nasses Haar, dann legte er sich neben sie auf den Teppich und stützte sich auf einem Ellbogen ab, damit er sie besser sehen konnte. Es war zu früh, um zu fragen, warum sie an einem solchen Abend draußen auf der Straße gewesen war. Und er würde ihr gewiss nicht erzählen, dass er vor Angst fast gestorben wäre, als Angus sie in die Kutsche gehoben und sie keinen von ihnen erkannt hatte.

Für den Moment war es genug, sie einfach nur anzuschauen. Diese schönen, dunklen Augen zu sehen, die seinen Blick erwiderten, ihre vollen Lippen, die sich zu einem süßen Lächeln nach oben bogen. Sein Leben hatte an einem seidenen Faden gehangen, und er war davon überzeugt, dass einzig sein Wille, Hope und ihr Baby zu sehen, ihn am Leben erhalten hatte. Keiner der anderen Männer, die sich wie er, Bennett, Typhus zugezogen hatten, hatte überlebt, und wenn Angus nicht gekommen wäre und ihn aus Scutari gerettet hätte, wäre auch er wahrscheinlich nicht mehr am Leben.

Bennett war noch immer so schwach, dass er Hope nicht von der Straße hätte aufheben können, doch jetzt, da er wieder bei ihr war, spürte er, wie seine Genesung zügig voranschritt.

»Wir haben ein kleines Mädchen, nicht wahr?«, wollte er wissen. »Angus hat mir erzählt, er hätte einen Brief von dir bekommen, als er Balaklawa verließ. Es geht ihr gut, hoffe ich?« Er brach ab, von der plötzlichen Angst erfüllt, dass etwas mit dem Kind nicht stimme und das der Grund sei, warum Hope draußen im Regen umhergelaufen war.

»Sie ist wunderschön«, antwortete Hope, und plötzlich ließ ein strahlendes Lächeln ihr Gesicht aufleuchten. »Oh, Bennett, ich hatte solche Angst, du würdest niemals zurückkehren und sie nie sehen! Es ist so viel geschehen! Warum hast du nicht geschrieben?«

»Als ich krank wurde, habe ich eine Schwester gebeten, für mich einen Brief zu schreiben«, erzählte er bekümmert. »Aber sie hatte so viele Patienten; vielleicht hat sie es vergessen. Ich war so krank, dass ich für eine Weile kaum wusste, wo ich war, geschweige denn selbst hätte schreiben können. Aber die Briefe, die ich geschrieben habe, als es mir langsam besser ging, werden bestimmt schon bald auftauchen. Ich habe auch von dir keine Post bekommen. Daher wird man uns diese Brief ebenfalls irgendwann nachschicken.«

»Küss mich«, bat sie und zog die nackten Arme aus der Decke, damit sie ihn umfangen konnte. »Dann werde ich wirklich glauben, dass du es bist.«

Dies war der Augenblick, auf den Bennett gewartet hatte und von dem er während der langen Heimreise so oft geträumt hatte. Als sie in einem furchtbaren Sturm an der Küste der iberischen Halbinsel entlanggesegelt waren und er von Seekrankheit gepeinigt worden war, hatte er sich an den Geschmack ihres Mundes und an das Gefühl ihrer Haut auf seiner geklammert, um das alles durchzustehen.

Aber als ihre Lippen einander trafen, war es noch süßer, als er es sich vorgestellt hatte. Feuerwerkskörper explodierten in seinem Kopf, er hörte Engel singen und Orchester spielen. All das Grauen der Krim und Scutaris verblasste. Er war zu Hause, er hielt seine schöne Hope in den Armen, und alles war gut in der Welt.

Angus und Nell blieben in der Küche, während Bennett und Hope im Salon waren. Nell gab Angus Brot und Käse. Natürlich erkundigte er sich, warum Hope draußen im Regen gewesen sei, dazu offensichtlich in verwirrtem Zustand.

»Nach Ihrem Brief über Bennett ging es ihr sehr schlecht«, begann sie zu erklären, doch es war zu viel geschehen, um alles gleichzeitig zu berichten. Deshalb fasste sie sich kurz. »Und ich denke, Lady Harveys Beerdigung heute war endgültig zu viel für sie.«

Noch während sie sprach, wünschte sie bereits, sie hätte die Worte zurücknehmen können. Normalerweise hätten sie an diesem Abend die Rückkehr der Männer feiern sollen. Nell hatte um diesen Tag gebetet, hatte ihn hundert Mal im Kopf geplant. Sie hatte sich ein großes Festmahl auf dem Tisch vorgestellt, das Bett des Hauptmanns wäre frisch gelüftet gewesen, und in seinem Zimmer hätte ein Feuer gebrannt. Aber statt sich an einem prächtigen Mahl gütlich zu tun, zu lachen und Freudentränen zu vergießen, saßen sie und der Hauptmann hier nur mit Brot und Käse in der Küche. Und jetzt hatte sie die Rückkehr für ihn noch trauriger gemacht, indem sie ihm vom Tod seiner Liebsten erzählt hatte.

»Es tut mir so leid, Sir«, sagte sie hastig. »Es ist so viel geschehen, dass es kaum überraschend ist, dass Hope nicht sie selbst ist, doch ich hätte Ihnen nicht sofort von Lady Harvey erzählen sollen.«

In seinem Gesicht standen mehr Falten als vor seinem Aufbruch in den Krieg, außerdem war er dünner, und er wirkte müde. Aber er war immer noch ein gut aussehender Mann. Diese dunklen Augen, die solche Ähnlichkeit mit denen Hopes hatten, hatten etwas an sich, das Nell das Gefühl gab, er könne direkt bis in ihre Seele blicken.

»Anne ist tot? Woran ist sie gestorben?«

»Es war ihr Herz, Sir.« Nell ließ den Kopf hängen. »Aber sie ist friedlich im Schlaf gestorben.« Als sie aufblickte, sah sie, dass seine Augen feucht waren. »Es tut mir sehr leid, Sir«, flüsterte sie.

»Wir alle wünschen uns, im Schlaf zu sterben«, meinte er bekümmert. »Doch für die meisten ist es eine schmerzhafte Prozedur. Ich bin sehr froh, dass sie dem entkommen ist. Wie hält Rufus sich denn?«

»Recht gut, Sir«, antwortete Nell. »Er war uns in den vergangenen Monaten ein guter Freund. Aber werden Sie mir jetzt erzählen, wie Sie Bennett gefunden haben?«

Er wirkte erleichtert, dass sie das Thema gewechselt hatte, und berichtete, wie er nach Scutari gefahren war, um nach ihm zu suchen.

»Es waren teuflische Zeiten«, seufzte er. »Sein Name stand nicht auf der Liste der Patienten in dem Hospital. Ich musste endlose Schiffsberichte durchgehen, und schließlich habe ich seinen Namen in einem dieser Berichte gefunden. Drei nicht namentlich bekannte Männer starben auf dieser Reise, und sie wurden auf See bestattet. Daher sah es so aus, als wäre Bennett einer von ihnen gewesen. Aber ich habe andere Patienten aufgesucht, die auf diesem Schiff gefahren waren. Ein Schütze, der Bennett gut kannte, versicherte mir, er habe gesehen, wie er auf einer Trage vom Schiff gebracht worden sei. Daraufhin habe ich mich im Hospital auf die Suche nach ihm gemacht. Bei tausend Kranken und Verwundeten war das eine langwierige Angelegenheit, doch am Ende habe ich ihn gefunden. Er war dort unter falschem Namen aufgenommen worden.«

»Wie kann so etwas passieren?«

Angus zuckte die Schultern. »Das Hospital ist riesig und verfügt über schrecklich wenig Pflegepersonal. Es ist ein Wunder, dass die Unterlagen überhaupt so gut geführt werden, vor allem dann, wenn viele Patienten bei ihrer Einlieferung zu krank sind, um auch nur ihren eigenen Namen zu nennen. Es ging ihm immer noch sehr schlecht, als ich ihn fand, aber sobald ich erst einmal die Peitsche geschwungen hatte und ihn auf eine bessere Station hatte verlegen lassen, ging es mit ihm langsam bergauf.«

An diesem Punkt ihres Gesprächs begann Betsy zu weinen, und Nell stand auf, um nach ihr zu schauen. Aber ihre Eltern waren einige Sekunden vor ihr dort.

Nell hatte noch nie etwas Schöneres und Rührenderes gesehen als Bennetts Reaktion auf seine Tochter. Halb lachend, halb weinend nahm er sie in die Arme. »Hör auf zu weinen, mein Engel! Oder ist das etwa eine Art, seinen Papa zu begrüßen?«, flüsterte er an ihrer weichen Wange.

»Geh du nach unten und kümmere dich um Angus, Nell«, meinte Hope und lächelte dabei das strahlende Lächeln einer jungen Braut. »Wir können Betsy versorgen. Ich habe dir für einen

Abend genug Scherereien bereitet, und Bennett ist ebenfalls sehr müde. Erzähle Angus alles, was geschehen ist, und morgen werden wir gemeinsam die Rückkehr der beiden Männer feiern.«

Bevor Nell den Raum verließ, hielt sie noch einmal inne und drehte sich um. Bennett wiegte Betsy in den Armen, und Hope, die nur das Nachthemd trug, das Bennett ihr angezogen hatte, hielt ihn fest umschlungen. Dabei waren ihrer beider Köpfe über ihr Kind gebeugt. Es war ein wunderschönes Bild, und irgendein siebter Sinn sagte Nell, dass von nun an alles gut sein würde.

Als Nell wieder nach unten ging, war Angus im Salon und saß in seinem Lieblingssessel am Feuer.

»Also, wo waren wir stehen geblieben?«, fragte er. »Sie meinten, es sei so viel geschehen. Erzählen Sie mir davon.«

»Nun, das Wichtigste war die Geschichte mit Albert«, begann sie vorsichtig, denn sie war sich nicht sicher, ob sie die Ereignisse so schildern konnte, dass er sie verstehen würde.

Nell hatte vergessen, was für ein guter Zuhörer er war. Abgesehen von ein oder zwei Zwischenfragen unterbrach er sie nicht.

»Mein Gott«, rief er, als sie mit ihrem Bericht fertig war. »Ich wusste, dass Hope aus sehr hartem Holz geschnitzt ist, doch ich hätte sie nicht für fähig gehalten, sich auf einen Kampf mit diesem Mörder einzulassen. Aber wie ging es ihr hinterher? Das ist kein hübsches Bild, um es mit sich herumzutragen.«

Nell stimmte ihm zu. »Das war nicht alles«, fuhr sie fort. »Bevor Albert starb, hat er Rufus von Ihnen und seiner Mutter erzählt.«

Angus zuckte zusammen. »Darf ich also damit rechnen, dass er wie ein wahnsinniger Bulle hier auftauchen wird?«

Nell lächelte schwach. »Nein, er war zuerst sehr aufgeregt, aber das hat sich inzwischen gelegt. Verstehen Sie, Ihre Ladyschaft hatte sowohl ihm als auch Hope an jenem Tag noch etwas anderes erzählt. Und wenn ich meinen Anteil an dieser Geschichte preisgebe, werden *Sie* vielleicht der wahnsinnige Bulle sein.«

»Sprechen Sie weiter«, drängte er und beugte sich in seinem Sessel vor.

»Lady Harvey hat den beiden erzählt, dass Hope ihre Tochter ist und dass Sie Hopes Vater sind.«

Er sah Nell verwirrt an. »Ich verstehe nicht. Wie kann ich ihr Vater sein? Hope ist Ihre Schwester.«

Nell begann plötzlich zu zittern, denn sie hatte Angst, er würde wütend sein, dass sie ihm nicht davon erzählt hatte, als sie für ihn zu arbeiten begonnen hatte oder doch zumindest nach Sir William Harveys Tod.

Es war viel schwerer, es ihm zu offenbaren, als es Hope zu erklären. Nell stolperte über die Worte, sie weinte, und sie fürchtete sich, weil seine Miene so kalt und streng war.

»Ich hatte damals keine andere Wahl«, weinte sie, als sie fertig war. »Ich kannte Sie zu der Zeit nicht und wusste auch nicht, wer Hopes Vater war. Ich war selbst so jung, und ich brauchte meine Stellung, weil meine Familie von meinem Lohn abhängig war. Ich habe Ihrer Ladyschaft erst an dem Tag, an dem ich Briargate verließ, erzählt, dass das Baby nicht gestorben war.

Ich war einfach nicht in der Lage, früher mit Ihnen darüber zu sprechen. Und das tut mir sehr leid. Aber verstehen Sie, ich hatte Ihrer Ladyschaft mein Wort gegeben.«

Angus stieß einen tiefen Seufzer aus, lehnte sich in seinem Sessel zurück und schloss die Augen.

Draußen regnete es noch immer in Strömen, die Tropfen klatschten gegen die Fenster, und der Wind heulte im Schornstein. Nell wand sich in ihrem Sessel, denn sie erwartete einen Wutausbruch des Hauptmanns.

»Warum hat Anne mir nicht geschrieben, dass sie mein Kind erwartete?«, fragte er schließlich, und seine Stimme zitterte vor Erregung. »Ich hätte sie zu mir geholt und mich um sie gekümmert.«

»Sie wissen, warum. Ihr war klar, dass sie damit ihren Ruf ruiniert hätte. Und Sie hätten Ihr Offizierspatent verlieren können.«

»Ich hätte mir meinen Lebensunterhalt als Farmarbeiter verdient, wenn es notwendig gewesen wäre«, fuhr er auf. »Ich hätte jedes Hindernis überwunden, jede Schlacht für sie geschlagen.«

»Das weiß ich jetzt«, meinte Nell leise. »Und ich denke, sie hat es ebenfalls immer gewusst. Aber es war eine harte Zeit für sie; ihr war sehr an ihrem Mann gelegen und an ihrer Position. Wenn Bridie ihr nicht erzählt hätte, das Baby sei gestorben, wäre es vielleicht anders gekommen.«

Er stellte ihr ungezählte Fragen, sowohl nach Anne als auch nach Hope.

Hörte dieses Gespräch denn niemals auf?, fragte sich Nell. Sie war so müde, der Tag war ihr endlos erschienen, und sie wollte nur noch zu Bett gehen.

»Und was hat Hope empfunden, als sie erfuhr, dass der Mann, den sie immer Vater genannt hatte, gar nicht ihr leiblicher Vater war und Sie nicht einmal ihre Schwester sind?«, wollte er schließlich wissen. »Es ist kein Wunder, dass sie beinahe den Verstand verloren hat!«

»Das werden Sie sie selbst fragen müssen, Sir«, erwiderte Nell erschöpft. »Sie hat mit mir nicht viel darüber gesprochen. Aber sie hat Sie sehr gern, das weiß ich.«

»Sie hat mir in Balaklawa das Leben gerettet«, erwiderte er. »Ich habe Männer an weit harmloseren Wunden sterben sehen, als ich sie hatte. Sie hat heilende Hände. Einer der anderen Offiziere hat mich später gefragt, ob sie eine Verwandte von mir sei, da er fand, wir sähen einander sehr ähnlich.«

»Das ist wahr, Sir.« Nell nickte. »Als ich Ihnen das erste Mal begegnet bin, wusste ich sofort, dass Sie ihr Vater sind. Ich brauchte nur einen einzigen Blick auf Sie zu werfen. Ich habe mich immer darüber gewundert, dass Ihre Ladyschaft es nicht gesehen hat.«

»Meistens sehen wir nur die Dinge, die wir sehen wollen«, antwortete er und lächelte. »Und ich sehe, dass Sie müde sind, Nell. Gehen Sie jetzt zu Bett.«

Nachdem Nell sich zurückgezogen hatte, starrte Angus noch eine gute Stunde lang mit bittersüßen Gedanken ins Feuer. Annes Tod war traurig, kam aber nicht gänzlich unerwartet, denn als er ihr bei Williams Beerdigung begegnet war, hatte sie alt und ziemlich verwirrt gewirkt. Und er hatte später gehört, ihr Gesundheitszustand habe sich noch weiter verschlechtert.

Es hatte keinen Sinn, wütend darüber zu sein, dass sie die Geburt ihres Kindes vor ihm geheim gehalten hatte; schließlich hatten ihr Stellung und Wohlstand immer schon mehr bedeutet als Liebe. Aber es fiel ihm schwer zu verzeihen, dass sie nicht zu ihm gekommen war, als sie erfahren hatte, dass Hope ihr Kind war. Er hätte Himmel und Erde in Bewegung gesetzt, um sie zu finden! Das musste sie doch gewusst haben, oder? Dennoch stand eines fest: Hope sollte einen Platz in seinem Leben haben. Das Schicksal hatte sie schließlich auf Umwegen doch noch zusammengeführt. Als er Nell durch reinen Zufall an jenem Tag an der Mühle begegnet war, hatte er ihr die Stellung einer Haushälterin in erster Linie aus Mitgefühl angeboten. Trotzdem war dies eine der besten Entscheidungen, die er je getroffen hatte, denn Nell war zu einer geschätzten Freundin geworden, und sie hatte ihm ein stabiles, behagliches Heim geschaffen, etwas, das er noch nie zuvor besessen hatte.

Als er herausgefunden hatte, dass es sich bei der hübschen Arztfrau, die in Varna überfallen worden war, um Hope, ihre verschwundene Schwester, handelte, hatte er darin einen überaus bemerkenswerten Glücksfall gesehen, eine Möglichkeit, Nell all das Gute zu vergelten, das sie für ihn getan hatte. Und dabei war Hope seine Tochter!

Wenn er zurückblickte und einmal die Verbindung mit Nell außer Acht ließ, stellte er fest, dass Hope etwas an sich hatte, das ihn von Anfang an für sie eingenommen hatte. Natürlich hatte er geglaubt, der Grund dafür seien lediglich ihre sinnlichen Augen gewesen, das dunkle, gelockte Haar und ihr liebes Gesicht. Tatsächlich hatte er sich verboten, allzu oft an sie zu denken, und sich ins Gedächtnis gerufen, dass er alt genug sei, um ihr Vater zu sein.

Glücklicherweise hatte er nie Verlangen nach ihr verspürt, sondern nur Bewunderung für ihren Mut, ihre Gelassenheit und ihre Fähigkeiten als Krankenschwester. Später, nachdem sie seine Wunden genäht hatte, empfand er tiefe Dankbarkeit und auch Erheiterung, weil sie so ein lebhaftes kleines Ding war.

Doch während er im Laufe der Zeit sowohl sie als auch Bennett gut kennenlernte, regte sich etwas in ihm, das er aus heutiger Sicht nur als väterliches Gefühl beschreiben konnte. Er verspürte echte Zuneigung zu ihr und sorgte sich um ihre Gesundheit, vor allem, nachdem er von ihrer Schwangerschaft erfahren hatte. Als sie dann Balaklawa verlassen hatte, vermisste er sie zutiefst.

Das war der Grund, warum er anfing, nach Bennett zu suchen; und trotz aller Schwierigkeiten ließ er nicht locker und bemühte sich um ihretwillen weiter. Auf der Heimreise war er so stolz auf sich, weil er ihr ihren Mann zurückbrachte! Tatsächlich war er genauso aufgeregt, sie wiederzusehen, wie Bennett es war.

Und jetzt hatte er erfahren, dass sie sein Fleisch und Blut war, dass ihr Baby sein Enkelkind war. Und das war so, als hätte man ihm die Sonne, den Mond und die Sterne geschenkt.

»Sie ist wunderschön«, sagte Angus rau, während er auf Betsy hinabblickte, die in den Armen ihrer Mutter lag. »Vater und Großvater an einem einzigen Tag! Das rührt sogar einen alten Soldaten zu Tränen.«

Es war zehn Uhr morgens. Bennett lag noch im Bett, Nell war in der Küche, und Hope war mit Betsy in sein Arbeitszimmer gekommen, um ihm die Kleine zu zeigen.

»Dann hat dir Nell also alles erzählt?«, fragte Hope.

Angus nickte und wischte sich hastig eine Träne von der Wange. »Es gibt so viel zu sagen, aber ich weiß nicht, wie ich es ausdrücken soll«, meinte er. »Ich habe den größten Teil der Nacht wach gelegen und darüber nachgegrübelt. Ich dachte, ich hätte mir alles zurechtgelegt, doch wenn ich Betsy jetzt so ansehe …« Er brach ab, und neue Tränen füllten seine Augen, während Betsy einen seiner Finger umklammerte.

»Wir brauchen doch gewiss keine Worte, oder?«, meinte Hope, und als sie zu ihm aufblickte, hatte sie ebenfalls Tränen in den Augen. »Wir waren von Anfang an Freunde, nicht wahr? Dir ist es zu verdanken, dass Nell und ich einander wiedergefunden haben, und du hast die Krim für mich und Bennett allein durch deine Anwesenheit dort zu einem besseren Ort gemacht. Dann hast du Bennett für mich gerettet. Wenn du also vorhattest, dich für irgendetwas zu entschuldigen, dann tu es nicht.«

»Ich wollte mich nicht entschuldigen«, sagte er und strich ihr voller Zärtlichkeit über die Wange. »Ich hatte eher vor, dir zu erzählen, wie überschäumend glücklich ich bin. Es entsetzt und beschämt mich natürlich, dass ich keinen Anteil an deiner Kindheit hatte. Denn hätte ich von deiner Geburt gewusst, hätte ich dich zu mir genommen und dich als meine Tochter großgezogen, ganz gleich, was andere dazu gesagt hätten.«

»Dann war es vielleicht nur gut, dass du nichts von mir wusstest«, erwiderte Hope, griff nach seiner Hand und küsste sie. »Du wärst stets als Soldat unterwegs gewesen, und ich wäre in der Obhut von Kindermädchen zurückgeblieben, die vielleicht nicht so liebevoll gewesen wären wie Meg Renton und Nell.«

»Immer so nüchtern und vernünftig!« Er nickte. »Aber mein liebes Mädchen, du hast so viel durchgemacht seit Betsys Geburt, viel zu viel, und wir müssen sicherstellen, dass nicht mehr so etwas wie vergangene Nacht passiert.«

Ein Schatten legte sich über ihr Gesicht. »Ich weiß nicht, was in mich gefahren war«, gestand sie und senkte beschämt den Blick.

»Der menschliche Geist kann nur ein gewisses Maß an Verzweiflung ertragen«, sagte er sanft. »Ich habe viele Männer nach Schlachten und Entbehrungen unvernünftig werden sehen. Vermutlich ist das die Art und Weise, wie die Natur einem gepeinigten Menschen zur Ruhe verhilft. Aber Bennett ist gesund und munter zurück, und ich hoffe, du wirst mir jetzt erlauben, für meine Familie zu sorgen?«

»Deine Familie?«, wiederholte sie und blickte voller Staunen zu ihm auf. »Das klingt so schön.«

Angus legte die Arme um Mutter und Kind und zog sie an sich.

»Für mich klingt es auch schön«, erwiderte er leise, und seine Stimme brach. »Ich hatte nie eine Familie, ich war immer der Kuckuck im Nest eines anderen. Aber es ist bemerkenswert: Wenn ich mir die Menschen, die ich in meiner Familie haben will, selbst hätte aussuchen können, hätte ich mich genau für euch entschieden. Und der kleinen Betsy werde ich all die Liebe und Zuwendung schenken können, die ich dir nie geben konnte. Ich denke, das macht mich zum glücklichsten Menschen auf Erden.«

Das Weihnachtsfest, etwas, worüber Nell und Hope bis zur Rückkehr der Männer kaum nachgedacht hatten, war plötzlich nur noch eine Woche entfernt, und jeder Tag war erfüllt von hektischen Vorbereitungen. Bennett war noch immer zu schwach, um mehr zu tun, als mit seiner Tochter zu spielen, während die Frauen um ihn herum Pasteten und Puddings zubereiteten und selber putzten. Angus hackte Holz, brachte gewaltige Bündel von Stechpalmen und Efeu herbei und fuhr auf den Markt in Bristol. Er brachte nicht nur Vorräte mit nach Hause, sondern auch ein Pferd für den Einspänner, der seit seinem Fortgang ungenutzt in einem der Schuppen stand.

Willow End war voller Geplauder und Lachen. Es gab so viele Geschichten zu teilen, lange Gespräche über frühere Geschehnisse und die Frage, was sie sich für die Zukunft wünschten, doch ab und zu saßen die vier Erwachsenen einfach nur am Küchentisch und strahlten einander an, so groß war ihr Glück, endlich wieder zusammen zu sein.

Wie viel oder wie wenig sie dem Rest der Familie über Hope und Angus erzählen wollten, wenn ihre Verwandtschaft am zweiten Weihnachtstag zu Besuch kam, war ein Quell endloser Debatten. Es war Angus, der schließlich vorschlug, bis zum ersten Weihnachtstag zu warten. Dann würden Rufus, Onkel Abel und Alice kommen, und sie würden die Entscheidung mit ihnen gemeinsam treffen.

Weihnachten war es um fünf Uhr nachmittags bereits dunkel draußen, aber das Esszimmer in Willow End erstrahlte im Licht von zwei Dutzend Kerzen und einem knisternden Feuer. Die Deckenbalken waren geschmückt mit Girlanden aus Stechpalme, Efeu und roten Bändern, und das rote Tischtuch konnte man unter der Fülle von Gläsern, Tellern und silbernen Servierschalen kaum noch sehen. Die Gans war jetzt nur noch ein Skelett, und die Gemüseschalen waren leer. Alle waren übereingekommen, dass sie ein wenig Ruhe brauchten, bevor sie den Plumpudding in Angriff nehmen konnten.

»Ich habe seit Jahren von einem solchen Weihnachtsfest geträumt«, meinte Bennett nachdenklich. »Aber ich hätte nie gedacht, dass mein Traum einmal wahr werden würde.«

Er blickte in die Runde und konnte kaum fassen, dass er überlebt hatte und heute mit all den Menschen hier war, die er liebte: Hope, deren dunkle Locken im Kerzenlicht schimmerten wie Ebenholz, in einem roten Kleid zu seiner Rechten; Nell, die Hellblau trug, kam als Nächstes, gefolgt von Onkel Abel, Alice und schließlich Rufus. Und nicht zu vergessen Betsy, die brabbelnd in ihrer Wiege am Fenster lag.

Für Bennett waren frühere Weihnachtsfeste größtenteils recht trostlose Angelegenheiten gewesen, und er hatte sie mit Menschen verbracht, an denen ihm nicht viel lag oder die er kaum kannte. Selbst die Feste, die er mit Onkel Abel verbracht hatte, waren wegen ihrer häufig angespannten Beziehung nicht glücklich gewesen.

Aber endlich war alles gut. Abel hatte eine große Zuneigung zu Hope gefasst, und er war jetzt sichtlich stolz auf seinen Neffen. Alice war Bennett stets sehr liebevoll begegnet, doch heute strahlte sie förmlich, froh darüber, dass sie ihre Gefühle endlich offen zeigen konnte.

Nell war genauso, wie Hope sie beschrieben hatte, sanft, freundlich und mütterlich, doch keineswegs so langweilig, wie Bennett befürchtet hatte. Sie lachte häufig und konnte sehr witzig sein, und wenn man sie verärgerte, redete sie nicht erst lange um den heißen Brei herum. Möglicherweise war sie die beste Schwägerin, die man sich wünschen konnte, fand er.

Wenn Bennett Angus ansah, wurde ihm vor Dankbarkeit ganz warm ums Herz. Er hatte den gut aussehenden Hauptmann von Anfang an bewundert. Angus' Mut war unbestreitbar, aber es war seine Menschlichkeit, die Bennett wirklich beeindruckte. Viele seiner untergebenen Soldaten hatten berichtet, dass er ihnen während des letzten Winters Lebensmittel, Kleidung und Decken gegeben hatte. Der Hauptmann hatte sie besucht, wenn sie krank oder verletzt waren, und er hatte für sie nach Hause geschrieben.

Doch vor allem gründete sich Bennetts Liebe zu Angus darauf, dass er in Scutari nach ihm gesucht hatte. Niemals würde er den Moment vergessen, in dem er die Augen aufgeschlagen hatte und Angus in seinem blau-goldenen Uniformmantel auf ihn hinabgegrinst hatte. Die Fieberstation war die furchtbarste von allen gewesen, ein dunkler, stinkender Raum in einem Keller, in dem es von Ungeziefer wimmelte. Aber Angus hatte Licht und frische Luft mitgebracht.

»Sie können nicht hier unten liegen und Ihre Zeit vertrödeln«, hatte er gesagt. »Hope braucht Sie zu Hause. Also hoch mit Ihnen, mein Junge.«

Er hatte ihn von seinem Bett gehoben und sich über die Schultern gelegt, und so krank Bennett in diesem Moment auch gewesen war, hatte er aus irgendeinem Grund doch gewusst, dass Angus ihm nicht gestatten würde zu sterben, sondern fest entschlossen war, ihn nach Hause zu bringen.

Angus würde niemals jemandem erzählen, dass er ihn tagelang wie ein Baby gewaschen und gefüttert hatte, bis Bennett diese Dinge endlich wieder selbst hatte übernehmen können. Wie alle wahren Helden hielt er es nicht für nötig, von seinen Taten zu sprechen. Doch in Scutari hatte er genau gewusst, worüber er reden musste, um Bennett die Kraft zum Weitermachen zu geben.

Er hatte ebendiesen Raum in allen Einzelheiten beschrieben, bis hin zu den Chintzvorhängen, die Nell genäht hatte, und dem Rosenholz des Tisches. »Zu Weihnachten werden wir dort sein, und die Gans wird von Matts Farm kommen«, hatte er versichert. Er hatte von Nells Kochkünsten geschwärmt, bis Bennett das Wasser im Mund zusammengelaufen war, und ihn daran erinnert, dass Hope neben ihm sitzen würde, schöner als eine vollerblühte Rose.

Jetzt, da Bennett wusste, dass Angus Hopes Vater war, fragte er sich, warum er nicht schon vor langer Zeit Verdacht geschöpft hatte, denn die beiden sahen einander unglaublich ähnlich. Sie hatten nicht nur die gleichen dunklen Augen, sondern hatten auch andere Dinge gemeinsam: Mut, Treue und halsstarrige Entschlossenheit. Was konnte schöner sein, als einen Schwiegervater zu haben, der sich bereits als der beste und wahrste Freund erwiesen hatte?

Was die siebte Person am Tisch betraf, Rufus, hatte Hope ihm bereits so viel von ihrem Freund aus Kindertagen erzählt, dass Bennett – der natürlich auch von dem Verhalten seiner beiden Eltern wusste – einen echten Weichling erwartet hatte. Aber dies war eine weitere Überraschung, denn Rufus war in keiner Weise schwach. Er war genauso zäh und fleißig wie Matt Renton, und er besaß einen scharfen Verstand, ein großes Herz und ein ausgeprägtes soziales Gewissen. Die Dinge, die Bennett über Lady Harvey gehört hatte, hatten ihn nicht für die Frau eingenommen, doch er musste zugeben, dass sie einige gute Eigenschaften besessen haben musste, um zwei so herausragende Kinder hervorzubringen.

»Du wirst nie wieder ein einsames Weihnachtsfest erleben, nicht mit unserer Familie«, unterbrach Nell seinen Tagtraum. »Aber in einigen Jahren wirst du dir vielleicht ein ruhigeres Fest wünschen, Bennett.«

»Ich möchte auf viele weitere glückliche Anlässe wie diesen trinken«, erklärte Angus und hob sein Weinglas.

»Auf viele weitere glückliche Tag!«, griffen die anderen seinen Trinkspruch auf und stießen mit den Gläsern an.

»Nächstes Jahr um diese Zeit kann Betsy vielleicht schon laufen«, meinte Hope und blickte zu der Wiege hinüber, in der die Kleine lag und mit ihren Händen spielte. »Dann wird keiner von uns mehr viel Ruhe haben.«

Bennett drückte unterm Tisch ihre Hand, denn er war überglücklich zu sehen, dass sie zur Gänze wiederhergestellt war. Es war ihr zu peinlich, über das zu sprechen, was sie in der Nacht seiner Heimkehr bewegt hatte. Hope konnte nur sagen, dass sie Angst gehabt hatte, ihn nie wiederzusehen. Offenkundig war es ein Zusammenspiel vieler Dinge gewesen – Schock, Furcht und Sorge –, aber was auch immer der Grund dafür gewesen sein mochte, sie war wieder ganz die Alte.

»Erinnert ihr euch an letztes Weihnachten?«, fragte Hope, an Bennett und Angus gewandt.

»Ich glaube, ich hatte zum Essen ein mageres Stück Huhn mit einem Brotkanten.« Angus lachte. »Und was ist mit dir?«

»Ich erinnere mich nicht daran, irgendetwas gegessen zu haben«, antwortete Bennett. »Aber die ausgelassene Stimmung auf dem Kai am ersten Weihnachtstag war denkwürdig, und sei es nur deshalb, weil es mir nicht gelungen ist, meine Frau aus den Armen anderer Männer loszueisen.«

»Ich habe nur mit ihnen getanzt«, stellte Hope fest und blickte dabei die anderen am Tisch an. »Bennett behauptet gern, er sei an jenem Abend so überarbeitet gewesen, doch soweit ich mich erinnere, hat er eine ganze Flasche Rum getrunken.«

»Ihr drei redet von dem Krieg, als wäre er ein fröhliches Picknick«, bemerkte Rufus. »Ich kann keinen von euch dazu bewegen, mir zu erzählen, wie es wirklich war. Angus und Bennett haben nicht ein einziges Wort über die Krankenschwester Florence Nightingale verloren, obwohl die Zeitungen voll sind von ihren Heldentaten.«

»Das liegt vielleicht daran, dass wir der öffentlichen Bewunderung ihrer Person ein wenig müde sind«, gab Angus zurück. »Wir haben gesehen, wie die Ehefrauen von Soldaten ihr Leben auf dem Schlachtfeld aufs Spiel gesetzt haben, um den Verwundeten zu helfen. Diese Frauen, Frauen wie Hope, und Ärzte wie Bennett waren von Beginn des Krieges an dabei und haben getan, was sie konnten, ohne Medikamente oder irgendwelche Unterstützung durch die Regierung. Miss Nightingale ist zweifellos eine gute Frau – sie hat im Lazarett in Scutari für bessere Bedingungen gesorgt, und ihr ist es zu verdanken, dass die Krankenpflege in Zukunft als ein ehrenwerter Beruf angesehen werden wird. Aber jene unter uns, die die schlimmsten Schlachten miterlebt haben, würden es vorziehen, wenn weniger berühmte Menschen für ihren Mut und ihre Opferbereitschaft geehrt würden. Sie haben alles für ihr Land und ihre Mitmenschen gegeben. Vielen von jenen, die überlebt haben, wurden Gliedmaßen amputiert, und wenn sie zurückkommen, werden sie feststellen, dass ihre Frauen und Kinder im Arbeitshaus gelandet sind. Und dort werden auch unzählige dieser mutigen Männer ihre Tage beschließen. Aber Miss Nightingale wird diese Würdelosigkeit erspart bleiben.«

Hope teilte wie auch Bennett Angus' Ansichten, doch dieser Abend war nicht der richtige Zeitpunkt, um darüber zu sprechen. »Ach, Angus«, unterbrach sie ihn schmeichelnd, während sie ihn mit hochgezogenen Augenbrauen ansah. »Wie Nell sagen würde: ›Dies ist kein geeignetes Thema für den Esstisch.‹«

»Das ist es gewiss nicht«, erklärte Nell entrüstet. »Die Konversation bei Tisch sollte leicht und angenehm sein.«

Rufus prustete vor Lachen. »Hört, hört! Ich wette, wenn Sie das unten bei Matt von sich geben würden, würde die ganze Familie vor Lachen vom Stuhl fallen. Sie reden bei Tisch über das Schlachten von Schweinen und das Kastrieren von Bullen.«

Hope lächelte. »Was ist mit dir, Onkel Abel? Worüber redest du bei Tisch?«

»Es ist schon vorgekommen, dass er nach einer Autopsie über

den Mageninhalt eines Toten gesprochen hat«, meinte Alice keck. »Bei einer seiner Gesellschaften ist einmal ein Gast mit grasgrünem Gesicht herausgelaufen gekommen!«

Abel wirkte leicht verlegen. »Das war ein echtes Missgeschick, doch ich stand unter dem Eindruck, dass er ebenfalls Arzt war.«

»Ich betrachte mich als zurechtgewiesen.« Angus lächelte Nell an. »Der Krieg, medizinische Angelegenheiten, Religion und Politik sind Themen, die man beim Essen am besten vermeidet.«

»Das passt mir gut, da ich über keins der Themen allzu viel weiß«, bemerkte Rufus leichthin.

»Du solltest deine Kenntnisse auf dem Gebiet der Religion besser auffrischen, wenn du die Tochter eines Pfarrers heiraten willst«, versetzte Hope. »Und wann steht das glückliche Ereignis an?«

»Nun, das bringt uns zu dem heiklen Thema Blutsbande zurück«, meinte Rufus, der plötzlich ernster wirkte. »Bevor ich Lily bitte, meine Frau zu werden, müssen wir darüber entscheiden, ob ich ihr verraten soll, dass Hope meine Schwester ist.«

Vor dem Essen hatten sie Onkel Abel und Alice über die jüngsten Entwicklungen in Kenntnis gesetzt. Beide waren so erstaunt gewesen, dass sie um Bedenkzeit gebeten hatten, bevor sie sich irgendwie zu diesem Thema äußern wollten. Aber Hope hatte gespürt, dass es Abel erheblich lieber war, sie als das Kind der Liebe zweier Aristokraten zu betrachten denn als das eheliche Kind von Bauern.

»Wenn Sie es ihr erzählen, werden wir auch Matt und den Rest der Familie einweihen müssen«, wandte Nell mit besorgter Miene ein.

Während der Gespräche vor Weihnachten waren sie alle der Meinung gewesen, die letzte Entscheidung in dieser Frage Rufus überlassen zu müssen, da er wahrscheinlich derjenige war, der am meisten unter dem Skandal zu leiden haben würde.

Angus machte ihn darauf aufmerksam. »So gern ich Hope als meine Tochter anerkennen würde«, sagte er, »möchte ich doch den Namen deiner Mutter nicht in den Schmutz ziehen.«

»Spielt das jetzt noch eine Rolle, da sie nicht länger unter uns weilt?« Rufus zuckte die Schultern. »Ich würde eine Schwester gewinnen, eine Nichte und einen Schwager, die mir alle sehr wichtig sind und die wahrscheinlich auch für meine künftigen Kinder wichtig sein werden. Und Hope würde einen Vater gewinnen.«

»Aber Hope würde die gesamte Familie Renton verlieren, mit der sie aufgewachsen ist«, wandte Onkel Abel eine Spur zu eifrig ein.

»Nein, das würde sie nicht«, protestierte Nell entrüstet. »Ihre Gefühle für sie werden sich nicht verändern. Sie wird für uns alle immer unsere Schwester sein.«

»Was denken Sie, Bennett?«, erkundigte sich Rufus.

»Nun, mir scheint, wir haben bereits erlebt, wie viel Kummer Geheimnisse mit sich bringen können«, antwortete er. »Wenn Sie Lily heiraten, ohne es ihr zu erzählen, könnte es später durchaus ans Licht kommen, Rufus. Aber wichtiger als jeder Skandal, den eine solche Enthüllung nach sich ziehen könnte, ist die Tatsache, dass Lily verletzt sein wird, wenn Sie sich ihr nicht anvertrauen.«

»Niemand außer uns kennt die Wahrheit, wie könnte da etwas durchsickern?«, wollte Nell wissen.

Angus griff nach Nells Hand. »Wir verstehen uns nicht alle so gut wie Sie darauf, Geheimnisse zu hüten«, sagte er. »Wir sind heute zu siebt. Jedem von uns könnte es irgendwann herausrutschen.«

Betsy machte plötzlich ein lautes Bäuerchen. Hope lachte. »Ich glaube, Betsy möchte uns daran erinnern, dass wir für sie nicht einfach nur sieben Menschen sind, sondern ihre Familie, Mutter, Vater, Großvater, Tanten und Onkel.«

Rufus stand auf, um Betsy aus der Wiege zu nehmen. Als er sie auf den Arm nahm, hörte sie auf zu weinen, und ein breites Lächeln legte sich über ihr kleines Gesicht.

»Nun, Betsy«, meinte er und blickte auf sie hinab. »Fern sei es mir, dir den zweifelhaften Ruhm zu verwehren, einen adeligen Onkel zu haben, während du bereits eine ganze Schar von Kriegshelden in der Familie hast. Also schätze ich, erzähle ich Lily wohl besser, dass du ihre Nichte sein wirst.«

Bennett stand vom Tisch auf und ging zu Rufus hinüber. »Sind Sie sich absolut sicher, Rufus? Es wird Gerede geben, und es könnte sehr verletzend für Sie sein.«

Rufus schaute auf Betsy in seinen Armen hinab, dann blickte er quer durch den Raum zu Hope hinüber, und seine blauen Augen waren voller Zuneigung. »Lasst sie reden! Ich bin stolz darauf, jedem erzählen zu können, dass Hope meine Schwester ist. Vielleicht wird der eine oder andere die Augenbrauen hochziehen, aber was spielt das für eine Rolle?« Er drehte Betsy um, sodass sie all den Erwachsenen im Raum zugewandt war. »Diese Kleine hier und alle anderen Kinder, die Hope oder ich bekommen werden, zählen. Sie müssen mit Liebe und Aufrichtigkeit großgezogen werden. Und ich weiß, Hope wird ihnen genau wie ich erzählen, dass wir von Rentons erzogen wurden und von ihnen alles gelernt haben, was gut und richtig ist.«

Er küsste Betsy, dann legte er sie ihrem Vater in die Arme. »Ich bin mir absolut sicher«, sagte er zu Bennett. »Und jetzt lasst uns noch einmal unsere Gläser füllen und auf unsere Familie anstoßen.«

Danksagung

Glenn Fisher von der Crimean War Research Society (Gesellschaft für Krimkrieg-Forschung) verdanke ich Anregung, Information und Ermutigung weit über das Maß dessen hinaus, was die Dienstpflicht gebietet. Ohne Ihre Hilfe und Ihren Enthusiasmus, Glenn, wäre ich ins Straucheln geraten und vermutlich untergegangen. Jo, William und James bitte ich um Vergebung dafür, so viel Zeit ihres Ehemanns und Vaters in Anspruch genommen zu haben. Glenn, Ihre Verdienste werden offiziell anerkannt werden.

Sue Hardiman von der Zweigstelle Bristol der Historical Association (Historischen Vereinigung) danke ich nicht nur für ihre informative, fesselnde, sehr gut geschriebene und grundsolide Broschüre über die Cholera-Epidemie des Jahres 1832 und deren Auswirkungen auf die Stadt Bristol, sondern auch für ihre herzliche Anteilnahme an meinem Projekt und die Hilfestellung, die sie mir geleistet hat, damit ich nichts durcheinanderbrachte.

Ich habe als Vorbereitung auf diesen Roman diverse Bücher über die Geschichte Bristols von Peter MacDonald sowie Dutzende von Büchern über das viktorianische England und den Krimkrieg gelesen. Besonders bemerkenswert und informativ waren:

Frances Isabella Duberly: Journal Kept During the Russian War: From the Departure of the Army from England in April 1854, to the Fall of Sebastopol. (Tagebuchaufzeichnungen während des Krimkriegs: Vom Abmarsch der Armee aus England im April 1854 bis zum Fall von Sewastopol.) Elibron Classics, 2000.

Michael Hargreave Mawson (ed.): Eyewitness in the Crimea: The Crimean War Letters of Lt Col. George Frederick Dallas, 1854–1856. (Augenzeuge auf der Krim: Die Feldpost des Oberstleut-

nant George Frederick Dallas von der Krim, 1854–1856.) Greenhill Books, 2001.

George Lawson: Surgeon in the Crimea. (Regimentsarzt auf der Krim.) Ed., enl. and expl. by Victor Bonham-Carter. Constable and Co., 1968.

Jo Manton: Mary Carpenter and Children of the Street. (Mary Carpenter und die Straßenkinder.) Heinemann Educational, 1976.

Mary Seacole: Wonderful Adventures of Mrs Seacole in Many Lands. (Die wundersamen Abenteuer der Mrs Seacole in vielen Ländern.) Ed. by Sara Salih. Penguin Books, 2005.

John Shepherd: The Crimean Doctors: A History of the British Medical Services in the Crimean War. (Die Ärzte von der Krim: Eine Geschichte der britischen medizinischen Dienste im Krimkrieg.) Liverpool University Press, 1991.

Cecil Woodham-Smith: The Reason Why. (Aus diesem Grund.) Penguin Books, 1991.